U0904736

中国文学名篇鉴赏

文卷

萧涤非
刘乃昌
主编

山东大学出版社

图书在版编目(CIP)数据

中国文学名篇鉴赏·文卷/萧涤非,刘乃昌主编.
—济南:山东大学出版社,2007.10
ISBN 978-7-5607-3475-0

Ⅰ.中…
Ⅱ.①萧…②刘…
Ⅲ.①古典文学－文学欣赏－中国②古典散文－文学欣赏－中国
Ⅳ.I206.2　I207.62

中国版本图书馆 CIP 数据核字(2007)第 160370 号

山东大学出版社出版发行
(山东省济南市山大南路 27 号　邮政编码:250100)
山东省新华书店经销
山东新华印刷厂印刷
720×1000 毫米　1/16　28.75 印张　605 千字
2007 年 10 月第 1 版　2007 年 10 月第 1 次印刷
定价:58.00 元

版权所有,盗印必究
凡购本书,如有缺页、倒页、脱页,由本社营销部负责调换

《中国文学名篇鉴赏》

领衔撰稿人(以姓氏笔画为序):

万云骏　王达津　王运熙　叶嘉莹(加拿大)

匡　扶　刘　征　羊春秋　村上哲见(日本)

吴调公　何沛雄(香港)　何满子　余冠英

沈玉成　陈贻焮　罗忼烈(香港)　罗宗强

金性尧　周汝昌　周振甫　胡国瑞　施蛰存

姜亮夫　袁行霈　钱仲联　唐圭璋　曹道衡

敏　泽　康达维(美国)　蒋祖怡　程千帆

褚斌杰　廖仲安　缪　钺　臧克家　霍松林

魏同贤

特约审稿人:袁世硕　董治安　龚克昌　张可礼

序言

约有约有三千年文字史的中华民族，是一个具有悠久文化传统和广泛审美情趣的伟大民族。历代民间作者和文人学士发挥才情睿智，运用独具特色的汉语言文字，创造了浩如烟海的文学名篇、传世佳作。其中尤以诗词文赋丰富多彩，流播广泛，家传户习，影响深巨，可说是华夏民族最喜闻乐见的传统文艺形式，是我们丰富和建设现代精神文明取之不尽、用之不竭的文化艺术资源。

现代文艺家通常将文学作品析为诗歌、散文、戏剧、小说四大部类。我国戏剧、小说滥觞虽早，而成熟较迟，在浩渺无垠的古代文学的历史长河中，诗文占有特殊重要的席位。中国可以自豪地称为“诗国文海”。中国诗文体制之繁，为举世所少有。前人代有论列，如晋陆机《文赋》析为十类，梁萧统《文选》列为三十九目，驯至明吴讷《文章辨体》则厘为五十五体，而徐师曾又增广其目为一百二十有七。然约而言之，其大别不过诗、词、文、赋四体而已。传统诗词的契合音乐、严于格律，固有异于外域诗歌，而辞赋与骈文更是我国特有的文章品类。

文学是语言的艺术，诗、词、文、赋都是以汉语言文字为基本表达手段的艺术珍品。汉字多为单文独义、一字一音，而音调又讲究四声阴阳。基于这些特点，传统诗文逐渐形成了追求齐均和参差的建筑美，讲究音律和节奏的音乐美。与之同时，丰富多彩的与音乐结合的诗型、骈散交织的文体，也便应运而生。所谓“讽诵则绩在宫商，临文则能归字形矣”（《文心雕龙·练字》），就是说好文章读起来能给人以听觉美，看起来能给人以视觉美。齐均对称和参差错落的建筑美，不仅在诗歌辞赋和骈文的句型与体式上得到完美的体现，就是在散文中也往往奇偶

错综熔进不少俪体和骈句。刘勰所云“造化赋形，支体必双”，“高下相须，自然成对”(《文心雕龙·丽辞》)正是从汉字的特点上来确认其对偶形成的必然性的。我国的声诗，如诗三百、乐府、词、曲本来就是协乐文学，其讲求音乐美自不待言。而不合乐的徒诗，也充分利用了汉语固有的音调特点，构成平仄交错、抑扬有致的律度和节奏。赋和铭是介乎诗文之间的韵文，一般要求押韵，骈文虽不必押韵，但其俪句也讲求平仄交互，声调谐和。即便是纯乎散文，古人也惯于利用配置虚词、组合句式的逆顺长短来构成语调的顿挫抑扬，从而体现特定的声情气韵。由此可见，诉诸视觉的建筑美和诉诸听觉的音乐美，是由汉语言文字特点形成的诗词文赋所共有的一种形式美。

古代作家艺术思维的习惯和采撷语词的好尚，还形成了诗文重视写景和造景、喜用语典和事典的写作传统。所谓“情景相触而成诗”(谢榛《四溟诗话》卷四)，“词之诀，曰情景交炼”(张德瀛《词徵》卷一)，“登山则情满于山，观海则意溢于海”(《文心雕龙·神思》)等等，都是强调诗情文思的表达离不开物景和环境。即使非专属写景之作，也少不了模山范水的笔墨，因为作者情思的触发离不开外宇宙的撩拨，而爱悦山川自然又是古代审美意识的重要趋向。兼以“诗画本一律”的文艺观念和传统画艺与诗文创作的交互渗透，这就使诗词文赋作品往往具有特别浓郁的画意美。由于古代书面语言与口语分离，而文人学士大多对浩博的典籍、富厚的文化积累濡染甚深，是以他们博闻强记，娴熟掌故，掌握大量雅奥的文学语汇，每操笔为文，辄能捃摭经史，采摘诗骚文集，“据事以类义，援古以证今”，“众美辐辏，表里发挥”(《文心雕龙·事类》)。在前代辞库和典实的基础上，或点铁成金，或自铸伟辞，流风承传，日新月异，辞采缤纷，典故联翩，于是艺文之作又呈现出一种迥异于后世语体诗文的古雅博奥美。

传统诗文在形式方面的美感效应是多方面的，撮其精要，上文所举的建筑美、音乐美、画意美和别于现代作品的古典美尤为普遍鲜明，触目可见。它是我国珍贵文学遗产所特有的形式美。如此种种赏心悦目的形式美，再结合上文体诗型的缤纷繁富，风格神韵的多姿多彩，这就使我国古典诗文累积汇合而成为浩渺无垠、瑰奇璀璨的艺术渊薮。不言而喻，它对于广大读者是具有不可替代的特殊的艺术魅力的。

古代作家以超常特具的优美民族形式和风格，广泛深刻地多层次多角度地描述、吟唱，表现多样的社会生活和人生感受，一切外宇宙的森罗万象和内宇宙的多重奥秘，无不纳入他们的创作视野，承受其敏感睿智的审美观照。因此，古代诗文所展现的精神世界、思想内蕴、感情意向的丰富性、多样性是胪列不尽的。这里有劳动人民对美好生活的追求，对邪恶和压迫的抗争；有仁人志士报国济时的丹诚，视死如归、持节不渝的浩然正气；有清流贤达反恶势利、反庸俗的磊落气度，冰清玉洁、涅而不缁的高尚品格；有哲人学者己饥己溺、民胞物与的博大襟怀，蒿目时艰、遑遑求索的深沉忧思；有人们对宇宙奥秘的探究，对人生价值的哲学反思，对道德风范的钦仰，对自然胜迹的陶醉，对爱情的颂美，对友谊的眷念，对光明幸福的憧憬，对黑暗灾厄的诅咒，对所希求者神驰梦思，对所失去者徘徊低回……大凡社会生活的每一角落，人生征途的任何感情波澜，无不在我国博大精深的诗渊文海中留下了生动而感人的艺术影像。正由于此，古代诗文对各时代的读者都有独特的吸引力和感召力。

绚丽多彩的人生是有多方面需求的，文明人群除了必需的惬意的物质需求外，还必须有高层次的精神需求。健康的人无不爱美，无不要求心灵的充实和感情的满足。然而，由于时空、机缘、物质等等条件的制约，生活本身提供给人们的美感和满足是有限的、易逝的、不无缺憾的，即使一个各方面都如愿以偿的幸福者，除日常的工作和学习而外，还会有相当的精神空间需要填充。由此人们不能不寻求某种精神营养品和补偿物，而文学艺术正是一种美妙的营养品和补偿物，是充实人们精神生活的高档食粮。人们创造成功，沉浸于胜利的喜悦；寻偶如愿，陶醉于爱情的温馨；他乡邂逅知己，为友谊的温暖所薰沐；置身于名山胜水，为奇绝的风光所吸引；乃至遇可怒者而含愤扼腕，见可悲者而潸然泪下……人们经过诸如此类的心理体验和感情波澜，脑海中积淀了众多情愫信号。当他们在鉴赏名画、品味名作时，也便会同样撩起类似的心灵体验和感受，而获得某种感情愉悦。人们并不仅满足于前者（现实的感情体验），而还是寻求后者（艺术文学）。这并不只是因为前者在生活中并非永驻的、长在的，而且还因为后者所提供给人们的美感享受更带有某种普遍性、典型性、鲜明性。艾迪生说得很有道理："文字如果选择得好，力量非常大。一篇描写往往能引起我们许多生动的观念，甚至比所描写的东西本身引起的还多。凭文字的渲染描绘，读者在想象里看到一幅景象，比这个景象实际上在他眼前呈现时更加鲜明生动。"（《旁观者》，据《古典文艺理论译丛》第十一册）今天我们阅读古典诗文，

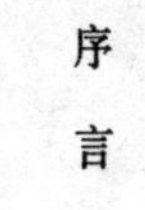

从古人灵心妙手所描绘的形形色色，可以体验到多样复杂的人生阅历，观察到各式各样的生活图景，受到奇闻伟观、玄思妙趣的吸引，感到喜怒哀乐多重情绪波澜的激荡。从而拓展视野，开阔心胸，启迪睿智，陶冶情性，在怡悦精神的艺术享受中增益自身的心灵美、情操美。

古代诗文对于大中学校的青年学生来说，尤其是不可轻忽的知识渊薮、艺术宝库。不管攻读何种专业，要想造就成有教养有专长的人才，就必须谙熟祖国的文明史，具有一定的传统文化素养，了解本民族的审美趣尚，培养较高的语文表达能力。而加强这些方面的修养都离不开研习古代诗文。我国历代诗人与文章家如群星丽天，竞相辉耀。他们把文章视为“经国之大业，不朽之盛事”，追求“感天地，泣鬼神”的艺术效果。他们重视表达艺术，在构思立意、谋篇布局、锤锻字句、革新技法、创变风韵诸多方面，累积了大量经验，流传有很多文苑佳话，足资后人研磨和借鉴。要提高我们运用祖国语言文字的水平，少不了深厚的传统文化根底。而培植这种根底的简便途径，莫过于在精读名篇佳构中发微探幽，不仅深切感受其艺术美，而且审察其美的所以然。

创作是为了欣赏，作品只有在广大读者群的审美感应和接受消化中，才能实现其自身的价值。古典作品的欣赏接受有必要借助于专家的介绍、阐释和品评，只有经过审美鉴赏这一中介作用，才更能使作品深蕴的潜在美获得充分的显现。做好古典作品的鉴赏工作，既需要有较高的理论修养和审美能力，又需要有足够的古代文学系统知识和专业技能。近年随着对脱离文学本体特性的庸俗研究方法的反思，人们日益重视古典文学美学特质和发展规律的探讨，与此同时文化界出现了古典文学鉴赏热。鉴赏文集、丛书、辞典联翩问世，竞芳斗艳，琳琅满目，这是十分可喜的现象。它正以空前的规模在更深的层次上推动珍贵遗产的普及和优良文化传统的弘扬。而这对民族文化高层次的整理与研究也将是一种有力的促进。

鉴赏文章层出不穷，文艺鉴赏学方兴未艾。读者有理由要求我们力脱故常，展现新貌。而这也是应当而可能做到的。因为就鉴赏对象说，传世名作具有永恒的艺术生命力，其艺术内蕴的不可穷尽性，决定了鉴赏的无限性；从鉴赏主体说，鉴赏者总要以自己的体验联想对鉴赏意象和意境进行补充，由于鉴赏者阅历、教养、个性的互有差异，赏鉴中的这种“再创造”，必然各不相同，这就造成了鉴赏文章的多样性；从鉴赏在文学批评中的地位来说，它是由微观审视升华到宏观研究这一历程中必不可少的中介环节，对不朽之作的批评研究没有终点，因而对它的审美鉴赏也便永无止境。因此我们可以肯定：古典名作作为常青的艺术，总是内蕴无涯，开掘不尽的；披览欣赏，往往百读不厌，每品每新；鉴赏者从不同的审视角度，横看侧览，成岭成峰，见智见仁，自当各有会心；而精心结撰的鉴赏文字，也必将如奇花异卉，别具风韵，各有千秋。

基于以上的理解和认识，为弘扬优秀民族文化，普及古代诗文精华，在山东大学出版社的大力倡导和支持下，我们编纂了这部兼收诗文各体的《中国文学名篇鉴赏辞典》。本编从历代浩如烟海的诗、词、文、赋中精选有代表性的名篇佳构七百余篇，约请海内外专家撰写赏析文稿，撷英集萃，汇成一帙，以便展读。集中所选篇章无不脍炙人口，各篇鉴赏文字大率是专家们结撰的精品妙文。在阅读来稿中我们深深感到，以优美的鉴赏散文阐发千古名篇的妙理真谛和美感内质，是美的妙悟，美的开发，美的充实，也是美的再创造。摆在我们面前的原作及鉴赏，云蒸霞蔚，目不暇接，千姿百态，美不胜收。或如醇酒之浓郁，或如幽泉之清甘，或如山岳之雄峻，或如碧海之浑浩，或如明月之纯净，或如浮云之缥缈，或如阳春之温馨，或如清秋之萧爽，或哲思深邃，或激情坌涌，或奇想落天外，或平语话家常……总之，呈献给读者的是用激情的心灵所感受的五彩缤纷的人间世界，是经过鉴赏行家郢斧开发的无限风光，多样神采的艺术天地。我们希望读者手此一编，即能通览古代诗文的精品杰构，从中挹芳揽萃，含英咀华，怡悦性情，增益睿智，受到高洁的情思洗礼，获得健康的艺术享受，并进而增强我们的民族自信心和自豪感，提高我们的文化素养和写作水平。这对于我们建设社会主义精神文明，当会是不无助益的。

此编承蒙海内外学者、专家热情关怀和大力支持，百忙中及时赐稿，出版社领导和编者精心安排审校和出版事宜，因而使是编能以较快速度成书和面世，在此谨向他们表示深切的谢忱！由于时间、水平、经验的限制，本书缺点和疏漏定所难免，尚祈方家读者批评指正。

萧涤非　刘乃昌

1990年11月10日

目录

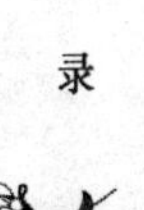

《左 传》

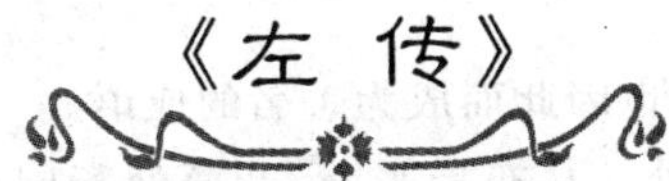

曹刿论战

十年春，齐师伐我[①]。公将战。曹刿请见。其乡人曰："肉食者谋之[②]，又何间焉[③]？"刿曰："肉食者鄙，未能远谋。"乃入见，问何以战。公曰："衣食所安，弗敢专也，必以分人。"对曰："小惠未遍，民弗从也。"公曰："牺牲玉帛，弗敢加也，必以信[④]。"对曰："小信未孚[⑤]，神弗福也。"公曰："小大之狱，虽不能察，必以情。"对曰："忠之属也[⑥]，可以一战。战则请从。"公与之乘。战于长勺[⑦]。

公将鼓之。刿曰："未可。"齐人三鼓。刿曰："可矣。"齐师败绩。公将驰之[⑧]。刿曰："未可。"下视其辙，登轼而望之[⑨]，曰："可矣！"遂逐齐师。

既克，公问其故。对曰："夫战，勇气也。一鼓作气，再而衰，三而竭。彼竭我盈，故克之。夫大国，难测也，惧有伏焉。吾视其辙乱，望其旗靡，故逐之。"

"曹刿论战"是《左传》上一段有名的故事，选家选《左传》，似乎很少有谁放过它。它虽然写的是著名的齐鲁长勺之战，但没有曲折壮阔的战争描写，没有双方政治、军事形势的细致分析。寥寥十数行，读来别有一种情致。

长勺之战的背景并不简单，可以说是齐鲁两国两代国君矛盾的一次总爆发。齐襄公荒淫无道，竟和已做了鲁桓公夫人的亲妹妹姜氏私通。当他得知丑行被桓公察觉时，竟命令力士彭生将鲁桓公残忍地劈死在车中，随后又将彭生处死以掩人耳目。鲁桓公的儿子庄公继位，明知杀父之仇的内情，而又碍于家丑隐忍不发。齐襄公死于内乱后，他的两个兄弟公子纠和小白争当国君。小白获胜继位(即齐桓公)，便首先对支持公子纠的鲁国发难，这就爆发了齐鲁长勺之战。

从战争的起因来看，鲁国似乎处于"正当防卫"的地位。但曹刿深谋远虑，明白战争不能单靠义愤，他担心食肉者即贵族们目光短浅，于是毛遂自荐，向庄公献计献策。今天的读者，如果不了解春秋社会的情况，恐怕很难理解曹刿为什么对庄公的分人衣食、敬奉祭祀都不满意，而单单肯定他的以情断狱。原来，春秋时代，民心向背已经普遍被认为是战争胜负的关键因素，但这和近代人民战争的观念不可相提并论。所谓得民心，主要是指得到贵族以及士的支持。当时诸侯各国普遍推行封建采邑制。战争到来，贵族要带着军队和粮食随国君打仗。春秋礼崩乐坏，国君对贵族的控制力被削弱，有权势的贵族甚至可以随意杀死国君。在战争中，国君不仅完全依赖贵族的支持，对于其中有些勇武善战的将领有时甚至指挥不灵。晋国的先轸可以在晋襄公面前唾唾沫，而襄公自觉理亏而奈何他不得。鲁国保存了较完整的周礼，奴隶制的等级秩序还相对稳固。曹刿认为庄公能以情断狱，德刑并用，自然能得到贵族的拥护，战场上齐心协力，服从号令，取胜就有了保证。否则，纵然有千百条妙计，庄公却没有统兵的威力，岂不白费？这正是曹刿用心计的地方。

在战争中，曹刿显露出了军事才能。“一鼓作气”也因此而成为著名的成语。

这段文章刻画曹刿的形象，有不少匠心独运之处。从布局来看，开篇处齐国兵临城下，情势危急，曹刿越位请见，本当直陈用兵之道，却偏偏先谈些“不急之言”。殊不知，曹刿对自己的军事才能极为自信，但对鲁国上层的君臣关系并不很了解。几句“不急之言”，恰是他最关心的问题，一问一答，丝丝入扣。而一旦他看到鲁国上下团结，顾虑消除，在本该紧张的战场上，反倒从容镇静，指挥若定。战争的节奏和曹刿内心的起伏形成一个小小的时间差，充分表现出曹刿的机智和谋略。战争的描写虽然短，却成功地运用了悬念。两军交战，本应先发制人，而曹刿却让庄公按兵不动，待齐人三鼓之后再进攻。齐人溃败之后，曹刿又不让马上追击，而是“下，视其辙；登，轼而望之”。这一番让人莫名其妙的举动之后，他表示同意追击。鲁国大胜，他才对自己的做法作出了精彩的解释。这一连串伏而不发的悬念，收到了引人入胜的强烈效果。

文章的语言简洁而极有个性。曹刿位卑言轻，可他的“肉食者鄙”却是掷地有声。身为布衣而笑傲王侯。唐代韩愈有“管城子无食肉相，孔方兄有绝交书”的牢骚，其潜台词又何尝不是“肉食者鄙”呢？对庄公，曹刿竟断然否定甚至嘲弄他的分人衣食、敬奉社稷，大有后世侠士“上揖人主，下谈公卿”的风采。在战场上，他成竹在胸，不慌不乱，俨然主帅一样言出不二，不像书中有些大臣谋士，为了说服君主而要再三再四地譬解。曹刿的谈吐举止，似乎已经具有战国、秦汉才普遍出现的侠士刺客的气度，所以司马迁才把他放进《刺客列传》里，而且根据《公羊传》的几句话补充了曹沫（刿）劫持齐桓公订立盟约的情节。

短短的一段历史记载，人物写得形神兼备，实在是不可多得的佳作。

（沈玉成）

【注】 ①《春秋》是鲁国史书，《左传》有解释《春秋》的作用，凡叙述中的“我”都指鲁国。②肉食者：能得到高等享受的人。 ③间：如同今天说“掺和”。 ④“牺牲”三句：意谓牺牲玉帛用以祭神。加：夸大、以少报多之意。信：忠诚。 ⑤孚：这里是覆盖、普及的意思。 ⑥《左传》中的“忠”字在某种场合有“利民”的意思。 ⑦长勺：在今山东省曲阜市。 ⑧驰：这里是追击的意思。 ⑨轼：车上的横木，作手靠或手扶之用。这里是名词用作动词。

晋公子重耳之亡

晋公子重耳之及于难也，晋人伐诸蒲城[①]。蒲城人欲战，重耳不可，曰：“保君父之命而享其生禄，于是乎得人[②]。有人而校[③]，罪莫大焉。吾其奔也。”遂奔狄。从者狐偃、赵衰、颠颉、魏武子、司空季子。狄人伐廧咎如，获其二女叔隗、季隗，纳诸公子。公子取季隗，生伯儵、叔刘。以叔隗妻赵衰，生盾。将适齐，谓季隗曰：“待我二十五年，不来而后嫁。”对曰：“我二十五年矣。又如是而嫁，则就木焉。请待子。”处狄十二年而行。

过卫，卫文公不礼焉。出于五鹿，乞食于野人，野人与之块[④]。公子怒，欲鞭之。子犯曰："天赐也。"稽首受而载之。

及齐，齐桓公妻之，有马二十乘，公子安之。从者以为不可，将行，谋于桑下。蚕妾在其上，以告姜氏。姜氏杀之，而谓公子曰："子有四方之志，其闻之者，吾杀之矣。"公子曰："无之。"姜曰："行也！怀与安[⑤]，实败名。"公子不可。姜与子犯谋，醉而遣之。醒，以戈逐子犯[⑥]。

及曹，曹共公闻其骈胁[⑦]，欲观其裸。浴，薄而观之。僖负羁之妻曰："吾观晋公子之从者，皆足以相国。若以相，夫子必反其国[⑧]。反其国，必得志于诸侯。得志于诸侯而诛无礼，曹其首也。子盍蚤自贰焉！"乃馈盘飧，置璧焉。公子受飧反璧。

及宋，宋襄公赠之以马二十乘。

及郑，郑文公亦不礼焉。叔詹谏曰："臣闻天之所启，人弗及也。晋公子有三焉，天其或者将建诸！君其礼焉。男女同姓，其生不蕃。晋公子，姬出也[⑨]，而至于今，一也。离外之患[⑩]，而天不靖晋国，殆将启之，二也。有三士足以上人，而从之，三也。晋郑同侪，其过子弟固将礼焉，况天之所启乎？"弗听。

及楚，楚子飨之，曰："公子若反晋国，则何以报不穀[⑪]？"对曰："子女玉帛，则君有之；羽毛齿革，则君地生焉。其波及晋国者，君之余也。其何以报君？"曰："虽然[⑫]，何以报我？"对曰："若以君之灵，得反晋国，晋、楚治兵[⑬]，遇于中原，其辟君三舍[⑭]。若不获命，其左执鞭弭，右属櫜鞬，以与君周旋。"子玉请杀之。楚子曰："晋公子广而俭，文而有礼，其从者肃而宽，忠而能力。晋侯无亲，外内恶之。吾闻姬姓唐叔之后，其后衰者也，其将由晋公子乎！天将兴之，谁能废之？违天，必有大咎。"乃送诸秦。

秦伯纳女五人，怀嬴与焉。奉匜沃盥，既而挥之[⑮]。怒，曰："秦、晋匹也，何以卑我？"公子惧，降服而囚[⑯]。他日，公享之。子犯曰："吾不如衰之文也，请使衰从。"公子赋《河水》，公赋《六月》[⑰]。赵衰曰："重耳拜赐！"公子降，拜，稽首，公降一级而辞焉。衰曰："君称所以佐天子命者重耳，重耳敢不拜？"

二十四年春王正月，秦伯纳之[⑱]。不书，不告入也[⑲]。

及河，子犯以璧授公子，曰："臣负羁绁从君巡于天下[⑳]，臣之罪甚多矣，臣犹知之，而况君乎？请由此亡。"公子曰："所不与舅氏同心者，有如白水[㉑]！"投其璧于河。

济河，围令狐，入桑泉，取臼衰。二月甲午，晋师军于庐柳。秦伯使公子挚如晋师。师退，军于郇。辛丑，狐偃及秦、晋之大夫盟于郇。壬寅，公子入于晋师。丙午，入于曲沃。丁未，朝于武宫。戊申，使杀怀公于高梁。不书，亦不告也。

吕、郤畏偪[㉒]，将焚公宫而弑晋侯。寺人披请见[㉓]。公使让之，且辞焉，曰："蒲城之役，君命一宿，女即至。其后余从狄君以田渭滨，女为惠公来求杀余，命女三宿，女中宿至。虽有君命，何其速也？夫祛犹在。女其行乎！”对曰：“臣谓君之入也，其知之矣。若犹未也，又将及难[24]。君命无二，古之制也。除君之恶，唯力是视。蒲人、狄人，余何有焉？今君即位，其无蒲、狄乎[25]！齐桓公置射钩，而使管仲相。君若易之，何辱命焉？行者甚众，岂唯刑臣？”公见之，以难告。三月，晋侯潜会秦伯于王城。己丑晦，公宫火。瑕甥、郤芮不获公[26]，乃如河上，秦伯诱而杀之。晋侯逆夫人嬴氏以归。秦伯送卫于晋三千人，实纪纲之仆[27]。

初，晋侯之竖头须，守藏者也。其出也，窃藏以逃，尽用以求纳之。及入，求见。公辞焉以沐[28]。谓仆人曰：“沐则心覆，心覆则图反，宜吾不得见也。居者为社稷之守，行者为羁绁之仆，其亦可也，何必罪居者[29]？国君而仇匹夫，惧者其众矣。”仆人以告，公遽见之。

狄人归季隗于晋，而请其二子。文公妻赵衰，生原同、屏括、楼婴。赵姬请逆盾与其母，子余辞。姬曰：“得宠而忘旧，何以使人？必逆之！”固请，许之。来，以盾为才，固请于公，以为嫡子，而使其三子下之；以叔隗为内子，而己下之。

晋侯赏从亡者，介之推不言禄，禄亦弗及。推曰：“献公之子九人，唯君在矣。惠、怀无亲，外内弃之。天未绝晋，必将有主。主晋祀者，非君而谁？天实置之，而二三子以为己力[30]，不亦诬乎？窃人之财，犹谓之盗，况贪天之功以为己力乎？下义其罪，上赏其奸；上下相蒙，难与处矣。”其母曰：“盍亦求之？以死谁怼[31]？”对曰：“尤而效之，罪又甚焉。且出怨言，不食其食。”其母曰：“亦使知之，若何？”对曰：“言，身之文也[32]。身将隐，焉用文之？是求显也。”其母曰：“能如是乎？与女偕隐。”遂隐而死。晋侯求之不获，以绵上为之田，曰：“以志吾过，且旌善人。”

春秋时代的几个霸主，在《左传》里都写得相当生动，而尤以对晋文公重耳的刻画最擅丰神。晋文公没有齐桓、楚庄那种发扬蹈厉、纵横驰骋的勃勃霸气，而主要是给读者沉毅机智的感觉。城濮之战，他虽然在战前做了充分准备，可面对强大的楚国，临战仍小心翼翼，唯恐有失。他持重老练，甚至在死后，为了提醒嗣位的儿子提防秦军的偷袭，竟在棺材里发出牛鸣般的怪声。荒诞不经的附会常常多少会有事实的影子。联系晋文公生前的机警谨慎，《左传》中这一细节描写，就不是事出无因了。

《左传》成功地刻画出晋文公的个性，同时还写出了这种个性的形成过程。在“晋公子重耳之亡”这个著名段落中，《左传》作者生动地揭示出重耳如何从一个贵胄公子成长为一个成熟的政治家。

出亡前的重耳是晋献公失了宠的儿子。献公听信骊姬的谗言，派人加害他和他的兄弟。重耳认为自己同献公既是父子，又是君臣，阻止了手下人造反的企图，自己逃奔狄国。可见他当时还没有什么政治斗争的经验，只知死守旧的道德观念。

他的哥哥太子申生受尽骊姬的陷害，有人劝他向献公说明真相，他觉得父亲离不开骊姬，就没有同意。重耳追步乃兄，当寺人报奉献公之命来杀害他时，他竟当众宣布："谁抵抗君命，就是我的仇人！"他虽然还没有愚蠢到像申生那样去自杀，可在残酷的政治斗争中表现出来的懦弱无能却与其兄同出一辙。

懦弱还在其次，刚逃出来的重耳，竟丝毫没有复国的念头。他以大国公子之尊，跑到中原诸国都不大看得上的狄国，娶妻生子，一呆就是十二年。这只能用惧怕复国的艰难，贪图安逸来解释。三国时，刘备嘲笑许汜在天下大乱之时，求田问舍，毫无济世之志，自称当卧百尺楼上，而卧许汜于地下。异代不同时，看来，当时滞留狄国的重耳比起许汜也并不高明多少。他离开狄国时，竟让妻子季隗等他二十五年，这荒唐的要求反映了他对前途毫无把握的心态。经过卫国，卫文公对他也不加尊重，甚至田野的农夫也嘲弄他。艰难初涉的重耳还是经不住锦衣玉食的诱惑。当齐桓公把女儿嫁给他，又送他二十乘马车之后，他又在齐国乐而忘返，以致当子犯等人与姜氏合谋将他带出齐国之后，他还为失去了优裕的生活而恨恨不已。

至此，读者几乎要对重耳能否复国产生怀疑了。然而，接连不断的流亡生活造就了他，使他战胜了怯弱、颓废，形成了坚定的意志，锻炼出老练的政治头脑和谈吐举止。曹共公观其裸浴的轻薄行为，很可能深深刺激了重耳。在这以后的流亡中，他不再为优裕的生活所羁绊，而是朝着复国的目标坚定不移地努力。在楚国，楚王盛情招待他，他不为所动。在回答楚王"何以报我"这个居心叵测的问题时，他不卑不亢，指出楚王若进犯晋国，他将率军先退避三舍，如果还得不到谅解，就坚决抗击。此时的重耳已俨然以晋国国君的身份与楚王对答，而且对自己复国后晋国的振兴，有强烈的自信，谈吐从容得体，语惊四座，表现出一个成熟政治家特有的交际风采。政治上的成熟关键是有无审时度势的政治头脑。楚国自成王起，就已经开始窥伺中原，重耳不能轻易得罪楚王。但他同样明白，楚国不可能给晋国以切实的帮助，充其量不过是口惠而实不至。他不能也不必拿晋国的利益与之作交易。政治家的自信更多地出于对形势的权衡和周密的考虑，重耳在楚国已显出了这样的素质。在秦国，他更表现得像一个泱泱大国之君。秦晋世为婚姻，秦穆公将是重耳复国最有力的支持者。当怀嬴为一点小事而向重耳发怒时，他不仅没有摆公子架子，而且"降服而囚"，表示谢罪。秦穆公宴请他时，他赋《河水》之诗，以河水朝宗于海，暗示自己需要仰仗秦穆公的力量。此时的重耳不仅不贪图新婚燕尔之乐，而且不惜降志辱身以求复归晋国，与从前的贵公子判若两人。我们不能不惊叹，艰苦生活的磨炼，对一个人的成长有多么重要的意义。

《左传》除了从正面直接描写重耳的变化外，还巧妙地从侧面加以烘托。当他在五鹿之野受到野人的嘲弄时，是随从的子犯用天赐之说，鼓励他不要丧失信心。在齐国，他乐而忘返，又是子犯为首的随从想方设法让他离开"安乐乡"。这些忠心耿耿、意志坚定的随从，不但反衬出重耳的怯弱和享乐思想，更是促使他成熟的重要因素。后世小说里的英明君主，身边也总少不了有本事的人来帮助，但基本格局都是众星捧月式。英明的君主往往高踞所有人之上，像古代帝王出行图，帝王总是身材高大，鹤立鸡群。而重耳这支逃亡队伍恰好相反。以远见卓识而为人称道的僖负羁之妻，认定重耳必返晋国，不是因为重耳本人如何杰出，而是他的随从“皆足以相国”。郑文公不礼重耳，叔詹进谏，最重要的理由是“有三士足以上人”，其他两条不过是虚设而已。可见，重耳流亡之初，他的随从在复国的决心和才干谋略上，都远过于他。但到了楚国，楚王开始称赞他“广而俭，文而有礼”。通过前后不同的描写，可以很清楚地看到重耳的成长。人是变化的，性格是造就而非生成的。细读《左传》，我们就可以发现，作者很可能是在有意识地表达这一对“人”的理解。

文章后半部写重耳归国后，平定内乱，巩固统治，不如前半部有特色，但也写得生动引人。重耳归国后，千头万绪，而作者单单详写他对寺人披和头须不念旧恶，弃瑕录用一事。文章写重耳虽然在政治上已经成熟老练，但面对昔日的仇人他也禁不住怒从中来，挖苦讽刺。但是，十八年的流亡生活使他心胸开阔，洗掉了睚眦必报的小家子气。经过冷静的思考，他终于不念旧恶，接受了寺人披的帮助。这种从大处着眼而搁置个人恩怨的故事，对于一个成熟开明的政治家是并不罕见的，但具体做法则因人因事而异。置射钩而用管仲是齐桓公，置断袖而用寺人披是晋文公，同中有异，异中见同，成功的文学作品，其巧妙、韵味也正在其间。

总之，这段著名的文章在刻画人物上是极为成功的。它甚至超过了许多小说对人物的塑造，避免了类型化的毛病。后世小说中，英雄落难的题材多少受过它的影响。《左传》的成功之处在于，艰难困苦是重耳的磨刀石，没有它便没有其称霸时的所向披靡；而在后世许多小说里，人物性格是既定的，艰难困苦不过是考验他的试金石。虽然具体情况不同，谁优谁劣不可一概而论，但在动态中把握人物性格，却应说是一条正确的创作经验。

（沈玉成）

【注】 ①指骊姬谗害申生、重耳兄弟一事。 ②人：指百姓。 ③校：反抗。 ④块：土块。 ⑤怀与安：怀恋妻子和贪图安逸。 ⑥子犯：狐偃字。 ⑦骈胁：旧说，肋骨连为一片。 ⑧夫子：那个人。常用于尊称。 ⑨晋侯是周天子之后，姬姓。重耳的母亲狐姬也是姬姓。 ⑩遭受逃亡的忧患。 ⑪不穀：春秋时国君自称孤、寡、不穀。 ⑫虽然：尽管如此。和现代汉语中用法不同。 ⑬治兵：阅兵。这里是对战争的委婉说法。 ⑭辟：同“避”。舍：三十里。 ⑮挥之：挥手让怀嬴走开。这是一种不礼貌的举动。 ⑯降服而囚：脱去上衣，自己禁闭自己。 ⑰《河水》和《六月》都是《诗经》中的诗。《河水》，今本《诗经》作《沔水》。 ⑱纳之：使公子重耳返回晋国。 ⑲这就是所谓的“解经”。《左传》中有一部分文字是对经文《春秋》的解释。《春秋》没有记载重耳返国，这是由于晋国没有正式通知鲁国的缘故。 ⑳羁绁：马笼头和马缰绳。这几句话是狐偃要求封赏的反话。 ㉑有如白水：“有如”是当时起誓的套语，以下的宾语即向之起誓的神灵。 ㉒吕氏和郤氏都是晋怀公（重耳的侄子）的拥护者。偪：同“逼”，逼迫。 ㉓寺人披：阉人，名披。本文一开头说“晋人伐诸蒲城”，领兵的就是寺人披。重耳不抵抗而逃走时，曾被寺人披砍断衣袖（袪）。 ㉔“臣谓”四句：意思是我以为您经过多年的流亡，已经懂得事理。现在看来未必如此，恐怕还要再一次遇到祸难。 ㉕“君命”几句：意谓为国君尽力必须说一不二。敌人不论蒲人、狄人，都和我没有私人关系。您现在做了国君，难道就没有敌对的人了吗？ ㉖瑕甥、郤芮：即上文的“吕、郤”。晋文公重耳由于寺人披的告密，已事先离开。 ㉗纪纲：意为管理，“纪纲之仆”意为有能力的仆人。 ㉘沐：洗头。洗头需要弯腰，所以下文有“沐则心反”的话。 ㉙头须留在晋国，没有随同逃亡，但同样帮助了重耳，所以才这样

说。 ㉚二三子:如同今天说“这(或那)几位”,指狐偃、赵衰等人。 ㉛意思是不去求禄,虽因此而死,又能怨谁。 ㉜文:装饰。

烛之武退秦师

九月甲午[1],晋侯、秦伯围郑[2],以其无礼于晋[3],且贰于楚也[4]。晋军函陵,秦军汜南[5]。

佚之狐言于郑伯曰[6]:“国危矣,若使烛之武见秦君,师必退。”公从之。辞曰[7]:“臣之壮也[8],犹不如人;今老矣,无能为也已[9]。”公曰:“吾不能早用子,今急而求子,是寡人之过也[10]。然郑亡,子亦有不利焉。”许之。

夜,缒而出[11],见秦伯,曰:“秦、晋围郑,郑既知亡矣。若亡郑而有益于君,敢以烦执事[12]。越国以鄙远[13],君知其难也。焉用亡郑以陪邻[14]?邻之厚,君之薄也。若舍郑以为东道主[15],行李之往来[16],共其乏困[17],君亦无所害。且君尝为晋君赐矣,许君焦、瑕,朝济而夕设版焉[18],君之所知也。夫晋,何厌之有[19]?既东封郑[20],又欲肆其西封[21],不阙秦[22],焉取之?阙秦以利晋,唯君图之[23]。”秦伯说[24],与郑人盟。使杞子、逢孙、杨孙戍之[25],乃还。

子犯请击之[26]。公曰:“不可。微夫人之力不及此[27]。因人之力而敝之[28],不仁。失其所与[29],不知[30]。以乱易整[31],不武[32]。吾其还也[33]!”亦去之。

朱自清先生说过:“《左传》的文学本领,表现在记述辞令和描写战争上。”(《经典常谈》)《左传》中记述的行人辞令之多、之妙,确使人们惊叹。《烛之武退秦师》中记述的烛之武说动秦穆公退兵的一番言辞,即为一篇辞令妙品,向为读者所赞赏。

要知本文辞令之妙,须对烛之武其人有所认识。第一,他有杰出的才能。从佚之狐举荐烛之武的肯定的语气中,我们自会得出这样的认识:只要烛之武一出面,秦就会退兵,国家的危险就会解除,而且在当时,除烛之武之外,没有第二个人可当此任了。不言烛之武之才而其才自明。第二,他有以国事为重,不计个人恩怨的胸怀。当国君接受了佚之狐的意见,正式任用他时,不想烛之武却加以推辞,流露出早年不得重用的牢骚。但他毕竟不是一个斤斤计较个人得失的人,他从国家的安危出发,抛开个人的恩怨,毅然受命于危难之际,出使秦军。这表现了烛之武以国事为重的崇高的精神境界,所以他才有临危不惧的大智大勇。第三,明了形势。这次围郑之举,虽是晋、秦联合行动,实际上是晋为主,秦为从。因为晋文公新成为中原的霸主,锐气正盛,要继续维护他霸主的地位。秦虽然也是一个大国,秦穆公虽然也有扩张领土、觊觎中原的勃勃雄心,但面对新崛起的晋国,暂不可与之争锋,只好顺从。烛之武充分明了这种表面联合而内心各有打算的利害关系,深知这样的联盟是不巩固的,是可以瓦解的。

那么,烛之武是如何展示他的出使专对之才,说动秦穆公退兵的呢?烛之武的说辞可分四层。第一层,开门见山地说明郑国的危险。但烛之武此行,目的不是向秦穆公诉说国难,哀求对方的怜悯,因此只用一句话带过,遂即转入第二层,剖析

亡郑、存郑对秦之利弊。这一层用两个假设句来论说。第一个假设句从"亡郑"角度说明亡郑于秦有害无益。烛之武从秦、晋、郑三国的地理位置出发,先说"越国以鄙远"的难以实现,再用一反诘句,强调"亡郑"只会"陪邻"的后果;然后指出"邻之厚,君之薄也"——晋国的力量雄厚了,就等于你秦国的力量削弱了。言外是说,你秦穆公辛苦一场,到头来不过为他人作嫁衣裳而已。第二个假设句从"舍郑"角度说明存郑于秦有益无害。做一个东道主,"共其乏困",只是从最低限度上说的,事实上其好处远不止于此,秦穆公是会心领神会的。这一层从反正两方面把亡郑、存郑对于秦国的利害关系讲得很明白了,但若烛之武的说辞只到此为止,还不足以瓦解晋秦联盟,因为还未触到更要害处。所以第三层用秦穆公记忆犹新的晋国背秦的事实说明晋的不可信赖。这既揭露了晋的忘恩负义,又刺中了穆公心中的隐痛,促其警醒,可谓一箭双雕。第四层,着重揭露晋国无厌的贪欲,指出晋国在东方灭掉郑国之后,必定要向西扩张。"不阙秦,焉取之?"这一反问,在情理之中,所以格外有力。在此基础上,最后提醒穆公,这种"阙秦以利晋"的事值不值得做,"唯君图之"——希望您三思。要对方退兵的意思却用商量、希望的语气说出,真是委婉含蓄之至。

综观烛之武的辞令之妙,约有四点:

第一,角度巧妙。烛之武只身出使秦军,目的在于退秦解围,出发点全在郑国。但在具体谈话中,除第一句是谈郑国的危险处境外,其余全都是从秦国角度立论:先就秦与郑的关系,说明亡郑于秦如何,存郑于秦又如何;再就秦与晋的关系说,过去晋怎样背秦,今后又将势必"阙秦"。"反反复复,似深为秦筹者"(《古文释义新编》),所以,"不虑秦伯不落其彀中也"(《古文析义》)。

第二,委婉含蓄。烛之武的整个谈话,运用了大量的语意婉转的测度语气词、假设连词、表敬副词以及疑问、反问的语气词等,不但使他谈话时的态度显得特别的诚恳、谦恭,而且使他的话显得婉转含蓄。朱自清先生说:"《左传》所记当时大臣的话,从容委曲,意味深长。只是平心静气地说,紧要关头却不放松一步;真所谓恰到好处。"(《经典常谈》)烛之武的辞令正足以当之。

第三,逻辑严密。烛之武从秦晋两国不同的利害关系出发,根据事理和事实,把秦助晋灭郑和秦与晋共事的利弊分析得既透彻又合乎情理,话语一层比一层深入,一层比一层有力,表现出严密的逻辑性。对此,清代吴楚材有很好的分析:"郑近于晋,而远于秦,秦得郑而晋收之,势必至者。越国鄙远,亡郑陪邻,阙秦利晋,俱为至理。……篇中前段写亡郑乃以陪晋,后段写亡郑即以亡秦,中间引晋背秦一证,思之毛骨俱竦。宜乎秦伯之不但去郑,而且戍郑也。"(《古文观止》)

第四,注意修辞技巧。烛之武谈到晋的背秦时,说晋国是"朝济而夕设版焉"。杜预注曰:"以言背秦之速。"显然这是运用夸张的修辞手法。引晋背秦的事实,本会使穆公悚然,现再夸张其"背秦之速",肯定会更能促其注意和警醒。从秦伯的表情和行动上看,这个效果显然是达到了。

烛之武以他过人的智勇和高超的说话艺术,出色地完成了出使秦军的使命,一席话使两国之兵离郑而去,解除了郑国的危急,遂使他的大名和他美妙的辞令载入史册而不朽。

辞令之妙，是本文的一大文学成就。另外，它的章法严密，行文曲折，也引起了人们的重视。《古文释义新编》在本文的总评中说："此篇起首一段叙出围郑之故，并两军驻扎之地，便见郑原未尝得罪于秦，而乘间可以进说意，是为下文伏案也。佚之狐段，叙遣武事，却用一辞作波，是行文纡徐有致处。武见秦伯二段，前一段就秦与郑说，后一段就秦与晋说，皆从利害上立言，反反复复，似深为秦筹者，委婉入情，令人自为心析，极见辞令妙品。后段末以'乃还'二字结'秦军氾南'句；末段又另将晋作一波，以'亦去之'三字结'晋军函陵'句，章法尤为精密。"这篇小文，文虽不满四百字，但作为文章来讲，却首尾完整，层次清晰，章法严密而曲折，其写作上的技巧也是很值得体会吟味的。（王怀让　牛学恕）

【注】 ①甲午：僖公三十年（前630）九月十三日。　②晋侯：晋文公。秦伯：秦穆公。侯、伯都是封爵。　③无礼于晋：指晋文公重耳为公子时在外逃难，经过晋国，郑文公不礼的事。　④贰于楚：郑国对晋怀有贰心，而亲近楚国。僖公二十八年，晋楚城濮之战前，郑文公曾用郑国军队帮助楚国，准备同晋作战。　⑤军：屯兵。函陵：郑地名，在今河南省新郑县北。氾（fàn范）南：氾水之南。氾水：指东氾水，在今河南省中牟县南，早已干涸。　⑥佚之狐：郑大夫。之为姓与名之间的助字，与烛之武之"之"同。郑伯：郑文公。　⑦辞：推辞。主语是烛之武。　⑧壮：指壮年时期。　⑨无能为也已：不能做什么了。也已：语气词连用，略等于矣。　⑩是寡人之过：这是我的过错。是：代词，相当于"这"。　⑪缒（zhuì坠）：用绳子系着人或物从上往下送。　⑫敢以烦执事：就冒昧地拿"亡郑"这件事来麻烦您。敢：表敬副词，实际已无敢的意思。以：后省略宾语"之"字。执事：古时指侍从左右供驱使的人。在对话或书信中，为尊敬对方，婉转称呼执事，表示不敢直陈，故向执事陈述。这里指穆公。　⑬越国以鄙远：越过晋国，把远离自己的郑国作为边邑。鄙：边邑，这里用如动词，作为边邑的意思。　⑭陪：增益，扩大。邻：指晋国。　⑮舍郑：放弃灭郑，即存郑。东道主：东方道路上的主人。因郑在秦的东方，可以供应秦使者的需要，故称"东道主"，后泛指主人。　⑯行李：使臣。　⑰共：同"供"。乏困：行而无资为"乏"，居而无食曰"困"，这里指使者往来缺少资粮。　⑱"且君"三句：指穆公曾接纳晋惠公夷吾并护送其回国执政，夷吾答应割河外五城（包括焦、瑕）给秦，但夷吾归国后即背弃约言，并构筑防御工事。焦、瑕：二地名，故址在今河南省三门峡市一带。济：渡河。版：筑墙用的夹版，这里指用版筑成的防御工事。事见《左传・僖公十五年》。　⑲何厌之有：即"有何厌"，有什么满足的时候。厌：满足。　⑳既：已经。东封郑：灭掉郑国作为东方的疆界。封：边界，这里是作为边界的意思。　㉑肆：伸展，扩张。西封：西面的边界。　㉒阙：损害。　㉓唯：表希望的语气词。图之：考虑这件事。　㉔说：同"悦"。　㉕使：派遣。杞子、逢（páng庞）孙、杨孙：三人都是秦大夫。戍之：驻兵郑国。　㉖子犯：晋文公的舅父狐偃的字。　㉗微夫人之力不及此：如果没有那个人（秦穆公）的帮助是不会有今天的。晋文公逃难到秦国，因得穆公护送才得回国执政。微：无，非。夫人：那个人。　㉘因：借，靠。敝：损害，伤害。　㉙所与：交好的人，同盟者。与：联合，交好。　㉚知：同"智"。　㉛乱：指两国自相冲突。整：原为联盟，为灭郑而来，步调一致。　㉜武：威武。　㉝吾其还也：我还是回去吧。其：表希望、劝告的语气词。

秦晋殽之战

冬①，晋文公卒。庚辰，将殡于曲沃②；出绛③，柩有声如牛④。卜偃使大夫拜[5]，曰："君命大事[6]，将有西师过轶我[7]，击之，必大捷焉[8]。"

杞子自郑使告于秦曰[9]："郑人使我掌其北门之管[10]，若潜师以来[11]，国可得也。"穆公访诸蹇叔[12]。蹇叔曰："劳师以袭远，非所闻也。师劳力竭，远主备之，无乃不可乎[13]！师之所为，郑必知之。勤而无所，必有悖心[14]。且行千里，其谁不知？"公辞焉[15]，召孟明、西乞、白乙[16]，使出师于东门之外。蹇叔哭之曰："孟子[17]！吾见师之出而不见其入也。"公使谓之曰："尔何知？中寿[18]，尔墓之木拱矣[19]。"

蹇叔之子与师[20]。哭而送之，曰："晋人御师必于殽[21]。殽有二陵焉[22]：其南陵，夏后皋之墓也[23]；其北陵，文王之所辟风雨也[24]。必死是间，余收尔骨焉。"秦师遂东[25]。

三十三年，春，秦师过周北门[26]。左右免胄而下，超乘者三百乘[27]。王孙满尚幼[28]，观之；言于王曰[29]："秦师轻而无礼[30]，必败。轻则寡谋，无礼则脱[31]；入险而脱，又不能谋，能无败乎？"

及滑[32]，郑商人弦高将市于周[33]，遇之。以乘韦先[34]，牛十二犒师[35]。曰："寡君闻吾子将步师出于敝邑[36]，敢犒从者[37]。不腆敝邑[38]，为从者之淹[39]，居则具一日之积[40]，行则备一夕之卫。"且使遽告于郑[41]。

郑穆公使视客馆[42]，则束载、厉兵、秣马矣[43]。使皇武子辞焉[44]，曰："吾子淹久于敝邑，唯是脯、资、饩、牵竭矣[45]。为吾子之将行也，郑之有原圃[46]，犹秦之有具囿也[47]，吾子取其麋鹿，以闲敝邑[48]，若何？"杞子奔齐[49]，逢孙、杨孙奔宋。

孟明曰："郑有备矣，不可冀也[50]。攻之不克，围之不继[51]，吾其还也[52]。"灭滑而还。

晋原轸曰[53]："秦违蹇叔，而以贪勤民，天奉我也[54]。奉不可失，敌不可纵[55]。纵敌患生，违天不祥，必伐秦师。"栾枝曰[56]："未报秦施而伐其师[57]，其为死君乎[58]？"先轸曰："秦不哀吾丧而伐吾同姓[59]，秦则无礼，何施之为[60]？吾闻之：一日纵敌，数世之患也。谋及子孙[61]，可谓死君乎？"遂发命，遽兴姜戎[62]。子墨衰绖[63]，梁弘御戎[64]，莱驹为右[65]。

夏四月辛巳，败秦师于殽。获百里孟明视、西乞术、白乙丙以归[66]。遂墨以葬文公，晋于是始墨[67]。

文嬴请三帅[68]，曰："彼实构吾二君[69]，寡君若得而食之，不厌[70]，君何辱讨焉[71]？使归就戮于秦，以逞寡君之志[72]，若何？"公许之。

先轸朝，问秦囚。公曰："夫人请之，吾舍之矣。"先轸怒曰："武夫力而拘诸原，妇人暂而免诸国[73]。堕军实而长寇仇[74]，亡无日矣！"不顾而唾[75]。公使阳处父追之[76]，及诸河[77]，则在舟中矣[78]。释左骖[79]，以公命赠孟明。孟明稽首曰[80]，"君之惠，不以累臣衅鼓[81]，使归就戮于秦，寡君之以为戮[82]，死且不朽[83]。若从君惠而免之，三年，将拜君赐[84]。"秦伯素服郊次[85]，乡师而哭曰[86]："孤违蹇叔，以辱二三子，孤之罪也。"不替孟明[87]。"孤之过也，大夫何罪？且吾不以一眚掩大德[⑧]。”

晋范宁在《穀梁传序》中概括《左传》的特点时说：“左氏艳而富，其失也巫。”朱自清先生解释说：“‘艳’是文章美，‘富’是材料多，‘巫’是多叙鬼神，预言祸福。”(《经典常谈》)春秋时代，战争频繁，《左传》就记了有名的大小战争一百多次。仅此一个方面，即可以说得上是“富”了。至于“艳——文章美”，主要是针对它的叙事之工和辞令之美来说的；而叙事之工，又主要表现在对战争的描写上。《左传》不但记的战争多，而且能把千头万绪的战争写得条理井然，有声有色，揭示出每次战争的特点。这确是了不起的大手笔。《秦晋殽之战》便是春秋中期较大而又被作者写得很有特色的一次战争，体现了《左传》文章美的特点。

第一，作者不但写了这次大战从发生到结束的整个过程，而且揭示了战争的一些规律和秦国失败的经验教训。

战争是一个复杂的现象。交战双方，国家有大小，力量有强弱。按理说，应是大国、强国胜利，小国、弱国失败；可是事实却不然，不少的战争反而是大国、强国失败，小国、弱国胜利。如《左传》中所记的“长勺之战”、“城濮之战”等就是如此。这说明，战争的胜负不光与国家大小、军力强弱有关，还与战争的性质、战前的准备、民心向背以及战略、战术的制定与运用等多种因素有很大关系，这里面包含着丰富的经验和教训。梁启超说过：“善作战记的人，专以叙述胜败因果为主要目的。”(《作文教学法》)《左传》的作者正是如此。

这次战争是秦晋两个大国为争夺霸权在殽地进行的一次战争。从当时两国的条件来看，秦国国内稳定，又有杞子等人作内应，而晋国新丧，显然晋不如秦有利。但战争的结果却是晋胜秦败，这是为什么？主要是因为秦穆公违背了蹇叔的正确意见，犯了战争之大忌，“劳师以袭远”、“以贪勤民”，而军队又骄傲无礼。作者在开始以相当的篇幅记述蹇叔的谏阻之辞以及他与穆公的矛盾冲突，并把蹇叔的意见作为主线贯穿始终，就强调了这一点。

蹇叔的谏辞，先说理，破除穆公“潜师袭郑”的侥幸取胜心理，申说“劳师以袭远”必然失败；再通过“哭师”与“哭子”的行动，指出秦军失败的地点来阻止穆公出师。这些有关战争规律的精辟之论被拒绝，除说明穆公的刚愎自用、利令智昏外，还说明秦国君臣之间意见不一，关系不和谐。然后又通过“王孙满观师”(说明骄兵必败)、“弦高犒师”、“皇武子逐师”(说明“远主备之”、“郑必知之”)、“灭滑而还”(说明“勤而无所”)、“先轸论战”(加上开头卜偃一段，说明晋国虽在丧中，但保持高度警觉，且君臣上下意见统一，关系和谐)等情节，充分暴露了秦穆公的出师不义和战略错误，从而揭示秦军失败的必然性。所以当秦军远行疲惫之师回军至殽山的时候，被埋伏在那里以逸待劳的晋国军队打得落花流水，不但三帅被俘，而且“匹马只轮无返者”(《公羊传》)，损失是非常惨重的。

作者适应这一指导思想，在文字的记述上很好地注意了详略。对战斗过程写得极为简略，对战前(败秦师之故)、战后(败秦师后文字)两个阶段写得较详，而这两个阶段相比，战前又更详一些，几占全文的四分之三。所以这样，就是凡有关秦

国失败的种种因素都一一交代清楚，关于战争的结果，只不过是战前诸因素的必然发展，故不需再详写了。对于战后，作者也写得较多，主要写了晋在战俘处理上的失策及孟明的决心和秦穆公的检讨。因为这关系到以后晋秦两国间的关系和战争。详略得当，是作者描写战争的一大特点。

第二，本文虽为记述战争的名篇，却记了大量的人物语言，这些人物语言都达到了简练、准确和个性化的要求。如先轸听到放了秦囚的话之后的行为，就反映了他性格的暴烈。还有弦高犒师、皇武子逐师、孟明拜赐三段辞令，委婉有力，更为精彩，体现了《左传》辞令美的特点。弦高在"将市于周"的路上，不期而与袭郑的秦军相遇。他充分意识到秦军此行对郑造成的威胁，于是急中生智，俨然以郑国使者的身份进行犒师，先说"寡君"怎样，表明郑已得知秦的意图，接着说"不腆敝邑"几句话，暗示郑已有备。弦高的话，外柔内刚，句句藏锋，充分表现了他的机智和爱国精神。皇武子受命下达逐客令时，杞子等人已"束载、厉兵、秣马"，做好了一切内应的准备。皇武子如稍有差错，就很难完成使命，甚至会给国家造成灾难。他没有用下达通牒令的强硬方式，而是委婉说明自己国家的困难，客气地请他们离开，并彬彬有礼地建议他们打猎而归，最后还用了"若何"的商量的口气，幽默中透出威严。杞子等人听了，立刻逃命，可见其辞令的威力。孟明等人因襄公年幼无知而获释，急急登船向对岸划去，他深知阳处父的赠马之诈，便说了那一番明为感谢，实含报仇之意的话，在彬彬有礼的言辞中含着杀机，这完全符合孟明这员经验丰富的战将的身份与风度。《左传》的语言以简练含蓄、渊懿美茂著称，于此也可见一斑了。

第三，人物形象鲜明生动。本文写到的人物有十几人，几乎每个人都有自己鲜明的个性。如蹇叔的深谋远虑，秦穆公的顽固自信、利令智昏而又能作自我批评，弦高的机智爱国，先轸的决断和刚直等等，都能给读者留下深刻的印象。除通过言行描写人物外，作者还运用了生动的细节描写，如先轸听到释秦囚后，在襄公面前"不顾而唾"，写出了先轸的盛怒，但又无可奈何，因而失去常态，这对表现他刚暴的性格很传神，很有力。

（王怀让　牛学恕）

【注】 ①冬：指僖公三十二年(前628)冬天。　②殡：埋葬。曲沃：今山西省闻喜县，文公祖庙所在地。　③绛：晋国都城，在今山西省翼城县东。　④柩(jiù 旧)：棺木。这句是说，棺木里发出的声音像牛鸣一样。　⑤卜偃：晋国卜筮之官，姓郭名偃。　⑥大事：指军事。　⑦西师：秦国军队。过轶(yì 邑)我：越过我们的国境。轶：超前。　⑧杜预注："卜偃闻秦密谋，故因柩声以正众心。"　⑨杞子：秦大夫，与逢孙、杨孙共同戍郑的将领。见《烛之武退秦师》。⑩管：钥匙。　⑪潜师以来：秘密派军队来，即偷袭。以：同"而"。　⑫诸："之、于"的合音。蹇(jiǎn 简)叔：秦国老臣。　⑬无乃：只怕。　⑭"勤而"二句：意谓劳苦而无所得，军队必有怨恨之心。勤：劳。悖(bèi 背)心：怨恨以致叛逆的心。　⑮公辞焉：秦穆公拒绝了蹇叔的意见。⑯孟明、西乞、白乙：秦国的三个将领百里孟明视、西乞术、白乙丙。　⑰孟子：孟明视。或作"孟兮"。　⑱中寿：古代说法很多，《庄子·盗跖》、《论衡·正说》说中寿八十岁，《淮南子·原道训》说中寿七十。洪亮吉说："此云中寿，当在八十以下，六十以上。"　⑲拱：两手合抱，指树长得粗。　⑳与(yù 预)师：参加这次袭郑的军队。　㉑御师必于殽：一定会在殽山伏兵狙击秦军。殽：山名，在今河南省洛宁县北，西北接陕县，东接渑池县。　㉒二陵：殽有南、北二山，相

距三十五里，故称“二殽”。山上有峻坡，下临绝涧，山路奇险，车辆不能并行，自古称为“险地”。㉓夏后皋：夏朝的君主，名皋，夏桀的祖父。后：君主。㉔文王：周文王。辟：同“避”。㉕东：用作动词，东进。㉖周北门：东周首都洛邑的北门。㉗“左右”二句：为了表示对天子的礼节，战车御者（驾车人）左右的武士要脱下头盔，下车步行；可是刚下车就跳跃着上车的，一共有三百辆战车。这说明秦军的“轻而无礼”。胄（zhòu 宙）：头盔。超乘（chéng 呈）：跳跃上车。三百乘：三百辆。㉘王孙满：周襄王的孙子名满，“王”表示周襄王。㉙王：即周襄王。㉚轻而无礼：轻佻而无礼节。军队过天子之门，应卷甲束兵，下车而行，反跳跃上车以示勇，故这样说。㉛脱：随便，指纪律不严。㉜滑：姬姓国名，在今河南省偃师县南。㉝将市于周：将到周地去做生意。市：做交易。㉞以乘（shèng）韦先：先用四张熟牛皮作礼物。古代送礼的时候，在送重礼之前，要先送点轻微的礼物。所以弦高先送四张熟牛皮，再送十二头牛。乘：古代一车四马，故“乘”可作“四”讲。韦：熟牛皮。㉟犒（kào 靠）师：慰劳军队。㊱寡君：谦称自己国家的君主。吾子：尊称对方，意为“您”。将：率领。步师：行军。出于敝邑：经过我们的国家。敝邑：对自己国家的谦称。㊲敢：表敬副词。从者：指你的军队。㊳腆（tiǎn 舔）：丰厚。㊴淹：留，耽搁。㊵居：住下。具：准备。积：指刍米薪菜等物。㊶使：派出。遽：驿车，古代官员或传递公文的人乘坐的快马驾的车子。㊷郑穆公：郑国国君，名兰。客馆：招待外宾的住所，杞子等人在此。㊸束载：捆束行李。厉兵：磨快兵器。厉：通“砺”，磨刀石，这里作动词用，磨砺。秣（mò 末）马：喂饱马匹。秣：草料，这里作动词用，即喂。杜预注：“严兵待秦师。”㊹皇武子：郑大夫。辞：告诉，这里有下逐客令的意思。㊺唯是：因此。脯：干肉。资：粮食。饩（xì 细）：生肉，指已宰杀的牲畜。牵：活的牛羊等牲畜，可牵行者。竭矣：被吃光了。㊻原圃：郑国的狩猎场，在今河南省中牟县西北。㊼具囿：秦国的狩猎场，在今陕西省凤翔县境内。㊽以闲敝邑：用以使敝邑得到休息的机会。㊾奔：逃跑。㊿不可冀也：不能希望得到什么了。(51)继：指后援、接应的部队。(52)其：语助词，还是。(53)原轸：晋国主帅，即先轸，因封于原，所以又称“原轸”。(54)奉：送，赐。(55)纵：送走。(56)栾枝：晋将领，曾为下军之佐。(57)秦施：指秦穆公派军队护送重耳回国执政。施：恩惠。(58)其为死君：杜预注：“言以君死故忘秦施。”死君：此指晋文公。(59)同姓：滑国、郑国与晋国都是姬姓。(60)何施之为：有什么恩惠可讲。为：语气词。(61)谋及子孙：为后代子孙打算。(62)遽兴姜戎：派出驿车送信以调动姜戎的军队。兴：发动。姜戎：姜姓戎族，在晋之南，与晋友好。(63)子：指晋文公的儿子襄公，因文公未葬，所以称“子”。墨：作动词，染黑。衰（cuī 崔）：不缝边的丧服。绖（dié 迭）：丧服中束腰的麻带。穿着白丧服从军不吉利，所以把丧服染黑了。(64)梁弘：晋大夫。御戎：驾兵车。(65)莱驹：晋大夫。为右：为车右的武士，执戈盾保卫君主或主帅。(66)获：俘虏。(67)晋于是始墨：晋国从此才开始以黑色为丧服。(68)文嬴：晋文公夫人，秦穆公的女儿，晋襄公嫡母。“嬴”是其姓，“文”为丈夫谥号。请三帅：请求释放孟明等三个俘虏。(69)构：挑拨离间造成裂痕。(70)厌：满足。(71)这句说，何必麻烦你来处罚他们呢？(72)逞：满足，快意。寡君：文嬴站在秦国角度说的，指秦穆公。(73)“武夫”二句：将帅们在战场上努力作战俘获他们，妇人家说了几句欺骗的话便把他们从朝廷里放走了。拘：俘获。原：原野，即战场。暂：借为“渐”，欺诈。免：释放。国：国都，指朝廷。(74)堕（huī 灰）：同“隳”，毁坏。军实：战争果实，这里指秦囚。长（zhǎng 掌）寇仇：助长敌人的势力。(75)不顾而唾：当着晋襄公的面，不转头吐唾，极写先轸愤怒之状。(76)阳处父：晋大夫。(77)及诸河：即“及之于河”，追到黄河边才赶上。(78)这句主语是孟明等三人。是说他们已登船离岸了。(79)释左骖：解下车子左边的骖马。

骖:古时一车四马,两边的马叫"骖"。 ⑧稽首:古代最敬之礼,以头抵地,为时甚久。 ⑧累臣:俘虏。累:囚系。衅鼓:杀人以血涂鼓,这是古代对俘虏的一种残酷的虐杀行为。 ⑧之以为戮:即以之为戮,把我们杀掉。 ⑧死且不朽:身虽死,这个大恩也不会被遗忘。 ⑧将拜君赐:将拜谢晋君的恩赐,言外之意是说兴兵报仇。 ⑧素服郊次:穿了丧服,住在郊外等待。古代军败,以丧礼自居。 ⑧乡:同"向"。 ⑧替:废,撤职。 ⑧眚(shěng 绳上):本为目疾,引申为过失。大德:大的功勋。

《国 语》

召公谏厉王弭谤

厉王虐[①],国人谤王[②]。召公告曰[③]:"民不堪命矣!"王怒,得卫巫[④],使监谤者。以告,则杀之。国人莫敢言,道路以目[⑤]。王喜,告召公曰:"吾能弭谤矣[⑥],乃不敢言。"召公曰:"是障之也[⑦]。防民之口,甚于防川。川壅而溃,伤人必多。民亦如之。是故为川者,决之使导;为民者,宣之使言。故天子听政,使公卿至于列士献诗,瞽献曲[⑧],史献书,师箴[⑨],瞍赋[⑩],矇诵[⑪],百工谏[⑫],庶人传语,近臣尽规,亲戚补察[⑬],瞽、史教诲,耆、艾修之[⑭],而后王斟酌焉,是以事行而不悖。民之有口也,犹土之有山川也,财用于是乎出;犹其有原隰衍沃也[⑮],衣食于是乎生。口之宣言也,善败于是乎兴;行善而备败,所以阜财用衣食也[⑯]。夫民虑之于心,而宣之于口,成而行之,胡可壅也?若壅其口,其与能几何?"

王弗听。于是国人莫敢出言。三年,乃流王于彘。

"国人流厉王于彘",是发生在西周后期公元前 842 年的一桩引人注目的历史大事。"国人",主要是周王本族的成员,并非尽为下层劳动群众,但厉王被逐,却显然带有自下而上的政变和起义的性质;它是见于我国古籍记载的时间较早、规模可观的一次臣民直接反对最高统治者的暴力斗争。

厉王的被放逐,固然是由于他自身的胡作非为,比如宠爱"好专利而不知大难"的荣夷公,一意孤行,国事不修,"诸侯不享"(见《国语·周语上》),以致引起民怨沸腾;然而,民众的不满之所以进一步被激化,导致上下冲突加剧,致使本来尚可缓解的矛盾发展到尖锐对抗的程度,则完全是由于厉王听不进不同意见,拒绝正确的劝谏,甚至用高压的手段强行钳制舆论的结果。厉王自以为"得卫巫,使监谤者"就能缄封民口,用"以告,则杀之"的办法就能弭除"谤王"之论,迷信手中的权力而低估了民众的作用,真是大错特错了。

《召公谏厉王弭谤》一文,以记述厉王被国人放逐的事件为基本内容,而把写作的重点放在正面表现召公对厉王的劝谏上,有意强调"民言不可壅"、务"宣之使言"的道理,这就比较深刻地揭示了厉王失误的根本所在,从而为后人总结了可贵的历史教训。西周后期，天命观念动摇，民本思想抬头。召公能够认识到“防民之口，甚于防川”的道理，尽管出发点在于巩固周王政权，却包含着“重民”、“贵民”的思想，客观上具有一定的进步意义。我国先秦时代，孟子也说：“民为贵……是故得乎丘民而为天子。”(《孟子·尽心上》)荀子还引述过“君者舟也，庶人者水也。水则载舟，水则覆舟”(《荀子·王制》)的话，同样表现了对民众作用的重视，反映了一定的民本思想，与召公所论，可以互为参解。

本文在写法上一个触目的特点，是不满足于一般史实的复述，不平均使用笔墨，而是突出重点，用大约五分之四的篇幅具体记载召公向厉王的谏词，使一篇谏词成为结构全文的中心。这种安排固然与《国语》以记言为主的体例有关，也反映了作者进步史家的识见和在写作上的有意追求。

这篇谏词本身不仅要言不烦，而且层次感很强，文气充足而不无跌宕。依其内容，约可分为三层。第一层，以“防川”设喻。强行拦堵湍急的河流，只会导致堤决水溃，“伤人必多”，“民之有口”而强行“障之”，势如“防川”，同样会酿成严重后果。这是一个新鲜、生动、恰切的比喻，也是一个对愚顽者有力的警告。第二层，转入正面说理。是借先王设政求治、广开言路，申说执政者倾听下情、正确纳谏的重要性和必要性。此一层，重于规诫，语气较前稍缓，而内容却有重要开拓。第三层，再以“土之有山川”等设喻。“衣食于是乎生”，“善败于是乎兴”，说明国之于民的直接依赖关系。如果说“防民之口”还只是立足于防范下民“为害”，那么，重视“(民)口之宣言”则着眼于国之大利，这就从更深层、更根本的意义上揭示了“胡可壅也”的道理，更显得具有说服力。

可见，这段谏词貌似平实，却自有曲折和层次的递进。作者用笔似不经意，实则往往有可见匠心之处。如“故天子听政”一句以下，用一个“使”字领起一系列结构相同的并列句，公卿、列士、瞽、史、师、瞍、矇、庶人、近臣、亲戚，涉及上上下下各色人等，充分显示了“天子”纳谏方面之广、渠道之多。而“献诗”、“献曲”、“献书”，是供王阅读者；“箴”、“赋”、“诵”、“谏”，是一种有劝诫意义的进言；至于“传语”、“尽规”、“补察”，又带有更多的针对性。接下再以“瞽、史教诲，耆、艾修之”作进一步渲染和强调，只用两个转折连词“而后”、“是以”即把道理讲明、讲完。前后七十多字，虽稍有夸张，却一气呵成，能予人以情绪的感染。在此基础上，最后以“若壅其口，其与能几何”的反诘作收，既总束了上文，以兼有预示的蕴意，开启了下面的文路，又表现了较高的驾驭文字的能力。

唐人刘知几说：“夫国史之美者，以叙事为工，而叙事之工者，以简要为主。”(《史通·叙事》)本文正是一篇工于叙事而用笔极其简要的写史佳作。全篇仅用二百六十来字，就有头有尾而相当概要地记述了纷纭复杂的历史事件，给人明晰的印象。文章从一开始到“道路以目”，仅四十个字，却把厉王的专横、社会的恐怖、矛盾之尖锐以及暴风雨前的短暂寂静，全都显现出来；而厉王之“虐”、“怒”、“狠”(“以告，则杀之”)，国人之“谤”、“莫敢言”、“道路以目”，两条线交错，十分鲜明。至于厉王于苟安之中忽而窃喜，与上文闻告之怒，正形成强烈对比：“怒”显其暴，“喜”示其愚。凡此，都可看出作者用笔至为简练，却又精细有致。再如，写厉王拒谏和事件后果，只用了二十来个字。“王弗听”，上承召公大段耐心劝谏之后，表明厉王昏聩不可救，顽固难为改；“于是国人莫敢出言”，似重复前文，实暗示了矛盾未得缓解而是在继续发展；地火运行终将冲出地面，“三年，乃流王于彘”，顺乎人意，合乎自然。文章结穴于此，戛然而止，收到了言有尽而意无穷的效果。

总之，本文记述的是一桩有重要意义的历史事件，作者着眼于事件所蕴涵的历史教训，既统筹全篇，突出重点，又善于叙事，工于为文，把史家的卓识同散文写作的创造性很好地结合了起来。应该说，本文不仅是《国语》中有代表性的名篇，也是我国早期散文发展史上一篇不容忽视的力作。（董治安　郭东明）

【注】 ①厉王：周厉王（？～前828在位），名胡，后来被放逐到彘（今山西霍县）。虐：残暴狠毒。　②国人：西周、春秋时对居住在国都的人的通称。　③召（shào邵）公：召穆公，名虎，周的卿士。　④卫巫：卫国的巫者。　⑤道路以目：在路上相遇，只能用眼光示意，表示不满意。　⑥弭谤（mǐ bàng米磅）：止息诽谤。　⑦障：阻挡。　⑧瞽（gǔ鼓）：盲人，指乐师（古代乐师用盲者）。曲：乐曲。　⑨师：指少师，乐官之一。箴（zhēn针）：含有劝诫意义的文辞。这里作动词用，献箴的意思。　⑩瞍（sǒu叟）：眼睛没有瞳人的盲者。赋：吟诗。　⑪矇：眼睛有瞳人而不能见物的盲者。诵：指诵读诗（不配乐曲）。　⑫百工：指从事各种工艺的人。　⑬亲戚：指“天子”的同宗大臣。　⑭耆（qí其）、艾：指国家的元老们。六十岁叫“耆”，五十岁为“艾”。　⑮其：指土地。原：土地之宽阔平坦者。隰（xí习）：土地之低下潮湿者。衍：土地之低而坦平者。沃：土地之有水可资灌溉者。　⑯阜：增多。

勾践灭吴

越王勾践栖于会稽之上[①]，乃号令于三军曰：“凡我父兄、昆弟及国子姓[②]，有能助寡人谋而退吴者[③]，吾与之共知越国之政[④]。”大夫种进对曰[⑤]：“臣闻之：贾人夏则资皮[⑥]，冬则资絺[⑦]，旱则资舟，水则资车，以待乏也[⑧]。夫虽无四方之忧[⑨]，然谋臣与爪牙之士[⑩]，不可不养而择也。譬如蓑笠[⑪]，时雨既至，必求之。今君王既栖于会稽之上，然后乃求谋臣，无乃后乎[⑫]？”勾践曰：“苟得闻子大夫之言[⑬]，何后之有？”执其手而与之谋。

遂使之行成于吴，曰：“寡君勾践乏无所使[⑭]，使其下臣种，不敢彻声闻于天王[⑮]，私于下执事曰：‘寡君之师徒[⑯]，不足以辱君矣[⑰]；愿以金玉、子女赂君之辱[⑱]。请勾践女女于王[⑲]，大夫女女于大夫，士女女于士；越国之宝器毕从[⑳]。寡君帅越国之众以从君之师徒，唯君左右之[㉑]。’若以越国之罪为不可赦也[㉒]，将焚宗庙，系妻孥[㉓]，沉金玉于江，有带甲五千人，将以致死，乃必有偶[㉔]，是以带甲万人事君也[㉕]。无乃即伤君王之所爱乎[㉖]？与其杀是人也，宁其得此国也[㉗]，其孰利乎？”

夫差将欲听与之成，子胥谏曰[㉘]：“不可！夫吴之与越也，仇雠敌战之国也[㉙]，三江环之，民无所移[㉚]。有吴则无越，有越则无吴矣，将不可改于是矣[㉛]！员闻之：陆人居陆，水人居水。夫上党之国[㉜]，我攻而胜之，吾不能居其地，不能乘其车；夫越国，吾攻而胜之，吾能居其地，吾能乘其舟。此其利也，不可失也已。君必灭之！失此利也，虽悔之，必无及已。”越人饰美女八人，纳之太宰嚭[33]，曰：“子苟赦越国之罪[34]，又有美于此者将进之。”太宰嚭谏曰：“嚭闻古之伐国者，服之而已[35]；今已服矣，又何求焉？”夫差与之成而去之[36]。

勾践说于国人曰[37]：“寡人不知其力之不足也，而又与大国执雠[38]，以暴露百姓之骨于中原[39]，此则寡人之罪也。寡人请更[40]！”于是葬死者，问伤者，养生者；吊有忧，贺有喜[41]；送往者，迎来者[42]；去民之所恶，补民之不足。然后卑事夫差[43]，宦士三百人于吴[44]，其身亲为夫差前马[45]。

勾践之地，南至于句无[46]，北至于御儿[47]，东至于鄞[48]，西至于姑蔑[49]，广运百里[50]。乃致其父母昆弟而誓之，曰：“寡人闻古之贤君，四方之民归之，若水之归下也。今寡人不能，将帅二三子夫妇以蕃[51]。”令壮者无取老妇[52]，令老者无取壮妻；女子十七不嫁，其父母有罪；丈夫二十不娶，其父母有罪。将免者以告[53]，公令医守之[54]。生丈夫[55]，二壶酒，一犬；生女子，二壶酒，一豚[56]；生三人，公与之母[57]；生二人，公与之饩[58]。当室者死[59]，三年释其政[60]；支子死[61]，三月释其政：必哭泣葬埋之，如其子[62]。令孤子、寡妇、疾疹、贫病者纳官其子[63]。其达士[64]，絜其居[65]，美其服，饱其食，而摩厉之于义[66]。四方之士来者，必庙礼之[67]。勾践载稻与脂与舟以行，国之孺子之游者[68]，无不餔也[69]，无不歠也[70]，必问其名。非其身之所种则不食，非其夫人之所织则不衣。十年不收于国，民俱有三年之食。

国之父兄请曰：“昔者夫差耻吾君于诸侯之国[71]；今越国亦节矣[72]，请报之！”勾践辞曰：“昔者之战也，非二三子之罪也，寡人之罪也。如寡人者，安与知耻[73]？请姑无庸战[74]！”父兄又请曰：“越四封之内[75]，亲吾君也，犹父母也。子而思报父母之仇，臣而思报君之雠，其有敢不尽力者乎？请复战！”勾践既许之，乃致其众而誓之曰：“寡人闻古之贤君，不患其众之不足也，而患其志行之少耻也[76]。今夫差衣水犀之甲者[77]，亿有三千[78]，不患其志行之少耻也，而患其众之不足也。今寡人将助天威之[79]。吾不欲匹夫之勇也[80]，欲其旅进旅退[81]。进则思赏，退则思刑[82]；如此，则有常赏。进不用命，退则无耻[83]；如此，则有常刑。”

果行，国人皆劝[84]。父勉其子，兄勉其弟，妇勉其夫，曰：“孰是吾君也，而可无死乎[85]？”是故败吴于囿[86]，又败之于没[87]，又郊败之[88]。

夫差行成，曰：“寡人之师徒，不足以辱君矣！请以金玉、子女，赂君之辱。”勾践对曰：“昔天以越予吴，而吴不受命，今天以吴予越，越可以无听天之命而听君之令乎[89]？吾请达王甬、句东，吾与君为二君乎[90]！”夫差对曰：“寡人礼先一饭矣[91]。君若不忘周室而为弊邑宸宇[92]，亦寡人之愿也。君若曰：‘吾将残汝社稷，灭汝宗庙。’寡人请死！余何面目以视于天下乎？越君其次也[93]！”遂灭吴。

春秋时代，诸侯国攻战杀伐，所谓“远交近攻”之策通行于世。吴越两国土地接壤，遂形成互为敌国、世代攻伐的局面。关于其事，史家多有所记，如《史记》之《越王勾践世家》、《吴太伯世家》，而后更有类近小说家言之《吴越春秋》、《越绝书》两部著作详述其事，辞章丰蔚，情节入胜，有“稍伤曼衍”之嫌，为史家学人所不取。较此诸作，今见《左传》、《国语》之所记实为详述一动人史实的最早信史。《左传》严守编年史的记史原则，自昭公三十二年（前 510）至哀公二十二年（前 473），共三十八年间，进行了编年分记，断断续续，时略时详，初读起来很不系统，唯《国语》之《越语》中的记述堪称时代最早、记述生动、结构完整、情节连贯的史家文章。

这一历时三十八年的两国之战是越王允常及其子勾践与吴王阖闾及其子夫差两代君主之间的争斗，而《勾践灭吴》一文则只记述两国第二代君主夫差与勾践的最后的较量，乃是这一段历史的收场，也是其最为关键的一幕。正因这样，读此文当注意以下三处，即：越王谋略的实现，吴败的教训以及越国君、臣、民三者的形象描写。

若非身陷灭顶之灾，勾践是决不会以“共知越国之政”的宏诺相许的，一个以国家为己之私产的帝王竟打算把这“私产”与他人平分秋色，其态之诚，其声之切，大有“鹿死不择音”的韵味，情势的严重已是不言而喻的了——这正是全文一开篇就展现给读者的前奏：他要求的是解决此刻燃眉之急的一则妙计，即“有能助寡人谋而退吴”的一个策略！

没有任何附加条件，只要是“退吴”之“谋”便唯此是取，其实就是不择手段，犹如一场赌博，此时是输得精光，要再赢回来，这雄心真是太妙了！当此之际，策士谋臣大夫种的进对，及至勾践“执其手而与之谋”的出现，乃是这一篇历史文章的最关键之所在，以后的所有的谋略便在这会稽山上的君臣密谈中共拟臻至！在以败国之臣游说胜国之君的非凡使命中，用那样痛切悲壮的耻辱以博得敌国的解颐，那一篇迷人的宣言，所谓“勾践女女于王，大夫女女于大夫，士女女于士；越国之宝器毕从”等条件，无异于绝妙的麻醉剂，足致吴王夫差乐不胜收而欲令智昏了！但这宣言也搭配着强硬的一手，即若无生路可走，就要破釜沉舟、决一死战，拼他个鱼死网破、玉石俱焚，显示出一种困兽犹斗、穷鼠啮猫般的威慑力量！

但吴国并非全在昏睡，伍子胥一直是在醒着，他那“有吴则无越，有越则无吴”，“君必灭之！失此利也，虽悔之，必无及已”的劝谏，实在是明如观火的卓识！这卓识几乎把智昏的夫差惊醒，于是阴谋的第二套方案立即付诸实施：在接受了“美女八人”之后，又一个欲令智昏者太宰嚭的谏阻抵消了伍子胥的谏言！于是，谋略的预期之效实现了，那困栖于会稽山上的五千越卒终于解围。

退吴之谋实现了，但那死灰却终于复燃成弥天之灾，吴宫终于“废坏”，化为“污池”，变为越王脚下的一片废墟与死水！看得出来，勾践谋略的特点是以利诱为前提的缓兵之计，不择手段地麻痹敌人。这绝妙的骗术令吴国的“昏上乱相”陶醉了，于是越国覆灭的厄运化为绝处逢生的转机。

吴国的悲剧留给历史一则痛切的教训：荒淫误国，这确是吴国君臣的历史罪责！吴国亦有社稷之臣，伍子胥三番两次地提醒过吴王："使臣除疾，而曰'必遗类焉'，未之有也。"（《左传·哀公十一年》）他还说："克而弗取，将又存之，后虽悔之，不可食已。"（《左传·哀公元年》）伍子胥作忠造怨而死于非命，这正是吴国惨败的起点。勾践的转机正是从伍子胥的悲剧结局中实现的。他那一系列奖励生男、繁衍人口、招贤纳士、富民养民的政策以及吊忧、贺喜、葬死、问伤的爱民实践，其实都是他复仇政策的体现！而全部政策的核心乃在争取人民，"保民而王"！这正是勾践胜利之本，它与吴国的失败恰成对照。

可以看出：一则卑身事敌，一则恭身敬民，勿论"卑"、"恭"，作为帝王的勾践的如此委屈之态，其用心皆在矫扮作一副恳挚可人的假象，麻醉敌国，收买民心。古人所以把勾践灭吴的历史称之为"阴谋外传"，其实确是一语中的、入骨三分的卓见！

越国的胜利说到底是君、臣、民的生死与共、众志雠仇的结果，所谓"子而思报父母之仇，臣而思报君之雠"，正是这幅君、臣、民三角图案的说明，如此视君"犹父母也"的家族血缘般的亲厚之情，乃是勾践殚二十二年的心力于一个沦为敌国臣妾地位的败国民族的心理中培育出来的无限生机！这胜利当然是越国的胜利，更确切些说，实在是勾践谋略的胜利！

"国家"在帝王的心中实是他的全部私产，不管是谁，无论敌国之君，还是己国之臣，凡可能抢走这份私产者，皆是不共戴天之敌。为了享有这份祖传家业，他是不惜支付那身为敌囚、女为吴妾——昂贵而羞辱的代价的！从会稽山上的让国之诺到卑事夫差、屈为囚虏以及厚意于民的让步谋略的身体力行来看，他玩弄的乃是一套韬晦欺世的诈术，勾践的艺术形象塑造得是十分成功的。（张元勋）

【注】 ①"越王"句：公元前496年，越王勾践与吴王阖闾作战，阖闾伤指而死，事见《左传·定公十四年》。阖闾临死的时候，命其子夫差定要报此仇。后三年，吴王夫差伐越，大败越军，遂入越。勾践的残军五千人退保会（kuài 快）稽。会稽：山名，在今浙江省绍兴市东南十二里。②昆弟：即兄弟。子姓：犹子民，即百姓。③退吴：使吴军撤退。④共知越国之政：共同主持越国的国政。⑤大夫种：即文种，越大夫。⑥"贾人"句：商人在夏天就要准备冬天的皮衣。⑦絺（chī 痴）：细葛布，用以制夏天所穿的衣服。⑧待乏：准备需要。乏：本义为缺乏，引申为需要。⑨四方：即四邻。这句说，虽然没有邻国的进攻。⑩爪牙之士：指勇敢的将士。⑪蓑（suō 梭）笠：蓑衣和笠帽。⑫无乃后乎：不是太迟了吗？⑬子大夫："大夫"之上冠以"子"字，是对大夫的尊称。⑭行成：求和。乏无所使：缺乏人才出使外国。⑮"不敢"二句：是说不敢直接陈告于您，而私告于您手下执事之臣。彻：达。天王：对吴王夫差的尊称。⑯师徒：指军队。⑰"不足"句：是说不值得屈辱您来讨伐了。⑱赂君之辱：意谓慰劳您的辱临。⑲"请勾践女"句：是说请以勾践之女作为吴王之妾。下一"女"字读去声，作动词用。⑳宝器毕从：把全部宝器随同女子献给吴国。㉑左右：处理，安排。㉒"若以"句：大意说，您如不许越国求和。㉓系妻孥：把妻子和子女缚起。㉔"将以"二句：将拼死命，必然一人可拼一命。㉕"是以"句：谓把双方拼死的人计算，共一万人。倘您准许和好，那这一万人就可以伺候您。事：服侍。㉖"无乃"句：大意说，如果作战，难免损伤您所亲爱的将士吧？㉗"与其"二句：与其损伤两国众多的将士，何如获得越国呢？㉘子胥：即伍子胥，名员，吴大

臣。 ㉙“仇雠”句：谓互相仇视，互相敌对，互相作战的国家。 ㉚三江：指长江、吴淞江、钱塘江。民无所移：指吴越两国人民迁不出三江范围之外。 ㉛“有吴”三句：指吴、越两国势不两立，这种局面是不可改变的。 ㉜上党：犹言高邻，指中原大陆。党：毗邻。 ㉝太宰：官名。嚭(pǐ痞)：人名，夫差的亲信。 ㉞“子苟赦”句：意谓你若准许越国求和。 ㉟服之：使它屈服。 ㊱与之成而去之：和越国成立和约而后撤兵。 ㊲说于国人：对国人解说。 ㊳执雠：结仇。 ㊴中原：原野之中。这句意思是说使百姓死于战祸。 ㊵请更：请求改过。 ㊶“吊有忧”二句：勾践向有丧事者吊唁，向有喜事者道贺。 ㊷“送往者”二句：对外出者欢送之，对还家者欢迎之。 ㊸卑事夫差：自居于卑贱的地位，伺候夫差。 ㊹“宦士”句：谓派出三百人到吴国去作为臣仆。 ㊺前马：仪仗队中的乘马开道的人。 ㊻句无：地名，今浙江省诸暨县南五十里有勾无亭，即其地。句：同“勾”。 ㊼御儿：地名，今浙江省崇德县东南有语儿乡，即其地。 ㊽鄞(yín银)：地名，今浙江省宁波市。 ㊾姑蔑：地名，今浙江省龙游县北。 ㊿广运：东西为广，南北为运。 (51)帅：同“率”。二三子：诸位。这句是说：将领导越国百姓繁殖人口。 (52)取：同“娶”。 (53)免：同“娩”，分娩。 (54)公令医守之：官府派医师照料她。 (55)丈夫：男子。 (56)豚：猪。 (57)公与之母：官府给予乳母。 (58)公与之饩(xì戏)：官府供给食粮。 (59)当室者：负担家务的长子。 (60)“三年”句：谓三年之中免除其徭役。政：指徭役。 (61)支子：其余的儿子。 (62)“必哭泣”二句：勾践哭泣着埋葬他们，如同对待自己的儿子一样。 (63)疾疹：患疾病的人。纳官其子：把他们的儿子送到官府加以教养。 (64)达士：知名之士。 (65)絜其居：把他的住宅打扫清洁。絜：同“洁”。 (66)摩厉：同“磨砺”，切磋讨论。义：事物的道理。这句是说与他们讨论治国的道理。 (67)四方之士：指自国外来越之士。庙礼：在朝廷庙堂上接见以致敬。 (68)孺子：小孩。游者：流浪者。 (69)餔(bǔ补)：给以食物吃。 (70)歠(chuò辍)：给以水饮。 (71)耻吾君于诸侯之国：使吾君在诸侯之国前蒙受耻辱。 (72)“今越国”句：言国家已走上轨道。节：节度。 (73)安与知耻：哪懂得什么叫做耻辱？ (74)姑无庸战：姑且不用作战。 (75)四封：四境。 (76)“而患其”句：谓忧虑他们对志趣和行为缺少耻辱心。 (77)衣水犀之甲者：穿着水犀皮铠甲的战士。水犀：犀牛的一种。 (78)亿有三千：十万三千。亿：古代指十万。 (79)威之：讨伐。 (80)匹夫之勇：一般人的血气之勇。 (81)旅进旅退：齐步向前，齐步后退。 (82)退则思刑：退后的时候先考虑到军法。 (83)退则无耻：退后而不知耻。 (84)劝：勉励。 (85)“孰是”二句：谁的恩惠有像我们君主那样的，哪能不为他卖命呢？ (86)囿：即笠泽，今太湖一带。 (87)没：吴地名，不详所在。 (88)郊：吴国都城姑苏(今江苏苏州)的郊外。 (89)这句是说：越哪可以不听上天的意旨而听您的命令呢？ (90)“吾请”二句：我请求送您到甬、句东二地，从此以后仍像两个国君一样。甬、句东二地，近人徐元诰以为系指浙江东海中之舟山。 (91)寡人礼先一饭：吴王自言年长于越王。 (92)宸宇：屋檐下。为弊邑宸宇：是说为吴留下一点地方，不灭亡吴国。这句意思是：吴与周为同姓之国，希望越王顾全周王室的面子，给吴国一些庇护。 (93)次：作“舍”解，指居住。这句是说：请越君只管休息吧！

《战国策》

邹忌讽齐王纳谏

邹忌修八尺有余[①]，身体昳丽[②]。朝服衣冠，窥镜，谓其妻曰："我孰与城北徐公美[③]？"其妻曰："君美甚，徐公何能及君也！"城北徐公，齐国之美丽者也。忌不自信，而复问其妾曰："吾孰与徐公美？"妾曰："徐公何能及君也！"旦日[④]，客从外来，与坐谈，问之客曰："吾与徐公孰美？"客曰："徐公不若君之美也。"明日，徐公来，孰视之[⑤]，自以为不如；窥镜而自视，又弗如远甚。暮，寝而思之，曰："吾妻之美我者，私我也[⑥]；妾之美我者，畏我也；客之美我者，欲有求于我也。"

于是入朝见威王，曰："臣诚知不如徐公美。臣之妻私臣，臣之妾畏臣，臣之客欲有求于臣，皆以美于徐公。今齐地方千里，百二十城，宫妇左右莫不私王，朝廷之臣莫不畏王，四境之内莫不有求于王。由此观之，王之蔽甚矣！"

王曰："善。"乃下令："群臣吏民，能面刺寡人之过者[⑦]，受上赏；上书谏寡人者，受中赏；能谤议于市朝[⑧]，闻寡人之耳者，受下赏。"令初下，群臣进谏，门庭若市；数月之后，时时而间进[⑨]；期年之后[⑩]，虽欲言，无可进者。

燕、赵、韩、魏闻之，皆朝于齐。此所谓战胜于朝廷[⑪]。

"邹忌讽齐王纳谏"，是一则久已流传、为人熟悉的历史故事。今天重读这篇名作，仍能从中获得思想的启迪和有益的借鉴。它告诉我们：对于一般人来说，在生活中，要努力避免主观自是，要多作调查，尊重事实，不为各种假象所迷惑，做事才可能立于不败之地；而就执政者而言，则要重视广开言路，虚心纳谏，要善于倾听和正确对待不同意见，从而把施政方针和具体策略置于比较坚实的基础之上。

邹忌为自己的堂堂仪表多少有些自恃、自诩，然而，与"齐国之美丽者"城北徐公相比，究竟谁更美，却使他不禁疑惑难定。从窥镜而至于问妻、问妾、问客，充分表现了一种矛盾而复杂的心态：一方面在自我感觉上似乎已意识到逊于徐公之美；另一方面又不愿轻易肯定这一事实，甚至希望能从别人的判断中得到某种符合自己愿望的确证。邹忌的可贵在于，他没有在其妻、其妾、其客的颂赞声中忘乎所以，没有陷于盲目性。"明日，徐公来，孰视之，自以为不如；窥镜而自视，又弗如远甚。"他尊重客观事实，不回避事实，因而对于那些尽管合乎自己心愿但却不符合事实的话，能够识破其谬误，并且能够从周围一些人奉承颂美之辞的后面，看出问题的症结："吾妻之美我者，私我也；妾之美我者，畏我也；客之美我者，欲有求于我也。"

在生活中，由于人与人之间的许多具体关系，听取直言不易；而对于一国之君来说，广开言路，倾听不同意见，就更其困难得多。邹忌不愧是一个有识见、有作为的谋臣，他从生活琐细小事中，由近及远，联想到执政者去蔽纳谏的重要性和必要

性。文中“于是入朝见威王”以下，只用了八十多字，把“王之蔽甚矣”的道理，讲得深入浅出，贴切生动，很有说服力。

文中所写齐威王，也有值得称道处。他从邹忌的讽谏中深受启发，断然下令，鼓励“面刺寡人”、“上书”进谏，甚至对“谤议于市朝”者也予以赏赐。这表明，作为封建国君的齐威王，能够虚心从谏，“见善则迁，有过则改”。他与那种盲目自信、一意孤行的庸主不同，应该说是一位头脑清醒、富于远见的执政者。文章说“令初下”，“门庭若市”，“数月之后，时时而间进”，而“期年之后，虽欲言，无可进者”。随着时间的推移，进谏的人数逐日减少，意味着由于下情的迅速上达，一般官吏和民人的愿望越来越多地得到满足。集思广益，政通人和，必然大大保证并推进国家的改革和发展。文章最后，作者用“燕、赵、韩、魏闻之，皆朝于齐”，暗示了齐国积极改革和发展带来的兴旺强盛。“此所谓战胜于朝廷”一语，更结穴概括了正确纳谏的重大意义和不可低估的政治效果，直接表明了作者的写作意图，是全篇的点睛之笔。

历史上，齐威王（名因齐）是战国中期有名的国君之一。在位三十余年，使一个“诸侯并伐，国人不治”的弱国，一变而为“大治”、“诸侯莫敢致兵”的强齐。邹忌曾以鼓琴比喻为政的道理，受到威王的信任，被用为相（以上参见《史记·田敬仲完世家》）。然而，本篇所述邹忌自容貌之微推及朝廷大事以至向威王讽谏等等，却并非信史，而有所依托。《吕氏春秋·达郁》篇有“列精子高”受信任于“齐湣王”之事，当即为《战国策》作者推衍之本（参见缪文远《战国策考辨》，中华书局 1984 年版）。战国时代，策士们为了增强谈说效果，打动各诸侯国君，有意引古证今、以彼喻此，其中往往不无敷衍渲染以至虚拟的成分，无足为怪。值得注意的倒是，由于《战国策》工于叙事，善于描绘，多有文学意味，邹忌讽威王的故事却广为传诵，而其所据“列精子高听行于湣王”的母题，反而少为人知了。

从本文结构布局看，作者显然不是简单罗列事实，而对材料作了必要的剪裁和集中。如：第一部分，用几占全文一半的篇幅，具写邹忌自己身边发生的小故事，而其主要笔墨又用于一一叙写邹忌与其妻、妾、客的三问三答；末一部分写威王纳谏，着重强调下令的内容，对于令下之后在国内引起的反响以及最终获得的政治效果，则采取了暗写、虚写的方法：都可谓详略得体，颇见匠心。

作者用笔细致而生动活泼，写邹忌身边发生的小故事，尤婉转而富于情趣。如问妻、问妾、问客，既表现了邹忌自己的矛盾、疑惑，也从不同的回答中具体而微妙地展示了妻、妾、客与邹忌之间的复杂关系以及各自的内心活动，为下文“臣之妻私臣”、“臣之妾畏臣”、“臣之客欲有求于臣”作了铺垫。又如，“窥镜”，“孰视之”，又“窥镜而自视”，才“暮，寝而思之”，这就把邹忌思想的逐步变化写得很准确，层次感极强，并且富于生活气息而不流于琐碎。《战国策》善于引用寓言阐明事理，本文第一部分，实际也是一段带有寓言性质的故事。由于这段故事形式上是由邹忌自述其所见所思，然后以此喻指威王政治上“去蔽”的重要性，比喻本身非常贴切并恰如其分，文章的前后部分也更显得浑然一体。这就比一般简单引寓言说明事理，在构思上有出新之处，大大增加了本文的趣味性和说服力。 （董治安　石晓宁）

【注】 ①邹忌:齐国人,善鼓琴,威王用为相,封成侯。修:长,指身高。尺:周制一尺约合今七寸余。 ②昳(yì意)丽:光艳美丽。 ③意谓:我与城北徐公谁美?孰:谁。 ④旦日:明日。 ⑤孰视:仔细看。孰:同"熟"。 ⑥私:偏私,偏爱。 ⑦面刺:当面指责。寡人:古代国君对自己的谦称,意思是"少德之人"。 ⑧市朝:指人众会集的公共场所。 ⑨间(jiàn见)进:间或有人进谏。 ⑩期(jī基)年:满一年。 ⑪战胜于朝廷:在朝廷之上战胜(敌人)。

冯谖客孟尝君

齐人有冯谖者[①],贫乏不能自存。使人属孟尝君[②],愿寄食门下[③]。孟尝君曰:"客何好?"曰:"客无好也。"曰:"客何能?"曰:"客无能也。"孟尝君笑而受之,曰:"诺。"左右以君贱之也,食以草具[④]。

居有顷,倚柱弹其剑,歌曰:"长铗归来乎[⑤]!食无鱼。"左右以告。孟尝君曰:"食之,比门下之客[⑥]。"居有顷,复弹其铗,歌曰:"长铗归来乎!出无车。"左右皆笑之,以告。孟尝君曰:"为之驾,比门下之车客[⑦]。"于是乘其车,揭其剑[⑧],过其友曰:"孟尝君客我[⑨]!"后有顷,复弹其剑铗,歌曰:"长铗归来乎!无以为家[⑩]。"左右皆恶之,以为贪而不知足。孟尝君问:"冯公有亲乎?"对曰:"有老母。"孟尝君使人给其食用,无使乏。于是冯谖不复歌。

后孟尝君出记,问门下诸客[⑪]:"谁习计会,能为文收责于薛者乎[⑫]?"冯谖署曰[⑬]:"能"。孟尝君怪之,曰:"此谁也?"左右曰:"乃歌夫长铗归来者也!"孟尝君笑曰:"客果有能也,吾负之[⑭],未尝见也。"请而见之。谢曰[⑮]:"文倦于事[⑯],愦于忧[⑰],而性懧愚[⑱],沉于国家之事,开罪于先生[⑲]。先生不羞[⑳],乃有意欲为收责于薛乎?"冯谖曰:"愿之。"于是约车治装[㉑],载券契而行[㉒],辞曰:"责毕收,以何市而反[㉓]?"孟尝君曰:"视吾家所寡有者。"

驱而之薛。使吏召诸民当偿者,悉来合券[㉔]。券遍合[㉕],起,矫命以责赐诸民[㉖],因烧其券。民称万岁。

长驱到齐[㉗],晨而求见。孟尝君怪其疾也,衣冠而见之,曰:"责毕收乎?来何疾也!"曰:"收毕矣!""以何市而反?"冯谖曰:"君云:'视吾家所寡有者。'臣窃计:君宫中积珍宝,狗马实外厩,美人充下陈[㉘];君家所寡有者以义耳。窃以为君市义。"孟尝君曰:"市义奈何?"曰:"今君有区区之薛,不拊爱子其民[㉙],因而贾利之[㉚]。臣窃矫君命,以责赐诸民,因烧其券,民称万岁。乃臣所以为君市义也。"孟尝君不说[㉛],曰:"诺。先生休矣[㉜]!"

后期年[㉝],齐王谓孟尝君曰:"寡人不敢以先王之臣为臣!"孟尝君就国于薛[㉞]。未至百里[㉟],民扶老携幼,迎君道中。孟尝君顾谓冯谖:"先生所为文市义者,乃今日见之!"

冯谖曰:"狡兔有三窟,仅得免其死耳。今君有一窟,未得高枕而卧也。请为君复凿二窟。"孟尝君予车五十乘,金五百斤,西游于梁[㊱]。谓惠王曰:"齐放其大臣孟尝君于诸侯[㊲]。诸侯先迎之者,富而兵强。"于是梁王虚上位[㊳],以故相为上将军，遣使者，黄金千斤，车百乘，往聘孟尝君。冯谖先驱，诫孟尝君曰[39]："千金，重币也；百乘，显使也。齐其闻之矣！"梁使三反[40]，孟尝君固辞不往也。

齐王闻之，君臣恐惧，遣太傅赍黄金千斤[41]，文车二驷，服剑一[42]，封书谢孟尝君曰："寡人不祥，被于宗庙之祟[43]，沉于谄谀之臣[44]，开罪于君。寡人不足为也，愿君顾先王之宗庙，姑反国统万人乎[45]？"冯谖诫孟尝君曰："愿请先王之祭器，立宗庙于薛[46]。"庙成，还报孟尝君曰："三窟已就，君姑高枕为乐矣！"

孟尝君为相数十年，无纤介之祸者[47]，冯谖之计也。

记述春秋战国史实的典籍主要是《春秋》、《国语》、《左传》及《战国策》四种，唯《战国策》是专记战国史事。这是出自众家之手的记述汇编，所录无非"纵横家言"。所谓"言"，非仅限于游说之士们的出谋献策的辞令，也有出自其口的朝野佚事、诸国杂闻以及传说、寓言之类，这些材料乃成为纵横策士们的游说制胜的论据，也为后世存留下有用的史证。以兹论之，《战国策》其书半是正史，半是野史，半是史书，半是稗书，是一部兼具史学价值与文学价值，反映战国一代的珍贵典籍。

战国是一个个人作用表现得最为突出的时代，"权谋之徒，见贵于俗"，他们的奇谋妙计往往决定了国运之兴衰，所谓"得士者昌，失士者亡"，即把这些策略派的人物的作用描写到不可忽视的地位。所以，贵士、养士之风遂盛于一时。司马迁在《史记・吕不韦列传》中说："当是时，魏有信陵君，楚有春申君，赵有平原君，齐有孟尝君，皆下士、喜宾客以相倾。吕不韦以秦之强，羞不如，亦招致士，厚遇之，至食客三千人。是时诸侯多辩士。"可见一斑。依附于君主、卿相以糊口者非仅鸡鸣狗盗之徒，亦不乏独具卓识、胸怀绝技之士，如此智、愚、贤、不肖聚集之豪门府邸实际上已是很有能量的社会集团力量。《冯谖客孟尝君》一文所述的就是战国时代养士之风的大背景下的一则很有意义的故事。

从思想内容看，本篇的中心意旨是说明只有建立"三窟"才能"高枕而卧"，这一要义其实完全是为政治人物精心设计的正确谋略，于人民似无直接的意义，但以此来说明做事要有远见，要留有余地，这仍然是值得记取的宝贵经验。

十分明显，所谓"三窟"之薛、齐、梁对孟尝君来说自有"亲"、"疏"之别，齐、梁确是"二窟"，而薛则更像老巢，那里最安全、最可靠，所以如此，是因为冯谖早在一年前就在那里买下了"义"！"市义"实在是救孟尝君于累卵之危而为泰山之安的一件意义重大的举动。在这全篇文章中它是关键，没有这"市"来之"义"，孟尝君的厄运是无法逃脱的。虽然其"宫中积珍宝，狗马实外厩，美人充下陈"，可谓"富可埒国"，但目光犀利的冯谖却一眼就看出其家"所寡有者以义耳"，其实冯谖是委婉地指出其"不拊爱子其民，因而贾利之"的盘剥人民的不义行径，至此可以见出传为慷慨好施、礼贤下士的孟尝君，其实不过是"不义而富且贵"之辈，他们作出的贵士尊贤的姿态，其实是在招揽为他们效忠的人才，而对于平民众庶，他们仍如一切为富不仁者一样，盘剥贾利之不遗余力，所以即使冯谖向他再透彻不过地讲述矫命焚券的重大意义，他依然不懂。直至亡命奔薛，身临绝境、穷途逢生之时，才真正体会到"市义"的道理。说至此，本篇的另一要义则在表明类似"卑贱者最聪明，高贵者最愚蠢"般的意旨，一句传云的战国四公子之风流仗义、远见博容的故事，却在"贫乏不能自存"的一个平民冯谖的卓绝之举中黯然失色，所以孟尝君说自己"性懧愚"，这恐怕不完全是自谦，倒表现出他还是颇有点自知之明的！

从写作艺术看，本文最大的成功莫过于对冯谖形象的描写。战国之世，奇伟之士混迹市井之间，放肆卿相之前，坦然受禄，面无愧色。始观其为人也，言近无赖，行几无耻，"义不苟合当世，当世亦笑之"，追察其"不爱其躯，赴士之厄困，既已存亡死生矣，而不矜其能，羞伐其德"(《史记·游侠列传》)，始见其俊杰奇伟之本色。至于冯谖实属此例。本文有三层：

初写冯谖仿佛无能而贪婪，但当其击剑而歌之再三，已表现出他非同流俗，令人刮目相看。此为第一层。

待锐身自任，赴薛收债，矫命焚券，谓之"市义"，乍一看来似乎是开了一个大玩笑，然其非凡与卓异已跃然纸上。此为第二层。

至齐王逐孟尝君，薛民"扶老携幼，迎君道中"，乃是本文之高潮。及至后文"三窟"之构建，不过是尾声般地把冯谖的形象刻画得更加丰满，其何人斯，早已从误解中超脱出来，令人惊叹敬服不已！此为第三层。

就全文而论，章法是先详述表面小节，而后层层着色，大有越涂越丑之感；然后笔锋一转，突现奇观，出人意外，令人惊绝！如此为文，堪称千古之典范、迷人之妙计！

(张元勋)

【注】 ①冯谖(xuān宣)：或作冯煖、冯驩。 ②属：请托。孟尝君：即田文，齐靖郭君田婴少子，为齐相。轻财好士，门下食客常数千人，与魏信陵君、赵平原君、楚春申君齐名，称"四公子"。 ③寄食门下：在孟尝君门下作食客。 ④食(sì饲)以草具：给他吃粗糙的食物。草具：装盛粗劣饮食的食具。 ⑤"长铗(jiā夹)"二句：大意是说，长铗啊，我们还是回去吧！铗：剑把。长铗犹长剑。 ⑥"食之"二句：谓供其饮食如门下食鱼之客。一版本"客"前有"鱼"字。吴师道注引《列士传》："孟尝君厨有三列：上客食肉，中客食鱼，下客食菜。" ⑦车客：乘车之客。 ⑧揭其剑：高举着他的剑。揭：高举。 ⑨客我：以我为客。 ⑩无以为家：无力赡养家庭。 ⑪"后孟尝君"二句：大意是说，孟尝君出文告征询他的门客。记：文告。 ⑫计会：即今所谓会计。责：通"债"。薛：孟尝君的领地，在今山东省枣庄市附近。 ⑬署：签名。 ⑭负之：亏待了他。 ⑮谢：致歉。 ⑯倦于事：为国事劳碌。意谓事务繁忙。 ⑰愦(kuì溃)于忧：困于思虑，以致心中昏乱。意谓所思虑的事很多。愦：昏乱。 ⑱懧(nuò懦)：同"懦"，怯弱。 ⑲开罪：得罪。 ⑳羞：耻。不羞：不以己之简慢为耻。 ㉑约车治装：约期准备车子，并置办行装。 ㉒券契：指债券，关于债务的契约。 ㉓"责毕收"二句：债完全收完后买些什么回来？ ㉔合券：指验对债券。古时债券与今之合同相似，甲乙两方各持其半，作为凭证。日后验对债券时，必须两相符合。 ㉕遍：全。 ㉖矫命：假托孟尝君的命令。矫：假托。 ㉗长驱：驱车直前，不在中途逗留。 ㉘下陈：后列。旧时被迫供玩弄的妇女地位卑贱，处于后列。 ㉙拊爱：即抚爱。子其民：视其民如子。 ㉚贾利之：以商贾手段，向人民谋取利息。 ㉛说：同"悦"。 ㉜休矣：犹言算了、得了。休：息。 ㉝王念孙认为，"后期年"下当有脱文，叙述有人向齐湣王进谗中伤孟尝君的事。 ㉞就国：回到自己的领地去。 ㉟未至百里：距离薛还有

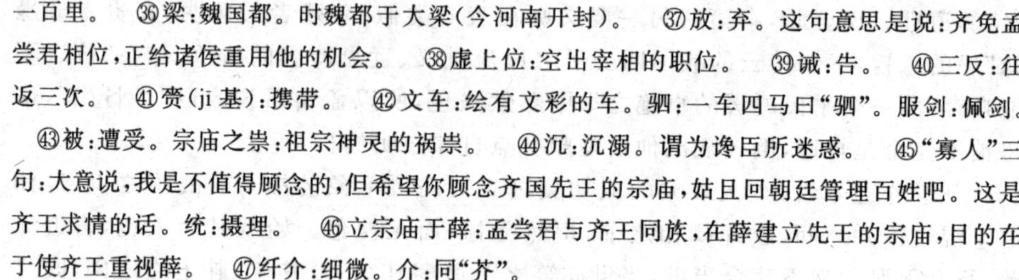

一百里。 ㊱梁:魏国都。时魏都于大梁(今河南开封)。 ㊲放:弃。这句意思是说:齐免孟尝君相位,正给诸侯重用他的机会。 ㊳虚上位:空出宰相的职位。 ㊴诫:告。 ㊵三反:往返三次。 ㊶赍(jī 基):携带。 ㊷文车:绘有文彩的车。驷:一车四马曰"驷"。服剑:佩剑。 ㊸被:遭受。宗庙之祟:祖宗神灵的祸祟。 ㊹沉:沉溺。谓为谗臣所迷惑。 ㊺"寡人"三句:大意说,我是不值得顾念的,但希望你顾念齐国先王的宗庙,姑且回朝廷管理百姓吧。这是齐王求情的话。统:摄理。 ㊻立宗庙于薛:孟尝君与齐王同族,在薛建立先王的宗庙,目的在于使齐王重视薛。 ㊼纤介:细微。介:同"芥"。

唐且不辱使命

秦王使人谓安陵君曰[1]:"寡人欲以五百里之地易安陵,安陵君其许寡人[2]!"安陵君曰:"大王加惠[3],以大易小,甚善。虽然[4],受地于先王[5],愿终守之[6],弗敢易。"秦王不说[7]。安陵君因使唐且使于秦[8]。

秦王谓唐且曰:"寡人以五百里之地易安陵,安陵君不听寡人,何也?且秦灭韩亡魏[9],而君以五十里之地存者,以君为长者[10],故不错意也[11]。今吾以十倍之地,请广于君[12],而君逆寡人者[13],轻寡人与[14]?"唐且对曰:"否,非若是也。安陵君受地于先王而守之,虽千里不敢易也,岂直五百里哉[15]?"秦王怫然怒[16],谓唐且曰:"公亦尝闻天子之怒乎[17]?"唐且对曰:"臣未尝闻也。"秦王曰:"天子之怒,伏尸百万[18],流血千里。"唐且曰:"大王尝闻布衣之怒乎[19]?"秦王曰:"布衣之怒,亦免冠徒跣[20],以头抢地耳[21]。"唐且曰:"此庸夫之怒也[22],非士之怒也[23]。夫专诸之刺王僚也[24],彗星袭月[25];聂政之刺韩傀也[26],白虹贯日[27];要离之刺庆忌也[28],仓鹰击于殿上[29]。此三子者,皆布衣之士也,怀怒未发,休祲降于天[30],与臣而将四矣[31]!若士必怒,伏尸二人[32],流血五步,天下缟素[33],今日是也。"挺剑而起。

秦王色挠[34],长跪而谢之曰[35]:"先生坐,何至于此,寡人谕矣[36]。夫韩、魏灭亡,而安陵以五十里之地存者,徒以有先生也[37]。"

《唐且不辱使命》写唐且折服秦王的故事。秦王二十二年(前 225),秦王嬴政在灭韩亡魏之后,提出用五百里交换只有五十里的安陵小国。安陵君不答应,派唐且出使秦国。唐且不畏强暴,针锋相对地进行斗争,终于挫败了秦王,捍卫了安陵国的主权和独立。对于这一件事的真实性,古人早已提出疑问:"荆轲之见也,匿匕首于图。秦法:侍者不得操兵,此云'挺剑而起',何也?"因此说"其辞固多夸矣"(吴师道《战国策校注补正》)。今人也说:唐且不辱使命,是"不符合历史事实的","其实是游士夸大他们的作用,所以虚构这样的情节,本非信史,无须深考的"(郭预衡《中国散文史》上)。既然这样,这篇文章为什么还会长时间流传,为广大读者所喜爱,被选入各种文学选本呢?推想其原因,恐怕有两点:第一,作者热情歌颂了唐且不畏强暴,敢于反抗强权的英雄气概和保卫国家尊严的爱国精神,揭露了秦王骄横狡诈而又色厉内荏的本质,体现了正义必胜的思想。唐且在国家面临灭亡的危迫形势下，敢于出使强大的秦国，这本身就需要有很大的胆略和勇气。到了秦国，面对着骄横不可一世的秦王，唐且不卑不亢，用自己的机智和勇敢战胜了秦王，维护了安陵小国的领土完整和主权独立。在唐且身上体现了弱小国家不屈服强权的斗争精神，捍卫国家独立和尊严的爱国精神。从这个意义上说，"博浪之椎，唐且、荆卿之剑，虽未亡秦，皆不可少"（吴楚材《古文观止》评）。唐且所表现的大无畏气概，"大为孱弱吐气"（林云铭语），读者"读之快意，不必论其事之有无"（清唐塘《公荆国语国策抄》）。

第二，文章短小精悍，有较高的文学成就。一是人物形象鲜明生动。秦王的骄横、狡诈和凶暴的暴君形象和唐且的威武不屈、敢于斗争的侠士形象，写得都很成功。文章一开始，就写出秦王这个大国之君倚势欺人的骄横面目。他想得到安陵，但又不想使用武力，就玩弄交换的花招。从"安陵君其许寡人"这近乎命令式的语气中，就可看出，这哪里是交换，简直是讹诈。《古文观止》的夹评说："设言易之，实则夺之，秦人常套。"真是一针见血。当唐且出使到了秦国，秦王摆出盛气凌人的架势，以大压小，用恫吓利诱的手段，企图迫使唐且屈服。但唐且却从容镇定地回答："安陵君受地于先王而守之，虽千里不敢易也，岂直五百里哉！"说得比安陵君还斩钉截铁，没有回旋余地。秦王听了这个回答，恼羞成怒，暴跳如雷，妄图用"天子之怒"来吓倒唐且。但唐且毫无惧色，不慌不忙地用"布衣之怒"来相对。作者写秦王是先扬后抑法，写唐且则是先抑后扬法。比如通过秦王之口把"天子之怒"夸张得"雄甚"，而把"布衣之怒"又贬得"丑甚"（《古文观止》评）；而后通过唐且之口，说"若士必怒"，也只不过是"伏尸二人，流血五步"而已，与"天子之怒，伏尸百万，流血千里"，真是不可同日而语。但当唐且真的效法专诸等人，要"挺剑而起"时，不可一世的秦王却是"色挠，长跪而谢之"，完全被唐且大无畏的英勇精神所折服。秦王的前倨而后卑和唐且的先恭而后倨形成了鲜明的对比。人物形象在这种双向相逆的发展中，戏剧性地完成了。

二是语言个性化。安陵君国小力微，面对强秦的讹诈，不敢直接顶撞，因而话说得婉转，可又不失应该坚持的独立原则，表明安陵君并不是一个昏庸无能的人。秦王的谈话，却流露出既威吓又利诱的骄横狡诈的性格特征。特别是"天子之怒"的话，典型地表现了秦王不可一世的淫威。唐且的性格最主要的是不屈服于强权，敢于针锋相对地进行斗争。秦王企图以五百里为诱饵得到安陵，唐且就说"虽千里不敢易也"；秦王以"天子之怒"来相压，唐且就以"布衣之怒"来相对。唐且举出历史上三个著名的刺客，已显示出他的心怀与个性；尤其是他抗言"布衣之怒"的话，更是有我无敌，威慑秦王，有力地体现出他敢于反抗的个性特点。

三是文章写得曲折有波澜。"文似看山不喜平"，这篇几百字的小文，却写得波澜迭起，奇趣横生。文章开始，安陵君面对秦王的无理要求，回答的话就有两个转折。"大王加惠，以大易小，甚善"，先加肯定，这是"一折"；接着用"虽然"一转，说"受地于先王，愿终守之，弗敢易"，这是"一正"。（《古文观止》评）话说得既得体，又有起伏。唐且到秦国后，秦王与他的谈话意思与秦王与安陵君的谈话基本一致，但有变化。秦王是恩威并施，又打又拉，唐且却不卑不亢，说出"虽千里不敢易"的话，

“较安陵君答秦语尤直捷”(《古文观止》评)。在写秦王与唐且关于“天子之怒”与“布衣之怒”的辩论中，更是针锋相对。开始通过秦王之口极写“天子之怒”的淫威，贬低“布衣之怒”，两人的表情是一得意，一沉着；当唐且说到专诸等人的侠义行为时，可以看出情绪逐渐激昂，气氛也趋于紧张；当说到他自己要学专诸，“挺剑而起”时，已到了惊心动魄、扣人心弦的地步。《古文观止》评道：“此段一步紧一步，句句骇杀人。”这不但表现了唐且置生死于度外的大无畏精神，也使文章的气氛达到高潮。作者用这么少的文字，把人物写得如此生动，文章写得这样曲折，其高超的技巧的确值得我们借鉴。

(王怀让　牛学恕)

【注】 ①秦王：即秦始皇嬴政，当时尚未称帝，所以称“秦王”。安陵君：战国时魏襄王曾封其弟为安陵君，此为其弟后裔。安陵：魏国分封的一个小邑，其地在今河南省鄢陵县西北。②其：表命令的语气词。　③加惠：施予恩惠。　④虽然：即使这样，但……　⑤先王：称死去的国君，指祖先。　⑥终：永远。　⑦说：同“悦”。　⑧唐且(jū居)：亦作“唐雎”，人名，安陵君之臣。　⑨灭韩亡魏：秦始皇十七年(前230)灭掉韩国，二十二年(前225)灭掉魏国。　⑩长者：谨厚有德行的人。　⑪错意：放在心上。错：通“措”，置。　⑫请广于君：请广地于君的意思，请求扩大土地给你们国君。　⑬逆：违背，不顺从。　⑭与：同“欤”，表疑问语气，犹代汉语的“吗”。　⑮岂直：岂但。　⑯怫(fú弗)然：生气发怒的样子。　⑰尝：曾经。　⑱伏尸：尸体倒地。　⑲布衣：平民。　⑳徒跣(xiǎn显)：赤脚步行。　㉑以头抢(qiāng枪)地：用头碰地。抢：撞，碰。　㉒庸夫：平常的人。　㉓士：智勇兼备的侠士。　㉔专诸：春秋后期吴国勇士。王僚：即吴王僚，为春秋时吴王寿梦第三子夷昧的儿子，名僚。寿梦有四子，长子诸樊知季子札贤而不立太子，弟兄们便约定依次相传。夷昧死，当传其弟札，但季札不愿为王，出到中原各国考察。因而夷昧把王位传给自己的儿子僚。诸樊之子公子光(即阖闾)不服，为争夺王位，便派专诸刺杀了王僚，专诸当场也被杀死。事见《左传·昭公二十七年》、《史记·吴太伯世家》和《刺客列传》。　㉕彗星袭月：彗星的光芒掩盖了月亮。古时人迷信，认为天变与人事相应，认为彗星袭月这一自然现象是上天为专诸刺王僚这一事变所显示的征兆。　㉖聂政：战国时勇士，轵(今河南济原东南)人。韩傀：韩烈侯的叔父，时为韩相。韩国大夫严仲子与韩傀有仇，便结交聂政，并派聂政刺杀了韩傀。事见《战国策·韩策二》及《史记·刺客列传》。　㉗白虹：白气。贯：穿过。　㉘要(yāo腰)离：春秋后期吴国勇士。庆忌：王僚之子。王僚死后，庆忌逃往外国。吴王阖闾为除后患，便派要离刺杀了他。事见《吴越春秋·阖闾内传》。　㉙仓鹰击于殿上：此处也是作为事变的征兆。仓：同“苍”。击：扑。　㉚休：美，指吉祥。祲(jìn近)：不祥的云气，指凶兆。休祲：此处为偏义词，主要指祲，不祥之兆，指上文的“彗星袭月”等。　㉛与臣而将四矣：加上我将成为四个人了。意即要效法专诸等人的做法，来刺杀秦王。　㉜伏尸二人：指自己与秦王同归于尽。　㉝天下缟素：全国人穿上丧服。缟素：未经染色的白绢、白绸，借代白色丧服。古代国君死，全国人都要穿丧服。　㉞色挠：神色沮丧，屈服的样子。挠：屈。　㉟长跪：挺直身躯而跪。古代席地而坐，坐时臀部压在脚跟上。遇有紧急或庄敬的场合，臀部离开脚跟，双膝跪地，身躯挺直，以示警惕或庄重。　㊱谕：明白。　㊲徒：仅，只。这句是说：只是因为有先生的缘故。

触龙说赵太后

赵太后新用事[①]，秦急攻之[②]。赵氏求救于齐，齐曰：“必以长安君为质[③]，兵乃出。”太后不肯，大臣强谏[4]。太后明谓左右[5]：“有复言令长安君为质者，老妇必唾其面[6]。”

左师触龙言愿见太后[7]。太后盛气而胥之[8]。入而徐趋[9]，至而自谢曰[10]：“老臣病足，曾不能疾走[11]，不得见久矣，窃自恕[12]，而恐太后玉体之有所郄也[13]，故愿望见太后。”太后曰：“老妇恃辇而行[14]。”曰：“日食饮得无衰乎[15]？”曰：“恃粥耳。”曰：“老臣今者殊不欲食[16]，乃自强步[17]，日三四里，少益耆食[18]，和于身也[19]。”太后曰：“老妇不能。”太后之色少解[20]。

左师公曰：“老臣贱息舒祺[21]，最少，不肖[22]，而臣衰，窃爱怜之。愿令得补黑衣之数[23]，以卫王宫。没死以闻[24]。”太后曰：“敬诺[25]。年几何矣？”对曰：“十五岁矣。虽少，愿及未填沟壑而托之[26]。”太后曰：“丈夫亦爱怜其少子乎[27]？”对曰：“甚于妇人。”太后笑曰：“妇人异甚[28]。”对曰：“老臣窃以为媪之爱燕后贤于长安君[29]。”曰：“君过矣，不若长安君之甚。”左师公曰：“父母之爱子，则为之计深远[30]。媪之送燕后也，持其踵为之泣[31]，念悲其远也[32]。亦哀之矣。已行，非弗思也。祭祀必祝之，祝曰：‘必勿使反[33]。’岂非计久长，有子孙相继为王也哉[34]？”太后曰：“然。”

左师公曰：“今三世以前[35]，至于赵之为赵[36]，赵主之子孙侯者[37]，其继有在者乎[38]？”曰：“无有。”曰：“微独赵[39]，诸侯有在者乎[40]？”曰：“老妇不闻也。”“此其近者祸及身[41]，远者及其子孙。岂人主之子孙则必不善哉！位尊而无功，奉厚而无劳[42]，而挟重器多也[43]。今媪尊长安君之位[44]，而封之以膏腴之地[45]，多予之重器，而不及今令有功于国，一旦山陵崩[46]，长安君何以自托于赵[47]？老臣以媪为长安君计短也，故以为其爱不若燕后。”太后曰：“诺，恣君之所使之[48]。”于是为长安君约车百乘[49]，质于齐，齐兵乃出。

子义闻之[50]，曰：“人主之子也，骨肉之亲也，犹不能恃无功之尊[51]，无劳之奉，而守金玉之重也，而况人臣乎[52]！”

一提到《战国策》，读者自然会记起活跃在战国时期的策士——纵横家们。战国时代，是一个“兵革不休，诈伪并起”，“游说权谋之徒，见贵于俗”（刘向语）的时代，“攻斗相并，相诈相倾，机变之谋，唯恐其不深，捭阖之辞，唯恐其不工”（吴师道《战国策序》），所以纵横家们的纵横捭阖之辞成为《战国策》的主要内容，是毫不足怪的。但前人早已注意到，在大量的权谋诈伪的策士言论之外，还有一些内容精警、启人心智的精辟之论。“若张孟谈、鲁仲连发策之慷慨，谅毅、触詟纳说之从容，养叔之息射，保功莫大焉；越人之投石，谋贤莫尚焉；王斗之爱縠，忧国莫重焉。”（鲍彪《战国策序》）触龙的从容纳说，便是其中之一。

《触龙说赵太后》全文只不过六百字左右，主要内容由触龙与赵太后两人的问答组成。但为什么这样一篇小文章，不但在古代受到人们的重视，而且至今不减其思想的意义和艺术的魅力呢？原因就在于它写得精警、巧妙、细密而生动。

精警，是指触龙的谏辞内容精辟，富有教育意义和启发作用，不但使赵太后幡

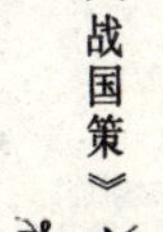

然醒悟，也使后人深思。触龙的进谏之辞，提出了一个非常严肃的问题：怎样才算是对子女真正的爱？当时的统治者大多没有解决这个问题。赵太后对长安君完全是一种溺爱，“尊长安君之位，而封之以膏腴之地，多予之重器”。赵太后如此，其他诸侯国的统治者也莫不如此。他们利用手中的权势，为子女提供优越的条件，修造好安乐窝，使子女们养尊处优，无所事事。触龙尖锐地指出，这样做不但使子女一无所能，没有立身的资本，更严重的是统治阶级的继承人出现了危机。“一旦山陵崩”，便会出现“近者祸及身，远者及其子孙”，以至于后继无存的亡国惨祸。这是当时诸侯国中普遍存在的现象，可是由于他们昏聩糊涂，谁也不去正视，不去考究。现在一经触龙道破，就有了发人深省的巨大力量。无怪乎他的话一落，赵太后已经放弃了固执之见，欣然同意叫长安君出质于齐了。两千多年前统治阶级中的开明之士已经懂得了爱子是关系到封建统治阶级立国久远的大问题，把爱子与国家前途紧紧联系起来，今天，我们更应从中吸取经验和教训。

巧妙，是指触龙的话说得巧妙和文章写得巧妙，具有很强的艺术感染力。触龙的进谏之辞以“从容”、“婉切”而著称。他在太后盛怒的情况下出场，目的和大臣们一样，是要说服太后同意派长安君质于齐。如果他也像众大臣们那样“强谏”，不但达不到目的，还会遭“唾面”的难堪。所以他的谈话自始至终都避开长安君出质的敏感问题，采用迂回战术，从侧面入手。当一见到“盛气而胥之”的太后时，先作自我检讨，再问太后的健康和饮食起居，完全是家常话、人情语，口吻亲切，态度诚恳，在不知不觉中使太后平息了怒气，清除了戒备心理；然后又大谈托子、爱子的事情，在男人与女人谁更爱幼子的争论中，沟通了与太后的感情联系，关系更接近了一步。在应该谈长安君的问题时，触龙却陡然提出“老臣窃以为媪之爱燕后贤于长安君”的问题，大谈对燕后的爱。

论说这时是谈长安君的好时机，但他又宕开去，扯到赵与诸侯国其继无存的惨痛事实，说明他们溺子、娇子的错误。这等于为太后悬一面镜子，要太后自己照一照。最后才急转直下，说到太后对长安君溺爱的危害。“一旦山陵崩”云云，是很有警醒力的，等于说太后对长安君“纵能庇之当身，决不能保之死后”（林云铭《古文析义》），这是太后绝没有想到的。综观触龙的谈话，是先动之以情，一破其所忌，再晓之以理，喻之以利害，把怎样爱子的道理融会其中，启发太后自己觉悟。一旦赵太后觉悟了，长安君该不该出质的话也就不用触龙来说了。浦起龙在《古文眉诠》中分析触龙的说话之妙时说：“意越冷，越投机；语越宽，越醒听。”周振甫先生阐述道：“冷就是离开向太后谏劝越远越好，越是谈些跟谏劝无关的话，越是使太后听得进去，离远正是为了接近，表面冷而内心热。‘语越宽，越醒听’，越是同谏劝无关，越是动听，越能转入进谏。”（《文章例话·细密》）触龙借客形主，请君入彀的巧妙谈说，“与夫强谏于廷，怒骂于上，发上冲冠，自持必死者，力少而功倍矣”（鲍彪《战国策·触龙说赵太后》评）。

文章写得巧妙，一是繁简适当。如开头“许多事情，三四语叙完，此妙于用简；以下（指触龙与太后的谈话）只一事连篇说不尽，又妙于用繁”（《古文观止》评）。二是在表现触龙婉转进言的巨大效果上，手法高妙。作者在记述触龙与太后谈话的过程中，不加任何带有主观色彩的词语和评论，只在关键处如实点出“太后盛气而胥之”、“色少解”、“笑曰”、“诺”等，从太后表情和心理的变化上，写出矛盾解决的过程，表现触龙婉转进谏的巨大成功。三是对比手法运用得好。本文可以说通篇都是运用对比。大臣们的强谏与触龙的婉转进言是对比，太后与触龙之间关系的微妙变化也是对比（开始太后是盛气而待，触龙却尽量谦恭，最后虽没明写两人怎样，但从“诺”一语来看，太后之服从、触龙之得意自可想见）。在谈怎样爱子的问题上也都是对比反衬，燕后与长安君是对比，各国诸侯溺爱子及其后果与太后的做法也是对比映衬。在这种多层次的对比反衬中，不但显示出触龙进谏的巧妙，也使文章更加严谨而多姿了。

细密，是指文章写得细致。如触龙劝谏过程，从他“入而徐趋”的动作，到他问候太后的起居，都写得很细致。以后又写到托子，写到太后对燕后的爱，特别是把太后送燕后远嫁，怎样握住她的脚跟、怎样哭泣的情景以及后来祝祷的话语都细细地写出来，等等，大大增强了文章的说服力和生动性。

生动，是指文章语言的生动和人物形象的鲜明。作者没有用很多的形容描写的词语，通篇大都是人物的对话。但作者就是通过两位老人絮絮叨叨，如话家常的个性化语言的记述，再加上人物行动中的细节描绘，把人物心理的微妙变化和人物的性格都细腻传神地表现出来，触龙见解高超、虑患深远而又善于辞令的老臣形象和太后专横任性、不识大体、溺爱少子的性格都跃然纸上了。

这篇文章作为记触龙说赵太后这一件事来说，写了它发生、发展和结束的完整过程。另外，故事以求救于齐开始，以“齐兵乃出”结束，首尾呼应。使得文章脉络清晰，结构严谨。

（王怀让　牛学恕）

【注】 ①赵太后：即赵威后，赵惠文王妻，赵孝成王母。用事：执政。公元前266年惠文王死，第二年孝成王继位，因年幼，由太后执政。　②秦急攻之：《史记·赵世家》载：“孝成王元年，秦伐我，拔三城。”急：加紧。　③长安君：赵惠文王少子，孝成王弟，封于长安，为赵太后所宠爱。质（zhì 至）：抵押品。当时各国之间结盟，要互派国内重要人物（多为国君亲属，或兄弟，或儿子）到对方的国家去作抵押，作为执行盟约的保证，称为“质”。　④强谏：竭力劝告。　⑤明谓左右：明白地对左右近臣说。　⑥老妇：太后自称。　⑦左师：官名。一说，复姓。触龙：人名，赵国老臣。　⑧盛气：发怒的样子，俗说气冲冲、气鼓鼓等。胥：同“须”，等待。原作“揖”，王念孙据《史记》说当为“胥”，马王堆汉墓帛书中作“胥”。　⑨徐：缓慢。趋：小步急行。古时臣见君时要“趋”，触龙因年老病足，不能快跑，故“徐趋”。　⑩谢：谢罪，道歉。　⑪曾：乃，竟。疾走：快跑。　⑫窃：私下。自恕：自我原谅。　⑬郄（xì 细）：也作“郤”，同“隙”，生毛病。一说当作“倦”，疲羸之意。　⑭辇（niǎn 拈）：古时国君或皇后在宫中坐的车子，由两人拉着。　⑮得无：该不会（表测度）。衰：减少。　⑯今者：近来。殊：很，特别。　⑰强步：勉强地走动走动。　⑱少（shāo 稍）：稍稍。益：增加。耆：同“嗜”，喜爱，指食欲。　⑲和：舒适。　⑳色：脸色，指怒色。解：缓和。　㉑贱息：谦称自己的儿子。息：子。　㉒不肖：不贤，没大本事。　㉓补黑衣之数：在宫廷卫队中占个名额。当时赵国宫廷卫士都穿黑衣。　㉔没（mò 莫）死：冒着死罪，是一种敬畏的说法。以闻：即“以之闻”的省略，把这件事禀告您。　㉕敬：表客气的词，无实义。

㉖及：趁着。填沟壑(hè 贺)：对自己死的谦卑说法。㉗丈夫：古时对男子的通称。㉘异甚：特别厉害。㉙媪(ǎo 袄)：古代对老年妇女的敬称。燕后：太后女，嫁给燕国国君。贤于：胜过，超过。㉚为之计深远：替他们作长远打算。计：考虑，谋划。㉛持其踵：握住她的脚跟，指不忍离别。㉜念悲其远：即“念其远，悲其远”，想起她将远嫁，悲伤她的远嫁。㉝必勿使反：一定不要让她回来。反：同“返”。古代诸侯女远嫁他国，不迎自归，不是被废，就是亡国，所以这样祝她。㉞也哉：都是语气词，“也”表判断，“哉”表反问，语气重点在“哉”。㉟三世：三代。父子相继为一世。㊱赵之为赵：赵氏成为赵国国君。即从现在上推三代以前赵肃侯时，甚至推到赵烈侯正式由大夫建立赵国时(公元前 403 年，韩、赵、魏三家分晋，赵烈侯才由大夫立为诸侯)。㊲侯者：封侯的。㊳继：继承者，后代子孙。㊴微独：非但，不仅。㊵诸侯有在者乎：是“诸侯之子孙侯者，其继有在者乎”的省略。㊶近者：指速度快的。祸及身：自己这一代就完蛋。㊷奉：同“俸”，俸禄。㊸挟：拥有。重器：指象征国家权力的金玉钟鼎之类。㊹尊：使之尊。㊺膏腴：肥美。㊻山陵崩：古代对君主死去的一种委婉避讳的说法，这里指太后死。㊼何以：即“以何”，凭什么。自托：托身，立身。㊽恣：纵，任凭。㊾约车：给车套马。㊿子义：赵国贤士。[51]犹：尚且。[52]况人臣乎：应是“况人臣之子也乎”的省略。

《论语》

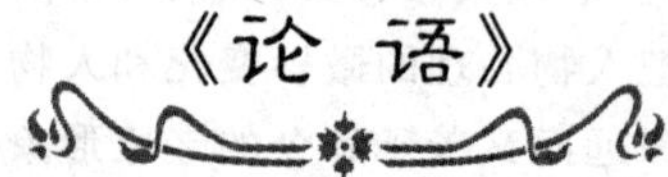

子路曾皙冉有公西华侍坐

子路、曾皙、冉有、公西华侍坐①。子曰：“以吾一日长乎尔②，毋吾以也③。居则曰④：‘不吾知也⑤！’如或知尔⑥，则何以哉⑦？”子路率尔而对曰⑧：“千乘之国⑨，摄乎大国之间⑩，加之以师旅⑪，因之以饥馑⑫，由也为之⑬，比及三年⑭，可使有勇，且知方也⑮。”夫子哂之⑯。“求，尔何如？”对曰：“方六七十⑰，如五六十⑱，求也为之，比及三年，可使足民⑲。如其礼乐⑳，以俟君子㉑。”“赤，尔何如？”对曰：“非曰能之，愿学焉。宗庙之事㉒，如会同㉓，端章甫㉔，愿为小相焉㉕。”

“点，尔何如？”鼓瑟希㉖，铿尔㉗，舍瑟而作㉘。对曰：“异乎三子者之撰㉙。”子曰：“何伤乎㉚，亦各言其志也！”曰：“莫春者㉛，春服既成㉜，冠者五六人㉝，童子六七人，浴乎沂㉞，风乎舞雩㉟，咏而归㊱。”夫子喟然叹曰㊲：“吾与点也㊳。”

三子者出，曾皙后㊴。曾皙曰：“夫三子者之言何如㊵？”子曰：“亦各言其志也已矣㊶！”曰：“夫子何哂由也？”曰：“为国以礼㊷，其言不让㊸，是故哂之。”“唯求则非邦也与㊹？”“安见方六七十㊺、如五六十而非邦也者！”“唯赤则非邦也与？”“宗庙、会同，非诸侯而何？赤也为之小，孰能为之大！”

《论语》一书所记语录，多为孔子一生从政、治学、教育以及对自然和人生观察思考的经验总结，语言精练、准确，富有丰富的意蕴和深刻的哲理，不少都已成为警策的格言成语，一直活在书面和口头语言中，成为人们的座右铭。

其中记录孔子与其弟子讨论政治、学术、志向等问题的章节，能在谈话中准确生动地反映他们的言谈举止、音容笑貌，具有较高的文学成就。本文就是这类语录中最精彩的篇章之一，通过孔子师徒的对话和神情的描述，刻画出了他们不同的性格特点，反映出孔子的政治思想和教育方式。

第一部分，记孔子启发弟子四人言志。这四个人的志向分为两种情况：子路、冉有、公西华三人，谈话的态度虽有不同，但从他们谈话的内容看，子路能兵，冉求能足民，公西华善办外交，热心从政则是相同的。这与孔子对他们的认识评价是一致的。有一次孟武伯问到这几个弟子，孔子一一作了评价。说子路"千乘之国，可使治其赋（兵赋）也"；说冉求"千室之邑，百乘之家，可使为之宰也"；说公西华"束带立于朝，可使与宾客言也"（《公冶长》）。只有曾皙与他们不同，他只想在美好的春天里，带领几个青年和儿童，到沂水边去游玩、歌咏，愉快地生活。前三人言志时，孔子的情绪比较平静，只有子路谈完之后，孔子"哂之"——微微笑了一下；但曾皙的谈话却深深触动了他的情怀，竟然"喟然而叹曰：'吾与点也。'"。孔子为何而叹？他又赞同曾皙什么？古今意见纷纭。宋代的理学家们散布了一些迷雾，给后人的学习、理解造成很大困难。如程颐目曾皙为"尧舜气象"，朱熹更说曾皙是"胸次悠然，直与天地万物上下同流"等（详见《论语精义》、《论语集注》）。实际上，孔子"与点"，何晏《集解》引周生烈注，已作了明确注释："善点之独知时也。""知时"应包括"慕古"与"伤今"两层意思。"慕古"，即孔子理想中的大同社会，用孔子自己的话说即"老者安之，朋友信之，少者怀之"的社会。这是孔子一生行道救世所追求的理想社会，而曾皙所谈正为"太平社会之缩影"（杨树达《论语疏证》），恰与孔子的理想相合，故不觉而叹。"伤今"，即孔子生活的时代是一个"礼崩乐坏"的时代，孔子虽有顽强意志，一生大半时间周游列国，以行道救世，但到处碰壁，不被各国的统治者理解和任用，没有施展抱负的机会，正是"辙环天下终于吾道之不行，不如沂水春风，一歌一咏，较浮海居夷，其乐殊胜。盖三子之言毕，而夫子之心伤矣；适鲁点旷达之言，泠然入耳，遂不觉叹而与之"（袁枚《论语解》）。"合慕古与伤今两层意思，始是孔子所以'喟然'而'与点'之故。不过孔子表现得非常含蓄，直到曾皙问及另外三人之志而孔子复一一肯定之，才透露出孔子汲汲行道救世的心情还是占思想中主导地位的。"（吴小如《论语丛札·说"吾与点也"》）

第二部分，记孔子对子路、冉有、公西华三人志向的评论。孔子不但说明了"哂由"的理由，而且表明了"为国以礼"的思想，充分肯定了三人从政的积极态度。

这两部分都以"言志"为线贯穿起来，使得文脉贯通，结构谨严。它的文学性主要表现为三点。

第一，语言准确传神。譬如开头第一句话："子路、曾皙、冉有、公西华侍坐。"既交代了人物，又表明了人物间的关系。孔子的这四个弟子：子路最长，小孔子九岁；曾皙次之；冉有小孔子二十九岁；公西华最小，小孔子四十二岁（一说为三十二岁之误）。记录者这样记录是"以齿为序"的。一个"侍"字，又表明不是同辈人互相陪坐，而是下辈人陪长辈人坐。所以一个"侍"字，又暗示孔子在场，表明四人和孔子的师生关系，整个谈话是以孔子为中心的。又如对曾皙的活动和他言志的记录，更为精彩传神。当孔子与子路等三人谈话时，曾皙却在鼓瑟，说明师生关系融洽。当孔子问到曾皙时，文章不马上写曾皙的回答，而是先描写他的动作、神态："鼓瑟希，铿尔，舍瑟而作。""鼓瑟希"写弹琴的情形，是说子路等人谈完自己的志向时，曾皙的一曲琴声也近于尾声，音声稀疏、缓慢下来。"铿尔"是摹声词，即"铿的一声"。从下文"舍瑟而作"来看，显然是曾皙鼓瑟时发出的。曾皙"舍瑟"，发出"铿"的一声，同时身子挺直了起来。这样写完全合乎记录时的情形。记录者一边记孔子与子路等三人的谈话，一边听到幽雅的琴声，当他记到孔子点名曾皙发言时，只觉得琴声与先前不同，逐渐缓慢下来，又听到"铿"的一声，这引起了他的注意，抬头一看，原是曾皙"舍瑟而作"时发出的。这三句话，既写了鼓琴的进展情况，又有对声音的摹写，还有曾皙的动作，真是准确而传神。而曾皙言志的话，简直是一段优美的散文诗，把读者也带到了美好的大自然中去畅游。

第二，人物个性鲜明。如开始孔子启发弟子言志，话就讲得很艺术。弟子与老师在一起谈话，总不免拘束，特别是年龄相差再大一点，就更放不开。孔子作为一个教育家，懂得心理学，因此他首先从年龄差距上消除弟子的顾虑，说不要因为我比你们年长一些就不敢讲。接着用弟子平时的牢骚来启发他们，最后又假设"如果有人了解你们，要任用你们的话，那么你们将怎样治理国家呢"。话讲得既委婉又亲切，充满了鼓励和信赖，一个循循善诱的大教育家的和蔼亲切的形象便浮现在我们眼前。当子路"率尔而对"，一口气谈完了自己的志向后，孔子只是微微一笑；当听了曾皙的话之后，却大动感情，不但"叹"，而且"喟叹"，然后再重重地说一句"吾与点也"。孔子性格中含蓄深沉、感情丰富的一面，给人留下了很深的印象。其他如子路的率直豪爽，冉有、公西华的谦逊有礼，曾皙的洒脱旷达，通过他们谈话时的动作、表情和语调，也都鲜明生动地表现出来。

第三，文笔富有变化。同是记弟子言志，但写法却不同。子路"率尔而对"，语气一气直下，毫不谦逊。冉有说完志向后，又说了一句"如其礼乐，以俟君子"的话，与子路的话大不一样。这符合孔子对他们的"由也兼人(好胜过人)"、"求也退(谦让)"的评价。公西华言志之前，先说"非曰能之，愿学焉"，先谦虚一番，最后又仅仅"愿为小相焉"。我们不能不佩服公西华的谦逊态度和谈话艺术。到曾皙言志时，文笔又有了变化。冉有、公西华在老师点名之后就接着发言，唯独曾皙并不马上作答，而是先说"异乎三子者之撰"。这不仅能引起人们的注意，使文章有了波澜，并且也为言志酝酿了一种气氛。在孔子的又一次启发下，他才谈出了自己的志向，表现了他的从容不迫。文笔曲折变化达到如此高妙的水平，这不能不使我们读者惊叹。在变化之中，作者也注意了照应。如前有"夫子哂之"，后有曾皙"何哂由也"的发问，然后又有孔子的"是故哂之"的回答。可谓天衣无缝了。

(王怀让　牛学恕)

【注】 ①子路：姓仲名由，字子路，又称季路。曾皙(xī 析)：名点，字皙，曾参的父亲。冉有：姓冉名求，字子有。公西华：复姓公西，名赤，字子华。　②以：因。一日：为谦虚的说法。乎：同"于"。尔：你们。　③毋吾以也：不要因我之故而不言。以：同"已"，止。　④居：平居，平时。则：每每，常常。　⑤不吾知：即"不知吾"，不了解我们，主语是当时诸侯国的执政者。　⑥或：

有人。 ⑦何以：即“何以为治”，怎么样来治国。 ⑧率尔：轻率而匆忙的样子。尔：形容词尾，同“然”。 ⑨千乘之国：能出一千辆兵车的国家，在当时为中等的诸侯国。 ⑩摄：通“茶（niè聂）”，夹处。 ⑪加之以师旅：即“以师旅加之”，指将战争加在这个国家身上。师、旅：皆军队编制单位，此指战争。 ⑫因之：继之。饥馑：灾荒。 ⑬为之：治理它。 ⑭比及：到了。 ⑮知方：懂得礼义。 ⑯夫子：对孔子的敬称。哂（shěn 审）：微笑，含有讥讽的意思。 ⑰方：方圆。 ⑱如：或者。 ⑲足民：使民衣食丰足。 ⑳如其：至于。 ㉑俟（sì 四）：等待。君子：此指道德修养高的人。 ㉒宗庙之事：祭祀的事。 ㉓会同：诸侯会盟的事。 ㉔端：玄端，古代的一种黑色礼服。章甫：古代礼帽。此言穿着礼服，戴着礼帽。 ㉕相：傧相，祭礼或会盟的场合，主持赞礼或司仪的官，有不同的等级。 ㉖鼓：弹奏。瑟：乐器，古为五十弦，后改为二十五弦。希：即“稀”，稀疏，缓慢。 ㉗铿尔：摹声词，放瑟时发出的声响。 ㉘作：起。 ㉙撰：述。这句是说：我的志向和他们三人所说的不同。 ㉚何伤：有什么妨害。 ㉛莫：同“暮”。莫春：夏历三月。 ㉜春服：夹衣。成：定，是指可以穿得住的时候。 ㉝冠者：成年人。古代贵族子弟二十岁行冠礼，表示成年。 ㉞沂：水名，在今山东省曲阜市南。 ㉟风乎舞雩（yú 鱼）：在舞雩台上乘凉。风：迎风乘凉。舞雩：古代鲁国祭天求雨的台子，在曲阜南。 ㊱咏：唱歌。 ㊲喟（kuì 愧）然：长叹的样子。 ㊳与：赞许，同意。 ㊴后：后出。 ㊵夫：指示代词，读如“彼”。 ㊶已矣：罢了。 ㊷为国以礼：用礼让治国。 ㊸让：礼让，谦让。 ㊹邦：国。与：同“欤”。 ㊺安见：怎见得。

季氏将伐颛臾

季氏将伐颛臾[①]。冉有、季路见于孔子曰[②]：“季氏将有事于颛臾[③]。”孔子曰：“求！无乃尔是过与[④]？夫颛臾，昔者先王以为东蒙主[⑤]，且在邦域之中矣[⑥]，是社稷之臣也[⑦]，何以伐为[⑧]？”

冉有曰：“夫子欲之[⑨]，我二臣者，皆不欲也。”孔子曰：“求！周任有言曰[⑩]：‘陈力就列，不能者止[⑪]。’危而不持，颠而不扶，则将焉用彼相矣[⑫]？且尔言过矣，虎兕出于柙，龟玉毁于椟中，是谁之过与[⑬]？”

冉有曰：“今夫颛臾，固而近于费[⑭]，今不取，后世必为子孙忧。”孔子曰：“求！君子疾夫舍曰欲之而必为之辞[⑮]。丘也闻有国有家者[⑯]，不患寡而患不均，不患贫而患不安[⑰]。盖均无贫，和无寡，安无倾[⑱]。夫如是，故远人不服[⑲]，则修文德以来之[⑳]；既来之，则安之[㉑]。今由与求也，相夫子[㉒]，远人不服而不能来也，邦分崩离析而不能守也[㉓]，而谋动干戈于邦内[㉔]。吾恐季孙之忧，不在颛臾，而在萧墙之内也[㉕]。”

《论语》所记孔子的语录，大都属说明性的文字。罗根泽先生说：先秦“理论文或说理文的创始者也是孔子”，《论语》“是中国历史上第一部独立说理的理论文的书”。其特点是“孔子对于他所主张的理，一般的只说了‘其然’，没有说‘其所以然’，论点很恳切著明，论断大半没有列举”。也就是说“往往有论点而不详其论据，更少反复的辩难”（《先秦散文选注》）。但，《季氏篇》中的“季氏将伐颛臾”章却是一个例外。“此章论鲁卿季氏专恣征伐之事”（《十三经》邢疏），批驳冉有的错误，有论有据，反复辩难，可以说是一篇较完整的有破有立的驳论性质的说理文。

本文所反映的时间，约在鲁哀公十三、四年间（据《左传》载，此时冉有、子路同为季氏家臣）。鲁国自襄公之世，公室衰弱，大夫专权。先是"三分公室"，季孙、孟孙、叔孙氏三家各得其一。到鲁昭公时，又"四分公室"，季氏独得其二，权势之大，已远在鲁君之上。到鲁哀公时，季康子执政，野心进一步膨胀。当时，"独立附庸之国，尚为公臣。季氏又欲取以自益"（朱熹《论语集注》）。据《左传》记载，从哀公元年到哀公八年之间，季氏连续出兵伐邾。本文说他"将伐颛臾"，也是季氏"取以自益"，进而夺取鲁国政权的野心大暴露。冉有、子路把这一消息报告了孔子，于是引出了孔子的这番谈话。孔子的谈话谴责了季氏的扩张野心，批评了冉有助纣为虐的错误，阐述了自己的政治主张，表现了他那坚定的信仰、严密的思想和敏锐的洞察力以及高超的谈话艺术。

全文由孔子与冉有的三段谈话组成。

第一段，冉有、子路向孔子报告季氏将伐颛臾的消息，孔子旗帜鲜明地表示反对。孔子在发表意见之前，先说："求！无乃尔是过与？"分明是冉有、子路二人来报告消息的，为什么单提冉有的名字呢？这是因为"冉有为季氏聚敛，尤用事，故夫子独责之"（朱熹《论语集注》）。然后申说反对讨伐颛臾的三条理由，强调颛臾与鲁国的密切关系。最后用反问句"何以伐为"作结，态度明确，感情强烈。

第二段谈话带有驳论的性质，是对冉有推卸责任的反驳。冉有、子路报告消息，本希望得到老师的支持，没想到却挨老师当头一棒。因此说出归咎季氏的话，以推卸责任。孔子对冉有这种不坦荡的行为感到不满，"故呼其名引周任之言以责之"（《十三经》邢疏）。引周任的话，意在表明，作为家臣，则当尽力辅佐，如果君主有错，"则当谏，谏而不听，则当去也"（朱熹《论语集注》）。既不能谏，又不能去，却要文过饰非，推卸责任，岂是为臣宰者所当为？为教训冉有，孔子又"设喻以晓之"（刘宝楠《论语正义》）。第一个比喻用盲人将有危颠，而相者却不去扶持，批评冉有的失职；第二个比喻，用老虎冲出笼子，龟玉毁于椟中，说明冉有具有不可推卸的责任。比喻形象贴切，意义委婉含蓄，具有不可辩驳的力量，表现了孔子的谈话艺术。

第三段谈话，在孔子的批驳下，冉有再不能用遁词搪塞，便找借口为季氏的扩张行为进行辩护。"此亦冉有之饰辞，然亦可见其实与（参与）季氏之谋矣。"（朱熹《论语集注》）朱熹的评析可谓一针见血。冉有的饰辞不但暴露了季氏扩张的野心，也暴露了自己的帮凶面目。孔子听后非常生气，说了一句很动感情的话，严厉批评冉有心口不一的两面派作风。接着从正反两个方面阐述自己的政治主张，反对季氏以大欺小的武力行为。从"丘也闻"到"既来之，则安之"，是正面阐述以文德治国的政治主张。讲说道理，指示措施，恳切著明。然后又从反面入手，针对当时鲁国的现实矛盾，批评季氏、冉有的错误。这一层妙在处处与上一层相对照。"远人不服而不能来也"与"则修文德以来之"相对，指斥冉有、子路不能辅助季氏修治文德；"邦分崩离析而不能守也"与"均无贫，和无寡，安无倾"相对，说明鲁国的危机与矛盾，强调在鲁国修治文德是多么迫切。然而季氏、冉有却相反，"谋动干戈于邦内"，企图用武力扩张来寻求出路。孔子根据自己的丰富经验和对现实矛盾的清醒分析，发出“吾恐季孙之忧，不在颛臾，而在萧墙之内”的警告，是非常有警醒力和震慑力的。季氏本来将伐颛臾，可能听了孔子的这一警告后，取消了武力讨伐的计划，从而使鲁国避免了一场内战。这一段谈话，通过正反对比论证，是非显然，逻辑严密，论证有力，表现了孔子坚定的政治信念、清醒的认识和敏锐的洞察力。

综观孔子的这次谈话，我们的确可以看出孔子的某些不平凡的气质。作为政治家，他能洞察形势，总揽全局，并且旗帜鲜明地反对武力，宣传文德，表现出坚定的政治信念。作为思想家，他不但思想敏锐，而且表达思想非常的严密。如他反对讨伐颛臾，说出三条理由，朱熹分析说：“颛臾乃先王封国，则不可伐；在邦域之中，则不必伐；是社稷之臣，则非季氏所当伐也。此事理之至当，不易之定体，而一言尽其曲折如此。”（《论语集注》）这个分析揭示出这段谈话严密的逻辑性。作为教育家，他有渊博的学识、诲人不倦的精神和高超的语言艺术。他在表达自己的观点时，有引证，有比喻，有对比等多种论证方式；在对冉有、子路的批评教育中，多用带反诘语气的话，如“无乃尔是过与”、“且尔言过矣”、“是谁之过与”等，也有动感情的话，使他的谈话既委婉又严厉。他的一些警言妙语，如“不患贫而患不均，不患寡而患不安”，“既来之，则安之”，“分崩离析”、“萧墙之内”等，都成为千古名言和成语流传下来。这些都反映了孔子精深高超的语言艺术。 （王怀让　牛学恕）

【注】 ①季氏：即季孙氏，就是季康子，名肥，鲁国执政大夫。颛臾(zhuān yú 砖鱼)：鲁国的附庸小国。相传是伏羲之后，风姓。故城在今山东省费县西北的颛臾村。　②冉有：名求，字子有。季路：姓仲，名由，字子路，一字季路。二人均为孔子弟子，当时都是季康子的家臣。　③有事：指军事行动。　④“无乃”句：恐怕要责备你们吧！无乃：恐怕，表推测语气。过：责备。　⑤先王：鲁始祖周公旦，这里指周的先王。东蒙主：蒙山的主祭者。东蒙：即蒙山，在今山东省蒙阴县南，因在鲁国之东部，故称“东蒙”。主：主持祭祀的人。周的先王封颛臾在蒙山之下，掌管其祭祀。　⑥邦域：国境。　⑦社稷：土神和谷神。古代一个国家建立，都要先立社、稷，后遂用作国家的代称。　⑧何以伐为：为什么要讨伐它呢？为：表疑问的语助词。　⑨夫子：指季康子。　⑩周任：古代良史。　⑪“陈力”二句：发挥自己的力量以就职位，不能这样做的人就应该辞职。意即主君有过，就应当谏阻；如不被采纳，就应去位。陈：布，施展。列：位。止：去位。　⑫“危而”三句：孔子用比喻的说法指责冉有失职。意思是说：搀扶人的人，当被搀扶的人有危险需要搀扶时，却不去扶持，跌倒了也不去搀扶，那还要搀扶的人干什么呢？相：辅佐人的人。　⑬“虎兕”三句：是说虎兕跑出笼子，龟玉在匣子里毁掉，这是谁的过失呢？这也是比喻说法。兕(sì 四)：独角的雌性犀牛。柙(xiá 匣)：关猛兽的笼子。龟：古时占卜用的龟甲。玉：祭祀所用的玉器。二者都是贵重的东西。椟(dú 独)：柜子，匣子。与：同“欤”。　⑭固：城郭坚固，兵力充实。一说指地势险阻。费(bì 闭)：季氏私邑，在今山东省费县西南七十里的费城。　⑮“君子”句：君子就憎恶那种嘴上不说“我想得到它”，却为了得到它一定要制造种种借口的人。疾：憎恨。舍曰：避而不谈。辞：托词，借口。　⑯国：指诸侯。家：指卿大夫。　⑰“不患”二句：当作“不患贫而患不均，不患寡而患不安”，是说：不担心国家财用不足，而担心财产过分集中造成大多数人贫困；不担心人民少，而担心国家不安定。寡：人民少。　⑱盖：助词，常用在表判断的句子开始，语气较轻。　⑲远人：指鲁国国境以外的人。一说指颛臾。　⑳文德：文治之德，指仁义礼乐等，与征伐的武力行为相对。来之：使之来，招徕他们，使他们归

顺。 ㉑安之：对他们施以教育，使他们安居乐业。 ㉒相：辅佐。 ㉓分崩离析：孔安国注曰："民有异心曰分，欲去曰崩，不可会聚曰离析。"指当时三家四分公室，家臣屡叛的情形。 ㉔动干戈：发动战争。干：盾。戈：戟。二者都是武器，代指战争。 ㉕萧墙之内：宫廷之内。指季氏见疑于鲁哀公，将有内变发生。萧墙：国君宫门内当门的小墙，又叫"照壁"或"屏"。古时君臣相见，到屏这里就要肃敬起来，故叫"萧墙"。萧：通"肃"，肃敬。

《墨子》

公输

公输盘为楚造云梯之械[1]，成，将以攻宋。子墨子闻之，起于齐，行十日十夜，而至于郢，见公输盘。公输盘曰："夫子何命焉为？"子墨子曰："北方有侮臣者，愿藉子杀之。"公输盘不说[2]。子墨子曰："请献千金。"公输盘曰："吾义固不杀人。"子墨子起，再拜曰："请说之。吾从北方闻子为梯，将以攻宋，宋何罪之有？荆国有余于地而不足于民，杀所不足而争所有余，不可谓智；宋无罪而攻之，不可谓仁；知而不争，不可谓忠；争而不得，不可谓强；义不杀少而杀众，不可谓知类。"公输盘服。子墨子曰："然胡不已乎？"公输盘曰："不可，吾既已言之王矣。"子墨子曰："胡不见我于王？"公输盘曰："诺。"

子墨子见王，曰："今有人于此，舍其文轩，邻有敝舆，而欲窃之；舍其锦绣，邻有短褐而欲窃之[3]；舍其粱肉，邻有糠糟而欲窃之。此为何若人？"王曰："必为窃疾矣。"子墨子曰："荆之地方五千里[4]，宋之地方五百里，此犹文轩之与敝舆也；荆有云梦[5]，犀兕麋鹿满之，江汉之鱼鳖鼋鼍为天下富，宋所为无雉兔鲋鱼者也，此犹粱肉之与糠糟也；荆有长松、文梓、楩、枬、豫章[6]，宋无长木，此犹锦绣之与短褐也。臣以三事之攻宋也[7]，为与此同类。臣见大王之必伤义而不得。"王曰："善哉！虽然，公输盘为我为云梯，必取宋。"

于是见公输盘。子墨子解带为城，以牒为械，公输盘九设攻城之机变，子墨子九距之，公输盘之攻械尽，子墨子之守圉有余。公输盘诎，而曰："吾知所以距子矣[8]，吾不言。"子墨子亦曰："吾知子之所以距我，吾不言。"楚王问其故。子墨子曰："公输子之意，不过欲杀臣。杀臣，宋莫能守，乃可攻也。然臣之弟子禽滑釐等三百人，已持臣守圉之器[9]，在宋城上，而待楚寇矣。虽杀臣，不能绝也。"楚王曰："善哉！吾请无攻宋矣。"

子墨子归，过宋，天雨，庇其闾中，守闾者不内也。故曰："治于神者，众人不知其功；争于明者，众人知之。"

墨家，作为先秦诸子之一，具有"蔽于用而不知文"的学派特色，其散文也显现出质朴无华的面目。但如同大自然的造物，虽巧拙不同，而具千姿百态，《墨子》散文在质直之中，也不乏艺术的光辉。《公输》就是其中颇具艺术性的生动篇章。

《公输》记载墨子以自己的努力，劝止了一次楚国攻打宋国的战争。墨子生当战国之初，在这诸侯力征之世，各国之间的战争殆无虚日。正因为如此，墨子从小生产者的利益出发，把“非攻”即反对诸侯国之间的不义之战，作为自己的基本政治主张之一，而且艰苦卓绝地去宣传和推行它。《公输》中记载的，正是墨子体现这一主张的一次重大行动。文章的记述不以文采取胜，而是以曲折的笔墨，再现了这次活动的全过程，波澜迭起，给人以深刻的印象。

文章一开始，写公输盘为楚造云梯将以攻宋，由此造成一种迫在眉睫的紧张气氛。在这种急迫的情势之下，墨子“起于齐，行十日十夜，而至于郢”。此行的目的和结果如何？只有在下文中才能讨个明白，这就使读者不能不读。墨子见到公输盘之后，没有立即表明来意，而是以公输盘“夫子何命焉为”的发问使文势一缓，从而更增强悬念。墨子则乘势深入，从道理上迫使公输盘承认攻宋为不义之举。事情至此应该告一段落了，但当墨子提出“胡不已乎”的要求时，公输盘却回答说：“不可，吾既已言之王矣。”问题仍旧没有解决，读者刚刚松弛下来的心又回到了紧张状态。但也以此为转机，引出了墨子“胡不见我于王”的要求。转折自然，文势逐步深入，形成了第二层曲折。

墨子见到楚王，与初见公输盘，虽然要解决的问题是一样的，但进言的方式却有些不同。墨子不等楚王发问便主动出击，而且运用了类推的逻辑论辩方式，使文势活泼而理喻性强。他先以有人有文轩、锦绣、粱肉，而必欲窃取邻居之敝舆、短褐、糠糟为譬喻，请楚王自己说出“必为窃疾矣”的结论；然后，墨子即以此为据，拿楚之攻宋与之相比较，进行类推说理，从而得出“与此同类”的批断。既如此则楚就必然会“伤义而不得”。这就使楚王既然承认前者窃疾，就不能不承认自己攻宋为不义。在道理的阐发上，文章到此已经很透彻了。这样，事情的结果似乎是楚国应当很自然地停止攻打宋国。但是，对于楚王来说，承认道理是一回事，实际行动又是一回事。因此，文章以楚王“必取宋”的回答，把墨子与楚王、公输盘之间的理论辩论，引向了实力的较量，也把文章的矛盾推向了高潮，从而为我们展开了一段精彩生动的描述。

首先是墨子与公输盘之间展开的攻防模拟之战，描写得紧张而概括：“公输盘九设攻城之机变，子墨子九距之，公输盘之攻械尽，子墨子之守圉有余。”在这简练的叙述中，读者不仅直接感受到了双方的激烈对抗，也体会到了丰富的潜台词。在对抗中失败的公输盘，内心却是不服输的。因此，他以“吾知所以距子矣，吾不言”对答墨子。墨子虽早已看穿了公输盘的心理，但也不直接说出，而以同样的方式回敬对方，文笔的曲折造成了一个小小的戏剧场面。直到楚王发问，墨子才公开揭露出公输盘的企图，并进而指出这种企图的无效。墨子的这些回答，表面上是针对公输盘，实际上也针对楚王。至此，公输盘与楚王攻宋的打算，无论从道义上说，还是从实力对比上看，都是不可行的。至此楚王才不得不表示：“吾请无攻宋矣。”问题得到了最终的解决，读者悬着的一颗心也才落到了实处。

墨子向以艰苦卓绝地实行自己的主张著称，“摩顶放踵而利天下”。他又是一个“好学而博”的人。我们从本文的“行十日十夜”和同公输盘反复论辩较量中，也可鲜明地感到墨子的为人和个性。特别是在文章的结尾，作者有意识地安排了一个墨子过宋遇雨的小插曲。一个以自己的努力解除了宋国大难的人，竟然连避雨之地也没有，足见墨子一意急人之难而不从中谋求自己的私利。本文作者怀着深深的敬佩之情，评价墨子是“治于神者”。庄子说：“墨子真天下之好也，将求（救）之不得也，虽枯槁不舍也，才士也夫。”（《庄子·天下》）可谓中的之言。（王培元）

【注】①公输盘：即鲁班，古代巧匠。②说：同“悦”。③短褐：指粗布衣服。短：“裋（shù树）”之假借。④荆：即楚。⑤云梦：楚大泽名。⑥文梓：梓树。楩（pián骈）：木名。枏：又作“柟”，楠木。豫章：樟树。⑦三事：孙诒让《墨子间诂》谓：“三事”当是“王吏”之误。即指楚王将士。⑧距：同“拒”。⑨守圉：防守抵御。

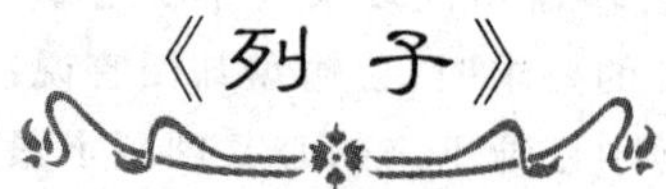

愚公移山

太行、王屋二山①，方七百里②，高万仞③。本在冀州之南④，河阳之北⑤。

北山愚公者，年且九十⑥，面山而居。惩山北之塞⑦，出入之迂也⑧，聚室而谋曰⑨：“吾与汝毕力平险，指通豫南⑩，达于汉阴⑪，可乎？”杂然相许⑫。其妻献疑曰：“以君之力，曾不能损魁父之丘⑬，如太行、王屋何⑭？且焉置土石⑮？”杂曰：“投诸渤海之尾⑯，隐土之北⑰。”遂率子孙荷担者三夫⑱，叩石垦壤，箕畚运于渤海之尾⑲。邻人京城氏之孀妻有遗男⑳，始龀㉑，跳往助之。寒暑易节㉒，始一反焉㉓。

河曲智叟笑而止之曰：“甚矣，汝之不惠㉔。以残年余力，曾不能毁山之一毛㉕，其如土石何？”北山愚公长息曰：“汝心之固，固不可彻㉖，曾不若孀妻弱子。虽我之死，有子存焉；子又生孙，孙又生子；子又有子，子又有孙，子子孙孙无穷匮也㉗，而山不加增，何苦而不平㉘？”河曲智叟亡以应㉙。

操蛇之神闻之㉚，惧其不已也，告之于帝㉛。帝感其诚，命夸娥氏二子负二山㉜，一厝朔东㉝，一厝雍南㉞。自此，冀之南，汉之阴，无陇断焉㉟。

《愚公移山》是中国古代寓言的名篇之一，盛传不衰，历久弥新。毛泽东同志在1945年6月中国共产党第七次全国代表大会上作的题为《愚公移山》的闭幕词，赋予了这个寓言以崭新的意义，鼓舞全国人民去夺取新民主主义革命的胜利。新中国成立之后不久，毛泽东同志又发出“愚公移山，改造中国”的伟大号召。中国历史上从来没有哪一个寓言故事，能像《愚公移山》这样普及，以至达到家喻户晓的程度。愚公移山精神是中华民族精神的一个有机组成部分，今天我们学习这篇寓言，对于弘扬民族文化，振奋民族精神，建设“四化”大业，更有深刻的现实意义。

《愚公移山》紧紧围绕着“移山”而展开故事情节。文章开门见山，开头就介绍了太行、王屋这两座大山的原先的地理位置，这就给读者造成一种悬念：这么高大的两座山是怎样被移走的呢？文章接着就开始回答这个问题，原来这两座山挡住了愚公家的出路，所以愚公下决心要把这两座山搬走。他的决心得到了家中多数人的支持。其妻提出疑问，使故事顿生一小波澜。最后全家人意见取得一致，开始挖山。文章如果就此打住，也就平淡无奇了，奇就奇在半路“杀”出个智叟来嘲笑愚公挖山是愚笨之举，于是两人发生论辩，使故事又顿生一大波澜。更出人意料的是这篇寓言以神话作为结尾。愚公移山的行动和决心感动了天帝，天帝派了两个大力神把两座山背走了，使故事具有了浓郁的浪漫主义色彩，反映出我们的祖先征服大自然的坚强意志和美好愿望。

在“移山”的故事情节的进展中，愚公的英雄形象站立起来了。两座大山挡住了愚公家的去路，他不是消极退让，把家搬走，而是以积极进击的姿态，把山搬走。这是何等的英雄气概。在人和大自然的尖锐对抗中，愚公是强者。愚公不仅有雄心壮志，而且去脚踏实地地实干，他年将九十，亲率家中三个壮劳力挖山运石。他当然明白，以他的“残年余力”是挖不掉两座山的，但是他相信，子子孙孙是没有穷尽的，何愁挖不平呢？这种不干则已，一干就干到底的狠劲、韧劲，正是愚公精神的内在精蕴。

在塑造愚公形象的过程中，文章主要运用了对比映衬的手法。一是人与自然、人与神仙的对比映衬。在自然（山）——人（愚公）——神（天帝）的三者关系中，愚公作为人类的优秀代表人物，始终居于主导地位，是他下定决心要移山，又是他的真诚感动了天帝，虽然最后是神仙把山搬走了，但还是显示出：人，才是天地间万物的真正主宰，神仙也是按照人的意志办事的。神仙是人按照自己的需要创造出来的，只不过是人的意志力的表现、人的化身而已。二是人与人之间的对比映衬。智叟是作为愚公的对立面出现的，以他的安于现状映衬愚公的勇于进取。愚公和智叟的名字，一愚一智，是作者有意为之，在鲜明的对比映衬下，愚公名愚而实智，智叟名智而实愚。

这篇寓言除了成功地塑造了愚公的形象外，其他几个人物，如智叟、愚公之妻、京城氏之子，也都个性鲜明。作者很善于运用白描手法，寥寥几笔就能勾勒出人物的个性特征和神情意态。对智叟虽着墨不多，但他的思想性格和前骄后窘的神态，却跃然纸上。愚公之妻的献疑与智叟持反对态度是不一样的，文章写出了她的心细、考虑问题周全的性格特点。对京城氏之子的描写，可谓传神之笔。这个才七八岁的小男孩也来帮助挖山，“跳往助之”四字，就把这个小孩子的天真活泼劲儿写出来了。这个可爱的小男孩在文章中并不是可有可无的，他的出现，一方面说明愚公移山也得到了邻居的理解和支持，因为愚公移山不只是为了自家，也是为了大家，另一方面，也是以对比的手法，映衬智叟的识见还不如一个小孩子。

这篇寓言总共才三百多字，篇幅虽短，但包举甚多，内容甚丰，寓意也相当深刻。我们今天重温这篇寓言，可以说是常温常新，不仅可以从中获取美的艺术享受，更重要的是可以从中汲取精神营养。今天，我们仍然需要继续发扬光大愚公精

神，愚公精神将万古常存，永葆青春。（贾炳棣）

【注】①太行、王屋二山：太行山在山西高原和河北平原之间。王屋山在山西省阳城县西南。②方：方圆，指面积，这里是周围的意思。③万仞：形容极高。古代以七尺或八尺为一仞。④冀州：古地名，在今河北省一带。⑤河阳：古地名，在今河南省孟县西。⑥且：将近。⑦惩(chéng成)：苦于。塞：阻塞。⑧迂(yū淤)：曲折。⑨聚室而谋：聚集全家人商议。⑩指通：直通。豫南：豫州南部。豫州在今河南省一带。⑪汉阴：汉水南岸。山的北面或水的南面叫做"阴"。⑫杂然：纷纷地。⑬曾(zēng增)：尚且。魁父：小山名，在今河南省陈留县。⑭如太行、王屋何：把太行、王屋怎么样呢？"如……何"，就是"把……怎么样"。⑮且：况且。焉：疑问代词，哪里。⑯尾：这里指海边。⑰隐土：古代传说中的地名。⑱荷(hè贺)：挑。三夫：三人。古代称成年男子为"夫"。⑲箕畚(běn本)：土筐。这里用作状语，即"用箕畚"。⑳京城：复姓。㉑龀(chèn趁)：儿童换齿，即脱去乳齿，长出恒齿。儿童约七八岁时换齿。㉒寒暑易节：冬夏换季。㉓反：同"返"。㉔甚矣，汝之不惠：此为"汝之不惠甚矣"的倒装句。惠：同"慧"。㉕山之一毛：指山上的一草一木。㉖彻：通，改变。㉗匮(kuì溃)：穷尽。㉘何苦：何愁，哪怕。㉙亡(wú无)：同"无"。㉚操蛇之神：山神。神话中的山神、海神都拿着蛇。㉛帝：天帝。㉜夸娥氏：神话中的大力神。㉝厝(cuò错)：同"措"，放置。朔东：朔方东部。朔：古地名，今山西省东部一带。㉞雍南：雍州以南。雍：雍州，古地名，在今陕、甘一带。㉟陇断：即"垄断"，山冈高地。这里指阻碍道路的高山。

两小儿辩日

孔子东游，见两小儿辩斗。问其故。

一儿曰："我以日始出时去人近，而日中时远也。"

一儿以日初远，而日中时近也。

一儿曰："日初出大如车盖，及日中则如盘盂，此不为远者小而近者大乎？"

一儿曰："日初出沧沧凉凉，及其日中如探汤①，此不为近者热而远者凉乎？"

孔子不能决也。

两小儿笑曰："孰为汝多知乎②？"

这是一篇涉及孔子的寓言。孔子作为一位知名度极高的历史名人，也成了寓言作品中常被描写的人物，如《列子》中涉及孔子及其门徒的寓言就不下二十则。不过这样所塑造出来的孔子形象，是与孔子自身相分离的，寓言中的孔子不等于历史上的孔子。不过这些寓言总多多少少映照出孔子的一些影子。

《两小儿辩日》写两个儿童争辩太阳晨午离人远近的问题，久争不决，请孔子裁定，孔子也回答不出，两小儿嘲笑孔子说："谁说你是富有智慧的呢？"这篇寓言的情节并不复杂，但对三个人物的描写，却使我们如睹其面，如闻其声。孔子是路过这里碰上两小儿在"辩斗"的，"辩斗"二字甚为恰切，写出了两小儿各据理力争，互不相让的神态。"问其故"三字也用得好，表现了孔子对两小儿辩斗的关心，很符合孔子作为大教育家和仁慈长者的身份。两小儿知道来者是孔子，便在孔子面前各逞辩才，想让孔子一判是非，结果“孔子不能决也”，令两小儿大失所望，当面奚落了他一番。两小儿好奇、好学、好问的态度，给读者留下了深刻的印象。这篇寓言的本意是贬斥孔子的，所以写“孔子不能决”，但从客观效果来看，这并不能损害孔子的形象。孔子不懂就是不懂，正是他“知之为知之，不知为不知，是知也”的一贯主张。

两小儿所辩斗的太阳晨午离人远近的问题，限于当时的科学认识水平，连孔子也回答不出，是可以理解的。两小儿所观察到、所感觉到的都是表面现象，都没有予以科学的解释。事实上，太阳晨午离人远近都是一样的，早晨的太阳看起来似乎比中午时大，那是在一定条件下，人们对太阳的视觉产生的错觉。太阳初升，背景有山、林、房屋等景物作为映衬，看起来就显得大些。太阳升到中天，天空广阔无垠，没有背景映衬，看起来就显得小些。日出时气温较低，中午时气温较高，与太阳辐射到地面的能量有关。太阳升到中午，晒热了地面，地面吸收的热再放出去，烘热了空气，气温就升高了。寓言中的两小儿虽然不能解释其中的道理，但他们探求真理的执著精神，却是十分可贵的，在今天也是值得大加提倡和发扬的。

在这篇寓言中，孔子无疑是作为被嘲笑的对象出现的，这与《列子》一书的基本倾向性有关。《列子》的学术派别属于道家，道家是比较注重人与自然的关系和对自然科学的研究的，这从《愚公移山》和《两小儿辩日》这两篇寓言中都可以看得出来。孔子及其所开创的儒家学派则比较注重人际关系，对人与自然的关系就不太感兴趣。儒、道两家的学术观点是对立的，在这篇寓言中孔子成为被揶揄的对象，就不奇怪了。

（贾炳棣）

【注】 ①探汤：把手伸到热水中。汤：热水。 ②知：同“智”。

《孟子》

齐桓晋文之事

齐宣王问曰：“齐桓、晋文之事，可得闻乎？”

孟子对曰：“仲尼之徒，无道桓、文之事者，是以后世无传焉，臣未之闻也①。无以，则王乎②？”

曰：“德何如则可以王矣？”

曰：“保民而王，莫之能御也。”

曰：“若寡人者，可以保民乎哉？”

曰：“可。”

曰：“何由知吾可也？”

曰：“臣闻之胡龁曰③：‘王坐于堂上，有牵牛而过堂下者，王见之，曰：“牛

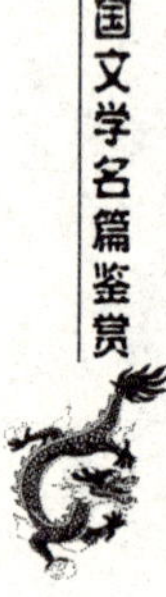

何之?”对曰:“将以衅钟[4]。”王曰:“舍之!吾不忍其觳觫[5],若无罪而就死地。”对曰:“然则废衅钟与?”曰:“何可废也,以羊易之。”'不识有诸?”

曰:“有之。”

曰:“是心足以王矣!百姓皆以王为爱也[6],臣固知王之不忍也。”

王曰:“然,诚有百姓者。齐国虽褊小,吾何爱一牛!即不忍其觳觫,若无罪而就死地,故以羊易之也。”

曰:“王无异于百姓之以王为爱也。以小易大,彼恶知之!王若隐其无罪而就死地[7],则牛羊何择焉?”

王笑曰:“是诚何心哉!我非爱其财而易之以羊也,宜乎百姓之谓我爱也。”

曰:“无伤也,是乃仁术也!见牛未见羊也。君子之于禽兽也,见其生,不忍见其死;闻其声,不忍食其肉,是以君子远庖厨也。”

王说,曰:“《诗》云:‘他人有心,予忖度之[8]。’夫子之谓也。夫我乃行之,反而求之,不得吾心;夫子言之于我心有戚戚焉[9]。此心之所以合于王者何也?”

曰:“有复于王者曰:‘吾力足以举百钧[10],而不足以举一羽;明足以察秋毫之末,而不见舆薪。’则王许之乎?”

曰:“否!”

“今恩足以及禽兽,而功不至于百姓者,独何与?然则一羽之不举,为不用力焉;舆薪之不见,为不用明焉;百姓之不见保,为不用恩焉。故王之不王,不为也,非不能也。”

曰:“不为者与不能者之形,何以异?”

曰:“挟太山以超北海[11],语人曰:‘我不能。’是诚不能也。为长者折枝[12],语人曰:‘我不能。’是不为也,非不能也。故王之不王,非挟太山以超北海之类也;王之不王,是折枝之类也。

“老吾老,以及人之老;幼吾幼,以及人之幼,天下可运于掌。《诗》云:‘刑于寡妻,至于兄弟,以御于家邦[13]。’言举斯心加诸彼而已。故推恩足以保四海,不推恩无以保妻子。古之人所以大过人者,无他焉,善推其所为而已矣!今恩足以及禽兽,而功不至于百姓者,独何与?权,然后知轻重;度,然后知长短。物皆然,心为甚。王请度之。抑王兴甲兵,危士臣,构怨于诸侯,然后快于心与?”

王曰:“否,吾何快于是!将以求吾所大欲也。”

曰:“王之所大欲,可得闻与?”

王笑而不言。

曰:“为肥甘不足于口与?轻煖不足于体与?抑为采色不足视于目与?声音不足听于耳与?便嬖不足使令于前与[14]?王之诸臣,皆足以供之,而王岂为是哉?”

曰:“否。吾不为是也。”

曰:“然则王之所大欲可知已:欲辟土地,朝秦、楚,莅中国而抚四夷也。以若所为,求若所欲,犹缘木而求鱼也。”

王曰:“若是其甚与?”

曰:“殆有甚焉。缘木求鱼,虽不得鱼,无后灾;以若所为,求若所欲,尽心力而为之,后必有灾。”

曰:“可得闻与?”

曰:“邹人与楚人战[15],则王以为孰胜?”

曰:“楚人胜。”

曰:“然则小固不可以敌大,寡固不可以敌众,弱固不可以敌强。海内之地,方千里者九,齐集有其一。以一服八,何以异于邹敌楚哉!盖亦反其本矣[16]!今王发政施仁,使天下仕者皆欲立于王之朝,耕者皆欲耕于王之野,商贾皆欲藏于王之市,行旅皆欲出于王之涂,天下之欲疾其君者,皆欲赴愬于王[17]。其若是,孰能御之?”

王曰:“吾惛[18],不能进于是矣!愿夫子辅吾志,明以教我;我虽不敏,请尝试之!”

曰:“无恒产而有恒心者,惟士为能;若民,则无恒产,因无恒心。苟无恒心,放辟邪侈,无不为已。及陷于罪,然后从而刑之,是罔民也[19],焉有仁人在位,罔民而可为也!是故明君制民之产,必使仰足以事父母,俯足以畜妻子,乐岁终身饱,凶年免于死亡;然后驱而之善,故民之从之也轻。今也制民之产,仰不足以事父母,俯不足以畜妻子,乐岁终身苦,凶年不免于死亡;此惟救死而恐不赡,奚暇治礼义哉!王欲行之,则盍反其本矣:五亩之宅,树之以桑,五十者可以衣帛矣;鸡豚狗彘之属,无失其时,七十者可以食肉矣;百亩之田,勿夺其时,八口之家,可以无饥矣;谨庠序之教[20],申之以孝悌之义,颁白者不负戴于道路矣[21]。老者衣帛食肉,黎民不饥不寒,然而不王者,未有也。”

本文选自《孟子·梁惠王上》,篇题据首句加。古人称孟子“好辩”,而“齐桓晋文之事”章是孟子论辩的著名篇章之一。因此,人们对它多有析论。综观诸论,主要在于其论辩技巧方面。孟子此文洋洋洒洒,使人能服膺而不疑者,岂唯一论辩技巧所能尽?倘“专于措辞求奇,虽复可惊可喜,不免脆而易败”(刘熙载《艺概》)。

赵岐《孟子题辞》尝云:“孟子……辞不迫切而意以独至。”而刘熙载亦尝云:“孟子之文百变而不离其宗。然此亦诸子所同。其度越诸子处,乃在析义至精,不惟用法至密也。”(《艺概》)其“意以独至”、“析义至精”,求之于“齐桓晋文之事”章亦复如是。《齐桓晋文之事》一篇正是孟子理想、热情的深切而显著的表现。

孟子完全继承了孔子的“仁”、“礼”思想,推扩而成为“王道”、“仁政”的政治主张；同时，他也把孔子“知其不可而为之”的积极精神继承下来，周游于齐、魏诸国之间，宣传自己的主张。他自视甚高，以安定天下自任，故有“如欲平治天下，当今之世，舍我其谁”（《孟子·公孙丑下》）之言。然而，孟子所处的战国中期正是诸侯力征之时，孟子的“仁政”、“王道”思想不合时宜，不受重视。他不得不与当时迷恋强权的思想展开激烈的交锋。本篇开始于齐宣王问“霸道”之事，这是与孟子主张相悖的，因而，他回复说“臣未之闻”，并迅即转换话题，提出“无以，则王乎”的议题，从而展开了有关“王道”的滔滔答辩。齐国当时国力强盛，宣王有“莅中国而抚四夷”的雄心，孟子正是掌握了齐宣王的这一心理，趁机提出了“保民而王”的主张。接下去便是孟子利用齐宣王“以羊易牛”的事例，说明他是可以做到“保民而王”的，这里，孟子吸引了齐宣王的注意，取得了齐宣王的倾服，这就使孟子能够牢牢掌握主动，深入阐发其主张。

对齐宣王，首先要解决他“若寡人者，可以保民乎哉”的疑问。孟子首先肯定其“可”，在宣王进一步询问之下，孟子详细分析了通过“以羊易牛”一事所表现出来的“不忍”之心，这是“可”的基础和根据，也证明了孟子说宣王可以做到“保民而王”的论断。但这仅是文章的第一层。齐国的现实却是齐宣王要实现所谓的“大欲”，而这与“保民而王”恰相矛盾。这样，孟子就要进一步解决“保民”与实现“大欲”的关系问题，才能说服齐宣王。孟子没有正面回答宣王“此心之所以合于王者何也”的问题，而是转到能不能做到“保民而王”的问题上。这是论题的深化，也是逻辑的必然发展。孟子提出“推恩足以保四海”，而齐宣王没有做到推恩，是“不为也，非不能也”。其所以如此，在于宣王欲实现“大欲”而采取了与目标效果正相矛盾的方法。这一大段的论析虽然曲折，却是从反面说明依靠武力而不是依靠“保民”，是达不到称王天下、实现“大欲”的目的的。而要实现“大欲”，则要“发政施仁”，这开出的仍然是“保民而王”的药方，也正回答了“此心之所以合于王者何也”的问题。曲径通幽，回环往复，正是析义精细之笔。看来，“保民而王”乃是唯一可行的正确方针。这就从现实性上解决了“保民而王”的问题。这是问题的第二层。由此孟子的主张对齐宣王来说，有了吸引力，因此，他提出了“请尝试之”的要求，这就给了孟子进一步说明如何才能“保民”的机会，从而使文章自然过渡到第三个层次，具体说明“保民”的方法。孟子从人之常情上论述，指出君主要使百姓“有恒心”，则必须“制民之产”，赡养老小，满足起码的物质要求，“然后驱而之善”，在这个基础上，才指出欲要达到这一点，就要采取予民“五亩之宅”、“百亩之田”，然后“谨庠序之教”的“反本”之方。论说至此便自然归结到“保民而王”这个中心论点上来，从而收结全文。

本文固不乏铺张扬厉之处，然昔人所言“孟子长于譬喻”却是此文最为精彩之笔，亦是与至精之义结合最为密切之处。文章开始，就借齐宣王“以羊易牛”之事，以明齐宣王“不忍”之心，虽非譬喻之体，却有譬喻之用；继而则是以举百钧与举一羽、察秋毫而不见舆薪以喻不能与不为之别，并以“挟太山以超北海”与“为长者折枝”再申不能与不为之义；至于宣王以“兴甲兵，危士臣”求已之“大欲”，孟子则以“缘木而求鱼”为喻，并以邹人与楚人战进一步说明力量对比寡不敌众的道理。这些都有言近旨远的效果。郝敬曾云，孟子“七篇之文，近而远，浅而深，疏畅条达而详允精密”(《读孟子》),可谓的当之评。

孟子尝言:“吾岂好辩哉?吾不得已也。”(《孟子·告子下》)“孟子之时,孔道已将不著。”(刘熙载《艺概》)既服膺孔子如磬折,又坚持“仁政”、“王道”政治思想而不易,则是孟子处不得已之世,申不得已之情,乃有不得已之辩。形诸文字,则成不得已之文。一切从本心流出,故言务尽而理务明,辞虽易而义至精。此本章之能成为千古名文的原因所在。

(王培元)

【注】 ①按:这是孟子不想回答齐宣王所问的遁词。实际上,桓、文之事在《论语》中就有多处提及,《孟子》一书中亦谈到齐桓晋文之事。 ②以:同“已”。 ③胡龁(hé 河):齐王近臣。 ④衅钟:古代以牲血涂新钟缝隙称“衅钟”。 ⑤觳觫(hú sù 胡速):恐惧战栗貌。 ⑥爱:吝啬。 ⑦隐:怜悯。 ⑧诗句见《诗·小雅·巧言》。 ⑨戚戚:心动貌,指内心有所觉悟。 ⑩钧:三十斤为一钧。 ⑪太山:即泰山。北海:即渤海。超:渡越。 ⑫折枝:过去有几种解释,从行文来看,与前“挟太山”之事对举,解作“折取树枝”于义较长。 ⑬诗句见《诗·大雅·思齐》。刑:同“型”,示范。寡妻:对国君正妻的谦称。御:治理。 ⑭便嬖(pián bì 骈必):国君宠幸的侍臣。 ⑮邹:山东小国,今山东邹城。 ⑯盍:通“盇”,何不。 ⑰愬:同“诉”。 ⑱惛:同“昏”。 ⑲罔:通“网”,网罗。 ⑳庠、序:古代学校名。 ㉑颁白:斑白。

鱼,我所欲也

孟子曰:“鱼,我所欲也;熊掌,亦我所欲也。二者不可得兼,舍鱼而取熊掌者也。生,亦我所欲也;义,亦我所欲也。二者不可得兼,舍生而取义者也。生亦我所欲,所欲有甚于生者,故不为苟得也[①];死亦我所恶,所恶有甚于死者,故患有所不辟也[②]。如使人之所欲莫甚于生,则凡可以得生者何不用也?使人之所恶莫甚于死者,则凡可以辟患者何不为也?由是则生,而有不用也;由是则可以辟患,而有不为也。是故所欲有甚于生者,所恶有甚于死者。

非独贤者有是心也,人皆有之,贤者能勿丧耳。

“一箪食,一豆羹[③],得之则生,弗得则死;嘑尔而与之,行道之人勿受[④];蹴尔而与之,乞人不屑也[⑤]。

“万钟则不辨礼义而受之[⑥],万钟于我何加焉?为宫室之美,妻妾之奉,所识穷乏者得我与[⑦]?乡为身死而不受[⑧],今为宫室之美为之;乡为身死而不受,今为妻妾之奉为之;乡为身死而不受,今为所识穷乏者得我而为之:是亦不可以已乎!此之谓失其本心。”

《鱼,我所欲也》是《孟子·告子上》中短小精悍的议论文。它把“舍生取义”这样一个有关社会人生道德、精神的大题目,用极简练而明确的语言阐发出来,具有震人心弦的力度。一篇不长的文章,为什么会有这样的艺术效果呢?主要恐怕在于“气盛”这一方面。孟子的文章向以“气盛”著称。就这篇短文来说,令人激动不已的也首先是它的充沛气势,是那种可以充于天地、传之久远的正气。不管是在对“舍生取义”的正面论述中,还是在对反面情况的批判中,都充满一种不容置疑、无可辩驳的力量，就像那滔滔江水，滚滚而来，汹涌澎湃，不可遏制。尽管在孟子所处的那个时代，他所提倡的“义”已经不为人所重视，崇尚名利已经成了世俗的普遍追求，只要能达到目的甚至不择手段，但孟子作为坚持自己的理想和主张的学者，坚决反对那种“势利眼”。时风与其主张的强烈反差，使他自然产生一种维护自己学说的强烈要求。孟子有一句名言：“我善养吾浩然之气。”（《孟子·公孙丑上》）孟子对“浩然之气”有明确的解释：“其为气也，至大至刚，以直养而无害，则塞于天地之间，其为气也，配义与道，无是，馁也。是集义所生者，非义袭而取之也。”（同上）这就是说，孟子所注重修养的浩然之气，是以“义”为基础的，其所以能“至大至刚”，充塞于天地之间，是因为有“义与道”相配。养气必先集“义”。正是这种对于“义”的信念，使他不但能在行动中体现出“浩然之气”，拒绝了齐王打算给予的万钟之禄（见《公孙丑下》“孟子致为臣而归”章），而且在言论上，激切地阐扬“义”之重要，阐扬舍生取义的道德精神。气和义在本文取得了完全的一致，义之所存即气之所存。气因义生，这就使全文能一气贯注，自然给人以气盛的感觉。

文章一开始，就以常人能明确判断其重要程度的比喻，鲜明地提出自己的论点。鱼与熊掌，一为普通之物，一为稀有珍品，其贵重程度是常人都能知道的。二者选一，当然要取熊掌。相对应的，在生与义的选择上，二者取一，则“舍生而取义者也”。这是文章的中心。同时，这样提出问题，还给人一种别无他选的感觉，强调了论点的唯一性。随后，文章即围绕“舍生取义”，在人们对待生死态度上展开评述。生固然是人们最希望的，但人们却不为苟且偷生之事；死是人们最厌恶的，但人们也不作贪生怕死之徒。这是正面的论述。为了加强力量，文章又从反面再作强调。在一正一反的评述之后，提出“所欲有甚于生者，所恶有甚于死者”，即“义”的重要乃在生死之上，进而指出，这是“人皆有之”的一种普遍道德要求。这就把“义”提到普遍的人生道德准则的高度。但是，现实社会中在对待“义”的态度上，实际上有两种完全不同的倾向。因此，在文章中以“非独贤者有是心也，人皆有之，贤者能勿丧耳”作为前后文联系的关键和转折点。它既是总结上文，从普遍道德准则上指出人人都可以做到舍生取义；又是引出下文，从现实生活中剖析两种不同的情况。能不丧失“是心”的贤者，必定坚持“义”的原则，在关乎生死的情况下，即使是“一箪食”、一壶浆这样的微薄之物，也是不能苟且接受的。但是，另外一种人则与此相反，在利禄面前，“万钟则不辨礼义而受之”，成了见利忘义之徒。孟子批评这些人是“失其本心”。这样，现实生活中的正反两方面情形，人们应当效法和应当反对的都已经非常明确了。文章至此戛然而止，有斩钉截铁之势。

这篇文章基本是用对偶、排比的句子形式组成的。这些对偶、排比句子本身带有明显比照的特点，通过这种比照，作者肯定什么，反对什么，赞扬什么，批评什么，都有鲜明的观点。

（王培元）

【注】 ①苟得：苟且获得。得：指得以生存。 ②辟：通“避”，躲避。 ③箪：古代盛食物的竹器。豆：古代盛肉或羹的器具。 ④嘑尔：轻蔑或粗暴的态度。嘑：同“呼”。 ⑤蹴：践踏。不屑：指不愿意接受。屑：接受，这里是以动用法。 ⑥万钟：指极丰厚的俸禄。古代六斛四斗为一钟。 ⑦奉：养。得：通“德”，感激。 ⑧乡：同“向”，原来，向来。

《庄子》

逍遥游（节选）

北冥有鱼[1]，其名为鲲[2]。鲲之大不知其几千里也！化而为鸟，其名为鹏。鹏之背不知其几千里也！怒而飞[3]，其翼若垂天之云[4]。是鸟也，海运则将徙于南冥[5]。南冥者，天池也[6]。《齐谐》者[7]，志怪者也[8]。《谐》之言曰[9]："鹏之徙于南冥也，水击三千里[10]，抟扶摇而上者九万里[11]，去以六月息者也[12]。"野马也[13]，尘埃也，生物之以息相吹也[14]。天之苍苍，其正色邪[15]？其远而无所至极邪[16]？其视下也，亦若是则已矣[17]。且夫水之积也不厚，则其负大舟也无力。覆杯水于坳堂之上[18]，则芥为之舟[19]；置杯焉则胶[20]，水浅而舟大也。风之积也不厚，则其负大翼也无力，故九万里则风斯在下矣[21]。而后乃今培风[22]，背负青天，而莫之夭阏者[23]，而后乃今将图南[24]。

蜩与学鸠笑之曰[25]："我决起而飞[26]，枪榆枋而止[27]，时则不至[28]，而控于地而已矣[29]。奚以之九万里而南为[30]？"适莽苍者[31]，三飡而反[32]，腹犹果然[33]；适百里者，宿舂粮[34]；适千里者，三月聚粮[35]。之二虫又何知[36]？

小知不及大知[37]，小年不及大年[38]。奚以知其然也？朝菌不知晦朔[39]，蟪蛄不知春秋[40]，此小年也。楚之南有冥灵者[41]，以五百岁为春，以五百岁为秋；上古有大椿者[42]，以八千岁为春，八千岁为秋，此大年也[43]。而彭祖乃今以久特闻[44]，众之匹之[45]，不亦悲乎！

汤之问棘也是已[46]："穷发之北，有冥海者[47]，天池也。有鱼焉，其广数千里，未有知其修者[48]，其名为鲲；有鸟焉，其名为鹏，背若大山，翼若垂天之云。抟扶摇羊角而上者九万里[49]，绝云气[50]，负青天，然后图南，且适南冥也。斥鴳笑之曰[51]：'彼且奚适也？我腾跃而上，不过数仞而下，翱翔蓬蒿之间，此亦飞之至也[52]。而彼且奚适也！'"此小大之辩也[53]。

故夫知效一官[54]，行比一乡[55]，德合一君而征一国者[56]，其自视也亦若此矣[57]。而宋荣子犹然笑之[58]。且举世而誉之而不加劝[59]，举世而非之而不加沮[60]，定乎内外之分[61]，辩乎荣辱之境[62]，斯已矣[63]；彼其于世，未数数然也[64]。虽然，犹有未树也[65]。夫列子御风而行[66]，泠然善也[67]，旬有五日而后反[68]；彼于致福者[69]，未数数然也。此虽免乎行，犹有所待者也[70]。若夫乘天地之正[71]，而御六气之辩[72]，以游无穷者[73]，彼且恶乎待哉？故曰："至人无己，神人无功，圣人无名[74]。"

庄子思想深邃，文章写得洋洋洒洒，在先秦诸子中独树一帜。《逍遥游》是《庄

子》一书的第一篇，当为庄周自作。其中心内容要求不受任何束缚、自由自在地活动，实际反映了庄子要求超越时间、空间，摆脱客观现实的影响和制约，忘掉一切，在主观幻想中实现“逍遥”的人生观。《逍遥游》很能代表庄周的思想，同时也体现出其散文的风格和成就。

庄子的散文挥洒自如，在结构方面，不讲究起承转合、逻辑推理以及形式上的对称等等，所以很难用辞章之学来要求它。鲁迅先生评其“汪洋恣肆”，包括了结构方面随文思喷涌，当行即行，当止即止，一片天籁，无任何雕琢之痕的特点。《逍遥游》的行文正体现出这种特点。文章开头，先写鲲鹏变化，大鹏南徙，突兀而来，气势磅礴，气象万千。清人曾评论道：“通篇结穴处，都借鲲鹏变化，破空而来，为‘逍遥游’三字立竿见影，摆脱一切理障语。烟波万状，几莫测其端倪。”（刘凤苞《南华雪心编》）文章大笔领起后，引《齐谐》对比加以证明。然后，用“野马也，尘埃也，生物之以息相吹也。天之苍苍，其正色邪？其远而无所至极邪？其视下也，亦若是则已矣”一段，对大鹏逍遥南徙的空间作了形象化的描写。“且夫水之积也不厚，则其负大舟也无力。覆杯水于坳堂之上，则芥为之舟；置杯焉则胶，水浅而舟大也”一段，是形象化的比喻，说明“风之积也不厚，则其负大翼也无力”，大鹏的逍遥南徙，凭借的是九万里的大风，没能做到真正的“逍遥游”。整整这一节文字，有叙述有描写，形象生动，几经转折，而又浑然天成，表现出极高的驾驭语言文字的能力。

“蜩与鸴鸠笑之”以及“小知不及大知”两段，仍然按照何为“逍遥游”的思路一路写去。蜩与鸴鸠“决起而飞，枪榆枋而止，时则不至，而控于地而已矣”，与大鹏的展翅南徙，当然是“小知”和“大知”的区别；至于不知晦朔的朝菌、不知春秋的蟪蛄，与“以五百岁为春，以五百岁为秋”的冥灵以及“以八千岁为春，八千岁为秋”的大椿相比，自然是“小年不及大年”了。它们之间的大小之辨甚明，但都没能做到超脱一切的“逍遥游”。

“汤之问棘也是已”一段，内容明显有与上文重复之处，既形象地描绘了鲲鹏的神奇变化以及大鹏雄伟壮观的逍遥南飞，也描写了斥鴳对大鹏的讥笑。这种现象在一般散文家的笔下很少见到。其实这正是庄子的有意之笔。《庄子·寓言》篇说：“寓言十九，重言十七，卮言日出，和以天倪。”寓言，有所寄寓之言；重言，重复之言；卮言，随意变化之言。这三句实际概括了庄周散文的主要特点。“汤之问棘也是已”一段在本文中的作用，正是通过重复之言以加重论说的分量。由此，足使我们看到庄子散文的挥洒自如。

在进行了一番奇异无比的比喻描述之后，文章迅速转入对处于四种不同思想境界的人作逐次描写。“知效一官，行比一乡，德合一君而征一国者”——智慧能胜任一个官职，行动能庇护一乡之众，道德能符合一个国君的要求，而才能得到全国人民信任的人，他们虽然自我感觉都不错，但只不过像仅能腾跃的斥鴳罢了。宋荣子比上述一般人强得多，他能做到全社会都赞颂他，也不会因此更加努力，整个社会都批评他，也不因此而沮丧，能认清自身和外界的区别，明白光荣和耻辱的界限；然而，也不过如此罢了，虽然对于社会不去追求什么，但他仍有未达到的境界。列御寇能够御风而行，对于幸福也从来不去追求，这比宋荣子似乎又进了一步，但他仍然有未达到的境界，虽然免于走路的劳苦，但仍然要御风而行。那么，所要追求的最高境界，亦即真正的“逍遥游”是什么呢？这就是：“若夫乘天地之正，而御六气之辩，以游无穷者，彼且恶乎待哉？”大意是说，至于能顺应万物之性，适应自然之意外的变化，无始无终地遨游在无边无际的空间，他还要依靠和凭借什么呢？所以，他的结论是“至人无己，神人无功，圣人无名”，即：修养最高的人，忘掉了自己；修养达到人所不测的人，不去建功立业；修养臻于圣明的人，不求名位。至此，文章论述的中心和盘托出，使读者豁然开朗。

庄子的散文“寓言十九”，常常借寓言作比喻，寓说理于离奇的想象和形象的描写之中。《逍遥游》中的鲲鹏变化、大鹏南徙是寓言，蜩与鸴鸠和大鹏的对话也是寓言，都写得奇幻无比而又形象逼真。这些寓言明显具有两方面的成就：一是大胆地幻想和夸张，而同时又时时处处有着现实生活的影子。大鹏的“海运则将徙于南冥”，“搏扶摇而上者九万里”，“背负青天”，“九万里则风斯在下矣”……哪一处不是幻想夸张，哪一处不又有着现实生活的根据？其第二方面的成就是，对故事进行形象逼真的描写，甚至创造出许多形象化的词语。如写蜩与鸴鸠是“决起而飞”，说它们是“腾跃而上，不过数仞”，“三飡而反，腹犹果然”，真可谓穷形尽貌。正因为大胆的幻想夸张和形象化的描写相结合，所以这些寓言故事具有较强的故事性，能吸引和打动读者，成为论说事理的有力手段。

最后需要说明的是，这里入选的并非《逍遥游》全篇，只节录了开头的一部分，后面的文章用寓言故事分别论述了“至人无己，神人无功，圣人无名”，同样是大开大阖的写法，写得有声有色，读者可翻出来慢慢欣赏体会。（王洲明）

【注】 ①北冥：即北海。冥：一作“溟”。 ②鲲：本指鱼子，这里用作大鱼的名称。 ③怒而飞：鼓翅奋翼。怒：同“努”，奋力。 ④垂天之云：天边之云。垂：同“陲”，犹边。 ⑤海运：即海啸。徙：迁往。南冥：即南海。 ⑥天池：天然形成的池子。这里作为南冥的别名。 ⑦《齐谐》：书名，已亡佚。 ⑧志：记载。 ⑨《谐》：《齐谐》的省称。 ⑩水击：指用双翼拍打水面。 ⑪抟：搏击。“抟”原作“搏”，据古本改正。扶摇：即“飚”，一种从下往上刮的暴风。 ⑫乘着六月风而去。息：指风。 ⑬野马：指春天田野间的游气浮动，远望如同奔马。 ⑭是说“野马”、“尘埃”、“生物”皆由风相吹而动。生物：指有生机之物。 ⑮“天之”二句：天是青的，这是它真正的颜色吗？苍苍：青色。邪：同“耶”。 ⑯无所至极：没有边际的意思。 ⑰意思说大鹏从高空向下看，也就像人们从地面上看不真切天色一样。 ⑱坳（ào傲）堂：即“堂坳”，堂上低洼之处。 ⑲芥：小草。 ⑳胶：胶着，粘住不动。 ㉑斯：就。在下：指巨风在大鹏的翼下。 ㉒而后乃今：犹言然后才开始。培风：凭风。培：凭。 ㉓莫之夭阏（è饿）：没有什么东西能阻止它。夭：挫折。阏：阻塞、阻止。 ㉔图南：指向南冥飞去。图：图谋。 ㉕蜩（tiáo条）：蝉。鸴（xué学）鸠：小鸟名。 ㉖决（xuè血）起：急飞而起。 ㉗枪：集，指鸟栖集树上。榆：榆树。枋（fāng方）：树名，一说即檀木。 ㉘时则：有时或许。则：或。 ㉙控：投，落下。 ㉚奚以：何用。 ㉛适：往。莽苍：指草色青青的近郊。 ㉜意思是当天就可来回。飡：即“餐”字。反：同“返”。 ㉝果然：吃饱后肚子鼓鼓的样子。 ㉞前一宿就须舂好粮米。 ㉟聚积三个月的粮米。 ㊱之：这。二虫：指蜩与鸴鸠。 ㊲知：同“智”。 ㊳年：指寿命。 ㊴是说朝菌寿命短，到不了黑夜就死去，所以它根本不知道什么是黑夜与黎明。朝菌：早晨出生的菌类。晦：黑

夜。朔:黎明。 ㊵蟪蛄:一名寒蝉,春生夏死,夏生秋死,故谓“不知春秋”。 ㊶冥灵:树名,类似松柏的乔木。 ㊷大椿:树名。据说此树八千岁生一次叶,八千岁落一次叶。 ㊸此句原缺,据古本补入。 ㊹彭祖:传说中长寿的人,活了七百余岁。久:长寿。特:独特,突出。 ㊺意思是一般人都去与彭祖相比。匹:比。 ㊻棘:人名,相传是商汤时的大夫。 ㊼穷发(fà 珐):意思是不毛之地。 ㊽修:长。 ㊾羊角:古代称旋风为“羊角风”。 ㊿该句是说大鹏高飞超越了云层。绝:越过。 51斥鴳(yàn 晏):指池泽中的小雀。斥:同“池”。 52飞之至:意思是最好的飞翔。 53辩:同“辨”,分别。 54知效一官:才能仅胜任一官之职。效:胜任的意思。 55行比一乡:行为仅能庇护一乡之众。比:同“庇”。 56该句意思是说品德能迎合一个国君的要求,而能力只是取信于一国之人的。而:同“能”。征:信。 57意思说,他们自鸣得意,其实也不过像腾跃的斥鴳一样罢了。 58宋荣子:即宋钘(jiān 肩)。犹然:嗤笑的样子。之:指以上四种人。 59誉:称赞。劝:勉,努力。 60非:指反对他。沮:沮丧。 61认定了内与外的分际。 62分辨清了“荣”、“辱”的境界。辩:同“辨”。 63该句意思是说宋荣子不过做到这一步罢了。斯:此。 64“彼其”二句:他对于世人没去计较。数数:计较的意思。 65未树:指未达到的境界。 66列子:列御寇,郑国人,相传能驾风而行。 67泠(líng 零)然:轻妙的样子。 68意谓十五日之后而返回。 69致福者:求福之事。 70“此虽”二句:这虽然免除了步行,却仍然有待于风。 71乘天地之正:依照天地间正常现象,即顺应自然。 72御六气之辩:驾驭“六气”的变化,即因任“六气”随遇而安。六气:阴、阳、风、雨、晦、明。辩:同“变”。 73意谓遨游于无际的地域,即不为空间、时间所限制。 74“至人”三句:至人能够忘掉自己,神人能够无意于功业,圣人能够无意于求名。在庄子心目中,“至人”是最高修养的人。

庖丁解牛

庖丁为文惠君解牛[①],手之所触[②],肩之所倚[③],足之所履[④],膝之所踦[⑤],砉然响然[⑥],奏刀騞然[⑦],莫不中音[⑧],合于《桑林》之舞[⑨],乃中《经首》之会[⑩]。

文惠君曰:“譆[⑪]!善哉!技盖至此乎[⑫]?”庖丁释刀对曰[⑬]:“臣之所好者道也[⑭],进乎技矣[⑮]。始臣之解牛之时,所见无非全牛者[⑯]。三年之后,未尝见全牛也[⑰]。方今之时[⑱],臣以神遇而不以目视[⑲],官知止而神欲行[⑳];依乎天理[㉑],批大郤[㉒],道大窾[㉓],因其固然[㉔],枝经肯綮之未尝[㉕],而况大軱乎[㉖]?良庖岁更刀[㉗],割也[㉘];族庖月更刀[㉙],折也[㉚]。今臣之刀十九年矣,所解数千牛矣,而刀刃若新发于硎[㉛]。彼节者有间[㉜],而刀刃者无厚[㉝];以无厚入有间,恢恢乎其于游刃必有余地矣[㉞]。是以十九年而刀刃若新发于硎。虽然,每至于族[㉟],吾见其难为,怵然为戒[㊱],视为止[㊲],行为迟;动刀甚微[㊳],謋然已解[㊴],牛不知其死也,如土委地[㊵];提刀而立,为之四顾[㊶],为之踌躇满志[㊷],善刀而藏之[㊸]。”文惠君曰:“善哉!吾闻庖丁之言,得养生焉[㊹]。”

《庖丁解牛》是庄子散文《养生主》中的一则很有名的寓言故事。“养生主”,顾名思义,主要谈养生的方法。它反映了庄子尽量避开矛盾,在矛盾、是非的空隙中苟全性命的人生哲学。《庖丁解牛》就是为论证这一论题服务的。故事一开始,即以整齐的句式、流畅上口的语言,绘声绘色地描绘出了庖丁解牛的高超技艺。“手之所触，肩之所倚，足之所履，膝之所踦”，都是写解牛时的动作；“砉然响然，奏刀騞然，莫不中音”，是写解牛时的声音。这些描写都非常细腻逼真，写出了解牛劳作的轻松自如。但行文并没到此而止，紧接着又对上述动作和声音作了更进一步的形容：“合于《桑林》之舞，乃中《经首》之会。”“《桑林》”，是相传商汤时的舞蹈；“《经首》”，是传说中的帝尧的乐曲。这就是说，庖丁解牛的动作如同商汤时的舞蹈，其声音符合帝尧时的音乐节拍。读至此，读者会深深感到，庖丁哪里是在宰牛劳作，其动作从容自如，俨然是一种艺术的陶醉。

看到庖丁如此高超的技艺，文惠君自然感到惊讶万分：“譆！善哉！技盖至此乎？”庖丁放下刀，说了一大长段意味深长的话。从内容上看，是庖丁向文惠君解释自己之所以达到如此高超境界的原因；从写法上说，依然是逼真的叙述和描写，写得层次分明，情趣横生。庖丁首先回答说：“臣之所好者道也，进乎技矣。”“道”，不是指道理，而是指事物的某些规律性。本来，庖丁应该接文惠君所问，就技艺本身作出回答，可是偏不，而说爱好“道”超过了技艺，很有些出人意料。其实，这正是作者叙述安排的高明之处。因为，对事物规律的某种追求，自然是技艺高超的原因；更重要的，这就把叙述故事和文末点明的“闻庖丁之言，得养生焉”的论述主旨联系起来了。接着，庖丁叙述了自己解牛由不熟悉到比较熟悉和达到完全自由的不同阶段的表现。开始，看不透牛体构造，所以是“所见无非全牛者”；三年以后，由于比较了解牛体内的结构，看透牛是由各个部分组成的，所以是“未尝见全牛”；而现在则“以神遇而不以目视，官知止而神欲行；依乎天理，批大郤，道大窾，因其固然，枝经肯綮之未尝，而况大軱乎”，真正做到了运刀自如，得心应手。下面“良庖岁更刀”至“而刀刃若新发于硎”一节，是从另一方面证明庖丁解牛的高超技艺。那么，为什么能够做到“十九年而刀刃若新发于硎”呢？原来，“彼节者有间，而刀刃者无厚；以无厚入有间”，自然是“恢恢乎”游刃有余了。照说，至此把庖丁解牛的高超技艺已经描绘得淋漓尽致了，但作者并没就此而止，紧接着文笔一转：“虽然，每至于族，吾见其难为，怵然为戒，视为止，行为迟；动刀甚微，謋然已解，牛不知其死也，如土委地；提刀而立，为之四顾，为之踌躇满志，善刀而藏之。”这段描写，写出了庖丁解牛遇到筋骨交错之处的小心谨慎，写出了“謋然已解”之后的志满意得，写出了整个过程中气氛乃至庖丁感情的变化，而这一切都是通过对不同动作的描写表现出来的。

文惠君在听了庖丁的一席话后说：“善哉！吾闻庖丁之言，得养生焉。”文惠君所懂得的养生之道，就是要像庖丁在解构造复杂的牛时做到游刃有余那样，在社会生活中尽量避开矛盾冲突，在矛盾、是非的夹缝中苟全性命。这样，庖丁解牛的寓言故事，以形象化的比喻论说了“养生主”的论题。需要说明的是，这篇寓言故事深受人们的喜爱，除描写的细腻生动逼真外，它在客观上还告诉人们必须尊重事物内部规律的道理。

庄子的散文是“寓言十九”。这篇寓言把艺术夸张和细腻描写相结合，写得结构完整，层次分明，形象逼真，意蕴深厚，语言准确生动流畅，是一篇脍炙人口的作品。

（王洲明）

【注】 ①庖丁:厨工。一说"丁"是他的名字。文惠君:即梁惠王,战国时魏国的国君。解牛:宰牛。 ②触:接触,触摸。 ③倚:靠。 ④履:踩。 ⑤踦(yǐ 蚁):抵着。 ⑥砉(huā 花)然:解牛时皮肉分离的声音。然:语助词。 ⑦此指刀刺入牛身,发出騞然的声音。奏刀:进刀。騞(huò 擢)然:刀解物的声音,比砉然声音大。 ⑧中(zhòng 众)音:合乎音节。 ⑨《桑林》:传说是商汤时的乐曲名,此指以该曲所配的舞蹈。 ⑩《经首》:传说是帝尧时的乐曲名。会:节奏。 ⑪譆:同"嘻",赞叹声。 ⑫盖:同"盍","何"的意思。 ⑬释刀:将刀放下。 ⑭道:指事物的规律。 ⑮进:超过。 ⑯看到的是一条完整的牛罢了。 ⑰不曾看到完整的牛了。因为对牛体的构造已经非常熟悉,所以把它看做可以拆卸的零件。 ⑱方今:如今。 ⑲意思是说,由于已经非常熟练,用不着眼看,只靠感觉解牛就可以了。 ⑳官:感觉器官。神欲:指精神活动。 ㉑依:依照。天理:牛的天然结构。 ㉒批:击入,刺到。郤:同"隙",空隙。 ㉓道:同"导",顺着,沿着。窾(kuǎn 款):空穴,指牛体内骨节间的空处。 ㉔因:依照。固然:指牛体的本来结构。 ㉕枝:枝脉。"枝"原作"技",据俞樾说改。经:经脉。肯:黏着骨头的肉。綮(qìng 庆):筋肉聚结处。这些地方都是用刀阻碍之处。尝:试,指接触。 ㉖軱(gū 姑):盘结骨。 ㉗更(gēng 庚):换。 ㉘割:割肉。 ㉙族庖:指技术一般的厨师。族:众,指一般的。 ㉚折:用刀劈骨头。 ㉛该句意谓刀刃如同新从磨刀石上磨过一样。硎(xíng 刑):磨刀石。 ㉜彼:代指牛。节:关节。间(jiàn 见):空隙。 ㉝无厚:没有一点厚度,形容刀刃很薄。 ㉞恢恢乎:宽绰的样子。 ㉟族:筋骨交错的地方。 ㊱怵(chù 触)然:害怕的样子,这里引申为小心谨慎地。戒:警惕。 ㊲视为止:犹"视为之止"。因为遇到"族"处,所以目光非常集中。 ㊳微:轻微。 ㊴謋(huò 获)然:分解快速的样子。解:剖分开。 ㊵好像泥土落在地上一样。 ㊶四顾:四处看,形容得意的样子。 ㊷踌躇满志:志得意满的意思。 ㊸善刀:拭刀。藏:指把刀收入鞘内。 ㊹意思是懂得了养生的道理。

《晏子春秋》

晏子使楚

(一)

晏子使楚。楚人以晏子短,为小门于大门之侧而延晏子[①]。晏子不入,曰:"使狗国者,从狗门入;今臣使楚,不当从此门入。"傧者更道[②],从大门入。

见楚王。王曰:"齐无人耶?"晏子对曰:"齐之临淄三百闾[③],张袂成阴[④],挥汗成雨,比肩继踵而在[⑤],何为无人[⑥]?"王曰:"然则何为使子?"晏子对曰:"齐命使,各有所主[⑦],其贤者使使贤主[⑧],不肖者使使不肖主[⑨]。婴最不肖,故宜使楚矣。"

(二)

晏子将使楚。楚王闻之,谓左右曰:"晏婴,齐之习辞者也[⑩]。今方来[⑪],吾欲辱之，何以也[12]？"左右对曰："为其来也[13]，臣请缚一人，过王而行。王曰：'何为者也？'对曰：'齐人也。'王曰：'何坐[14]？'曰：'坐盗。'"

晏子至，楚王赐晏子酒。酒酣[15]，吏二缚一人诣王[16]。王曰："缚者曷为者也[17]？"对曰："齐人也，坐盗。"王视晏子曰："齐人固善盗乎[18]？"晏子避席对曰[19]："婴闻之，橘生淮南则为橘，生于淮北则为枳[20]，叶徒相似[21]，其实味不同[22]。所以然者何？水土异也。今民生于齐不盗，入楚则盗，得无楚之水土使民善盗耶[23]？"王笑曰："圣人非所与熙也[24]，寡人反取病焉[25]。"

《晏子使楚》的两则故事，选自《晏子春秋·内篇·杂下》。第一则的原题为《晏子使楚，楚为小门，晏子称使狗国者入狗门，第九》，第二则的原题为《楚王欲辱晏子，指盗者为齐人，晏子对以橘，第十》。《晏子春秋》含有二百一十五个短篇故事，其体裁，有些人认为是具有短篇小说意味的历史散文，有人则认为它"是我国最早的一部短篇小说集，也可以说是一部最早的'外传'、'外史'"（吴则虞《晏子春秋集释·序言》）。

晏子，名婴，字平仲，夷维（今山东高密）人，相传他"身长不满六尺"，貌不出众。他前后辅佐齐灵公、齐庄公、齐景公达五十余年，是春秋时代著名的政治家、外交家，也是我国历史上著名的贤相之一。齐国在齐桓公时代，国势强盛，成为"春秋五霸"之首。齐桓公之后，国力下降，不如楚国强大。晏子所处的春秋末期，正是社会急骤变动的时期，各国之间战争频仍，外交斗争尖锐复杂。晏子作为齐国的使者出使楚国，是两国间的正常的外交活动，楚国应遵循最起码的外交礼仪接待晏子，但楚国却自恃强大，对晏子无端非礼戏辱。晏子毕竟足智多谋，机敏善辩，一次次挫败了楚国的挑衅，维护了国家尊严和自己的人格。相比之下，楚王实在是愚不可及。

《晏子使楚》的两则故事虽都是写楚国戏辱晏子，但戏辱的方式有所不同。第一则故事写楚国从晏子身材矮小上做文章，从侮辱晏子的人格进而侮辱齐国的国格。先是在人宫礼仪上戏辱晏子。楚国在王宫的大门之侧另开一小门请晏子人，这分明是嘲弄晏子的身材矮小。晏子不入，仅用三言两语，就把楚国置于十分尴尬的境地。晏子的这几句话运用的是演绎论证法。他把小门称为"狗门"，然后进行三段式推理。大前提："使狗国者，从狗门入。"小前提："今臣使楚。"结论是："不当从此门入。"反过来说，假如从狗门入，那就是出使狗国，楚国就是狗国了。晏子以自己的聪敏机智，使楚国乖乖地请他从大门进。晏子取得了第一个回合的胜利。楚国不甘心失败，继之，楚王亲自出马羞辱晏子，他见到晏子的第一句话就是："齐无人耶？"言外之意是讥笑晏子的矮小。晏子不理会他的言外之意，针对"齐无人耶"大加反驳。晏子这次用的是例证论证法，也就是摆事实，让事实说话。齐国属于大国，人口众多，首都临淄是当时世界上少有的大都会，晏子不必举出齐国的人口，仅举出临淄的人口状况，就足以把楚王驳倒了。晏子所说的"张袂成阴，挥汗成雨，比肩继踵而在"，自然是夸张的说法，这是为了在气势上压倒楚王。楚王的目的是羞辱晏子，所以紧接着有第二问："然则何为使子？"意思是说，既然齐国有那么多的人，那为什么还派你这样的人当使者呢？弦外之音还是讥笑晏子的矮小。晏子这次就不客气了，还是运用了演绎论证法进行反击。他这次设置的大前提是："齐命使，各有所主，其贤者使使贤主，不肖者使使不肖主。"小前提："婴最不肖。"结论："故宜使楚矣。"这个结论实际就是说楚国的国君是最不肖的，晏子只不过是运用了外交辞令，说得比较婉转罢了。楚王羞辱晏子不成，反自讨了个没趣。

第二则故事与第一则故事所不同的是，楚王不再在晏子的身材矮小上打主意，而是从侮辱齐国的国格上入手，进而达到羞辱晏子的目的。楚王知道晏子善于辞令，所以他事先精心策划了指盗者为齐人的闹剧。当这场闹剧正式演出时，自然骗不过晏子的眼睛，但身为使者的晏子又不便当场戳穿这套鬼把戏，只好相机行事，靠智斗取胜。当楚王挑衅地说"齐人固善盗乎"时，为了维护国家的尊严，晏子"避席"，很严肃地讲了一段充满高度智慧的话，再次显露出晏子能言善辩的才华。晏子这次运用的是比喻论证法，这种方法又叫"类比论证法"，即把两种性质基本相同或相似的事物加以比较，以得出结论。晏子的这段话译成白话就是："我听说过，橘生长在淮南就是橘，生长在淮北就是枳，它们仅仅叶子相似，果实的味道很不相同。为什么会造成这种情况呢？是因为水土不一样。今老百姓生活在齐国不偷东西，到了楚国就偷东西，莫不是楚国的水土使老百姓善于偷盗？"晏子以"逾淮为枳"类比"入楚为盗"，言之成理，从而反辱为荣。楚王只好乖乖地认输，承认自己不是晏子的对手。

《晏子使楚》所塑造的晏子形象，遇事不乱，临大节而不辱，娴于辞令，出妙语而制胜。其思维的敏捷，论辩的严密逻辑性以及作为政治家、外交家的气量风度，均给读者留下难以磨灭的印象。晏子形象在中国古代杰出人物的艺术画廊中，也是独具特点，闪烁着耀眼光华的。晏子的炉火纯青的外交艺术和高超绝妙的讲话艺术，丰富了中国传统文化的宝库，至今仍值得我们研究和借鉴。（贯炳棣）

【注】 ①延：引进，请……入。 ②傧（bīn宾）者：主管接待客人的人。更：改变。 ③临淄：齐国首都，在今山东省淄博市临淄区。三百闾：周制，二十五家为闾，三百闾为七千五百户。这里是虚指，极言人口众多。 ④袂（mèi妹）：袖子。阴：同"荫"。 ⑤比肩继踵（zhǒng肿）：肩靠肩，脚靠脚。形容人多。比：并列，靠着。踵：脚后跟，这里代指脚。 ⑥何为（wèi位）：怎么能说。为：同"谓"。 ⑦主：专，守，担负。 ⑧使使：派……出使。主：指国君。 ⑨不肖：不贤。 ⑩习辞：会说话，善于辞令。 ⑪方：将要。 ⑫何以：用什么办法。 ⑬为：于，当。 ⑭何坐：犯了什么罪。坐：犯罪。 ⑮酒酣：酒兴正浓的意思。 ⑯诣（yì亿）：到……处去。 ⑰曷：何。 ⑱固：乃。表意外的语气。 ⑲避席：古人席地而坐，避席即站起，表示敬重。 ⑳枳（zhǐ只）：即枸橘，与橘树不同种。果状似橘，但肉少而味酸。橘化为枳的说法无科学根据。 ㉑徒：只，仅仅。 ㉒实：果实。 ㉓得无：莫不是，表委婉或推测的问话。 ㉔熙：同"嬉"，戏弄，开玩笑。 ㉕病：辱，没趣。

《荀子》

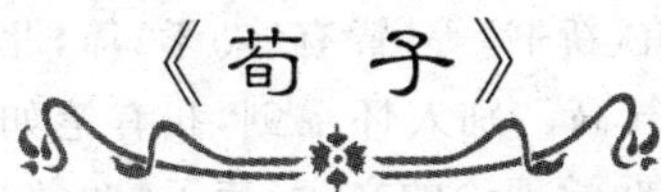

劝学(节选)

君子曰："学不可以已[1]。"青，取之于蓝而青于蓝[2]；冰，水为之而寒于水。

木直中绳，𫐓以为轮，其曲中规，虽有槁暴，不复挺者，𫐓使之然也[3]。故木受绳则直，金就砺则利，君子博学而日参省乎己，则知明而行无过矣[4]。故不登高山，不知天之高也；不临深溪，不知地之厚也[5]；不闻先王之遗言，不知学问之大也[6]。干越夷貉之子，生而同声，长而异俗，教使之然也[7]。《诗》曰："嗟尔君子，无恒安息。靖共尔位，好是正直。神之听之，介尔景福[8]。"神莫大于化道，福莫长于无祸[9]。

吾尝终日而思矣，不如须臾之所学也[10]；吾尝跂而望矣，不如登高之博见也[11]。登高而招，臂非加长也，而见者远[12]；顺风而呼，声非加疾也，而闻者彰[13]；假舆马者，非利足也，而致千里[14]；假舟楫者，非能水也，而绝江河[15]。君子生非异也，善假于物也[16]。

南方有鸟焉，名曰蒙鸠，以羽为巢，而编之以发，系之苇苕[17]。风至苕折，卵破子死。巢非不完也，所系者然也[18]。西方有木焉，名曰射干，茎长四寸，生于高山之上，而临百仞之渊[19]。木茎非能长也，所立者然也[20]。蓬生麻中，不扶而直[21]；白沙在涅，与之俱黑[22]。兰槐之根是为芷，其渐之滫，君子不近，庶人不服[23]。其质非不美也，所渐者然也。故君子居必择乡，游必就士，所以防邪僻而近中正也[24]。

物类之起，必有所始[25]；荣辱之来，必象其德[26]。肉腐出虫，鱼枯生蠹[27]；怠慢忘身，祸灾乃作[28]。强自取柱，柔自取束[29]；邪秽在身，怨之所构[30]。施薪若一，火就燥也[31]；平地若一，水就湿也。草木畴生，禽兽群居，物各从其类也[32]。是故质的张而弓矢至焉[33]，林木茂而斧斤至焉[34]，树成荫而众鸟息焉[35]，醯酸而蜹聚焉[36]。故言有召祸也，行有招辱也，君子慎其所立乎[37]！

积土成山，风雨兴焉；积水成渊，蛟龙生焉[38]；积善成德，而神明自得，圣心备焉[39]。故不积跬步，无以至千里[40]；不积小流，无以成江海。骐骥一跃，不能十步[41]；驽马十驾，功在不舍[42]。锲而舍之，朽木不折[43]；锲而不舍，金石可镂[44]。螾无爪牙之利，筋骨之强，上食埃土，下饮黄泉，用心一也[45]。蟹六跪而二螯，非虵蟺之穴无可寄托者，用心躁也[46]。是故无冥冥之志者，无昭昭之明[47]；无惛惛之事者，无赫赫之功[48]。行衢道者不至，事两君者不容[49]。目不能两视而明，耳不能两听而聪[50]。螣蛇无足而飞，梧鼠五技而穷[51]。《诗》曰："尸鸠在桑，其子七兮。淑人君子，其仪一兮。其仪一兮，心如结兮[52]。"故君子结于一也[53]。

本篇题目"劝学"，是鼓励学习的意思。劝学是儒家的一贯主张，孔子就曾有很多论学的言论，此后，《大戴礼记》、《吕氏春秋》、贾谊《新书》等，皆有《劝学》篇，北宋以来流行的《神童诗》中更有"自小多才学，平生志气高。别人怀宝剑，我有笔如刀"等标目"劝学"的诗篇。但是，长篇大论，全面论证劝学理论的文章，荀子《劝学》则是中国历史上第一篇。本篇着重讲了学习的作用、态度、方法、内容、目的、结果。这里选用的是文章的前半部分，可因其自然节划为六个语义段。第一段提出论点"学不可以已"，第二段写学习的重要作用，第三段写应善于凭借学习提高自己，第四段写应怎样选择好的学习环境，第五段写以防止祸患的态度对待学习，第六段写学习要不断积累，专心致志。虽是节选，但内容还算完整，都是论述怎样正确对待学习的。

本篇是说理文，在写作技巧和语言形式上有如下特点：

第一，立论巧妙，有普遍意义。"劝学"是个古老的命题，自孔子及其弟子，到荀子已经过几代人的阐述，有关学习的基本观点，前人大都已经论及。荀子这篇《劝学》如何立论，是个难题。重复前人的论点，有拾人牙慧之嫌；另立新论，有失于偏颇之虑。荀子是一位著名的唯物主义思想家、政论家，也是一位才华横溢的文学家。思想家的胆识，文学家的才华，使荀子作出斩钉截铁的抉择，开篇即曰："君子曰：'学不可以已。'""学不可以已"就是本篇的中心论点。荀子所说的学习，对象是《诗》、《书》、《礼》、《乐》、《春秋》等儒家经典。这些书经过孔子及其弟子几代人的努力宣传，到荀子时代，"学不学"已不成问题，学习能否持之以恒，不断推陈出新，作出创造性的发展，才是当时儒学界的主要矛盾。"学不可以已"是学习不可以停止的意思。"不停止"那就是要持之以恒，不断推陈出新，作出创造性发展。这个论点是针对当时儒学界实际情况提出的，是辩证发展的，因而也是科学的。宋代大学者朱熹说："为学，正如撑上水船，一篙不可放缓。"清代大学者顾炎武说："人之为学，不日进则日退。"可见"学不可以已"这个论点不仅限于对儒家经典的学习，它具有指导学习的普遍意义。《荀子》全书共三十二篇论文，《劝学》是第一篇，"学不可以已"又是第一篇的第一句。荀子把"学不可以已"的论点鲜明地摆在全书第一句的位置也是有所本的。孔子《论语》全书开篇第一句是："子曰：'学而时习之，不亦说乎。'"显而易见，荀子是模仿《论语》的。这一方面，可借《论语》提高本论点的地位；另一方面，孔子只是强调学了要按时复习，而荀子则强调要不断学习新知识，不断推陈出新，作出创造性发展，立意高于孔子。为了加强这一论点的说服力，论点前冠以"君子曰"，"君子"指统治阶级中有道德有才干的人，有一定的示范性。"君子"提出这样的论点，那么论点更是令人坚信不疑。立论开门见山，掷地有声，模仿前人而又高于前人，一下便把读者引向一个奋发向上的境界：这便是本篇高妙处之一。

第二，以比喻说理。荀子善用比喻说明道理，他在《非相》篇说"谈说之术，分别以喻之，譬称以明之"就是这个意思。本篇除总论点和各段分论点几句是陈述说明语言外，其余论据、论证几乎全是由比喻组成的。在中国古代文学史上，像这样以众多的比喻进行多方面论证的文章，实属少见。我们试逐段说明之：

第一段首先提出“学不可以已”的论点，接着以“青，取之于蓝而青于蓝；冰，水为之而寒于水”两个比喻论证这个论点。青，青于蓝，是以色彩为喻；冰，寒于水，是以触觉为喻。但这两喻都是进化论观点，说明一切后起的事物超过原有的事物，它们的信息量吻合于“学不可以已”而又不仅指学习，就更加证明了“学不可以已”的正确性。“学不可以已”本是一个普遍道理，但是用这两个比喻论证它，便有了色彩性、形态性，而且简洁有力。如果把这两个论证性比喻换成叙述语“学则日进也”，虽基本内涵相同，但不仅文采、语势大降，论证的力量也锐减（以下每个比喻皆可作如是分析）。可见恰到好处地运用比喻在说理文中的作用。

第二段开头至“𫐓使之然也”，讲“𫐓”对“木”的作用，以这个比喻作为论据，以下以两个“故”承上分两层进行推论。第一个“故”下先用“绳”对“木”的作用，“砺”对“金”的作用为喻，从而点明本体“博学”对“君子”的作用。这一层是正面论证，说明人通过学习，可以造就成“君子”，且一旦成为“君子”，就有了聪明智慧，就有了抵御变坏的能力。第二个“故”下先用“不登高山”对“不知天之高”的作用，“不临深溪”对“不知地之厚”的作用为喻，从而点明本体“不闻先王之遗言”对“不知学问之大”的作用。这一层是从反面论证，说明只有不断学习，才能知道知识广大，从而向学习的深处、广处前进。这里的“先王之遗言”等于《诗》、《书》、《礼》、《乐》、《春秋》。以上都是以事物为喻，与人关系似不直接，往下自“干越夷貉之子”至“教使之然也”便再以人的成长为喻，说明学习教化的作用，一层层地提高了论述的境界。“《诗》曰”以下是引喻。引喻是比喻的一种，宋代陈骙《文则》说是“援取前言以证其事”。《诗》“可以兴，可以观，可以群，可以怨”，古人往往作为表情达意的标准，引《诗》为喻，其意蕴自然是最高境界。“神莫大于化道，福莫长于无祸”，“神”指精神修养，“化道”即化于道，学习能够使精神修养融化于圣贤之道，能够永远幸福无祸。至此，本段把学习的作用推向最高峰。

第三段自“吾尝”至“博见也”，前一复句为本体，后一复句为喻体，提出本段论点：唯心主义的静思不如唯物主义的学习，学习才能见识远大。自“登高而招”至“绝江河”，通过四个比喻，分别说明凭借学习可以被远方人了解，可以取得大的名声，可以很快地进步，可以渡过难关，从而得出君子之所以是君子就是因为他善于凭借学习的结论。结论与开头论点相应。本段的论点、论据、论证全是比喻。

第四段以五个比喻为论据：“南方有鸟焉”至“所系者然也”，比喻人如果不学习，不管怎样善于经营，终会破产。“西方有木焉”至“所立者然也”，比喻人如果学习，虽先天不足，也能取得成就，立于高处。“蓬生麻中”至“与之俱黑”，两个比喻正反对比，说明处在好的环境，人则有好的品德，处于不好的环境，则有坏的品质。“兰槐”至“所渐者然也”，比喻好人处于坏的环境也会变坏。从而得出“君子居必择乡，游必就士”，选择好的学习环境的结论。

第五段“物类”至“其德”，前一复句为喻体，后一复句为本体，喻体映衬本体，说明荣辱与德行的一臻性。由此议论开去，说明事物相从相生的关系，一口气举了十二个比喻，有的本喻相衬，有的独喻为说，从而得出“言有召祸也，行有招辱也，君子慎其所立乎”的结论，“所立”即指学习，等于提出要以防祸辱的态度进行学习。本段论述是层层递进的，其中“是故”、“故”都表示承上进一步推论，其论据大都是比喻，仅用两个连接词联系比喻句，这在论说文中是很有独特风格的，很别致的。

第六段包括两层：一层开头至“金石可镂”，讲学习要不断积累；以下为第二层，讲专心致志。“积土”至“备焉”是两个喻体映衬一个本体，点明积累的重要性，这是总论。以下以六个比喻分论学习要从基础开始，从小处开始；学习只能一步步地努力，不能毕其功于一役；学习要持之以恒，不可三天打鱼两天晒网。由总论到分论也是由比喻构成，中间仅以“故”联系。第二层以“螾”、“蟹”两个比喻说明专心、不专心的不同效果，并以此为论据；“是故”至“赫赫之功”是由比喻推出的结论。但是，至此作者以为还不够味，往下又一连用六个比喻、一个引喻：前四个比喻说明三心二意将一事无成；后两个比喻相对，说明专一的好处，不专一的害处；“尸鸠”，《毛传》说，这种鸟养育七只小鸟，它喂小鸟，早晨从上开始依次往下喂，晚上从下开始依次往上喂，“平均如一”，天天如此，引喻也是取其专一义。于是得出必须像打结不可散开一样专心对待学习的最后结论。

所选这部分文字共用四十七个比喻，两个引喻。这些比喻大都是生活中常见的实际事物，文章用来说明抽象的道理，所以能把道理讲得具体、鲜明。这些比喻大都是动态，如第五段比喻句用“出”、“取”、“就”、“生”、“居”、“至”、“息”、“聚”等动词分别说明相连事物的关系，这就把死板的道理讲活了，所以文意生动、活泼。总之，本文能把一个古老命题论述得深刻、生动，具有极大的说服力，主要在于创造性地运用了丰富多彩的比喻。

另外，推理逻辑严密，句式的本喻前后变化，正喻、反喻变化，同喻变化，骈散变化，也为本文增加了论证的力量和文采。（杨端志）

【注】 ①君子：统治阶级中有道德有才干的人。已：停止。 ②青：靛（diàn电）青，一种染青色的颜料。蓝：蓝草，一种草本植物，叶可提取靛青颜料。青于蓝：比蓝草的颜色还青。“青”是形容词。 ③中（zhòng众）：符合，适合。绳：指木工用来取直的墨线。𫐓（róu柔）：通“煣”，用小火烤木料，使它成为需要的曲度。规：圆规，木匠用来取圆的工具。槁：枯。暴（pù瀑）：晒干。挺：伸直。然：这样。 ④受绳：用墨线量，指画线加工。金：指金属制成的刀剑等。就：接近，这里指放到磨刀石上磨。砺（lì厉）：磨刀石。利：锋利，锐利。博学：广泛多方面地学习。日参省乎己：天天检查自己。参：检验。一说同“三”。省：反省，检查。知：通“智”，见识。行：行为。过：错误。 ⑤临：从高处往低处看。溪：山谷。 ⑥先王：指前代圣明君主。 ⑦干越：即“吴越”。干：古代江淮流域的一个小国，后被吴国灭掉，所以又称吴为“干”。越：周代诸侯国，其地在今浙江省一带。夷：古代中国境内东方的民族。貉（mò陌）：古代中国境内北方的民族。又写作“貊”。子：指婴儿。生而同声：生下来啼哭的声音相同。 ⑧诗：《诗经》。下面的引文见《诗·小雅·小明》。嗟：感叹词。尔：代词，你们。无恒安息：不要经常安然地休息。恒：常。息：休息。靖共尔位：安心地供奉你们的职位。靖：通“静”，指静心，安心。共：通“供”，指供职。好：喜爱。正直：正直的人。神之听之：等于“神听之”。神：天神。听：听察，闻知。之：指“靖共尔位，好是正直”。介：助，指给予。景：大。 ⑨神：指精神修养。化道：等于“化于道”，即在圣贤之道上起变化。长（cháng肠）：意思与“大”相近。 ⑩须臾：片刻，一会儿。 ⑪跂（qì气）：提起脚后跟站着。 ⑫招：招手。见者远：可以被很远的地方的人看见。 ⑬疾：疾速，这里指

疾劲,有力。彰:明显,清楚。这里指听得清楚。 ⑭假:借,凭借。利足:捷足,指善于走路。致千里:使达到千里,即能远行千里。致:使达到。 ⑮檝(jí及):同“楫”,船桨。能水:会游泳。水:名词用作动词。绝:横渡。 ⑯生:通“性”,指先天的条件。 ⑰蒙鸠:一种体形较小的鸟,又叫“鷦鷯”、“巧妇”。苕(tiáo条):芦苇的穗。 ⑱完:完好,完善。所系者然也:所系的地方是这样,意思是所系的地方造成了这样的后果。 ⑲射(yè夜)干:多年生草本植物,根可入药。临:下临,居高处朝向低处。仞:度量单位,八尺为一仞。渊:深水潭。 ⑳长:长度,两端的距离。 ㉑蓬:飞蓬,多年生草本植物,茎高一尺左右。麻:大麻,一年生草本植物,茎直,茎皮纤维可以制绳索,织布。 ㉒沙:通“纱”,用麻纺成的较松的细丝,可以捻成线或织成布。涅(niè聂):一种矿物,古代用作黑色染料。以上两句今本《荀子》无,这里是据王念孙的意见所补。 ㉓兰槐:多年生草本植物,叶印形或三角形,花白色,古人视为香草。芷:白芷,兰槐的根可入药。是:指示代词,复指根。其:语气词,表示假设。渐(jiān坚):浸,泡。滫(xiǔ朽):臭水。服:佩戴。古人把鲜花、香草佩戴在身上作为一种装饰。 ㉔游:出外旅行,古人常用来指外出求学或求官。就:接近,这里指结交。士:贤士,有德才的人。所以:名词性结构,“所”是代词,“以”是介词,引进动作行为的凭借或方法,可译为:用来……的(方法或手段)。邪僻:指邪恶的行为。中正:正直,端正。这里指品行端正的人。 ㉕物类:各种各样的事物。所始:开始的原因。 ㉖象:相似。德:德行,品行。 ㉗枯:干。这里指鱼离开水干死。蠹(dù杜):蛀虫。㉘怠慢:懈怠,疏忽。身:自身。作:发生。 ㉙强:坚硬,强硬。这里指坚硬的东西。取:招致。柱:通“祝”,折断。柔:柔软。这里指柔软的东西。束:约束。 ㉚邪秽:邪恶污秽。构:集结。 ㉛薪:柴。燥:干燥。 ㉜畴生:指同类的草木生长在一起。畴:类。群居:同类的禽兽成群地居住在一起。 ㉝质:箭靶。的:箭靶正中的圆心。张:张设。 ㉞斤:斧子一类的工具。㉟荫:树木遮住日光所形成的阴影。 ㊱醯(xī夕):醋。蜹(ruì锐):同“蚋”,蚊子一类的昆虫。 ㊲召:引来。立:指立身行事。 ㊳蛟龙:古代传说中一种能发洪水的龙。 ㊴善:善行,好事。神明:指智慧。圣心:圣心的思想。 ㊵跬(kuǐ傀):同“跬”,半步,迈一腿的距离。 ㊶骐:一种黑色斑纹的马。骥:千里马。步:长度单位,指六尺。 ㊷驽马:劣马。十驾:马拉车十天的行程。驾:马拉车一天的行程叫“一驾”。舍:舍弃,停止。 ㊸锲:用刀子刻。 ㊹镂:雕刻。 ㊺螾:同“蚓”,蚯蚓。埃:尘土。黄泉:地下的泉水。黄:土地之色,又指地。一:专一。 ㊻六跪:六条腿。蟹本为八条腿,这里“六”当是“八”字之误。螯:节肢动物前面的一对夹钳。蛇:同“蛇”。蟺:通“鳝”。躁:浮躁。 ㊼冥冥之志:指埋头苦干,刻苦钻研的志向。冥冥:昏暗不明的样子。昭昭之明:智慧豁然通达。昭昭:显明的样子。 ㊽惛惛(hūn昏)之事:略同于“冥冥之志”。赫赫之功:指辉煌巨大的功绩。赫赫:显著盛大的样子。 ㊾衢(qū渠)道:歧路。不至:走不到目的地。不容:不被两君所宽容。 ㊿明:看得清楚。聪:听得清楚。 (51)螣(téng腾)蛇:古代传说中一种能飞的蛇。梧鼠:当为“鼫(shí石)鼠”,虫名,即蝼蛄。五技而穷:有五种技能,但都不大行,也就是《说文》说的“能飞但不能飞过屋顶,能爬树但不能爬到树梢,能游泳但游不过小溪,能挖洞但不能遮掩自己的身体,能走路但不能超过人”。穷:穷困,这里指没能耐。

(52)诗:指《诗经》。引文见《诗·曹风·鸤鸠》。鸤鸠:布谷鸟。《毛传》载布谷鸟养育七只小鸟,早晨从上依次往下喂,傍晚从下依次往上喂,天天如此。这里取其专一义。淑:善,好。其仪一:他的仪表始终如一。心如结:心像打结一样,集中到一点上。 (53)结于一:君子对待学习就像打结一样,精力集中到一点上。

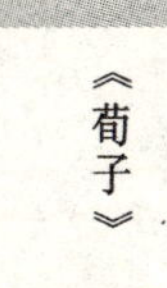

天　论

天行有常，不为尧存，不为桀亡[①]。应之以治则吉，应之以乱则凶[②]。彊本而节用，则天不能贫[③]；养备而动时，则天不能病[④]；循道而不贰，则天不能祸[⑤]。故水旱不能使之饥，寒暑不能使之疾，袄怪不能使之凶[⑥]。本荒而用侈，则天不能使之富[⑦]；养略而动罕，则天不能使之全[⑧]；倍道而妄行，则天不能使之吉[⑨]。故水旱未至而饥，寒暑未薄而疾，袄怪未至而凶[⑩]。受时与治世同，而殃祸与治世异，不可以怨天，其道然也[⑪]。故明于天人之分，则可谓至人矣[⑫]。

不为而成，不求而得，夫是之谓天职[⑬]。如是者，虽深，其人不加虑焉[⑭]；虽大，不加能焉[⑮]；虽精，不加察焉，夫是之谓不与天争职[⑯]。天有其时，地有其财，人有其治，夫是之谓能参[⑰]。舍其所以参，而愿其所参，则惑矣[⑱]！列星随旋，日月递炤，四时代御，阴阳大化，风雨博施，万物各得其和以生，各得其养以成，不见其事而见其功，夫是之谓神[⑲]。皆知其所以成，莫知其无形，夫是之谓天功[⑳]。唯圣人为不求知天[㉑]。

天职既立，天功既成，形具而神生，好恶喜怒哀乐臧焉，夫是之谓天情[㉒]。耳目鼻口形能各有接而不相能也，夫是之谓天官[㉓]。心居中虚，以治五官，夫是之谓天君[㉔]。财非其类以养其类，夫是之谓天养[㉕]。顺其类者谓之福，逆其类者谓之祸，夫是之谓天政[㉖]。暗其天君，乱其天官，弃其天养，逆其天政，背其天情，以丧天功，夫是之谓大凶[㉗]。圣人清其天君，正其天官，备其天养，顺其天政，养其天情，以全其天功。如是，则知其所为，知其所不为矣；则天地官而万物役矣[㉘]。其行曲治，其养曲适，其生不伤，夫是之谓知天[㉙]。故大巧在所不为，大智在所不虑[㉚]。所志于天者，已其见象之可以期者矣[㉛]。所志于地者，已其见宜之可以息者矣[㉜]。所志于四时者，已其见数之可以事者矣[㉝]。所志于阴阳者，已其见和之可以治者矣[㉞]。官人守天而自为守道也[㉟]。

治乱，天邪[㊱]？曰："日月星辰瑞历，是禹桀之所同也[㊲]。禹以治，桀以乱，治乱非天也[㊳]。"时邪？曰："繁启蕃长于春夏，畜积收臧于秋冬，是又禹桀之所同也[㊴]。禹以乱，桀以乱，治乱非时也。"地邪？曰："得地则生，失地则死，是又禹桀之所同也[㊵]。禹以治，桀以乱，治乱非地也。"《诗》曰："天作高山，太王荒之；彼作矣，文王康之[㊶]。"此之谓也。天不为人之恶寒也辍冬，地不为人之恶远也辍广，君子不为小人之匈匈也辍行[㊷]。天有常道矣，地有常数矣，君子有常体矣[㊸]。

君子道其常，而小人计其功[㊹]。《诗》曰："礼义之不愆，何恤人之言兮[㊺]。"此之谓也。楚王后车千乘，非知也；君子啜菽饮水，非愚也。是节然也[㊻]。若夫志意修，德行厚，知虑明，生于今而志乎古，则是其在我者也[㊼]。故君子敬其在己者，而不慕其在天者[㊽]；小人错其在己者，而慕其在天者[㊾]。君子敬其在己者，而不慕其在天者，是以日进也[㊿]；小人错其在己者，而慕其在天者，是以日退也。故君子之所以日进，与小人之所以日退，一也[51]。君子小人之所以相悬者在此耳[52]！

星队，木鸣，国人皆恐[53]。曰："是何也？"曰："无何也，是天地之变，阴阳之化，物之罕至者也[54]。怪之，可也[55]；而畏之，非也[56]。夫日月之有蚀，风雨之不时，怪星之党见，是无世而不常有之[57]。上明而政平，则是虽并世起，无伤也[58]。上闇而政险，则是虽无一至者，无益也[59]。夫星之队，木之鸣，是天地之变，阴阳之化，物之罕至者也。怪之，可也；而畏之，非也。"物之已至者，人祆则可畏也[60]。楛耕伤稼，耘耨失薉，政险失民；田薉稼恶，籴贵民饥，道路有死人，夫是之谓人祆[61]。政令不明，举错不时，本事不理，夫是之谓人祆[62]。礼义不修，内外无别，男女淫乱，父子相疑，上下乖离，寇难并至，夫是之谓人祆[63]。祆是生于乱，三者错，无安国[64]。其说甚尔，其菑甚惨[65]。勉力不时，则牛马相生，六畜作祆，可怪也，而不可畏也[66]。传曰："万物之怪书不说[67]。"无用之辩，不急之察，弃而不治[68]。若夫君臣之义，父子之亲，夫妇之别，则日切瑳而不舍也[69]。雩而雨，何也[70]？曰："无何也，犹不雩而雨也。日月食而救之，天旱而雩，卜筮然后决大事，非以为得求也，以文之也[71]。故君子以为文，而百姓以为神[72]。以为文则吉，以为神则凶也。"

在天者莫明于日月，在地者莫明于水火，在物者莫明于珠玉，在人者莫明于礼义[73]。故日月不高，则光晖不赫[74]；水火不积，则晖润不博[75]；珠玉不睹乎外，则王公不以为宝[76]；礼义不加于国家，则功名不白[77]。故人之命在天，国之命在礼[78]。君人者，隆礼尊贤而王，重法爱民而霸，好利多诈而危，权谋倾覆幽险而尽亡矣[79]。大天而思之，孰与物畜而制之[80]？从天而颂之，孰与制天命而用之[81]？望时而待之，孰与应时而使之[82]？因物而多之，孰与骋能而化之[83]？思物而物之，孰与理物而勿失之也[84]？愿于物之所以生，孰与有物之所以成[85]？故错人而思天，则失万物之情[86]。百王之无变，足以为道贯。一废一起，应之以贯，理贯不乱。不知贯，不知应变。贯之大体未尝亡也。乱生其差，治尽其详。故道之所善，中则可从，畸则不可为，匿则大惑[87]。水行者表深，表不明则陷[88]。治民者表道，表不明则乱[89]。礼者，表也；非礼，昏世也；错世，大乱也。故道无不明，内外异表，隐显有常，民陷乃去[90]。

万物为道一偏，一物为万物一偏，愚者为一物一偏，而自以为知道，无知也。慎子有见于后，无见于先[91]。老子有见于诎，无见于信[92]。墨子有见于齐，无见于畸[93]。宋子有见于少，无见于多[94]。有后而无先，则群众无门[95]。有诎而无信，则贵贱不分。有齐而无畸，则政令不施。有少而无多，则群众不化。《书》曰："无有作好，遵王之道。无有作恶，遵王之路[96]。"此之谓也。

"论"是以论证事物是非为中心的体裁。刘勰《文心雕龙·诸子》说："博明万物为子，适辨一理为论。"从多方面说明很多事物是非的叫"子"，只论述一件事物是非

的叫“论”。这种体裁大约是荀子创立的。《荀子》中除《天论》外，还有《正论》、《礼论》、《乐论》。《天论》是论证围绕着“天”产生的理论的是非的。文中着重讨论了天与人的关系，提出了“天人相分”的精辟见解。文章还认为，所谓“天”，就是自然或自然界，它有自己的运动规律，而人有认识自然规律的机能，从而又提出“制天命而用之”，人定胜天的光辉思想。这在中国古代思想史、科学史上都有着重要的意义。文章摆事实，讲道理，推理严密，选择句式确当，具有很强的理论力量。全文分为七个语义段，我们将逐段作些分析。

第一段提出“天人相分”的论点。在写作技巧和语言形式上，本段有三个特点：一是结构层层推进，前后照应。二是连用“……则……”复句形式。这种句式，前部表条件，后部表结论，最便于简单推论。三是恰当地选用了同义词和反义词。本段分两层。第一层提出基础论点“天行有常”：“天”指自然，“常”指规律；自然的运行有它自己的规律。“尧”是传说中的圣君，“桀”是夏代亡国之君，非常荒淫暴虐。“不为尧存，不为桀亡”，天的运行规律不因为有了圣君尧才存在，也不因为出了暴君桀就消亡。这两句说明“天行有常”的永恒性。“应之”两句是两个推论句，以合理的措施对待自然规律，就收到好效果；以错乱的行动对待自然规律，那就要受到灾祸。至此，第一层结束。这一层是下层提出中心论点的铺垫。第二层自“彊本”至“袄怪不能使之凶”，与上层“应之以治则吉”照应。先是三个由“则”字连接的推论句：加强农业生产，节约用度，那么天也不能使人贫穷；衣食丰足，活动适时，那么天也不能使人生病；遵循治国原则，不三心二意，那么天也不能使人受害。“故”以下是承上面三个推论句而作的进一步强调，为避免重复，把上文的“贫”、“病”、“祸”分别换成同义词“饥”、“疾”、“凶”。“本荒”至“袄怪未至而凶”，与上层“应之以乱则凶”照应。也先是三个由“则”字连接的推论句：农业生产荒废，奢侈挥霍，那么天也不能使人富裕；衣食不足，活动又少，那么天也不能使人健康；违背治国原则，胡作非为，那么天也不能使人安定。“故”以下又是承上面三个推论句而作的进一步强调，这强调变上文的否定句式为肯定句式，因此，也要把上文的“富”、“全”、“吉”换成反义词“饥”、“疾”、“凶”。这里的六个推论句，前三个是从正面说的，后三个是从反面说的，为使前后形成鲜明的对比，所用的词也是反义的：“贫”、“富”，“病”、“全”，“祸”、“吉”。“受时”至“其道然也”是进一步概括。“故明”以下是本段的最后结论：所以，懂得人与自然的区分，那就可以算得上是圣人了。经过初步论证，提出了全文的中心论点“天人相分”。

第二段解释“天职”，第三段解释“人职”。这是承上段“天人相分”的立论，“话分两头”，分别以解释概念的方式进一步论证“天”的职分及同人的关系，“人”的职分及同天的关系。在语言技巧和布局安排上，这两段有两点最可称道之处。第一点，恰当地选择了句式。作者这里解释的概念，含有社会意义、科学意义等丰富的内涵，多是复杂概念。而古代书面语言中，最能表示复杂概念的句式是“夫是之谓某”句式，这种句式的复指成分的同位语即主语能最大限度地容纳表示内涵的修饰限定词语，最适合表示丰富内涵的要求；这种句式又是判断语气，能给人一种确凿无疑、不可动摇的信念。作者正是最恰当地选择了这种“夫是之谓某”的句式。这充分显示了作者运用语言的高度娴熟的技巧。第二点，恰当地安排了概念的次序，使概念构成了合理的论证。为了论证天的职分及同人的关系，人的职分及同天的关系，作者一口气连用十二个“夫是之谓某”句式为概念下定义，并经过精心巧妙的安排，使这些概念句形成了合理的逻辑关系，具有了推论性质，这又充分显示了作者细密超人的逻辑思维。为了体味这两点奥妙，我们不妨译这两段大意如下：不去做而有成效，不去求而有所得，这就叫做“天职”。像这样的自然的职能，虽然深远，至人是不加思虑的；虽然广大，至人是不加干预的；虽然微妙，至人是不加观察的：这就叫做“不与天争职”。天有四时的变化，地有蕴藏的财富，人有掌握天时、利用地财的办法，这就叫做“能参”。如果放弃人的努力，指望自然的恩赐，那就太糊涂了。天上群星相随转动，太阳、月亮交替照耀，春夏秋冬四时依时替代，阴阳二气化生万物，风雨普遍滋润万物；万物各自受到这些条件的协调作用而生成，各自得到这些条件的哺育滋养作用而成长；看不到它化生万物的形迹，却看到了它生成万物的功效，这就叫做“神”。都知道是它在生成万物，却没有人知道它不露形迹的生成过程，这就叫做“天”。只有圣人才不对天作主观随意的解释。第三段解释“人职”，是通过解释与人有关的“天情”、“天官”、“天君”、“天养”（“福”、“祸”）、“天政”、“大凶”、“知天”实现的。其大意是：自然的职能既已确立，自然的功用既已达到，人的形体因而具备，精神也就随之产生，爱、憎、喜、怒、哀、乐等各种感情就蕴藏在形体和精神里面，这就叫做“天情”。人的耳、目、鼻、口、身各有接触外界事物的本能，并且彼此不能互相替代，这就叫做“天官”。心在人的胸膛中部，支配着耳、目、鼻、口、身等器官，这就叫做“天君”。人类利用自然万物来养活自己，这就叫做“天养”。顺应人类生活需要的叫做“福”，违背人类生活需要的叫做“祸”，这就叫做“天政”。搞混了作为天君的心，破坏了耳、目、鼻、口、身这些天官的职能，抛弃了自然万物这些天养，违犯了顺应人类自身生活需要的天政，错用了爱、憎、喜、怒、哀、乐等天情，从而丧失了天功，不能发挥自然生成的作用，这就叫做“大凶”。圣人总是使心保持清醒，正确地发挥耳、目、鼻、口、身的职能，充分利用自然万物的供养，顺应自己的需要而生活，正常表达自己爱、憎、喜、怒、哀、乐等感情，从而保全了自然生成的作用。这样就知道什么是应该做的，什么是不应该做的。于是，天地也就能对人类尽其职守，万物也就能为人类服务了。他的所作所为都合理，养生方法都合适，生存不曾受到伤害，这就叫做“知天”。并且认为应该认识天，认识地，认识四时，认识阴阳，恰切地安排自己的行动。其中“不与天争职”、“能参”、“神”、“天”、“大凶”、“知天”是内涵很丰富的复杂概念，如果不用“夫是之谓某”句式，是很难概括表达清楚的。这些众多的概念（定义句）如果颠倒一下次序，也是很难把“天职”及其与人的关系，“人职”及其与天的关系表达合理的。正是由于作者恰当地选择了句式，准确地界定了概念，恰当地安排了概念的次序，形成精密的逻辑联系，才写出了作者深刻精辟的唯物主义自然观。

第四段论天人之分。分为三层：第一层从社会说起，社会治乱不以“天职”为转移。这里，理论的力量由三个方面来表达：一是句式的力量，就是三用是非问句，一问一答，是与非，主旨十分明确。加上答语先摆事实，后下结论，谁也不能说禹时

的太阳比桀时亮，禹时的月亮比桀时圆，这又有了第二即事实的力量。“禹”是传说中的圣君，“桀”是夏代亡国暴君，禹桀相映，这又有了第三即对比的力量。因此，国家治乱与四时天地无关便毋庸置疑，无可否认。最后引《诗·周颂·天作》“天生成岐山，太王把它开辟出来；太王创立了基业，文王把它安定下来”，又一次用事实证明社会的治平发展在人而不在天。至此，读者只有叹服“天人相分”为确论。二层从“天职”说起，天职不以人的好恶为转移，其理论力量表现于：一是事实的力量：“天不因为人们厌恶寒冷就取消冬季，地不因为人们厌恶辽远就缩小面积。”且连类而及“君子不因为小人吵吵嚷嚷而改变行动”，使句式构成排比，加强了语言的气势，是其二。最后又引逸《诗》“既然在礼义上没有差错，何必顾虑别人的闲话”转而用之，以说明“天职”不以人的好恶而改变。三层说人们的富贵贫穷、聪明愚蠢是偶然的，也非天意。进而以君子、小人为界，说明对待天人关系的正误做法，得出“君子尽力去做自己能够做到的事，而不去幻想天的恩赐，所以天天进步；小人不去做自己能够做到的事情，而去幻想天的恩赐，所以天天退步”的结论，结束本段。

第五段论特殊自然现象不足畏，而“人袄”是最可怕的。首先以问答式说明流星、木鸣、日月蚀、风雨不合季节、奇星偶然出现这些特殊自然现象不足畏。次论“人袄”即人为的怪异现象之可怕。“人袄”很复杂，作者通过对当时社会的深刻分析，归纳为农业荒废、政治腐败、礼俗衰弱三个方面。由于这三个方面的分析抓住了社会的要害，又以“夫是之谓某”定义式写出，使读者不得不感到其确实可怕并从而提高对“人袄”的警惕性。至此，本段主旨似已完足，但是，久旱一举行祭祀就下雨，这该怎么解释呢？文章贵圆通。写文章前后左右上下都要照顾到，现实是复杂的，有时也不得不以“找回法”对某些个别现象作些补充说明。本段“雩而雨”以下就是以“找回法”对“雩而雨”现象的补充说明。原来祭祀下雨和不祭祀下雨，日月食救而恢复和不救而恢复都是一样的，都是自然的结果，而不是人为的结果，祭祀、救护、占卜都是社会政治的文饰而已，仍然回归本段主旨。

第六段提出“制天命而用之”的光辉思想。这是本文的重心。文章首先论“人的命运在于怎样对待自然，国家的命运在于怎样对待礼义”，下面分怎样对待自然、怎样对待礼义两层与之相应，而中心在于怎样对待自然。怎样对待自然呢？文章连用六个以“孰与”连接的对比句来说明。“……孰与……”句，表示抉择，在相互比较的两者之中，用“孰与”提出反诘，果决地表示舍弃前者而取其后者。本文每一个重要论证，都最恰当地选择了句式，而这里用六个“孰与”对比句论证“制天命而用之”的人定胜天思想是最奥妙的。请看：“尊崇天而仰慕它，哪里比得上把它当做物而控制它？顺从天而歌颂它，哪里比得上掌握它的规律而利用它？观望天时而坐待恩赐，哪里比得上适应时节而驱使它？依赖物类自然生长而增多，哪里比得上施展人的才能而繁殖它？空想役使万物，哪里比得上把万物管理好而不浪费它？指望万物的自然发生，哪里比得上掌握它的规律而促进它成长？”至此，读者好像亲睹到文学家、思想家循循善诱而又立场鲜明的风姿，亲聆到文学家、思想家博大精深的教诲，何去何从，自然会奉“人定胜天”为真理！

第七段站在新兴地主阶级的立场上，从宇宙的根本法出发，批评了春秋战国

时期慎到、老子、墨子、宋钘学术思想的片面性，鼓励人们奋发向上，积极进取，结束全文。（杨端志）

【注】 ①天行：大自然的运行变化。常：常规，一定的规律。尧：我国原始社会部落联盟的首领，传说中的圣君。桀：夏朝末代君主，相传是个出了名的暴君。 ②应：适应，对待。治：治理。这里指正确的治理措施。乱：没有条理。这里指不合理的措施。 ③彊：同“强”。本：指农桑，即农业生产。节用：节约用度。 ④养备：给养齐备，指衣食等生活资料充足。动时：活动适时，指生产活动适应天时。 ⑤循：遵循。贰：当为“贠”，同“忒”，差错。祸：指嫁祸于人。 ⑥袄怪：指自然灾异等反常现象。袄：也写作“妖”。 ⑦荒：荒废。侈：奢侈，浪费。 ⑧略：简略。这里指不充足。动罕：活动少。全：保全。 ⑨倍：通“背”，违背。妄行：乱动。 ⑩薄：迫近。 ⑪受时：遇到的天时（指气候、节令等自然条件）。受：接受，受到。殃：灾。其道然也：那事物的规律就是这样的。 ⑫天人之分：自然与人的区分，指天是天，人是人，天管不了人。这是荀子的一个重要的唯物主义观点。至人：即圣人。 ⑬为：做。成：成效。这里指有成效。天职：自然的职能。 ⑭如是者：像这样的自然职能。虑：思虑。 ⑮不加能：不施加才能，即不加干预。 ⑯精：精微。察：观察。不与天争职：不与自然争职能。 ⑰时：指四时的变化。财：指蕴藏的财富。治：治理。这里指掌握天时、利用地财的办法。能参：能与天地互相配合。参：参与，配合。 ⑱所以参：用以配合天地的人为的努力。愿：指望。所参：所配合的对象，即天地。惑：迷惑，糊涂。 ⑲列星：众星，各星。随旋：相随旋转。递：交替。炤：同“照”，照耀。代御：代替运行。御：驾驭，控制。阴阳：阴气和阳气。古代朴素唯物主义认为，宇宙万物是由这两种对立的气体互相作用所产生的“和气”构成的。化：化育，生育。博施：普遍地滋润万物。施：给予恩惠。其和：以上各种自然条件的协调作用。其养：以上各种自然条件的滋养。事：做，这里指化生万物的形迹。功：功效。神：神灵。 ⑳成：生成，这里指生成万物。莫：无定代词，没有谁。无形：指自然生成万物那种不露形迹的过程。 ㉑不求知天：指对无形迹可寻的自然生成过程不作主观随意的解释。 ㉒立：确立。功：功用。成：完成，达到。形：形体。这里指人的形体。具：具备，完备。神：精神。“形具而神生”是荀子关于物质第一性，精神第二性的唯物主义哲学观点，这在先秦时代是极为难能可贵的。臧：通“藏”，蕴藏，储藏。天情：人的自然的感情。 ㉓能：本能。接：接触，指接触外界事物。不相能：本能不能相互替代。天官：人的自然的感官。 ㉔中虚：此指人的胸膛。治：治理。这里指支配。五官：即上文“耳、目、鼻、口、身”。天君：古人错误地认为心是思维器官，像国君统治天下那样，对其他感官起统率作用，所以荀子称心为“天君”。 ㉕财：通“裁”，裁决，这里指利用。其类：指人类。天养：自然的供养。 ㉖顺其类者：顺应人类生活需要的。天政：大自然的政令。大自然对人类生活的制约，就像行政命令一样不可违抗，所以叫做“天政”。 ㉗大凶：大的灾祸。 ㉘官：守职分，尽职。役：役使。 ㉙曲：周遍，周到。治：有条理，合理。养：指养生的方法。生：生存。伤：伤害。知天：了解自然。 ㉚大巧：本领大。在所不为：指不去做那些不能做的事。大智：智慧高。在所不虑：指不去考虑那些不能考虑的事。 ㉛志：通“识”，认识，研究。已：通“以”，凭借。见：出现，显现。象：天象，日月星辰的运转规律。期：预期，推测。 ㉜宜：土地适宜农作物生长的条件。息：生长。 ㉝数：规律，指四时、节气变化的规律。事：从事，这里指耕作。 ㉞和：调和，即阴阳相交产生的和气。 ㉟官人：指掌管天文历象方面的官员。守：掌管。自：指圣人。 ㊱邪：通“耶”，疑问语气词。 ㊲星辰：星的总称。瑞历：历象，天体运行的现象。 ㊳以：介

词，凭借，后省略宾语“之”。 ㊴繁：众多。启：发生，这里指生长。蕃：茂盛。畜：通“蓄”，积蓄。臧：通“藏”，储藏。 ㊵得地：指庄稼得到能生长的土地。失地：庄稼失去生长的土地。 ㊶引文见《诗·周颂·天作》。作：生成。高山：指岐山，在今陕西省岐山县东北。太王：又叫古公亶父，周文王姬昌的祖父，周部族的领袖。荒：开发，开辟。作：兴起，创立。康：安居。 ㊷恶：厌恶，讨厌。辍：停止，废止。匈匈：吵吵嚷嚷的声音。 ㊸常道：一定的规律。常数：一定的法则。常体：一定的标准。 ㊹君子：有学问道德的人。小人：无学问道德的人。道：遵行，奉行。功：功利，眼前的利益。 ㊺《诗》：古代逸诗，下面的引文不见于今本《诗经》。愆（qiān 千）：过失，差错。恤：顾虑。 ㊻后车：侍从的车子。乘（shèng 剩）：一车四马为一乘。知：通“智”，智慧。啜（chuò 龊）：吃。菽：豆，这里泛指粗粮。节然：偶然。 ㊼若夫：至于。修：善，美好。厚：敦厚，高尚。明：精明，通事理。志乎古：通晓古代。志：识，通晓。在我者：指通过自己的努力可以做到的事情。 ㊽敬：看重。慕：慕求。在天者：指天的恩赐。 ㊾错：通“措”，放弃。㊿是以：因此。日进：天天进步。 (51)一：同一。指同一个道理。 (52)悬：悬殊，差距。 (53)星：指流星。队：通“坠”，落。木鸣：树木因刮风等发出响声。国人：国都的人。 (54)阴阳之化：阴气阳气互相作用发生的变化。至：到来，这里指发生，出现。 (55)怪之：以为它奇怪。 (56)非：不对，错误。 (57)蚀：亏缺，即日食、月食。不时：不合时节。党：通“傥”，偶然。无世：没有一个时代。常：通“尝”，曾经。 (58)上：指在上位者，统治者。明：清明。平：安定。并世：同一个时代，这里指同时。起：发生。无伤：没有伤害。 (59)闇（àn 暗）：昏暗，愚昧。险：险恶，指政治暴虐。 (60)人祆：人为的灾祸。祆：同“妖”。 (61)楛（kǔ 苦）：粗劣，粗糙。稼：泛指田中的农作物。耘（yún 云）：除草。耨：除草。这里“耘耨”同义词复用。薉（huì 会）：荒芜。籴（dí 敌）：买入粮食。 (62)政令：政治法令。举错：举办和废止，这里泛指各种行动。本事：农业生产的事。本：农桑，泛指农业生产。 (63)礼义：“礼”指规定社会行为的法则、规范、仪式；“义”指合宜的行为。换句话说，合乎礼的行为就叫做“义”。因此，“礼义”大致相当于“礼”。荀子所说的“礼义”是包括“法治”思想在内的。修：修饰，整治。内外：家内家外。淫乱：在性行为上违犯道德准则。乖：背，违背。寇：外来的侵略。难：国内的动乱。 (64)祆是：在这些方面发生的灾祸。错：交错，这里指交错而来。 (65)尔：通“迩”，近，这里指浅近。菑（zāi 栽）：同“灾”。惨：残酷，惨重。 (66)勉力不时：对上述“耕稼”、“政令”、“礼义”三个方面不依时努力。六畜：指猪、羊、牛、马、鸡、狗。(67)传（zhuàn 撰）：古代解释儒家经典的文字记载。书：指儒家的经典。说：陈述，记载。 (68)察：考察。治：考究，研究。 (69)切瑳：古代骨器加工叫“切”，象牙加工叫“瑳”，也写作“磋”。后来用以比喻互相间的研讨。 (70)雩（yú 于）：古代求雨的一种祭祀仪式。雨：下雨。 (71)食（sì 四）：吃。日蚀、月蚀是日月亏损一部分，古人不了解这种自然现象，于是错误地认为是被天上的一种怪物即所谓“天狗”给吃了，所以称日蚀、月蚀为“日食”、“月食”。救：挽救，拯救。古人以为日蚀、月蚀是天狗把日月给吃了，所以就用敲击锣鼓盆罐的办法，恫吓驱赶天狗，这就叫做“救”。卜筮：古人把烧灼龟甲兽骨出现的裂纹预测吉凶叫“卜”，把数蓍草预测吉凶叫“筮”。得求：得到所祈求的东西。以文之：用这些迷信活动为社会政治作文饰。 (72)百姓：一般人。 (73)莫：否定性无定代词，没有什么东西。 (74)晖：日月的光亮。赫：显著，显赫。 (75)积：聚积。晖：指火的光亮。润：指水的光亮。博：广大。 (76)睹：似应为“睹（dǔ 堵）”，显著。王公：本指天子、诸侯，后泛指王侯公卿、达官贵人。 (77)加：施加。功名：功绩和名声，这里指执政者的功绩和名声。 (78)在天：在于如何对待自然。在礼：在于如何对待礼义。 (79)君：统治。隆礼：推崇礼义。隆：高。这里指把它看得高，推崇。尊贤：指任用贤人。重法：重视法治。民：指地主阶级中的人。霸:成就霸业,统辖一方。权谋:指用权术。倾覆:颠覆。幽险:阴险。 ⑳大天:认为天伟大。物畜:像物一样蓄养起来。"物",名词用作状语。畜:通"蓄",蓄养。制:控制,制约。 ㉑从:顺从,听从。颂:歌颂,赞扬。天命:此指自然变化的规律。 ㉒望时:盼望天时。待之:指等待天的赏赐。应:顺应,适应。使:役使。 ㉓因物:依赖物的自然生长。多之:使它增多。骋:施展。化之:使它化育。 ㉔物之:把它当作物役使。 ㉕愿:期望。有:占有,掌握。 ㉖错:通"措",舍弃。失:失误,指不理解。情:惰性,本性。 ㉗中:符合,适合。畸:偏离。匿:通"慝",差错。 ㉘表深:做出水深浅的标志。表:标志,标准。这里用为动词。陷:指陷于深水。 ㉙表道:做出道的标志。 ㉚内外异表:指道在内在外的标志有所不同。民陷乃去:人们陷进深水的灾难就可避免了。 ㉛慎子:即慎到,战国时赵人,法家代表人物之一。"有见于后,无见于先":慎到主张君主借权势治理国家,不讲任贤使能,而荀子认为任贤使能是实现大治的先决条件,所以批评他"有见于后,无见于先"。 ㉜老子:即老聃,春秋末楚国苦县(今河南省鹿邑县)人,著名思想家,道家学派创始人。"有见于诎,无见于信":老子主张以屈为伸,以柔胜刚,所以荀子批评他"有见于诎,无见于信"。诎:弯曲,委屈,与"屈"义同。信:通"伸",伸直,舒展。 ㉝墨子:即墨翟,战国初鲁人(一说宋人),墨家学派创始人。"有见于齐,无见于畸":墨子主张"兼爱"、"尚同",幻想在当时激烈的阶级斗争中实现互爱互利,所以荀子批评他"有见于齐,无见于畸"。畸:差别,不齐。 ㉞宋子:即宋钘,战国时宋人,名家学派代表人物之一。"有见于少,无见于多":宋钘认为人情是欲少而不是欲多,所以荀子这样批评他。 ㉟有后而无先:如果只认识"后"的一面,而不认识"先"的一面。无门:没有前进的门径。 ㊱《书》:《尚书》。下面的引文见《尚书·洪范》。无有:不要。作好:特别喜好某一方面。遵王之道:完全遵照周天子建立的规范行事。作恶:特别厌恶某一方面。路:道,这里也指原则、规范。

《韩非子》

扁鹊见蔡桓公

扁鹊见蔡桓公[①],立有间[②],扁鹊曰:"君有疾在腠理[③],不治将恐深。"桓侯曰:"寡人无疾。"扁鹊出,桓侯曰:"医之好治不病以为功[④]。"居十日,扁鹊复见,曰:"君之病在肌肤,不治将益深。"桓侯不应。扁鹊出,桓侯又不悦。居十日,扁鹊复见,曰:"君之病在肠胃,不治将益深。"桓侯又不应。扁鹊出,桓侯又不悦。居十日,扁鹊望桓侯而还走[⑤]。桓侯故使人问之[⑥]。扁鹊曰:"疾在腠理,汤熨之所及也[⑦];在肌肤,针石之所及也[⑧];在肠胃,火齐之所及也[⑨];在骨髓,司命之所属[⑩],无奈何也。今在骨髓,臣是以无请也[⑪]。"居五日,桓侯体痛,使人索扁鹊,已逃秦矣。桓侯遂死。故良医之治病也,攻之于腠理,此皆争之于小者也[⑫]。夫事之祸福,亦有腠理之地[⑬],故曰圣人蚤从事焉。

这个故事选自《韩非子·喻老》。"喻"是一种用具体事例说明抽象道理的方法,《喻老》是韩非用历史故事和民间传说阐发《老子》思想的哲学文章。他将《老子》哲学中的一些命题注入了新的内容,克服了某些消极玄虚的东西。文章写得简练明白,生动而有说服力。

扁鹊见蔡桓公的故事,主旨在于说明"天下之难事必作于易,天下之大事必作于细",故"图难于其易也,为大于其细也"。就是说,解决困难要从容易解决的地方做起,干大事必须从小的地方做起。在这段故事的前面,韩非还打了两个很形象的比喻:"千丈之堤,以蝼蚁之穴溃;百尺之室,以突隙之烟焚。"("突隙",烟囱的裂缝)告诫统治者防患要从细小之处开始。

扁鹊发现蔡桓公"疾在腠理"时,就向他提出警告:"不治将恐深。"但蔡桓公不听,还说:"医之好治不病以为功。"后来扁鹊又一再指出他"病在肌肤"、"病在肠胃",他硬是不信。最后,扁鹊"望桓侯而还走"——因为病入骨髓,再好的医生也无法救治,桓侯只能体痛而死了。作者在这段故事后面点明主题:"夫事之祸福,亦有腠理之地,故曰圣人蚤(通"早")从事焉。"指出事情的祸福也有它刚露苗头的时候,所以圣人要及早加以处理。

"因小见大"这个极易明白的道理,在老子那里只是几句抽象的说教,虽极简括而睿智,但还缺乏形象性。到了韩非笔下,便化成一则生动的故事,收到了动人心魄的艺术效果。他用与人生死攸关的疾病发生在国君身上这件事来作比喻,已经是十分恰当而深刻了;又从"疾在腠理"逐步深入,一直写到"病在骨髓",扁鹊治病救人的执著精神和蔡桓公讳疾忌医的顽固态度都跃然于纸上。读者在这段故事里所看到的,不仅是一个极明显的道理,而且还有两个极生动的人物形象:扁鹊是那样的精通医术而且态度诚恳,即使在遭到蔡桓公的拒绝,被污蔑为"好治不病以为功"之后,仍然屡次进谏,可见他的医德之高。后来他的逃秦,则说明他处世的谨慎和对蔡国君臣认识的深刻。他既不是医道平平、自我炫耀的庸医,也不是头脑简单、只知一味死谏的愚忠者。在他眼里,蔡桓公首先是一个病人,像其他许许多多病人一样,需要及时治疗。但同时,扁鹊也十分清楚这位讳疾忌医的国君的横暴与环境的凶险,所以只好逃往秦国。秦国的国君会不会明智些呢?作者没有讲,只好由读者自己去想象。蔡桓公的形象更富有典型性,他刚愎自用而又愚昧无知,在那个时代的统治者当中是很有代表性的。作者并没有从言语神态方面过细地进行刻画,整个故事里他只讲过两句话:"寡人无疾。""医之好治不病以为功。"然后就写他听了扁鹊的话"不应"、"又不应"、"又不悦",而在扁鹊出逃后他才"体痛","使人索扁鹊",终于不治而死。这是一个拒谏饰非、自取灭亡的角色,这个形象的诫世、劝世功能是巨大的。可以这样讲,在扁鹊与桓侯这两个人物形象中,作者着重要写的是桓侯的讳疾忌医,而不是扁鹊的高明医术;医术再高明,病人拒绝治疗,也是毫无办法。但是从扁鹊的语言描绘中,一位旷世神医的形象也同样跃然于纸上。这说明韩非在语言运用上已十分成熟。

韩非是个主张法治的政治家,他的文章风格廉悍峻削,在先秦诸子中独树一帜。诚如郭沫若在《十批判书》中所说:"孟文的犀利,庄文的恣肆,荀文的浑厚,韩文的峻削,实在各有千秋。"我国古代的说理散文,发展到韩非的时代,早已摆脱语录体的初期形式而成熟起来。《韩非子》一书论辩是非,分析毫芒,或解释,或演绎,或归纳，或辩难，无不具有极强的逻辑性和极大的说服力。书中大量的寓言故事多半出自民间，一经他的引用，更显得形象生动，丰富多彩，极富有文艺性，成为先秦文学宝库中的精品。本篇就是其中之一。（路广正）

【注】①扁鹊：我国古代名医，姓秦名越人，又称“卢医”，鄚（mò莫）县（今河北任丘）人。生平事迹史书记载不一，一般认为他活动在春秋末期至战国初期。蔡桓公：即蔡桓侯，名封人，公元前714～公元前695年在位。 ②立有间（jiàn建）：站了一会儿。 ③腠（còu凑）理：皮肤，表皮。 ④医之好治不病以为功：医生喜欢给没有病的人治病，来作为自己的功劳。 ⑤还走：转身跑了。 ⑥故：特意。 ⑦汤：通“烫”，以药汤熏洗。熨（yùn运）：以药物热敷。 ⑧镵：即“针”，针灸用的金针。石：针灸用的石针。 ⑨火齐（jì计）：清热去火的汤药。齐：通“剂”。 ⑩司命：传说中主宰命运的神。属：管辖。 ⑪请：求见。 ⑫争之于小：在疾病有小征象时就争取治好它。 ⑬“夫事之祸福”二句：事情的祸福也有它刚露苗头的时候。祸福：偏义复合词，主要指祸。腠理之地：比喻初萌之时。

宋人有酤酒者

宋人有酤酒者[①]，升概甚平[②]，遇客甚谨[③]，为酒甚美，县帜甚高[④]，然而不售[⑤]，酒酸。怪其故，问其所知闾长者杨倩[⑥]，倩曰：“汝狗猛耶？”曰：“狗猛则酒何故而不售？”曰：“人畏焉。或令孺子怀钱挈壶瓮而往酤[⑦]，而狗迓而龁之[⑧]，此酒所以酸而不售也。”夫国亦有狗。有道之士怀其术而欲以明万乘之主[⑨]，大臣为猛狗迎而龁之，此人主之所以蔽胁[⑩]，而有道之士所以不用也。

这个故事节选自《韩非子·外储说右上》。“储说”，就是积聚传说故事。韩非汇集和储存了大量历史传说和民间故事，并根据所说明的问题分类汇编，用来阐述自己的政治观点，为封建君主提供统治经验。由于篇幅过大，分为内、外储说两大类。内储说分上下；外储说分左右，左右又分上下。每篇先提出论点，叫做“经”；再举例说明，叫做“说”。“经”文简明易诵，“说”中包括若干故事，都能表达完整的思想。“经”与“说”相配合呼应，是文体的一种创造。汉以后的文体“连珠”，就是受此影响而发展起来的。

这里节选的“酒酸不售”的故事，主旨是说明国君身边的大臣譬如凶猛的狗，使得怀有治国策略的法术之士难于接近，国君受到蒙蔽和挟持，法术之士因此不被重用。要想重用有道之士，使国家强大，使统治地位稳固，国君必须下决心改变这种状况，“听圣知（通“智”）而诛乱臣”。

这个小故事写得有声有色，开头写酤酒者“升概甚平，遇客甚谨，为酒甚美，县帜甚高”，连用四个“甚”字，把酒酸不售的其他各种原因都尽量排除掉，然后再通过长者杨倩的提问和分析指出根本的原因在于“狗猛”，这样就使问题显得尖锐突出。下文作者直接论述，把大臣比喻为国之猛狗，迎而龁人，使人主蔽胁，有道之士不见用。这样一虚一实，前后衔接，使全文形成一个生动的譬喻，不但意旨明确，说服力极强，而且在修辞手法的运用上也十分高明，增加了感染力。如果没有前面的小故

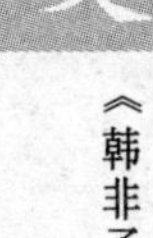

事作譬喻，后面的说理就显得空泛，文章就缺乏力量，缺乏应有的感情色彩。

从韩非主观上看，他主张“能使人弹疽（割去痈疽）者，必其忍痛者也”。是为统治者除掉乱臣巩固自己的统治地位出谋献策。但从客观上看，把大臣比喻作“猛狗”则正反映了怀才不遇的“有道之士”甚至包括下层被压迫民众的不满和反抗情绪，所以这个故事的喻义是深刻的，它也因此而能在后世广泛流传。

韩非是先秦法家理论的集大成者，他主张“信赏必罚”，“不避亲贵”，一切依法办事，坚决铲除钻进政权内部像“猛狗”、“社鼠”（“社”是祭祀土地神的坛。人们因为怕烧毁木头、灌脱泥涂而不敢以水火攻之，故社鼠得以猖獗——这是下文的一个比喻）一样的奸臣。这是他总结前期法家理论提出以“法、术、势”为中心的学说体系的一部分，现在看来，仍不失其进步意义。他记叙了很多历史人物和历史事件，汇集了大量民间传说和寓言故事，吸收了春秋战国时期的许多文化成果，对研究中国古代文学和历史都有重要的价值。先秦说理文发展到《韩非子》，各种论辩方法都得到长足的进步，对后世产生了深远的影响。（路广正）

【注】 ①宋：诸侯国名，范围包括今河南东部和山东、江苏部分地区。酤（gū 姑）：买卖，这里指卖。 ②升概甚平：量酒很公平。升，量具，这里指量酒器具。概：刮平升斗的木片。 ③遇：待。谨：恭敬，殷勤。 ④县：通“悬”。帜：酒旗。 ⑤不售：卖不出去。 ⑥闾（lǘ 驴）：里巷大门，这里指同里巷的。杨倩（qiàn 欠）：人名。 ⑦挈（qiè 切）：提，拿。瓮：盛酒的瓦器。酤：此指买。 ⑧迓（yà 亚）：迎。龁（hé 核）：咬。 ⑨有道之士：指法术之士。万乘之主：泛指大国君主。 ⑩蔽胁：受到蒙蔽和挟持。

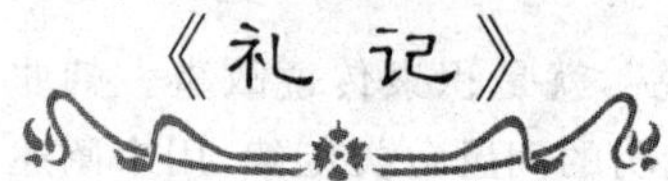

学　记（节选）

虽有嘉肴[①]，弗食，不知其旨也[②]；虽有至道[③]，弗学，不知其善也。是故学然后知不足，教然后知困[④]。知不足，然后能自反也[⑤]；知困，然后能自强也[⑥]。故曰：教学相长也[⑦]。

大学之法[⑧]，禁于未发之谓豫[⑨]，当其可之谓时[⑩]，不陵节而施之谓孙[⑪]，相观而善之谓摩[⑫]。此四者，教之所由兴也。发然后禁，则扞格而不胜[⑬]；时过然后学，则勤苦而难成；杂施而不孙[⑭]，则坏乱而不脩[⑮]；独学而无友，则孤陋而寡闻[⑯]；燕朋逆其师[⑰]；燕辟废其学[⑱]。此六者，教之所由废也[⑲]。

学者有四失，教者必知之。人之学也，或失则多，或失则寡，或失者易，或失则止。此四者，心之莫同也[⑳]。知其心，然后能救其失也。教也者，长善而救其失者也[㉑]。

这三则短论，节选自《礼记·学记》。《礼记》一书，主要记述儒者对于“礼”的见解。有的学者说这部书是孔门弟子据其所闻编撰而成的。汉末郑玄在《六艺论》中指出：汉儒戴德传礼八十五篇，是为《大戴记》；他的侄子戴圣传礼四十九篇，是为《小戴记》，即今所见《礼记》。《礼记》内容复杂，其中的《学记》是一篇古代教育的论文，主要讲古代教育理论、教学原则、教学方法，对古代的学校制度概况、古代视学制度和考核标准也有所说明。论文中还谈到教师的作用及尊师重道的重要性、教学的一些具体方法等等。虽说是为古代统治阶级的教育服务的，但都是总结前人教学的经验所得出的结论，其中许多内容是我国教育史上的宝贵资料。

这里节选的三段，首段说明"教学相长"的道理，它不但用生动的譬喻形象地指出教学实践的重要性，而且指出了教与学两者密不可分、互相促进的道理，具有一定的辩证观念。次段主要讲大学(古代最高学府)的教学原则，指出施教者必须依照"豫"(预防，即问题还未发生之前就加以防范)、"时"(在适当的年龄或时候进行学习)、"孙"(就是"顺"，不超过学生接受能力而施教才合于顺序)、"摩"(让学生互相观摩、切磋)这四项原则来进行教学，才能获得成功。然后从反面加以论说，指出假使不依照这些原则去进行教学，就会"扞格而不胜"、"勤苦而难成"、"坏乱而不脩"、"孤陋而寡闻"，教育就会失败。这种正、反两面的论证，增强了说服力，而且论述方式也显得严谨细密。第三段则说明学生在学习时容易犯的四种过失——"或失则多"(才少者学得过多而终无所成)、"或失则寡"(才高者学得过少而终成狭局)、"或失则易"(视学习为易事而不肯深思)、"或失则止"(遇到困难就停滞不前)，指出这些过失都是由于学生思想状况的不同而产生的，教师首先要"知其心"，才能"救其失"。最后，精辟地指出："教也者，长善而救其失者也。"继承和发扬了孔子"因材施教"、"循循善诱"的教育思想。

这三段论述短小精悍而说服力极强。在论述方法上，用比喻说理，边叙边议，逐步深入，正反相成；在语言运用上，多采用排句、骈句，使句式齐整，声调抑扬，朗朗上口，易于记诵。第一段开头用"虽有嘉肴，弗食，不知其旨"来譬喻"虽有至道，弗学，不知其善"的道理，这种修辞手段的巧妙运用取得了引人入胜的效果。这三段的结尾都有结论性的话："故曰：教学相长也。""此六者，教之所由废也。""教也者，长善而救其失者也。"这些话都很精辟，其中"教学相长"还作为成语流传下来(次段"孤陋寡闻"也成了后来人们常用的成语)。这说明，说理文这种体裁，到《礼记》产生的时代已经发展得相当成熟。从文章风格来看，它早已摆脱早期说理文的语录体而吸收了先秦诸子特别是荀子文章的浑厚绵密，注意于语言表达的气势和节奏，在逻辑上也显得比较周严。这些都对后世的说理文产生了影响，特别是因为它属于"经书"，是封建时代读书人必读之书，它的影响也就更为深远。

(路广正)

【注】 ①嘉：美。肴：熟肉。"嘉肴"泛指美味。 ②旨：味美。③至道：极正确的道理。④困：困惑，理解不清。 ⑤自反：反过来要求自己。 ⑥自强：自己努力钻研。 ⑦教学相长：教与学互相促进。 ⑧大学：古代最高学府。法：教学原则。 ⑨禁于未发：问题还未发生就加以防范。郑玄注："未发，情欲未生，年十五时。" ⑩当其可：在适当的时候(学习)。郑玄注："可，谓年二十时成人。" ⑪不陵节而施：不超过学生接受能力而进行(教育)。郑玄注："不

陵节，谓不教长者、才者以小，教幼者、钝者以大也。” ⑫相观而善：互相观摩学习而共同进步。⑬扞格而不胜：意谓坏习惯已成，不易接受教育。扞（hàn 汗）格：坚不可入之貌。胜：克服。⑭杂施而不孙：杂乱地进行（教育）而不合于顺序。⑮坏乱而不修：混乱失败而难于收拾。⑯孤陋而寡闻：学识短浅，见闻不广。⑰燕朋逆其师：亵慢朋友，违背师训。燕：亵慢。逆：违背。⑱燕辟废其学：亵慢老师的教诲而荒废学业。辟（pì 譬）：通“譬”。孔颖达疏：“辟，譬喻也。”一说：“辟”通“僻”，邪僻；“燕辟”谓谈不正经的话。⑲废：失败。⑳心之莫同：学生心理各有不同。㉑长（zhǎng 掌）善：发展优点。

《吕氏春秋》

去私

晋平公问于祁黄羊曰[①]：“南阳无令[②]，其谁可而为之？”祁黄羊对曰：“解狐可[③]。”平公曰：“解狐非子之仇邪？”对曰：“君问可，非问臣之仇也。”平公曰：“善。”遂用之，国人称善焉。居有间，平公又问祁黄羊曰：“国无尉[④]，其谁可而为之？”对曰：“午可[⑤]。”平公曰：“午非子之子邪[⑥]？”对曰：“君问可，非问臣之子也。”平公曰：“善。”又遂用之，国人称善焉。孔子闻之曰：“善哉，祁黄羊之论也[⑦]！外举不避仇，内举不避子[⑧]，祁黄羊可谓公矣。”

墨者有巨子腹䵍[⑨]，居秦。其子杀人。秦惠王曰[⑩]：“先生之年长矣，非有它子也，寡人已令吏弗诛矣。先生之以此听寡人也[⑪]。”腹䵍对曰：“墨者之法曰：‘杀人者死，伤人者刑。’此所以禁杀伤人也。夫禁杀伤人者，天下之大义也。王虽为之赐而令吏弗诛，腹䵍不可不行墨子之法。”不许惠王[⑫]，而遂杀之。子，人之所私也[⑬]；忍所私以行大义，巨子可谓公矣。

这篇散文的作者精心选择了两则历史故事，主旨是倡导公而忘私、光明磊落的精神。在这两则历史故事之前，作者有一段话泛论去私的道理：“天无私覆也，地无私载也，日月无私烛也，四时无私行也：行其德，而万物得遂长焉。”天、地、日、月、四时，没有偏私，天下万物得以滋长。接着便用三个历史上的范例以表明人世间去私的行为。一个是尧、舜的禅让，另外就是本篇所述的两则故事。作者从不同的角度，表彰了公而忘私的高尚情操。

本篇充分运用对话这一艺术手段，描绘祁黄羊及腹䵍两个人物的鲜明性格。对祁黄羊，作者从不同的侧面分层次展现他的个性。晋平公跟祁黄羊第一次对话，晋平公不动声色，所提问题也不过是一项平常的征询人事处理的意见，但祁黄羊的回答却出乎晋平公的意料。他推荐任南阳令的，竟是他的仇人解狐。这就初步展示了祁黄羊的性格。接着，写晋平公与祁黄羊的第二次对话。平公要祁黄羊推荐一位管理军事的官吏，而他所推荐的人物，竟是自己的儿子祁午。这就进一步深化了祁黄羊的秉公耿直、举人不问亲疏怨仇的性格特点。作者描绘了两次推荐中晋平公的反应。从君臣对话的侧面，揭示祁黄羊的心灵世界：他不念私仇，不避嫌疑，秉公为国家推荐贤才。与此同时，作者又从另一个侧面即社会上的客观反应和用人效果两方面来证实祁黄羊两次推荐人的正确性。不仅国人称善，连大学问家孔子也不由发出由衷的赞叹。“外举不避仇，内举不避子”，高度概括了祁黄羊公而忘私的高尚人格。

如果说，祁黄羊与晋平公的对话及其举贤任能的行动是表述本文主题的第一个层面，那么，腹䵍事迹的描写又把文章的主题进一步深化了。祁黄羊所做的事，仅仅是“外举不避仇，内举不避子”，腹䵍则是面对儿子杀人的严峻现实，他能否秉公执法，把亲生儿子绳之以法。其思想斗争的激烈程度，比之于祁黄羊所面临的秉公荐人，自然要尖锐复杂得多。故事以“其子杀人”为线索，展开了秦惠王与腹䵍对“其子杀人”的不同态度的描写。秦惠王认为腹䵍年岁高又只有这个独子，而“令吏弗诛”。而腹䵍则以国家法令为重，遵循“杀人者死，伤人者刑”的“天下之大义”，主张对儿子绳之以法。这样，就把矛盾集中在“令吏弗诛”和“不可不行墨者之法”两种思想的对立上面。从父子人伦上说，作者写秦惠王恩赐一举，给腹䵍留下传宗耀祖一席地；但从公而去私上说，秦惠王的恩赐一举，却使腹䵍性格得到了升华。腹䵍虽然得到君王恩赦，但仍执法如山，终于“忍所私以行大义”，依法惩办儿子，既维护了国法的尊严，又体现了墨家的法治精神。

此外，作者还采用富于感情色彩的人物语言和简短的评语来描写和赞美故事中的主要人物，使祁黄羊和腹䵍的“去私”故事，成为我国史传文学中并不多见的佳话。 （周伟民）

【注】 ①晋平公：春秋时晋国国君，公元前557～公元前532年在位。祁黄羊：晋国大夫，名奚，字黄羊。 ②南阳：在今河南省获嘉县。令：县令。 ③解（xiè 泄）狐：人名，是祁黄羊的仇人。 ④尉：管理军事的官吏。 ⑤午：人名，祁黄羊之子祁午。 ⑥子之子：你的儿子。 ⑦论：主张。 ⑧外举：推荐外人。内举：推荐自己的亲属。 ⑨墨：墨家。巨子：墨家首领之称。腹䵍（tūn 吞）：人名。 ⑩秦惠王：战国时秦国国君，公元前337～公元前311年在位。 ⑪以此：在这件事情上。 ⑫不许惠王：不得惠王的允许。 ⑬所私：所偏爱的人。

察今

上胡不法先王之法[①]？非不贤也，为其不可得而法[②]。先王之法经乎上世而来者也，人或益之，人或损之，胡可得而法[③]？虽人弗损益，犹若不可得而法。

东夏之命[④]，古今之法，言异而典殊[⑤]。故古之命，多不通乎今之言者；今之法，多不合乎古之法者。殊俗之民，有似于此[⑥]。其所欲同，其所为异。口惛之命不愉[⑦]，若舟车衣冠滋味声色之不同。人以自是，反以相诽[⑧]。天下之学者，多辩言利辞[⑨]，倒不求其实，务以相毁[⑩]，以胜为故[⑪]。先王之法，胡可得而法，虽可得，犹若不可法。

凡先王之法，有要于时也[⑫]。时不与法俱至，法虽今而至，犹若不可法。故择先王之成法[⑬]，而法其所以为法[⑭]。先王之所以为法者，何也？先王之所

以为法者，人也，而己亦人也。故察己则可以知人[15]，察今则可以知古。古今一也，人与我同耳。有道之士，贵以近知远[16]，以今知古，以所见知所不见。故审堂下之阴[17]，而知日月之行，阴阳之变[18]；见瓶水之冰，而知天下之寒，鱼鳖之藏也。尝一脟肉[19]，而知一镬之味[20]，一鼎之调[21]。

荆人欲袭宋[22]，使人先表澭水[23]。澭水暴益[24]，荆人弗知，循表而夜涉[25]，溺死者千有余人，军惊而坏都舍[26]。向其先表之时可导也[27]，今水已变而益多矣，荆人尚犹循表而导之，此其所以败也。今世之主法先王之法也，有似于此。其时已与先王之法亏矣[28]，而曰此先王之法也，而法之。以此为治，岂不悲哉！

故治国无法则乱，守法而弗变则悖[29]，悖乱不可以持国[30]。世易时移，变法宜矣。譬之若良医，病万变，药亦万变。病变而药不变，向之寿民，今为殇子矣[31]。故凡举事必循法以动[32]，变法者因时而化[33]。若此论，则无过务矣[34]。夫不敢议法者，众庶也；以死守法者，有司也；因时变法者，贤主也。是故有天下七十一圣[35]，其法皆不同；非务相反也，时势异也。故曰：良剑期乎断，不期乎镆铘[36]；良马期乎千里，不期乎骥骜[37]。夫成功名者，此先王之千里也。

楚人有涉江者，其剑自舟中坠于水，遽契其舟[38]，曰："是吾剑之所从坠[39]。"舟止，从其所契者入水求之。舟已行矣，而剑不行，求剑若此，不亦惑乎？以故法为其国[40]，与此同。时已徙矣[41]，而法不徙。以此为治，岂不难哉！

有过于江上者，见人方引婴儿而欲投之江中[42]，婴儿啼。人问其故，曰："此其父善游。"其父虽善游，其子岂遽善游哉？以此任物[43]，亦必悖矣。荆国之为政[44]，有似于此。

治理国家，振兴民族，是依赖过去传下来的法规、制度和传统呢，还是从现实出发，针对今天所面临的紧迫问题，制定适应时代潮流的新的法律规章？这是本篇所要回答的问题。本篇的观点，对处于上升时期的历代统治者，都不无启发。而就政论散文来说，《察今》的特色也值得我们借鉴。

《文心雕龙·论说》指出："论如析薪，贵能破理。"理论性的文章，在论述问题时好比劈柴一样，妙在劈到木头的纹理上，因为"视理而破，顺势运斤"，才能势如破竹，《察今》就是采用的这种笔法。

本篇先用层层递进的方法揭开论题，提出论点。论题是察今，即明察当今实际以制定适合当代形势的法令制度，而不能拘泥于古人的成法。但文章的第一句话却先设问："上胡不法先王之法？"从反面立论揭开文章的序幕，引导读者进入反思。答案直截了当：不是过去的法令不好，而是因为不可能取法它。在指出先王之法距今久远，其内容已有损益之后，又以一个反问句"胡可得而法"深入一层。但即使是没有受到损益的法令，还是不可得而法，那又是为什么呢？文章于是层层深入，从历代政治、民俗、文化、生活等不同的角度来加以说明。这样，就从反面得出了"虽可得，犹若不可法"的结论了。从反面提出问题，进行论证并加以否定之后，文章才正面提出中心论题："察今"。这种安排既启发读者思考，又把道理说得明白透彻。

其次是通过类比论证来证明论点。作者反复在理论和事例相结合的基础上作类比推理，论证察今的“世易时移，变法宜矣”的正确性。围绕着“法”与“时”的关系，从“变”字着眼，运用设喻反复阐发；设喻是客观的，每一客体事例之后，都有一段论述性的说明，从而把深奥的道理变得通俗易懂。在证实察今这个中心论点时，肯定先王之法是适合当时的实际情况的，但时过境迁，那些法令在当今是不能取法的了，因此，对先王的现成法规必须扬弃。然而，先王制法的根据，却是值得我们今天探讨的。那么，先王制定法令的根据是什么呢？在解决一个问题之后再次设问，逐步推进，顺着理论的脉势，进入了论题的深层结构。这里，第一步，先点明先王制定法令的根据是从人出发，为人而设的。第二步，推论现在制定法令的也是人。第三步，以此类推，察己知人，察今知古。在推论的过程中，运用设问、比较、反诘等笔法，引导说理渐次深入。以荆人袭宋、循表夜涉的故事，举例设譬，说明必须察今，不能泥古，把问题说得更加透彻。

解决了“察今”的立论之后，作者又进一步论证了立法和变法的重要性，指出墨守成规的错误。立法应该从实际出发，有如良医治病。以病情比时代，以药物比法令，病变则药变，世变则法变，理所当然。古代七十二圣王法令皆不相同，不是有意标新立异，而是时势所需，阐明法须“因时而化”。又以良剑求断、良马求千里的比喻，证实自己的论点。文章还用“刻舟求剑”、“引婴投江”的故事，说明墨守成规者的可悲下场。通过反复类比，多层次地展示主题，把理论阐发得清晰明了，富有说服力。

再次，运用寓言故事和多种比喻进行说理，寓深奥的道理于通俗化的故事和比喻之中，使抽象事物具体化。文中的“循表夜涉”、“刻舟求剑”、“引婴投江”的故事，从不同的侧面论证了文章的论点。文中用“舟车衣冠滋味声色之不同。人以自是，反以相诽”来说明立法的客观性，以“堂下之阴”、“瓶水之冰”、“尝一脟肉”的比喻说明“以近知远，以今知古，以所见知所不见”的立论，以“良剑期乎断”、“良马期乎千里”来作为立法要看客观效果的比喻。不仅读来生动形象，而且将道理讲得深入浅出，耐人寻味。

通读全文，可以看出作者在谋篇布局上是极其严谨周密的。全篇在段与段之间，层与层之间，句与句之间，理论与事例之间，连缀缝合，周严缜密，组成一个有机的整体。这些地方，见出作者匠心独运。

“察今”这个命题，对于今天那些习惯于墨守成规的人们来说，仍有着深刻的现实意义。

（周伟民）

【注】 ①上：指国君。法先王之法：第一个“法”意为效法；第二个“法”指法令、法度。②不可得：不能够。 ③胡可得：有什么可以。 ④东：东夷，指东方的少数民族。夏：诸夏，指中原地区的人。命：指言语。 ⑤典殊：法令不同。 ⑥殊俗：风俗不同。 ⑦㫚：即“吻”。口㫚之命：口吻之言，即方言。不愉：不可改变。 ⑧相诽：互相说对方不对。 ⑨辩言：能说会道。利辞：言辞锋利。 ⑩相毁：相互诋毁。 ⑪以胜为故：把战胜对方作为目的。故：事。⑫要于时：适应时代的需要。 ⑬成法：现成的法令。 ⑭所以：所凭借的，表制法令的根据。

为法:制定法令制度的精神、原则。⑮察己:明察自己。⑯贵:重要的在于能……。以:用,根据。知:推知。⑰审:察看。堂:房屋。⑱阴阳:古人认为宇宙中一切事物和人都可分为阴与阳两大对立面,如日为阳,月为阴,昼为阳,夜为阴。这里指昼夜、阴晴、寒暑。变:变化。⑲一脟(luán 峦)肉:一块肉。⑳镬(huò 或):大锅。㉑鼎:古代烹煮用的器物,三足两耳。调:调味。㉒荆人:楚人。宋:诸侯国名,在今河南商丘以东、江苏铜山以西一带。㉓表:做标记。澭(yōng 拥)水:水名,黄河支流,在今山东境内。㉔益:同"溢",满,涨。㉕涉:徒步渡水。㉖而:同"如",好像。㉗导:涉水。㉘亏(guǐ 诡):通"诡",差异,不能适应。㉙悖(bèi 背):违背事理,行不通。㉚持国:保卫国家。㉛殇(shāng 伤)子:未成年而死的人。㉜循法以动:根据法令制度来行动。㉝因时而化:随着时代而变化。㉞过务:错事。㉟有天下七十一圣:古代统治天下的七十一家君主。据《史记·封禅书》,"七十一"应作"七十二"。七十二形容其多,非实指。㊱镆铘(mò yé 莫爷):古代宝剑名,为春秋时吴王阖闾所有。㊲骥骜(jì ào 寄傲):著名的好马。㊳遽(jù 巨):急速。契:同"锲",刻。㊴所从坠:掉下去的地方。㊵故法:过去的法令制度。㊶徙:迁徙,变迁。㊷方:正。引:牵着。㊸任物:处理事物。㊹荆国:楚国。为政:施行政治。

李斯

谏逐客书

臣闻吏议逐客,窃以为过矣。昔缪公求士,西取由余于戎①,东得百里奚于宛②,迎蹇叔于宋③,来丕豹、公孙支于晋④。此五子者,不产于秦,而缪公用之,并国二十,遂霸西戎。孝公用商鞅之法⑤,移风易俗,民以殷盛,国以富强,百姓乐用,诸侯亲服,获楚、魏之师,举地千里,至今治彊。惠王用张仪之计,拔三川之地,西并巴、蜀,北收上郡,南取汉中,包九夷,制鄢、郢,东据成皋之险,割膏腴之壤,遂散六国之从⑥,使之西面事秦,功施到今。昭王得范睢⑦,废穰侯,逐华阳⑧,彊公室,杜私门,蚕食诸侯,使秦成帝业。此四君者,皆以客之功。由此观之,客何负于秦哉!向使四君却客而不内,疏士而不用,是使国无富利之实,而秦无强大之名也。

今陛下致昆山之玉⑨,有随、和之宝⑩,垂明月之珠,服太阿之剑⑪,乘纤离之马,建翠凤之旗,树灵鼍之鼓⑫。此数宝者,秦不生一焉,而陛下说之,何也?必秦国之所生然后可,则是夜光之璧不饰朝廷,犀象之器不为玩好,郑、卫之女不充后宫⑬,而骏良駃騠不实外厩⑭,江南金锡不为用,西蜀丹青不为采⑮。所以饰后宫、充下陈、娱心意、说耳目者,必出于秦然后可,则是宛珠之簪、傅玑之珥、阿缟之衣⑯、锦绣之饰不进于前,而随俗雅化、佳冶窈窕赵女不立于侧也。夫击瓮叩缶,弹筝搏髀,而歌呼呜呜快耳目者,真秦之声也;郑、卫桑间⑰、韶虞、武象者⑱,异国之乐也。今弃击瓮叩缶而就郑、卫,退弹筝而取韶虞,若是者何也?快意当前,适观而已矣。今取人则不然。不问可否,不论曲直,非秦者去,为客者逐;然则是所重者在乎色乐珠玉,而所轻者在乎人民也。此非所以跨海内、制诸侯之术也。

臣闻地广者粟多,国大者人众,兵强则士勇。是以太山不让土壤,故能成其大;河海不择细流,故能就其深;王者不却众庶,故能明其德。是以地无四方,民无异国,四时充美,鬼神降福。此五帝三王之所以无敌也。今乃弃黔首以资敌国,却宾客以业诸侯,使天下之士退而不敢西向,裹足不入秦,此所谓"藉寇兵而赍盗粮"者也[19]。夫物不产于秦,可宝者多;士不产于秦,而愿忠者众。今逐客以资敌国,损民以益仇,内自虚而外树怨于诸侯,求国无危,不可得也。

李斯曾从学于荀子,学成后西就秦,先为吕不韦门客,后为秦相。秦王政即位十年(前 237),颁布逐客令,要将众多具有真才实学的异国贤士逐出秦土。李斯也在被逐之列。当时,他毅然写下《谏逐客书》上呈秦王,力陈逐客之弊,促使秦王收回成命,并将他迁为廷尉。区区一篇谏文竟让一国之君自食其言,立改国策,它成功的奥秘何在呢?归结来说,无非是文中具有敏锐的思想和为表达这一思想而调动的诸多艺术因素。

战国末年,七雄内部都经历了不同程度的改革,而秦国改革较为彻底,日益强盛,这样,由秦来建立一个封建的统一帝国已成为历史发展的必然。嬴政亲政之后,更是雄心勃发,对统一六国也作了周密的谋划和部署。李斯在第一次与秦王谈话中就讨论了秦统一六国的问题。李斯的议论同秦王政的蓝图不谋而合,秦王对之颇为赏识。恰于此时,韩国恐为秦所灭,便派水工郑国至秦,借帮秦修水渠为名,消耗其国力,从而牵制秦的东进。此谋败露后,秦国宗室权贵和部分大臣都认为客卿皆不足信,于是奏请秦王下令逐客。李斯清楚地认识到,围绕逐客所展开的斗争,关系到能不能广泛争取人才,从而顺利完成统一大业的问题。基于这样的认识他才上书秦王,直言相谏。全文在开门见山地提出逐客错误之后,层层深入,步步推进,紧扣中心,多角度展开论证,力求将自己的思想全方位地清晰表达。清晰的结构恰是清晰思路的反映,而李斯正是在文中以严谨的结构,保证了达理的清晰。寓论说于铺排之中的艺术技巧,极大地增强了本文的说服力。文章历数秦国历史上四位国君任用客卿之事,旨在强调秦建霸业之初,即是借助于客卿之力。尔后,从霸业到帝业,全凭这四位重用客卿的明主,这些史实充分地证明客卿在秦国帝业成功过程中有无可替代的作用。四君八士,一气铺排,就无可辩驳地证明了中心论点的正确。为说明秦王政宠爱外来之物,文章又以铺排手法大量列举:昆山之玉,随、和之宝,明月之珠,太阿之剑……滚滚而来,极写嬴政对宝物的喜爱,正反衬出他唯独不爱异国贤才的重物轻人的错误,再次证明了前文中心论点的正确。

以强烈的对比反衬来强化说理的力量,是本文又一显著特点。四位明主的开放性取士与秦王政的逐客相对比,五帝三王之用贤与秦王政"藉寇兵而赍盗粮"的弃才做法相对比,秦王政自身爱好色乐珍宝而轻视治国之才也构成鲜明的对比。对比中寄寓了损己与益仇、富强和衰亡的深刻含义,使纳客与逐客的利弊一目了然。

李斯的《谏逐客书》是两千年以前的作品，其思想的深刻性和表达艺术的精湛性，我们今天读来，仍不能不深为叹服。它那种铺陈排比、富于藻饰的表现手法，对后代赋体和骈文都产生过深刻影响，无怪乎李兆洛在《骈体文钞》中要将其称之为“骈体初祖”了。

（王高林）

【注】 ①由余：春秋时晋国人，先任职西戎，后投秦缪（mù 木，即秦穆公，春秋五霸之一）公，帮助其统一了西南少数民族。 ②百里奚：春秋楚国宛地（今河南南阳）人，先为虞国大夫，晋灭虞，被媵送至秦，逃到宛地，秦穆公闻其贤，以五张羊皮赎回，任大夫。 ③蹇叔：春秋时岐（今陕西岐山东北）人，游于宋，被百里奚荐于秦穆公，用为上大夫。 ④丕豹：春秋时晋国人，因避父难逃至秦国。公孙支：春秋时岐人，先游于晋，后任秦大夫。 ⑤商鞅：战国时卫国人，姓公孙，名鞅。仕秦时，帮助秦孝公实行变法，封为商君。 ⑥张仪：战国时著名纵横家，魏国人。主张秦国分别结盟六国，各个击破（即“连横”），以打破六国的“合纵”策略。三川：在今河南省西北地区，因有黄河、洛水、伊水，故称“三川之地”。上郡：今陕西省西北部，本魏地。汉中：本楚地，今陕西省南部和湖北省西北部。九夷：泛指楚境少数民族。鄢、郢：楚地。鄢，今湖北省宜城市。郢，今湖北省江陵县。成皋：在今河南省荥阳市西北。 ⑦范雎（jū 居）：战国时魏国人，仕魏被诬，受酷刑，后逃至秦，为秦昭王相。 ⑧穰侯：秦昭王养母宣太后的异父弟名魏冉，封为穰侯，专横跋扈，被昭王削黜。华阳：即华阳君，宣太后同父弟芈（mǐ 米）戎的封号，他与穰侯同样权倾天下，亦被范雎说服昭王削夺。 ⑨昆山：古代传说中的产玉之山。 ⑩随、和之宝：即随侯珠、和氏璧。相传春秋时大蛇为报答随国国君救命之恩，衔大珠给随侯，遂成重宝。又相传楚人卞和得璞，先后献与楚厉王及楚武王，均因不识斯宝而被砍断双脚。楚文王即位，卞和又献，文王使人治璞，得宝玉，因名和氏璧。 ⑪太阿：古宝剑名，相传为吴国著名冶工干将所造。 ⑫翠凤之旗：翠凤羽毛装饰的旗。灵鼍（tuó 驼）：鼍是鳄鱼一类的动物，皮很坚韧，古代视之为神物，故称“灵鼍”。 ⑬郑、卫之女：春秋时郑国、卫国民间歌舞著名，其地女子多善歌舞。 ⑭駃騠（jué tí 决提）：古骏马名，产于北狄。 ⑮丹青：丹砂和青雘（huò 或），两种矿物，古代用作颜料。 ⑯宛珠：宛地（今河南南阳）的珠子。傅：同“附”。玑：不圆的珠子。阿缟（ē gǎo 娥阴平 稿）：东阿出产的白色丝织品。春秋战国时东阿在今山东省阳谷县东北。 ⑰桑间：古地名，在今河南省濮阳市一带，春秋时为卫邑。此处指桑间男女青年欢会时唱的情歌。 ⑱韶虞：即箫韶，传为虞舜时著名乐曲。武象：周代舞曲名，传为周武王伐纣胜利后所作。 ⑲藉（jiè 戒）：借。兵：兵器。赍（jī 几）：送给。此为当时熟语，意为：借兵器给暴徒，送干粮给盗贼。

贾谊

过秦论（上）

秦孝公据殽函之固[1]，拥雍州之地[2]，君臣固守，以窥周室[3]；有席卷天下，包举宇内，囊括四海之意，并吞八荒之心[4]。当是时也，商君佐之[5]，内立法度，务耕织，修守战之具，外连衡而斗诸侯。于是秦人拱手而取西河之外[6]。孝公既没,惠文、武、昭,蒙故业[7],因遗策[8],南取汉中,西举巴蜀[9],东割膏腴之地[10],收要害之郡。诸侯恐惧,会盟而谋弱秦[11]。不爱珍器重宝肥饶之地,以致天下之士,合从缔交[12],相与为一。当此之时,齐有孟尝,赵有平原,楚有春申,魏有信陵[13],此四君者,皆明智而忠信,宽厚而爱人,尊贤重士,约从离衡[14],兼韩、魏、燕、楚、齐、赵、宋、卫、中山之众[15]。于是六国之士,有宁越、徐尚、苏秦、杜赫之属为之谋[16];齐明、周最、陈轸、召滑、楼缓、翟景、苏厉、乐毅之徒通其意[17];吴起、孙膑、带佗、兒良、王廖、田忌、廉颇、赵奢之伦制其兵[18]。尝以十倍之地,百万之众,叩关而攻秦。秦人开关而延敌,九国之师[19],逡逃而不敢进。秦无亡矢遗镞之费,而天下诸侯已困矣。于是从散约解,争割地而赂秦。秦有余力而制其弊[20],追亡逐北,伏尸百万,流血漂橹[21];因利乘便,宰割天下,分裂河山,强国请服,弱国入朝。施及孝文王、庄襄王,享国之日浅[22],国家无事。

及至始皇,奋六世之余烈[23],振长策而御宇内,吞二周而亡诸侯[24],履至尊而制六合,执敲朴以鞭笞天下[25],威振四海。南取百越之地[26],以为桂林、象郡[27];百越之君,俛首系颈,委命下吏[28]。乃使蒙恬北筑长城而守藩篱[29],却匈奴七百余里,胡人不敢南下而牧马[30],士不敢弯弓而报怨。于是废先王之道,燔百家之言,以愚黔首[31];隳名城[32],杀豪俊,收天下之兵,聚之咸阳,销锋鍉,铸以为金人十二[33],以弱天下之民;然后践华为城,因河为池[34],据亿丈之城,临不测之溪以为固;良将劲弩,守要害之处,信臣精卒,陈利兵而谁何。天下已定,始皇之心,自以为关中之固[35],金城千里,子孙帝王万世之业也[36]。

始皇既没,余威震于殊俗[37],然而陈涉,瓮牖绳枢之子,氓隶之人,而迁徙之徒也[38]。材能不及中庸,非有仲尼、墨翟之贤,陶朱、猗顿之富[39],蹑足行伍之间[40],而倔起阡陌之中,率罢散之卒[41],将数百之众,转而攻秦,斩木为兵,揭竿为旗[42]。天下云集而响应,嬴粮而景从[43],山东豪俊遂并起而亡秦族矣[44]。

且夫天下非小弱也。雍州之地,殽函之固自若也;陈涉之位,非尊于齐、楚、燕、赵、韩、魏、宋、卫、中山之君也;锄耰棘矜,非铦于句戟长铩也[45],谪戍之众,非抗于九国之师也;深谋远虑,行军用兵之道,非及曩时之士也;然而成败异变,功业相反。试使山东之国与陈涉度长絜大[46],比权量力,则不可同年而语矣。然秦以区区之地致万乘之权[47],招八州而朝同列[48],百有余年矣,然后以六合为家,殽函为宫,一夫作难而七庙隳[49],身死人手,为天下笑者,何也?仁义不施,而攻守之势异也!

秦汉之际是我国历史上政治、经济、文化发生剧变的时期。气吞六合,不可一世的秦帝国转眼间覆亡,成为中国最短命的王朝,引起当时及后人的深思。两汉时期许多政治家、文人都写过探讨秦朝兴亡原因的作品,试图总结教训,以作为后世之鉴戒。在这些作品里面,贾谊的《过秦论》最为世人所重。司马迁作《史记》时,在《秦始皇本纪》的"太史公曰"中破例全文引录贾谊《过秦论》上篇和中篇,完全赞同贾谊对秦亡的分析，强调治国要施仁政。《陈涉世家》一文结尾，褚少孙也在“吾闻贾生之称曰”以下引用《过秦论》上篇文字。后来班固作《汉书》，仍然把《过秦论》录于《陈涉项羽传》之后。南朝刘宋范晔在《狱中与诸甥侄书》中，曾以极为自负的口吻提到他所写的一些传论和序论“皆有精意深旨”，“其中合者，往往不减《过秦》篇”。可见《过秦论》在汉代及以后的学术界影响之广泛与深远。

《过秦论》共有上、中、下三篇，本文是第一篇，也是流传最广的一篇。本篇回顾秦国的兴之历史，并在文章结尾总结出秦朝覆灭的根本原因。中篇对秦亡于“仁义不施”进行了具体论证，秦王处处“先诈力而后仁义”，“诈力”只能对付敌人，而不能对付人民。下篇分析秦朝的极端专制，民不敢言，是对“仁义不施”论点的进一步申论。《过秦论》三篇是一个在思想内容上前后联系、彼此呼应的统一整体，但各篇又各有重点，都可独立成篇。在文章的章法结构上，上篇是最有特色的，也是最有文采的，所以从萧统《文选》开始，历代散文作品选集往往都是收入上篇。

《过秦论》上篇的结构和谋篇布局是颇具匠心的。全文可分为三部分。第一部分自开始至“子孙帝王万世之业也”，言秦勃兴之过程，篇幅占全文的一多半。其中又分成四个阶段来分别叙述秦孝公至秦始皇共七代帝王的业绩。第一阶段写秦孝公依靠殽函关隘天险和雍州地利，依靠商鞅进行变法，“君臣固守，以窥周室；有席卷天下，包举宇内，囊括四海之意，并吞八荒之心”，并取得初步胜利，“拱手而取西河之外”。第二阶段把秦惠文王、秦武王和秦昭襄王作为一个时期，三朝国君继续按秦孝公的“遗策”行事，攻取各国土地，“收要害之郡”，同时也写诸侯联合会盟来对付秦国。作者用许多笔墨极力铺叙各诸侯国军事、外交人才众多，物资、军力充裕，但终于败于秦国，“强国请服，弱国入朝”。第三阶段述及孝文王、庄襄王，只有一句话，以“享国之日浅，国家无事”轻轻带过。第四阶段是这一部分的重点，写秦始皇“奋六世之余烈”，南征东战，统一中国，“威振四海”，但他在成功的同时也埋下了灭亡的种子，“废先王之道，燔百家之言，以愚黔首”。

第二部分写秦始皇死后，局势产生巨大变化。尽管秦始皇的“余威震于殊俗”，但他自以为的“金城千里，子孙帝王万世之业”却败于“材能不及中庸”的“瓮牖绳枢之子，氓隶之人”，“迁徙之徒”。

第三部分是根据前两部分中叙述的史实所作出的理性分析，从地理位置及起义军领袖地位、武器装备、军队素质、用兵之道等各方面把陈涉与山东六国相比较，二者显然“不可同年而语”，于是一个疑问自然而然地被提了出来：为什么秦王朝能战胜兵多将广、谋士如云的山东六国，却败于斩木为兵、揭竿为旗的陈涉之手呢？这里是全文的高潮，作者却以简洁的十一个字作答：“仁义不施，而攻守之势异也。”

指明秦王朝不施仁义，暴虐致亡，是本文深刻之处。《易·系辞下》云：“天地之大德曰生，圣人之大宝曰位。何以守位？曰‘仁’。”秦政暴虐，法令残苛，使人民无所逃避。然而“民不畏死，奈何以死惧之？”所以，并无惊人之才的佣耕者陈涉竟能发动戍卒杀尉徇地，据地称王，“其所置遣侯王将相竟亡秦”（司马迁语），根本原因就在这里。

本文在写作手法上有两个最突出的特点：一是善于运用夸张和反衬，二是寓论断于叙事之中。文章中写秦国力战九国之师，“追亡逐北，伏尸百万，流血漂橹；因利乘便，宰割天下，分裂河山”，写秦统一天下后“践华为城，因河为池，据亿丈之城，临不测之溪以为固”等，都是运用了夸张的手法。至于反衬，更是随处可见。写诸侯各国的地大物博、兵多将广、人才济济，是为了反衬秦国的强盛；写陈涉出身微贱，才能庸劣，农民起义队伍人少力薄，武器拙劣，是为了反衬秦朝危亡之势。作者开始历述孝公以来秦国的逐渐强盛，经过了七世君王的持续努力，也是为与后面写秦亡之速、之易形成强烈的对照。寓论断于叙事之中，主要表现在作者并未离开史实发议论，而是在行文中充分运用材料，表面上只是叙事，其实逻辑分析和说理论辩的基础已经构筑于其中。作者有意组织一些反差较大的材料，然后在后一部分提出一连串的反诘，使读者产生强烈的悬念，似乎是难以解释。直到结尾，作者才落下点睛的浓重一笔：“仁义不施，而攻守之势异也。”把积蓄已久的论点一下子亮出，令人如梦方醒，有豁然开朗之感。综观全文，真正的议论只有这结尾的一小部分，然而回过头来看，似乎全文处处都充满了论辩的力量。　（张大同）

【注】 ①秦孝公：名渠梁。任用商鞅变法，奖励耕战，使秦国渐臻强盛。殽：一作“崤”，即崤山，在今河南省洛宁县北。函：指函谷关，在今河南省灵宝县。　②雍州：为古九州之一，约在今陕西、甘肃及青海一部分地区。　③窥：暗中算计，有所图谋。周室：周王朝政权。　④八荒：八方。四方及四隅称为“八方”。八荒亦指极遥远之处。《说苑》：“八荒之内有四海，四海之内有九州。”　⑤商君：即商鞅。原姓公孙，因被秦孝公封于商地，故号商君。少学刑名之学，在秦实行变法，注重农战，对外破坏六国联合，执政十年，使秦国强盛。孝公死后，被秦贵族车裂而死。　⑥拱手：拱着手，形容不用武力，仅凭威势，即轻而易举。西河：黄河以西之魏地，在今陕西省大荔县一带。据《史记·秦本纪》，魏纳河西地，在惠文君八年。　⑦惠文：秦惠文王，孝公之子，名驷。执政后杀商鞅，灭蜀，取楚汉中地。武：秦武王，惠文王之子，名荡。有勇力，举鼎断足致死。昭：秦昭襄王，武王之弟，名则。任用白起，多攻取诸侯国地。蒙故业：继承以往治国用兵的事业。　⑧因遗策：沿袭、遵循先人遗留的既定国策。　⑨汉中：秦惠王十三年，秦国攻楚汉中，取地六百里，置汉中郡。巴：在今重庆市东部地区。蜀：在今以成都为中心的川中、川北一带。巴蜀历来为富庶之地。　⑩膏腴之地：肥沃富裕的地方。李斯《谏逐客书》：“东据成皋之险，割膏腴之壤。”　⑪谋弱秦：策划削弱秦国。　⑫合从缔交：“合从”即“合纵”，六国联合缔结盟约共同抗秦。　⑬孟尝：即孟尝君，名田文，齐国公子。平原：即平原君，名赵胜，赵国公子。信陵：即信陵君，名魏无忌，魏国公子。春申：即春申君，名黄歇，楚国贵族，相楚二十余年。以上四人合称“战国四公子”，都是国王的宗族，拥有封地，各招养食客数千人，颇有势力。

⑭约从离衡：抗秦诸侯结盟为合纵，以破坏秦国的连横政策。衡：同“横”。　⑮兼：聚合之意。宋、卫、中山：都是战国前期的小国。宋在今河南省商丘市一带。卫在今河北省南部、河南省北部一带。中山在今河北省定县一带。　⑯宁越：赵人，发愤读书，曾被周威公聘为师。徐尚：宋人。苏秦：东周洛阳人。著名纵横家。曾游说秦惠王，不为所用，又东说燕赵等六国，联合抗秦。杜赫：周人。　⑰齐明：东周朝臣，后历事秦、楚、韩三国，与周最、楼缓等人合纵结交。周最：东周成君之子，仕于齐。陈轸：夏国人，曾历仕秦楚两国。召滑：楚人。楼缓：魏文侯之弟，曾为相。翟景：魏人。苏厉：苏秦之弟，齐国大臣。乐毅：魏国魏羊之后，深通兵法，入燕，燕昭王拜为亚卿、上将军，率赵、楚、韩、魏、燕五国军队伐齐，连下七十余城。后出仕赵国。　⑱吴起：

卫人，善用兵，初仕魏国，后为楚相。孙膑：齐国大将，孙武之后，著有《孙膑兵法》。带佗：楚国大将。兒良、王廖：二人皆善用兵，为当时天下知名豪士。田忌：齐国大将。曾与孙膑一起大败魏将庞涓于马陵之役。廉颇、赵奢：皆为赵国大将。制其兵：统率、指挥六国军队。 ⑲九国：指前述韩、魏、燕、楚、齐、赵、宋、卫、中山九国。此处所述即秦惠文王二十年（前 318）诸侯各国联合攻秦之事。 ⑳制其弊：利用诸侯的困弊。 ㉑橹：大盾牌。 ㉒孝文王：昭襄王之子，即位后仅三天便去世。庄襄王：孝文王之子，在位三年而死。享国之日浅：执掌国政时间短。 ㉓六世：指孝公、惠文王、武王、昭襄王、孝文王、庄襄王六代。余烈：留传下来的功业。 ㉔二周：指西周、东周。周考王以王城故地封其弟揭为河南公，后称西周。考王末年，河南惠公封其少子班子巩以奉王，称东周惠公。实际上二周皆亡于秦始皇即位以前。 ㉕敲朴：木杖之类的刑具，长者称“朴”，短者称“敲”。 ㉖百越：是对当时越国及闽越、南越等南方各地越人的总称。 ㉗桂林：在今广西北部地区，秦时置郡。象郡：今广西壮族自治区南部、广东省西南部地区。 ㉘委命下吏：听命于秦王朝的下级官吏。 ㉙蒙恬：秦国大将。藩篱：原指篱笆，此引申为边境、边塞。 ㉚胡人：指匈奴人，古代北方少数民族。牧马：此处指骚扰。 ㉛燔百家之言：焚毁诸子百家的著作。愚黔首：使百姓愚昧无知。愚，作动词使用。黔首是秦时百姓的代称。 ㉜隳（huī 灰）：毁坏。 ㉝销：熔化。锋镝（dí 敌）：兵刃、箭矢之类武器。金人：铜人，以销熔兵器之铜铸造而成。 ㉞践华为城：沿华山作为城郭。践：循，沿。华：即华山，在今陕西省华阴县东南。因河为池：利用黄河作为护城河。 ㉟关中：自函谷关以西、秦岭以北，总称“关中”，约在今以陕西西安为中心的一带地区。因其地位于东函谷关、西大散关、南武关、北萧关之中，故称“关中”。 ㊱据《史记·秦始皇本纪》，秦始皇曾说：“朕为始皇帝，后世以计数，二世三世至于万世，传之无穷。” ㊲殊俗：不同的风俗。此处指边远地区。 ㊳陈涉：又名陈胜，我国历史上首次农民大起义的领袖。瓮牖绳枢：以破瓮当窗户，以绳子拴系门枢。形容生活极端贫困。氓：农民。隶：被判刑或服苦役之人。陈涉被征发戍守渔阳，故云。 ㊴陶朱：春秋时越国大夫范蠡，辅助越王勾践灭吴后，隐居至陶（今山东定陶），经商致富，自号陶朱公。猗顿：春秋时鲁国人，以畜牛羊于猗氏（今山西蒲州一带）之南致富。 ㊵蹑足：行走奔跑。行伍：军旅。 ㊶罢散：疲惫困顿。罢：同“疲”。 ㊷揭竿为旗：举起竹竿当作旗帜。揭：高举。 ㊸赢粮：背负着口粮。景从：如影随形般紧跟着。景：同“影”。 ㊹山东：泛指太行山以东的广大地区。战国时统称秦以外的六国为山东。 ㊺钼：锄头。耰（yōu 优）：碎土用的农具，形如榔头。棘：同“戟”。矜：矛柄。铦（xiān 先）：锋利。句戟：弯曲的戟。句：同“钩”。长铩：长矛。 ㊻度（duó 铎）长絜（xié 谐）大：较量长短大小。度：比量，测度。絜：衡量，比较。 ㊼万乘（shèng 胜）之权：帝王的权力。周制：天子兵车万乘。万乘遂成帝王代称。 ㊽八州：古时全国分为九州，秦据有雍州，其余八州为六国之地。 ㊾七庙隳：天子宗庙被毁。古代天子祖庙奉祀七世祖先，故称“七庙”。

晁 错

论贵粟疏

圣王在上而民不冻饥者，非能耕而食之，织而衣之也，为开其资财之道也。故尧禹有九年之水，汤有七年之旱，而国亡捐瘠者①，以蓄积多而备先具也。今四海为一，土地人民之众不避汤禹[2]，加以亡天灾数年之水旱[3]，而蓄积未及者，何也？地有遗利，民有余力，生谷之土未尽垦，山泽之利未尽出也，游食之民未尽归农也[4]。民贫，则奸邪生。贫生于不足，不足生于不农。不农则不地著[5]，不地著则离乡轻家，民如鸟兽。虽有高城深池[6]，严法重刑，犹不能禁也。

夫寒之于衣，不待轻暖；饥之于食，不待甘旨。饥寒至身，不顾廉耻。人情一日不再食则饥，终岁不制衣则寒。夫腹饥不得食，肤寒不得衣，虽慈母不能保其子，君安能以有其民哉？明主知其然也，故务民于农桑，薄赋敛，广蓄积，以实仓廪，备水旱，故民可得而有也。

民者，在上所以牧之[7]，趋利如水走下，四方亡择也。夫珠、玉、金、银，饥不可食，寒不可衣，然而众贵之者，以上用之故也。其为物，轻微易藏，在于把握，可以周海内而无饥寒之患。此令臣轻背其主，而民易去其乡，盗贼有所劝[8]，亡逃者得轻资也。粟米布帛，生于地，长于时，聚于力，非可一日成也。数石之重，中人弗胜，不为奸邪所利，一日弗得而饥寒至。是故明君贵五谷而贱金玉。

今农夫五口之家，其服役者不下二人，其能耕者不过百亩。百亩之收，不过百石。春耕夏耘，秋获冬藏，伐薪樵[9]，治官府，给徭役，春不得避风尘，夏不得避暑热，秋不得避阴雨，冬不得避寒冻。四时之间，亡日休息。又私自送往迎来，吊死问疾，养孤长幼在其中。勤苦如此，尚复被水旱之灾，急政暴虐，赋敛不时，朝令而暮改。当具，有者半贾而卖，亡者取倍称之息[10]，于是有卖田宅、鬻子孙以偿债者矣[11]。而商贾大者积贮倍息，小者坐列贩卖，操其奇赢[12]，日游都市，乘上之急，所卖必倍。故其男不耕耘，女不蚕织，衣必文采，食必粱肉[13]，亡农夫之苦，有仟佰之得[14]。因其富厚，交通王侯[15]，力过吏势，以利相倾。千里游敖[16]，冠盖相望。乘坚策肥，履丝曳缟[17]。此商人所以兼并农人、农人所以流亡者也。今法律贱商人，商人已富贵矣；尊农夫，农夫已贫贱矣。故俗之所贵，主之所贱也；吏之所卑，法之所尊也。上下相反，好恶乖迕[18]，而欲国富法立，不可得也。

方今之务，莫若使民务农而已矣。欲民务农，在于贵粟；贵粟之道，在于使民以粟为赏罚。今募天下入粟县官，得以拜爵，得以除罪。如此，富人有爵，农民有钱，粟有所渫[19]。夫能入粟以受爵，皆有余者也。取于有余，以供上用，则贫民之赋可损，所谓损有余补不足，令出而民利者也。顺于民心，所补者三：一曰主用足，二曰民赋少，三曰劝农功。今令民有车骑马一匹者，复卒三人[20]。车骑者，天下武备也，故为复卒。神农之教曰[21]："有石城十仞，汤池百步，带甲百万而亡粟，弗能守也。"以是观之，粟者，王者大用，政之本务。令民入粟受爵，至五大夫以上[22]，乃复一人耳。此其与骑马之功相去远矣。爵者，上之所擅，出于口而亡穷；粟者，民之所种，生于地而不乏。夫得高爵与免罪，人之所甚欲也。使天下人入粟于边，以受爵免罪，不过三岁，塞下之粟必多矣。

疏，作为一种文体，它属议论文范畴，用于向上级陈述意见，疏通道理。所以，它要求分析明晰犀利，逻辑绵密有序，说理透彻周详。西汉政治家晁错进汉景帝的这篇《论贵粟疏》正是如此。

晁错生当西汉社会日趋强盛的“文景之治”时期，从小研习法治学说，先秦法家“重本抑末”的思想对他影响极深。《论贵粟疏》正是晁错这种思想最集中的表述。

文章一开始，晁错就揭出全篇议论的最终底蕴：“开其资财之道。”这是治国治民之本。然后采用春蚕吐丝法，层层细绎，开资财之道的前提是“蓄积多而备先具”，有备方能无患。可是，现实却不是如此，汉兴以来，地广人多，风调雨顺，却积蓄不丰，其根本原因是农业没有受到足够的重视。文笔层层推进，步步勾连，到这里已触及议论的核心——重农抑商。运用这种以果推因的形式，旨在使文章逻辑严密，说服力强，又显得脉络分明，简洁犀利。但是，要打动圣听，使人信服，远不是这种轻描淡写的逻辑推理所能奏效的，必须响鼓重锤，把统治者最关心的问题揭示出来，所以下文苍黄反复，总不离“安危”二字。如何稳定小农经济，使之成为封建社会经济形态最坚实的基础，保持政权的长治久安，这才是与封建统治者息息相关的大事。于是，晁错又笔锋一转，由因而溯果，从多方面来论述“重本抑末”的重要性。

民以食为天。吃饭穿衣，是人生第一要事，最能迫使人丧失廉耻之心的，就是“饥寒”二字。而粮食布帛，都是耕织形式的农业生产提供的，珠玉金银，不能充饥御寒，理应置于粟米布帛之后。何况为了珠玉金银，人们轻易就离乡背井，去弃农经商，生发出许多盗贼逃亡的事来。对于民生社稷来说，这轻重缓急的道理不是很明晰吗？以粟米布帛和珠玉金银对照，把道理说得透彻圆通，细针密线，丝毫不露破绽，使议论显得浅显服人。

接着上文物的对照，下文又安排了人的对照。农民终岁辛劳，春耕、夏耘、秋获、冬藏，加之徭役苛政、天灾人事，终年无日休息，却不得温饱，以至于“卖田宅、鬻子孙以偿债”。而商贾呢？坐列贩卖，囤积居奇，“男不耕耘，女不蚕织”，却锦衣肉食，又勾结官府，依权仗势。结果，商贾兼并了农人，农人流亡失所，造成举国上下颠倒错乱。“俗之所贵，主之所贱也；吏之所卑，法之所尊也。”一个对偶句式，把上文本来倒置的现象推到鲜明对立的位置。这种上下错迕的局面长期延续下去，只会导致农人大量流亡。粮食布帛缺乏而珠玉金银增多，“欲国富法立，不可得也”。

我国封建社会最普遍、最典型的经济形态是小农经济，一家一户分散经营是主要生产形式，土地是维持农民生计的纽带，也是支持封建社会大厦的最终物质载体，所以安土重迁不但是农民的本质特征，也是关涉政局安危的要素。农民流亡，土地荒芜，国力贫乏，政局混乱，这是必然的因果关系。在论证了重商轻农的种种弊害之后，反面的铺垫足以烘托全文的主旨。于是“当今之务”四字，犹如一声脆笛，顿改反面证明为正面陈述，“贵粟”的主张出台了。重农在于贵粟，贵粟的具体措施就是以粟定赏罚。由“入粟”拜爵、除罪，到损有余而补不足，再到“主用足”、“民赋少”、“劝农功”三大好处，又是步步推进，层层深入。本是堂堂正正的主意，理当和盘托出，却化作三迭，犹如千丈雪练，随峰顿挫，而不减其飞流直下的气势，更有一番活泼情致。接下来一句总括：“粟者，王者大用，政之本务。”一语标的，笔力有千钧之重，过渡也极其自然。至此，“贵粟”的主意也就条分缕析，明白无疑了。但是，上疏人主，所提建议的重要性是一方面，可行性又是另一方面，利用上文的余波推衍一步，正好论述“入粟于边，以受爵免罪”的可行性，收水到渠成之效。

综观全文，婉转一体，敛气蓄势，慎吐轻嘘。无非是主张入粟于边，却从农商对照、社稷安危说起，写农夫的辛劳、商人的逸乐入骨三分，曲尽其情，真是大处着笔，小处泼墨，无不相宜。说理是那样深入透彻，周详圆通；结构是那样环环紧扣，照应自如。全文在整体上显示出一种严饬而不枯涩，摇曳而有次序的风格特征。那种曲折涤畅的气势，细大无捐的构思，层层深入的章法，无时不在牵动读者的思绪，使本文成为政论文苑中的大家笔法，连同这一著名的“崇本抑末”思想，千百年来都被封建统治者奉为圭臬。

（鲍嘉芜）

【注】 ①亡：通“无”。下文“亡农夫之苦”、“亡粟”等同。捐瘠：因饥荒而被捐弃和患羸弱瘦病。 ②避：次于，在……之下。 ④游食：不劳而食。 ⑤地著：亦称“土著”，指农业人口有固定的户籍和土地。 ⑥池：护城河。 ⑦牧：统治。 ⑧劝：激励，鼓动。 ⑨伐：砍。 ⑩倍称之息：双倍的利息。 ⑪鬻：卖。 ⑫操：把持，操纵。奇赢：是说商人有余财，积蓄奇异货物以待高价出售。 ⑬粱肉：精美的饭食。粱指好米，肉指美味菜肴。 ⑭仟佰：同“阡陌”，代指田地。“仟佰之得”是说商贾可得到很多田地的收入。 ⑮交通：交往勾结。 ⑯游敖：游荡。 ⑰履丝：穿着丝鞋。曳：牵拖。缟：精细的丝织衣。 ⑱乖迕：相互背离、对立。 ⑲渫：疏散。 ⑳复卒：免除兵役。 ㉑神农：传说中的古代帝王，他首先教人种植，所以称为“神农”。《汉书·艺文志》有《神农兵法》一篇，此所引“神农之教”，或出于其中。 ㉒五大夫：汉爵位名，在二十等爵中属第九级。汉文帝时，以五大夫以上为高等爵位，得免役。

邹　阳

狱中上梁王书

臣闻“忠无不报，信不见疑”，臣常以为然，徒虚语耳！昔荆轲慕燕丹之义，白虹贯日，太子畏之[1]；卫先生为秦画长平之事，太白食昴，昭王疑之[2]。夫精变天地而信不谕两主[3]，岂不哀哉！今臣尽忠竭诚，毕议愿知。左右不明，卒从吏讯[4]，为世所疑。是使荆轲、卫先生复起，而燕、秦不寤也。愿大王孰察之。

昔玉人献宝，楚王诛之[5]；李斯竭忠，胡亥极刑[6]。是以箕子阳狂[7]，接舆避世[8]，恐遭此患也。愿大王察玉人、李斯之意，而后楚王、胡亥之听，毋使臣

为箕子、接舆所笑。臣闻比干剖心[9]，子胥鸱夷[10]。臣始不信，乃今知之。愿大王熟察，少加怜焉。

语曰："白头如新，倾盖如故[11]。"何则？知与不知也。故樊於期逃秦之燕，藉荆轲首以奉丹事[12]；王奢去齐之魏，临城自刭，以却齐而存魏[13]。夫王奢、樊於期，非新于齐、秦而故于燕、魏也。所以去二国、死两君者，行合于志而慕义无穷也。是以苏秦不信于天下，为燕尾生[14]；白圭战亡六城，为魏取中山[15]。何则？诚有以相知也。苏秦相燕，人恶之于燕王，燕王按剑而怒，食以駃騠[16]；白圭显于中山，人恶之于魏文侯，文侯赐以夜光之璧[17]。何则？两主二臣，剖心析胆相信，岂移于浮辞哉[18]？故女无美恶，入宫见妒；士无贤不肖，入朝见嫉。昔司马喜膑脚于宋，卒相中山[19]；范雎摺胁折齿于魏，卒为应侯[20]。此二人者，皆信必然之画，捐朋党之私，挟孤独之交，故不能自免于嫉妒之人也。是以申徒狄蹈雍之河[21]，徐衍负石入海[22]，不容于世，义不苟取比周于朝[23]，以移主上之心。故百里奚乞食于道路，缪公委之以政[24]；宁戚饭牛车下，而桓公委之以国[25]。此二人岂素宦于朝，借誉于左右，然后二主用之哉？感于心，合于行，坚如胶漆，昆弟不能离，岂惑于众口哉？故偏听生奸，独任成乱。昔鲁听季孙之说逐孔子[26]，宋任子冉之计囚墨翟[27]。夫以孔、墨之辩，不能自免于谗谀，而二国以危。何则？众口铄金，积毁销骨也[28]。是以秦用戎人由余而霸中国[29]，齐用越人子臧而强威宣[30]。此二国岂拘于俗、牵于世、系奇偏之辞哉[31]？公听并观，垂明当世。故意合则胡、越为昆弟，由余、子臧是矣；不合则骨肉为仇敌，朱、象、管、蔡是矣[32]。今人主诚能用齐、秦之明，后宋、鲁之听，则五霸不足侔，三王易为比也[33]。

是以圣王觉悟，捐子之之心[34]，而不说田常之贤[35]。封比干之后，修孕妇之墓[36]，故功业覆于天下。何则？欲善无厌也。夫晋文公亲其仇而强霸诸侯[37]，齐桓公用其仇而一匡天下[38]。何则？慈仁殷勤，诚加于心，不可以虚辞借也。至夫秦用商鞅之法，东弱韩、魏，立强天下，而卒车裂之[39]；越用大夫种之谋，禽劲吴而霸中国，遂诛其身[40]。是以孙叔敖三去相而不悔[41]，於陵子仲辞三公为人灌园[42]。今人主诚能去骄傲之心，怀可报之意，披心腹，见情素[43]，隳肝胆，施德厚，终与之穷达，无爱于士[44]，则桀之犬可使吠尧，而跖之客可使刺由[45]。何况因万乘之权，假圣王之资乎？然则荆轲湛七族，要离燔妻子[46]，岂足为大王道哉？

臣闻明月之珠，夜光之璧，以暗投人于道，众莫不按剑相眄者[47]。何则？无因而至前也。蟠木根柢，轮囷离奇[48]，而为万乘器者。何则？以左右先为之容也[49]。故无因而至前，虽出随侯之珠，夜光之璧，秖足结怨而不见德[50]。故有人先谈，则枯木朽株，树功而不忘。今天下布衣穷居之士，身在贫羸，虽蒙尧、舜之术，挟伊、管之辩[51]，怀龙逄、比干之意[52]，而素无根柢之容，虽竭精神，欲开忠于当世之君，则人主必袭按剑相眄之迹矣。是使布衣之士，不得为枯木朽株之资也。

是以圣王制世御俗，独化于陶钧之上[53]，而不牵乎卑辞之语，不夺乎众多之口。故秦皇帝任中庶子蒙嘉之言，以信荆轲，而匕首窃发[54]；周文王猎泾渭，载吕尚而归，以王天下[55]。秦信左右而亡，周用乌集而王。何则？以其能越拘挛之语，驰域外之义，独观于昭旷之道也[56]。今人主沈于谄谀之辞，牵于帷墙之制，使不羁之士与牛骥同皂，此鲍焦所以愤于世也[57]。

臣闻盛饰入朝者，不以私汙义；砥厉名号者，不以利伤行[58]。故里名胜母，曾子不入[59]；邑号朝歌，墨子回车[60]。今欲使天下寥廓之士，笼于威重之权，胁于位势之贵，回面汙行以事谄谀之人，而求亲近于左右，则士有伏死堀穴岩薮之中耳[61]，安有尽忠信而趋阙下者哉？

"忠"和"信"，在封建社会中，是统治阶级竭力倡导的两种美德。孔子的学生曾参每天反躬自问的事情，就是"为人谋而不忠乎"，"与朋友交而不信乎"。但是，封建社会的君臣关系，最终是建立在社稷家国的身家利害之上的，一利尽而害至。所以，在"忠"、"信"的背后，往往掩藏着背叛与猜忌。"飞鸟尽，良弓藏；狡兔死，走狗烹。"越国的范蠡这句令千古忠臣义士寒心的警言，恰是封建历史舞台上演出的一幕幕烹忠肝、炙义胆的悲剧的最深沉的总结。于是，"忠而见疑，信而被谤"也就成了文学作品中一个最能掬取人们同情之泪的主题。

西汉文帝时期，齐人邹阳曾以文章辩论著名，投在吴王刘濞门下。刘濞阴谋叛乱时，他上书劝谏，吴王不纳。于是，他改投为梁孝王门客。谁知这梁孝王也有不臣之心，他又审时度势，来一番苦谏。梁孝王却听信谗言，把他投入囹圄。这又是一个"忠而见疑"的小插曲。邹阳在狱中写了这篇著名的《上梁王书》，以勃郁的风致，凝重的感情，犀利的笔调，使梁孝王翻然悔悟，不但放他出狱，而且尊为上客。

投之死地，欲付斧锧，可见梁孝王对邹阳的怨忌是很深的。身处危境而上书，既要剖白心迹，又不可露出怨望之意，触讳犯怒。这封书难就难在这点，高也高在这点。

邹阳

文章开始，邹阳一语破的："臣闻'忠无不报，信不见疑'，臣常以为然，徒虚语耳！"提纲挈领，紧紧抓住全文的内核——"忠"、"信"二字。尔后千头万绪，周章反复，总是从这两个字生发出来。但这个开头，妙就妙在正话反说，欲擒故纵。"徒虚语耳"四个字，一声长叹，突然扭顺势为逆势，包含着无尽的愤怨。似乎有千钧之力，却显得如此轻忽平淡，犹如在漫不经意之中吐出雷霆，最能引起强烈的共鸣。接下来荆轲的白虹贯日，卫先生的太白食昴，精诚感天动地，却不能消除主上的疑畏。寥寥数语，掷地有声，把刚刚引起的共鸣第一次推上意识的峰巅，又为自己的遭遇作了有力的铺垫，下文就可以直接抒发自己"尽忠竭诚"反而"为世所疑"的沉郁和幽怨了。

文短气长，首先造成一种夺人的先声，这是战国纵横家惯用的手法。接下来邹阳又反复申明，一连举了卞和诛足、李斯极刑、比干剖心、子胥沉江四个先例，与上文回环照应，以说明"忠而见诛"古已有之，所以箕子佯狂，接舆避隐。而"臣始不信，乃今知之”，正与“常以为然，徒虚语耳”对照分明。正说反说，只为使读者不得不信。

疑忌忠诚的悲剧古往今来演了一幕又一幕，其根源全在于“知人”和“不知人”而已。秦国的樊於期跑到燕国云献首，齐国的王奢登上魏城而自杀，这自是“士为知己者死”的典型。而对于燕易王不听谗言，反赐苏秦奇味，魏文侯不听谗言，反赐白圭珍宝的事，才是真正的“长相知，不相疑”的榜样。君臣之间，能像这样剖心析胆，相信不疑，那些谗言浮辞便无所用之地。这真是明敲暗打，绵里藏针。句句说的是别人，处处都关涉到自身。

谗言犹如鬼蜮，射人是它的本性。至于射中射不中，则要看君王的贤明与否了。司马喜被膑脚，范雎遭折齿，这是不幸被射中了。秦穆公与百里奚，齐桓公与宁戚，都一见如故，信任不疑，这种君臣之间，岂惧谗言影射！归根结底，谗口不可畏，相知不深才真正可悲。圣如孔丘，贤如墨翟，也难逃谗言中伤，而被逐遭囚，那只能归咎于君主的偏听偏信；秦用由余以霸，齐用子臧而强，传为美谈，那也应归美于君主的公听并观。偏听偏信，必生奸乱；公听并观，必致威强：道理就是这样浅显明白。

行文到此，犹如顺水推舟，水运舟行，过渡处不留一点痕迹，而内在意蕴却是几经曲折，暗换偷移了。在这里，作者似乎已将自身遭遇置之度外，转而站在梁孝王角度，从社稷安危方面来设身处地地为对方计虑。但明眼人一看就知，这些举例的潜在含义，都与自身息息相关。这样反复曲折，使文意跌宕多姿，最能引人入彀，既达到自我剖白的目的，又不显得平直生硬。

接下来顺风扬帆，一路势如破竹。连举四例，又形成鲜明对照，使滄然万顷之中，顿起波澜。燕王哙宠信子之，齐简公爱悦田常，结果身死国乱；晋文公宽恕仇人寺人披，齐桓公任用仇人管夷吾，结果国霸身安。所以，亲近未必忠诚，疏远也未必奸佞。君王应分清忠奸，不能以远近亲疏取人。要知天下士子都怀着一颗报效知己的热心，可秦国偏偏车裂了商鞅，越国恰恰诛杀了文种，正是君主的心存疑忌、屈杀忠贞的举动，使天下贤士心灰意冷。而不经自己明察，听信左右虚辞，正是这种悲剧的前奏。秦始皇听信左右之言召见荆轲，差一点身死人手；周文王却亲自考察了吕尚，才昌大周室，取得天下。现在，君主也是听信谗言，被左右牵制，让贤士与牛马同槽，只有使他们空剩鲍焦那样愤世嫉俗的遗憾了。

文意到此，表述已尽，似乎可以结束了，但总觉得首尾照应不周，自身的辩白显得隔岸观火，不着边际。于是长篙一点，突然掉转船头，再起迂折，直接写到自身：看重名声的人不会贪图微利而损污自己的德行，“我”宁可屈死崖穴，也不会与那些谄谀小人为伍。“安有尽忠信而趋阙下者哉”，一笔煞尾，又点出“忠”、“信”二字，回照开头。有了这一段，开头的“为世所疑”才得以彻底剖白，自身的辩词才异于乞怜，显得凛然独立，有始有终。有了这一段，文章的体格才显得周全，气脉才显得完整。

作为上书，本文的表现手法亦多种多样：或长钩短戟并用，敛势蓄气之后，放马奔逸，势不可挡；或如轻云出岫，随峰缭绕，委婉有致；或繁弦急管而不显嘈杂；或单簧独奏亦愈见悠扬。立“忠”、“信”二字为文眼，意思层层推进，由“忠”、“信”进而“知”、“疑”，进而“偏听”、“并观”，进而“用亲”、“用仇”，进而表现自己的“尽忠”、“竭诚”。体格三次磔折，由自身转而梁孝王，又转而自身。每次大曲折之中又涵容数次小曲折，使全文始终处于摇曳动荡之中。且每次议论，总是反正兼施，对照鲜明，一派战国纵横风致。而且，邹阳又是汉赋射雕手，受赋体影响，文章用典过多，摛采偶饰，注重文气而忽视脉络连贯，因之在委婉含蓄的同时，稍显内在逻辑不甚明畅，正如林西仲所说：“虽用古过多，不免伤气；议论过多，不免伤格。然衔接处，却成一篇妙文。”

（鲍菉芄）

【注】 ①燕丹：即燕国太子丹。战国末，丹曾在秦国为人质，后逃回，厚养荆轲，让他去刺杀秦王嬴政。荆轲临行，天上出现白虹贯穿太阳的异常现象。荆轲因等人而迟迟未出发，燕太子丹竟怀疑他不肯去秦国。 ②战国末，秦大将白起在长平大破赵军，想乘机灭赵，派秦人卫先生去说服秦昭王增拨军粮，精诚感天，出现金星光芒掩射昴宿的奇异现象，昭王却听信范雎的话，怀疑此事。 ③精：精诚。谕：明白。这里作使动用。 ④卒：最终。讯：审讯的言词。 ⑤玉人：指卞和。传说楚人卞和得到一块含玉的石头，敬献给楚武王。治玉的人说是石头，卞和被砍掉右脚。楚文王即位，卞和又献，被砍掉左脚。楚成王时，他抱璞而哭，成王使人剖开来，果然得到宝玉，后因之称这块玉为“和氏璧”。 ⑥胡亥：秦二世名。他荒淫无道，丞相李斯上书谏戒，胡亥听信赵高的谗言，腰斩李斯。 ⑦箕子：名胥余，商纣王叔伯，封于箕。他见商纣王荒淫昏乱，就假装疯癫以避祸。 ⑧接舆：名陆通，字接舆，春秋时楚国隐者，他装疯避世，称为“楚狂”，曾对孔子唱“凤兮，凤兮”之歌。 ⑨比干：商纣王叔父，因为极力谏诫纣王，被纣王剖膛挖心。 ⑩子胥：伍员，字子胥，春秋楚国人。因报父兄仇逃到吴国，率兵破楚灭越。越亡后，吴王夫差听信谗言，命他自杀，并以皮口袋盛其尸投之江中。鸱夷：皮口袋。 ⑪白头：头发白了。新：初交，指交情不深。倾盖：陌路相逢，斜仄车盖交谈。全句指有些人相识到老，仍不知心；有的陌路相逢，一见如故。 ⑫樊於期：秦将，被谗逃到燕国，秦始皇以重金购求其头。荆轲刺秦王前，他自杀，让荆轲携其头献给秦王，以便接近秦王行刺。 ⑬王奢：齐臣，后逃到魏国，齐国伐魏，以追索王奢为借口，奢为了不连累魏国而自杀。 ⑭苏秦：战国时纵横家，曾以合纵之计说服六国，成为纵约之长，并相六国。后来诸侯不信任他，唯燕国仍任他为相。尾生：传说古代极守信用的人。他与女子约定桥下相见，女子没来，大水涨溢，他抱桥柱而死。 ⑮白圭：战国时中山国将领，因失掉六城，中山王要杀他，他逃到魏国，得到魏文侯信任，替魏国攻取中山国。 ⑯駃騠(jué tí 决提)：骏马名。这里指美味。 ⑰夜光之璧：暗中发光的宝玉。 ⑱浮辞：浮夸不实的言词。 ⑲司马喜：战国时人，据说他在宋国受过割去膝盖骨的刑罚，后来三次为中山国之相。 ⑳范雎：战国魏人，曾随魏中大夫须贾出使齐国，被魏相魏齐怀疑私通齐国，遭严刑毒打，以致胁骨折断，牙齿脱落，后逃到秦国，做了秦相，封为应侯。 ㉑申徒狄：商末人，因上书谏戒，不被采纳，投雍水而死，流入黄河(依李善说)。 ㉒徐衍：周末人，因为愤世，身系大石，自沉于海。 ㉓苟取：不顾道义而私取。比周：结私党。 ㉔百里奚：春秋时虞国人，曾被楚国捉去放牛，闻秦穆公贤，往投之，缺少路费，沿途乞讨(用应劭说)。 ㉕宁戚：春秋时卫国人，怀才不被用，外出行商，住在齐郭门外，夜出唱歌喂牛，被齐桓公听见，知道他贤能，用为大夫。 ㉖季孙：季桓子，名斯，春秋鲁国大夫。孔子用为鲁司寇，齐国为了离间孔子，送给季孙女子乐队八十人，季孙让鲁君观看女乐，三天不上朝议政，孔子就离职而去。 ㉗墨翟：战国初鲁国人。此事不详出处。孙诒让《墨子间诂·墨子后语上》考订其事在宋昭公时(前404)。子冉即司城子罕，杀宋昭公而囚墨翟。 ㉘铄、销：都是熔化的意思。 ㉙由余：

春秋时人，祖先是晋人，入居戎地。秦穆公知他贤能，设计迫降了他。后来为秦国谋取西戎，使秦国奠定了霸业。 ㉚子臧：据传为战国时越国人（用张晏说）。其事出处不详。威、宣：指田氏齐威王、齐宣王。 ㉛奇偏之辞：偏颇不实的一面之词。 ㉜朱：丹朱，相传是尧帝子，顽凶不肖，所以尧禅位给舜。象：相传是舜后母弟，曾多次谋害舜。管、蔡：周武王的弟弟管叔、蔡叔。武王灭商后，让他二人辅佐商纣王子武庚。武王死后，周公摄政，管、蔡挟武庚造反，周公东征，杀武庚、管叔，流放蔡叔。 ㉝五霸：春秋时，齐桓公、晋文公、楚庄王、吴王阖闾、越王勾践先后称霸，称为"五霸"。（见《荀子·王霸》说）三王：指夏禹、商汤、周文王。侔、比：都是等并、相提并论的意思。 ㉞捐：弃。子之：战国燕国人，做燕王哙相，深得哙信任，代行王事，燕国大乱，齐趁机伐燕。田常：春秋时齐简公臣，得简公信任，后杀简公，立平公，专国政。后代因而篡齐。 ㊱商纣王曾剖比干之心，刳孕妇之腹观看胎息。周武王克商后，相传曾命闳夭封比干之墓（见《史记·周本纪》），未详修孕妇之墓事。 ㊲晋文公重耳为公子时，晋献公令寺人披追杀重耳，斩袖而还。重耳即位后，吕甥、郤芮阴谋烧死重耳，寺人披来告密，重耳仍相信他，得免于难。 ㊳在争夺君位的战斗中，齐公子纠的家臣管仲曾射中公子小白的带钩。公子小白即位做了齐桓公以后，任用管仲，成就霸业。 ㊴秦孝公任用商鞅实行变法，使秦国强盛起来。孝公死后，秦惠王车裂商鞅。车裂：古代最严酷的刑法之一，以牛马车分裂人肢体。 ㊵种：春秋时越国大夫文种，与范蠡一起帮越王勾践复兴越国，灭吴称霸。后来，被越王赐剑自杀。 ㊶孙叔敖：春秋时楚国贤相，三次相楚庄王，得官时不喜，免官时不悔（事见《史记·循吏列传》）。 ㊷於陵子仲：即陈仲子，战国齐人，后适楚，居在於陵。楚王闻其贤，想聘为相，他携妻逃走，为人灌园（见刘向《列女传》）。 ㊸情素：真情实意。素：通"愫"。 ㊹爱：吝啬。 ㊺由：许由，传说中尧时的高士，尧想把天下让给他，他退隐箕山下；尧又召他为九州长，他认为玷污了耳朵，于是到颍水滨洗耳。 ㊻荆轲刺秦王不成，七族因而被杀。要离：春秋时吴人，受吴王阖闾之命去杀吴王僚的儿子庆忌，为了接近庆忌，他让阖闾烧死自己的妻子。燔：烧。 ㊼眄：斜着眼睛看。 ㊽蟠：屈曲。柢：树根。轮囷、离奇：都是联绵词，盘绕曲折的样子。 ㊾万乘器：天子的服玩之类。容：雕饰。 ㊿随：春秋时随国。相传随君救活一条受伤的蛇，后来蛇衔一颗明珠报答他。 51伊：伊尹，商初人，辅汤灭桀，为商相。管：管仲，齐桓公相。 52龙逄（péng朋）：即夏代贤臣关龙逄，因为谏桀而被杀。 53陶钧：制陶器时放在模子下面的转轮。比喻为依制创建。 54中庶子：秦时官名，是太子属官。蒙嘉：人名。荆轲到秦国，先接好蒙嘉，让他到秦始皇面前疏通引见。然后献樊於期首和督亢地图，地图内藏匕首，趁秦王展观时发匕首刺秦王。 55泾渭：二水名，在今陕西省。吕尚即姜子牙。他曾钓于渭水滨，周文王打猎回来，与他交谈，知是贤人，便车载而归。后辅佐周武王灭商，建立周朝，封于齐。 56昭旷：光明远大。 57鲍焦：周代隐士，因为不满当时政治，抱木饿死。 58砥：细质磨刀石。厉：粗质磨刀石。此处借指磨炼。"砥厉名号"：即指修身立名。 59胜：克制。曾参极孝，所以不入胜母里。 60朝歌：地名，今河南省汤阴县南，本殷商故都。墨翟主张"非乐"，所以认为早晨不是唱歌的时候，回车不入朝歌城。 61堀：即"窟"字。薮：湖泽。

司马迁

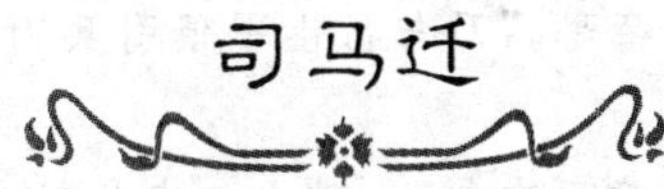

项羽本纪(节选)

项籍者,下相人也,字羽。初起时,年二十四。其季父项梁,梁父即楚将项燕,为秦将王翦所戮者也。项氏世世为楚将,封于项,故姓项氏。

项籍少时,学书不成,去学剑,又不成,项梁怒之。籍曰:“书足以记名姓而已,剑一人敌,不足学,学万人敌。”于是项梁乃教籍兵法,籍大喜,略知其意,又不肯竟学。项梁尝有栎阳逮[①],乃请蕲狱掾曹咎书抵栎阳狱掾司马欣[②],以故事得已。项梁杀人,与籍避仇于吴中,吴中贤士大夫皆出项梁下。每吴中有大徭役及丧,项梁常为主办,阴以兵法部勒宾客及子弟,以是知其能。秦始皇帝游会稽,渡浙江,梁与籍俱观。籍曰:“彼可取而代也。”梁掩其口,曰:“毋妄言,族矣!”梁以此奇籍。籍长八尺余,力能扛鼎,才气过人,虽吴中子弟皆已惮籍矣。

秦二世元年七月,陈涉等起大泽中。其九月,会稽守通谓梁曰:“江西皆反,此亦天亡秦之时也。吾闻先即制人,后则为人所制。吾欲发兵,使公及桓楚将。”是时桓楚亡在泽中[③]。梁曰:“桓楚亡,人莫知其处,独籍知之耳。”梁乃出,诫籍持剑居外待。梁复入,与守坐,曰:“请召籍,使受命召桓楚。”守曰:“诺。”梁召籍入。须臾,梁眴籍曰:“可行矣!”于是籍遂拔剑斩守头。项梁持守头,佩其印绶。门下大惊,扰乱,籍所击杀数十百人。一府中皆慑伏,莫敢起。梁乃召故所知豪吏,谕以所为起大事,遂举吴中兵。使人收下县,得精兵八千人。梁部署吴中豪杰为校尉、候、司马。有一人不得用,自言于梁。梁曰:“前时某丧使公主某事,不能办,以此不任用公。”众乃皆伏。于是梁为会稽守,籍为裨将,徇下县[④]。

居鄛人范增,年七十,素居家,好奇计,往说项梁曰:“陈胜败固当。夫秦灭六国,楚最无罪。自怀王入秦不反[⑤],楚人怜之至今,故楚南公曰‘楚虽三户,亡秦必楚’也。今陈胜首事,不立楚后而自立,其势不长。今君起江东,楚蜂午之将皆争附君者[⑥],以君世世楚将,为能复立楚之后也。”于是项梁然其言,乃求楚怀王孙心民间——为人牧羊——立以为楚怀王[⑦],从民所望也。陈婴为楚上柱国,封五县,与怀王都盱台[⑧]。项梁自号为武信君。

项梁起东阿,西,比至定陶,再破秦军,项羽等又斩李由,益轻秦,有骄色。宋义乃谏项梁曰:“战胜而将骄卒惰者败,今卒少惰矣,秦兵日益,臣为君畏之。”项梁弗听。乃使宋义使于齐。道遇齐使者高陵君显,曰:“公将见武信君乎?”曰:“然。”曰:“臣论武信君军必败,公徐行即免死,疾行则及祸。”秦果悉起兵益章邯，击楚军，大破之定陶，项梁死。沛公、项羽去外黄攻陈留，陈留坚守不能下。沛公、项羽相与谋曰："今项梁军破，士卒恐。"乃与吕臣军俱引兵而东。吕臣军彭城东，项羽军彭城西，沛公军砀。

章邯已破项梁军，则以为楚地兵不足忧，乃渡河击赵，大破之。当此时，赵歇为王，陈余为将[⑨]，张耳为相，皆走入钜鹿城。章邯令王离、涉间围钜鹿，章邯军其南，筑甬道而输之粟[⑩]。陈余为将，将卒数万人而军钜鹿之北，此所谓河北之军也。

初，宋义所遇齐使者高陵君显在楚军，见楚王曰："宋义论武信君之军必败，居数日，军果败。兵未战而先见败征，此可谓知兵矣。"王召宋义与计事而大说之，因置以为上将军；项羽为鲁公，为次将；范增为末将，救赵。诸别将皆属宋义，号为卿子冠军。行至安阳，留四十六日不进。项羽曰："吾闻秦军围赵王钜鹿，疾引兵渡河，楚击其外，赵应其内，破秦军必矣。"宋义曰："不然。夫搏牛之虻不可以破虮虱。今秦攻赵，战胜则兵罢[⑪]，我承其敝；不胜，则我引兵鼓行而西，必举秦矣。故不如先斗秦赵。夫被坚执锐，义不如公；坐而运策，公不如义。"因下令军中曰："猛如虎，很如羊[⑫]，贪如狼，强不可使者，皆斩之。"乃遣其子宋襄相齐，身送之至无盐，饮酒高会。天寒大雨，士卒冻饥。项羽曰："将戮力而攻秦，久留不行。今岁饥民贫，士卒食芋菽，军无见粮，乃饮酒高会；不引兵渡河因赵食，与赵并力攻秦，乃曰'承其敝'。夫以秦之强，攻新造之赵，其势必举赵。赵举而秦强，何敝之承！且国兵新破，王坐不安席，扫境内而专属于将军，国家安危，在此一举。今不恤士卒而徇其私，非社稷之臣。"项羽晨朝上将军宋义，即其帐中斩宋义头，出令军中曰："宋义与齐谋反楚，楚王阴令羽诛之。"当是时，诸将皆慑服，莫敢枝梧。皆曰："首立楚者，将军家也。今将军诛乱。"乃相与共立羽为假上将军[⑬]。使人追宋义子，及之齐，杀之。使桓楚报命于怀王。怀王因使项羽为上将军，当阳君、蒲将军皆属项羽。

项羽已杀卿子冠军，威震楚国，名闻诸侯。乃遣当阳君、蒲将军将卒二万渡河，救钜鹿。战少利[⑭]，陈余复请兵。项羽乃悉引兵渡河，皆沉船，破釜甑，烧庐舍，持三日粮，以示士卒必死，无一还心。于是至则围王离，与秦军遇，九战，绝其甬道，大破之，杀苏角，虏王离。涉间不降楚，自烧杀。当是时，楚兵冠诸侯。诸侯军救钜鹿下者十余壁，莫敢纵兵。及楚击秦，诸将皆从壁上观。楚战士无不一以当十，楚兵呼声动天，诸侯军无不人人惴恐。于是已破秦军，项羽召见诸侯将，入辕门，无不膝行而前，莫敢仰视。项羽由是始为诸侯上将军，诸侯皆属焉。

章邯军棘原，项羽军漳南，相持未战。秦军数却，二世使人让章邯[⑮]。章邯恐，使长史欣请事。至咸阳，留司马门三日，赵高不见，有不信之心。长史欣恐，还走其军，不敢出故道，赵高果使人追之，不及。欣至军，报曰："赵高用事于中，下无可为者。今战能胜，高必疾妒吾功；战不能胜，不免于死。愿将军孰计之。”陈余亦遗章邯书曰:“白起为秦将,南征鄢郢,北坑马服[16],攻城略地,不可胜计,而竟赐死;蒙恬为秦将,北逐戎人,开榆中地数千里,竟斩阳周。何者?功多,秦不能尽封,因以法诛之。今将军为秦将三岁矣,所亡失以十万数,而诸侯并起滋益多。彼赵高素谀日久[17],今事急,亦恐二世诛之,故欲以法诛将军以塞责,使人更代将军以脱其祸。夫将军居外久,多内隙,有功亦诛,无功亦诛。且天之亡秦,无愚智皆知之。今将军内不能直谏,外为亡国将,孤特独立而欲常存,岂不哀哉!将军何不还兵与诸侯为从[18],约共攻秦,分王其地,南面称孤;此孰与身伏铁质,妻子为戮乎?”章邯狐疑,阴使候始成使项羽,欲约。约未成,项羽使蒲将军日夜引兵度三户,军漳南,与秦战,再破之。项羽悉引兵击秦军汙水上,大破之。

章邯使人见项羽,欲约。项羽召军吏谋曰:“粮少,欲听其约。”军吏皆曰:“善。”项羽乃与期洹水南殷虚上。已盟,章邯见项羽而流涕,为言赵高。项羽乃立章邯为雍王,置楚军中。使长史欣为上将军,将秦军为前行。

到新安,诸侯吏卒异时故繇使屯戍过秦中,秦中吏卒遇之多无状;及秦军降诸侯,诸侯吏卒乘胜多奴虏使之,轻折辱秦吏卒。秦吏卒多窃言曰:“章将军等诈吾属降诸侯,今能入关破秦,大善;即不能,诸侯虏吾属而东,秦必尽诛吾父母妻子。”诸将微闻其计,以告项羽。项羽乃召黥布、蒲将军计曰:“秦吏卒尚众,其心不服,至关中不听,事必危,不如击杀之,而独与章邯、长史欣、都尉翳入秦。”于是楚军夜击坑秦卒二十余万人新安城南。

行略定秦地,函谷关有兵守关,不得入;又闻沛公已破咸阳,项羽大怒,使当阳君等击关。项羽遂入,至于戏西。沛公军霸上,未得与项羽相见。沛公左司马曹无伤使人言于项羽曰:“沛公欲王关中,使子婴为相,珍宝尽有之。”项羽大怒,曰:“旦日飨士卒,为击破沛公军!”当是时,项羽兵四十万,在新丰鸿门;沛公兵十万,在霸上。范增说项羽曰:“沛公居山东时,贪于财货,好美姬;今入关,财物无所取,妇女无所幸,此其志不在小。吾令人望其气,皆为龙虎,成五采,此天子气也,急击勿失。”

楚左尹项伯者,项羽季父也,素善留侯张良。张良是时从沛公。项伯乃夜驰之沛公军,私见张良,具告以事,欲呼张良与俱去。曰:“毋从俱死也。”张良曰:“臣为韩王送沛公,沛公今事有急,亡去不义,不可不语。”良乃入,具告沛公。沛公大惊,曰:“为之柰何?”张良曰:“谁为大王为此计者?”曰:“鲰生说我曰:‘距关,毋内诸侯,秦地可尽王也。’故听之。”良曰:“料大王士卒足以当项王乎?”沛公默然,曰:“固不如也,且为之柰何?”张良曰:“请往谓项伯,言沛公不敢背项王也。”沛公曰:“君安与项伯有故?”张良曰:“秦时与臣游,项伯杀人,臣活之。今事有急,故幸来告良。”沛公曰:“孰与君少长?”良曰:“长于臣。”沛公曰:“君为我呼入,吾得兄事之。”张良出,要项伯。项伯即入见沛公。沛公奉卮酒为寿,约为婚姻,曰:“吾入关,秋豪不敢有所近,籍吏民,封府库,而待将军。

所以遣将守关者，备他盗之出入与非常也。日夜望将军至，岂敢反乎！愿伯具言臣之不敢倍德也。”项伯许诺。谓沛公曰：“旦日不可不蚤自来谢项王[19]。”沛公曰：“诺。”于是项伯复夜去，至军中，具以沛公言报项王。因言曰：“沛公不先破关中，公岂敢入乎？今人有大功而击之，不义也，不如因善遇之。”项王许诺。

沛公旦日从百余骑来见项王，至鸿门，谢曰：“臣与将军戮力而攻秦，将军战河北，臣战河南，然不自意能先入关破秦，得复见将军于此。今者有小人之言，令将军与臣有隙。”项王曰：“此沛公左司马曹无伤言之，不然，籍何以至此。”项王即日因留沛公与饮。项王、项伯东向坐；亚父南向坐——亚父者，范增也；沛公北向坐；张良西向侍。范增数目项王，举所佩玉玦以示之者三，项王默然不应。范增起，出召项庄，谓曰：“君王为人不忍，若入前为寿，寿毕，请以剑舞，因击沛公于坐，杀之。不者，若属皆且为所虏。”庄则入为寿。寿毕，曰：“君王与沛公饮，军中无以为乐，请以剑舞。”项王曰：“诺。”项庄拔剑起舞，项伯亦拔剑起舞，常以身翼蔽沛公，庄不得击。于是张良至军门，见樊哙。樊哙曰：“今日之事何如？”良曰：“甚急。今者项庄拔剑舞，其意常在沛公也。”哙曰：“此迫矣，臣请入，与之同命。”哙即带剑拥盾入军门。交戟之卫士欲止不内，樊哙侧其盾以撞，卫士仆地，哙遂入。披帷西向立，瞋目视项王，头发上指，目眦尽裂。项王按剑而跽曰[20]：“客何为者？”张良曰：“沛公之参乘樊哙者也。”项王曰：“壮士，赐之卮酒！”则与斗卮酒。哙拜谢，起，立而饮之。项王曰：“赐之彘肩！”则与一生彘肩。樊哙覆其盾于地，加彘肩上，拔剑切而啖之。项王曰：“壮士，能复饮乎？”樊哙曰：“臣死且不避，卮酒安足辞！夫秦王有虎狼之心，杀人如不能举[21]，刑人如恐不胜，天下皆叛之。怀王与诸将约曰：‘先破秦入咸阳者王之。’今沛公先破秦入咸阳，豪毛不敢有所近，封闭宫室，还军霸上，以待大王来。故遣将守关者，备他盗出入与非常也。劳苦而功高如此，未有封侯之赏；而听细说，欲诛有功之人，此亡秦之续耳，窃为大王不取也。”项王未有以应，曰：“坐。”樊哙从良坐。坐须臾，沛公起如厕，因招樊哙出。

沛公已出，项王使都尉陈平召沛公。沛公曰：“今者出，未辞也，为之柰何？”樊哙曰：“大行不顾细谨，大礼不辞小让。如今人方为刀俎，我为鱼肉，何辞为。”于是遂去。乃令张良留谢。良问曰：“大王来何操？”曰：“我持白璧一双，欲献项王；玉斗一双，欲与亚父，会其怒，不敢献。公为我献之。”张良曰：“谨诺。”当是时，项王军在鸿门下，沛公军在霸上，相去四十里。沛公则置车骑，脱身独骑，与樊哙、夏侯婴、靳强、纪信等四人持剑盾步走，从郦山下，道芷阳间行[22]。沛公谓张良曰：“从此道至吾军，不过二十里耳，度我至军中，公乃入。”沛公已去，间至军中，张良入谢，曰：“沛公不胜杯杓，不能辞。谨使臣良奉白璧一双，再拜献大王足下；玉斗一双，再拜奉大将军足下。”项王曰：“沛公安在？”良曰：“闻大王有意督过之，脱身独去，已至军矣。”项王则受璧，置之坐上。

亚父受玉斗，置之地，拔剑撞而破之，曰："唉！竖子不足与谋。夺项王天下者，必沛公也，吾属今为之虏矣！"沛公至军，立诛杀曹无伤。

居数日，项羽引兵西屠咸阳，杀秦降王子婴，烧秦宫室，火三月不灭；收其货宝妇女而东。人或说项王曰："关中阻山河四塞[23]，地肥饶，可都以霸。"项王见秦宫室皆以烧残破，又心怀思欲东归，曰："富贵不归故乡，如衣绣夜行，谁知之者！"说者曰："人言楚人沐猴而冠耳，果然！"项王闻之，烹说者。

……

项王军壁垓下，兵少食尽，汉军及诸侯兵围之数重。夜闻汉军四面皆楚歌，项王乃大惊曰："汉皆已得楚乎？是何楚人之多也！"项王则夜起，饮帐中。有美人名虞，常幸从；骏马名骓，常骑之。于是项王乃悲歌慷慨，自为诗曰："力拔山兮气盖世，时不利兮骓不逝。骓不逝兮可奈何，虞兮虞兮奈若何！"歌数阕[24]，美人和之。项王泣数行下，左右皆泣，莫能仰视。

于是项王乃上马骑，麾下壮士骑从者八百余人，直夜溃围南出[25]，驰走。平明，汉军乃觉之，令骑将灌婴以五千骑追之。项王渡淮，骑能属者百余人耳。项王至阴陵，迷失道，问一田父，田父绐曰[26]："左。"左，乃陷大泽中。以故汉追及之。项王乃复引兵而东，至东城，乃有二十八骑。汉骑追者数千人。项王自度不得脱，谓其骑曰："吾起兵至今八岁矣，身七十余战，所当者破，所击者服，未尝败北，遂霸有天下。然今卒困于此，此天之亡我，非战之罪也。今日固决死，愿为诸君快战，必三胜之[27]，为诸君溃围，斩将，刈旗，令诸君知天亡我，非战之罪也。"乃分其骑以为四队，四向。汉军围之数重。项王谓其骑曰："吾为公取彼一将。"令四面骑驰下，期山东为三处。于是项王大呼驰下，汉军皆披靡，遂斩汉一将。是时，赤泉侯为骑将，追项王，项王瞋目而叱之，赤泉侯人马俱惊，辟易数里[28]。与其骑会为三处。汉军不知项王所在，乃分军为三，复围之。项王乃驰，复斩汉一都尉，杀数十百人。复聚其骑，亡其两骑耳。乃谓其骑曰："何如？"骑皆伏曰："如大王言。"

于是项王乃欲东渡乌江[29]。乌江亭长舣船待[30]，谓项王曰："江东虽小，地方千里，众数十万人，亦足王也。愿大王急渡。今独臣有船，汉军至，无以渡。"项王笑曰："天之亡我，我何渡为！且籍与江东子弟八千人渡江而西，今无一人还，纵江东父兄怜而王我，我何面目见之？纵彼不言，籍独不愧于心乎？"乃谓亭长曰："吾知公长者。吾骑此马五岁，所当无敌，尝一日行千里，不忍杀之，以赐公。"乃令骑皆下马步行，持短兵接战。独籍所杀汉军数百人。项王身亦被十余创。顾见汉骑司马吕马童，曰："若非吾故人乎？"马童面之[31]，指王翳曰："此项王也。"项王乃曰："吾闻汉购我头千金，邑万户，吾为若德。"乃自刎而死。王翳取其头，余骑相蹂践争项王，相杀者数十人。最其后，郎中骑杨喜、骑司马吕马童、郎中吕胜、杨武各得其一体。五人共会其体，皆是。故分其地为五：封吕马童为中水侯，封王翳为杜衍侯，封杨喜为赤泉侯，封杨武为吴防

侯，封吕胜为涅阳侯。

太史公曰：吾闻之周生曰："舜目盖重瞳子。"又闻项羽亦重瞳子。羽岂其苗裔邪？何兴之暴也[32]！夫秦失其政，陈涉首难，豪杰蜂起，相与并争，不可胜数。然羽非有尺寸[33]，乘势起陇亩之中，三年，遂将五诸侯灭秦[34]，分裂天下，而封王侯，政由羽出，号为"霸王"，位虽不终，近古以来未尝有也。及羽背关怀楚，放逐义帝而自立，怨王侯叛己，难矣。自矜功伐，奋其私智而不师古，谓霸王之业，欲以力征经营天下，五年卒亡其国，身死东城，尚不觉寤而不自责，过矣。乃引"天亡我，非用兵之罪也"，岂不谬哉！

《项羽本纪》是《史记》中最重要、最杰出的篇章之一，它是关于楚汉战争的一幅惊心动魄的艺术画卷，是我国第一篇以写人物为中心的艺术杰作。它塑造了一个极其感人的悲剧英雄形象，并给后世散文以及小说、戏剧的创作以巨大的影响。

《项羽本纪》的突出的思想意义有两点：

第一，它歌颂了项羽的丰功伟绩，表现了一种进步的历史观。项羽是一位反秦的英雄，在他从事反秦斗争的三年中，钜鹿一战是最关键的。对此的描写，作者也是不遗余力的。当时的形势是：陈涉兵败被杀，齐地义军田儋兵败被杀，继陈涉而起的楚地义军实际首领项梁亦新败被杀，楚军正处于元气大伤之际。在这种情况下，秦将章邯才"以为楚地兵不足忧，乃渡河击赵"的。当时没有受到秦军摧毁性打击的就只有赵地这一支义军了，如果这支队伍再被秦军消灭，整个起义的形势将不堪设想。因此，要不要救赵成为一个战略性的问题。楚怀王在相当艰难的情况下毅然派宋义、项羽发兵救赵不能不说是个英明决定；而宋义出于个人目的半路上按兵不动，项羽劝说无效只好把他杀了。这是项羽在钜鹿之战的前奏中显露出来的英雄胆略。接着文章描写了项羽统率全军与敌人的殊死决战："项羽乃悉引兵渡河，皆沉船，破釜甑，烧庐舍，持三日粮，以示士卒必死，无一还心。于是至则围王离，与秦军遇，九战，绝其甬道，大破之，杀苏角，虏王离。涉间不降楚，自烧杀。当是时，楚兵冠诸侯。诸侯军救钜鹿下者十余壁，莫敢纵兵。及楚击秦，诸将皆从壁上观。楚战士无不一以当十，楚兵呼声动天，诸侯军无不人人惴恐。于是已破秦军，项羽召见诸侯将，入辕门，无不膝行而前，莫敢仰视。"宋代刘辰翁说："叙巨鹿之战，踊跃振动，极羽平生。"（《班马异同》）明代芳坤说："项羽最得意之战，太史公最得意之文。"（《史记钞》）钱钟书说："数语有如火如荼之观。"钜鹿之战的意义是巨大的：它消灭了秦军的主力，奠定了起义军在军事上彻底胜利的基础；促成了秦朝统治集团内部矛盾激化，从此政权陷于瓦解；转移了注意力，为刘邦的长驱入关创造了有利条件。也正凭着这些，项羽的英名被列入史册，永垂不朽。

文章在最后的"太史公曰"中说："夫秦失其政，陈涉首难，豪杰蜂起，相与并争，不可胜数。然羽非有尺寸，乘势起陇亩之中，三年，遂将五诸侯灭秦，分裂天下，而封王侯，政由羽出，号为'霸王'，位虽不终，近古以来未尝有也。"因此，他把项羽列入"本纪"。这一方面当然是因为项羽在当时确实力量大，在一段时间内是"政由羽出"；但另一方面则是表现了司马迁对项羽的破秦之功，对其历史贡献的高度评价，他不以成败论人,表现了一个杰出的历史家的唯物精神。

第二,它如实地写出了项羽的种种弱点和错误,揭示了他必然失败的命运,表现了作者"不虚美,不隐恶"的实录精神。从钜鹿之战以后,项羽就开始走下坡路了,他是斗不过刘邦的,整个《项羽本纪》的后半部,字里行间都流露着作者一种无限惋惜的心情。项羽的致命弱点之一是残暴,这在作品中是有充分记录的。反秦初期,"项梁前使项羽别攻襄城,襄城坚守不下,已拔,皆坑之"。钜鹿之战后,秦将章邯率领二十万人投降了项羽,项羽使这二十万人居前,西行入关,而"诸侯吏卒乘胜多奴虏使之,轻折辱秦吏卒",从而使秦吏卒多有怨言,项羽怕他们入关后不听使唤,竟一夜之间"击坑秦卒二十余万人新安城南",从而使得关中的家家户户、老老少少都成了项羽的死敌。入关之后,他又"引兵西屠咸阳,杀秦降王子婴,烧秦宫室","收其货宝妇女而东"。这与刘邦入关后所实行的一整套安抚政策正相反,在这种情况下,项羽能使自己在关中与刘邦相斗而站得住脚吗?清代郑板桥在一首说项羽的诗中写道:"新安何苦坑秦卒,霸上焉能杀汉王。"真是一语道破了使人眼花缭乱的鸿门宴故事的底蕴。项羽的致命弱点之二是不善用人。韩信、陈平、黥布等原来都是项羽的部下,而后来都一个个地离开他而投奔刘邦去了。始终忠于他而又谋略过人的只有一个范增,但项羽对他也是若即若离,并不真正信任,致使陈平的反间计得以轻易奏效。无怪韩信说:"项王喑噁叱咤,千人皆废,然不能任属贤将,此特匹夫之勇耳。"刘邦更进一步总结说:"夫运筹帷帐之中,决胜千里之外,吾不如子房;镇国家,抚百姓,给馈饷,不绝粮道,吾不如萧何;连百万之军,战必胜,攻必取,吾不如韩信。此三者皆人杰也,吾能用之,此吾所以取天下也。项羽有一范增而不能用,此其所以为我擒也。"项羽的致命弱点之三是缺乏政治头脑,在一系列方针政策上犯了错误。项羽的政治思想落后,根本没有统一全国的想法,他反秦的目的似乎就是为了再回到四分五裂的战国局面,而他自己也就满足于当个霸主而已。明代陵稚隆说:"项羽非特暴虐不得人心,亦从来无统一天下之志。既灭咸阳,而都彭城;既复彭城,而割荥阳;既割鸿沟,而思东归。殊欲按兵休甲,宛然图伯筹画耳。岂如高祖规模宏远,天下不归于一不止哉。"(《史记评林》)再如在对待义帝的问题上,当初立义帝本来就不高明,后来嫌他碍手,又"阴令衡山、临江王击杀之江中",这就更是一大错误,致使授人以柄,刘邦就是抓住这一事件大造反项羽的舆论的。作品在最后的"太史公曰"中评述项羽失败的原因时说:"及羽背关怀楚,放逐义帝而自立,怨王侯叛己,难矣。自矜功伐,奋其私智而不师古,谓霸王之业,欲以力征经营天下,五年卒亡其国,身死东城,尚不觉寤而不自责,过矣。乃引'天亡我,非用兵之罪也',岂不谬哉!"说得相当客观,的确是表现了作者"不虚美,不隐恶"的求实精神。项羽这些失败的教训,像一面镜子,两千年来一直被人们所汲取,所借鉴。

《项羽本纪》的艺术性是很高的。首先,它为我们塑造了一个可歌可泣的悲剧英雄形象。鲁迅说:"悲剧是将人生有价值的东西毁灭给人看。"项羽是一个英雄,他有不可磨灭的历史功勋,但他又有许多致命的弱点,所以他最后又被毁灭了,这是令人非常惋惜,非常遗憾的。司马迁就是依照这个基调给人们塑造了一个活生生的艺术形象。作品一开头介绍说："项籍少时，学书不成，去学剑，又不成，项梁怒之。籍曰：'书足以记名姓而已，剑一人敌，不足学，学万人敌。'于是项梁乃教籍兵法，籍大喜，略知其意，又不肯竟学。"这里可以见到项羽的豪迈不群，但同时也见到了他性情的粗疏，为他日后的成功与失败都埋下了伏笔。随后，作品又写道："秦始皇帝游会稽，渡浙江，梁与籍俱观。籍曰：'彼可取而代也。'梁掩其口，曰：'毋妄言，族矣！'梁以此奇籍。"这种用早年的一件事、一句话来展现人物性格的手法，是《史记》中常用的。作品详略得宜地叙述了项羽反秦的过程，尤其着力于描写他杀宋义、夺兵权以及随之进行的钜鹿之战。在这里，作者虽然只写了项羽"乃悉引兵渡河，皆沉船，破釜甑，烧庐舍，持三日粮，以示士卒必死，无一还心"以及战场上的"当是时，楚兵冠诸侯。诸侯救钜鹿下者十余壁，莫敢纵兵。及楚击秦，诸将皆从壁上观。楚战士无不一以当十，楚兵呼声动天"等等，并没有写项羽个人如何勇敢，但是项羽的大将气概却得到了最充分、最酣畅的表现。记得一位军事家说过，一个指挥员的勇敢不表现在他个人的冲锋陷阵上，而是表现在审时度势的决策上。那么，在整个事件当中，项羽当断即断，毅然敢为，其勇敢自可想见。

鸿门宴是历史的转折点，也是本文写作上的转折点。如果说在此以前作者是用全力歌颂项羽英雄一面的话，那么，这鸿门宴主要就是表现项羽头脑迟钝，优柔寡断，完全缺乏政治手腕的一面了。范增对他那样忠心耿耿，他不听；项伯吃里爬外，他却对他言听计从。刘邦甜言蜜语的恭维，樊哙义正词严的申斥，张良事后的支应，他都一一容下。他完全被人家里应外合地争取、利用和愚弄了。在这个觥筹交错、刀光剑影的宴会上，这个人物内心深处正在反躬自责，矛盾犹豫，他的比较忠实厚道的一面得到了表现。但从此，他就一步步地走向失败，走向灭亡了。他的兵力虽强，但处处被人牵着鼻子走。他先是被田荣牵到了齐国，后又被刘邦牵回了彭城。当他在荥阳几次刚对刘邦取得一些胜利时，又总是被彭越牵回梁地，简直是马不停蹄，疲于奔命。这时的项羽其实也只有招架之功而无还手之力了。在作品的后半部，作者为了突出项羽的悲壮色彩也曾多次写了他个人的勇敢，如写他与刘邦相持于荥阳时，项羽派人出去挑战，都被汉军的善射者楼烦射死。项羽大怒，便亲自披甲持戟出去挑战，"楼烦欲射之，项羽瞋目叱之，楼烦目不敢视，手不敢发"。在东城之战中，项羽仅剩二十八骑，而汉军"追者数千"，"围之数重"，而项羽依然指挥若定，斩将突围。这些描写，固然是与开头所说的"力能扛鼎，才气过人"相呼应，但是，正如田汝成说的："始羽拔山盖世之气，以后日至衰飒，史家模写，逼真如画。千古英雄至此，殊令人凄恻。"（《史记评林》引）显然，作者是带着无限悲哀、惋惜之情来写的。

项羽是一个顶天立地的英雄，同时又是一个鼠目寸光的庸人。他有时真有龙飞凤翥的雄姿，有时又愚蠢昏聩得像一头狗熊；有时天真淳朴、宽厚慈和得令人喜爱，有时又暴戾凶残得令人发指。凡此种种，都在司马迁笔下得到极其生动、真切的表现。正如钱钟书所说："'语言呕呕'与'喑噁叱咤'，'恭敬慈爱'与'剽悍滑贼'，'爱人礼士'与'妒贤嫉能'，'妇人之仁'与'屠坑残灭'，'分食推饮'与'玩印不予'皆若相反相违，而既具在羽一人之身，有似两手分书，一喉异曲，则又莫不同条共贯，科以心学性理，犁然有当。《史记》写人物性格，无复综如此者。”

其次，《项羽本纪》中有许多表现方法是富有创造性的，它比先秦史传那种粗线条的写人叙事有了长足的进步，其中有许多地方运用了后代写小说的手法，对小说、传奇的发展有重要影响。其一是注意描写情节，注意描写场面。文中写矛盾、写场面最精彩的是钜鹿之战、鸿门宴和东城之战几段，而以鸿门宴一段最为突出。在这里，作者描写了刘邦在张良等人协助下，收买项伯，争取项羽，挫败范增，从而在鸿门宴这场惊心动魄的斗争中化险为夷的全过程，表现了刘邦随机应变的突出才能，对比出项羽的粗疏寡谋、优柔无断以及缺乏政治头脑与斗争手段的弱点，预示了刘邦必胜、项羽必败的结局。作品的中心矛盾本来是刘邦和项羽，但很快地随着项伯的被收买，项伯又影响项羽，使项羽转为动摇、中立，而真正代表项羽利益的只有一个范增。于是刘邦集团在整个宴会上的关键问题就成了依靠项伯，进一步争取与稳定项羽而集中力量挫败范增。刘邦一方又不是由刘邦直接出面，而是以张良为代表。两个集团都不是铁板一块：刘邦集团有项羽奸细曹无伤，项羽身边也有刘邦的奸细项伯。但是在这个宴会上，刘邦集团上下一心，团结一致，积极斗争，有理有节；项羽集团则是人心涣散，矛盾百出，优柔寡断，被动消极。刘邦集团的一举一动都是经过精心设计，周密安排的。即如刘邦恭维项羽、为自己辩解的那段话，就前后讲了三遍。第一遍是刘邦“恳切”地对着项伯讲的，让项伯转告给项羽；第二遍是刘邦低声下气地对项羽讲的；第三遍是樊哙用大嗓门义正词严地当众讲的。随着这三遍言辞的说出，项羽的态度也就愈来愈向着有利于刘邦的方向转变。忠心耿耿的范增不甘心失败，他见机行事地一计不成另生一计，于是整个宴会的过程是一波未平，一波又起。就在这样尖锐激烈的矛盾冲突中，作品的人物项羽、刘邦、范增、张良、项伯、樊哙的心理、个性都得到了充分的表现，并且使人们认识到，二十六岁血气方刚的项羽，绝不是五十多岁老奸巨猾的刘邦的对手。类似这样千头万绪、激烈紧张而又描写得如此细密的作品，在《史记》以前还没有见过。

其二是注意气氛渲染。如垓下之围一段描写“项王军壁垓下，兵少食尽，汉军及诸侯兵围之数重。夜闻汉军四面皆楚歌”，项羽大惊，夜起，饮帐中，悲歌慷慨。这是多么悲壮淋漓的场面啊！清代吴见思曾评论道：“写英雄失路之悲，至此极矣。”（《史记论文》）在这样浓烈的气氛中，再让人物自己作一首歌，而歌词又是那样悲壮，真是推波助澜，起到画龙点睛的作用。应该说，这是司马迁的杰出创造。

其三是细节描写。《项羽本纪》中有时只用一个动作，一句话，就能把人物的心理、个性表现得异常鲜明突出。如作品写鸿门宴樊哙带剑拥盾闯入军门时，项羽先是一惊，“按剑而跽”。当他听说是刘邦的参乘时就不再问什么，反而顺口称赞他是个“壮士”，并且赐他饮食。这一方面表现了项羽英雄爱英雄的豪迈之气，同时也表明了项羽当时已不打算杀刘邦，因而也就觉得没有必要指责人家被迫采取的防卫措施了。

此外，这篇作品的行文中，前有伏笔，后有呼应，许多地方的用语十分生动传神，整篇文章有着浓郁的抒情性，读之，使人感到有一种磅礴的气势。最后，还是引吴见思的话作结束吧。他说：“项羽力拔山气盖世也，何等英雄，何等力量！太史公亦以全神付之，成此英雄力量之文”，“精神笔力，直透纸背”。他的话，一点也不虚夸。

（韩兆琦）

【注】 ①栎(yuè 越)阳逮：因罪被栎阳县逮捕。栎阳：秦县名，县治在今陕西省临潼县北。 ②蕲(qí 奇)狱掾(yuàn 苑)：蕲县的狱吏。蕲县县治在今安徽省宿县南。抵：送交。“请书”即请托曹咎写信说情。 ③亡：潜逃。 ④徇：巡行下令，使之从己。 ⑤怀王入秦不反：楚怀王熊槐于公元前299年被秦昭王诓去秦国，被拘执，客死于秦。 ⑥蜂午：蜂拥而起。午：纵横交杂。 ⑦楚怀王孙心：楚怀王的孙子名叫心。 ⑧盱台：即盱眙(xū yí 虚移)，县治在今江苏省盱眙县东北。 ⑨陈余为将：四字因下文而衍，此处应删。⑩甬道：两侧筑有墙壁的通道。 ⑪罢：同“疲”。 ⑫很如羊：《金楼子·立言》引卞彬《禽兽决录》云：“羊淫而很，猪卑而孪。”“很”犹今之所谓执拗。 ⑬假上将军：代理上将军。假：权摄，代理。 ⑭少利：稍微取得了一些胜利。 ⑮让：责备。 ⑯坑马服：指长平之战白起大破赵括，坑赵卒四十余万事。赵括在赵国曾被封为马服君。 ⑰素谀：一贯在皇帝面前谄媚逢迎。 ⑱为从：建立联合。从：同“纵”。 ⑲谢：请罪。 ⑳跽(jì 记)：跪起。古人席地而坐，“按剑而跽”是一种准备应急的姿态。 ㉑举：尽，全。 ㉒间行：抄小路而行。 ㉓阻山河四塞：以山河为屏障，四面都有关塞。 ㉔歌数阕：唱了几遍。 ㉕直夜：中夜，半夜。 ㉖绐(dài 代)：骗。 ㉗三胜之：连续地打败他们几次。 ㉘辟易：畏惧退避。辟：同“避”。易：挪地方。 ㉙乌江：渡口名，在今安徽省和县东北的长江西岸。 ㉚舣(yǐ 蚁)：拢船靠岸。 ㉛面之：对面细看。 ㉜暴：突然。 ㉝非有尺寸：没有尺寸之地作根基。 ㉞将五诸侯：犹言率领东方各路人马。五诸侯：指除楚以外的其他东方各地义军。

陈涉世家

陈胜者，阳城人也，字涉。吴广者，阳夏人也，字叔。陈涉少时，尝与人佣耕，辍耕之垄上，怅恨久之，曰：“苟富贵，无相忘。”庸者笑而应曰：“若为庸耕，何富贵也？”陈涉太息曰：“嗟乎，燕雀安知鸿鹄之志哉！”

二世元年七月，发闾左適戍渔阳九百人[①]，屯大泽乡。陈涉、吴广皆次当行，为屯长[②]。会天大雨，道不通，度已失期。失期，法皆斩。陈胜、吴广乃谋曰：“今亡亦死[③]，举大计亦死，等死，死国可乎？”陈胜曰：“天下苦秦久矣。吾闻二世少子也，不当立，当立者乃公子扶苏。扶苏以数谏故，上使外将兵。今或闻无罪，二世杀之。百姓多闻其贤，未知其死也。项燕为楚将，数有功，爱士卒，楚人怜之。或以为死，或以为亡。今诚以吾众诈自称公子扶苏、项燕，为天下唱，宜多应者。”吴广以为然。乃行卜。卜者知其指意，曰：“足下事皆成，有功。然足下卜之鬼乎！”陈胜、吴广喜，念鬼，曰：“此教我先威众耳。”乃丹书帛曰“陈胜王”，置人所罾鱼腹中。卒买鱼烹食，得鱼腹中书，固以怪之矣。又间令吴广之次所旁丛祠中[④]，夜篝火[⑤]，狐鸣呼曰：“大楚兴，陈胜王。”卒皆夜惊恐。旦日，卒中往往语，皆指目陈胜。

吴广素爱人，士卒多为用者。将尉醉[⑥]，广故数言欲亡，忿恚尉，令辱之，以激怒其众。尉果笞广。尉剑挺[⑦]，广起，夺而杀尉。陈胜佐之，并杀两尉。召令徒属曰："公等遇雨，皆已失期，失期当斩。藉弟令毋斩[8]，而戍死者固十六七。且壮士不死即已，死即举大名耳，王侯将相宁有种乎！"徒属皆曰："敬受命。"乃诈称公子扶苏、项燕，从民欲也。袒右，称大楚，为坛而盟，祭以尉首。陈胜自立为将军，吴广为都尉。攻大泽乡，收而攻蕲。蕲下，乃令符离人葛婴将兵徇蕲以东，攻铚、酂、苦、柘、谯，皆下之。行收兵，比至陈，车六七百乘，骑千余，卒数万人。攻陈，陈守令皆不在，独守丞与战谯门中。弗胜，守丞死，乃入据陈。数日，号令召三老、豪杰与皆来会计事，三老、豪杰皆曰："将军身被坚执锐，伐无道，诛暴秦，复立楚国之社稷，功宜为王。"陈涉乃立为王，号为张楚。

当此时，诸郡县苦秦吏者，皆刑其长吏，杀之以应陈涉。乃以吴叔为假王[9]，监诸将以西击荥阳，令陈人武臣、张耳、陈余徇赵地，令汝阴人邓宗徇九江郡。当此时，楚兵数千人为聚者，不可胜数。

葛婴至东城，立襄强为楚王。婴后闻陈王已立，因杀襄强，还报。至陈，陈王诛杀葛婴。陈王令魏人周市北徇魏地。吴广围荥阳。李由为三川守，守荥阳，吴叔弗能下。陈王征国之豪杰与计，以上蔡人房君蔡赐为上柱国。

周文，陈之贤人也，尝为项燕军视日[10]，事春申君[11]，自言习兵，陈王与之将军印，西击秦。行收兵至关[12]，车千乘，卒数十万，至戏[13]，军焉。秦令少府章邯免郦山徒、人奴产子生[14]，悉发以击楚大军，尽败之。周文败，走出关，止次曹阳二三月，章邯追败之。复走次渑池十余日，章邯击，大破之。周文自刭。军遂不战。

武臣到邯郸，自立为赵王，陈余为大将军，张耳、召骚为左右丞相。陈王怒，捕系武臣等家室，欲诛之。柱国曰："秦未亡而诛赵王将相家属，此生一秦也。不如因而立之。"陈王乃遣使者贺赵，而徙系武臣等家属宫中，而封耳子张敖为成都君，趣赵兵亟入关。赵王将相相与谋曰："王王赵，非楚意也，楚已诛秦，必加兵于赵。计莫如毋西兵，使使北徇燕地以自广也。赵南据大河，北有燕、代，楚虽胜秦，不敢制赵。若楚不胜秦，必重赵。赵乘秦之弊，可以得志于天下。"赵王以为然，因不西兵，而遣故上谷卒史韩广将兵北徇燕地。

燕故贵人豪杰谓韩广曰："楚已立王，赵又已立王。燕虽小，亦万乘之国也，愿将军立为燕王。"韩广曰："广母在赵，不可。"燕人曰："赵方西忧秦，南忧楚，其力不能禁我。且以楚之强，不敢害赵王将相之家，赵独安敢害将军之家！"韩广以为然，乃自立为燕王。居数月，赵奉燕王母及家属归之燕。

当此之时，诸将之徇地者，不可胜数。周市北徇地至狄，狄人田儋杀狄令，自立为齐王，以齐反击周市。市军散，还至魏地，欲立魏后故宁陵君咎为魏王。时咎在陈王所，不得之魏。魏地已定，欲相与立周市为魏王，周市不肯。使者五反，陈王乃立宁陵君咎为魏王。遣之国，周市卒为相。

将军田臧等相与谋曰："周章军已破矣[15]，秦兵旦暮至，我围荥阳城弗能下，秦军至，必大败。不如少遣兵，足以守荥阳，悉精兵迎秦军。今假王骄，不知兵权[16],不可与计,非诛之,事恐败。”因相与矫王令以诛吴叔,献其首于陈王。陈王使使赐田臧楚令尹印,使为上将。田臧乃使诸将李归等守荥阳城,自以精兵西迎秦军于敖仓。与战,田臧死,军破。章邯进兵击李归等荥阳下,破之,李归等死。

阳城人邓说将兵居郯,章邯别将击破之,邓说军散走陈。铚人伍徐将兵居许,章邯击破之,伍徐军皆散走陈。陈王诛邓说。

陈王初立时,陵人秦嘉、铚人董緤、符离人朱鸡石、取虑人郑布、徐人丁疾等皆特起[17],将兵围东海守庆于郯。陈王闻,乃使武平君畔为将军,监郯下军。秦嘉不受命,嘉自立为大司马,恶属武平君。告军吏曰:“武平君年少,不知兵事,勿听!”因矫以王命杀武平君畔。

章邯已破伍徐,击陈,柱国房君死。章邯又进兵击陈西张贺军。陈王出监战,军破,张贺死。

腊月,陈王之汝阴,还至下城父,其御庄贾杀以降秦。陈胜葬砀,谥曰隐王。

陈王故涓人将军吕臣为仓头军[18],起新阳,攻陈下之,杀庄贾,复以陈为楚。

初,陈王至陈,令铚人宋留将兵定南阳,入武关,留已徇南阳,闻陈王死,南阳复为秦。宋留不能入武关,乃东至新蔡。遇秦军,宋留以军降秦。秦传留至咸阳,车裂留以徇。

秦嘉等闻陈王军破出走,乃立景驹为楚王,引兵之方与,欲击秦军定陶下。使公孙庆使齐王,欲与并力俱进。齐王曰:“闻陈王战败,不知其死生,楚安得不请而立王!”公孙庆曰:“齐不请楚而立王,楚何故请齐而立王!且楚首事,当令于天下。”田儋诛杀公孙庆。

秦左右校复攻陈,下之。吕将军走,收兵复聚。鄱盗当阳君黥布之兵相收,复击秦左右校,破之青波,复以陈为楚。会项梁立怀王孙心为楚王[19]。

陈胜王凡六月。已为王,王陈。其故人尝与庸耕者闻之,之陈,扣宫门曰:“吾欲见涉。”宫门令欲缚之。自辩数,乃置,不肯为通。陈王出,遮道而呼涉。陈王闻之,乃召见,载与俱归。入宫,见殿屋帷帐,客曰:“夥颐[20]!涉之为王沉沉者!”楚人谓多为夥,故天下传之,“夥涉为王[21]”,由陈涉始。客出入愈益发舒,言陈王故情。或说陈王曰:“客愚无知,颛妄言,轻威。”陈王斩之。诸陈王故人皆自引去,由是无亲陈王者。陈王以朱房为中正,胡武为司过,主司群臣[22]。诸将徇地,至,令之不是者[23],系而罪之,以苛察为忠。其所不善者,弗下吏,辄自治之。陈王信用之。诸将以其故不亲附,此其所以败也。

陈胜虽已死,其所置遣侯王将相竟亡秦,由涉首事也。高祖时为陈涉置守冢三十家砀,至今血食[24]。

《陈涉世家》是《史记》中的名篇,不论是从历史还是从文学的角度看,这篇文章都有极其重要的价值。作品记述了陈涉起义从开始发动、胜利发展乃至最后失败的全过程，表现了陈涉这个早期农民起义领袖的果敢首创精神和起义军的巨大威力，热情地歌颂了他们在灭秦过程中的历史作用，也具体真实地反映了这支早期农民起义军的种种弱点和导致他们最后失败的主观原因，表现了作者对他们的无限惋惜与同情。作品的思想意义最重要的有以下两个方面：

第一，这是我国古代农民战争的第一篇真实记录，其材料的详尽具体是前所未有的。它不仅为人们提供了研究秦末的政治形势和秦末农民战争的可靠依据，而且毫无疑问地对我国以后的农民战争起了一种巨大的感发、鼓舞作用。它像一本教材、一面镜子似的让人们对照、检查，以便从中找出成功的经验与失败的教训。

陈涉、吴广开始谋划造反时对形势的分析是："天下苦秦久矣。"因此，只要他们的策略得当，那么，百姓们就会是"宜多应者"。事实果如所料，起义后，事态发展很快："行收兵，比至陈，车六七百乘，骑千余，卒数万人"，"当此时，楚兵数千人为聚者，不可胜数"，周文率军西下，"行收兵至关，车千乘，卒数十万"。揭示了当时阶级矛盾尖锐有如干柴烈火，一经点燃，就形成不可遏止的燎原之势。作品在描述陈涉发动起义的过程时，行文是十分精彩的：写他们行卜、念鬼以及把写好的字条放进鱼腹中，而后去卖，又半夜学狐叫，大呼"陈胜王"，等等。这种做法在今天看来简直有些等同儿戏，但在当时却是一种首创，是组织、号召群众的一种好办法。这种方法为以后历代农民起义领袖所惯用，只是组织方式愈来愈缜密而已。早期的农民革命军一哄而起，没有明确的纲领宗旨，没有严格的组织纪律，杂乱无章，互不统属，这样的队伍是不可能打败有组织、有训练的强大敌人的。《陈涉世家》非常真实、非常具体地记述了这一点：陈涉派武臣往取河北，武臣到邯郸后自立为赵王，陈涉再令武臣出兵西击咸阳，武臣拒不奉命；武臣派其属吏韩广北取燕地，韩广至燕后又自立为燕王，亦不再听武臣驱使；秦嘉、董緤、朱鸡石、郑布、丁疾等围攻东海郡，陈涉派武平君往监其军，秦嘉不受命，自立为大司马，又矫以陈王之命杀掉了武平君；周文奉命西击秦，兵败自杀，其部将田臧不仅不服假王吴广的节制，反而矫以陈王之命杀掉了吴广。人心涣散，众叛亲离以至于最后在陈西兵败，逃至下城父时，陈涉自已也被他的车夫杀害了。凡此种种，都可以看到当时农民军的杂乱无章，冲决抢攘之状。《陈涉世家》在写作上的重要成功之一，正是在于清晰具体地反映了这支早期农民队伍的实际情况。作品在写陈涉失败的原因时曾描述了一个具体事件："陈胜王凡六月。已为王，王陈。其故人尝与庸耕者闻之，之陈，扣宫门曰：'吾欲见涉。'宫门令欲缚之。自辩数，乃置，不肯为通。陈王出，遮道而呼涉。陈王闻之，乃召见，载与俱归。入宫，见殿屋帷帐，客曰：'夥颐！涉之为王沉沉者！'""客出入愈益发舒，言陈王故情。或说陈王曰：'客愚无知，颛妄言，轻威。'陈王斩之。诸陈王故人皆自引去，由是无亲陈王者。陈王以朱房为中正，胡武为司过，主司群臣。诸将徇地，至，令之不是者，系而罪之，以苛察为忠。其所不善者，弗下吏，辄自治之。陈王信用之。诸将以其故不亲附，此其所以败也。"从这段记述可以看出，作者认为陈涉之所以失败，一是生活腐化，脱离群众，二是用人不明，核心瓦解。虽然这还不一定是陈涉失败的全部原因，但无疑是非常重要的一些方面。

这种教训，两千年来竟一直在历次农民起义的领袖中间反复地重演着，从而导致一次次的失败，其历史意义是多么深刻啊！

第二，这是一首最早的农民战争的颂歌，是作者进步历史观的集中表现。《太史公自序》说："桀纣失其道而汤武作，周失其道而《春秋》作，秦失其道而陈涉发迹。诸侯作难，风起云蒸，卒亡秦族，天下之端，自涉发难，作《陈涉世家》。"很明显，司马迁是把这次秦末农民大起义和汤伐桀、武王伐纣的战争等量齐观，是和孔子写《春秋》成"素王之业"、"为一代立法"相提并论的。也正因为此，他对陈涉的决策起义非常敬佩，他对革命形势的蓬勃发展无限欢欣，他对农民队伍的杂乱无章以及他们后来的惨遭失败充满了惋惜和同情，整个作品洋溢着一股不可掩抑的感情气势。其实严格说来，真正推翻秦朝的是项羽和刘邦，陈涉起义只不过是个开头，六个月他就兵败被杀了。但在西汉前期的思想家们看来，这个开头是不得了的，他们说起话来甚至可以把灭秦的大功完全归之于陈涉。贾谊在《过秦论》中就说"一夫作难而七庙隳"。司马迁对陈涉的认识无疑是受了贾谊的影响，但他写《陈涉世家》的时代背景却与贾谊不同了。那是在汉武帝的晚期，正是政治腐败、民变蜂起的时候。司马迁同情被压迫的人民，他借着写历史人物来阐发他对现实政治的看法。他在作品中所倾注的那种强烈感情是他人所没有的，他对陈涉的评价之高更是千古绝伦，这就突出地表现了他进步的历史观。此外，司马迁的对陈涉的高度评价，还与他一贯地重视下层人民、重视人民群众的力量的进步思想分不开，也与他个人的生死观、价值观有着密切关系。司马迁敬重那些能在生死关头有所抉择、能轰轰烈烈地干一番事业的人物，而瞧不起那种浑浑噩噩、平平庸庸的人。他的理论是："人固有一死，死或重于泰山，或轻于鸿毛，用之所趣异也。"（《报任安书》）他赞美蔺相如引璧睨柱勇挫强秦的壮举，又赞美陈涉"壮士不死即已，死即举大名耳，王侯将相宁有种乎"这样的豪迈气派。这是对当时统治阶级所鼓吹的"天人感应"、"君权神授"以及那种反动血统论的蔑视，也是对"生死有命，富贵在天"这种宿命论的挑战。

《陈涉世家》在写作方法上与《史记》其他以塑造人物著称的篇章有所不同，它是一幅以陈涉为首的秦末农民大起义发端阶段的艺术画卷。它所着意表现的不是某一两个历史人物的写真，而是在于突出表现这支波澜壮阔的反秦队伍在斗争中的全部曲折、复杂的总面貌，表现他们撼天动地的力量和他们遭到惨败的沉痛教训。司马迁这种以陈涉标名而实欲画一幅农民军群像的意图，以前也有人看得很明白，如近代李景星说："涉虽一起即蹶，所遣之王侯将相卒能亡秦，既不能一一为之立传，又不能一概抹杀、摈而不录。即云有各纪传在，无妨带叙互见，然其事有可以隶属者，亦有不能强为隶属者，此中安置，颇觉棘手。惟斟酌纪传之间，将涉列为世家，将其余与涉起不能遍为立传之人，皆纳入涉世家中，则一时草泽英雄皆有归宿矣。故通篇除吴广外，牵连而书者至有二十余人之多，千头万绪，五花八门，却自一丝不乱，非大手笔何能为此！"（《四史评议》）这段话要言不烦，恰中肯綮。

其次，本文对陈涉的专门描写虽然不是很多，但陈涉的思想气质、音容笑貌还是生动地展现在读者面前了。作品描述了陈涉少时的与人佣耕。他曾经"辍耕之垄上，怅恨久之，曰：'苟富贵，无相忘。'庸者笑而应曰：'若为庸耕，何富贵也？'陈涉太息曰：'嗟乎，燕雀安知鸿鹄之志哉！'”。这就清楚地表现了一个受压抑而有雄心、有抱负的人物形象。这段话与后面那段对陈涉地位改变后，思想、人情也一齐改变的描写起着对比的作用。

文章用语的精当、洗练及其谋篇布局的巧妙也是很突出的。例如作品写陈涉发动起义以及起义后蓬勃发展的形势时说：“卒皆夜惊恐。旦日，卒中往往语，皆指目陈胜。”“徒属皆曰：'敬受命。'”“攻铚、酂、苦、柘、谯，皆下之。”“当此时，诸郡县苦秦吏者，皆刑其长吏，杀之以应陈涉。”明代王慎中说：“连下'皆'字，见人心归附之同。”其实岂止如此，由此更可见当时的势如破竹之状。

因为这篇文章是为整个农民军而不是只为陈涉一人立传，所以在写到“陈涉葬砀，谥曰隐王”时并未结束，而是接着又叙述了陈王的部下吕臣，收合余烬，奋勇作战，先后两次夺回了陈邑的壮举，而后用“会项梁立怀王孙心为楚王”一句结束了本文，而这句话又是另一个故事的开头，这就很自然地使本文与《史记》中的其他篇紧密地衔接起来了。本篇最后说：“陈胜虽已死，其所置遣王侯将相竟亡秦，由涉首事也。高祖时为陈涉置守冢三十家砀，至今血食。”这段话与前面引过的《太史公自序》那段话遥相呼应，他之所以反复说这个意思，是因为他担心有人会因陈涉“历岁不永，勋业蔑如”而低估了他的历史贡献，所以又用这种结论式的语言重描一次，同时也借此表示自己对陈王的无限敬仰之情，增加一种一唱三叹、余音绕梁的感觉，足见作者的匠心独运。

（韩兆琦）

【注】 ①发闾左：征调住在里巷左侧的居民。此次发闾左，下次将发闾右，极写徭役之繁。適戍：发配戍守。秦时多征调犯人及商人从军戍边，故曰“谪戍”。適：同“谪”。 ②屯长：戍边的下级军官。 ③亡：逃跑。 ④次所：驻地。丛祠：荒庙。 ⑤篝火：点火。篝：同“煹”。 ⑥将尉：统领戍卒的军尉。将：统领。 ⑦剑挺：佩剑由鞘中脱出。 ⑧藉弟令：即使。藉：假。弟：同“第”。令：与“但”一声之转，义同“仅”，叠用。 ⑨假王：暂时代理以行王事的人。假：代理，暂管。 ⑩视日：占测时日的吉凶。 ⑪春申君：战国末年楚国的贵族，名黄歇，以养士闻名。 ⑫关：指函谷关。旧址在今河南省三门峡西南。 ⑬戏：戏亭，在今陕西省临潼县东。 ⑭人奴产子生：“人”、“生”二字为衍文。奴产子：即奴婢生的孩子。 ⑮周章：即前文所说的“周文”。 ⑯兵权：兵法谋略。 ⑰特起：突起，自成一军而不属他人。 ⑱仓头军：旧说谓一军皆着青巾。对照《苏秦列传》，其中以“苍头”与“武士”、“奋击”、“厮徒”并列，似乎是一种表示勇猛的称呼，《项羽本纪》中有所谓“异军苍头特起”。 ⑲怀王孙心：见《项羽本纪》注⑦。 ⑳夥颐：惊异声。 ㉑夥涉为王：犹如后世所说的草头王。夥涉：被人惊异过“夥颐”的陈涉，“夥”字遂成了陈涉的绰号。 ㉒司：同“伺”，暗中窥察。 ㉓不是：不以为是，不服从。 ㉔血食：指享受祭祀。因祭祀要杀牛羊猪等，故云。

廉颇蔺相如列传（节选）

廉颇者，赵之良将也。赵惠文王十六年，廉颇为赵将伐齐，大破之，取阳晋，拜为上卿，以勇气闻于诸侯。蔺相如者，赵人也，为赵宦者令缪贤舍人[①]。

赵惠文王时，得楚和氏璧[②]。秦昭王闻之，使人遗赵王书，愿以十五城请易璧。赵王与大将军廉颇诸大臣谋:欲予秦,秦城恐不可得,徒见欺;欲勿予,即患秦兵之来。计未定,求人可使报秦者,未得。宦者令缪贤曰:“臣舍人蔺相如可使。”王问:“何以知之?”对曰:“臣尝有罪,窃计欲亡走燕,臣舍人相如止臣,曰:‘君何以知燕王?’臣语曰:‘臣尝从大王与燕王会境上,燕王私握臣手,曰:“愿结友。”以此知之,故欲往。’相如谓臣曰:‘夫赵强而燕弱,而君幸于赵王,故燕王欲结于君。今君乃亡赵走燕,燕畏赵,其势必不敢留君,而束君归赵矣。君不如肉袒伏斧质请罪,则幸得脱矣。’臣从其计,大王亦幸赦臣。臣窃以为其人勇士,有智谋,宜可使。”于是王召见,问蔺相如曰:“秦王以十五城请易寡人之璧,可予不?”相如曰:“秦强而赵弱,不可不许。”王曰:“取吾璧,不予我城,奈何?”相如曰:“秦以城求璧而赵不许,曲在赵。赵予璧而秦不予赵城,曲在秦。均之二策,宁许以负秦曲。”王曰:“谁可使者?”相如曰:“王必无人,臣愿奉璧往使。城入赵而璧留秦;城不入,臣请完璧归赵。”赵王于是遂遣相如奉璧西入秦。

秦王坐章台见相如,相如奉璧奏秦王。秦王大喜,传以示美人及左右,左右皆呼万岁。相如视秦王无意偿赵城,乃前曰:“璧有瑕,请指示王。”王授璧,相如因持璧却立,倚柱,怒发上冲冠,谓秦王曰:“大王欲得璧,使人发书至赵王,赵王悉召群臣议,皆曰:‘秦贪,负其强,以空言求璧,偿城恐不可得。’议不欲予秦璧。臣以为布衣之交尚不相欺,况大国乎!且以一璧之故逆强秦之欢,不可。于是赵王乃斋戒五日,使臣奉璧,拜送书于庭。何者?严大国之威以修敬也③。今臣至,大王见臣列观④,礼节甚倨;得璧,传之美人,以戏弄臣。臣观大王无意偿赵王城邑,故臣复取璧。大王必欲急臣,臣头今与璧俱碎于柱矣!”相如持其璧睨柱,欲以击柱。秦王恐其破璧,乃辞谢固请,召有司案图,指从此以往十五都予赵。相如度秦王特以诈详为予赵城,实不可得,乃谓秦王曰:“和氏璧,天下所共传宝也,赵王恐,不敢不献。赵王送璧时,斋戒五日,今大王亦宜斋戒五日,设九宾于廷⑤,臣乃敢上璧。”秦王度之,终不可强夺,遂许斋五日,舍相如广成传⑥。相如度秦王虽斋,决负约不偿城,乃使其从者衣褐,怀其璧,从径道亡,归璧于赵。

秦王斋五日后,乃设九宾礼于廷,引赵使者蔺相如。相如至,谓秦王曰:“秦自缪公以来二十余君,未尝有坚明约束者也。臣诚恐见欺于王而负赵,故令人持璧归,间至赵矣。且秦强而赵弱,大王遣一介之使至赵,赵立奉璧来。今以秦之强而先割十五都予赵,赵岂敢留璧而得罪于大王乎?臣知欺大王之罪当诛,臣请就汤镬⑦,唯大王与群臣孰计议之⑧。”秦王与群臣相视而嘻。左右或欲引相如去,秦王因曰:“今杀相如,终不能得璧也,而绝秦赵之欢,不如因而厚遇之,使归赵。赵王岂以一璧之故欺秦邪!”卒廷见相如,毕礼而归之。

相如既归,赵王以为贤大夫,使不辱于诸侯,拜相如为上大夫。秦亦不以城予赵,赵亦终不予秦璧。

其后秦伐赵，拔石城。明年，复攻赵，杀二万人。

秦王使使者告赵王，欲与王为好会于西河外渑池。赵王畏秦，欲毋行。廉颇、蔺相如计曰："王不行，示赵弱且怯也。"赵王遂行，相如从。廉颇送至境，与王诀曰："王行，度道里会遇之礼毕，还不过三十日。三十日不还，则请立太子为王，以绝秦望。"王许之，遂与秦王会渑池。秦王饮酒酣，曰："寡人窃闻赵王好音，请奏瑟。"赵王鼓瑟。秦御史前书曰："某年月日，秦王与赵王会饮，令赵王鼓瑟。"蔺相如前曰："赵王窃闻秦王善为秦声，请奏盆缻秦王，以相娱乐。"秦王怒，不许。于是相如前进缻，因跪请秦王。秦王不肯击缻，相如曰："五步之内，相如请得以颈血溅大王矣！"左右欲刃相如；相如张目叱之，左右皆靡。于是秦王不怿，为一击缻。相如顾召赵御史书曰："某年月日，秦王为赵王击缻。"秦之群臣曰："请以赵十五城为秦王寿。"蔺相如亦曰："请以秦之咸阳为赵王寿。"秦王竟酒，终不能加胜于赵。赵亦设盛兵以待秦，秦不敢动。

既罢归国，以相如功大，拜为上卿，位在廉颇之右。廉颇曰："我为赵将，有攻城野战之大功，而蔺相如徒以口舌为劳，而位居我上，且相如素贱人，吾羞，不忍为之下。"宣言曰："我见相如，必辱之。"相如闻，不肯与会。相如每朝时，常称病，不欲与廉颇争列。已而相如出，望见廉颇，相如引车避匿。于是舍人相与谏曰："臣所以去亲戚而事君者，徒慕君之高义也。今君与廉颇同列，廉君宣恶言而君畏匿之，恐惧殊甚，且庸人尚羞之，况于将相乎！臣等不肖，请辞去。"相如固止之，曰："公之视廉将军孰与秦王？"曰："不若也。"相如曰："夫以秦王之威，而相如廷叱之，辱其群臣，相如虽驽，独畏廉将军哉？顾吾念之，强秦之所以不敢加兵于赵者，徒以吾两人在也。今两虎共斗，其势不俱生。吾所以为此者，以先国家之急而后私仇也。"廉颇闻之，肉袒负荆，因宾客至蔺相如门谢罪。曰："鄙贱之人，不知将军宽之至此也。"卒相与欢，为刎颈之交。

……

太史公曰[9]：知死必勇，非死者难也，处死者难。方蔺相如引璧睨柱，及叱秦王左右，势不过诛，然士或怯懦而不敢发。相如一奋其气，威信敌国[10]，退而让颇，名重太山，其处智勇，可谓兼之矣！

司马迁在《报任安书》中曾经说："人固有一死，死或重于泰山，或轻于鸿毛。"这是中国历史上第一次明确而尖锐地提出的人生价值观。区分"重于泰山"、"轻于鸿毛"的标准是什么呢？他在同一文章中接着指出："古者富贵而名摩灭，不可胜记，唯倜傥非常之人称焉。"这就是说，只有做一个"倜傥非常之人"，才能重名青史，实现人生价值。何谓"倜傥非常"？在司马迁看来，一是要有超出常人的功业建树，一是要有超出常人的品德节操。在整部《史记》中，他都是根据这两条标准选择和评价记载对象的，而蔺相如就是他用生动笔墨塑造的一个真正做到了"名重泰山"的理想人物形象。

蔺相如有多方面的性格特点。首先，他有着一个政治家、外交家的智慧和机敏。不但在秦赵之间以城易璧的外交斗争中，他审时度势作出“宁许以负秦曲”的正确决策，在渑池会前与廉颇一起进行了周密的战略部署；而且在这两次斗争的具体较量中，他凭自己过人的机智，随机应变，玩弄秦国君臣于股掌之上，使有虎狼之势的秦王无以逞其威，使以好诈出名的秦国无以售其谋。其次，他有过人的胆略与勇气。他所以能够在森严的朝堂之上，予取予给，使秦王明知受到捉弄，却无可奈何，在渑池会上，寸步不让，逼使秦王就范，不得不为赵王击瓴，除了靠清醒的判断，机敏的应变之外，还因为他抱定了与玉璧共存亡的决心，宁就汤镬而不辞，不惜以性命与秦王相拼。正是这种置个人生死于度外的大无畏精神，震慑了秦国君臣，才使他取得了外交上的胜利，维护了赵国的尊严与利益。再次，尤其可贵的是蔺相如有着对国家利益的高度忠诚。他的智慧和勇敢是有所归属的，是和维护与谋取国家利益结合在一起的。他不像战国的某些“策士”，利用自己的机谋权变，奔走于诸侯之间，以达到“持梁啮肥，跃马疾驱，怀黄金之印，结紫绶于腰”为目的，也不像某些“侠士”一样，为一己之恩怨，而“借交报仇”，轻舍身躯。他的智慧和勇敢的运用全都集中在一个目的——维护祖国的利益上，因而闪耀出特别明亮的光辉。最后，他这种对国家利益的忠诚又进一步升华为豁达大度的胸怀和不计个人荣辱得失的崇高节操。在廉颇与之争列的情况下，他出于“先国家之急而后私仇”的考虑，不顾世俗偏见，宁愿“引车避匿”，“退而让颇”，终于使廉颇受到感动，而促成了将相交欢，巩固了赵国内部的团结。这样，卓越的才智、惊人的胆略、顾大局识大体的高尚品质和对国家利益的高度忠贞，在蔺相如身上融合在一起，使他成为一个完美的人格典范，使他成为在那个时代里正确地实现了人生价值的光辉典型。当然，蔺相如终究是当时统治阶层中的一员，有着历史的阶级的局限，但在任何时代、任何民族、任何国家，当涉及群体关系的利益时，都需要具有这种卓越品格的人物，所以蔺相如的形象千百年来一直受到人们的赞赏。梁启超在读《廉颇蔺相如列传》时，就曾非常动情地说：“顾吾读之而怦怦然刻余心者，一言焉，则相如所谓先国家之急而后私仇也。呜呼！此其所以豪杰欤！此其所以圣贤欤！彼亡国之时代，曷尝无人才？其奈皆先私仇而后国家之急也。往车屡折，束轸方遒，悲夫！”（《饮冰室专集》）

司马迁写的虽然是历史，运用的却是文学化的笔法。在本文中，他正是以一个文学家的艺术创造力和艺术想象力，才把蔺相如的形象塑造得如此鲜明生动，声色俱盛。首先，在材料的选择与剪裁上，他用了典型化的方法，只选取了完璧归赵、渑池会、避让廉颇三件事，就集中突出地展现了蔺相如的性格和品格。其次，在材料的组织、事件的叙述上，他以一个艺术家的匠心，进行巧妙的经营，使之跌宕起伏，回环相应，形成强烈的故事性、传奇性、戏剧性。完璧归赵一事，在赵国君臣面对强秦的欺诈行为一筹莫展之时，先写缪贤根据自己的经历推荐相如，为其出场进行铺垫。接着写蔺相如对事情斩截干脆的决断，显现出其不凡的识见。随后写其在秦廷之上献璧而又取璧，迫使秦王按图划地，还要斋戒、设九宾之礼；而当秦王果真设九宾于廷之时，他却又使人怀璧而归，自愿就汤镬而请罪。情节的发展可谓一波三折，波澜丛生，出秦王意表之外，也出读者意表之外。这种戏剧性的冲突与变化显然是出于作者的设计与加工。渑池会一节，写得也非常出色。秦王说要与赵王“为好会”，但作者却先着力写了赵方郑重的筹划准备，给会见的气氛蒙上一层浓重阴影，预示此会决非“好会”。会见中，作者没有写两方在重大政治外交问题上的斗争，却从秦王请赵王鼓瑟助兴着笔，这看来事出平常，但秦御史却把“赵王为秦王鼓瑟”书之于史，于是风波突起，形势陡变，成了有关国家荣辱的重大关节。面对严峻的情势，作者进而写蔺相如挺身而出，针锋相对，寸步不让，胁迫秦王为赵王击缻，在气势上压倒对方，使故事形成高潮。此后，秦方声言以赵十五城为秦王祝寿，赵则称秦以首都咸阳为赵王祝寿，更为故事的发展增添了余韵。整个事件的描写充满如此强烈的戏剧色彩，以致使后人怀疑它未必信实有征。钱钟书先生就曾说：“赵王与秦王会于渑池一节，万世流传，以为美谈，至谱入传奇。使情节果如所写，则樽俎折冲真同儿戏。”(《管锥编》)但司马迁正是以这种传奇性的情节构造，才淋漓尽致地写出了蔺相如的英姿雄风。避让廉颇一事，同样写得摇曳起伏，曲折有致。当廉颇声言要折辱相如时，作者着重渲染蔺相如的称病不朝、引车避匿，使人疑惑不解，然后借舍人们的愤慨不平，才让相如道出自己的真衷，终于使廉颇翻然悔罪而将相交欢。这亦见出抑扬跌宕、纵控自如的笔法。再次，在场面气氛、人物情态精神的描写上，司马迁充分发挥了艺术想象力，从而取得声色俱盛、栩栩如生的效果。陆机曾经说，文学家在创作时，要“观古今于须臾，抚四海于一瞬”(《文赋》)。司马迁写的虽然是一二百年以前的历史人物和历史事件，但在写作时却把它们放在自己的精神圈和感情圈中，好像亲临其境，亲睹其事，因而使我们读来，也觉得历历如在目前。当相如奉璧奏秦王后，“秦王大喜，传以示美人及左右，左右皆呼万岁”，几句话就把秦国君臣自以为诈谋得逞而得意忘形的场景，描摹得逼真如画。相如取璧以后，“因持璧却立，倚柱，怒发上冲冠”则把蔺相如的意态神情刻画得须眉毕现。当秦王设九宾之礼于廷，却得知相如使人怀璧归赵时，文中写“秦王与群臣相视而嘻”。一个“嘻”字，写尽骗人者发觉自己上当受骗，又惊又怒，哭笑不得的尴尬神态。总之，司马迁在塑造蔺相如形象时，运用了如此成熟高妙的艺术技巧，所以古人称赞本文说：“奇事偏得奇文以传之，遂成一段奇话，琅琅于汗青隃麋(墨的代称)间，千古凛凛。”(李晚芳《读史管见》)

另外，这篇列传是个合传，节选部分虽然重点写了蔺相如，同时也写了廉颇忠勇耿直、勇于改过的性格和品质。在结构组织上，开篇由廉颇写起，中间随时提点，最后以两者交欢作结，两个人的事迹虽有轻有重，然而紧密交织，浑然一体，不见人工弥合的痕迹。这一点表现了大史学家的手笔，也常为前人所称道。

(刘振东)

【注】 ①舍人：非官职，在贵族门下任事的食客之通称。 ②和氏璧：传说楚人和氏在玉石中发现美玉，始不为人所信，后经玉匠理为玉璧，遂成无价之宝。事见《韩非子·和氏篇》。 ③“严大国”句：意为敬畏大国之威而以恭谨态度对待之。 ④列观：普通的宫殿，非隆重地接待宾客、举行典礼的场合。 ⑤设九宾于廷：在朝廷上设九位傧相，依次传呼接引宾客上殿，表明礼仪严肃隆重。宾：同“傧”。 ⑥广成传：宾舍名。传：宾舍。 ⑦汤镬：满盛沸水之锅，一种烹人刑具。 ⑧孰：同“熟”，仔细，认真。 ⑨太史公曰：司马迁在评论历史事件和人物时，

用以自称的口气。　⑩信:同“伸”。

报任安书

太史公牛马走司马迁再拜言[1],少卿足下[2]:曩者辱赐书[3],教以慎于接物,推贤进士为务,意气勤勤恳恳。若望仆不相师[4],而用流俗人之言,仆非敢如此也。仆虽罢驽[5],亦尝侧闻长者之遗风矣。顾自以为身残处秽[6],动而见尤[7],欲益反损,是以独抑郁而谁与语。谚曰:“谁为为之?孰令听之?”盖钟子期死,伯牙终身不复鼓琴[8]。何则?士为知己者用,女为说己者容[9]。若仆大质已亏缺矣[10],虽才怀随、和[11],行若由、夷[12],终不可以为荣,适足以见笑而自点耳[13]。书辞宜答,会东从上来[14],又迫贱事,相见日浅,卒卒无须臾之闲[15],得竭志意。今少卿抱不测之罪[16],涉旬月[17],迫季冬[18],仆又薄从上雍[19],恐卒然不可为讳[20],是仆终已不得舒愤懑以晓左右[21],则长逝者魂魄[22],私恨无穷。请略陈固陋[23]。阙然久不报[24],幸勿为过。

仆闻之:修身者,智之符也[25];爱施者,仁之端也[26];取予者[27],义之表也[28];耻辱者,勇之决也[29];立名者,行之极也[30]。士有此五者,然后可以托于世,而列于君子之林矣。故祸莫憯于欲利[31],悲莫痛于伤心,行莫丑于辱先,诟莫大于宫刑[32]。刑余之人,无所比数[33],非一世也,所从来远矣。昔卫灵公与雍渠同载[34],孔子适陈;商鞅因景监见[35],赵良寒心;同子参乘[36],袁丝变色:自古而耻之!夫中材之人,事有关于宦竖[37],莫不伤气;而况于慷慨之士乎?如今朝廷虽乏人,奈何令刀锯之余[38],荐天下之豪俊哉!仆赖先人绪业,得待罪辇毂下二十余年矣[39]。所以自惟[40]:上之不能纳忠效信,有奇策才力之誉,自结明主[41];次之又不能拾遗补阙[42],招贤进能,显岩穴之士[43];外之不能备行伍,攻城野战,有斩将搴旗之功[44];下之不能积日累劳,取尊官厚禄,以为宗族交游光宠。四者无一遂,苟合取容,无所短长之效[45],可见于此矣。向者仆亦尝厕下大夫之列[46],陪奉外廷末议[47],不以此时引纲维[48],尽思虑,今已亏形为扫除之隶[49],在阘茸之中[50],乃欲仰首伸眉,论列是非,不亦轻朝廷、羞当世之士邪?嗟乎!嗟乎!如仆尚何言哉!尚何言哉!

且事本末未易明也。仆少负不羁之才[51],长无乡曲之誉。主上幸以先人之故,使得奏薄技[52],出入周卫之中[53]。仆以为戴盆何以望天[54],故绝宾客之知,亡家室之业[55],日夜思竭其不肖之才力,务一心营职,以求亲媚于主上。而事乃有大谬不然者。

夫仆与李陵俱居门下[56],素非能相善也。趋舍异路[57],未尝衔杯酒,接殷勤之余欢[58]。然仆观其为人,自守奇士[59];事亲孝,与士信,临财廉,取与义,分别有让[60],恭俭下人,常思奋不顾身,以殉国家之急。其素所蓄积也,仆以为有国士之风。夫人臣出万死不顾一生之计,赴公家之难,斯已奇矣。今举事一不当;而全躯保妻子之臣,随而媒孽其短[61],仆诚私心痛之。且李陵提步卒不满五千，深践戎马之地，足历王庭[62]，垂饵虎口，横挑强胡[63]，仰亿万之师，与单于连战十有余日[64]，所杀过当[65]。虏救死扶伤不给[66]，旃裘之君长咸震怖[67]，乃悉征其左、右贤王[68]，举引弓之人，一国共攻而围之。转斗千里，矢尽道穷，救兵不至，士卒死伤如积，然陵一呼劳军[69]，士无不起，躬自流涕，沬血饮泣[70]，更张空弮[71]，冒白刃，北向争死敌者[72]。陵未没时，使有来报，汉公卿王侯皆奉觞上寿[73]。后数日，陵败书闻，主上为之食不甘味，听朝不怡，大臣忧惧，不知所出。仆窃不自料其卑贱，见主上惨怆怛悼[74]，诚欲效其款款之愚[75]，以为李陵素与士大夫绝甘分少，能得人之死力[76]，虽古之名将，不能过也。身虽陷败，彼观其意[77]，且欲得其当而报于汉[78]；事已无可奈何，其所摧败，功亦足以暴于天下矣[79]。仆怀欲陈之而未有路，适会召问，即以此指推言陵之功[80]，欲以广主上之意，塞睚眦之辞[81]。未能尽明，明主不晓，以为仆沮贰师[82]，而为李陵游说，遂下于理[83]。拳拳之忠，终不能自列[84]，因为诬上，卒从吏议[85]。家贫，货赂不足以自赎[86]；交游莫救视，左右亲近[87]，不为一言。身非木石，独与法吏为伍，深幽囹圄之中[88]，谁可告诉者！此真少卿所亲见，仆行事岂不然乎？李陵既生降，颓其家声[89]，而仆又佴之蚕室[90]，重为天下观笑。悲夫！悲夫！事未易一二为俗人言也[91]。

仆之先，非有剖符丹书之功[92]，文史星历[93]，近乎卜祝之间[94]，固主上所戏弄，倡优所畜[95]，流俗之所轻也。假令仆伏法受诛，若九牛亡一毛，与蝼蚁何以异？而世俗又不能与死节者次比[96]，特以为智穷罪极，不能自免，卒就死耳。何也？素所自树立使然也[97]。人固有一死，死或重于泰山，或轻于鸿毛，用之所趋异也[98]。太上不辱先[99]，其次不辱身，其次不辱理色[100]，其次不辱辞令，其次诎体受辱[101]，其次易服受辱[102]，其次关木索、被箠楚受辱[103]，其次剔毛发、婴金铁受辱[104]，其次毁肌肤、断肢体受辱[105]，最下腐刑极矣！传曰[106]：“刑不上大夫。”此言士节不可不勉励也。猛虎在深山，百兽震恐，及在槛阱之中[107]，摇尾而求食，积威约之渐也[108]。故士有画地为牢，势不可入；削木为吏，议不可对[109]，定计于鲜也[110]。今交手足[111]，受木索，暴肌肤，受榜箠，幽于圜墙之中[112]，当此之时，见狱吏则头抢地，视徒隶则心惕息[113]。何者？积威约之势也。及以至是，言不辱者，所谓强颜耳，曷足贵乎？且西伯[114]，伯也，拘于羑里[115]；李斯，相也，具于五刑[116]；淮阴，王也，受械于陈[117]；彭越、张敖，南面称孤，系狱抵罪[118]；绛侯诛诸吕，权倾五伯，囚于请室[119]；魏其，大将也，衣赭衣，关三木[120]；季布为朱家钳奴[121]；灌夫受辱于居室[122]。此人皆身至王侯将相，声闻邻国，及罪至罔加[123]，不能引决自裁[124]，在尘埃之中，古今一体，安在其不辱也？由此言之，勇怯，势也；强弱，形也，审矣[125]，何足怪乎？夫人不能早自裁绳墨之外[126]，以稍陵迟[127]，至于鞭箠之间，乃欲引节[128]，斯不亦远乎！古人所以重施刑于大夫者，殆为此也。夫人情莫不贪生恶死，念父母，顾妻子。至激于义理者不然，乃有所不得已也。今仆不幸，早失父母，无兄弟之亲，独身孤立，少卿视仆于妻子何如哉？且勇者不必死节，怯夫慕义，何处不勉焉？仆虽怯懦，欲苟活，亦颇识去就之分矣[129]，何至自沉溺缧绁之辱哉[130]！且夫臧获婢妾[131]，犹能引决，况仆之不得已乎？所以隐忍苟活，幽于粪土之中而不辞者，恨私心有所不尽，鄙陋没世而文采不表于后世也[132]。

古者富贵而名磨灭，不可胜记，唯倜傥非常之人称焉[133]。盖文王拘而演《周易》[134]，仲尼厄而作《春秋》[135]；屈原放逐，乃赋《离骚》；左丘失明，厥有《国语》[136]；孙子膑脚，兵法修列[137]；不韦迁蜀，世传《吕览》[138]；韩非囚秦，《说难》、《孤愤》[139]；《诗》三百篇，大底圣贤发愤之所为作也。此人皆意有所郁结，不得通其道，故述往事，思来者。乃如左丘无目，孙子断足，终不可用，退而论书策[140]，以舒其愤，思垂空文以自见。仆窃不逊，近自托于无能之辞，网罗天下放失旧闻，略考其事，综其终始，稽其成败兴坏之纪[141]，上计轩辕[142]，下至于兹，为十表，本纪十二，书八章，世家三十，列传七十，凡百三十篇。亦欲以究天人之际，通古今之变，成一家之言。草创未就，会遭此祸，惜其不成，是以就极刑而无愠色[143]。仆诚以著此书，藏之名山，传之其人，通邑大都，则仆偿前辱之责[144]，虽万被戮，岂有悔哉！然此可为智者道，难为俗人言也！

且负下未易居[145]，下流多谤议[146]，仆以口语遇遭此祸，重为乡党所戮笑[147]，以污辱先人，亦何面目复上父母之丘墓乎？虽累百世，垢弥甚耳！是以肠一日而九回，居则忽忽若有所亡[148]，出则不知其所往。每念斯耻，汗未尝不发背沾衣也。身直为闺阁之臣[149]，宁得自引深藏岩穴邪[150]？故且从俗浮沉，与时俯仰，以通其狂惑[151]。今少卿乃教以推贤进士，无乃与仆私心剌谬乎[152]？今虽欲自雕琢，曼辞以自饰[153]，无益于俗不信，适足取辱耳。要之死日[154]，然后是非乃定。书不能悉意，略陈固陋。谨再拜。

司马迁的《报任安书》，被前人誉为“宏制巨篇”、“百代伟作”、“千古奇文”。它如一面明镜，映照出作者的伟大人格。经历了漫漫的两千年之后，那一颗执著而坦诚、含冤而不屈的心灵，仍然是如此摧人肝肠，撼人魂魄。

天汉三年(前98)，司马迁因李陵事下狱，惨遭宫刑。两年后遇大赦，做了中书令。表面看来，中书令“出入奏事”，接近皇帝，好像是“尊宠任职”，而实际上，不过是一个“打扫污秽，听候使唤”的仆隶。可是，司马迁的朋友任安不了解内情，在征和二年(前91)的四、五月间写信给司马迁，让司马迁担负起向朝廷推贤进士的责任。司马迁没有回信。后来，任安犯事下狱，可能于十二月处死。司马迁恐怕自己最终不能向朋友抒发满腔的悲愤，恐怕使朋友与世长辞的灵魂抱恨无穷，遂于十一月写了这封回信。

直观地说，这封信主要是答复任安，说明自己没能听从他的话“以推贤进士为务”的原因；而深层地看，这封信主要是抒写为完成不朽著作《史记》而殉身的意志。这里有司马迁不幸遭遇的申诉，深刻思想的剖白，伟大志向的坦露，激愤感情的倾泻，“死日，然后是非乃定”的自誓。

难以荐士的原因。这是贯穿全信的线索。作者在一开头便说，之所以没有遵照任安的指教去做，是因为“身残处秽，动而见尤，欲益反损”，没有推贤进士的地位和资格。接着，在第二段对这一点作了具体阐述。先从道理上说没有比遭受宫刑更大的耻辱了，受过宫刑的人，地位卑下，不能同任何人相比。继而援引历史事例，证明了宦官“自古耻之”。然后再用今昔相衬的方法，说自己过去“厕下大夫之列”时尚无所建树，现在“已亏形为扫除之隶”，又怎能“仰首伸眉，论列是非”呢！这一段把难以荐士的原因论说得很充分，下文，这条明线便隐伏为暗线，直到信的最后一段再次突出，与开头呼应。是的，司马迁无法做到推贤进士绝不是托词，而是基于以往沉痛的教训和对黑暗现实的深刻认识，任安在九泉之下想必也会谅解和同情他。

不幸遭遇的申述。信的第三、四两段，详细地陈述了因李陵事获罪的前前后后。从结构上看，一方面回答了为什么会“身残处秽”，一方面也照应了“厕下大夫之列，陪奉外廷末议”的后果。从内容上看，对为什么要替李陵辩护作了解释，说明自己是无辜蒙冤。作者首先表明，自出入宫廷之日就“一心营职，以求亲媚于主上”。这次李陵兵败，主上召问，当然要直言尽忠。其次，自己与李陵并无私交，只是观其有“国士之风”。特别是能万死不顾一生，赴国家之难，比全躯保妻子之臣要高尚得多。再次，李陵的失败主要由于寡不敌众，而他的浴血奋战，功劳足以向天下表白。他虽然生降，但还想寻机报答汉朝。尽管司马迁为李陵的辩护有可商榷之处，然而他的拳拳之心是日月可鉴的。但是，汉武帝却认为他“诬上”而判以宫刑，满朝百官竟没有一个人为他说一句公道话。这一部分，作者通过自己的不幸遭遇，倾诉了满腹的委屈之情，控诉了社会政治的黑暗与凶残、公卿达官的势利和冷酷，控诉了汉武帝善恶不分、残害忠良的刻薄寡恩和刚愎昏庸。司马迁的一片公心和忠心，换来的是“深幽囹圄”、“佴之蚕室”，这是怎样的千古奇冤，怎样锥心刺骨的悲愤啊！

深刻思想的剖白。信的第五段，作者阐述了自己的荣辱观、生死观，揭示了受辱不死的原因。这是全文的重点段落。作者从自己轻贱的身世谈起，引出了对生死的看法：“人固有一死，死或重于泰山，或轻于鸿毛。”第二层先用对比和层递的方法，摆出“不辱”与“受辱”的种种情况，又一次突出宫刑是最残酷的受辱；再用猛虎落入槛阱的比喻，说明士大夫宁死也不愿入牢受辱；然后引证许多王侯将相都受到过羞辱的历史事实，说明要想不受辱，只有在入狱前自杀。第三层说贪生恶死是人之常情，但为了正义公理，应该舍生就死。最后说到自己懂得苟活和死节的区别，并不是贪生怕死之辈。但是之所以没有自杀而甘心受辱，是因为完成《史记》传诸后世的理想还没有实现。这一段曲折细致地写出了作者对荣辱、生死的深刻思考，把不甘受辱而终于受辱、想引决而终未引决的痛苦抉择讲得清晰而感人。他赞成有价值有骨气的舍生取义，反对只怕受辱的无价值的死。为了死得重于泰山，有时就要忍受比死还要难堪的奇耻大辱，以图日后之功业。如果怕受一时的污辱而放弃理想、丢下事业去死，那也是轻于鸿毛的。作者的生死荣辱观充满了辩证法：是宁死不屈，还是忍辱求活，这要综合主客观多种因素分析权衡，要看怎样做才对社会、对后世更有贡献。作者这种为完成《史记》而坚韧不屈的求活精神，是更为令人激动、令人钦佩的。

伟大志向的坦露。信的第六段,对荣辱、生死作了进一步阐述,表明忍辱而著的《史记》的意义及不朽价值。这也是全文的重点段落。作者在与前一段的生死观相呼应后,举出被后世称颂的古代卓越人才的例子,说明他们都是经历了苦难,遭受了屈辱而"舒其愤,思垂空文以自见",给后世留下了宝贵的文化财富。而自己正是在先贤发愤而著的精神的激励下,述往事,思来者,决心完成《史记》,并坚信《史记》终将会大行于天下,这也就偿还了那笔耻辱之债。这一段作者特别说明了《史记》的内容和意义,就是要通过记载和考察上起黄帝、下至武帝三千余年间的历史,来研究天地自然与人类社会的关系,总结历代成功、兴盛的经验和灭亡、衰败的教训,探讨历史发展的规律,而且还要提出自己的社会理想以及改良现实政治的某些主张,成为一家之言,立于后世而不朽。为了实现这样的伟大志向,作者说:"是以就极刑而无愠色","虽万被戮,岂有悔哉!"

《史记》完成了,司马迁也默默地死去了。人们甚至不能确切知道他卒于何年。但是,谁能说他的死不是重于泰山?谁能说他的名字和著作不是永垂青史?这正如他在信中最后所说的:"死日,然后是非乃定。"

激愤感情的倾泻。这封信,作者自己说是"舒愤懑"之作,前人也评价说:"志气槃桓","厚集其阵,郁怒奋势,成此奇观"。它的最大特点就是作者胸中有气,倾泻笔下,喷涌而出,使文章不仅以事以理晓人,而且以气以情动人,具有催人泪下的艺术力量。作者胸中的气,是非同寻常的"奇气",这奇气是由千古奇冤和千古奇志冲突激荡而生的:忠心耿耿竟遭酷刑,蒙受奇耻还要隐忍苟活以著书传世。这里有受委屈、受侮辱而压抑无告的极度悲痛,有对黑暗现实、对统治阶级的无比愤恨,有洗刷耻辱、不达目的誓不罢休的慷慨激昂,有对自己事业的正义性和完成这个不朽事业的坚强信念。这奇气贯穿全文,渗透于记叙议论之中,蕴涵于每一字每一句之中;这奇气波涌云连,纵横排宕,由压抑而为喷薄,由沉郁而为高亢,由悲叹而为呐喊,由忍受而为抗争,使文章具有一种撼人心魄的巨大力量。清人吴楚材在《古文观止》中说:"其感慨啸歌,大有燕赵烈士之风;忧愁幽思,则又直与《离骚》对垒,文情至此极矣!"

从以上分析我们可以知道,《报任安书》表现了司马迁的无辜之冤、愤激之情、生死之观、著书之志,显示了司马迁的伟大人格,这就是:有伟大的理想,伟大的意志,伟大的毅力,有为了伟大事业而甘愿"就极刑"、"万被戮"的非凡勇气。这奇冤、奇志以及由此激荡而成的奇气,构成了《报任安书》的崇高的思想感情,构成了深厚的内在底蕴。而这思想感情,又由于司马迁的奇才而得到了最完美的艺术形式,得到了最准确、鲜明、生动的表现。

司马迁杰出的写作才能,在《报任安书》中,主要表现为炉火纯青的结构艺术和语言艺术这两方面。

第一,高超的结构艺术。除前面分析中已涉及的线索清晰、层次严谨、首尾相应之外,更突出地表现为迂回曲折的结构方式。作者从公元前 98 年受宫刑,到公元前 91 年写这封信,度过了七八年的漫长岁月。他表面上"从俗浮沉,与时俯仰,以通其狂惑”，而内心深处却是“肠一日而九回”，忧愁激愤积郁胸中，越积越厚，所以一旦受到触动，就会汹涌而出。但是也正因为所积太厚，思想感情太复杂，又因为是给获罪的友人回信，不能一泄无余，所以很自然地采用了迂回曲折、反复咏叹、渐次深广的结构方式以宣泄不尽。从第一段的“独抑郁而谁与语”，到第二段述说刑余之人耻辱卑贱而发出的“嗟乎！嗟乎！如仆尚何言哉！尚何言哉”，再到第四段述说为李陵事遭刑蒙冤而发出的“悲夫！悲夫！事未易一二为俗人言也”，造成了欲说而又停顿，停顿而又不能不说的深层涌动。终于，在前文的铺垫、蓄势之后，感情的洪水一泻千里了。从第五段的“恨私心有所不尽，鄙陋没世而文采不表于后世也”，到第六段的“虽万被戮，岂有悔哉”，到最后一段的“死日，然后是非乃定”，终于彻底将受辱不死、著书自见的真实心迹和坚定信念大白于天下，就像黄河之水在经过九曲回环之后，终于滚滚滔滔流向大海。从全文看如此，从每一段看也是如此。文中的每一段都是几多层次，极尽曲折，或今或古，或人或己，或正或反，或事或理，前呼后应，反复重叠，给人一种委婉回环、滔滔不尽之感，把个“九曲回肠”表达得淋漓尽致而又深刻蕴藉。孙执升说：“却少卿推贤进士之教，序自己著书垂后之意，回环照应，使人莫可寻其痕迹，而段落自尔井然。”(《评注昭明文选》引)方孝孺说：“回旋曲折、抑扬喷伏而不见艰难辛苦之态，必至于极而后止。”(《与舒君书》)吴楚材说：“此书反复曲折，首尾相续，叙事明白，豪气逼人。”(《古文观止》)前人的评价，恰切地道出《报任安书》的炉火纯青的结构艺术。它洋洋三千余言，既一脉贯通，清晰而严谨，又纵横捭阖，迂曲而畅尽。这是它具有强烈艺术感染力和震撼力的重要原因。

第二，高超的语言艺术。《报任安书》充分显示出作者深厚的语言功底和高超的文字技巧：词语丰富，句式灵活，辞格多样，淋漓酣畅地表达了作者的思想感情。这样的例子俯拾皆是，不胜枚举。

从词语方面看，同义词、反义词，褒义词、贬义词，书面语、口头语，运用得如此得心应手。例如仅获罪进监的说法就有十多种。文中还大量使用语气词，构成了一种周回反复的强烈的抒情节奏。从句式方面看，陈述句、判断句、疑问句、反诘句、感叹句，主动句、被动句，肯定句、否定句，长句、短句，整句、散句，运用灵活自如，恰当而鲜明地表达了作者复杂纷纭的思想感情。从辞格方面看，比喻、借代、引用、夸张、映衬、对偶、反复、层递、示现、避讳、婉曲等交相使用，各显其能。其中最突出的是排比辞格的运用，套路多样，像极为雄壮的“四不辱，六受辱”，四句一套和六句一套组合成十句一套的大排比句。文中的串串排比使辞情滚滚，波澜壮阔，使节奏鲜明，音调铿锵，形成了一种不可折服的气势。

第三，信中引用了大量史料。当然这已超出“引用”辞格的范畴，成为以古喻今的论说方法。文章的几个重点段落都采用了这种方法，而且又多与排比铺陈的方法相结合，既有力地论证了观点，又抒发了强烈的感情。在这里，文学家的艺术技巧与历史学家的博大深邃融而为一了。例如：“文王拘而演《周易》；仲尼厄而作《春秋》；屈原放逐，乃赋《离骚》；左丘失明，厥有《国语》；孙子膑脚，兵法修列；不韦迁蜀，世传《吕览》；韩非囚秦，《说难》、《孤愤》；《诗》三百篇，大底圣贤发愤之所为作

也。”高度概括而又具体生动的史实，简练整饬而又铺排有力的语言，使其成为鼓励人们不怕苦难屈辱、发愤自强、有所作为的千古名言。

明孙月峰说：“直写胸臆，发挥又发挥，惟恐倾吐不尽，读之使人慷慨激烈，唏嘘欲绝，真是大有力量文字。”又说：“粗粗卤卤，任意写出，而矫健磊落，笔力真如走蛟龙、挟风雨；且峭句险字，往往不乏。读之但见其奇肆，而不得其构造锻炼处。古圣贤规矩准绳文字，至此一大变，卓为百代伟作。”(《评注昭明文选》引)前人的评价，恰切地道出《报任安书》的炉火纯青的语言艺术。我们读着它，一唱三叹，荡气回肠，这也是它具有强烈艺术感染力和震撼力的重要原因。

综观全文，这篇《报任安书》无论是思想内容还是艺术形式，都达到了极高、极奇的境界，可以说是司马迁的奇冤、奇志、奇气、奇才的综合凝结了这篇千古奇文。古人说：“史迁一腔抑郁，发之《史记》；作《史记》一腔抑郁，发之此书。识得此书，便识得一部《史记》。盖一生心事，尽泄于此也。纵横排宕，真是绝代大文章。”它给我们留下了宝贵的历史性、思想性和艺术性的财富，给我们以知识、感动和启迪，给我们以无尽的悲壮和崇高的美的享受。 (徐　敏)

【注】 ①牛马走：像牛马一样供驱使的仆人。是自谦之词。 ②少卿：任安字，荥阳人。曾任郎中、益州刺使、北军使者护军等官职。征和二年，因戾太子举兵事，被判处腰斩。 ③曩(nǎng 囊上)：从前，过去。 ④望：怨，责备。师：效法，遵从。 ⑤罢驽(pí nú 疲奴)：疲弱的劣马。表示才能低下。 ⑥身残：指身受宫刑。处秽：处于污秽羞辱的境地。 ⑦尤：过错。 ⑧钟子期、伯牙：都是春秋时楚人。伯牙善弹琴，子期最解琴，两人成了知己。后来子期死了，伯牙破琴绝弦，终身不再弹琴。 ⑨说：同“悦”，喜欢，爱慕。容：修饰打扮。 ⑩大质：身体。 ⑪随、和：随侯珠、和氏璧。 ⑫由、夷：许由、伯夷。分别是尧时和商末品德高洁的贤人。 ⑬自点：自取侮辱。 ⑭东从上来：指跟从武帝东巡回来。 ⑮卒卒(cù 促)：同“猝猝”，匆忙，仓促。竭志意：尽心意。 ⑯少卿抱不测之罪：指任安被判处腰斩。 ⑰涉：过。旬月：一个月。 ⑱迫：靠近。季冬：农历十二月。汉律，每年十二月处决犯人。 ⑲薄：迫近。雍：在今陕西省凤翔县南。雍设有祭五帝的坛，汉武帝常到这里祭祀。 ⑳卒然：突然。不可为讳：不可能避讳。这是死的婉词。 ㉑左右：指任安。不直称对方，而称对方左右的人，以表示尊敬。 ㉒长逝者：死者。指任安。 ㉓固陋：固执鄙陋，见识短浅。谦词。 ㉔阙然：相隔很久。 ㉕符：凭证，体现。 ㉖端：端倪，苗头。 ㉗取予：取什么，给什么。 ㉘表：表现，标志。 ㉙决：评决，评断。 ㉚行：品行。极：最高境界。 ㉛憯：同“惨”。 ㉜诟(gòu 够)：耻辱。 ㉝刑余之人：指受过宫刑的人。无所比数：无法相比。 ㉞雍渠：卫灵公宠爱的阉臣。卫灵公和夫人同车出游，让宦官雍渠坐在旁边，让孔子坐在后面的车上，孔子感到耻辱，便离开卫国到陈国去了。 ㉟景监：秦孝公宠幸的太监。商鞅由宦官景监引见而得官，秦国的贤士赵良感到寒心。 ㊱同子：汉文帝时宦官赵谈。汉文帝外出时，曾让赵谈在车的右边陪乘，太常袁丝见了，脸色骤变。 ㊲宦竖：指宦官。竖：宫廷供役使的小臣。 ㊳刀锯之余：受过刑的人。指司马迁自己。 ㊴待罪辇毂下：是在皇帝身边做事的委婉说法。辇毂：皇帝乘坐的车子。 ㊵惟：想。 ㊶自结明主：得到皇帝的信任。 ㊷拾遗补阙：替皇上拾取遗漏，补正过失。 ㊸岩穴之士：隐士。 ㊹搴(qiān 迁)：拔取。 ㊺取容：讨好。无所短长：无所长，无所建树。 ㊻厕：置身。下大夫：汉太史令级位是下大夫。 ㊼末议：无关紧要的议论。 ㊽引：正，整顿。

纲维：纲常法纪。㊾扫除之隶：打扫污秽的奴隶。比喻地位低下。㊿阘茸（tà róng 踏冗）：阘是小户，茸是小草。比喻细小、卑贱。51负：缺少。不羁之才：形容才能高超，如骏马不可约束。52奏：进献。薄技：微薄的才能。53周卫：宫禁。54戴盆何以望天：头戴盆子与望天，二者不可兼顾。比喻自己专心工作，无暇应酬。55亡：丢掉，抛开。56李陵：汉代名将李广之孙。俱居门下：李陵曾任侍中，司马迁当时任太史令，都是能出入宫门的官。57趋舍：前行和停止。58余欢：很少的欢乐。59自守：能守住自己的节操。60分别有让：能恪守长幼尊卑的礼节。61媒糵（niè 聂）：比喻挑拨诬陷。糵：同"蘖"，酿酒的酒母。比喻挑拨诬陷。62王庭：匈奴首领住的地方。63横挑：四处挑战。64单于：古代匈奴对其君主的称呼。65过当：超过汉军数量。当：相当，相等。66不给：顾不上。67旃（zhān 毡）裘：匈奴人穿的毛皮衣服。借指匈奴。68左、右贤王：左贤王、右贤王，是匈奴封号最高的贵族。69劳军：慰劳军队。文中是宣传鼓动的意思。70沬（huì 会）血：血流满面。71卷（quān 圈）：弩弓。72死敌：死于敌，跟敌人拼命。73奉觞：举杯。上寿：向皇上祝贺。74惨怆怛（dá 达）悼：悲戚，哀伤。75款款：忠诚恳切的样子。76绝甘分少：不吃甘美的食物，把不多的东西分给大家。死力：冒死效力。77彼观：即观彼。78得其当：得到机会。79暴：同"曝"，显露，表白。80指：意旨，意见。推言：进言，讲述。81睚眦（yá zī 牙自）之辞：仇人诬陷的言词。睚眦：怒目而视。82沮：诋毁。贰师：指贰师将军李广利。李广利是武帝宠妃李夫人的兄弟。武帝派他为征讨匈奴的主力军。李陵为助军。李陵被围后，李广利按兵不救。因此武帝认为司马迁为李陵辩护就是攻击李广利。83理：掌管诉讼刑狱的官。84自列：自陈，自我辩解。85卒：最后。吏议：狱吏判决的罪名。86货赂：钱财。自赎：汉律规定，可以按价出钱赎罪。87左右亲近：皇帝身边的亲近之臣。88深幽：囚禁。囹圄（líng yǔ 灵语）：监狱。89颓：败坏。90佴：相次，随后。蚕室：像养蚕的房子那样严密而温暖的屋室。刚受过宫刑的人怕风寒，所以要住在"蚕室"里。91一二：逐一地。92剖符：把竹节剖为两半，刻上同样的誓言做成符，皇帝与有关功臣各执一半，以示信用。丹书：用朱砂把誓词写在铁制的契卷上，皇帝发给功臣，凭它可以减免罪行。93文史星历：历史、天文、历法等，都是太史令掌管的事。94卜祝：主管占卜和祭祀的人。95倡优：乐人和戏子。畜：豢养。96死节：为坚守气节而死。次比：相比较。97素：平素。自树立：指所从事的职业和所处的地位。98用：作用，价值。趋异：不同。99太上：最上，第一位。100理色：情理，脸面。101诎体：同"屈体"，指身体被捆绑。102易服：换上罪人穿的赭色囚服。103关木索、被箠楚：戴上刑具，遭受拷打。木：指木枷。索：指绳索。箠：指木杖。楚：指荆条。104剔毛发：剃光头发，即髡刑。婴金铁：以铁索束颈，即钳刑。105毁肌肤、断肢体：古代对重犯人的残酷肉刑，如割鼻、黥面、膑足等。106传：这里指《礼记》。107槛：关兽的栅栏。阱：陷阱。108威约：威力和约束。109议：审罪。对：对质，回答。110计：计划，盘算。鲜：鲜明。111交手足：手脚被捆绑。112圜墙：监狱。113惕息：恐惧得喘气。114西伯：周文王的封号。115羑（yǒu 有）里：古城名，在今河南省汤阴县北。116"李斯"句：李斯是秦始皇的丞相。秦二世时，被赵高诬陷治罪，腰斩于咸阳。具于五刑：受尽五刑（墨刑、劓刑、刖刑、宫刑、死刑），文中指各种酷刑。117"淮阴"句：淮阴侯韩信，封为楚王，有人诬告他谋反，在陈被捆绑囚系。118"彭越"句：彭越和张敖被汉封为梁王和赵王，后被人诬告谋反而关进监狱。119"绛侯"句：绛侯周勃平定吕氏叛乱，拥立汉文帝，权势极大。后被人诬告谋反而入狱。请室：汉代囚禁有罪官吏的监狱。120"魏其（jī 机）"句：魏其侯窦婴在平定"七国之乱"中为大将，立有大功。后因与丞相田蚡不和，被治罪下狱，遭杀害。

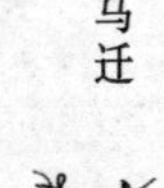

三木:加在颈、手、足三处的刑具。 ⑫“季布”句:季布是项羽的将领,项羽败后,刘邦以重金悬赏捉他,他剃发变服,自卖身于鲁国大侠朱家为奴。钳:以铁圈束颈。 ⑫“灌夫”句:灌夫是汉武帝时将军,平“七国之乱”有功。后因得罪田蚡,被拘在居室。居室:贵族犯罪后的拘留之所。 ⑫罔加:受到法令制裁。罔:法网。 ⑫引决自裁:自杀。 ⑫审:明白,清楚。 ⑫绳墨:指法律。 ⑫陵迟:志气衰颓。 ⑫引节:死节。 ⑫去就之分:取舍的界限。指舍身就义。 ⑬缧绁(léi xiè 雷屑):囚禁。 ⑬臧获:古代对奴婢的贱称。 ⑬文采:代指《史记》。 ⑬倜傥:洒脱不拘,才德卓异。 ⑬“文王”句:相传周文王被商纣王拘禁在羑里时,推演《易》的八卦为六十四卦,即《周易》。 ⑬“仲尼”句:孔子曾被围困在陈、蔡,回国后作《春秋》。 ⑬“左丘”句:左丘即左丘明,据说他双目失明后作《国语》。 ⑬“孙子”句:孙子指孙膑,被庞涓陷害剜去膝盖骨,撰写了《孙膑兵法》。 ⑬“不韦”句:不韦即吕不韦,秦丞相,后被秦始皇贬谪蜀地。他做丞相时,曾召集宾客编写《吕氏春秋》,也称《吕览》。⑬“韩非”句:韩非是战国后期著名的思想家,作《说难》、《孤愤》,受秦王赏识。入秦后被李斯陷害,入狱而死。 ⑭论书策:著书立说。 ⑭稽:考察,探究。纪:纲纪。文中指道理,规律。 ⑭轩辕:即黄帝。 ⑭极刑:指宫刑。 ⑭责:同“债”。 ⑭负下:负罪羞辱的情况下。未易居:不易处世。 ⑭下流:品质恶劣、庸俗卑贱的人。 ⑭戮笑:耻笑。 ⑭忽忽:恍恍惚惚。 ⑭直:同“值”,担任。闺阁之臣:宦官。 ⑮深藏岩穴:指退居归隐。 ⑮以通其狂惑:来表现自己的狂惑。古人说:“知善不行者谓之狂,知恶不改者谓之惑。”这是作者的愤激之词。 ⑮剌(là 辣)谬:违背,相反。 ⑮曼辞:美好动听的言辞。 ⑮要之:总之。

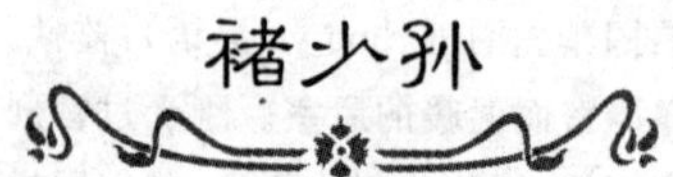

褚少孙

西门豹治邺

魏文侯时,西门豹为邺令。豹往到邺,会长老[①],问之民所疾苦。长老曰:“苦为河伯娶妇[②],以故贫。”豹问其故,对曰:“邺三老、廷掾常岁赋敛百姓[③],收取其钱得数百万,用其二三十万为河伯娶妇,与祝巫共分其余钱持归[④]。当其时,巫行视小家女好者,云是当为河伯妇,即娉取。洗沐之,为治新缯绮縠衣[⑤],闲居斋戒;为治斋宫河上[⑥],张缇绛帷[⑦],女居其中。为具牛酒饭食,十余日。共粉饰之,如嫁女床席,令女居其上,浮之河中。始浮,行数十里乃没。其人家有好女者,恐大巫祝为河伯取之,以故多持女远逃亡。以故城中益空无人,又困贫,所从来久远矣。民人俗语曰‘即不为河娶妇[⑧],水来漂没,溺其人民’云。”西门豹曰:“至为河伯娶妇时,愿三老、巫祝、父老送女河上,幸来告语之,吾亦往送女。”皆曰:“诺。”

至其时,西门豹往会之河上。三老、官属、豪长者、里父老皆会[⑨],以人民往观之者三二千人。其巫,老女子也,已年七十。从弟子女十人所,皆衣缯单衣,立大巫后。西门豹曰:“呼河伯妇来,视其好丑。”即将女出帷中,来至前。豹视之,顾谓三老、巫祝、父老曰:“是女子不好,烦大巫妪为入报河伯,得更求好女，后日送之。”即使吏卒共抱大巫妪投之河中。有顷，曰：“巫妪何久也？弟子趣之[10]！”复以弟子一人投河中。有顷，曰：“弟子何久也？复使一人趣之！”复投一弟子河中。凡投三弟子。西门豹曰：“巫妪弟子是女子也，不能白事[11]，烦三老为入白之。”复投三老河中。西门豹簪笔磬折[12]，向河立待良久。长老、吏、傍观者皆惊恐。西门豹顾曰：“巫妪、三老不来还，奈之何？”欲复使廷掾与豪长者一人入趣之。皆叩头，叩头且破，额血流地，色如死灰。西门豹曰：“诺，且留待之须臾。”须臾，豹曰：“廷椽起矣。状河伯留客之久[13]，若皆罢去归矣[14]。”邺吏民大惊恐，从是以后，不敢复言为河伯娶妇。

西门豹即发民凿十二渠，引河水灌民田，田皆溉。当其时，民治渠少烦苦，不欲也。豹曰：“民可以乐成，不可与虑始。今父老子弟虽患苦我，然百岁后期令父老子孙思我言。”至今皆得水利，民人以给足富。十二渠经绝驰道[15]，到汉之立，而长吏以为十二渠桥绝驰道，相比近，不可。欲合渠水，且至驰道合三渠为一桥。邺民人父老不肯听长吏，以为西门君所为也，贤君之法式不可更也。长吏终听置之。故西门豹为邺令，名闻天下，泽流后世，无绝已时，几可谓非贤大夫哉[16]！

褚少孙，西汉元帝、成帝时博士，曾对《史记》作过增补工作。《西门豹治邺》，是他在司马迁《滑稽列传》后所增补的一个故事。

中国历代都有一些清正官吏，他们虽然是统治阶级中的成员，但往往宅心仁厚，廉明正直，关心民生疾苦，蔑视残暴势力，能为百姓做一些好事，所以受到人民的赞颂。西门豹就是这样一个廉吏。西门豹的事迹主要有两方面：一是为民除害，惩处了利用迷信残害百姓的地方恶势力（巫祝、三老、廷掾、豪长者等），刹住了为河伯娶妇的恶俗。这是文章前半部分所写内容。二是兴利，发民凿渠，引河水灌田，消除了水患，也消除了恶势力利用迷信祸害人民的根源。这是文章后半部分的内容。但是，西门豹治邺的故事所以千百年来为人们所传诵，不只是因为它表彰了西门豹这样一个贤吏，不只是因为西门豹兴利除害的事迹符合人民群众的愿望，还因为西门豹惩治巫祝、三老等恶势力的做法本身以及文章作者对它的叙述描绘，具有浓厚的幽默、诙谐情调和令人畅快淋漓的喜剧色彩。

幽默诙谐是一种美学风格。它的特点是作者对客观事物的本质虽然有洞彻的了解，却不用正面的、直白的、严肃论说的方式表达出来，而往往用侧面的，甚至是夸张的荒诞的方式，暴露出客观事物固有的矛盾，使人们在认识上有所领悟的同时，还产生开怀解颐的效果。西门豹不是写文章，但在处理河伯娶妇问题时却是这样做的。河伯娶妇本来是非常荒诞的事情，但巫祝、三老、廷掾所以能用以售其奸，有两个基础：一是邺地近漳水，常有水患发生；二是百姓中存在强固的迷信观念，相信河伯有灵。正是在这样的基础上，三老们才制造出“即不为河伯娶妇，水来漂没，溺其人民”的谎言。西门豹至邺，听了长老的报告以后，对这一切已经了如指掌，但可以想见，他要正面说服百姓消除迷信观念会非常困难，要把三老、巫祝绳之以法

也决非易事。于是他采取了以其人之道还治其人之身的方法，以迷信惩治迷信，以荒诞对付荒诞：既然河伯要娶妇，就会讲究好丑，选取的女子不好，自然应该更换；既然巫祝、三老能与河伯互通信息，自然应该由他们去河中通报。然而，巫祝、弟子、三老，却个个去而不返。这样，所谓河伯娶妇的谎言也就不攻自破，同时利用这谎言残民取利者，该受惩罚者受到惩罚，未受惩罚者也受到警戒和震慑。西门豹真是以最大的幽默、最大的诙谐、最大的滑稽，干了一件为民造福的大事。人们不但由衷地赞赏他的贤明睿智，也从他的做法中感受到一种品味不尽的快适和乐趣。

褚少孙的笔墨也使西门豹的故事生色不少。其突出的特点是，在叙述描写中着力地渲染了西门豹处理河伯娶妇事件时的不动声色和煞有介事。长老述说了河伯娶妇的事情以后，褚少孙没写西门豹任何的反应和态度，只客观地记下他的话："至为河伯娶妇时……幸来告语之，吾亦往送女。"显示他似乎对此事深信不疑。送女时，西门豹审视好丑，决定换人更期，而令大巫妪入报河伯。这明明是一场恶作剧，褚少孙却极力描摹西门豹的郑重虔敬，尤其"簪笔磬折，向河立待良久"，把西门豹装模作样的神态刻写如画。至廷掾与豪长者"皆叩头，叩头且破，额血流地，色如死灰"，实际等于招认所谓河伯娶妇不过是他们搞的骗局而已，而作者写西门豹还要"且留待之须臾"。直至最后，制造骗局的恶人已被惩治尽够，西门豹仍无片言只句揭露河伯娶妇的荒诞，却说："状河伯留客之久，若皆罢去归矣。"轻描淡写地收束了这场大喜剧。这样，越是把西门豹写得不动声色、郑重恭谨、煞有介事，越是增加了文章幽默诙谐的效果。看来，褚少孙颇能领悟喜戏笔法的三昧。

文章后半部分讲的虽然好像是另一件事，但和前一部分有着内在联系，因为水患是河伯娶妇骗局能够得逞的潜在原因之一，彻底根除水患，不但真正造福于邺地人民，而且从根本上杜绝了坏人利用对河伯的迷信坑骗人民的可能。

最后，说几句题外的话。幽默不是俏皮，诙谐不是调笑，它们的真谛在于以深刻的机智，过人的明敏，寓庄于谐，给人们以教益。西门豹治邺的故事，足以给那种以轻薄为谐谑、以油滑为有趣者提供鉴戒。（刘振东）

【注】 ①长老：地方上年高德重之人。 ②河伯：传说中的河神。 ③三老：乡官名称，掌管地方教化。廷掾：县令属吏。 ④祝巫：古代的迷信职业者。祝：祭祀时告神求福者。巫：以舞蹈降神，为人祈祷之人。 ⑤缯：丝织品总称。绮：有花纹的丝织品。縠：极薄之细纱。 ⑥斋宫：为斋戒专设的静室。 ⑦缇：丹黄色。绛：大红色。 ⑧即：如若。 ⑨豪长者：地方上的豪强势力。 ⑩趣：同"促"。 ⑪白事：禀报事情。 ⑫簪笔：用毛装在簪头，插在冠前，称之为笔。笔用以记事，簪笔，表示随时准备记事。这种装饰写西门豹之郑重。磬(qìng 庆)折：像磬那样弯着腰凝然不动。 ⑬状：看样子，看情形。 ⑭若：你们。 ⑮经：指纵向干渠。绝：断绝。驰道：专供帝王驰马行车之道。 ⑯几：通"岂"。

杨恽

报孙会宗书

恽材朽行秽，文质无所底[①]，幸赖先人余业，得备宿卫[②]。遭遇时变[③]，以获爵位，终非其任，卒与祸会。足下哀其愚蒙，赐书教督以所不及，殷勤甚厚。然窃恨足下不深惟其终始，而猥随俗之毁誉也[④]。言鄙陋之愚心，则若逆指而文过[⑤]；默而息乎，恐违孔氏"各言尔志"之义[⑥]。故敢略陈其愚，惟君子察焉！

恽家方隆盛时，乘朱轮者十人，位在列卿，爵为通侯[⑦]，总领从官，与闻政事。曾不能以此时有所建明，以宣德化，又不能与群僚同心并力，陪辅朝廷之遗忘[⑧]，已负窃位素餐之责久矣[⑨]。怀禄贪势，不能自退，遭遇变故，横被口语[⑩]，身幽北阙，妻子满狱。当此之时，自以夷灭不足以塞责，岂意得全其首领，复奉先人之丘墓乎？伏惟圣主之恩不可胜量。君子游道，乐以忘忧；小人全躯，说以忘罪。窃自思念，过已大矣，行已亏矣，长为农夫以没世矣。是故身率妻子，戮力耕桑，灌园治产，以给公上[⑪]，不意当复用此为讥议也[⑫]。

夫人情所不能止者，圣人弗禁，故君父至尊亲，送其终也，有时而既[⑬]。臣之得罪已三年矣。田家作苦，岁时伏腊[⑭]，烹羊炰羔[⑮]，斗酒自劳。家本秦也，能为秦声。妇赵女也，雅善鼓瑟。奴婢歌者数人，酒后耳热，仰天拊缶而呼呜呜[⑯]。其诗曰："田彼南山，芜秽不治，种一顷豆，落而为萁。人生行乐耳，须富贵何时！"是日也，拂衣而喜，奋袖低昂，顿足起舞，诚淫荒无度，不知其不可也。恽幸有余禄，方籴贱贩贵，逐什一之利[⑰]，此贾竖之事，汙辱之处，恽亲行之。下流之人，众毁所归，不寒而栗。虽雅知恽者，犹随风而靡，尚何称誉之有！董生不云乎[⑱]："明明求仁义，常恐不能化民者，卿大夫之意也；明明求财利，常恐困乏者，庶人之事也。"故道不同不相为谋[⑲]。今子尚安得以卿大夫之制而责仆哉！

夫西河魏土[⑳]，文侯所兴，有段干木、田子方之遗风[㉑]，漂然皆有节概，知去就之分。顷者，足下离旧土，临安定。安定山谷之间，昆戎旧壤，子弟贪鄙，岂习俗之移人哉？于今乃睹子之志矣。方当盛汉之隆，愿勉旃[㉒]，毋多谈。

杨恽是司马迁的外孙，为官期间，"轻财好义"，"廉洁无私"，秉公执法，连"疾病、休谒、洗沐，皆以法令从事"，因结怨于"宣帝在民间时与相知"的太仆戴长乐，遭致"诽谤朝廷，无人臣礼"的恶言中伤，被罢官废为庶人。受罚之不公，身世之不幸，友人孙会宗来信非但不给予同情和安慰，反而严厉地指责、告诫。杨恽冤屈的悲愤之情未消，受责的怨恨之绪又起，于是愤然挥笔，回信以自辩，报书以反击。这就是此文写作的背景。

孙会宗给杨恽的信已经失传了，仅见于《汉书》摘引的一段话："其友人安定太守西河孙会宗，知略士也。与恽书谏戒之，为言大臣废退，当阖门惶惧，为可怜之意，不当治产业，通宾客，有称誉。"从杨恽回信的内容来看，孙信的主要精神也就是这么几句话。会宗告诫杨恽：要做到恐惶伏罪，一是经济上不应当治理产业，二是思想上不应当广结交取声誉。全文紧扣这两点告诫，逐层展开，依次辩驳，辩解有理，反击有力，愤世激情，迎沫而出。

全文四段，由对来信的感慨写到不幸的身世经历，由个人情趣的抒发到对友人的反语讥刺，低回昂扬，跌宕多姿。文章开始，直指孙会宗的来信目的不是出于友人之间的关心爱护，而是俨然以君子的身份来告诫训斥。自古以来，功成身退，经商自立如范蠡，乃为高风亮节之士，那么杨恽被废家居，躬耕经商，"以财自娱"，正是不媚于世、不流于俗的表现。可是，世俗反目以诽谤，友人也"不深惟其终始，而猥随俗之毁誉也"，真可谓痛心至极。

对友人"不当治产业"的责怪，第二段予以反驳。作者总结了人生不同的志趣："君子游道，乐以忘忧；小人全躯，说（通"悦"）以忘罪。"这既是人生哲理的概括，又是作者一生两种境遇的总结。杨恽曾列于君子之林："位在列卿，爵为通侯，总领从官，与闻政事。"在地位显赫之时，杨恽确是"乐以忘忧"地"同心并力，陪辅朝廷"，打击奸邪，尽忠报国。《汉书》载："恽为中郎将，罢山郎，移长度大司农，以给财用……郎、谒者有罪过，辄奏免，荐举其高弟有行能者，至郡守九卿。郎官化之，莫不自厉，绝请谒货赂之端，令行禁止，宫殿之内翕然同声。"如此"名显朝廷"的政绩，却惨遭飞来之祸，"横被口语，身幽北阙，妻子满狱"。在仕途绝望之时，他感到"过已大矣，行已亏矣"，欲做君子而不得的处境，使他只能选择"长为农夫以没世"的庶人之路了。杨恽昔为君子，能尽人臣之道；今为庶人，又能尽小民之职，"身率妻子，戮力耕桑，灌园治产，以给公上"。这样治产赋税，于国于君，还有什么可以指责的呢！显而易见，友人孙会宗"不当治产业"的指责，既不合事理，更不近人情了。这段从政经历的叙述，多为谦辞反语，"曾不能"、"又不能"、"不能自退"，句句饱含着作者怀才不遇、愤世嫉俗的激情，既曲尽自己举贤黜愚、独离世俗的清廉为政之事，又透露出志士贤者不能早退必有祸殃的不幸命运。《古文观止》"自叙始末，俱含牢骚之意"的评注，正揭示了这一点。

治产赋税是无可非议的，那么结交取誉更是无稽之谈了。第三段作者具体陈述务农田庄的生活，进行有理有据的辩解。杨恽失位家居的生活，全是田家之乐、人伦之欢："烹羊炰羔，斗酒自劳"，这是田家生活之乐；"家本秦也，能为秦声。妇赵女也，雅善鼓瑟。奴婢歌者数人"，这是家人团圆的人伦之乐；"酒后耳热，仰天拊缶"，赋诗畅怀，这是自由吟咏的精神之乐。这种佳节才有的罕见欢乐，只是悲中苟欢而已，哪里谈得上交结宾客呢！更何况自己忍受"汙辱"，自为商贾，谋求生路，自成"下流之人，众毁所归，不寒而栗"，到何处结交人呢？况且"虽雅知恽者，犹随风而靡，尚何称誉之有！"连平素相知的友人都随俗而化，批评指斥，又有谁来称誉自己呢！这里以欲交无所，取誉无人的处境，有力地回击了友人"通宾客，有称誉"的无端指斥。接着作者又引用大儒董仲舒"大夫之意"和"庶人之事"的言论作为理论依据，批评友人“以卿大夫之制”来责怪自己，是不合情理的苛求。这一段田家生活的叙述，深切地说明了自己处在欲为君子而不能、乐为小民而不可的悲剧时代，道出了旧时代不幸贤士的共同心声。作者的不平之心、悲愤之情，临文可感。班固是最早感触到的，他说：“（杨）恽宰相之子，少显朝廷，一朝以晻昧语言见废，内怀不服。”这不服内怀在小诗中又以隐语作了暗示：“田彼南山，芜秽不治，种一顷豆，落而为萁。人生行乐耳，须富贵何时！”张宴《汉书》注颇得作者的用心：“山高在阳，人君之象也。芜秽不治，言朝廷之荒乱也。一顷百亩，以喻百官也。言豆者，贞实之物，当在囷仓，零落在野，喻己见放弃也。萁曲而不直，言朝臣皆谗谀也。”《文选》五臣注、《古文观止》编者注，都共同道出了这种隐秘。难怪此文竟成了杨恽腰斩于市的罪证，酿成中国较早的“文字狱”。

作为友人，对杨恽的家世、政绩、处境理应知晓，那么孙会宗来信为何横加指责呢？最后一段揭示了原因。作者不去直接点明，而是用西河遗风与安定鄙俗对举，委婉尽意，讽刺辛辣。“西河”曾是战国魏地，在魏文侯时代曾出现富有节操的高士段干木、田子方，他们都能“知去就之分”，乐道不仕，君子遗风，千载仰慕。这里既暗示自己遥通古人的情怀，又反衬对方身为西河之人却背离西河遗风，从而有力地讽刺会宗离贤就鄙，任官安定，深受僻壤贪鄙习俗的影响，以鄙俗之流来信告诫，则不足见怪了。结尾以“愿勉旃”的讽刺之笔，表示绝情，自在情理之中了。

本文的成功之笔、感人之处，就在于逐层将个人身世的不幸与友人指责的不公鲜明对举：“卒与祸会”的遭遇又伴随友人的“随俗毁誉”，“横被口语”的不幸又受到友人的“不意讥议”，身为庶民的沦落又被友人苛求责备。这样写来，既突出了作者无处不受辱，无时不遭斥的处境，悲惨之极，催人泪下，同时又有力地揭示了社会政治之不公，小人谗毁之不忍，友人指责之不明，曲理冤情，难以言状。这正是司马迁《报任安书》所抒写的“嗟乎！嗟乎！如仆尚何言哉！尚何言哉”的心境。 （章沧授）

【注】 ①文质：指文才和品德。底：致，达到。 ②宿卫：在宫中值宿警卫。 ③遭遇时变：霍氏谋反，杨恽因告发有功，封为平通侯，迁升中郎将。 ④猥：苟且。 ⑤文过：掩饰过错。 ⑥各言尔志：语出《论语·公冶长》。 ⑦通侯：爵位名，原为彻侯，言其功德通于王室，后讳汉武帝名，改为通侯。 ⑧遗忘：指朝廷疏漏之事。 ⑨窃位：窃居官位而不管政事。素餐：白吃官禄不干事。 ⑩横被口语：横遭流言飞语。指戴长乐以罪诬告。 ⑪给公上：向主上缴纳赋税。 ⑫用：以，因。 ⑬既：毕，尽。 ⑭伏腊：古代两种祭祀的名称。伏：在夏季伏日。腊：在农历十二月。此处泛指节日。 ⑮炰（páo 袍）：煨烤。 ⑯拊缶：敲击乐器缶。缶：日用瓦器，秦人用作打击乐器。 ⑰什一：十分之一。 ⑱董生：董仲舒。语出自《对贤良策三》。 ⑲道不同不相为谋：语出《论语·卫灵公》。 ⑳西河：战国魏地，在今河南省安阳市。 ㉑段干木：魏国贤者，魏文侯拜他为相，他却乐道不仕。于是文侯尊他为师，每过其门而礼之，每见其人“立倦而不敢息”。田子方：魏国贤者，魏文侯的师友，文侯称美说：“田子方者，仁人也；仁人，国之宝也。” ㉒旃（zhān 沾）：“之焉”的合音。

马 援

诫兄子严、敦书

吾欲汝曹闻人过失，如闻父母之名，耳可得闻，口不可得言也。好议论人长短，妄是非正法[①]，此吾所大恶也，宁死不愿闻子孙有此行也。汝曹知吾恶之甚矣，所以复言者，施衿结缡申父母之戒[②]，欲使汝曹不忘之耳！

龙伯高敦厚周慎[③]，口无择言，谦约节俭，廉公有威，吾爱之重之，愿汝曹效之；杜季良豪侠好义[④]，忧人之忧，乐人之乐，清浊无所失，父丧致客，数郡毕至，吾爱之重之，不愿汝曹效也。效伯高不得，犹为谨敕之士，所谓刻鹄不成尚类鹜者也[⑤]；效季良不得，陷为天下轻薄子，所谓画虎不成反类狗者也。迄今季良尚未可知，郡将下车辄切齿[⑥]，州郡以为言，吾常为寒心，是以不愿子孙效也。

马援是东汉初年光武帝刘秀时著名的将领，曾被封为伏波将军、新息侯。据《后汉书》载，援兄马余之子马严、马敦，“并喜讥议，而通轻侠客”，马援在出征交趾（今五岭以南地区）时写了这封信进行训诫。

“诫”是由训诰发展而来的一种文体，多用于兄弟父子之间，表达长辈对晚辈的教勉训诲，因而大多质直自然，情辞恳切。这类作品始见于汉代，后来不断有人写作，马援的这封信就是其中写得较早、流传较广的一个名篇。

孔子早就说过：“君子成人之美，不成人之恶。”（《论语·颜渊》）“恶称人之恶者，恶居下流而讪上者。”（《论语·阳货》）韩非也曾批评“侠以武犯禁”（《五蠹》）。因此，在封建时代，谨言慎行、明哲保身是最为流行的人生哲学。马援对他侄儿的教训，大体不出此旨。其中有的地方可资借鉴，有的不足取法，前人也有种种不同评论，我们可不予置议。值得称道的是，马援在这封信中，以谆谆之辞表拳拳之意，有正面的规诲，也有侧面的启发，有心愿的表达，也有鉴戒的引征，态度严肃而又恳挚，表述平实而又新警，写得委婉深切，语重情浓，堪为训诫之作的佳品。

信是针对严、敦“并喜讥议”，“通轻侠客”而发的，但并未对二人这种缺点直接进行批评，却以表达期望的方式进行诱导，通篇围绕吾“欲”和“愿”尔曹如何如何，“不愿”如何如何做文章，从这正反两方面作筋脉，充分体现出长者对晚辈的关切、爱护。但爱护并不是不严格要求，所以文章劈头就提出“吾欲汝曹闻人过失，如闻父母之名，耳可得闻，口不可得言也”，显得非常严切。接着又反复强调“此吾所大恶也”，“汝曹知吾恶之甚矣”，并引女子出嫁，申父母之诫为喻，说明自己叮咛而又叮咛用意之所在，表明了态度之郑重，情意之恳挚。以上第一段只是正面训诲，且只涉及“喜讥议”问题，所以下面又征引现实人物作侧面启发。龙伯高、杜季良都是当时有影响的人物，马援先用简括的语言、对照的方式对他们进行了评述。在评述加上“所赖……”,“勃……”,“……云尔”等语;又在感情激动的场合插入叹词“嗟乎”、“呜呼”等,就使通篇语句通畅而富感情色彩。还有,四六对句既要词类两两相当,又要平仄两两相反,只有对仗工稳、平仄协调才符合骈体文的要求。本篇运用平仄亦较严格,特别是在每联下句的末一字,多选用仄声,这也与本篇内容的感情色彩相适应,读来跌宕有致,兴会慷慨。

好的文章固然借助写作技巧的娴熟与创新,但仅此还不够。本文的成功主要靠的是运用技巧充分表达了作者的个人气质、具体遭际和充沛的感情以及其新颖的感受和想象。 (徐北文)

【注】 ①开篇有的本子作“南昌故郡”,误。按:南昌本是豫章郡下属的县名,到五代南唐时才改为郡名,在王勃之后。豫章为汉代郡名,唐改为洪州,故云“洪都新府”。 ②星分翼轸:古代把星宿的分布与中国各地区对应划分,称为“分野”。翼:翼宿,黄道二十八宿之一,属四禽星朱鸟之第六宿,有星二十二颗,大部分属于巨爵座,小部分在长蛇座。轸:轸宿,黄道二十八宿之一,属朱鸟之第七宿,计四颗星,在乌鸦座。按《越绝书》,豫章郡属楚地,当翼、轸二星的分野;而《晋书·天文志》又云豫章属吴地,吴则属牛、斗的分野。参见本文注⑥。 ③衡:指衡山,当时属衡州。庐:指庐山,当时属江州。二州均与洪州相邻接,此处以山代州名。 ④三江、五湖:均为泛称。三江:一般以古时长江过彭蠡湖后分三道入海,故称“三江”。五湖:明人杨慎《丹铅总录》谓“总言南方之湖”,一般以为只是太湖的别名。 ⑤蛮荆:古时对楚国之贬称。瓯越:古东越王都东瓯(今浙江永嘉),故以之指称今浙江一带。 ⑥《晋书·张华传》载,晋初黄道牛、斗二宿之间有紫气照射,雷焕告诉张华说是豫章郡丰城县(今属江西)地下的宝剑之气。果然在县狱地下掘得双剑,一名龙泉,一名太阿,后来二剑跃入延平津水中,化龙而去。斗:斗宿,黄道二十八宿之一,属四禽星玄武之第一宿,有星六颗,在人马座,俗称“南斗”。牛:牛宿,二十八宿之一,玄武之第二宿,有星六颗,在摩羯座。古亦名“牵牛”,与在天鹰座之牛郎(河鼓二)不同。参见本文注②。 ⑦徐孺:徐孺子,名穉,后汉豫章南昌名士。陈蕃为豫章太守,不轻易接待宾客,“唯穉来,特设一榻,去则悬之”。见《后汉书·徐穉传》。 ⑧雄州:雄大的郡州。俊采:“采”与“寀”(寮、官)通,指当地官员之贤能。 ⑨台隍:城池。 ⑩语出《世说新语·言语》:“会稽贺生,体势清远,言行以礼,不徒东南之美,实为海内之秀。” ⑪阎公:旧说附会为洪州都督阎公屿,岑仲勉《唐集质疑》驳之。此人事迹待考。 ⑫棨(qǐ启):戴套的戟。这里指官员出行时的仪仗队。 ⑬宇文新州:姓宇文的新州刺史。新州在今广东省境。宇文新州及下文的孟学士、王将军都是当时宴会的来宾,名字待考。 ⑭襜帷:车上的帷幕,借指宇文新州所乘之车。 ⑮十天为一旬,唐代官制,每逢旬日休假。 ⑯形容孟学士之文采犹如龙翔凤舞。 ⑰紫电:孙权的宝剑名。青霜:指兵刃之锋芒。此句针对下句之“武库”设词,形容王将军韬略之优异。 ⑱武库:本指藏兵器之所,这里形容人物心中学识之富。《晋书·杜预传》:“朝野称美,号曰杜武库。言其无所不有也。” ⑲家君:对人称呼自己的父亲,类似近代之“家严”。 ⑳童子:王勃自以年少的谦称。有人误会遂“落实”他当年十四岁,误。 ㉑三秋:总称秋季之孟秋、仲秋、季秋。 ㉒古时四匹马共驾一车,中二匹为服马,边二匹为骈马,亦称“骖马”。这里借指车驾。 ㉓阿:大陵,山丘。 ㉔帝子:指唐代滕王李元婴。元婴为唐高祖之子,贞观十三年(639)封为滕王。他曾官洪州都督,宴集之阁即他所建,故称“滕王阁”。 ㉕天人:三国时人曾称曹植为天人,见《三国志·魏书·王粲传》裴松之注。曹植亦封王,故此处借指滕王。 ㉖《楚辞·远游》:“下峥嵘而无地兮。”这里指阁基下临水波。 ㉗即:一本作“列”。这里是迁就之意。

㉘甍(méng 萌):屋脊。 ㉙骇瞩:令人惊奇的注视。 ㉚鲍照《芜城赋》:“廛闬扑地。”扑地:言街巷居屋遍地皆是。 ㉛张衡《西京赋》:“击钟鼎食。”言富贵之家人口众多,就餐以击钟为号,所吃肴馔均盛于精美之器皿,所谓“列鼎而食”。鼎:古代食器。 ㉜舸:大船。舰:带屋之船。津:渡口。 ㉝青雀、黄龙:均为船名,见《穆天子传》。“轴”通“舳”,本指船后持舵处,此处借指船舶。 ㉞区:区宇,空间。 ㉟鹜:野鸭。 ㊱彭蠡:古代湖泽名,旧说以为即鄱阳湖之前身。 ㊲衡阳:今湖南省衡阳县,其地名胜有“回雁峰”。 ㊳襟:指代胸怀。 ㊴爽籁:《文选·殷仲文〈南州桓公九井作〉》:“爽籁警幽律。”李善注引《尔雅》:“爽,差也。”谓排箫之竹管参差不齐。籁:即排箫,见《庄子·齐物论》。按古人以为音乐可以影响气象,《论衡·感虚》曾引齐国邹衍“当夏五月,仰天而叹,天为陨霜”。又《列子·汤问》张湛注谓北方有地,寒不生谷,邹衍吹律暖之。此处乃据以生发者。 ㊵《列子·汤问》谓古歌者秦青:“抚节悲歌,声振林木,响遏行云。” ㊶睢园:按汉代梁孝王(刘武)之菟园有竹圃,在睢水之滨,见《水经注》。这里指代滕王阁的景色。彭泽:指代曾为彭泽令的东晋诗人陶渊明,他的《归去来兮辞》中有“有酒盈樽”的名句。全句意谓:滕王阁的宴集,超过陶渊明的独酌自乐。 ㊷邺:今河南省临漳县,三国时曹魏之京都。曹植《公讌诗》:“秋兰被长坂,朱华冒绿池。”“邺水朱华”借指滕王阁下景物。南朝宋临川王刘义庆善著书,著名的《世说新语》即其所主编。此处语义双关,盖“临川”即今江西省抚州市,这里又泛指豫章之文采。 ㊸《文选·刘琨〈答卢谌〉》云:“音以赏奏,味以殊珍,文以明言,言以畅神。之子之往,四美不臻。”李善注:“四美:音、味、文、言也。” ㊹二难:《世说新语·规箴》,何晏称管辂云:“知几其神乎,古人以为难;交疏吐诚,今人以为难。今君一面尽二难之道,可谓‘明德为馨’。” ㊺睇眄:纵目观看。㊻日下:《世说新语·夙惠》载东晋明帝幼时,元帝问他:“长安何如日远?”答云:“日远,不闻人从日边来。”元帝异之,他日宴集又问他,明帝却答“日近”。元帝责之:“何故异昨日之言?”答云:“举目见日,不见长安。”后遂以“日下”指代京城。此句言地处郡县之官员想调回朝廷,盖唐时官员以官外郡为苦。 ㊼吴会:吴郡与会稽郡,泛指江、浙一带。云间:今上海市松江县。此句语涉双关,以“云间”对“日下”,固可直指景象,亦关涉地名,而又引起另一典故的联想:按《世说新语·排调》云,荀鸣鹤、陆士龙二人初逢于张茂先处,张请他俩自我介绍,令毋作常语。陆云:“云间陆士龙。”荀云:“日下荀鸣鹤。”盖两人之籍贯、名字恰为对仗句。 ㊽南溟:南海,语出《庄子·逍遥游》。 ㊾天柱:《神异经》:“昆仑之山,有铜柱焉。其高入天,所谓天柱也。”北辰:《论语·为政》:“为政以德,譬如北辰。”孔颖达注引李巡曰:“北极,天心,居北方,正四时,谓之北辰。”北极星在小熊星座中。这里的“天柱”、“北辰”均指京城。 ㊿沟水相逢:一本作“萍水相逢”,现已作为成语使用。按:当以“沟水”为是,本文系用乐府诗《白头吟》之典,诗云:“今日斗酒会,明旦沟水头。躞蹀御沟上,沟水东西流。” ⑤①帝阍:屈原《离骚》:“吾令帝阍开关兮,倚阊阖而望予。”王逸注:“帝,谓天帝;阍,主门者也。”这里借指朝廷。⑤②宣室:汉朝未央宫的正殿。《史记·屈原贾生列传》谓汉文帝把谪贬于长沙的贾谊召回,在宣室接见他。 ⑤③冯唐:汉文帝时任中郎署长,景帝时为楚国相,后免职,武帝求贤良,有人举荐他,但年过九十,不能复为官。事见《史记·张释之冯唐列传》。 ⑤④李广:汉武帝时名将,身经百战,未能封爵,武帝说他“数奇”。事见《史记·李将军列传》。 ⑤⑤梁鸿:字伯鸾,后汉扶风平陵(今陕西西安)人。以高行见称于世,后隐居吴中,为人佣工。事见《后汉书·梁鸿传》。海曲:泛指滨海地区,此指吴地。 ⑤⑥《后汉书·马援传》:“丈夫为志,穷当益坚。” ⑤⑦青云:指朝廷高官。《史记·范睢蔡泽列传》云:战国时须贾不知故人范睢为秦相,一旦得知,谓睢:“贾不意君能自致青云之上!”⑤⑧《晋书·吴隐之传》记载,吴隐之饮于贪泉,有诗云:“古人云此水,一歃怀千金。试使夷齐饮,终当不易心。”贪泉在今广州石门附近,传说一饮此水,即怀贪心。 ⑤⑨《庄子·外物》篇曾寓言庄周

见车辙中有鲋鱼，向其求斗升之水以救济。又同书《大宗师》云："泉涸，鱼相与处于陆，相呴以湿，相濡以沫，不如相忘于江湖。"按：此处反其意而用之，谓苦中作乐。 ⑩《庄子·逍遥游》载："北冥(即北海)有鱼，其名为鲲。"鲲化为鹏，"鹏之徙于南冥也，水击三千里，抟扶摇而上者九万里"。扶摇：即飙风。 ⑪东隅：指早晨太阳自东方出。桑榆：指太阳于黄昏留影于树间。语见《淮南子》。《后汉书·冯异传》："失之东隅，收之桑榆。"谓失之于过去，得之于将来。 ⑫孟尝：字伯周，东汉会稽上虞(今属浙江)人，曾任合浦太守，以清廉著称。后因病隐居，不为世用。见《后汉书·孟尝传》。⑬阮籍：晋代名士，诗人。《晋书·阮籍传》云："时率意独驾，不由径路。车迹所穷，辄恸哭而返。"⑭一介：即一个。 ⑮终军：字子云，西汉济南人。武帝时，曾向朝廷表示：请受长缨，系南越王颈，致之阙下。弱冠：《礼记·曲礼上》："二十曰弱，冠。"时终军二十岁左右，故云"等终军之弱冠"。按：此句可证王勃作此文之年纪。 ⑯投笔：事见《后汉书·班超传》，即成语"投笔从戎"故事。⑰宗悫：字元干，南朝宋南阳人。他曾云："愿乘长风破万里浪。"事见《宋书·宗悫传》。 ⑱簪笏：古代官员上朝时，簪笔于发，搢笏板于手，以备书写。此处借指官位。本句谓拼着一辈子(百龄)不当官。 ⑲《礼记·曲礼上》："凡为人子之礼，冬温而夏凊，昏定而晨省。"本句谓愿远赴万里而侍奉自己谪处交趾的父亲。 ⑳《世说新语·言语》载，谢安问诸子侄："子弟亦何预人事，而正欲使其佳？"谢玄答云："譬如芝兰玉树，欲使其生于庭阶耳。""宝树"即玉树，喻佳子弟。 ㉑刘向《列女传·母仪》载孟子之母为教子而择邻，三迁其居的故事。㉒他日：谓昔日。趋庭、鲤对：事出《论语·季氏》，孔子之子名孔鲤，孔子"尝独立，鲤趋而过庭。曰：'学诗乎？'对曰：'未也。''不学诗，无以言。'鲤退而学诗。他日，又独立，鲤趋而过庭，曰：'学礼乎？'对曰：'未也。''不学礼，无以立。'鲤退而学礼"。上二句表示自己富有家教。 ㉓《礼记·曲礼上》："长者与之提携，则两手奉长者之手。"袂(mèi 妹)：袖口。这里借指手。 ㉔龙门：在今山西省稷山县，黄河所经。俗传鲤鱼如能跳过龙门，即可化为龙。《后汉书·李膺传》谓当时士人如受到李膺之接对，称之为"登龙门"。㉕杨意：即杨得意。西汉司马相如因狗监杨得意推荐于汉武帝而被擢用。事见《史记·司马相如列传》。同篇又云："相如既奏《大人》之颂，天子大说(悦)，飘飘有凌云之气。" ㉖钟期：即钟子期。这里运用伯牙、钟子期相知的事典，见《列子·汤问》。 ㉗兰亭：在今浙江省绍兴市。晋代大书法家王羲之曾于永和九年(353)三月三日上巳节与友人在此修禊饮酒赋诗，成为文坛佳话。事见王羲之《兰亭集序》。梓泽：即晋代石崇的金谷园，在河阳(今河南洛阳西北)。事见《晋书·石崇传》。㉘刘向《说苑·杂言》："子路将行，辞于仲尼。曰：'赠汝以车乎？以言乎？'子路曰：'请以言。'"临别赠言，以尽朋友责善之道，乃我国士人传统风习。 ㉙《韩诗外传》卷七："孔子曰：君子登高必赋。" ㉚短引：即短序。 ㉛均赋：都要赋诗。四韵：律诗共八句，逢偶数句押韵，共四韵。 ㉜梁代钟嵘《诗品》潘岳条下云："余常言陆(机)才如海，潘才如江。"此处喻诸宾客皆如潘岳、陆机之富有才华。

王 维

山中与裴秀才迪书

近腊月下，景气和畅[1]，故山殊可过[2]。足下方温经[3]，猥不敢相烦[4]。辄便往山中，憩感配寺[5]，与山僧饭讫而去。

北涉玄灞[⑥]，清月映郭。夜登华子冈[⑦]，辋水沦涟[⑧]，与月上下[⑨]。寒山远火，明灭林外。深巷寒犬，吠声如豹。村墟夜舂[⑩]，复与疏钟相间[⑪]。此时独坐，童仆静默，多思曩昔，携手赋诗，步仄径[⑫]，临清流也。

当待春中，草木蔓发，春山可望，轻鲦出水[⑬]，白鸥矫翼，露湿青皋[⑭]，麦陇朝雊[⑮]。斯之不远，傥能从我游乎？非子天机清妙者，岂能以此不急之务相邀？然是中有深趣矣，无忽！

因驮黄蘖人往[⑯]，不一。山中人王维白。

本文以恬淡简洁而又生动传神的文笔描绘了山中冬春二季的优美景色和诗人的高雅情趣，是一篇充盈着诗情画意的优美散文。

这篇短文，首段说明上次游山的经过和此次未敢相邀的原因，属于交代性文字。末段说明要托运送药材的人捎信，不再一一详述，是注解性文字。两段皆非文章主体，其核心部分是中间两段。

第二段描写山中寒冬月夜的景物，即上次游山的见闻。写了月下的远山近水、城郭树林以及村巷犬吠、农女夜舂和野寺鸣钟的声音。最后触景生情，回想其往昔与裴迪同游胜景携手赋诗的欢乐，寄托了深厚的友情。

第三段由近及远，浮想联翩，写想象中更加美好的春日景致。同时点明主旨，邀请裴迪前来游山。“草木蔓发，春山可望，轻鲦出水，白鸥矫翼，露湿青皋，麦陇朝雊。”这一派充满盎然生机的融融春意与上文宁静幽深的冬夜月色形成鲜明对照。一幽一明，一冷一暖，互为补充，相映成趣。而此中真意，只有像裴迪这样“天机清妙”的知音者方可领略。因此，顺理成章地发出春日同游的邀请。

王维的辋川别墅虽有不少为其喜爱的景点，但主要以幽静见长，并非出色的风景名胜。作者对此也未用华美的辞藻加以铺陈渲染，倒像是信笔拈来，漫话家常。然而却能描绘出一幅如此迷人的美景，这主要得力于作者高度敏锐的审美感受和出色的艺术表达能力。这篇短文总的艺术特点可用明暗相间、有色有声、静中有动、情景交融这十六个字来概括。描绘华子冈的夜景是全文最精彩的文笔。文章没有着力去写月色如何皎洁，而是侧重写深青色的灞水，黑黝黝的城郭，若隐若现的树林，粼粼波动的水光月色和忽明忽暗的远山野火。这种明暗相间的写法，描绘出一个扑朔迷离的朦胧世界，为清幽雅洁的山光水色蒙上了一层迷人的纱幕，显示了蕴涵的深邃之美。

美好的景观总是以其多方面的审美功能综合地作用于人们的多种感觉器官。因此好的文章应当给人以多种感受：不仅有色，而且有声；不仅可见，而且可闻。王维是深谙个中道理的。他不仅善于描绘一幅幅生动逼真、情趣盎然的图画，而且能敏锐地感受到大自然的呼吸和脉搏，捕捉到山中月夜特有的气息。低沉的舂米声，清晰的犬吠声及余音袅袅的钟声，像一曲舒缓古朴的交响乐，给山中月夜增添了无限生机和浓重诗意。声色并茂的描写，使读者产生亲历其境的感觉，强化了作品的审美效果。苏东坡说王维诗中有画，画中有诗。这篇散文不仅兼有诗画的特点，而且是一首优美的生活乐章。

"人闲桂花落，夜静春山空。月出惊山鸟，时鸣春涧中。"(《鸟鸣涧》)这种以动写静的艺术手法是王维山水诗的重要特征。王维特别喜爱宁静、淡泊的静态美，但他深深懂得相反相成的艺术辩证法，从来不去专写那种绝对的死寂。本文着力表现的是辋川山景的幽静闲适，可这种静也同样用动态景物来点染映衬。全篇写冬春两种景致，用春日的蓬勃生机来衬托冬夜的水光月色，一动一静，相辅相成，共同显示了远离尘世喧嚣的宁静，山居之悠然恬美。而在对冬夜月景的描写中，既有粼动的波光和明灭的远火，又有深巷的犬吠和野寺的钟声，用这些动态的光影声波来反衬深山月夜的幽静，收到"鸟鸣山更幽"的艺术效果。

王维写景不在外形上多用笔墨，总是刻意追求美的意境。没有情感的灌注即无意境可言，因而他的诗都写得情景交融，蕴涵丰盈。这个特点在本文中表现得极为突出。他在描写寒夜月景之后，紧接着抒发自己的感情："此时独坐，童仆静默，多思曩昔，携手赋诗，步仄径，临清流也。"幽静恬美的景物，使之感到难言的闲适、惬意，很自然地触发起对往昔的美好回忆。这种情感体验既是因景而生，又是对景的补充，它是人们审美感受的重要组成部分。有了它，景物便获得了活的生命，成为最有韵味的审美客体。王维这篇短文虽然大部分文字是在写景，但其着力表现的则是观赏这些景物时所体验到的"是中深趣"。这个"深趣"即是游览者的审美感知与客体对象高度统一的产物。他通过上述情景交融的描写，圆满地达到了这个目的。这篇文章不仅是一幅空灵淡雅、光色迷离的山水画，而且是一首格调高洁、寄兴深远的抒情诗。

（姜岱东　吴根成）

【注】 ①景气：景物气候。　②故山：旧居之山，此指陕西蓝田山。　③温经：温习经书。　④猥：仓促之间。　⑤感配寺：即感化寺。　⑥玄灞：深青色的灞水。灞水在长安附近。　⑦华子冈：王维辋川别墅二十景之一。　⑧辋水：即辋川，在蓝田南二十里，向北流入灞河。沦涟：风行水上，波纹荡漾貌。　⑨上下：指月影随水波上下浮动。　⑩舂(chōng 充)：捣米，此指捣米声。　⑪疏钟：稀疏的钟声。　⑫仄径：狭小不平的路。　⑬鲦(tiáo 条)：白鲦鱼。　⑭青皋：泽地青青的水田。　⑮朝雊(gòu 够)：清晨野鸡叫。　⑯黄蘖：一种乔木，可入药。

李　白

春夜宴从弟桃李园序

夫天地者，万物之逆旅也①；光阴者，百代之过客也。而浮生若梦，为欢几何？古人秉烛夜游②，良有以也③。况阳春召我以烟景，大块假我以文章④。会桃李之芳园，序天伦之乐事。群季俊秀，皆为惠连⑤；吾人咏歌，独惭康乐⑥。幽赏未已，高谈转清。开琼筵以坐花⑦，飞羽觞而醉月。不有佳咏，何伸雅怀？如诗不成，罚依金谷酒数⑧。

这是一篇小序，也是一篇抒情散文。大约写于开元二十二年(734)李白三十四岁的时候。当时，他正住在安陆白兆山桃花岩，“人远构石室，选幽开山田”(《安陆白兆山桃花岩寄刘侍御绾》)，日以读书、赋诗、弹琴、饮酒为事。他“长不满七尺，而心雄万夫”(《与韩荆州书》)，希望权豪提携，脱颖而出，扬眉吐气，激昂青云。创作上文思奔涌，“日试万言，倚马可待”(同上)。生活上狂饮豪歌，“百年三万六千日，一日须饮三百杯”(《襄阳歌》)。正如胡震亨所说：“意总归于行乐。”李白无弟兄，在此前后诗文中出现的从弟有幼成、令问、凝、冽、沈、皓等，题中的“从弟”(《文苑英华》“从弟”前有“诸”字)，文中的“群季”，或就是其中的几位。

文分两段，先发感慨，后记游宴。

开篇把笔宕开，从天地与万物、光阴与百代的空间、时间关系上，论辩渺小对于巨大、短暂对于久远的局限性、有限性，推导出浮生若梦，为欢几何，应及时行乐的结论，肯定古人及时行乐“良有以也”，并以古喻今，启示现在行为的合理性。这一通人生若梦的感慨，仿佛意志消沉，其实豪人豪情，狂而不颓，正是要让时间和空间都为我所用。魏文帝在《与吴质书》中说：“少壮真当努力，年一过往，何可攀援？古人思秉烛夜游，良有以也。”李白的感情，正贯注在这抓紧时间，少壮当及时努力的情结上。所以，文章开始便是诗人进取精神的喷发，是全文的感情基调。

“况阳春召我以烟景”以下，序记春夜宴游乐事。一记时，“阳春召我以烟景，大块假我以文章”。是说，在这春色如醉柳如烟的月夜良宵里，当用大自然赋予我的生花妙笔，捕捉住这一雅会盛事。二记地，“会桃李之芳园”。昔日桃园结义，不过是古人逸事，今日兄弟们聚会桃李园中，月圆花好，手足情深，地灵人杰。三记人，“群季俊秀，皆为惠连”。从弟们能诗善画，才艺出众，都是南朝谢惠连之才彦。只有“愚兄”自惭形秽，像康乐一样寡陋。“康乐”就是谢灵运，他是南朝杰出的山水诗人。这里的“独惭”是自谦。其实惠连、康乐都为一代豪俊，用以喻人喻己，自诩大于自谦。四记事，“开琼筵以坐花，飞羽觞而醉月”。桃花丛中摆筵席，觥筹交错，咏歌幽赏，高谈阔论，人间欢乐事，尽在于兹。五记怀，花间月下，雅兴满怀，不借酒赋诗，何以畅情？于是以夜宴桃李园为题，相约各赋新诗。如若赋诗不得，便按当年石崇燕集金谷园通例，罚酒三斗。

这篇序文具有强烈的抒情性。文中不管记时、记地、记人、记事，都充溢着进取精神和生活激情。诗人把这种精神和激情融会到手足亲情中来抒发，显得真挚而亲切，充实而欢畅，神采飞扬而又充满生活气息。李白诗文，以发豪情，抒壮志，慷慨雄浑者居多，像这种心惬意畅、自然清新的生活小记很少。在李集中，这不算一篇奇文，但它在游乐中阐释人生，在欢快中寄寓自信，在诙谐中藏有庄重，却是颇有特色的。

此序文思豁达，行文萧散流丽。语言有赋的铿锵，诗的抑扬，文的自如，读来畅人心神。

（曲世川）

【注】 ①逆旅：客舍，旅馆。 ②秉烛夜游：意谓人生短暂，当及时行乐。《古诗十九首》：“昼短苦夜长，何不秉烛游？” ③良有以也：真有道理啊。 ④大块：大地。 ⑤惠连：谢惠连，南朝宋文学家，与族兄谢灵运并称“大小谢”。 ⑥康乐：谢灵运，南朝宋著名诗人，谢玄之孙，晋时袭封康乐公，故世称“谢康乐”。 ⑦琼筵：盛宴。 ⑧金谷酒数：晋石崇《金谷诗序》：“遂各赋诗，以叙中怀，或不能者，罚酒三斗。”金谷：石崇在洛阳所筑园名。

李 华

吊古战场文

浩浩乎平沙无垠，夐不见人[①]。河水萦带[②]，群山纠纷[③]。黯兮惨悴[④]，风悲日曛[⑤]。蓬断草枯，凛若霜晨。鸟飞不下，兽铤亡群[⑥]。亭长告余曰[⑦]："此古战场也。常覆三军[⑧]。往往鬼哭，天阴则闻。"伤心哉！秦欤？汉欤？将近代欤？

吾闻夫齐魏徭戍[⑨]，荆韩召募。万里奔走，连年暴露。沙草晨牧，河冰夜渡。地阔天长，不知归路。寄身锋刃，腷臆谁诉[⑩]？秦汉而还，多事四夷[⑪]。中州耗斁[⑫]，无世无之。古称戎夏[⑬]，不抗王师。文教失宣[⑭]，武臣用奇。奇兵有异于仁义，王道迂阔而莫为[⑮]。呜呼噫嘻！

吾想夫北风振漠，胡兵伺便。主将骄敌，期门受战[⑯]。野竖旄旗，川回组练[⑰]。法重心骇，威尊命贱。利镞穿骨，惊沙入面。主客相搏，山川震眩。声析江河[⑱]，势崩雷电。至若穷阴凝闭[⑲]，凛冽海隅[⑳]；积雪没胫，坚冰在须；鸷鸟休巢，征马踟蹰；缯纩无温[㉑]，堕指裂肤。当此苦寒，天假强胡，凭陵杀气，以相剪屠[㉒]。径截辎重[㉓]，横攻士卒。都尉新降[㉔]，将军覆没。尸填巨港之岸，血满长城之窟。无贵无贱，同为枯骨。可胜言哉！鼓衰兮力尽，矢竭兮弦绝，白刃交兮宝刀折，两军蹙兮生死决[㉕]。降矣哉？终身夷狄！战矣哉？骨暴沙砾。鸟无声兮山寂寂，夜正长兮风淅淅。魂魄结兮天沉沉，鬼神聚兮云幂幂[㉖]。日光寒兮草短，月色苦兮霜白。伤心惨目，有如是耶！

吾闻之：牧用赵卒[㉗]，大破林胡[㉘]，开地千里，遁逃匈奴。汉倾天下，财殚力痡[㉙]。任人而已，其在多乎？周逐猃狁[㉚]，北至太原，既城朔方，全师而还。饮至策勋[㉛]；和乐且闲，穆穆棣棣[㉜]，君臣之间。秦起长城，竟海为关，荼毒生灵，万里朱殷。汉击匈奴[㉝]，虽得阴山[㉞]，枕骸遍野，功不补患。

苍苍蒸民[㉟]，谁无父母？提携捧负，畏其不寿。谁无兄弟，如足如手？谁无夫妇，如宾如友？生也何恩？杀之何咎？其存其没，家莫闻知。人或有言，将信将疑，悁悁心目[㊱]，寝寐见之。布奠倾觞[㊲]，哭望天涯。天地为愁，草木凄悲。吊祭不至，精魂何依？必有凶年，人其流离。呜呼噫嘻！时耶？命耶？从古如斯。为之奈何？守在四夷[㊳]。

《吊古战场文》是唐代李华"极思确榷"的名篇。此文有感于玄宗后期，内政不修，滥事征伐而发。据《资治通鉴·唐纪》载，天宝十年(751)夏，剑南节度使鲜于仲通讨伐南诏，"军大败，士卒死者六万人"。"天宝八载六月，哥舒翰以兵六万三千，攻吐蕃石堡城，拔之，唐军率死者数万。"这些由唐王朝君臣的骄恣、昏暴所发动的"开边"战争，给各族人民带来了深重的灾难。因此，唐代大诗人李白、杜甫对唐王

朝的黩武政策、对“开边意未已”的“武皇”所发动的不义战争，都有过批判，如李白《羽檄如流星》、杜甫《兵车行》等。对古战场也都作过悲凉惨悴的描绘，如：“下马古战场，四顾但茫然。风悲浮云去，黄叶坠我前。朽骨穴蝼蚁，又为蔓草缠……”（杜甫《遣兴三首》之一）“野战格斗死，败马号鸣向天悲。乌鸢啄人肠，衔飞上挂枯树枝。士卒涂草莽，将军空尔为。”（李白《战城南》）与李、杜同时代的李华，其《吊古战场文》也与李、杜的诗具有同样的写作意图和社会意义。

《吊古战场文》名为“吊古”，实是讽今。全文以“古战场”为抒情的基点，以“伤心哉”为连缀全篇的感情主线，以远戍的苦况、两军厮杀的惨状、得人与否的对比、士卒家属吊祭的悲怆为结构层次，层层铺叙，愈转愈深，结末点出主旨。结构紧凑，一气呵成。开篇劈空描写古战场阴森悲凉的气象：沙漠空旷无边，杳无人迹，河水回环缠绕，群山交错杂列，天地昏暗，气象憔悴，飞蓬根断，野草枯死，飞鸟不肯落下，野兽离群而奔突，使人触目惊心，魂失魄散。接着文锋一转，借亭长之口点题，叙说古战场“常覆三军”的历史和天阴鬼哭的惨状，增强了文章的可信性与感染力。再以“伤心哉”的慨叹，倾吐深沉的吊古之情，给全篇笼罩上了一层愁惨黯淡的感情色彩。“秦欤？汉欤？将近代欤？”发问深婉，有力统领起全文。

第二段写士卒远戍的苦况和秦汉以来“多事四夷”的原因。作者以“吾闻夫”提领，展开了对历史的回溯，描述远戍士卒历尽行军、露营、夜渡、屯戍之苦。地阔天长，戍边日久，归途知在何处？寄身锋刃，性命难保，怨愤向谁倾诉？但是，戍卒的悲惨遭遇是怎样造成的？“秦汉而还”以下便指出其原因。认为自秦汉以来，为开边拓土，“多事四夷”，边境战事频仍，致使“文教失宣”，王道莫为。这就把罪责推到封建帝王及其所推行的政策上，极为尖锐深刻。作者行王道，反霸道，以“仁义”安抚“四夷”的观点是有进步意义的。

第三段描摹两军厮杀的激烈、悲惨的情状，是全篇的主体。作者以“吾想夫”驰骋其宏伟的想象，用铺排扬厉、踵事增华的笔法，描绘了两次两军交锋的战争场面，且一次比一次激烈，一次比一次残酷。如是在北风掀动沙漠的地方，胡兵凭借地利进犯，中原主将骄慢轻敌，仓促应战，兵卒畏于严酷的军法，不得不拼命死战。两军相搏，厮杀声震撼山川，崩裂江河，攻势迅猛，如雷鸣闪电。如是在“穷阴凝闭，凛冽海隅”的“苦寒”季节，胡兵又凭借天时“径截辎重，横攻士卒”，中原将士被杀得“尸填巨港之岸，血满长城之窟。无贵无贱，同为枯骨”，惨不可言。行文至此，作者又以骚体句式抒写凄恻悲愤之情，深沉凭吊之意。两军交锋激战，鼓衰力尽，矢竭弦绝，白刃相交，宝刀断折，士卒浴血拼杀，场面悲壮而激烈。在此生死关头，士卒心情极为矛盾：“降矣哉？终身夷狄！战矣哉？骨暴沙砾。”真是字字悲痛，声声哀怨。这发自士卒肺腑的心声，是对扩边战争的血泪控诉。作者满怀沉痛心情，以凝重的笔墨，描写了全军覆没后战场上的沉寂、阴森、凄怆的景象，与前文两军厮杀时那种“势崩雷电”的声势形成了强烈的对照，也是对前文“往往鬼哭，天阴则闻”的呼应。面对这种惨相，作者那“伤心哉”的感情发展到了高潮，发出了“伤心惨目，有如是耶”的深沉浩叹，它撞击着历代读者的心扉！

第四段以“吾闻之”领起，采用历代战争对比的方法，说明战争胜败的关键。先用“牧用赵卒”和“汉倾天下”相比，一个“大破林胡，开地千里”，一个搞得“财殚力痡”，从而得出“任人而已，其在多乎”的结论，说明解决边患问题关键是选用良将，而不在于用兵多少。再以“周逐猃狁”与“秦起长城”、“汉击匈奴”对比：有的“全师而还”，君臣和乐安闲，雍容娴雅；有的“荼毒生灵，万里朱殷”；有的“虽得阴山”，“功不补患”。说明解决边患的办法是以“仁义”、“王道”安抚四夷，而不是黩武开边。引古是为证今，作者用历史事实揭露了唐代开边战争给人民带来的灾难，也讽刺了唐玄宗用人不当。

第五段通过“吊祭”的场面，进一步对造成“蒸民”骨肉离散的战争作了血泪控诉。“苍苍蒸民，谁无父母”几句，作者从人道主义出发，用铺排的句式，反诘的语气，气盛言宜地对“开边意未已”的统治者发出了“苍苍蒸民”“杀之何咎”的质问。接着又袭用汉代贾捐之《议罢珠崖疏》“父战死于前，子斗伤于后，老母、寡妻饮泣巷哭，遥设虚祭，想魂乎万里之外”的文义，点化出“布奠倾觞，哭望天涯”，悲怆凄凉的吊祭场面。面对着这“天地为愁，草木凄悲”的惨状，联想到“从古如斯”的一幕幕悲剧，提出了“守在四夷”的主张。结尾点明全文的主旨，与上文相呼应，极为巧妙有力。

《吊古战场文》虽以骈体为宗，但与六朝以来流行的讲求偶辞俪句，铺陈事典，注重形式美，内容空洞贫乏的骈文有很大的不同。本文作者是唐代古文运动的先驱者之一。他提倡古文，力求克服齐梁靡丽之习，于骈俪之中寓古文之气，以散驭俳，崇雅去浮，使文章显示了清新质朴和刚劲有力的格调，充分表现了盛唐新体文赋的特色。

谢榛说：“熟读初盛唐诸家所作，有雄浑如大海奔涛，秀拔如孤峰峭壁。”（《四溟诗话》）《吊古战场文》在构思和表现手法上富有创造性。过去的吊文多以抒情为主，而此文则以议论为主。这些“带情韵以行”的议论，高屋建瓴，一泻直下，气势甚壮。中间用感叹句、反诘句调节节奏，使音调铿锵，参差成趣。运用夸张、对偶、排比、拟人等多种修辞手法，造成了一唱三叹的韵致，增强了文章的感染力。段与段之间又以“吾闻夫”、“吾想夫”、“吾闻之”等散文性质的词语连接，使全篇始终保持着像“大海奔涛”一样“沛然莫之能御”的磅礴气势，一扫历来骈文那种绮丽柔弱的文风。这对后世的文赋有着颇大的影响。

（门立功）

【注】 ①敻（xiòng 凶去）：远。 ②萦带：像带子一样环绕着。 ③纠纷：交错杂乱。 ④惨悴：凄惨忧伤。 ⑤曛：落日的余光。此指天色昏暗不明。 ⑥铤（tǐng 挺）：快跑。 ⑦亭长：秦汉制度，十里一亭，设亭长一人，掌捕劾盗贼。唐代的亭长是地方上掌管治安与传达禁令的小官吏。 ⑧三军：春秋时诸侯大国多设有左、中、右三军。 ⑨齐魏：与下文“韩荆”都是战国时的大国。这里泛指战国时代。 ⑩腷（bì 必）臆：郁闷的心情。 ⑪事：指征伐用兵之事。夷：指边疆少数民族。 ⑫中州：指中原地区。斁（dù 杜）：败坏。 ⑬戎：指边疆少数民族。夏：指中原民族。 ⑭文教：典章制度。失宣：不得广布。 ⑮王道：指儒家所主张的以仁义礼乐治理天下的办法。迂阔：迂远而不切实际。 ⑯期门：军营之门。 ⑰组练：组甲（车士所穿）被练（步卒所服）的简称，此指军队。 ⑱析：崩裂。 ⑲穷阴：天色阴沉。凝闭：彤云密布。 ⑳海隅：海角，这里指边疆战地。 ㉑缯纩（zēng kuàng 增况）：指丝、棉做成的衣服。 ㉒剪：剪径，抢掠。 ㉓径截：恣意截击。辎重：军用物资。 ㉔都尉：武官名。与下文“将军”泛指武官。 ㉕蹙（cù 促）：迫近。 ㉖幂幂（mì 密）：阴森的样子。 ㉗牧：李牧，战国末赵将。 ㉘林胡：匈奴的一支。 ㉙殚（dān 单）：竭尽。痡（pū 铺）：病，疲敝。 ㉚猃狁（xiǎn yǔn 险允）：我国北方的一个民族。 ㉛饮至：凯旋之后，到宗庙告祭祖先。策勋：把功勋记在竹简上。 ㉜穆穆：和而敬的样子。棣棣：雍容娴雅的样子。 ㉝汉击匈奴：指汉武帝时卫青、霍去病出击匈奴事。“初汉两将军大出围单于，所杀虏八九万，而汉士卒物故亦数万。”（《史记·匈奴列传》） ㉞阴山：山名，起于河套西北，东西绵亘内蒙古自治区，东北和内兴安岭相接。 ㉟苍苍：盛多的样子。蒸：通“烝”，众。 ㊱悁悁（juàn 倦）：忧闷的样子。 ㊲布奠倾觞：陈列祭品，洒酒祭奠。 ㊳守在四夷：四夷为帝王守土。语出《左传·昭公二十三年》：“古者天子，守在四夷。”

韩 愈

原 毁

古之君子[①]，其责己也重以周[②]，其待人也轻以约[③]。重以周，故不怠；轻以约，故人乐为善。闻古之人有舜者[④]，其为人也，仁义人也。求其所以为舜者，责于己曰："彼，人也。予，人也。彼能是，而我乃不能是！"早夜以思，去其不如舜者，就其如舜者。闻古之人有周公者[⑤]，其为人也，多才与艺人也。求其所以为周公者，责于己曰："彼，人也。予，人也。彼能是，而我乃不能是！"早夜以思，去其不如周公者，就其如周公者。舜，大圣人也，后世无及焉。周公，大圣人也，后世无及焉。是人也，乃曰："不如舜，不如周公，吾之病也[⑥]。"是不亦责于身者重以周乎！其于人也，曰："彼人也，能有是，是足为良人矣。能善是，是足为艺人矣。"取其一，不责其二，即其新，不究其旧，恐恐然惟惧其人之不得为善之利。一善，易修也。一艺，易能也。其于人也，乃曰："能有是，是亦足矣。"曰："能善是，是亦足矣。"不亦待于人者轻以约乎！

今之君子则不然。其责人也详，其待己也廉[⑦]。详，故人难于为善；廉，故自取也少。己未有善，曰："我善是，是亦足矣。"己未有能，曰："我能是，是亦足矣。"外以欺于人，内以欺于心，未少有得而止矣，不亦待其身者已廉乎[⑧]！其于人也，曰："彼虽能是，其人不足称也；彼虽善是，其用不足称也[⑨]。"举其一，不计其十，究其旧，不图其新，恐恐然惟惧其人之有闻也[⑩]。是不亦责于人者已详乎！夫是之谓不以众人待其身，而以圣人望于人，吾未见其尊己也。

虽然，为是者，有本有原，怠与忌之谓也。怠者不能修，而忌者畏人修。吾尝试之矣。尝试语于众曰："某良士，某良士。"其应者必其人之与也[⑪]；不然，则其所疏远，不与同其利者也；不然，则其畏也。不若是；强者必怒于言，懦者必怒于色矣。又尝语于众曰："某非良士，某非良士。"其不应者，必其人之与也；不然，则其所疏远，不与同其利者也；不然，则其畏也。不若是，强者必说于言[⑫]，懦者必说于色矣。是故事修而谤兴，德高而毁来。呜呼！士之处此世，而望名誉之光，道德之行，难已。

将有作于上者，得吾说而存之[⑬]，其国家可几而理欤！

《原毁》是韩愈所写一组政论文"五原"之一，其余"四原"是《原道》、《原性》、《原人》、《原鬼》。"原"是推究根源，"毁"是毁谤。

《原毁》意谓推究毁谤的根源。本文旨在推究"今之君子"习于毁谤的根源。这是一篇抨击时弊的名文。

第一段写"古之君子"责己待人的态度。文章开篇提出主张："古之君子，其责己也重以周，其待人也轻以约。”即责己严格而全面，待人宽容而简约。《论语·卫灵公》说：“躬自厚而薄责于人，则远怨矣。”韩愈正是根据这种儒家思想提出了自己的观点。这既作为对己对人的标准，又起到提纲挈领、总摄全篇的作用。全文正是紧紧围绕“责己待人”两方面展开论证的。先论“责己”。“闻古之人有舜者”几句，化用《孟子·滕文公上》“舜，何人也？予，何人也？有为者亦若是”的语意，说明古之君子在行动上“去其不如舜者，就其如舜者”，以舜律己，在思想上“彼能是，而我乃不能是”，见贤思齐。这是写古之君子在道德修养上的“责己”精神。“闻古之人有周公者”几句，写古之君子在才、艺修养上的“责己”精神。接着对上文的例证加以评析。认为舜和周公是儒家理想中的典范人物，舜的品德、周公的才艺都达到“后世无及”的境地。但古之君子却说：“不如舜，不如周公，吾之病也。”在进德修业上弃不足，就所长，不懈地追求着，对自己要求非常严格全面。最后以“是不亦责于身者重以周乎”的反诘句，对以上的论证作了有力的结束。“其于人也”一句，承上启下，由“责己”转到“待人”。古之君子只要看到别人有一点优点，就肯定他足以是个“良人”，有一技之长，也就称得上是个“艺人”，并且只取其一，不求全责备。只看现在，既往不咎，还生怕他得不到做好事的益处。“一善”几句对这种表现加以论析，认为一件好事是容易做的，一种技艺是容易学会的，然古之君子却说能“有是”、“善是”就足够了，足见其待人宽厚简约。最后再用“不亦待于人者轻以约乎”的反诘强调了这一结论。这段“责己”和“待人”的论证方法大体是相同的。

第二段写“今之君子”待己责人的态度。“今之君子则不然”，笔锋陡转，由对“古之君子”的褒奖转到对“今之君子”的贬斥。“古之君子”是“责己”、“待人”，而“今之君子”却是“待己”、“责人”，“待”、“责”二字互易，褒贬自现，含义深刻。“今之君子”责备别人苛细，让人难以做好，对自己要求很低，自然收获很少，待己责人的不正确态度导致了不良后果。接着援引事例，对这两方面进行具体论说。先论“待己也廉”。自己既“未有善”，也“未有能”，却自欺欺人地吹嘘“我善是”、“我能是”，并沾沾自喜“是亦足矣”。真是“外以欺于人，内以欺于心”。这必然会造成“未少有得而止矣”的结果，明确地揭示出“怠”。“其于人也”承上转折，写“责人也详”。对待别人的“能是”、“善是”，总是说“不足称”，肆意挑剔，攻其一点，不及其余，只追究过去的错误，不看现在的表现，还提心吊胆地只怕别人有好声望，明显地揭示出“忌”。上文一路揭发“今之君子”责人待己的恶劣作风，至此，一针见血地加以归结：“夫是之谓不以众人待其身，而以圣人望于人，吾未见其尊己也。”表达出对“今之君子”的鄙视和嫉贤妒能风气的愤慨之情。

第三段剖析毁谤的根源。先用“虽然”一词急转，径直剖出毁谤的本源是“怠与忌”，提出本段的论点，并从理论上分析：“怠者不能修，而忌者畏人修。”因为怠者不肯力求上进，忌者唯恐别人超过自己，这样就必然极力抬高自己，毁谤别人。接着用两组排句，以具体事实来说明。作者曾试着对大家称赞某人好或批评某人不好时，附和者必是某人的朋友，或与某人关系疏远、无利害关系的人，或是某人的畏惧者，否则，“强者必怒于言，懦者必怒于色”。以自己的亲身体验揭露了封建士大夫阶级毁谤他人的卑劣风气和当时社会道德的堕落。最后得出结论：“是故事修而谤兴，德高而毁来。”点醒了题面“毁”，指出了怠与忌是毁谤的根源。中唐以后，当权的大地主官僚阶级，担心通过科举进身的中小地主阶级的士子威胁他们的既得利益，因此对他们百般挑剔，极力攻击和毁谤，作者就是其中“动而得谤”、屡遭排挤的一个。这种毁谤的恶风不知扼杀了多少才德之士！他满怀激愤，无限感慨地说：“士之处此世，而望名誉之光，道德之行，难已。”毁谤为害是何等严重！

第四段点明写作意图。儒家一向认为修身关系治国之道：“身修而后家齐，家齐而后国治，国治而后天下平。”（《大学》）因此，韩愈希望统治者采纳他的意见，提倡古人责己待人的精神，杜绝毁谤，把国家治理好。其实，“怠”与“忌”是剥削阶级的劣根性，他们是不可能纠正的。但作者所强调的责己严、待人宽的态度，所阐发的修身治国的道理，至今对我们仍有启发和教益。

韩愈的论说文结构严谨，逻辑性强，浑灏流转，气势雄放。苏洵说：“韩子之文，如长江大河，浑灏流转。”（《上欧阳内翰第一书》）皇甫湜也说，韩文“如长江秋清，千里一道，冲飚激浪，瀚流不滞”（《谕业》）。《原毁》正体现了韩文的这种风格特点。

第一，结构严谨，条理清晰。文章各段都围绕全文的论述中心提出一个分论点，然后运用理论论据和事实论据逐层论证，反复推理，使文章不枝不蔓，条理统贯，气势充沛，具有很强的说服力。如第一段落笔点出“古之君子”责己待人的正确态度作为本段的议论中心，接着分两层论述怎样“责己”，怎样“待人”。首段极力誉扬“古之君子”责己待人的态度，造成高屋建瓴之势，树立了典范和标准。第二段紧承第一段的章法线索，处处从反面揭露“今之君子”责人待已的错误态度。在一、二两段具体分析、正反论证的基础上，第三段揭示出毁谤的根源，并从理论上加以推论，从事实上加以印证，最后得出“事修而谤兴，德高而毁来”合乎逻辑的结论。第四段交代写作意图，说明纠正毁谤的意义。四段内容各有侧重，各有定处，前后不能移易。且都围绕着对己待人的态度，从“德”与“才”两方面落笔，从具体到抽象，从现象到本质，层层推进，步步深入，作了令人信服的论证。段与段之间又穿插着过渡句，承接紧密、自然，显出文章结构的严密、条理、完整。

第二，运用对比和假托。本文通篇运用对比：“古之君子”与“今之君子”是对比；“古之君子”与“今之君子”对己对人的不同态度是对比；作者形象化的“试语”“某良士”与“某非良士”是对比；人们对“试语”的不同态度也是对比。《汉书·艺文志》：“相反皆相成也。”作者运用对比，集中而强烈地显示了事物之间的差别，使善恶是非界线分明。更突出了“古之君子”待人责己高尚风格的可贵，“今之君子”诋毁后进之士作风的卑劣。更为巧妙的是，这些对比的人事大都是作者的假托，而这些假托又都深刻针砭了时弊。谢枋得谓“此篇巧妙处在假托他人之言辞模写世俗之情状”（《文章轨范》卷一），可谓知言。

第三，运用排比和对偶。作者把排偶的特点扩大到段与段、意与意之间。如“闻古之人有舜者”与“闻古之人有周公者”，“取其一，不责其二，即其新，不究其旧”与“举其一，不计其十，究其旧，不图其新”等，运用得极为精巧。一些句型相同、词语相似的句子，经作者改动几字，文义截然相反，对照更加鲜明，道理更为深刻。排偶的大量运用，使“文极滔滔莽莽”，层浪叠涌，斡流不滞，气势浑豪，增强了感人的

力量，充分体现了韩文雄奇奔放的风格。　　　　　　　　　　（门立功）

【注】①君子：指有道德修养的人。②责：要求。重：严格。周：全面。③轻：宽容。约：简略。④舜：传说中我国氏族社会末期的部落联盟领袖。⑤周公：姓姬名旦，周武王之弟，西周著名政治家。⑥病：缺点。⑦廉：低，少。⑧已：太，甚。⑨用：此指才能。⑩闻（wèn问）：声望，声誉。⑪与：党羽，朋友。⑫说：通"悦"，高兴。⑬存：牢记。

师　说

古之学者必有师。师者，所以传道、受业、解惑也[1]。人非生而知之者，孰能无惑？惑而不从师，其为惑也，终不解矣。生乎吾前，其闻道也，固先乎吾，吾从而师之；生乎吾后，其闻道也，亦先乎吾，吾从而师之。吾师道也，夫庸知其年之先后生于吾乎[2]？是故无贵无贱，无长无少，道之所存，师之所存也。

嗟乎！师道之不传也久矣，欲人之无惑也难矣。古之圣人，其出人也远矣[3]，犹且从师而问焉；今之众人，其下圣人也亦远矣[4]，而耻学于师。是故圣益圣，愚益愚。圣人之所以为圣，愚人之所以为愚，其皆出于此乎？爱其子，择师而教之；于其身也，则耻师焉，惑矣！彼童子之师，授之书而习其句读者也[5]，非吾所谓传其道解其惑者也。句读之不知，惑之不解，或师焉，或不焉[6]，小学而大遗，吾未见其明也。巫医乐师百工之人[7]，不耻相师。士大夫之族，曰师曰弟子云者，则群聚而笑之。问之，则曰："彼与彼年相若也[8]，道相似也。"位卑则足羞，官盛则近谀。呜呼！师道之不复，可知矣。巫医乐师百工之人，君子不齿[9]。今其智乃反不能及，其可怪也欤！

圣人无常师。孔子师郯子、苌弘、师襄、老聃[10]。郯子之徒，其贤不及孔子。孔子曰："三人行，则必有我师[11]。"是故弟子不必不如师，师不必贤于弟子，闻道有先后，术业有专攻，如是而已。

李氏子蟠[12]，年十七，好古文，六艺经传[13]，皆通习之，不拘于时，学于余。余嘉其能行古道[14]，作《师说》以贻之[15]。

韩愈

韩愈倡言"师道复古"，但在"举世不师"的唐代，他这种主张所受到的阻力是相当大的。正如柳宗元在《答韦中立论师道书》中所说："今之世，不闻有师，有辄哗笑之，以为狂人。独韩愈奋不顾流俗，犯笑侮，收召后学，作《师说》，因抗颜而为师。世果群怪聚骂，指目牵引，而增与为言辞，愈以是得狂名。"可见，韩愈作此文正是针对社会上耻于从师的不良风尚，更是给那些讥笑者和诽谤者以公开的答复和严正的驳斥，表现了作者敢于反抗流俗的勇气和"抗颜而为师"的精神。

全文可分四段。第一段，总论从师学习的重要性和择师的标准。"古之学者必有师"，落笔点题。"古之"二字，表明援古以立论，"是古"以"非今"，更与下段的"今之"遥应。"必"字构成一种逻辑上的绝对肯定，把从师学习的重要性强调到不容置疑的地步。那么，为什么"学者必有师"呢？论据之一："师者，所以传道、受业、解惑也。""传道、受业、解惑",仅六个字扼要而准确地道出了师的作用。论据之二:"人非生而知之者,孰能无惑?"这里是以孔子的话"我非生而知之者"(《论语·述而》)为依据提出的。世界上没有生而知之者,因此必然有"惑",这是从人们认识事物的一般规律上强调"必有师"。论据之三:"惑而不从师,其为惑也,终不解矣。"既然没有"无师自通"者,有"惑",必须有人启发、指导,否则其"惑"就始终不能解除。这互相承接的三点论据,既有力地论证了从师学习的重要性,为"学者必有师"的"必"字下了注脚,又暗示了择师的标准。什么人可以为师呢?"生乎吾前,其闻道也,固先乎吾,吾从而师之;生乎吾后,其闻道也,亦先乎吾,吾从而师之。"师的任务在于"传道",从师的目的在于"师道",因此,择师的标准看其是否"闻道",哪管他年龄大小,地位高低,"道之所存,师之所存也"。二句为本文要旨,统摄全篇。这种"能者为师"的师道观,不仅切中时弊,而且颇有反陈规的精神。

上文从正面立论,以理为据,总提从师之道。下文从反面批判当时耻于从师的社会风气,据事论理,指点抑扬,讽喻时弊,具有强烈的辩驳意味。"嗟乎!师道之不传也久矣,欲人之无惑也难矣。"作者深沉地慨叹耻于从师的风气由来已久,其危害极其严重。感叹的语气,掀起新的文澜,使人警醒。在遥遥回应前文"传道"、"解惑"的文义中,笔锋陡转,进入对耻于从师现象的批判和讽刺。文章通过三层对比逐次展开。第一层以"古之圣人"和"今之众人"作对比。"其出人也远矣"的"圣人","犹且从师而问焉","其下圣人也亦远矣"的"众人","而耻学于师",这样势必"圣益圣,愚益愚"。一褒一贬,泾渭分明。第二层以为子择师与自身耻于从师作对比。其子"句读之不知",则"师焉";自身"惑之不解",则"不焉"。爱子而不自爱,"小学而大遗",真是太糊涂了。讥刺寓于婉词,鄙视形诸笔墨。第三层以"巫医乐师百工之人"与"士大夫之族"作对比。作者肯定了"巫医乐师百工之人,不耻相师"的正确态度,批驳和嘲笑了"士大夫之族"在从师方面计较年龄和地位的谬论和"群聚而笑"的丑态,发出了贵不及贱"其可怪也欤"之叹。三层均就眼前事比较相形,从不同角度揭露了社会陋习,有力地批判了"士大夫之族"不能尊师重道的愚蠢,充分表现出作者对"士大夫之族"的憎恶、鄙视的情绪。

第三段以"圣人无常师"为例,阐述人皆可以为师的道理。"圣人无常师"一句,既与前文"古之圣人""犹且从师而问焉"相关联,又自然地开启了下文,进一步论证了"道之所存,师之所存"的师道观。根据孔子无常师的事例及其"三人行,则必有我师"的名言,归结出"弟子不必不如师,师不必贤于弟子,闻道有先后,术业有专攻,如是而已"的结论。这既给那些用"无师可师"为借口,实则耻于从师的"士大夫之族"以有力的驳斥,又言简意赅地阐明了教学相长的师生关系,并收束了前面"吾师道也"的全部议论。

末段说明本文的写作缘由。李蟠"不拘于时,学于余"的精神,与"士大夫之族""耻学于师"的行为大相径庭,因此,"余嘉其能行古道,作《师说》以贻之"。表明本文旨在树立楷模,倡导良风,批评陋习,压倒邪气。

韩愈在这篇针砭时弊、有感而发的论文中,阐述了师的作用和从师的重要性,提出了一些教育原则,如"学者必有师","师者,所以传道、受业、解惑也","三人行,则必有我师”,“无贵无贱,无长无少,道之所存,师之所存也”,“弟子不必不如师,师不必贤于弟子”等,丰富了我国古代的教育思想,在今天仍有借鉴意义。

在艺术表现方面,本文立论超卓精辟,结体严整多变,对比鲜明有力,说理透彻明晰,句式或长或短,或奇或偶,或论说,或唱叹,既参差错综,跌宕多姿,又浑浩流转,感情强烈,有一股不可遏抑的正大气势贯行其间。储欣称此文“有起有束,中间比类相形,议论明切”(《唐宋八大家类选》卷三)。林云铭谓“其行文错综变化,反复引证,似无段落可寻,一气读之,只觉意味无穷”(《韩文起》卷一),道出了本文的特色。

(门立功 吴佃珍)

【注】 ①传道:指传授儒家的道义。受:同“授”。惑:疑惑,疑难。 ②庸:岂,何必。 ③出:超出。 ④下:低下。 ⑤句读(dòu豆):指文章的断句。文义完整者称“句”;文义未尽,需停顿处称“读”(亦作“逗”)。 ⑥不:通“否”。 ⑦巫医:古时巫医不分,指以看病和降神弄鬼为职业的人。乐师:歌唱奏乐的人。百工之人:各种手艺人。 ⑧相若:相近。 ⑨不齿:不屑与之同列,表示极度鄙视。⑩郯(tán谈)子:春秋时郯国(今山东郯城以北)的国君,孔子曾向他请教官制。苌(cháng长)弘:周敬王时大夫,孔子曾向他请教音乐。师襄:春秋时鲁国的乐官,孔子曾向他学琴。老聃(dān丹):老子,曾任周史官,孔子曾向他问礼。 ⑪“三人”二句:语出《论语·述而》。 ⑫李氏子:李姓青年。李蟠是韩愈的弟子,贞元十九年(803)进士。 ⑬六艺经传:六经的经文和传文。六艺,即《诗》、《书》、《礼》、《乐》、《易》、《春秋》六种儒家经典。古称解释经文的著作为“传”。⑭嘉:赞许。 ⑮贻(yí移):赠送。

马 说

世有伯乐,然后有千里马①。千里马常有,而伯乐不常有。故虽有名马,只辱于奴隶人之手②,骈死于槽枥之间③,不以千里称也。

马之千里者,一食或尽粟一石;食马者不知其能千里而食也④。是马也,虽有千里之能,食不饱,力不足,才美不外见⑤,且欲与常马等不可得,安求其能千里也!

策之不以其道⑥,食之不能尽其材⑦,鸣之而不能通其意,执策而临之,曰:“天下无马。”呜呼!其真无马邪?其真不知马也!

本文是唐代古文家韩愈所写的一组短论《杂说》中的第四篇,因其内容是论说千里马的,故后人又称之为《马说》。这篇文章短小精悍,立论警策,说理透辟,是古代散文短章中不可多得的精品,历来为人们所称道。

韩愈在《送孟东野序》中说:“大凡物不得其平则鸣。”又说:“人之于言亦然……凡出乎口而为声者,其皆有弗平者乎!”他的这篇《马说》就是一篇不平之鸣。韩愈少时即刻苦好学,博学多才;他胸怀大志,“欲自振于一代”。但他自唐贞元二年(786)到京师求仕,“四举于礼部乃一得,三选于吏卒无成”(《上宰相书》)。无奈,于贞元十一年(795)三次上书宰相自荐求仕,但都如石沉大海,毫无结果。这段经历对于饱学多才自视甚高的韩愈来说是个沉重打击。他深感失望而愤愤不平。《马

说》确切的写作年月无法考定。有人以为此即讥诮那位宰相之作。此说虽无确证，但从文章内容看，说此文作于求仕不遂之际，大致是不错的。韩愈从自己应试觅官的经历中目睹当时社会上“贤者恒不遇，不贤者比肩青紫，贤者恒无以自存，不贤者志满气得”(《与崔群书》)的不合理现象，心中愤愤不平而发为文章。《马说》虽说是一篇说理文章，但字里行间渗透着作者强烈的感情。文中有理有情，情理交融，使文章不仅有很强的说服力，而且有很强的感染力。晋代的陆机在《文赋》中说：“立片言而居要，乃一篇之警策；虽众辞之有条，必待兹而效绩。”讲的是一篇好文章，要有简括的警策之言作为全文之纲领，文章有了它，其他“众辞”才能发挥各自的作用。“世有伯乐，然后有千里马”就是本篇的警策之言。伯乐识千里马的故事，古已有之。韩愈师承前人之意并加以深化，把有德有识的伯乐的重要性提高到一个前所未有的高度，认为先有了伯乐，“然后”才会有千里马。初看来这种说法似乎有悖于常理。人们一般都认为总是先有千里马，伯乐才能发现它。而且“世有伯乐，然后有千里马”与“千里马常有，而伯乐不常有”之间似乎有些矛盾。但我们读罢全篇，细加体味就会领悟到这两句之中的“千里马”，意思有所不同。前者指的是既有千里之能，又有千里马之称的名实相称的真正的千里马，而后者指的是虽有千里之能但无千里马之称的“名马”。凡马之有无，不以伯乐之有无为转移；而千里马则需要伯乐去发现它，合理地饲养它，给它以驰骋千里大显身手的机会，才能成为真正的千里马。否则，即使有千里之能，也不过如同凡马。正是在这个意义上，韩愈把“世有伯乐”视为“有千里马”的必要条件，没有伯乐就难有千里马。这一点正是韩愈超越前人之处。全篇都是围绕着这个中心来展开论述的。

文章在开门见山提出“世有伯乐，然后有千里马”的论断之后，接下来并未按常规去正面论述这个论题，而是笔锋一转，从“伯乐不常有”出发，从反面论说“世无伯乐难有千里马”这样一个论题。乍看起来这似乎有些离题，但细加体会就会发现这正是作者巧妙的迂回论证。作者首先写世无伯乐则千里马只能“辱于奴隶人之手，骈死于槽枥之间”，得不到一显身手的机会而被埋没。其次写世无伯乐则千里马得不到应有的待遇，没有发挥千里之能的起码条件，“食不饱，力不足，才美不外见”，又怎么能致千里呢！再次写世无伯乐就必然会出现“策之不以其道，食之不能尽其材，鸣之而不能通其意”的情况。那些策马者不知千里马的习性，用役使凡马的办法对待千里马；那些饲马者用饲养凡马的方法来喂养千里马；千里马嘶鸣了，他们也不懂得马的心意。千里马得不到理解关心和爱护，得不到合理的使用，怎么会有驰骋千里的积极性呢？总之，一无机会，二无应有的待遇和条件，三无致千里的积极性，那些有千里之能的名马，也就难以脱颖而出成为名副其实的千里马。作者从不同的侧面将“世无伯乐难有千里马”的道理论说得十分透辟，那么“世有伯乐，然后有千里马”的道理，也就不言而喻了。文章的结尾部分作者在长叹之余愤激地指出，不是真的没有好马，而是策马者有眼无珠不识马。“天下无马”，只因世上伯乐不常有。这就巧妙地照应了文章的开头。读罢全篇，文章构思之精巧，结构之缜密，说理之透辟，令人叹赏不已。

托物寓意，寓理于事，是《马说》的又一重要特色。文章句句在说马，但读者从字里行间不难体会到作者的本意不在于说马；文章字面上无一句讲人才，读者也不难体会到作者实际上句句在讲人才。作者将自己要阐发的关于人才问题的一些道理，将自己怀才不遇的愤懑之情，寄寓在人们熟知的故事之中，寄托于千里马的形象之中，让读者从说马之中自然地联想到作者的本意。这样做可以使文章无浅露枯燥之弊，有生动形象耐人寻味之妙，而且便于倾泻自己的怀才不遇的一腔愤激之情，使文章有更强的说服力和感染力。

前人在论及韩愈散文的创作风格时，曾有韩文如潮的说法。意思是说韩愈的文章常有一种奔放的气势和起伏的波澜。《马说》虽是短章，但也写得波澜起伏，曲折多变。文章第一段从理论上论说千里马被埋没的原因，多用叙述句式，语气也比较舒缓。第二段随着作者感情的起伏，连用三个否定句式的短句写千里马的不幸遭遇，接着又用反诘句表达作者的痛惜和不平之情。文章句式富于变化，也很有气势。文章第三段开头连用"策之不以其道"等三个否定句，节奏急促，语势峻急，有一种潮水般的奔放气势，大有声色俱厉的味道。到"执策而临之，曰：'天下无马。'"，寥寥十字，生动传神地刻画出了策马者愚而自用的神态，简直是一幅绝妙的漫画！文章至此语气稍作提顿。接着一声长叹之后，作者先用一反问句表达自己的愤激之情，接着又用一个感叹句"其真不知马也"厉声斥责那些有眼不识千里马的人。此时作者的愤激之情达到了极点，文章也就在高潮中结束。《马说》全文仅一百五十一字，如此短小的篇幅，竟有如此的波澜起伏，曲折变化，真可谓"方寸之间，气象万千"。世称韩愈为"短章圣手"，人们于《马说》可见一斑。（丁士朴）

【注】 ①伯乐：姓孙名阳，秦穆公时人。伯乐，原为星名，职掌天马，孙阳善相马，故以"伯乐"称之。伯乐识千里马事见《战国策・楚策四》："汗明见春申君曰：'君亦闻骥乎？夫骥之齿至矣，服盐车而上太行，蹄申膝折，尾湛胕溃，漉汁洒地，白汗交流，中坂迁延，负辕不能上。伯乐遭之，下车攀而哭之，解纻衣以幂之。骥于是俯而喷，仰而鸣，声达于天，若出金石声者。何也？彼见伯乐之知己也。'"按："骥"即千里马。《战国策・燕策一》载燕昭王延揽人才，郭隗以求千里马喻求贤才。②奴隶人：地位低下受人役使的人，此处泛指一般的马伕。③骈：并，并列。这里指与普通马一起。枥（lì 力）：拴马之处。④食马者：饲养马的人。食（sì 四）：同"饲"，饲养。以下的"食"均同此。⑤才美：才能和优点。见：音义同"现"。⑥策：古代一种竹制的马鞭，引申为马鞭，这里用作动词，鞭策，使用。不以其道：不按它的特性。⑦尽其材：使其才力充分发挥出来。

进学解

国子先生晨入太学，招诸生立馆下，诲之曰："业精于勤，荒于嬉；行成于思，毁于随。方今圣贤相逢，治具毕张[1]。拔去凶邪，登崇俊良。占小善者率以录[2]，名一艺者无不庸[3]。爬罗剔抉，刮垢磨光[4]。盖有幸而获选，孰云多而不扬？诸生业患不能精，无患有司之不明[5]；行患不能成，无患有司之不公。"

言未既，有笑于列者曰："先生欺余哉！弟子事先生，于兹有年矣。先生口不绝吟于六艺之文，手不停披于百家之编；记事者必提其要，纂言者必钩其

玄[6];贪多务得[7],细大不捐[8];焚膏油以继晷[9],恒兀兀以穷年[10]。先生之业,可谓勤矣。觝排异端[11],攘斥佛老;补苴罅漏[12],张皇幽眇[13];寻坠绪之茫茫[14],独旁搜而远绍[15];障百川而东之[16],回狂澜于既倒。先生之于儒,可谓有劳矣。沉浸醲郁[17],含英咀华[18]。作为文章,其书满家。上规姚姒[19],浑浑无涯[20];周《诰》殷《盘》[21],佶屈聱牙;《春秋》谨严,《左氏》浮夸;《易》奇而法[22],《诗》正而葩[23]。下逮《庄》、《骚》[24],太史所录[25],子云、相如[26],同工异曲。先生之于文,可谓闳其中而肆其外矣[27]。少始知学,勇于敢为;长通于方,左右具宜。先生之于为人,可谓成矣。然而公不见信于人,私不见助于友,跋前踬后[28],动辄得咎[29]。暂为御史,遂窜南夷。三年博士,冗不见治[30]。命与仇谋,取败几时[31]。冬暖而儿号寒,年丰而妻啼饥。头童齿豁,竟死何裨[32]?不知虑此,而反教人为?"

先生曰:"吁!子来前!夫大木为杗,细木为桷[33],欂栌侏儒[34],椳闑扂楔[35],各得其宜,施以成室者,匠氏之工也。玉札丹砂[36],赤箭青芝[37],牛溲马勃[38],败鼓之皮[39],俱收并蓄,待用无遗者,医师之良也。登明选公[40],杂进巧拙,纡余为妍[41],卓荦为杰[42],校短量长,惟器是适者,宰相之方也。昔者孟轲好辩,孔道以明,辙环天下,卒老于行[43]。荀卿守正,大论是弘,逃谗于楚,废死兰陵[44]。是二儒者,吐辞为经,举足为法,绝类离伦[45],优入圣域[46],其遇于世何如也?今先生学虽勤而不繇其统[47],言虽多而不要其中[48],文虽奇而不济于用,行虽修而不显于众。犹且月费俸钱,岁靡廪粟。子不知耕,妇不知织。乘马从徒,安坐而食。踵常途之促促[49],窥陈编以盗窃[50]。然而圣主不加诛,宰臣不见斥,兹非其幸欤?动而得谤,名亦随之,投闲置散[51],乃分之宜。若夫商财贿之有亡[52],计班资之崇庳[53],忘己量之所称,指前人之瑕疵,是所谓诘匠氏之不以杙为楹[54],而訾医师以昌阳引年,欲进其豨苓也[55]。"

韩愈是以古文而著称的作家。《进学解》就是一篇骈散兼行、以骈体为主的优秀韵文。"进学",指增进学问、品行;"解",辨析,是一种文体。元和七年(812),韩愈因上疏论事失察,由职方员外郎被黜,复为国子博士。他对自己才高数黜,如今官又下迁,心有不满,因而作《进学解》以自嘲。

本文用东方朔《答客难》、扬雄《解嘲》的问答形式,假托国子先生(实指韩愈自己)劝学,生徒质问,先生解答,故名之曰《进学解》。文章构思奇妙,笔调幽默,实际是作者感叹不遇、抒发愤懑之作。全文三段,第一段写国子先生在太学教诲生徒,告诫他们学业精通于勤奋,荒疏于嬉戏,为人行事成功于独立思考,失败于苟且随便,勉励他们在学业、品行两方面都应勤奋上进。并说当今朝廷政治清明,重视人才,"诸生业患不能精,无患有司之不明;行患不能成,无患有司之不公"。言下之意,只要学行有成,仕途定会通达。其实这是反话正说,作为教诲生徒"进学"的基本论点,以引出全篇议论。这段教诲采取了正面训话的口气,显得很严肃,很正经,但第二段一开始,却发生了"突转"——"言未既,有笑于列者",话未说完,生徒中就有人情不自禁地笑出了声。幽默是一种意想不到的滑稽。先生的一本正经,在学生看来，正是这样的滑稽。这一段便以一个生徒的口气，对上述教诲提出诘问，认为先生之说是自欺欺人。他以先生自己的遭遇为例，说：先生治学勤奋，知识渊博；排佛崇儒，有功于世；写作“古文”，富有创造；从政处事，亦有才干。但结果却“公不见信于人，私不见助于友”，动辄得咎，仕途并不通达，以至于“冬暖而儿号寒，年丰而妻啼饥”，正当中年，却已“头童齿豁”。生徒的这一番话，前半对先生的学业、品行的推崇，其实是韩愈借生徒之口表白自己学行的杰出、文章的高超，是他的自我评价，自我称许。后半对先生的指责，表面上虽是以先生之矛攻先生之盾，用先生自己学虽优而无用、才虽高而不遇的事实，来反诘先生所谓朝廷爱惜人才的不实之词，其实他攻击和讽刺的矛头完全是指向朝廷的。这是韩愈在借生徒之口指责朝廷的不公，为自己的仕途蹭蹬鸣不平，一吐胸中块垒而已。这段学生讥笑先生的话，是一种艺术假定。要突出先生的才德，由先生亲自出面去“自吹”，显然不妥。借学生之口说出，一来免了自吹之嫌，二来表明连学生也敢于讥笑老师了，可见这老师的潦倒已到何种程度。第三段，写先生对生徒诘问的反驳、解答。先是用类比法说明各人有各人的分工和专长，宰相的职责就在于能“俱收并蓄”，量才录用。自己就这材料，境遇不好怪不得那些当道的。就好比木匠建房选木料，大料作栋梁，小料作椽子，使其各尽其能；又好比医药师，不论药材的名贵或粗贱，都能收罗，以备不同的用场。再说孟轲、荀卿那样的圣人，他们说出话来便是经典，举手投足便是行为规范，可结果一个老死在游说途中，一个罢官后客死他乡。这两位大儒尚且不遇于世，何况“我”呢？他认为自己被“投闲置散”，也就本该如此。最后说假如自己还不知足，岂不是自不量力，等于要求宰相“以杙为楹”，以小材充大用吗？先生的解答，表示自己对处境心悦诚服，而实际上他的解答也是皮里阳秋，或说反话，或寓讥讽，蕴涵着对古往今来这种贤愚颠倒的不合理现象的愤慨。先生的解答，既是辩解，又是自嘲，更是牢骚；是讥讽，是愤懑，也是自我安慰。

主题思想的多义性，是这篇文章的一个重要特色。先生开头对生徒的教诲，应该说，还是很有道理的。“业精于勤，荒于嬉；行成于思，毁于随”，更成了进学修行的格言。这正是在“进学解”这个题目之下所应该说的话。但是，作者还有更深的文义在。这开头只是一个铺垫。有了这一本正经的教师爷架势，才显出后文中先生的可笑来。但是，作者的用意又不仅仅是讥笑这位穷困潦倒的先生，而是借此来发泄牢骚，发泄对当权用事者不公不明的不满。在这种发泄中，又夹杂着对自己的一种通脱旷达的嘲讽，一种对于自己目前困境的自我安慰式的解释。如果说，第一、二段有辨析、牢骚、自嘲、自慰等复杂用意的话，那么，第三段中更多的则是对于“圣主”、“宰臣”的尖刻讥刺。但是，联系到韩愈此时的心情及被黜的前因后果，我们觉得，似乎又不仅仅止于讽刺。韩愈长期不得重用，主要原因固然是“有司”之不公不明，但此次被复降为国子博士，其直接原因却在于他自己的一个失误。他这时是有苦不好尽吐。如果一味地发牢骚，一味地讽刺别人，反而会显得自家有些小气。韩愈是一个做事作文都比较认真的人，他不会闭眼不见自己的失误。因而，这篇文章中就多多少少地有了些自怨自艾的味道。正面教诲、反语讥刺、自嘲自怨、发泄牢骚、自解自慰，种种因素交织在一起，就构成了这篇文章的复杂多义性。这

篇文章的第二个特色，是其行文气势的抑扬顿挫之美。第一段正面教诲，是抑，是蓄气顿势，是为了后文的扬。有了这段正经话，便使后文学生揭先生老底的话有了鲜明的对照映衬。这种意想不到的强烈对比，使行文至此一起一伏，一顿一勃，充满生气。紧接着，第三段，则以建房用药喻物尽其宜之理，以荀、孟遭遇衬托先生之"幸运"，既发牢骚，又以自慰，有抑有扬，成吞吐回环之势，使上文抑扬顿挫之文气归结在此，构成了气势之美。韩愈曾倡"气盛言宜"之说，有此抑扬回环之"气"，其用词造句便无不相宜。全文采用赋体，但又有自己的创造，能给读者以新鲜感。作者创造性地运用铺陈排比这一修辞技巧于行文之中，并穿插运用排比对偶句式，如"寻坠绪之茫茫，独旁搜而远绍；障百川而东之，回狂澜于既倒"，"学虽勤而不繇其统，言虽多而不要其中，文虽奇而不济于用，行虽修而不显于众"等等。这些排比对偶句，显然也吸收了六朝骈文的长处。大量对偶句式和散文句法交错使用，整齐之中又有变化，使文章显得更加活泼生动。文中时有隔句用韵，又并非通篇用韵，用韵与否大致随文意的转换而变化，仿佛信手拈来，毫不拘泥，因而读起来能朗朗上口，音节流畅。它避免了辞赋、骈文的缺点，其实已成为一种艺术性很强的新体散文。本文在炼字造句上，也颇能见出作者的艺术匠心。作者善于运用短语来概括自己的经验阅历，如"业精于勤，荒于嬉；行成于思，毁于随"就已成为至理名言。其他如"刮垢磨光"、"贪多务得"、"细大不捐"、"含英咀华"、"佶屈聱牙"、"同工异曲"、"跋前踬后"、"动辄得咎"、"俱收并蓄"、"投闲置散"等等，也都言简意深，便于记诵，有许多成为后人常用的成语，丰富了我们民族的语言宝库。晚唐古文家孙樵，曾称赞此文"拔地倚天，句句欲活。读之如赤手捕长蛇，不施鞚骑生马，急不得暇，莫可捉搦"(《与王霖秀才书》)。此说虽未免夸张，但就其言语生动、意趣横生而言，却是非常中肯的。

（吴文治　朱崇才）

【注】 ①治具毕张：指国家的各种制度和法令都已完备地建立起来。　②占：有。率：一概。录：录用。　③名一艺者：泛指有一技之长的人。庸：同"用"，任用。　④爬罗剔抉，刮垢磨光：意谓仔细地选拔人才，精心地培养、造就人才。　⑤有司：指负责选拔人才的官员。⑥纂：同"撰"。钩其玄：钩索出它深奥的道理。　⑦贪多务得：不厌其多，务求有得。　⑧捐：弃。　⑨焚膏油：指点灯照夜。晷：日光。　⑩兀兀：勤奋劳苦的样子。　⑪觝：同"牴"。觝排：排斥。异端：指不符合儒家思想的学说，即下文所说的佛老等。　⑫苴(jū 居)：草编衬垫，引申为填补。罅(xià 下)：缝隙。　⑬张皇：光大。幽眇：幽深精微。　⑭坠绪：指将绝而未绝的儒家道统。　⑮旁搜：广泛地搜求。远绍：继承古代圣人。绍：继承。　⑯障百川而东之：筑堤防堵百川泛滥使之东流入海，喻指把诸子百家的学说都纳入到儒家的轨道中来。　⑰酞郁：本指酒香浓郁，这里比喻古代典籍中有价值的精美成分。　⑱含英咀华：细细地咀嚼体味典籍中的精华。　⑲规：取法。姚：虞舜的姓。姒：夏禹的姓。姚姒：指《尚书》中的《虞书》、《夏书》。⑳浑浑无涯：深博无边。　㉑周《诰》：《尚书·周书》有《大诰》、《康诰》、《酒诰》、《召诰》、《洛诰》等篇。殷《盘》：《尚书·商书》有《盘庚》篇。　㉒《易》奇而法：意为《易经》变化奇妙而有法则。　㉓《诗》正而葩(pā 趴)：《诗经》思想纯正而辞藻华丽。葩：花，指文辞华美。　㉔《庄》：《庄子》。《骚》：《离骚》。这里泛指《楚辞》。　㉕太史所录：指司马迁所作《史记》。　㉖子云：西汉辞赋家扬雄字。相如：西汉辞赋家司马相如。　㉗闳(hóng 红)其中：指文章内容深博。肆其

外:指文笔恣肆奔放。㉘跋前踬后:意为前进有困难,后退有阻碍。跋:踏。踬:跌倒。《诗·豳风·狼跋》:“狼跋其胡,载疐(同“踬”)其尾。”意思是老狼前走就会踩着它下巴下垂的肉,后退又绊着其尾而跌倒,进退两难。㉙咎:罪过。㉚冗不见治:处于闲散的职位,不能够显露出政治才干。㉛命与仇谋,取败几时:意为命运与仇敌串通一气,不时遭到失败和挫折。㉜竟死:一直到死。㉝杗(máng 忙):房梁。桷(jué 决):方形的椽子。㉞欂栌(báo lú 薄卢):短柱。侏儒:原指矮小的人,这里指短椽。㉟椳(wèi 畏):门枢,门臼。闑(niè 聂):两扇门中间挡门的木橛。扂(diàn 店):门闩。楔:门两旁的木柱。㊱玉札:即地榆。丹砂:即朱砂。㊲赤箭:即天麻。青芝:又名“龙芝”。以上四种都是贵重药材。㊳牛溲:牛尿。一说为车前子。马勃:又名“马屁菌”。㊴败鼓之皮:陈旧破败的鼓皮,可入药。以上三种都是贱而易得的药材。㊵登明:进用明智的人。选公:选拔公正无私的人。㊶纡余:指性格沉静老练。妍:美好。㊷卓荦(luò 洛):超然杰出。㊸行:道路。㊹荀卿:即荀况,战国赵人。因在齐受谗,乃往楚国,春申君以为兰陵令。春申君死后,他被罢官,老死在兰陵。见《史记·孟子荀卿列传》。㊺绝类离伦:指远远超过了当时所有的儒者。伦:同辈。㊻优:高超。圣域:圣人的境地。㊼繇:同“由”。其统:指儒家道统。㊽不要其中:不能抓住其要领。㊾踵:追随,因袭。常途:指世俗众人所走的人生道路。促促:谨小慎微的样子。㊿陈编:指古人著作。51投闲置散:投置在闲散的职位上。52商:计算,考虑。财贿:利禄。53班资:官位,品级。崇庳:高低。庳:同“卑”。54杙(yì 义):小木桩。55訾:指责,诋毁。昌阳:即菖蒲,药材,古人认为久服可以长寿。豨(xī 西)苓:又名“猪苓”,中药。

圬者王承福传[①]

圬之为技,贱且劳者也,有业之[②],其色若自得者,听其言,约而尽[③]。问之:王其姓,承福其名,世为京兆长安农夫[④]。天宝之乱[⑤],发人为兵,持弓矢十三年,有官勋[⑥],弃之来归,丧其土田,手镘衣食,余三十年。舍于市之主人[⑦],而归其屋食之当焉[⑧]。视时屋食之贵贱,而上下其圬之佣以偿之[⑨],有余,则以与道路之废、疾、饿者焉。

又曰:粟[⑩],稼而生者也,若布与帛,必蚕绩而后成者也[⑪],其他所以养生之具,皆待人力而后完也,吾皆赖之。然人不可遍为,宜乎各致其能以相生也。故君者,理我所以生者也;而百官者,承君之化者也。任有大小,惟其所能,若器皿焉。食焉而怠其事,必有天殃,故吾不敢一日舍镘以嬉。夫镘,易能可力焉[⑫],又诚有功,取其值,虽劳无愧,吾心安焉。夫力,易强而有功也;心,难强而有智也。用力者使于人,用心者使人,亦其宜也,吾特择其易为而无愧者取焉。嘻!吾操镘以入贵富之家有年矣。有一至者焉,又往过之,则为墟矣;有再至三至者焉,而往过之,则为墟矣。问之其邻,或曰:噫!刑戮也。或曰:身既死,而其子孙不能有也。或曰:死而归之官也。吾以是观之,非所谓食焉怠其事而得天殃者邪?非强心以智而不足,不择其才之称否,而冒之者邪?非多行可愧,知其不可,而强为之者邪?将富贵难守,薄功而厚飨之者邪?抑丰悴有时,一去一来,而不可常者邪?吾之心悯焉,是故择其力之可能者行焉,乐富贵而

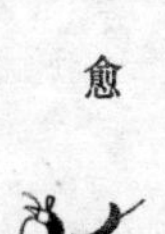

悲贫贱，我岂异于人哉！

又曰：功大者，其所以自奉也博；妻与子皆养于我者也，吾能薄而功小，不有之可也。又吾所谓劳力者，若立吾家而力不足，则心又劳也，一身而二任焉，虽圣者不可为也。

愈始闻而惑之，又从而思之，盖贤者也，盖所谓"独善其身"者也。然吾有讥焉：谓其自为也过多[13]，其为人也过少，其学杨朱之道者邪[14]？杨之道，不肯拔我一毛而利天下，而夫人以有家为劳心[15]，不肯一动其心以畜其妻子，其肯劳其心以为人乎哉？虽然，其贤于世之患不得之而患失之者，以济其生之欲，贪邪而亡道以丧其身者，其亦远矣！又其言有可以余者，故余为之传，而自鉴焉[16]。

这是韩愈集中唯一的一篇人物传记。明万历中徐世泰所刊东雅堂本《昌黎先生集》，把此传编入"杂著"中，可见，徐氏已看出作者要通过传记，阐明事理，表达思想。

本文既曰"传"，自然要写人物。作者对所写"圬者"即泥瓦匠王承福，从这样两方面落笔：一是交代他的经历；二是记录他的一大段精彩言论。最后，写作者自己对人物的评论。文章结构简洁而严谨。

文中写人物经历，不是单纯记录事实，语言既简洁，且从中提出了令人深思的问题。王承福本是京兆府农民，"安史之乱"爆发，应征入伍，戎马倥偬十三年，有官勋而不要，竟是弃官回了家。家里的田地在战乱中丧失了，他心甘情愿地"手镘衣食，余三十年"，拿着抹墙的工具以谋取衣食，也有三十多年了，依然是一个地道的劳动者。文章开篇就说："圬之为技，贱且劳者也。"做一个泥瓦匠，既低贱，又辛劳，而王承福弃官业此三十多年，"其色若自得者"，脸上还流露出很得意的样子；从"有余，则以与道路之废、疾、饿者焉"，还可以看出这个地道的劳动者有济人危难的高贵品德。"余"，指所得佣金除去房租饭费后的余额。如此非同一般，这又是为什么呢？文章的先声夺人之处，就是在介绍人物经历时，把这个不一般的问题提了出来，令读者不能不细加思索。文章的主旨，也就由此展开。

从"又曰"至"虽圣者不可为也"是王承福自己的一大段话，正是回答这个不一般的问题的。这段话中有三层意思。第一层意思，是说人类社会必须有分工，在这种分工中，人们需要选择自己能胜任的工作去做。这是因为人类赖以为生的种田、织布等各种工作，对某一个人来说不可能样样都做，亦即"人不可遍为"，只能做自己有能力做的某一种工作。因此，人们彼此间必然形成分工，相互依赖为生，"宜乎各致其能以相生也"，其中包括脑力劳动和体力劳动（即"用心"和"用力"）以及各行各业的分工等。联系韩愈的思想，细味这段文意，可以看出韩愈写这段文字的主旨，在于阐明"用力者使于人，用心者使人"这样一个观点，并以"故君者，理我所以生者也；而百官者，承君之化者也"（皇帝，治理百姓使之得以生存；臣，秉承君之教化并把它致之于百姓）为论据，来肯定在封建社会里"用力者使于人，用心者使人"的合理性，即文中所说"亦其宜也"。这种思想在《原道》篇中表述得更为明显而具体："是故君（皇帝）者，出令者也；臣者，行君之令而致之民者也；民者，出粟米麻丝，作器皿，通货财，以事其上（皇帝）者也。君不出令，则失其所以为君；臣不行君之令而致之民，民不出粟米麻丝，作器皿，通货财，以事其上，则诛。”至于王承福本人“有官勋，弃之来归”，有官不做而甘愿做泥瓦匠，那是因为他认为“圬者”和做官，一为“用力”即劳力，一为“用心”即劳心，“夫力，易强而有功也；心，难强而有智也”，也就是说：从事体力劳动（“用力”），只要勉力而为不难取得功效；但从事脑力劳动（“用心”），即使勉力而为却不一定能成为一个有智慧的人。所以他舍弃“用心”而从事“用力”，因此，他做这项工作并取得成效：“又诚有功，取其值，虽劳无愧”，心安理得地使用自己所获得的报酬，毫无羞愧。第二层意思，用贵富之家宅第沦为废墟为例，指出世上一些热心追求富贵的人，在社会分工中做了自己没有能力胜任的工作，因而造成家破人亡的结局。作者连用五个问句来阐明“心，难强而有智也”的必然后果：“非所谓食焉怠其事而得天殃者邪？”——难道不是因为享受俸禄而又倦怠所从事的工作，因此遭到上天所降灾祸的惩罚吗？“非强心以智而不足，不择其才之称否，而冒之者邪？”——难道不是因为勉强做“用心者”而智力不足，不选择与自己能力相称的事情去做，而假充有才智的人所造成的结果吗？“非多行可愧，知其不可，而强为之者邪？”——难道不是因为行为上多有可羞愧之处，明知一些事情不可去做，而又偏偏去做所造成的结果吗？“将富贵难守，薄功而厚飨（xiǎng 享）之者邪？”——还是因为富贵本来就不容易保守得住，而享受富贵的人又往往是功劳很少而享受太多呢？“抑丰悴有时，一去一来，而不可常者邪？”——还是富贵和贫贱有一定时限，而不可能永远保持原状？这五句虽然都用诘问的形式，结论却是肯定的。这层意思以“吾之心悯焉”四句作结，再次强调人必须“择其力之可能者行焉”，以免遭“天殃”。第三层意思，是说王承福自知自己“能薄而功小”，不能养活妻子儿女，所以他不愿娶妻成家。由于以上种种原因，王承福虽然与一般人一样“乐富贵而悲贫贱”，但他却情愿弃官而做“圬者”。这显然也是作者借王承福的口所作的一段议论。这段议论逻辑分明，语言生动活泼。如，为了强调“富贵难守”的社会现象，文中连用两个“则为墟矣”，紧接着又连用三个“或曰”，五个问句，铿锵有力，气势逼人，给人的印象十分深刻。面对这种社会现象，王承福说“吾之心悯焉”，可以看出，他是总结了人生经验后，才确立自己的生活信条的，因而读者不可不信。古文家高超的写作技巧和驾驭语言的能力，历历可见。

本文最后一段，是作者对人物的评论，类似《史记》中的“太史公曰”。作者根据王承福的言论和行为，认为此人“盖贤者也，盖所谓‘独善其身’者也”。但这个结论，是作者在“始闻而惑之，又从而思之”以后得到的认识。从写法上讲，是意在暗示读者，作者对人物的评论不是草率的，而是慎重的。从对人物的具体评论看，又是先抑后扬。先批评王承福学杨朱的“为我”之道，“不肯一动其心以畜其妻子”，而这个批评，显然是过分了。因为王承福既然有了“有余，则以与道路之废、疾、饿者焉”的行为，就绝不是在行杨朱之道，“不肯拔我一毛而利天下”。王承福不愿娶妻生子的根本原因，难道不是在于劳动者的贫困吗？作者的这个批评，与前面所宣扬的“用力者使于人，用心者使人”的观点，同样不可取。不过，就本文而言，作者的主要用意是把一位劳动者懂得自食其力，且能济助弱者的高尚品德，与一些“用心者”

的官僚尸位素餐、鱼肉人民的卑劣行为，两相对照，强调后者"贪邪而亡道"，理应得到可悲的下场，这一点显然是有积极意义的。作者肯定这位"贱且劳"的圬者王承福，归根结蒂正是为了批评那些所谓大人物的"贪邪而亡道"，这也正是作者在官场沉浮中所久已深恶痛疾的。作者在前面大谈"富贵之家"的"富贵难守"，意思亦在于此。

（杨慧文）

【注】 ①圬(wū 乌)：泥瓦工人用的抹子。圬者，即泥瓦匠。 ②有业之：有从事这个职业的。 ③约而尽：简要而透彻。 ④京兆长安：即长安(今陕西西安)，唐时京都，属京兆尹管辖。 ⑤天宝之乱：唐玄宗天宝十四载(755)十一月，范阳节度使安禄山起兵叛唐，次年攻陷长安。天宝：唐玄宗年号。 ⑥官勋：官职和勋位。 ⑦舍：住。市：街市。主人：雇主。 ⑧归：偿还。屋食：这里指住房和吃饭。当：指同等价值的费用。 ⑨上：增加。下：减少。圬之佣：抹墙的佣金，即工钱。 ⑩粟：谷子，这里泛指粮食作物。 ⑪蚕绩(jì 机)：指把蚕丝绩成线。 ⑫易能：容易学会。可力：可以努力去做。 ⑬自为：为自己。 ⑭杨朱：战国时人，字子居，他主张"为我"，极端利己，与墨翟的"兼爱"相对立。 ⑮夫(fú 扶)人：这个人，指王承福。 ⑯自鉴：自我对照。

送孟东野序

大凡物不得其平则鸣。草木之无声，风挠之鸣[1]；水之无声，风荡之鸣[2]。其跃也，或激之[3]；其趋也，或梗之[4]；其沸也，或炙之[5]。金石之无声[6]，或击之鸣。人之于言也亦然，有不得已者而后言，其歌也有思，其哭也有怀。凡出乎口而为声者，其皆有弗平者乎[7]？

乐也者，郁于中而泄于外者也，择其善鸣者而假之鸣[8]。金、石、丝、竹、匏、土、革、木八者[9]，物之善鸣者也。维天之于时也亦然[10]，择其善鸣者而假之鸣。是故以鸟鸣春[11]，以雷鸣夏，以虫鸣秋，以风鸣冬。四时之相推夺[12]，其必有不得其平者乎？其于人也亦然，人声之精者为言，文辞之于言，又其精也，尤择其善鸣者而假之鸣。

其在唐虞[13]，咎陶、禹[14]，其善鸣者也，而假以鸣。夔弗能以文辞鸣[15]，又自假于韶以鸣[16]。夏之时，五子以其歌鸣[17]。伊尹鸣殷[18]，周公鸣周[19]。凡载于《诗》、《书》、六艺[20]，皆鸣之善者也。周之衰，孔子之徒鸣之，其声大而远。传曰："天将以夫子为木铎[21]。"其弗信矣乎？其末也，庄周以其荒唐之辞鸣。楚，大国也，其亡也，以屈原鸣。臧孙辰、孟轲、荀卿[22]，以道鸣者也。杨朱、墨翟、管夷吾、晏婴、老聃、申不害、韩非、慎到、田骈、邹衍、尸佼、孙武、张仪、苏秦之属[23]，皆以其术鸣[24]。秦之兴，李斯鸣之。汉之时，司马迁、相如、扬雄，最其善鸣者也。其下魏晋氏，鸣者不及于古，然亦未尝绝也。就其善鸣者，其声清以浮[25]，其节数以急[26]，其辞淫以哀[27]，其志弛以肆[28]，其为言也，乱杂而无章。将天丑其德莫之顾邪[29]？何为乎不鸣其善鸣者也？

唐之有天下，陈子昂、苏源明、元结、李白、杜甫、李观[30]，皆以其所能鸣。其存而在下者，孟郊东野，始以其诗鸣。其高出魏晋，不懈而及于古[31]，其他浸淫乎汉氏矣[32]。从吾游者，李翱、张籍其尤也[33]。三子者之鸣信善矣[34]，抑不知天将和其声而使鸣国家之盛耶[35]？抑将穷饿其身、思愁其心肠而使自鸣其不幸耶？三子者之命则悬乎天矣[36]。其在上也奚以喜？其在下也奚以悲？东野之役于江南也[37]，若有不释然者[38]，故吾道其命于天者以解之。

唐代散文大家韩愈以创作散文著名，他的《送孟东野序》又是用力之作，成为他的散文的名篇之一，后选入《古文观止》。他对孟郊（字东野）特别推重，写了《荐士》诗，称："国朝盛文章，子昂始高蹈。勃兴得李杜，万类困陵暴。"接下来就介绍孟郊："有穷者孟郊，受材实雄骜。"对这样一位诗人，给他写送别序，自然是很用力的。但对这篇序，人们却有不同看法。这里试就写作角度来探讨一下。

何焯在《义门读书记》里讲《昌黎集》说："但吾终疑'不得其平'四字，与圣贤之善鸣及鸣国家之盛处，终不能包含。此韩子之文，尚未与经为一耳。"这是说，这篇序的主旨有问题。这篇序的开头说："大凡物不得其平则鸣。"那应该指有才能而受压抑的人，感到不得其平而鸣。可是文章里讲了当权的得意的人物，他们在歌颂国家的兴盛。他们不属于被压抑而有不平的人物，"不得其平则鸣"好像不包括他们在内。这是说这篇的主旨同文中所举的例证不合，有问题。但林云铭的《韩文起》里却提出另一个意见。他说："凡人之有言，皆非无故而言，其胸中必有不能已者。这不能已，便是不得其平。""俗眼错认'不平'为不得用扼腕，何啻千里？独不思篇中言皋陶，言禹，言伊尹，言周公，皆称其鸣之善。其不平处岂亦为不得用而然乎？"他认为当权的得意的人有话不能不说，这也是"不得其平则鸣"。"不得其平则鸣"同当权者的歌颂盛明并没有矛盾。吴楚材、吴调侯在《古文观止》里说："此文得之悲歌慷慨者为多。谓凡形之声者皆不得已，于不得已中又有善不善，所谓善者又有幸不幸之分。"这里讲的，先说"不平则鸣"多数指悲歌慷慨，但这种善鸣又有幸不幸，幸指当权者的歌颂，不幸指被压抑者的鸣不得意。总而言之，何焯认为"不平则鸣"就指被压抑者鸣他的不得意，不能指得意者的歌颂；林云铭认为只要有话不能不说都是不平则鸣，所以得意者的歌颂也是"不平则鸣"；二吴认为不平则鸣多数是指悲歌慷慨，但得意者的歌颂也可称"不平则鸣"。

对这三种说法应该怎样看呢？看原文："有不得已者而后言，其歌也有思，其哭也有怀。凡出乎口而为声者，其皆有弗平者乎？""是故以鸟鸣春，以雷鸣夏，以虫鸣秋，以风鸣冬。四时之相推夺，其必有不得其平者乎？"在这里，打雷是由于两块带有多量异种电的云相冲击而成，是有不平的，风鸣是由于空气的流动，也有不平，鸟鸣虫鸣大概为了求偶，不是什么不平。人们的言语，高兴时笑歌，得意时歌颂，都说不上不平则鸣。因此，把各种鸣声都说成不平则鸣，是不恰当的。韩愈为什么这样说？就是要安慰孟郊。孟郊处境穷困，要到江南去做溧阳尉的小官，他的不平则鸣，是鸣他的不得意。韩愈要安慰他，说不平则鸣不一定是可悲的，要是你得意了，进入朝廷，为朝廷歌颂，也是不平则鸣。这样的安慰其实是不恰当的。孟郊的不平则鸣，是鸣他的有才而不得意。假使他进入朝廷，替朝廷歌功颂德，那就不属于不

平则鸣了。就“不得其平则鸣”这个主旨说，同文章中写得意者的歌颂相矛盾，是败笔。这个败笔却并不损害这篇文章成为名篇。

读这篇文章，“大凡物不得其平则鸣”这个主要论点是激动人心的。这使人想起，司马迁在《报任少卿书》里愤激地提出：“诗三百篇，大抵圣贤发愤之所为作也。”这个发愤著书的命题，到韩愈笔下，成为“大凡物不得其平则鸣”，把内容扩大了。发愤著书，限于著书，能著书的人比较少。“不得其平则鸣”，能鸣的就多了，写诗是鸣，呼号也是鸣，说话来鸣不平也是鸣，实际上是把发愤著书的命题扩大了，普及所有有不平的人。因此，这篇文章光就他提出这一个命题，就可以成为名篇了。这说明文章要成为名篇，就要能提出激动人心的命题来。读者接受了这个命题，自然要读下去。碰到能发挥这一命题的话，自然能打动读者，看到败笔，不能发挥这一命题的话，自然略过去，不放在心上。经过读者这样去取，败笔被抛弃了，能说明命题的被记住了。这样，这篇文章在读者的记忆中还是成为名篇了。文中写历代的善鸣者，有孔子之徒，有庄周，有屈原，有先秦诸子，汉有司马迁、相如、扬雄，唐有陈子昂、李白、杜甫等。这些都可证实和加强“不得其平则鸣”这个主旨，最后归到孟郊。这说明，写文章，除了要提出有力的主旨以外，还需要有丰富的材料来加以证明，文章才有力量。反过来说，要是提不出有力的主旨，人云亦云，即使内容说得很妥帖，读者看过也就忘掉，成不了名文。没有丰富的材料，内容就嫌单薄，缺乏说服力，也不行。

韩愈这篇文章，还有一个特点。他论历代的善鸣者，在先秦诸子中特别推重庄子，超出于其他诸子，把庄子与屈原并提。他这样写：“周之衰，孔子之徒鸣之，其声大而远。传曰：‘天将以夫子为木铎。’其弗信矣乎？其末也，庄周以其荒唐之辞鸣。楚，大国也，其亡也，以屈原鸣。臧孙辰、孟轲、荀卿，以道鸣者也。”下面列举墨翟、老聃、韩非、孙武等十四人，称为“以其术鸣”。这样的写法，正是把庄子突出，几乎把他同当时被尊为“圣人”的孔子和伟大诗人屈原并列了。孟子和其他诸子都退在后面，这是韩愈的创见。在他以前，刘勰《文心雕龙·诸子》里，论到诸子文章的特色，像“孟荀所述，理懿而辞雅”一段，提到管、晏、列子、邹子、墨子等，就是没有庄子，把庄子列在以上诸子之下。萧统《文选》，不认为诸子是文。韩愈把庄子这样突出，是有他的卓见的。再如：“汉之时，司马迁、相如、扬雄，最其善鸣者也。”把司马迁放在第一，这也是他的卓见。刘知几在《史通·六家》里就尊班固而贬低司马迁，韩愈则根本不提班固，而把司马迁列在第一位，这是对司马迁散文的极力推重。后来的古文家接受他的意见，也推重司马迁，但又贬低相如、扬雄。他又推重相如、扬雄，这说明他的散文成就，在辞采方面又吸收了相如、扬雄之文，做到了“沉浸酡郁，含英咀华”，有他的特点。这是他的散文同宋代欧阳修的散文平顺通达的不同的地方。下面对魏晋作家，评为“其声清以浮，其节数以急，其辞淫以哀，其志弛以肆，其为言也，乱杂而无章”。这也显示了他的独特看法，根本不提人名。这种看法把魏晋作家贬得太低了，但也为后来古文家所接受，所谓“文起八代之衰”。在以上的叙述里，显示出他对历代作家的评价，有他的独特见解。其中像推重庄子和司马迁，更为卓见。这些卓见超越前人，也是这篇文章成为名文的原因之一。在写法上，

《古文观止》里评为:"句法变换凡二十九样。如龙之变化屈伸于天。"这是指他讲各种鸣的写法,确实有变化,是句法上的特点。这种变化是和他对历代作家的评价不同密切相关的。

林纾在《韩柳文研究法》里又指出这篇文章的毛病。韩愈称:"唐之有天下,陈子昂、苏源明、元结、李白、杜甫、李观,皆以其所能鸣。其存而在下者,孟郊东野,始以其诗鸣。"林纾说:"陈子昂诸人,正以诗鸣者也。此数人既以诗名,则说到东野,不应用一'始'字。"这是用词不当。还有,把陈子昂、李白、杜甫不称为以诗鸣,用来陪衬孟郊的以诗鸣,这样来突出孟郊,不免把孟郊推得过高了。总之,这篇文章有种种毛病,但仍不失为名篇之一。说明决定文章能不能成为名篇,还得看主旨有没有创见,叙述有没有提出新的见解来,有没有新的表达法;要是主旨有创见,叙述有新的见解,又有新的表达法,即使文章本身有缺点,还是有可能成为名篇的。

(周振甫)

【注】 ①风挠之鸣:风吹草木使之鸣,发出声音。 ②风荡之鸣:风吹流水使之鸣,发出声音。 ③激:由于阻遏造成水的激荡。 ④趋:快步走。梗:阻塞。 ⑤沸:沸滚。炙:烧。 ⑥金石:钟磬之类的打击乐器。 ⑦弗:不。 ⑧假:借。 ⑨金:钟铸。石:磬。丝:琴瑟。竹:箫笛。匏(páo 袍):笙。土:埙(xūn 勋)。革:鼓。木:柷敔。统称"乐器"。 ⑩维:无实义虚词。 ⑪是故:所以。 ⑫推夺:推移变化。夺:消失。 ⑬唐虞:唐尧、虞舜。 ⑭咎陶(gāo yáo 高徭):人名。禹:治水之夏禹。 ⑮夔(kuí 奎):舜时乐官。 ⑯韶:夔所作乐曲名。 ⑰五子以其歌鸣:夏王太康纵欲亡国,他的五个兄弟作《子之歌》告诫他。 ⑱伊尹:名挚,殷代贤相。 ⑲周公:名旦,佐武王灭商建周。 ⑳六艺:指《诗》、《书》、《礼》、《易》、《乐》、《春秋》六经。 ㉑木铎:木舌的金铃。 ㉒臧孙辰:臧孙,复姓,名辰。春秋时鲁国大夫。《左传·襄公二十四年》:"鲁有先大夫曰臧文仲既没,其言立。" ㉓杨朱:战国时卫人。管夷吾:管仲,齐桓公时相。晏婴:齐简公时相。老聃:老子。申不害:战国时韩国人。慎到:战国时赵国人。田骈:战国时齐国人。邹衍:战国时齐人。尸佼:战国时鲁国人。 ㉔术:这里指思想、政治主张。 ㉕以:而。清:清丽。浮:浮夸。 ㉖节:节奏。数(shuò 烁)以急:繁多而急促。 ㉗淫以哀:淫靡而悲怆。 ㉘弛以肆:松懈而放荡。 ㉙丑:厌恶。顾:眷顾。邪:耶,呢。 ㉚陈子昂:字伯玉,初唐诗人。苏源明:字弱夫,唐武功人,不受安禄山伪职。元结:字次山,唐河南人,著有《元子》十篇。李观:字元宾,唐赵州人,任太子校书郎。 ㉛及于古:赶上古人。 ㉜汉氏:指汉代诗文。 ㉝李翱:字习之,唐代古文运动的拥护者。张籍:作者同时的诗人。 ㉞信:确实。 ㉟抑不:还不。和:调谐。 ㊱悬乎:决定于。 ㊲役:这里指就职,孟东野去就职溧阳(今属江苏苏南)县尉。江南:长江以南地区。 ㊳释然:指愉快。

送董邵南游河北序

燕赵古称多感慨悲歌之士[①]。董生举进士,连不得志于有司[②],怀抱利器[③],郁郁适兹土[④],吾知其必有合也。

董生勉乎哉!夫以子之不遇时,苟慕义彊仁者[⑤],皆爱惜焉。矧燕赵之士[⑥],出乎其性者哉!然吾尝闻风俗与化移易[⑦],吾恶知其今不异于古所云耶[8]？聊以吾子之行卜之也[9]。董生勉乎哉！

吾因子有所感矣。为我吊望诸君之墓[10]，而观于其市[11]，复有昔时屠狗者乎[12]？为我谢曰[13]：明天子在上，可以出而仕矣！

韩愈的这篇《送董邵南游河北序》，不过一百几十个字，却言外见意，耐人寻味，长期以来被选入各种古文选本，是大家公认的佳作。

这篇文章的题目，有些版本（如"五百家注"本）有"游河北"三字，有些版本（如"考异"本）却没有。从内容看，的确是送董邵南游河北。因而要弄清董邵南游河北是怎么回事，韩愈是否赞成。

当时的河北是藩镇割据的地方。《新唐书·藩镇传》中说："安史乱天下，至肃宗，大难略平，君臣皆幸安，故瓜分河北地付叛将，护养孽萌，以成祸根。……一寇死，一贼生，讫唐亡百余年，卒不为王土。"韩愈是坚决主张削平藩镇、实现大一统的。因而在他看来，如果有人跑到河北去投靠藩镇，那就是"从贼"，必须鸣鼓而攻之。此其一。

韩愈为了实现大一统，很希望统治者延揽人才；但在这一点上，统治者常常使他失望。所以在不少诗文里，他替自己、替别人抒发过沉沦不遇的感情。他有一篇题为《嗟哉董生行》的诗，也是为董邵南写的。诗里说："……寿州属县有安丰，唐贞元时，县人董生邵南隐居行义于其中。刺史不能荐，天子不闻名声，爵禄不及门。门外惟有吏，日来征租更索钱……"全诗在赞扬董生"隐居行义"的同时，也对"刺史不能荐"表示遗憾。这位董生隐居了一阵子，大约不安于"天子不闻名声"的现状，终于主动出山了。但是"举进士"，又"连不得志于有司"。对于他的"郁郁不得志"，韩愈自然是同情的。此其二。

然而，这位因"隐居行义"而受到韩愈赞扬的董生，却由于在唐王朝"不得志"，竟然要投奔藩镇去了。当他临行之时，韩愈要写一篇序送他，看来很难措辞。赞成他去吗，那就违背了自己一贯的主张。声色俱厉地"责以大义"，阻止他去"从贼"吗，那就变成了"留行"，不合"送序"的体裁；何况对于"怀抱利器"而无处施展的董生毕竟是同情的，不忍太严厉。

"惟陈言之务去"的韩愈写文章常常是因难见巧的。这篇短序的构思、造语，就相当"巧"。

一上来先赞美河北"多感慨悲歌之士"，接着即叙述董生"怀抱利器"而"不得志于有司"，因而要到河北去，然后两相绾合，作一判断："吾知其必有合也。"这很有点为董生预贺的味道。再加上"董生勉乎哉"，仿佛是说：你就要找到出路了，努力争取吧！

作者还嫌不够，又深入一层说：像你这么个怀才不遇的人，只要是"慕义彊仁"的人都会爱惜的，何况那些"仁义出乎其性"的"燕赵之士"呢？又将河北赞美一通，为董生贺。意思仿佛是：你的出路的确瞅对了，好好去干吧！这其实是些反话，所谓"心否而词唯"。

作者在称赞河北时有意识地埋伏了一个"古"字。为什么说"埋伏"了一个"古"

字呢？因为特意在“古”字下用了个“称”，放了些烟幕，使“古”字隐藏其中，不那么引人注目。如果不用“称”字，写成“燕赵古多感慨悲歌之士”，那“古”字就十分显眼，等于说“燕赵今无感慨悲歌之士”，下面的文章就很不好作。而下连“称”字，就是另一种情况。“古称”云云，即“历史上说”如何如何。历史上说“燕赵多感慨悲歌之士”，则现在可能还是那样，所以先就“古称”落墨，送董生游河北，断言“必有合”。然而“古称”究竟不同于“今称”。“历史上说”“燕赵多感慨悲歌之士”，则现在可能还是那样，也可能不是，因而“到底是与不是”的疑问终归要提出来。于是用“然”字扳转，将笔锋从“古称”移向现实。不难看出，写“古”正是为了“借宾定主”，为下文写“今”蓄势。

“今”之燕赵是不是仍“多感慨悲歌之士”呢？在作者心目中，这答案当然是否定的。但他并不立刻否定，却提出了一个原则：“风俗与化移易（风俗人情跟着政令、教化的改变而改变）。”既然“风俗与化移易”，则河北（燕赵）已被“反叛朝廷”的藩镇“化”了好些年，其风俗怎能不变？风俗既然变了，变得再没有“感慨悲歌之士”，那么董生到那里去，就未必“有合”。“风俗与化移易”的前提一经提出，分明造成了箭在弦上的形势，眼看要作如上的推论。但作者真像在他的《雉带箭》一诗里所说的那样：“将军欲以巧伏人，盘马弯弓惜不发。”只提出“吾恶知其今不异于古所云耶”的疑问而不作判断。“今”是不是异于“古”，“聊以吾子之行卜之也”——姑且拿你的出游试试看。

当时的藩镇为了壮大自己的声势，“竞引豪杰为谋主”。董生到河北去，“合”的可能性是很大的。如果“合”了，岂不是就证明了“今”之燕赵“不异于古所云”吗？但作者是早有埋伏的。他说“燕赵古称多感慨悲歌之士”，又说“感慨悲歌”的“燕赵之士”仁义“出乎其性”。预言董生与仁义“出乎其性”的人“必有合”，这是褒扬董生。而先“扬”正是为了后“抑”。“风俗与化移易”一句既然点出了当时掌握河北政权的藩镇；而当时的藩镇呢，恐怕连董生（他不可能没有忠君的观念）也不好说他们仁义“出乎其性”吧！既然如此，那么董生与藩镇“合”，就只能证明他丧失“仁义”罢了。“聊以吾子之行卜之也”的“卜”，与其说是“卜”燕赵，毋宁说是“卜”董生。“勉乎哉”云者，勉其不可“从贼”也。

作者怕董生不懂，又照应前面的“古”字，提出原为燕将，被迫逃到赵国，被封为望诸君，却念念不忘燕国的乐毅来。“为我吊望诸君之墓”，是提醒董生应妥善处理他和唐王朝的关系。还怕他不懂，进一步照应前面的“古”字，委托他到燕市上去看看还有没有高渐离那样的“屠狗者”；如果有的话，就劝其入朝效忠。连河北的“屠狗者”都劝其入朝，则对董生投奔河北藩镇抱什么态度，也就不言而喻了（劝“屠狗者”入朝还有另一层意思，下面再谈）。

全文表面上一直是送董生游河北。第一段就“燕赵古称多感慨悲歌之士”立论，预言董生“必有合”，是送他去。第二段怀疑燕赵的风俗可能变了，但要“以吾子之行卜之”，还是送他去。结尾委托董生吊望诸君之墓，劝谕燕赵之士“归顺朝廷”，仍然是送他去。总之，的确是一篇送行文字。但送之正所以留之，微情妙旨，全寄于笔墨之外。

这篇文章的中心思想是反对董邵南游河北，但其内容远不止于此。与此相联系，第一，向往古燕赵的"感慨悲歌之士"，从而指斥了当时割据河北的藩镇。第二，反对董生游河北，但肯定他是"怀抱利器"的；"怀抱利器"，却"连不得志于有司"，因而只好到河北去谋出路，这又流露了对"有司"的不满，似乎在责备他们"为渊驱鱼"。第三，董生明明是"不得志于有司"才投奔藩镇的，却委托他劝谕河北的"屠狗者"入朝作官；"屠狗者"如果真的跑到唐王朝去，"有司"会让他"得志"吗？在这些地方，作者不仅暗暗地责怪"有司"，而且隐隐然在向最高统治者敲警钟。从董生的遭遇看，所谓"明天子"其实不很"明"，但作者却希望他"明"。根据历史记载，当时的唐王朝"仕路壅滞"，失意之士纷纷投奔藩镇；而藩镇呢，又"竞引豪杰为谋主"：因而藩镇益强而朝廷益弱。企图实现大一统局面的韩愈，在给他曾经赞美过的董邵南送行的时候，真是感慨万千！惟其感慨万千，才能写出这篇内容深广的短文。

这篇序辞约而意丰，文短而气长，以"古"、"今"分层次，以"吾知"、"吾恶知"相呼应，转折出人意外，而脉络又极分明。作为创作经验，还有可资借鉴的地方，值得有志于写好散文的人重视。

（霍松林）

【注】 ①燕：相当于今河北省北部地区。赵：相当于今河北省南部地区。感慨悲歌之士：指荆轲、高渐离等豪侠之士。《汉书·地理志》："赵、中山地薄人众，丈夫相聚游戏，悲歌慷慨。" ②董生：董邵南，寿州安丰（今安徽寿县）人。有司：古时设官分职，各有所司，故称"有司"。③怀抱利器：这里指有学识才能。 ④郁郁：心情郁闷。适：去。兹土：这个地方。 ⑤彊：同"强"，勉力。 ⑥矧（shěn 审）：何况。 ⑦化：风化。移易：改变。 ⑧恶知：怎么知道。⑨卜：预测。 ⑩望诸君：即乐毅，曾为燕将，后归赵，封于观津，号称"望诸君"。 ⑪市：指燕市。 ⑫屠狗者：隐藏在社会底层，从事屠狗一类职业的人，如高渐离等。 ⑬谢：致意。

祭十二郎文

年月日[①]，季父愈[②]，闻汝丧之七日，乃能衔哀致诚[③]，使建中远具时羞之奠[④]，告汝十二郎之灵[⑤]：

呜呼！吾少孤[⑥]，乃长，不省所怙[⑦]，惟兄嫂是依。中年，兄殁南方[⑧]，吾与汝俱幼，从嫂归葬河阳[⑨]，既又与汝就食江南[⑩]，零丁孤苦，未尝一日相离也。吾上有三兄[⑪]，皆不幸早世[⑫]，承先人后者[⑬]，在孙惟汝，在子惟吾，两世一身[⑭]，形单影只。嫂尝抚汝指吾而言曰："韩氏两世，惟此而已！"汝时尤小，当不复记忆。吾时虽能记忆，亦未知其言之悲也。吾年十九，始来京城[⑮]。其后四年，而归视汝；又四年，吾往河阳省坟墓，遇汝从嫂丧来葬[⑯]。又二年，吾佐董丞相幕于汴州[⑰]，汝来省吾，止一岁，请归取其孥[⑱]。明年，丞相薨[⑲]，吾去汴州，汝不果来[⑳]。是年，吾又佐戎徐州[㉑]，使取汝者始行，吾又罢去[㉒]，汝又不果来。吾念汝从于东[㉓]，东亦客也[㉔]，不可以久。图久远者，莫如西归[㉕]，将成家而致汝[㉖]。呜呼！孰谓汝遽去吾而殁乎[㉗]？！

吾与汝俱少年，以为虽暂相别，终当久相与处，故舍汝而旅食京师[㉘]，以求斗斛之禄[29]。诚知其如此[30]，虽万乘之公相[31]，吾不以一日辍汝而就也[32]。去年孟东野往[33]，吾书与汝曰："吾年未四十[34]，而视茫茫[35]，而发苍苍[36]，而齿牙动摇。念诸父与诸兄[37]，皆康强而早逝，如吾之衰者，其能久存乎？吾不可去，汝不肯来，恐旦暮死，而汝抱无涯之戚也[38]。"孰谓少者殁而长者存，强者夭而病者全乎？呜呼！其信然邪[39]？其梦邪？其传之非其真邪？信也[40]，吾兄之盛德而夭其嗣乎[41]？汝之纯明而不克蒙其泽乎[42]？少者、强者而夭殁，长者、衰者而存全乎？未可以为信也。梦也，传之非其真也，东野之书[43]，耿兰之报[44]，何为而在吾侧也？呜呼！其信然矣！吾兄之盛德而夭其嗣矣！汝之纯明宜业其家者[45]，不克蒙其泽矣。所谓天者诚难测[46]，而神者诚难明矣；所谓理者不可推，而寿者不可知矣！

虽然，吾自今年来，苍苍者或化而为白矣，动摇者或脱而落矣[47]。毛血日益衰[48]，志气日益微[49]，几何不从汝而死也[50]！死而有知，其几何离[51]？其无知，悲不几时[52]，而不悲者无穷期矣！汝之子始一岁[53]，吾之子始五岁[54]，少而强者不可保，如此孩提者又可冀其成立耶[55]？呜呼哀哉！呜呼哀哉！

汝去年书云："比得软脚病[56]，往往而剧[57]。"吾曰："是疾也，江南之人，常常有之。"未始以为忧也[58]。呜呼！其竟以此而殒其生乎[59]？抑别有疾而至斯乎？汝之书，六月十七日也。东野云：汝殁以六月二日。耿兰之报无月日。盖东野之使者，不知问家人以月日；如耿兰之报[60]，不知当言月日。东野与吾书，乃问使者，使者妄称以应之耳[61]。其然乎？其不然乎？今吾使建中祭汝，吊汝之孤[62]，与汝之乳母。彼有食[63]，可守以待终丧[64]，则待终丧而取以来。如不能守以终丧，则遂取以来[65]，其余奴婢，并令守汝丧。吾力能改丧，终葬汝于先人之兆[66]，然后惟其所愿[67]。呜呼！汝病吾不知时，汝殁吾不知日；生不能相养以共居[68]，殁不能抚汝以尽哀，敛不得凭其棺[69]，窆不得临其穴[70]。吾行负神明[71]，而使汝夭。不孝不慈[72]，而不得与汝相养以生，相守以死；一在天之涯，一在地之角，生而影不与吾形相依，死而魂不与吾梦相接。吾实为之，其又何尤[73]！彼苍者天，曷有其极[74]！自今已往，吾其无意于人世矣！当求数顷之田于伊、颍之上[75]，以待余年，教吾子与汝子，幸其成[76]；长吾女与汝女[77]，待其嫁，如此而已。呜呼！言有穷而情不可终，汝其知也邪？其不知也邪？呜呼哀哉！尚飨[78]。

这是一篇被誉为"祭文中千年绝调"的情感之作，写于唐德宗贞元十九年(803)五月。

祭主十二郎，叫韩老成，是韩愈的侄子。韩愈幼年失怙，由长兄韩会夫妇抚养成人。其与十二郎从小生活在一起，经历患难，彼此之间感情十分深厚。十二郎骤然去世，噩耗传来之后，韩愈作了这篇祭文，以抒泄心中无限的悲痛之情。

汉魏以来，祭文多仿照《诗经》中《雅》、《颂》的四言韵语，亦有用骈文的。韩愈此文却破骈为散，不从旧习用韵，亦不事铺排，弃绝雕饰，而通过自由抒写的散文形

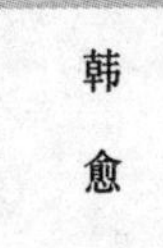

式，融抒情于叙事之中，在对身世、家常、生活遭际的朴实的叙述中，尽情地倾吐自己心中的悲伤哀痛。祭文从家境和幼年经历写起，继之写到长大后的暂聚长别，乍闻噩耗时的惊疑和悲恸，对"少者殁而长者存，强者夭而病者全"的慨叹，对死者后事的打算安排，絮絮写来，句句如话家常，字字从肺腑中流出，情真而语挚，表现出对兄嫂及侄儿深切的惜念和悲悼，一往而情深。恰如长歌当哭，动人哀感，宜其被誉为"千年绝调"矣！

祭文共分四段。第一段重在忆写身世之戚苦。开头几句，先叙述了"我"听到排行十二、名老成的侄儿去世后，准备祭墓的经过。"季父"，叔父。"建中"，人名，与下文中之"耿兰"可能都是韩愈家的仆人。接着便转入身世的叙述和悲叹："我"从小失去了父亲，依靠着哥哥、嫂嫂的抚养而成长，而哥哥又在中年殁于南方。年纪幼小的"我"与你，在孤苦伶仃中相依相伴，须臾不离。韩愈三岁丧父，随长兄韩会在京师过活。韩会本为起居舍人，大历十二年(777)，被贬为韶州刺史，愈随兄到韶州(今广东韶关)。韩会殁后，愈随嫂送兄灵柩归葬故乡，适逢中原战争，遂到江南宣城韩氏别业避难，这就是祭文中所说的"又与汝就食江南"。自"吾上有三兄"至"亦未知其所言之悲也"这一小节，是写得极为感人的一节，字里行间流露着形单影只的戚苦之情及对嫂嫂的无限感念。其中"两世一身，形单影只"一句，是作者对童年时期萧条的身世、颠沛流离的生活情状的概括，无尽的感伤之情溢于言表。而其嫂"韩氏两世，惟此而已"一语，看似平常，却内蕴丰富，把嫂嫂当时的悲伤、焦虑、期待之情，活活地画了出来，并使人感受到其中凝集着对"我"与十二郎多么深厚的感情力量。从"吾年十九"至段末，叙述了韩愈十九岁以后至侄儿殁去之前的经过：四年之后，仅回来看过你一次。又过四年，"我"回家扫墓，你正好为料理嫂嫂丧事回家，又见了一面。再过了两年，"我"在汴州(今河南开封)作宣武节度使董晋的观察推官，你来看"我"，住了一年，说是要回去接妻子儿女。次年，董晋死，"我"离开了汴州(韩愈离汴不到四天，汴军叛乱，韩愈家属被围困在汴州，后脱险东至彭城，即今徐州，韩愈也从洛阳赶到彭城)，你又不曾来。"我"想你跟我到徐州(韩愈到徐州后，曾任泗濠节度使张建封的节度推官)，也总属客居，不是长久打算。要作长久打算，不如暂回老家，待我料理完家务就来接你。唉！可哪里想得到你竟突然抛弃"我"而死了呢？字里行间充满了与侄子暂聚长别的抱憾之情。

第二段重在痛惜与侄儿的暂别竟成永别。开头几句是倒叙，叙述自己为什么愿意离别形影相依的侄儿的原因："我"与你都是少年，以为虽然暂时分别，终归会在一起生活的，所以忍心离开你，到京师去求斗斛的俸禄。自"诚知其如此"起，笔锋一转，直至段末，是韩愈为此而痛惜、失悔和得到侄儿死去的消息后将信将疑的复杂情绪以及为此而爆发的深挚的慨叹。写得跌宕有致，情思深沉，感人至深。这一段可分为几个层次。第一个层次着意在："我"要知道暂别竟然成了永别，那么，即使有万乘的公侯宰相的尊荣，我也不肯舍开你一天而就的。痛悔自己的去取，重叔侄之情而轻"万乘之公相"；越是追悔，越加突出了作者的悲痛。接着痛恨，又深入一层，回叙自己父兄的早死，抱憾和侄儿本来有可能多在一起呆些日子，共享天伦之乐，然而却永远失去了这样的机会。祭文说：去年，孟东野到你那里去，"我"让他带信给你说:“我年纪虽然还不到四十,而视力已经不明,头发开始斑白,牙齿已经动摇。回想我的父辈们(韩愈的父亲兄弟四人,父为长子,三位叔父为少卿、绅卿及云卿,前两位都是小官吏,只有云卿曾任监察御史、礼部郎中,并在文学上负有盛名)及兄长,生前身体都很强壮,却早早地过世了,像我这样的衰弱之躯,还能活多久呢?我不能去,你不肯来,恐怕一旦我死去,你会感到无穷的悲戚哩!”谁能料到年少的离世了,而年长的却还健在?强壮的早死,病弱的反而活了下来?在此,作者为了说明自己身体的病弱,一连用了三个“而”字:“而视茫茫,而发苍苍,而齿牙动摇。”不仅加重了语气,读起来铿锵有力,而且反衬并强调了所提出的少殁长存、强夭病全的疑问,加强了作者的失痛感。继之,思绪又深入一步,以将信将疑的口气描绘了自己内心感到的无穷的惶惑:这不可能是真的,世间没有这样的道理!准是传的信不确切。可是东野的来信、耿兰的报告又怎么放在“我”的身边呢?这里,作者先连用了三个疑问句,引起下文,层层抒发极度悲伤之情。接着用了许多往复重叠的句子,把自己感情上的激荡回旋、不可抑止的悲痛和无穷无尽的哀思,表现得凄楚动人,毫无重复之感,文字精拔。在这一段对于内心惶惑的叙述中,我们看到了作者因侄儿之死所引起的情感的剧烈震荡,不仅使下文关于天命无常的慨叹加重了分量,而且为下段的痛自失悔准备了心理条件,使下段的自责、失悔、哀惜、慨叹,语语仿佛从肺腑中沛然流出,使悲伤的情感逐步达到高潮。

在第三段中,作者向亡灵诉说道:今年以来,“我”的斑白的头发完全变白了,活动的牙齿完全脱落了,精神一天天地衰弱,志气一天天地耗损,怎么不和你一块死去呀!如果死后仍有知觉,和你分离的时间就不会有多久了;如果没有知觉,悲伤的日子不会很多,不悲伤的日子,可就永远没有穷尽了啊!你的孩子今年刚一岁,“我”的孩子今年刚五岁,既然年轻力壮的都不可保,那么,像这样的孩子怎能设想他们会长大成人呢?唉!真是可悲,真是可悲啊!这里,作者因无法摆脱极度的痛苦,产生了“从死”的心理,以为死了无知,就永远不悲痛了。这是从反面来极写生时将永远悲痛,写痛苦又深入了一层。

第四段是对侄儿病因的推测,沉痛的自责,后事的安排以及无可诉说、没有际涯的难以遏制的伤恸的叙写。亦可分为几个层次。第一层自“汝去年书云”至“其不然乎”,先用回叙的手法,推测侄儿得病的原因。你去年来信说:“你得了两脚痿弱病,日益加重。”“我”回信说:“这病是江南人常有的,不必过于忧虑。”唉!难道是这病夺去了你的生命,还是另有别的病置你于死地呢?不知其死,更不知其何病而死,在这里,既是疑问,又潜藏着自责:是否因为“我”的大意,使你疏于疗治,还是由于别的原因呢?接着便是对侄儿殁日的推测:你来信的日期是六月十七日,而东野来信却说你死于六月二日,而耿兰竟然连具体日期也忘了告诉“我”。这里,除有微责东野、耿兰之意外,更主要的是哀伤自己竟连侄儿之死的具体日子也不知道,由此而更增加了心中的悲哀。这正是意之所至,事事皆成悲痛。第二层从“今吾使建中祭汝”至“然后惟其所愿”,是对侄儿后事、家务的周详安排,祭告亡灵:你的儿子与乳母,如果有吃的,就让他们给你守丧,以后把他们接来;如不能守丧,则立即接来,留下奴婢们为你守丧。“我”只要有力量给你改葬,终究要把你葬到祖茔中的,

这样才算了却了“我”的心愿。第三层自“呜呼！汝病吾不知时”至“曷其有极”，是为失去侄儿而沉痛地自责，悲痛之情一泻无遗：你患病，“我”不知道时间；你死去，“我”不知道日期；活着的时候，不能够住在一起抚养你；死去的时候，不能够抚视你，一尽哀痛；入殓时既不能在场，下葬时又不能亲临墓穴。这都是“我”的行为有负神明，所以才使你遭到夭折。“我”是一个不孝不慈的人，不能和你“相养以生，相守以死”；一个在天涯，一个在地角，活着的时候不能形影相依，死了之后，你也不到“我”梦中来。这一切都是由“我”造成的，“我”还抱怨什么！苍天啊苍天！“我”的悲痛什么时候才有尽头呢？！在这一小节中，作者通过对侄儿的生、病、死、葬料理不到的沉痛自责，表现了失去侄儿后的痛惜之情，哀思深挚，读之使人回肠荡气，不能不为之悲戚不已。尤其是“彼苍天者”一语，极言生离死别的痛苦，感人至深。这是这篇祭文在情感力量上所达到的又一高潮。第四层自“自今已往”至文末，是深切的寄哀，表明自己“无意于人世”的沉痛心迹。作者向亡侄之灵慰说道：经过这次精神上的打击之后，“我”已无意于留恋人间富贵，只求在伊、颍河旁买上几顷地，把“我”的和你的儿子养大，希望他们成人，把“我”的和你的女儿养大，嫁出去，也就罢了。通过对自己心灰意冷的描述，又进一步加深了已有的哀痛。既属叙事，又是抒情。文末以“言有穷而情不可终，汝其知也邪？其不知也邪”的问句为结束，明知死后无知，还要如此提问，这就更进一步扩展和加深了作者的哀思，感情缠绵，哀痛之情，终不可尽。“尚飨”，是祭文中常用的结束语，意谓：请来享用祭品吧。

前人曾评韩愈文章为：“韩吏部之文如长江秋清，千里一道。”（皇甫湜《谕业》）“韩子之文，如长江大河，浑灏流转。”（苏洵《上欧阳内翰第一书》）这主要是指韩文感情充沛、气势旺盛的特点而言。这篇祭文正该当此评。全篇用面对着亲人话往昔的声口写成，不着一句粉饰之辞，一任哀音自发，以异常朴实的语词，把作者一颗哀感万端、痛不欲生的凄苦之心捧与亡灵，读之催人泪下。所以，与其说作者在写祭文，不如说是在诉衷情，举凡意之所至，耳目所及，触处皆成悲痛，是恸哭还是文字，几乎难以分清。篇中文、情前后紧相呼应，笔触随着感情的起伏而变化，浑然而一体。结构精巧，层层推进，环环相扣，而又步步深入。随着叙述的展开，作者的沉痛的情感波涛也一浪高似一浪。全文在萦回往复的抒写中，融注着真挚的骨肉之情和浮沉宦海的人生感叹，无异于一曲哀感万千，使山河凋颜、草木泣下的挽歌哀音。使人读完全篇，不能不掩卷叹息，为作者因失相依为命的侄儿所遭受之深切的精神悲痛而潸然泪下，遥寄无限哀怜之情。如此真情发动之作，正所谓“蚌病成珠”者也。

（敏 泽 盛 源）

【注】 ①年月日：指写祭文的时间。《文苑英华》作“贞元十九年五月二十六日”，显然错误，因文中有“汝之书，六月十七日”的话，又韩愈在听到侄子死讯七天之后才写了这篇祭文。②季父：叔父。 ③衔哀致诚：以悲哀的心情向死者表达诚意。 ④建中：与下文的“耿兰”当都是韩愈家的仆人。具：准备。时羞：时鲜食品。奠：本指以酒食祭死者，这里指祭品。⑤十二郎：即韩老成，韩愈次兄韩介的儿子，因长兄韩会无子，遂过继给韩会。“十二”是排行，“郎”是唐代口语，对年轻男子的爱称。 ⑥少孤：指幼年死了父亲。 ⑦省（xǐng 醒）：知道。所

怙(hù 户):所依靠的人,指父亲。《诗·小雅·蓼莪》中有"无父何怙"的话。 ⑧兄殁南方:韩会曾官韶州(今广东韶关西)刺史,四十二岁即死去,所以说"中年"。 ⑨河阳:今河南省孟县西,韩愈祖坟所在地。 ⑩就食江南:宣州(今安徽宣城)有韩氏别业,德宗建中二年(781),中原战乱不休,韩愈嫂郑氏率全家避乱宣州。就食:谋生。 ⑪三兄:指长兄韩会、次兄韩介,三兄名不详。 ⑫早世:早早离开人世。 ⑬先人:指韩愈已死的父亲。 ⑭两世一身:两代人都只剩下一个男丁。 ⑮"吾年十九"二句:韩愈于贞元二年(786)由宣州赴长安应举,时年十九,及到长安,已是贞元三年(787)。 ⑯"又四年"三句:贞元十一年(795),韩愈回河阳扫墓,恰好韩老成奉母(即郑氏)灵柩归葬河阳,叔侄二人相会。省坟墓:祭奠凭吊祖先坟墓。 ⑰佐:辅佐。董丞相:董晋,以检校尚书左仆射、同中书门下平章事任宣武军节度使,辟韩愈为观察推官。汴州:治所在今河南省开封市。 ⑱请归取其孥:请求回宣州接妻、子来汴州同住。孥:妻和子的统称。 ⑲丞相薨:董晋于贞元十五年(799)二月死于汴州。韩愈随丧西行,离去的第四天,汴州即发生叛乱。薨:古称诸侯或高官的死。 ⑳不果:不能实现。 ㉑"是年"二句:贞元十五年秋天,韩愈又在武宁军节度使张建封(驻徐州)幕下任节度推官。佐戎:帮助处理军务。 ㉒罢去:贞元十六年(800)五月,张建封死,韩愈离徐州去洛阳。 ㉓东:指徐州。徐州在作者老家河阳的东面。 ㉔东亦客:到徐州也是作客他乡。 ㉕西归:回到自己家乡河南河阳。 ㉖成家:安置好家。致汝:把你接来。 ㉗孰谓:谁料到。 ㉘旅食京师:到京城长安求官谋生。韩愈离开徐州后赴洛阳,于贞元十七年(801)来长安选官,调四门博士,十九年,迁监察御史。 ㉙斗斛之禄:指微薄的俸禄。斛:十斗为斛。 ㉚诚:假如。 ㉛万乘(shèng 剩)之公相:喻地位极高的官职。公相:公卿宰相。 ㉜辍:离开。就:就公相之位。 ㉝孟东野:即孟郊,韩愈的好友。贞元十八年(802),孟郊由长安选官出任溧阳(今江苏溧阳)尉。溧阳离宣州不远,故韩愈托他带信。 ㉞吾年未四十:贞元十八年韩愈三十五岁。 ㉟茫茫:看物模糊不清的样子。 ㊱苍苍:头发斑白。 ㊲诸父:指父与叔父。 ㊳旦暮:早晚,这里有随时可能的意思。无涯之戚:无穷的悲痛。 ㊴其信然邪:难道是真的吗? ㊵信也:如果这死讯是真的。

㊶盛德:崇高的道德。夭其嗣:使他的儿子早死。嗣:子孙后代,这里指儿子。 ㊷纯明:纯洁高尚。不克蒙其泽:不能承受父亲的福泽。蒙:蒙受,承受。 ㊸东野之书:老成死后,孟郊在溧阳有信告知韩愈。 ㊹耿兰之报:耿兰向韩愈报丧的信。 ㊺宜业其家:应当继承先人事业。业:用作动词,继承事业。 ㊻诚:实在。 ㊼动摇者或脱而落:指牙齿由活动而脱落。这年韩愈有《落齿》诗,说:"去年落一牙,今年落一齿;俄然落六七,落势殊未已。" ㊽毛血:指身体。 ㊾志气:指精神。 ㊿几何:几日,还有多长时间。 (51)其几何离:那分离的日子还会有多久呢!即不久就会死去,与老成相见。 (52)悲不几时:悲哀的日子也不会多了。 (53)汝之子始一岁:老成有二子,大的叫韩湘,这年十岁;小的叫韩滂,生于贞元十八年,此时才一周岁。一:一本作"十"。 (54)吾之子始五岁:韩愈有三子,大的叫韩昶,贞元十五年生,这年五岁。

(55)孩提:幼儿。幼儿赖父母提抱。冀:希望。成立:长大成人,成家立业。 (56)比:近来。软脚病:脚气病。 (57)剧:甚,剧烈,指疼得厉害。 (58)未始:不曾。 (59)其竟:难道竟然。殒其生:丧其命。 (60)如:而。 (61)妄称:随口胡说。 (62)孤:遗孤。指老成的儿女。 (63)彼:他们。指老成的遗属和他的乳母。 (64)守:守丧。终丧:三年丧期终了。 (65)遂:就,立刻。 (66)兆:坟地。 (67)然后:做完这些之后。惟其所愿:才了却自己的心愿。 (68)相养:互相照顾。 (69)敛:同"殓",为死者换衣为小殓,入棺为大殓。 (70)窆(biǎn 贬):下棺入穴,即埋葬。 (71)神明:上天。 (72)不孝不慈:对上不孝,对下不慈。 (73)何尤:怨恨谁呢?尤:归咎,埋怨。 (74)"彼苍者

天”二句：语本《诗·唐风·鸨羽》：“悠悠苍天，曷其有极！”意思是说：那个苍天啊，我的痛苦什么时候才是尽头！ (75)伊、颍：伊水和颍水，都在河南省境内。这里指韩愈的家乡。 (76)幸：希望。 (77)长：养育。 (78)尚飨（xiǎng 享）：希望死者的灵魂来享祭品的意思，是古代祭文常用的结尾语。

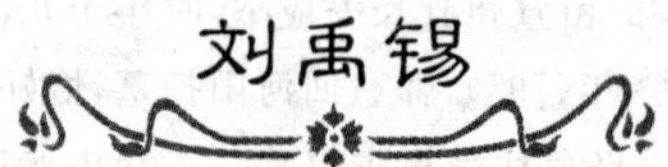

陋室铭

山不在高，有仙则名；水不在深，有龙则灵。斯是陋室，惟吾德馨。苔痕上阶绿，草色入帘青。谈笑有鸿儒，往来无白丁。可以调素琴，阅金经。无丝竹之乱耳，无案牍之劳形。南阳诸葛庐，西蜀子云亭。孔子云：“何陋之有？”

这是一篇脍炙人口，流布甚广的佳作。具体写作年代失考，然从作品中所流露的思想情调来看，当作于作者贬官期间。“陋室”，指简陋狭小的屋子。西汉韩婴所撰《韩诗外传》卷五云：“彼大儒者，虽隐居穷巷陋室，无置锥之地，而王公不能与争名矣。”该篇题名和立意似俱本此意。“铭”，为古代的一种文体。古人常刻铭于碑板或器物之上，或用以称颂功德，或表示鉴戒。

文篇虽短小，仅八十一字，但是内容精粹，情味隽永。作者通过对陋室的描写、称颂，或曰礼赞，表现了自己清心寡欲的思想境界和安贫乐道的人生情趣。作者十分矜持自己的尚德修性，洁身自好，鄙夷功禄，与世无争，字里行间，透露出强烈的解脱超越的意味。

全文可分为四个层次。第一层次从开头至“惟吾德馨”，意谓：山不在乎有多么高，只要有仙人便有名声；水不在乎有多么深，只要有神龙就有灵气。这虽然是一间不起眼的陋室，但是我的道德却是芳香的。文章一开头就用“山不在高，有仙则名；水不在深，有龙则灵”两组形式整齐的排句凌空而起，有力地突出本文主旨：“斯是陋室，惟吾德馨。”这是一种“旁起”笔法，具有引人入胜之妙用。作者以山和水与室相对，以不高和不深与陋相对，以仙和龙与主人相对，以名和灵与德馨相对，有明显的比兴意味。

第二层自“苔痕上阶绿”至“无案牍之劳形”，意谓：苔痕爬上台阶，满阶碧绿；草色映入帘中，满目生机。来谈笑讲论的朋友，都是博学多才的士子；来往之宾客，没有浅庸不文的布衣。在这陋室内，可以弹奏素琴，诵读佛经；没有丝竹繁响扰我清听，没有官府文书劳我形体。“鸿儒”，指大儒，即知识渊博的学者，语出王充《论衡·超奇》：“能精思著文，连结篇章者为鸿儒。”“素琴”，指没有雕饰的琴。“金经”，指《金刚经》，佛教经名，全称为《金刚般若波罗密经》。一说指用泥金书写的佛经。文中简称“金经”，是为了与上文之“素琴”相对。案牍：“案”指长形桌子，“牍”为古代写字所用木版，即木制之简，这里连用，指文书、公文。这一层承上层文义而来，正面描写陋室内外的情况，坐实上文“惟吾德馨”四字，点明陋室不陋之原因，为全文之中心所在。“苔痕上阶绿，草色入帘青”，为对偶之句，实写陋室景色，通过对满阶苔痕、一院青草的幽静清雅环境的描写，表明作者闲适自得的恬淡心境。同时，又暗示出作者不愿广事交游，偏隐独处，少有造访人前来打扰的情形。“上”与“入”二字，系传神之眼，使静景化为动景，既饱含精神，又显情味，充分流露出作者对陋室景色的偏爱之情。“谈笑有鸿儒，往来无白丁”，亦为工整的对偶句，进而写陋室人物。鸿儒来访，谈笑讲论，可以想见陋室主人的身份。此句衬托出了主人的德才兼备，表明了其卓特脱俗的情怀。“可以调素琴，阅金经。无丝竹之乱耳，无案牍之劳形”几句，写主人在陋室中的活动。由琴之“素”，我们可以想见主人心之“素”；由“金经”，可以想见主人之清静寡欲；而没有繁管急弦扰乱性情，没有文书公事劳碌身心，则说明主人高蹈出世、不入凡尘的解脱姿态。这四句：前二句是散行句式，后二句是骈俪句式；前二句从正面说，后二句从反面讲。且“调素琴”与“无丝竹之乱耳”、“阅金经”与“无案牍之劳形”皆成呼应对照。如此一散一骈，一正一反，相映而成趣，足见行文之缜密。这一节以陋室之景、陋室之人、陋室之事，突出了主人道德高尚、超越凡俗、奇情雅趣、逍遥超然的志行。正因为其人如此之卓特不凡，令名远播，才见出陋室之不陋，这就具体表明了“惟吾德馨”的内涵。

篇章至此，似乎文意已尽，然而作者笔调一转，向更深一层开拓、生发，写道：“南阳诸葛庐，西蜀子云亭。”运用类比的手法，将三国时期著名人物诸葛亮的茅庐和西汉时期著名辞赋家扬雄的草玄堂与自己的陋室相比，意谓：南阳诸葛庐和西蜀子云亭亦都是陋室，但由于它们的主人操守高洁，因而陋室不陋，我自己的陋室也不正是如此吗？这便丰富了文章的内容，深化了主题，使作品又增添了一层波澜。“诸葛庐”，指诸葛亮隐居时所住之草庐，故址在今河南省南阳市西南卧龙岗上。“西蜀”，指蜀郡成都，即今四川省成都市。“子云亭”，指扬雄（字子云）住过的“扬子宅”，亦名“草玄堂”，旧址在成都少城西南，扬雄的《太玄》就是在此写成的。言“子云亭”而不言扬子宅或草玄堂，是为了押韵的需要。

最末一层仅一语：“孔子云：‘何陋之有？’”“何陋之有”语出《论语·子罕》：“子欲居九夷。或曰：‘陋，如之何？’子曰：‘君子居之，何陋之有？’”意谓：孔子打算搬到九夷去住。有人对他说：“那个地方十分简陋，怎么好住呢？”孔子回答说：“有君子去住，哪有什么简陋呢？”文章引孔子的话作结，这是“援古以自重”，突出“君子居之”而陋室不陋的主旨，表现了作者高洁孤介的思想情趣，而妙在不说破，含蓄有致。

是篇虽属短小之制，但立意、谋篇布局以及语言都极有特色。虽然题为“陋室铭”，然而作者并没有直接去描述陋室如何简陋，而是以因人及物的笔法，从旁加以映衬，笔调新颖，不落俗套。文章以议论开篇，点明主旨，然后扣紧主旨，运用衬托、列举史实、援引古语等手法，层层推进，逐步深化主旨，首尾呼应，浑然而成。篇中有排句，有对仗，有散行，杂用四言、五言、六言，除结尾单句不押韵外，每两句一押，而且押一个韵脚，使文句显得错落有致，音调铿锵谐美，节奏抑扬顿挫，无不耐人吟诵。

（敏 泽 盛 源）

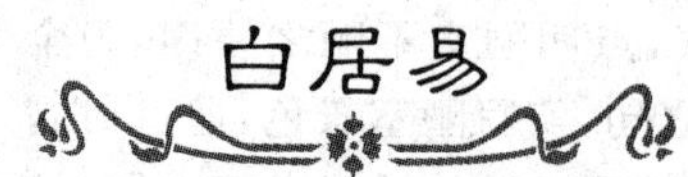

白居易

庐山草堂记

匡庐奇秀甲天下山[①]。山北峰曰香炉，峰北寺曰遗爱寺。介峰寺间，其境胜绝，又甲庐山。元和十一年秋，太原人白乐天见而爱之，若远行客过故乡，恋恋不能去。因面峰腋寺[②]，作为草堂。明年春，草堂成。三间两柱，二室四牖，广袤丰杀[③]，一称心力。洞北户，来阴风，防徂暑也[④]；尚南甍，纳阳日，虞祁寒也[⑤]。木斫而已，不加丹[⑥]，墙圬而已，不加白[⑦]。瑊阶用石，幂窗用纸[⑧]，竹帘纻帏[⑨]，率称是焉。堂中设木榻四，素屏二，漆琴一张，儒、道、佛书各三两卷。

乐天既来为主，仰观山，俯听泉，傍睨竹树云石，自辰及酉[⑩]，应接不暇。俄而物诱气随，外适内和；一宿体宁，再宿心恬，三宿后，颓然嗒然[⑪]，不知其然而然。自问其故，答曰：是居也，前有平地，轮广十丈[⑫]；中有平台，半平地；台南有方池，倍平台。环池多山竹野卉，池中生白莲、白鱼。又南抵石涧[⑬]，夹涧有古松老杉，大仅十人围，高不知几百尺。修柯戛云[⑭]，低枝拂潭，如幢竖[⑮]，如盖张[⑯]，如龙蛇走。松下多灌丛，萝茑叶蔓[⑰]，骈织承翳[⑱]，日月光不到地，盛夏风气如八、九月时。下铺白石，为出入道。堂北五步，据层崖积石，嵌空垤块[⑲]，杂木异草，盖覆其上。绿阴蒙蒙，朱实离离，不识其名，四时一色。又有飞泉植茗，就以烹燀[⑳]。好事者见，可以销永日。堂东有瀑布，水悬三尺，泻阶隅，落石渠，昏晓如练色[㉑]，夜中如环珮琴筑声[㉒]。堂西倚北崖右趾，以剖竹架空，引崖上泉，脉分线悬，自檐注砌，累累如贯珠，霏微如雨露[㉓]，滴沥飘洒，随风远去。其四傍耳目杖屦可及者，春有锦绣谷花[㉔]，夏有石门涧云[㉕]，秋有虎谿月[㉖]，冬有炉峰雪。阴晴显晦[㉗]，昏旦含吐[㉘]，千变万状，不可殚纪，覼缕而言，故云甲庐山者。

噫！凡人丰一屋[㉙]，华一箦[㉚]，而起居其间，尚不免有骄矜之态；今我为是物主，物至致知[㉛]，各以类至，又安得不外适内和，体宁心恬哉？昔永、远、宗、雷辈十八人[㉜]，同入此山，老死不反；去我千载，我知其心以是哉。矧予自思：从幼迨老，若白屋[㉝]，若朱门，凡所止，虽一日、二日，辄覆篑土为台，聚拳石为山，环斗水为池，其喜山水病癖如此！一旦蹇剥[㉞]，来佐江郡，郡守以优容而抚我，庐山以灵胜待我，是天与我时，地与我所，卒获所好，又何以求焉？尚以冗员所羁，余累未尽，或往或来，未遑宁处。待予异时，弟妹婚嫁毕，司马岁秩满[㉟]，出处行止，得以自遂，则必左手引妻子，右手抱琴书，终老于斯，以成就我平生之志。清泉白石，实闻此言！时三月二十七日，始居新堂。四月九日，与河南元集虚、范阳张允中、南阳张深之、东西二林长老凑、朗、满、晦、坚等凡二十有二人，具斋施茶果以落之，因为《草堂记》。

元和十年(815)，白居易贬谪江州；十一年，白居易在《端居咏怀》诗中写道："贾生待罪心相似，张翰思归事不如。斜日早知惊鵩鸟，秋风悔不忆鲈鱼。胸襟曾贮匡时策，怀袖犹残谏猎书。从此万缘都摆落，欲携妻子买山居。"从中可以看出白居易的思想变化轨迹，他由原来的满怀欲救生民病的政治热情，转而羡慕闲逸，走他独善其身的道路。但从"胸襟曾贮匡时策，怀袖犹残谏猎书"来看，他是济世理想不能实现，才退而求其次的(白居易很早就有儒、佛、道三家思想，只是在不同时期所占的位置不同而已)。因此，在贬谪江州后，白居易决定"从此万缘都摆落，欲携妻子买山居"了。

第二年(817)四月九日，白居易在庐山兴建的草堂落成，他写了这篇《庐山草堂记》。

开头说"匡庐奇秀甲天下山"，庐山是我国名山之一，说它甲天下山，这是尊题格。"介峰寺间，其境胜绝，又甲庐山"，风景中的风景，两句点明草堂的位置，未见其堂，先见其境，引出人物，"太原人白乐天见而爱之"。假如先点人后点境，就平淡无味了。

名为"草堂"，盖有仿效杜甫在成都营构草堂之意，所以主人对草堂的要求是简而适用的。一间堂屋，两间侧室，合计三间，中以两柱隔之。又有两间耳房，前后有四扇窗。屋的大小省费合乎自己的意愿与财力。在北面穿窗通凉风，是防酷暑的；在南面敞窗纳阳光，是防严寒的。而且其他设施也是以朴素适用为标准。"漆琴一张，儒、道、佛书各三两卷"，反映了作者的闲适之趣。

接下来淋漓尽致地描写住进草堂的妙处。"乐天既来为主，仰观山，俯听泉，傍睨竹树云石"，表现了主人俯仰自得、顾盼自如的心情。"一宿体宁，再宿心恬，三宿后，颓然嗒然，不知其然而然"，与前面"若远行客过故乡"相映发，主人灵魂找到了依托，最后终于与自然合而为一，与之俱化了，忘了"我"是谁了。在这种情况下，是"其中有真意，欲辨已忘言"的，是不需要"自问其故"的，但如果不问，读者如何知其中佳处，文章又何必要写呢？所以这一问一答，引出了文章的最精彩之处。

作者从东、西、南、北全方位来描述其中佳处。

首先是南面。堂前有平地，平地中有平台，平台南有方池。"环池多山竹野卉，池中生白莲、白鱼"，这里纯用素描，色彩雅净。再往南到石涧，"夹涧有古松老杉，大仅十人围，高不知几百尺……如幢竖，如盖张，如龙蛇走"，这里又用夸张、博喻，形容尽致。松下又有丛生的灌木，还有茑萝等牵蔓而上，因为枝叶茂密，因此"日月光不到地，盛夏风气如八、九月时"，而且"下铺白石，为出入道"，可以想象走在白石小径上的幽趣。堂前气象写得开张。其他三面也都写得各有风情：

北面。向北五步多远就依着石山，在丑怪的石头上面，杂生着奇草异花，"绿阴蒙蒙，朱实离离"，"蒙蒙"、"离离"恰能传达叶与果的精神。又有飞泉和茶树，就地取材，烹茶赏茶，那么可以使"好事者"消解长长的白日的时光了。

东面。有瀑布"水悬三尺"，泻到石阶上，然后落入石渠。而且早晨与黄昏微

暗的天光里，见其色白如练；夜晚大自然宁静的和谐中，听其声如“环珮琴筑”。这令人想起“日照虹霓似，天清风雨闻”的诗句来，与之有殊曲同工之妙。

西面。“堂西倚北崖”的“右趾”（即右山脚），可以用剖空的竹管架在空中，引北崖上的泉水，像线一样自由地从屋檐边扯过来，注到台砌上，水流不断如“贯珠”，其飞沫可如“雨露”，或“滴沥”，或“飘洒”，水汽随风飘得很远。

这些是屋子四周的近景，所以说得较详细，作者意犹未尽，又补足了风景外的风景：“其四傍耳目杖屦可及者，春有锦绣谷花，夏有石门涧云，秋有虎豀月，冬有炉峰雪。”再加上晴时显，阴时晦，昏时含，旦时吐，千变万化的情状，又何能胜道呢？“故云甲庐山”，把前面所展开的草堂位置的佳处以一句贯之，照应开头，启发下面的感叹。作者描写远景时，是从内向外自然延伸，不是呆板地沿着前面的东西南北的线延伸，而是利用时间变化之轴，写非共时性的物象之美。犹如书法上所讲的“笔画繁的形体用笔细，笔画少的偏旁用笔粗”，作者这里也是用粗笔、重笔勾勒轮廓，与前面的细致皴染近景相平衡。

从上面对草堂及周围景色的描写看，很有特色。先总写，后分写，然后再总写，形成环状结构。从作品景物描写的视点看，一开始用客观的、外在的视点，观察草堂所在位置以及草堂内部情况；然后，视点逐渐从外在向内在、由客观向主观转化，等作者住进草堂后，物我同一，这样视点定在中心，视线由中心向外四周扩展，读者的视点也跟着作者观察角度的变化，由外在而内在，仿佛就是自己住进草堂，南北东西的景色莫非我有，取用自足。

作者描写景物时也抓住诗意的效果，仿佛好的摄影师能巧妙地利用自然光下物的原色，同时又利用不同光线下光的明暗，甚至调节光圈，来造成晕染的效果（如“绿阴蒙蒙，朱实离离”，“累累如贯珠，霏微如雨露，滴沥飘洒，随风远去”）。更有甚者，他还能捕捉到摄影师不可能完成的听觉的效果（如“环珮琴筑声”）。至于那四幅景色更是画不完、摄不尽、说不透的：“春有锦绣谷花，夏有石门涧云，秋有虎豀月，冬有炉峰雪。”简直是诗，令人想起禅师云门文偃的那首悟道诗：“春有百花秋有月，夏有凉风冬有雪；若无闲事挂心头，便是人间好时节。”

句式上变化多端，似如意珠，光泽随人意转。如排比：“仰观山，俯听泉，傍睨竹树云石。”对偶：“修柯戛云，低枝拂潭”，“绿阴蒙蒙，朱实离离”。至于具体修辞手段，如比喻（包括博喻）、夸张、白描等等之妙，更是不可“覙缕而言”。

最后，作者感慨议论，表现自己归隐之态。在现实中，常人增加一间屋，精制一张竹席，尚感到美滋滋的，“我”何能不乐于此居呢？又用历史上十八僧人在庐山共结白莲诗社，老死不返之事，来证明庐山是隐居佳处。而且自己久有山水病癖、云霞痼疾，“我”虽仕途不顺，贬谪江州，岂不是天时地利成全了“我”的志愿吗？并且准备等其他事办完，一定终老于斯。文章结尾，以许愿“清泉白石，实闻此言”铿然作结，意兴有余。 （杨慧文　孙　奇）

【注】 ①匡庐：即庐山，在今江西省九江市南。 ②面峰腋寺：对山傍寺。因两腋在人身旁，故引申为“傍”。 ③广袤（mào 帽）：东西叫“广”，南北叫“袤”。丰杀：丰是费，杀是省。

④洞:穿。徂暑:盛暑。 ⑤甍(méng 萌):屋脊。虞:防。祁寒:严寒。 ⑥斫:砍削。丹:这里指油漆彩画。 ⑦圬(wū 乌):原是涂饰墙壁的工具,即镘,俗称"瓦刀"。这里作动词,指抹上一层泥。 ⑧幂(mì 密):蒙,糊。 ⑨纻帏:麻布作帐幕。 ⑩自辰及酉:古代以十二地支记时,辰是上午七点到九点,酉是下午五点到七点。 ⑪颓然:懒散状。嗒然:心境空虚,物我两忘之状。 ⑫轮广:方圆。 ⑬石涧:即石门涧,在庐山西。 ⑭修柯:长枝。戛:摩或刺。 ⑮幢(chuáng 床):古代作仪仗用的一种旗子。竖:立。 ⑯盖:伞盖。张:张开。 ⑰萝茑:旋花科,一年生蔓草,茎细长,攀缘他木上,夏日开花。 ⑱骈织:并列交织。承翳:遮盖。 ⑲嵌空:玲珑剔透貌。垤(dié 蝶)块:小土堆。 ⑳烹燀(chǎn 产):即烹煮。 ㉑练:白绸子。 ㉒筑(zhú 竹):古击弦乐器。 ㉓霏微:这里形容水沫飘洒。霏:细雨。 ㉔锦绣谷:在庐山中。 ㉕石门涧:在庐山西。 ㉖虎豀:在东林寺前。旧有慧远居东林寺,送客不过虎豀之说。 ㉗显晦:明暗。 ㉘含吐:藏露。 ㉙丰:增添。 ㉚华:作动词,精制。箦(zé 责):竹席。 ㉛物至致知:言外面的景物扑入人的眼帘,自然要在人的心中留下鲜明的印象。 ㉜《莲社高贤传》载僧人慧远、慧永以及隐士宗炳、雷次宗等十八人在庐山东林寺共结白莲社事。 ㉝白屋:用茅草覆盖的屋,指贫贱者所居。 ㉞蹇(jiǎn 俭)剥:不顺利。蹇:难。剥:不利。 ㉟岁秩:任期。

柳宗元

种树郭橐驼传

郭橐驼①,不知始何名②。病偻③,隆然伏行④,有类橐驼者⑤,故乡人号之"驼"⑥。驼闻之曰:"甚善！名我固当⑦。"因舍其名⑧,亦自谓"橐驼"云。其乡曰丰乐乡,在长安西。驼业种树⑨,凡长安豪家富人为观游及卖果者⑩,皆争迎取养⑪。视驼所种树,或移徙⑫,无不活,且硕茂早实以蕃⑬。他植者虽窥伺效慕⑭,莫能如也。

有问之,对曰:"橐驼非能使木寿且孳也⑮,能顺木之天⑯,以致其性焉尔⑰。凡植木之性:其本欲舒⑱,其培欲平⑲,其土欲故⑳,其筑欲密㉑。既然已㉒,勿动勿虑㉓,去不复顾㉔。其莳也若子㉕,其置也若弃㉖,则其天者全㉗,而其性得矣㉘。故吾不害其长而已㉙,非有能硕茂之也㉚;不抑耗其实而已㉛,非有能早而蕃之也㉜。他植者则不然。根拳而土易㉝,其培之也,若不过焉则不及㉞。苟有能反是者㉟,则又爱之太恩㊱,忧之太勤㊲,旦视而暮抚㊳,已去而复顾。甚者,爪其肤以验其生枯㊴,摇其本以观其疏密㊵,而木之性日以离矣㊶。虽曰爱之,其实害之;虽曰忧之,其实仇之㊷,故不我若也㊸。吾又何能为哉?"

问者曰:"以子之道㊹,移之官理㊺,可乎?"驼曰:"我知种树而已。理㊻,非吾业也。然吾居乡,见长人者好烦其令㊼,若甚怜焉㊽,而卒以祸㊾。旦暮吏来而呼曰:'官命促尔耕㊿,勖尔植[51],督尔获[52]。早缫而绪[53],早织而缕[54],字而幼孩[55],遂而鸡豚[56]。'鸣鼓而聚之,击木而召之[57]。吾小人辍飧饔以劳吏者[58],且不得暇,又何以蕃吾生而安吾性耶[59]?故病且怠[60]。若是,则与吾业者其亦有类乎[61]?”

问者曰:“嘻[62],不亦善夫!吾问养树,得养人术[63]。”传其事以为官戒也[64]。

在柳宗元的文集里,有八篇以“传”名题的文章,大都写得非常奇特。它一反已往史传文学或人物传记的叙写内容,也打破了那些作品的体式和格局。以往的史传文学或人物传记,往往叙写帝王将相的“英雄事迹”或社会奇异名流的“丰功伟绩”,而柳宗元却眼睛转向社会底层,叙写下层人民的奇异行为或高尚品质。如:《宋清传》中的宋清是个长安市中的卖药者,《梓人传》中无姓名的梓人,乃是一位善于建筑的普通工人,《童区寄传》写了一个巧杀劫贼的儿童,《李赤传》则写了一个受“厕鬼”诱惑而“病心”的狂人,如此等等,倒都颇有些传奇、志怪的意味。以往的史传文学或人物传记,多是姓名、籍贯、事迹、履历递加详述,而柳宗元却往往是“抓住一点,不及其余”,并多寓含深意,借题发挥,以抨击或嘲笑社会现实,大有政论、寓言和小说融而为一的意趣,像《蝜蝂传》,本身就是一篇意义深刻、情趣横生的动物寓言故事。《种树郭橐驼传》一文,也是一篇兼有上述两个特点的奇异文章。

文章写了一个连真实姓名都不知道的种树能手。他种的树,“或迁徙,无不活,且硕茂早实以蕃”,具有丰富而惊人的技术、经验和理论。但作者并不以写人为目的,最后有意把他的“种树之道”“移之官理”,大讲了一番“治人之道”,致使本文具有与一般史传文学或人物传记不同的思想意义和艺术价值。

文章开始的一段,先写人。写人只写人的外形特征,“病偻,隆然伏行”,从而交代了“橐驼”这个诨号的来历,并从他乐于接受这个称呼上来突现他憨厚、善良、质朴和随和的性格,表明了他与乡邻友好相处的乐观情绪。作者只抓住这一特征加以幽默而简洁地叙写和渲染,这位“不知始何名”的人物就很生动、形象地站在读者面前了。接着,再写他的职业,并特别突现他在这个职业上的高超技艺和巨大的成就。说他“业种树”,其所种之树,“或移徙,无不活,且硕茂早实以蕃”,这是正面叙述;说“凡长安豪家富人为观游及卖果者,皆争迎取养”,“他植者虽窥伺效慕,莫能如也”,这是从侧面来衬托。正面叙述,侧面衬托,笔法变化有致而相互为用,因而寥寥几笔,就洒脱凝练地把这个人物的主要身份特点交代清楚了。文章写到这里,已经点明了题目,扣紧了题义,但这同时也为下文立下了悬念:郭橐驼是怎么使他的树“无不活,且硕茂早实以蕃”的呢?

文章的第二段一开始,忽然插入“有问之”一句,接着后文完全用对话的形式进行叙述或说明,使本来叙述的文体,忽生波澜,顿生活脱、自然的意趣。“对曰”以下,以郭橐驼的口吻,一气讲出了一大片植树的道理来。郭橐驼开始的两三句话,说得极为轻松。他采用了所谓欲扬先抑的手法,以引起人们对他正面说理的重视。他说:“橐驼非能使木寿且孳也,能顺木之天,以致其性焉尔。”这个“顺天致性”,就是他种树“无不活,且硕茂早实以蕃”的秘诀。接着,他就此生发开来,表述了自己富有哲理意味的种树经验。所谓“木之天”就是指树木的本性。他概括、精练而深刻地指出:“其木欲舒,其培欲平,其土欲故,其筑欲密。”这四个“欲”,既是“木之性”,又是他“顺”的根据和做法。郭橐驼正是顺着树木的特性栽种的。开始栽种时,“若子”,像培育子女一样的精心;一旦栽种好以后,“若弃”,就像抛弃了一样不再管它。这种种植和管理方法,也就是他所说的“既然已,勿动勿虑,去不复顾”。表面上看来,似乎是不加管理,听之任之,实际正是顺木之天,听任其性,让它能够顺应自然地成长,以收到“天全性得”的效果。他说:“吾不害其长而已,非有能硕茂之也;不抑耗其实而已,非有能早而蕃之也。”这是对前面所说“非能使木寿且孳”的照应和引申,也是“能顺木之天,以致其性焉尔”的加深和强调。两“不”、两“非”,表面上好像是自己的谦虚或否定,实际是抑中而扬,正是对自己“顺天致性”诀窍的突出或强调。他之种树“无不活,且硕茂早实以蕃”的最大秘密、最大道理也就在这里。作者为了突现郭橐驼“顺天致性”的本领,还用“他植者”的办法进行反复对比。他们不懂“顺天致性”的道理,在栽植时,“根拳而土易,其培之也,若不过焉则不及”。栽植之后,“则又爱之太恩,忧之太勤,旦视而暮抚,已去而复顾。甚者,爪其肤以验其生枯,摇其本以观其疏密”。这样,“木之性日以离”,当然“虽窥伺效慕”郭橐驼,也只能是“莫能如也”了。这种动机与效果不一致的做法,根本原因就在于“逆天离性”。正如郭橐驼批评的那样:“虽曰爱之,其实害之;虽曰忧之,其实仇之。”真是深刻入微,说出了关键和要害。郭橐驼的对答,可以说做到了曲折反复,说理透辟,语言错落,娓娓动听,层层对比,头头是道,“养树之术”得到了最生动、最形象、最具体的表现与反映。

可是,作者并不是以写人为目的,也不是在单纯宣传“养树之术”。所以,本文第三段的一开始,“问者”就问:“以子之道,移之官理,可乎?”从而把文章的旨意引入到另一个境界里。郭橐驼的回答非常含蓄而又幽默。他说:“我知种树而已。理,非吾业也。”似乎不想作正面回答,或避而不谈。但“然吾居乡”之后,接着指出“见长人者好烦其令,若甚怜焉,而卒以祸”,就自然地使人们联想到“他植者”种树时虽爱实害、虽忧实仇的做法,为“养树之道”移向“养人之术”打开了通道。于是,接着具体描述了“旦暮吏来”后的情景。这些官吏,好像是在关心人民的生产和生活,一会儿“鸣鼓而聚之”,一会儿“击木而召之”,喋喋不休,唠叨个没完,宣扬什么“官命促尔耕,勖尔植,督尔获”,嘱咐什么“早缫而绪,早织而缕,字而幼孩,遂而鸡豚”,结果弄得人民百姓“辍飧饔以劳吏者,且不得暇,又何以蕃吾生而安吾性耶”,真是有些鸡犬不宁,不得安生,身体劳苦,精神疲惫不堪了。这种情况,不是像“他植者”“爱”、“忧”之后反而使“木之性日以离矣”吗?在这里,作者有意让郭橐驼联想类比,很显然,就是借郭橐驼的嘴,来揭露和讽刺当时统治阶级政乱令烦所给人民带来的苦难和灾害,表明自己强烈要求进行政治革新的思想和感情。

这篇文章,是作者永贞革新之前在长安时期所写的。当时,封建皇帝正是唐德宗。据史书记载,他昏庸暗弱,又刚愎自用,大小政务都要“躬亲”处理,致使官署虚设,吏治混乱,朝令夕改,政命烦苛,以至到了国事日非、民不堪命的地步。柳宗元有意借郭橐驼的话,由“养树”“移”于“养人”,正是他不满现实并立志变革现实的思想反映,所以具有强烈的针对性和战斗性。在本文的末段,作者有意借“问者”的嘴,讲了几句感受:“不亦善夫!吾问养树,得养人术。”并明确指出自己的写作目的:“传其事以为官戒也。”其政治意图是非常清楚的。

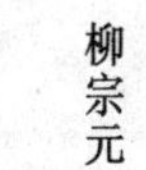

由以上分析我们可以看出：这篇"传"，不是一般的人物传记，而是借"传"的形式而寓说理于其中。郭橐驼种树只是一条引线，他讲的"养树之道"也只是"宾"，而他所说的"养人之术"，才是本文真正的"主"。这种以"传"寓"理"、以"宾"引"主"的表现方法，不仅是本文最大的艺术特点，几乎也是柳氏其他"传"文的共同特色。

正因为作者的写作目的在于说理，所以作者在具体行文时，就打破了一般人物传记的写法，而根据主题思想和写作目的的需要来加以选择、剪裁和变换，使记述文字巧妙地变为说理，使传记形式变为杂感或议论。其立意是深刻的，其构思是奇特的，其行文是恢奇而活脱的。从文体上说，它有点"四不像"。这个"四不像"，恰恰不仅是本文，也是作者其他"传"文共有的艺术特色。

联想、类比、对比和映照，是本文在行文上的具体表现手法。由种树联想到治民，由养树之术类比养人之术，以"他植者"对比郭橐驼，以郭橐驼映照"长人者"，都是作者精巧地进行艺术构思和安排的结果。其中，语言的起伏变化和错落发展，文意的跌宕变化和前后照应，都能别有情趣，引人入胜。我们说它是一篇奇特的文章，除了内容、形式上的奇特外，艺术手法也是别有一番奇特色彩的。

学习此文，它会给我们带来许多有益的启迪：种树、治民都要"顺天致性"；命题、为文，也要如此！

（霍旭东）

【注】 ①橐驼：骆驼。 ②始：开始，原来。 ③偻（lóu 楼）：脊背弯曲。 ④隆然：高耸貌。伏行：躬身走路。 ⑤类：好像。 ⑥号之：称呼他。 ⑦固：确实。 ⑧舍：舍弃。 ⑨业种树：以种植树木为业。⑩为：修建。观游：指供观赏游览的场所。 ⑪取养：雇用。 ⑫移徙：移植，迁徙。 ⑬硕茂：高大茂盛。早实：早结果实。以：而。蕃：繁多。 ⑭他植者：其他种树的人。窥伺：偷偷察看。效慕：模仿。 ⑮寿：活得久。孳：繁殖得快。 ⑯天：指树木的自然本性、自然规律。 ⑰致：达到，充分适应。性：本性、习性。焉尔：罢了。 ⑱本：树根。舒：舒展。 ⑲培：培土。 ⑳故：指旧土、原土。 ㉑筑：夯土。 ㉒既然已：已经这样做完。㉓虑：思虑，操心。 ㉔去：离开。复顾：再回头照料。 ㉕莳（shì 事）：移栽。若子：像对待子女一样精心。 ㉖置：安置，这里指栽好以后。若弃：像抛弃掉一样不要再去管它。 ㉗全：保全。 ㉘得：得到发展。 ㉙不害其长：不妨害它生长。 ㉚硕茂：皆为使动词，使它高大，使它茂盛。 ㉛抑耗：抑制损减。实：果实。 ㉜早、蕃：皆为使动词，使它早结果，使它果实繁多。 ㉝拳：拳曲。易：更换（新土）。 ㉞过：过头。不及：不够。此句是说：培土时，好像不是过了头，就是不够。 ㉟苟：即使，假如。反是者：与此相反。 ㊱爱之太恩：爱得太过分。恩：情深。 ㊲忧之太勤：过分地担忧。勤：多。 ㊳抚：抚摸。 ㊴爪其肤：用指甲掐开树皮，验看它是活是死。枯：干枯，指树木死亡。 ㊵疏密：指培土是虚、是实。 ㊶离：离散，失去。㊷仇：用作意动词，把树看做仇敌。 ㊸不我若：不若我。若：如，像。 ㊹道：种树的道理。㊺官理：做官治民的道理。 ㊻理：治，治民。 ㊼长人者：指官吏。好烦其令：喜欢烦琐地发布政令。 ㊽怜：可怜，同情。 ㊾卒：最终，结果。祸：灾难。 ㊿尔：你们。 (51)勖（xù 叙）：勉励。 (52)获：收割。 (53)缫（sāo 骚）：煮茧抽丝。而：同"尔"。绪：丝头。 (54)缕：线。织缕：指织布。 (55)字：养育。 (56)遂：生长。这里是喂养的意思。豚（tún 屯）：小猪。 (57)击木：敲木梆子。聚之、召之：指召集老百姓。 (58)小人：指老百姓。辍：停止。飧（sūn 孙）：晚饭。饔（yōng 拥）：早饭。劳：侍奉，慰劳。 (59)蕃吾生：繁荣我们的生计。性：性命。这里指生活。

⑥病:身体劳苦。怠:精神疲乏。 ⑥吾业者:指上述种树的同行“他植者”。类:类似。 ⑥嘻:感叹词。 ⑥养人:治理人民。术:手段、方法。 ⑥官戒:官吏的鉴戒。

童区寄传

柳先生曰:越人少恩[1],生男女必货视之[2]。自毁齿已上[3],父兄鬻卖,以觊其利[4]。不足,则盗取他室[5],束缚钳梏之[6]。至有须鬣者[7],力不胜,皆屈为童。当道相贼杀以为俗[8]。幸得壮大,则缚其幺弱者[9]。汉官因以为己利[10],苟得童,恣所为不问[11]。以是越中户口滋耗,少得自脱。惟童区寄以十一岁胜,斯亦奇矣。桂部从事杜周士为余言之[12]。

童寄者,郴州荛牧儿也[13]。行牧且荛[14],二豪贼劫持,反接[15],布囊其口[16],去逾四十里之墟所卖之[17]。寄伪儿啼,恐栗为儿恒状[18]。贼易之[19],对饮酒醉。一人去为市[20],一人卧,植刃道上。童微伺其睡,以缚背刃,力上下,得绝[21],因取刃杀之。逃未及远,市者还,得童,大骇,将杀童。遽曰[22]:“为两郎童[23],孰若为一郎童耶?彼不我恩也[24],郎诚见完与恩[25],无所不可。”市者良久计曰:“与其杀是童,孰若卖之;与其卖而分,孰若吾得专焉?幸而杀彼,甚善。”即藏其尸,持童抵主人所[26],愈束缚牢甚。夜半,童自转,以缚即炉火烧绝之,虽疮手勿惮[27],复取刃杀市者。因大号,一墟皆惊。童曰:“我区氏儿也,不当为童。贼二人得我,我幸皆杀之矣!愿以闻于官[28]。”

墟吏白州[29],州白大府[30],大府召视,儿幼愿耳[31]。刺史颜证奇之[32],留为小史,不肯。与衣裳,吏护还之乡。乡之行劫缚者,侧目莫敢过其门[33]。皆曰:“是儿少秦武阳二岁[34],而讨杀二豪,岂可近耶!”

这是一篇人物传记。它描述少年区寄勇敢机智地反抗暴力行为而自救脱险的故事。作者以极大的热情,赞扬了这位小英雄不畏强暴、善于斗争的反抗精神,同时,也深刻地揭露了当时社会的黑暗和政治的腐败。

全文共三段。第一段,作者用自述的形式,交代了故事发生的社会背景。指出越地有一种劫卖人口的恶俗,而地方官吏又借此渔利,恣其所为,结果搞得民不聊生,人口越发减少,很少有人能够逃脱这种悲惨的命运。这种情况,在作者初到柳州时写的一首诗中也曾提到过:“阴森野葛交蔽日,悬蛇结虺如蒲萄。到官数宿贼满野,缚壮杀老啼且号。”(《寄韦珩》)作者把区寄放在这种背景中作了介绍,说在“少得自脱”的情况下,“区寄以十一岁胜”,并发出“斯亦奇矣”的感叹,为下文故事的展开作了铺垫。第二段是传记正文,具体描写区寄被劫、反抗以及最后胜利的整个过程,刻画了一个既智且勇的少年英雄形象。第三段,写区寄杀贼之后的社会影响。这既是对区寄形象的补充塑造,也是对开头部分的照应。区寄被劫卖,无人过问,斗争取得了胜利,也没有引起官府的重视。这种简单化的处理方式,正暗示出“汉官因以为己利”、“恣所为不问”的恶德丑行。

这篇传记抓住区寄杀贼自救之事,以“奇”字统摄全篇,用曲折变化不可端倪之笔，把人物形象塑造得十分鲜明突出。

传记正文是正面描写区寄的奇。为了突出奇，作者先用反拗之笔，写其不奇。“荛牧儿”，表明区寄不过是个打柴放牛的孩子。这种普普通通的身份，当然不奇，而恰恰是这个不奇的“荛牧儿”，做出一番出人意表、令人击节的奇事来。接着，作者就把区寄放在复杂多变的事件中，借奇事写奇人。在区寄被劫，双方力量悬殊的困境中，区寄伪为“儿啼”，假装“恐栗”，麻痹豪贼，沉着机智，一奇。豪贼果然中计，放松了对区寄的看管，“对饮酒醉。一人去为市，一人卧”。区寄趁机将捆绑双手的绳子靠在刀口上，上下磨断，然后取刃杀醉卧之贼。智而勇，又一奇。区寄逃走，却被“为市”的豪贼抓获，在将要杀他的时候，区寄脱口说出一番令豪贼颇为踌躇的话，缓解了险情。一个“遽”字，表明区寄对可能会出现的各种情况，早已作了周密思考，成竹在胸，胆大心细，三奇。区寄的话，确实洞穿了对方贪利无义的卑猥心理，使其利令智昏，再次中计。区寄聪明机警，巧于辩说，四奇。在“愈束缚牢甚”，防备更严的情势下，区寄又以炉火烧断他的绳子，“虽疮手勿惮，复取刃杀市者”。勇敢果断，五奇。区寄化险为夷，取得胜利之后，并未走掉了事，而是理直气壮，将事件真相大白于众。有胆略，有见识，六奇。自区寄被劫缚身陷逆境之后，他同二豪贼的斗争，可谓惊心动魄，间不容发，险象环生。而区寄处在生死存亡的严峻关头，却能连赚二贼，一次又一次地自救脱身，这种超乎常人的机智勇敢，不为不奇。作者写这“六奇”，不靠抽象空泛的说明议论，而着眼于人物的动作和语言，作具体形象的刻画。比如，区寄两次绝缚得脱，情形不同，方式各异，然都突出了他的沉着、机智、勇敢，写来各具特点，又都合乎情理。欺骗市者的一段对话，表现了区寄的过人识见，而那语气又很符合儿童的声吻。这样描写，既使故事波澜起伏，纡曲变化，又使人物形象丰满扎实，不离生活。虽然事奇人奇，似在意料之外，然又在情理之中，让人感到真实可信。

首尾两段是从侧面烘托、映衬区寄的奇。在第一段中，作者在指出越地劫卖人口的恶俗时，特别指出了大批被劫卖者“少得自脱”的悲惨命运。然后，用一“惟”字作转折，让区寄从“少得自脱”者中间走出来，就起到了烘云托月的作用。一个只有十一岁的少年，却能胜利脱身，确是出类拔萃，令人惊奇。第三段，先写区寄“幼愿”的年龄和性格特征，再写他不肯为吏的质朴的劳动者本色，都是用不奇来衬托他的奇。最后又从“行劫缚者”方面落墨，写其反应。他们所表现出的望风而靡、退避三舍的敬畏心态，正好反衬出区寄的奇。作者从侧面烘托区寄的奇，其笔法同正面描写时一样，也是一波三折，出神入化，文势跌宕，极具吸引力，让人觉得篇终而故事未尽，人去而形象长留。

柳宗元文学传记的写作，是从暴露和批判现实的角度出发来选择人物、事件，从而对人物进行具体描写，有倾向性地塑造艺术形象的。因而，他的传记作品，大多取材于当时社会中那些有典型意义的下层人物，他们是被损害、被侮辱的劳动者。像区寄，就是一位砍柴牧牛的少年劳动者。作者为这样一位反抗精神卓异的小人物作传，其对黑暗现实和腐败政治的强烈的憎恶之情，也就可想而知了。柳宗元的这种做法，曾受到北宋文学家苏轼的高度称赏。苏轼出知定州时，了解到一位名叫刘丑厮的小儿，将杀其恩翁的二暴客辗转诉官，枭首示众的事迹后，便写了《刘丑厮诗》。诗中说："此可名区寄，追配郴之荛。恨我非柳子，击节为尔谣。"把刘丑厮与区寄相比，惭愧自己不如柳宗元能写出《童区寄传》那样的好作品。对柳宗元的仰慕之情，溢于笔端。

还应该指出，当日社会卖儿鬻女，劫缚成风，是罪恶的剥削制度和统治阶级的残酷饕餮造成的。柳宗元虽然有其被贬谪的坎坷遭际，但仍然不可能认识到这一点。他把这看做是"越人少恩"，无疑是错误的，正反映出他的阶级局限性。

（李善奎）

【注】 ①越：这里指福建至广东、广西一带地方。 ②货视之：把他们当货物看待。 ③毁齿：儿童换牙，指年龄七、八岁时。已：同"以"。 ④觊（jì 计）：贪图。 ⑤他室：指别家（的孩子）。 ⑥钳梏（gù 固）：用枷锁套住。钳：古时用来束颈的一种铁制刑具。梏：古代木制手铐。 ⑦须鬣（liè 列）者：长胡子的人，成年男子。 ⑧当道：在大路上。贼杀：残杀。 ⑨幺（yāo 妖）弱者：幼弱的人。 ⑩汉官：唐代在少数民族地区常用汉族人做地方官。因：借。 ⑪恣：放纵。 ⑫桂部：指当时桂管经略观察使所辖区域，含今广西桂林等地。从事：官名，州郡长官的佐官。杜周士：人名，未详。 ⑬郴（chēn 瞋）州：治所在今湖南省郴县。唐时郴州属潭州都督府（治所在今湖南长沙），不属桂部，属桂部的是柳州（今属广西）。故有人疑"柳州"是。《古文苑》即作"柳州"。荛（ráo 饶）牧儿：打柴放牛的孩子。 ⑭行：正在。 ⑮反接：把双手反绑在背后。 ⑯布囊其口：用布塞住他的嘴。囊：布袋。这里用作使动词，使其口为囊，意即塞住。 ⑰逾：超过。墟所：集市。 ⑱恐栗：怕得发抖。恒状：常态。 ⑲易：轻视。 ⑳为市：谈生意，指找买主。 ㉑绝：断。 ㉒遽（jù 巨）：急忙。 ㉓郎：旧时奴仆对主人的称呼。 ㉔不我恩：待我不好。 ㉕诚：果真。见完：保全我。 ㉖持：抓住。主人所：指借宿的旅店。 ㉗疮手：烧伤手。 ㉘闻于官：报告给官府。 ㉙白：报告。 ㉚大府：州官的上级，指桂管经略观察使。 ㉛幼愿：幼稚老实。 ㉜颜证：人名，曾任桂州刺史，桂管观察使。 ㉝侧目：不敢正视。 ㉞秦武阳：战国时燕国人，十三岁时曾杀人。后来燕太子丹请荆轲去刺杀秦始皇，派他当助手。

钴鉧潭记

钴鉧潭在西山西[①]。其始盖冉水自南奔注[②]，抵山石，屈折东流[③]；其颠委势峻[④]，荡击益暴，啮其涯[⑤]，故旁广而中深，毕至石乃止；流沫成轮，然后徐行。其清而平者且十亩[⑥]，有树环焉，有泉悬焉。

其上有居者，以予之亟游也[⑦]，一旦款门[⑧]，来告曰："不胜官租、私券之委积[⑨]，既芟山而更居[⑩]，愿以潭上田，贸财以缓祸[⑪]。"予乐而如其言。则崇其台，延其槛[⑫]，行其泉于高者而坠之潭[⑬]，有声潨然[⑭]。尤与中秋观月为宜，于以见天之高，气之迥[⑮]。孰使予乐居夷而忘故土者[⑯]，非兹潭也欤？

唐顺宗永贞年间，柳宗元参加了王叔文集团的政治革新，失败后被贬永州（今湖南零陵）司马。当时的永州是所谓蛮荒之地，柳宗元在《与李翰林建书》中曾描述

说："永州于楚为最南，状与越相类"，"涉野有蝮虺，大蜂，仰空视地，寸步劳倦。近水即畏射工、沙虱，含怒窃发，中人形影，动成疮痏"。作者在贬谪此地的十年之间，为了排遣内心极度的愤懑，曾到自然山水间徜徉览胜，自寻其乐，并先后写下了二十多篇游记。其中八篇被称为《永州八记》，成为我国游记文学的千古绝唱。这八篇作品，合则似山水长卷，分则为八幅屏条，既各自成篇，又前后连贯，互相映衬，为一有机整体。

《钴鉧潭记》是《永州八记》的第二篇，承接《始得西山宴游记》。按其自然段，分作两部分。

第一部分写钴鉧潭的位置和构成。发端七字，点钴鉧潭方位，也是交代作者游踪所及。接着用"其始"二字领起，溯出潭源，描写冉水奔流，曲折迂回而成潭的情况。"自南"是说冉水地势南高北低，"奔注"是说冉水水势奔迅峻急。"抵山石，屈折东流"，是接写地势和水势。冉水南来，山石挡其归路，它自抵不过高高山石，故而折转低处流去。水流尽管折而他逝，但其势仍未稍减，所以再用"颠委势峻"形容之，又用"荡击益暴，啮其涯"，进一步描状流动状态。"暴"、"啮"本是指人或动物行为的字眼，这里用来形容水势的汹涌和水力的侵蚀，不仅新颖别致，生动形象，而且赋予水以生命力，越加显示出其顽强而活跃的个性。同时，还要注意，水所"啮"者是潭之"涯"，而非前所云之"山石"。此涯似为土石杂半而成，故而水流下注，拼其全力，趋涯如矢，使得土层剥落，石面显露，经再"暴"再"啮"，终至"旁广而中深"。"暴"、"啮"、"涯"等字的选用，可见出作者遣词炼字的深湛功力。文中用"毕至石乃止"一语束住水势，好像水至此已无能为矣。然而水毕竟是水，它会以多种形式来表现自己的丰容美姿，于是乎"流沫成轮，然后徐行"。"轮"即车轮。"成轮"，形容旋涡形的浪花像车轮一样一圈又一圈。这"成轮"的浪花顿生顿散，渐行渐徐，终于积水成潭。上面对潭势、水势作了着意摹写，写得姿态横生，情趣盎然；下面则具体刻画潭的形貌。"其清而平者且十亩，有树环焉，有泉悬焉。"其形：那清亮平整的水面，恰似钴鉧之底；那潭周环绕的树木，恰似钴鉧之圆；那悬挂山梁的泉水，恰似钴鉧之柄。虽未直接写潭形，但作者借助隐比，便将一个如钴鉧一般的小潭呈现于读者面前。这也就顺便交代了钴鉧潭得名的原因，用笔何等轻灵！其貌：规模将近十亩的水面，清澈而平坦，树木环抱，悬泉下注，描绘的是一种静态的美，与上面所写之动势形成对照，展现出一个清幽静寂、令人神往的美好境界。正因其美好，所以作者才有"亟游"之兴，才有因"亟游"而购潭之乐。从结构上讲，这样写，也是为下文写购潭之事作铺垫。

第二部分写作者购潭的过程以及心境，从中也反映了当时"官租私券"对人民剥削的现实情况。

"其上有居者"至"贸财以缓祸"，是对躲避租税、更迁深山的潭上农户现实生活的叙写。这使我们想起作者在《捕蛇者说》中所写的捕蛇者乡邻的生活情景："殚其地之出，竭其庐之入，号呼而转徙，饥渴而顿踣，触风雨，犯寒暑，呼嘘毒疠，往往而死者相藉也。"两者恰成映衬。面对人民所遭受的惨重的压迫剥削，系心民瘼的柳宗元，当然是深表同情。但这层意思不是本文的重点，所以作者惜墨如金，点到即止，只用“予乐而如其言”一语，回答了这位失去土地而只好到山中过活的农户的要求。句中“乐”字有几层意思：自己拿出钱来，买下潭上田，使农户得以缓祸，一乐；钴鉧潭景色很美，可满足“亟游”之兴，二乐；购得之后，再加整修，使之更美，三乐。前二乐已经写过，下面即接写“整修”之乐：“则崇其台，延其槛，行其泉于高者而坠之潭。”作者对自然景物有独到的见解。他整修钴鉧潭，并非去破坏那野性的或温柔的，动的或静的，清新秀丽的或潇然洒然的自然美，而只采取了三个小措施：加高平台，延长栏杆，导引泉水，结果使之更具丰神秀韵，更有诱人魅力。“有声潨然。尤与中秋观月为宜，于以见天之高，气之迥。”便是对其神韵和魅力的具体写照。清澈的潭水，中秋的月色，一尘不染的高空，相映成趣，构成一幅潭水映月图；再加上悬泉的声响，仿佛画外音一般，增添无限情致！作者真是描画尽此潭，鉴赏尽此潭，不免让人发出“虽不能至，心向往之”的感叹。

文章最后说：“孰使予乐居夷而忘故土者，非兹潭也欤？”再点“乐”字，与前一“乐”字相呼应。全文之神，悉在阿堵中。作者真的是乐居蛮荒，忘却故土吗？一个小小的钴鉧潭，对一位关心政治的人，真的有如此大的吸引力吗？当中秋佳节，站立台上，凭栏对月，仰望长空之时，真的对帝京生活没有思恋之情吗？非也，非也。这个“乐”字，只不过表明，在宇宙万物之中，知我者，唯此钴鉧潭而已，是为知己而乐。而身世之悲，迁谪之愁，无日忘之；故土之思，家国之情，时时有之。“乐”字实“悲”字之反语，看似冲淡，实则愤激，看似平和，实则凄楚。它托出的是一片哀怨痛苦之音，笔墨之间，声情备至。在《永州八记》中，此篇最令人泪随声下。

柳宗元到永州后，曾写过一篇《对贺者》，说他的一位朋友因同情他的被贬，特地从京城长安赶来永州，向他表示慰问。但当这位朋友看到柳宗元仿佛有一种悠闲自得的神情时，便把慰问改说成了道贺。柳宗元对此颇有感触，认为那位贺者对他的真实心境并不了解，所以他说：“子诚以浩浩而贺我，其孰承之乎？嘻笑之怒，甚乎裂眦，长歌之哀，过乎恸哭。庸讵知吾之浩浩非戚戚之尤者乎！”这段话，正可用来作为《钴鉧潭记》结穴的注脚。

全文以“潭”字领起，以“潭”字收束，首尾连贯，构思精巧；遣词用语，修洁准确，刻画景物，形象传神。一个本非胜概的小潭，被写得欣羡煞人，想慕煞人，而且言近旨远，寓意深刻，反映出作者被贬之后寂寞凄苦的心情。这种动人的艺术魅力，千百年来，一直赢得读者的激赏。 （李善奎）

【注】 ①钴鉧（gǔ mǔ 古母）潭：形状像熨斗的潭，在今湖南省零陵县西。钴鉧：熨斗。西山：在今零陵县西面潇江边。 ②冉水：染溪，又称“愚溪”，在今零陵县西南。 ③屈折：曲折。 ④颠委：首尾。指水的上源和下游。 ⑤啮（niè 聂）：咬，这里指侵蚀。 ⑥且：将近。 ⑦亟（qì 气）：多次。 ⑧一旦：一天。款门：叩门，敲门。 ⑨不胜：经受不了。券：借据。委积：积压。 ⑩芟（shān 山）：割草，这里指开垦土地。 ⑪贸财：换钱。 ⑫槛（jiàn 鉴）：栏杆。 ⑬行：导引。 ⑭潨（cóng 从）然：形容淙淙的水声。 ⑮迥（jiǒng 窘）：远。这里指气清，气清才望得远。 ⑯夷：古代东方部落名，引申称边远少数民族。当时的永州离京城长安远，属边远地区。

钴鉧潭西小丘记

得西山后八日，寻山口西北道二百步[1]，又得钴鉧潭。潭西二十五步，当湍而浚者为鱼梁[2]。梁之上有丘焉，生竹树。其石之突怒偃蹇、负土而出、争为奇状者[3]，殆不可数。其嵚然相累而下者[4]，若牛马之饮于溪；其冲然角列而上者[5]，若熊罴之登于山。

丘之小不能一亩[6]，可以笼而有之[7]。问其主，曰："唐氏之弃地，货而不售[8]。"问其价，曰："止四百。"余怜而售之[9]。李深源、元克己时同游[10]，皆大喜，出自意外。即更取器用[11]，铲刈秽草[12]，伐去恶木[13]，烈火而焚之。嘉木立，美竹露，奇石显。由其中以望，则山之高，云之浮，溪之流，鸟兽之遨游，举熙熙然回巧献技[14]，以效兹丘之下[15]。枕席而卧[16]，则清泠之状与目谋[17]，瀯瀯之声与耳谋[18]，悠然而虚者与神谋[19]，渊然而静者与心谋[20]。不匝旬而得异地者二[21]，虽古好事之士，或未能至焉。

噫！以兹丘之胜，致之沣镐鄠杜[22]，则贵游之士争买者，日增千金而愈不可得。今弃是州也，农夫渔父，过而陋之[23]，贾四百[24]，连岁不得售。而我与深源、克己独喜得之，是其果有遭乎[25]！书于石，所以贺兹丘之遭也。

柳宗元在唐顺宗永贞元年(805)被贬为永州司马。永州僻远而多山水名胜，柳宗元政途失意，寄情山水，形诸笔墨，刻画入微、寄托深远的记游散文名篇《永州八记》遂得以问世。《永州八记》中的《钴鉧潭西小丘记》鲜明地体现了柳宗元散文的主要特色。

《钴鉧潭西小丘记》和《始得西山宴游记》联系非常紧密。作者寄情山水、超然漫游之趣在《始得西山宴游记》中有突出的显露："日与其徒上高山，入深林，穷回谿，幽泉怪石，无远不到。"因而作者在元和四年(809)九月二十八日始得西山后深感"吾向之未始游，游于是乎始"，更加超然地开始了新的漫游，发现了新的胜迹——钴鉧潭西小丘。

文章开篇就承接"得西山"，点出了游钴鉧潭小丘的时间，即"得西山后八日"。紧接着又按游踪交代其位置：沿着西山口西北方向的小道，到钴鉧潭，再由钴鉧潭西行二十五步，在水急且深的地方有一座障水的石堰，石堰就是小丘。寥寥数语，就让读者自然地随着作者一步一步乘着始得西山的游兴，来到小丘之上。这是记游的开端。

接下来，着力描写的是小丘群石的奇形异状。作者用拟人化的语言描绘：有"突怒"(高起)者，有"偃蹇"(高耸)者，有负土而出者，个个"争为奇状"。一个"争"字，把群山的千姿百态写得历历在目，活灵活现：无一甘愿沉默，无一甘为平淡。作者又把群石分为向上和向下两种类型，分别运用了形象生动的比喻来尽情渲染：山势耸立、层层相叠的奇状，就像牛马在溪流中长饮；山势突兀得像兽角一样斜列向上的奇状，又如熊罴在艰难地爬山。这段描写充分体现了柳宗元在记游散文中写山描水刻画细致入微，紧紧抓住山水特征以清新秀美的文笔写得富有诗情画意的特色。

如果文章只着眼于描摹山水，未免过于单调乏味。承接以上所写的小丘的奇状异态，作者游丘时所领会的佳趣又随之涌来。得山丘后大喜，铲除杂草，伐去杂树，又用猛火烧毁。通过亲手对“美”的创造，小丘达到了一种全新的境界：美好的树木卓然林立，挺拔的翠竹展露，奇特的群石显现。站在小丘之上，举目四望，山势的挺立，白云的飘浮，清溪的流淌，鸟兽的遨游，都是如此的爽心悦目。由于欣赏的佳趣更浓了，干脆就靠着小丘枕石席地而卧，不思归程，作一番彻底的逍遥游。在写法上采用了排比的句势，极力渲染自己的这种情趣：天宇的清澈明净悦目，溪流的叮咚流淌悦耳，悠然空濛的景色与神相通，深邃幽静的意境与心相通。置身于这样的氛围中，目、耳、神、心都得到了愉悦，都得到了净化。

写了小丘的奇形异状，写了自己欣赏的佳趣，这篇游记却并没有到此止笔，作者联系到自己身世的浮沉动荡、政途的失意遭贬，竟和眼前小丘这块“弃地”多年“货而不售”（作价待卖而未售出）的命运如此的相似，不能不感慨万千，随即寓诸文中。文章在最后一段以叹词“噫”来统摄，并采用了假设和对比的手法，强烈地抒发了这种慨叹：凭这小丘的如此胜景，假使把它放在帝都豪贵们居所的附近，对于那些好游之士来说，即使小丘的价格高达千金，也会求之不得的；可如今小丘处于地僻人稀的永州荒野，就连那些农夫渔父也都嫌它太僻陋，标价仅四百却多年未卖出。在这里，“连岁不得售”的被弃于僻远之地的遭冷落的小丘，分明就是心地洁高、有远大的政治追求和非凡的才略，却又处处失意落魄、横遭贬谪的作者自身的真实写照。这就是作者心中最深处的也是最强烈的感触。作者游小丘时携同李深源、元克己二人，三人同贬永州，志趣相投，彼此同命相怜，而人又悯小丘。在这里，人与物达到了最完美的契合：名为写小丘，实为写自身；名为写得小丘之喜，实为抒愤情；写的是沦落天涯之客，抒的是怀才受谤、久贬不迁的愤慨之情。

在篇末，写到对小丘终于遭逢识者的庆贺，更反衬了作者自身难逢圣主的哀怨感伤以及贬居中羁旅孤寂的心境——废弃之小丘终得其主，而英才卓荦的贬谪之客却难为世用，只好自悼效长沙了——天道如此，人何以堪！

综观全篇，整体构思之巧妙，文笔用心之良苦，实在令人惊服。钴鉧潭西小丘的奇形异状、姿态万千，引起了作者浓厚的游兴。小丘景物的“与目合”、“与耳合”、“与神合”、“与心合”，一度使得我们的山水游记圣手心旷神怡、陶醉欣喜，四个“合”字的连用，把作者笑迎山水、乐不可支之心态刻画得惟妙惟肖。而在此背后，则隐含着作者无言的痛楚、悲愤和哀怨，这种强烈的深沉的情结，如泣如诉，如怨如慕，在本文中求得了最巧妙、最强烈的抒发。

“堙厄感愤，一寓诸文。”（《新唐书·柳宗元传》）这是对柳宗元散文的总体评价。这种特点，集中地表现在《钴鉧潭西小丘记》一文中。它以意境的深邃和抒情的巧妙、强烈，为唐代文坛增添了无限的生机，更为后世的散文特别是游记散文的创作奠定了稳固的基础，提供了可贵的典范。（李长宾　杨广才）

【注】 ①寻:沿,顺着。道:行。 ②当:面对。湍(tuán 团阴平):急流。浚:深。鱼梁:水中筑成的用以捕鱼的堤堰。中有孔道,置笱其中,用以捕鱼。 ③突怒:山石突起貌。偃蹇(yǎn jiǎn 掩简):夭矫上伸貌。 ④嵚(qīn 钦)然:高峻貌。相累:相互重叠。 ⑤冲然:突出向前貌。角列:极力到前列。 ⑥不能一亩:不满一亩。能:满,足。 ⑦笼:包笼。 ⑧货:卖。不售:卖不出去。 ⑨售:买下来。 ⑩李深源、元克己:均为作者好友。 ⑪更(gēng 庚):交互。器用:工具。指铲、锄之类。 ⑫刈(yì 意):割。秽草:杂草。 ⑬恶木:质地差的树木。 ⑭举:全,都。熙熙然:邕邕和乐貌。回巧献技:竞呈技巧。 ⑮效:呈献。 ⑯枕席:用如动词,即垫好枕头,铺上席子。 ⑰清泠(líng 零):清凉。谋:接触,相合。 ⑱瀯瀯(yíng 营):泉水回旋声。 ⑲悠然:虚空自适貌。 ⑳渊然:深静恬逸貌。 ㉑匝:周,满。旬:十日。 ㉒致:移,转移。沣(fēng 风):沣水,即今陕西省西安市西渭水支流沣河。周文王于沣河西岸建丰京。镐(hào 号):地名,周武王于沣河东岸建镐京,在今陕西省长安县西北。鄠(hù 户):地名,在今陕西省户县北。杜:杜曲,在今陕西省长安县西南。以上四处都在唐代京都长安附近,豪门贵族多居住在这里。 ㉓陋:看不起。 ㉔贾:同“价”。 ㉕遭:遭际,遇合。

小石潭记

从小丘西行百二十步,隔篁竹[1],闻水声,如鸣珮环[2],心乐之。伐竹取道,下见小潭,水尤清冽[3]。全石以为底,近岸,卷石底以出[4],为坻[5],为屿[6],为嵁[7],为岩。青树翠蔓,蒙络摇缀[8],参差披拂。

潭中鱼可百许头,皆若空游无所依。日光下澈[9],影布石上,佁然不动[10],俶尔远逝[11],往来翕忽[12],似与游者相乐。

潭西南而望,斗折蛇行,明灭可见。其岸势犬牙差互[13],不可知其源。

坐潭上,四面竹树环合,寂寥无人,凄神寒骨,悄怆幽邃[14]。以其境过清[15],不可久居,乃记之而去。

同游者:吴武陵、龚古、余弟宗玄。隶而从者[16],崔氏二小生[17]:曰恕己,曰奉壹。

《小石潭记》是柳宗元《永州八记》的第四篇。柳宗元从西山开始游览,再到西山西钴鉧潭,又到钴鉧潭西小丘,继续西行,则到了小石潭。在作者的游记散文中,《小石潭记》是历来最为人称道的名篇。

全文分为五个自然段。第一、二两段着重写潭本身。

开首几句紧承前篇,采用导游的形式介绍说,从钴鉧潭西小丘向西,走一百二十步,看到一片竹林。隔着竹林,听到水声,而这水声又恰如玉珮玉环互相碰撞的声音清脆悦耳,十分引人。于是“心乐之”,欲寻声而往。但是竹林太密,无路可通,只好“伐竹取道”,一窥究竟。“伐竹取道”,是用行动写心情,与前面“乐”字相吻合。路开出来了,就见到那发出“如鸣珮环”之声的小潭。这样写,确如陆游诗所云:“山穷水复疑无路,柳暗花明又一村。”(《游山西村》)其喜悦心情跃然纸上。对小潭,作者先用“水尤清冽”四字作总体概括,接着就围绕“清”字,从三方面作具体描绘,向人们展示了一幅美妙的图画。

首先，用潭中之石来暗示潭水之“清”。小潭全部由石头构成，潭底是整块石头，靠近岸的地方，潭底的石头有些翻卷过来，呈现出像高地、小岛等不同的形状。隔着潭水，能把潭中石头的种种情况，看个一清二楚，则潭水之“清”，可以想见。作者写潭中之石，还有另一层用意，那就是交代小石潭取名的缘由，扣住题目。

其次，以潭上景物来点缀潭水之“清”。小石潭的岸上，生长着青青的树，那翠带似的枝条，有的缠成网络，在空中摇曳，有的长短不齐，在水面飘拂。古代诗词中，写到英雄的时候，往往用美人来点缀，谓之“刷色”，这里，写潭水之“清”，用岸上美景来点缀，不也是一种“刷色”吗？试想，如果小潭中荡漾着的是叶圣陶在《多收了三五斗》中所写的那种“暗绿色的脏水”，那么，即使岸上绿树成荫，也不会唤起游人的审美联想，给游人增添兴致！其“心乐之”又何由说起？其“如鸣珮环”之声又从何而来？

再次，用潭中游鱼来衬托潭水之“清”，这是文中写得最精彩的部分。“潭中鱼可百许头，皆若空游无所依”，不写水，只写鱼的浮游没有凭依，而水之清澄透明了然已见。这是用游鱼来衬托潭水之“清”。“日光下澈”，一个“澈”字，把日光透过潭水，照及潭底而无碍的情状写活了，还是不写水，而潭水的清澄透明亦已不言而喻。这是借日光来写潭水之“清”。“影布石上”，阳光照在鱼身上，水透明而鱼不透明，潭底便自然地显现出鱼的影子，而影随鱼身，一忽儿“佁然不动”，一忽儿“俶尔远逝，往来翕忽”，有静有动，活灵活现，仍然是不写水，而潭水的清澄透明已摄入眼底。这是用鱼影来衬托潭水之“清”。通过对游鱼、日光、鱼影这些具体东西的描绘来表现潭水，用的是所谓以实写虚之法，即用实景衬托虚的，即不易道出的事物的形态或神髓。传说宋代画院考试，有一次题目是“踏花归去马蹄香”，应试者都画马上观花的情景，唯有一人画落红满径，几只蝴蝶飞逐马后，结果中了选。花香是虚的，不易画出来，这位画家的高明之处在于以蝴蝶飞逐来衬托踏花之后马蹄上沾有的香气。这种画虽然不像骑在马上看花那样彰彰在目，但更能让人感到花气袭人，芳香四溢。

这一段中，还需要注意，作者写潭中游鱼，除了有衬托潭水之“清”这层意思外，还有另一层用意，就是将“乐”字灌注在游鱼身上，好像鱼也像人那样心情乐甚。“相乐”二字，人鱼并写，情景相生。这就再次坐实了前面闻水声之“乐”，下视小潭之“乐”，而且与后面写心情的凄凉相映照，真是笔笔无虚文。

第三段写潭源，亦即写远景。作者饱赏了小潭本身的美景之后，便游目四顾，结果在潭的西南方发现了一条“斗折蛇行，明灭可见”的小溪，正是这条小溪的水注入石潭而激石成声的。“斗折”、“蛇行”是两个比喻。像北斗星那样曲折，是静的；像蛇那样游动，是动的。因其曲折，故而一段看得见，是亮的；一段看不见，是暗的。用一动一静，一明一灭，写出了小溪蜿蜒流走的真实景象。接着又以“犬牙差互”为喻来形容岸势，就进一步把小溪的形象刻画出来了。最后用“不可知其源”来照应本段开头的“望”字。望潭源莫穷其源，藏而不露，饶有情致。

第四段，写作者游览小石潭后的感受。前面写水之“清”，这里写境之“清”。“坐潭上，四面竹树环合，寂寥无人，凄神寒骨，悄怆幽邃。”这种“过清”的环境氛围，打动了作者的心灵，致使“不可久居，乃记之而去”。这里，把环境氛围和心情结合起来，写出了一种幽静凄清悲凉的境界，与前面所写的“乐”字，看似矛盾，然乐而生悲，游者常情。乐是“欣于所遇，暂得于己”（王羲之《兰亭集序》）之乐，悲是“情随事迁，感慨系之”（同上）之悲。这正是作者被排挤，受迫害的孤寂、凄怆、抑郁心情的投影。

第五段，交代同游者和隶从者，以示纪念。

这篇游记语言精练优美，行文繁简得当。像闻水声后而“伐竹取道”，四字之中该有多大的容量？诸如投入多少劳力，用了多长时间，开了多远路程，等等，一概略去，只一语带过，而这些情景却又仿佛亲眼目睹了一般。再如写潭岸：“青树翠蔓，蒙络摇缀，参差披拂。”寥寥几笔，将草木无人管理，自为生意的情态，掬出纸上。写小溪“斗折蛇行，明灭可见”，不只如画，而且传神。又如写潭中游鱼，“佁然不动，俶尔远逝，往来翕忽”，尤为穷形尽相，物无遁情，可谓化工之笔。在这些地方，作者都能抓住景物的特征，结合自己的感受，作精美的描绘，把地处荒僻的小石潭的美景呈现给读者，正所谓美不自美，因人而彰。作者锤炼语言、裁剪文字的功夫，还有更让人击节之处。清人孙琮说：“古人游记写尽妙景，不如不写尽为更佳；游尽妙境，不如不游尽为更高。盖写尽游尽，早已境味索然；不写尽不游尽，便见余兴无穷。篇中遥望潭西南一段，便是不写尽妙景；潭上不久坐一段，便是不游尽妙境。笔墨悠长，情兴无极。”（《山晓阁选唐大家柳柳州全集》评语）当然，摹写物状，能够雕刻造化，牢笼百态，自是一绝，不过这是问题的另一个方面。这里确如孙琮所说，如果再接写小溪之源，接写因自身遭际而产生的种种况味，岂不浅薄径露，喧宾夺主！孙琮之说诚为的评。

前已提及，这篇游记还善于运用形象衬托的手法，比如用游鱼衬托潭水之“清”。关于这一点，有人指出是本之于郦道元《水经注》：“渌水平潭，清洁澄深，俯视游鱼，类若乘空。”（杨慎《丹铅杂录》）在柳宗元之前，还有不少人也用过这种手法，如：袁山松的“其水十丈见底，视鱼游如乘空”（《宜都山川记》）；吴均的“水皆缥碧，千丈见底。游鱼细石，直视无碍”（《与宋元思书》）；沈佺期的“朝日敛红烟，垂钓向绿川。人疑天上坐，鱼似镜中悬”（《钓竿篇》）；王维的“涟漪涵白沙，素鲔如游空”（《纳凉》），等等。不过，他们有一个共同点，都是先写水清，后写鱼游，用鱼游再来衬托水清。但柳宗元的仿效，不是生吞活剥，而是“师其意不师其辞”（韩愈《答刘正夫书》）。他的独创性在于，不复写水，而以日光鱼影写出游鱼相戏之状，鱼水相得之乐。以鱼写水，则潭水之清澈自粼粼映眼；以鱼写人，则人羡鱼乐之情便含而不露。这些都是前此之人没有做到的。很显然，柳宗元的笔触更为细腻生动，更富于诗情画意。所以单是肯定作者仿效前人是不够的，还应该指出他的创造性。柳宗元之后，又有一些人学习柳文，翻出新意。文学创作，是应该在借鉴前人的基础上，写出自己经过深刻细致的观察之后的独到见解，不断创新的。

在融情于景方面，这篇游记与前几篇相比，也有新的发展。作者写西山，写钴鉧潭，写小丘，是在叙事写景之外，加上几句议论抒发感情。本篇则不用议论，全靠作者把感情倾注于笔端，深深地糅合进景物描写之中，使景物描写和作者感情如同水乳交融，妙合无垠。从写作上看，如果笔底没有感情，便写不出神似的景致来。车尔尼雪夫斯基说："自然界美的事物，只有作为人的一种暗示，才有美的意义。"(《艺术与现实的审美关系》，正因为《小石潭记》的景物描写中，寄寓了作者的哀乐之情，反映了作者的审美态度，所以才产生了如此动人的艺术魅力。

(李善奎)

【注】 ①篁(huáng 皇)竹：竹林。 ②珮环：古人佩带在身上的玉制装饰品。 ③清冽(liè 列)：清澄。 ④卷：翻卷。以：而。 ⑤坻(chí 池)：水中高地。 ⑥屿：小岛。 ⑦嵁(kān 堪)：不平的岩石。 ⑧蒙络：枝蔓交结遮盖。摇缀：摆动下垂。 ⑨澈：这里指日光直照到水底。 ⑩佁(yǐ 以)然：呆呆的样子。 ⑪俶(chù 触)尔：忽然。 ⑫翕(xī 西)忽：迅疾。 ⑬差(cī 疵)互：交错不齐。 ⑭悄怆(chuàng 创)：寂静得使人感到忧伤。幽邃(suì 岁)：幽深。指心情悲伤深沉。 ⑮过：过于。 ⑯隶而从者：跟随同来的人。 ⑰小生：年轻人。

袁家渴记

由冉溪西南水行十里，山水之可取者五，莫若钴鉧潭[①]。由溪口而西陆行，可取者八九，莫若西山。由朝阳岩东南[②]，水行至芜江[③]，可取者三，莫若袁家渴[④]。皆永中幽丽奇处也。

楚、越之间方言[⑤]，谓水之反流者为渴[⑥]，音若"衣褐"之"褐"[⑦]。渴，上与南馆高嶂合[⑧]，下与百家濑合[⑨]。其中重洲小溪[⑩]，澄潭浅渚[⑪]，间厕曲折[⑫]，平者深墨，峻者沸白[⑬]，舟行若穷，忽又无际[⑭]。

有小山出水中，山皆美石，上生青丛[⑮]，冬夏常蔚然[⑯]。其旁多岩洞，其下多石砾[⑰]。其树多枫、柟、石楠、楩、槠、樟[⑱]、柚[⑲]，草则兰芷[⑳]，又有异卉[㉑]，类合欢而蔓生[㉒]，轇轕水石[㉓]。每风自四山而下，振动大木[㉔]，掩苒众草[㉕]，纷红骇绿，蓊葧香气[㉖]，冲涛旋濑[㉗]，退贮溪谷，摇飏葳蕤[㉘]，与时推移。其大都如此，余无以穷其状[㉙]。

永之人未尝游焉[㉚]，余得之，不敢专也[㉛]，出而传于世。其地主袁民，故以名焉[㉜]。

袁家渴是一条可以泛舟的西流水，景物繁富。故《袁家渴记》于水容石态之外，兼写山、渚、草木、花卉等等。

第一段从《史记·西南夷列传》的首段化出，以钴鉧潭、西山为宾，陪出袁家渴。第二段写渴。"其中重洲小溪，澄潭浅渚，间厕曲折，平者深墨，峻者沸白"等句，既简括，又生动。而这，又是为下文更精彩的描写准备条件。因为这条渴自南馆高嶂曲曲折折地流向百家濑，中间又间以重洲、浅渚，所以"舟行若穷，忽又无际"。"舟行若穷，忽又无际"只有八个字，却抵得上一篇洋洋千言的游记。与王维的"安知清流转，偶与前山通"(《蓝田山石门精舍》)，陆游的"山重水复疑无路，柳暗花明又一村"(《游山西村》)意境相类，却更其妙远。

"有小山出水中"以下，记山石，记岩洞，记各种树木花草，虽然文笔雅洁，但毕竟像一篇流水账。然而不要紧，因为这都是为下文蓄势。"每风自四山而下，振动大木，掩苒众草，纷红骇绿，蓊葧香气，冲涛旋濑，退贮溪谷，摇飏葳蕤"等句，将上面所记的一切统统纳入风中，收到水上。使读者于树动、花摇、草掩、涛飞、濑旋中看见奇光异彩，听见清音远韵；而一股浓郁的香气，也随风飘来，直沁心脾。

柳宗元很善于写风中景。如《南涧中题》里的"回风一萧瑟，林影久参差"；《石渠记》里的"其侧皆诡石怪木，奇卉美箭，可列坐而休焉。风摇其巅，韵动崖谷，视之既静，其听始远"，都很传神。这里的"每风自四山而下"一段，则更其精彩。苏轼称其造语"入妙"，其实不仅造语入妙，更妙的是其"以一风统众景"的独具匠心的艺术构思。

结尾的"永之人未尝游焉，余得之，不敢专也，出而传于世"云云，命意与《钴鉧潭西小丘记》类似，而用笔各殊。这样奇伟、这样高洁、这样清丽幽雅的风景区，却无人了解，无人赏识，长久地被遗弃、被埋没，连"永之人"都"未尝游"，何况其他！这跟作者自己的品格、自己的遭遇是十分相像的。作者"发潜德之幽光"，以巧夺天工的笔墨描绘这种自然美，表彰这种自然美，"出而传于世"，既表现了他对受压抑、受摧残的美好事物的无限同情和爱护，也寄托了他自己的无限惨痛、无限深沉的身世之感。

（霍松林）

【注】 ①莫若：没有像。 ②朝阳岩：因岩朝东而得名。 ③芜江：地名。 ④袁家渴（hé曷）：水名。 ⑤楚、越：古代国名，即今湖南、湖北、安徽、江苏、浙江一带。 ⑥反流：水反向流，此处指西流。 ⑦褐（hè 贺）：粗麻布衣。 ⑧南馆高嶂：袁家渴发源处的高峰。 ⑨百家濑（lài 赖）：水名。 ⑩重洲：重叠的洲。 ⑪渚：刚露水面的小洲。 ⑫间厕：夹杂着。 ⑬峻者：峻急的溪水。 ⑭穷：没有，结束。 ⑮丛：丛生。 ⑯蔚然：茂盛的样子。 ⑰砾（lì 利）：小石子。 ⑱枫：枫树。柟（nán 南）：楠木。楩（pián 骈）：黄楩木。槠（zhū 诸）、樟：均为常绿树。 ⑲柚：柚子树。 ⑳芷：草本花。 ㉑卉（huì 会）：花草。 ㉒类：类似。合欢：合欢树，晚间树叶合拢。 ㉓轇轕（jiāo gé 胶葛）：杂乱貌。 ㉔振：摇。 ㉕掩苒：弱草倾倒。 ㉖纷：纷乱。骇：惊惧。蓊葧（wěng bó 滃勃）：浓郁。 ㉗冲：冲激。旋：回旋。濑：流在岩石上的溪水。 ㉘葳蕤（wēi ruí 威瑞阳平）：茂盛。 ㉙无以：无法。穷：尽量。状：形状。 ㉚未尝：没有。 ㉛专：专有。 ㉜地主：地方的主人。名：命名。

捕蛇者说

永州之野产异蛇[①]，黑质而白章[②]。触草木，尽死；以啮人[③]，无御之者[④]。然得而腊之以为饵[⑤]，可以已大风、挛踠、瘘、疠[⑥]，去死肌[⑦]，杀三虫[⑧]。其始，太医以王命聚之[⑨]，岁赋其二[⑩]。募有能捕之者，当其租入[⑪]，永之人争奔走焉[⑫]。

有蒋氏者，专其利三世矣[⑬]。问之，则曰："吾祖死于是[⑭]，吾父死于是，今吾嗣为之十二年[⑮]，几死者数矣[⑯]。"言之，貌若甚戚者[⑰]。

余悲之，且曰："若毒之乎[⑱]？余将告于莅事者[⑲]，更若役，复若赋[⑳]，则何如？"

蒋氏大戚，汪然出涕曰[21]："君将哀而生之乎[22]？则吾斯役之不幸[23]，未若复吾赋不幸之甚也[24]。向吾不为斯役[25]，则久已病矣[26]。自吾氏三世居是乡，积于今六十岁矣，而乡邻之生日蹙[27]。殚其地之出[28]，竭其庐之入[29]，号呼而转徙[30]，饥渴而顿踣[31]，触风雨，犯寒暑，呼嘘毒疠[32]，往往而死者相藉也[33]。曩与吾祖居者[34]，今其室十无一焉；与吾父居者，今其室十无二三焉；与吾居十二年者，今其室十无四五焉。非死则徙尔[35]，而吾以捕蛇独存！悍吏之来吾乡[36]，叫嚣乎东西，隳突乎南北[37]。哗然而骇者[38]，虽鸡狗不得宁焉[39]。吾恂恂而起[40]，视其缶[41]，而吾蛇尚存，则弛然而卧[42]。谨食之[43]，时而献焉[44]。退而甘食其土之有[45]，以尽吾齿[46]。盖一岁之犯死者二焉[47]，其余则熙熙而乐[48]，岂若吾乡邻之旦旦有是哉[49]！今虽死乎此，比吾乡邻之死则已后矣，又安敢毒耶[50]？"

余闻而愈悲。孔子曰："苛政猛于虎也[51]。"吾尝疑乎是[52]，今以蒋氏观之，犹信[53]。呜呼！孰知赋敛之毒[54]，有甚是蛇者乎！故为之说[55]，以俟夫观人风者得焉[56]。

《捕蛇者说》是柳宗元的一篇散文名作，写于他贬谪到永州任司马员外郎之时。全文借捕蛇者蒋氏所述祖孙三代的悲惨遭遇，尖锐而深刻地揭露了中唐时期赋税的苛毒，具体而生动地反映了广大人民的苦难生活，从中表现了作者深切同情人民和热切改革时政的思想感情。千余年来，一直受到读者的称赞和传诵。

本文由三部分组成。

第一部分，即全文第一自然段，作者通过简明的叙述，由永州之野产异蛇而引向永州之人争相捕蛇。文章一开始，作者就明确指出永地所产的蛇是一种"异蛇"。说它异，一是异形："黑质而白章。"二是异毒："触草木，尽死；以啮人，无御之者。"三是异用："得而腊之以为饵，可以已大风、挛踠、瘘、疠，去死肌，杀三虫。"正因为这种蛇有以毒攻毒的特殊效用，所以"太医以王命聚之，岁赋其二"，并"募有能捕之者，当其租入"。这样，文章就自自然然地由产蛇引导到捕蛇上来叙说，很快地扣入了题旨。捕蛇可以"当其租入"，所以"永之人争奔走焉"。这里，作者似乎是在淡淡地叙述，但无形中却给读者极为自然地设下了一个悬念：这种蛇具有剧毒，永之人为了"当其租入"却"争奔走焉"，其中的甘苦应该是极多的。文章至此，作者真正要说明的问题已是引而未发而暗暗地埋下了伏线，就使读者自然产生要继续读下去的强烈愿望，初步显示出它所具有的艺术魅力。

第二部分是本文的二、三、四三个自然段，作者由捕蛇引出捕蛇者，由概括性的叙述进入具体的记述，而且又完全是通过自己与捕蛇者蒋氏的对话来完成这一部分写作任务的。

这一部分，是全文的主体部分。它通过捕蛇者蒋氏祖孙三代的遭遇，来说明赋敛比毒蛇更可怕的道理。蒋氏"专其利三世"，其祖"死于是"，其父"死于是"，而他自己"嗣为之十二年，几死者数矣"！这种悲惨的遭遇，不仅蒋氏述说时，"貌若甚戚者"；即便是听到的人，即作者自己，也是极为"悲之"的。但是，当作者提出"余将告于莅事者,更若役,复若赋”的时候,蒋氏却“大戚”而“汪然出涕”,并向作者提出了“君将哀而生之乎”的疑问。这使读者自然感到定有比捕蛇毒死更惨毒的东西在背后,致使蒋氏宁愿为捕蛇而死,也不愿再“更役”、“复赋”。作者写到这里,索性让蒋氏进行了较长时间的自述,使他充分说明所以不愿“更役”、“复赋”的道理,具体、生动而形象地指出“复赋”的更残酷、更可怕。他说,他家三世六十年来,“乡邻之生日蹙。殚其地之出,竭其庐之入,号呼而转徙,饥渴而顿踣,触风雨,犯寒暑,呼嘘毒疠,往往而死者相藉也”。真正从事农业生产的广大农民,可以说是长期地而且是时时刻刻地处在饥饿与死亡线上。祖父的乡邻,今“十无一焉”;父亲的乡邻,今“十无二三焉”;自己十二年来的乡邻,也“十无四五焉”了。这些乡邻,“非死则徙”,而自己却“以捕蛇独存”,当然是值得庆幸、值得留恋的事了。所以,当他听到作者要他“更若役,复若赋”的时候,也就自然“大戚”而“汪然出涕”了。捕毒蛇,甚有害,而蒋氏偏以甚有利的角度和口气叙述,在利、害矛盾的反衬对比中,使读者自然体悟出赋敛比毒蛇更毒的道理。文章写到这里,蒋氏的内心矛盾已得到了深刻的揭示,题旨也已得到了充分的说明,但作者仍不就此止笔,却依然让蒋氏继续说下去,再进一步揭露统治者征租敛赋给人民带来的痛苦。“悍吏之来吾乡”以下几句,就极其逼真地描述了封建官吏、爪牙横征暴敛、逼税骚扰的悲惨情景。这些悍吏到来,“叫嚣乎东西,隳突乎南北”,弄得人们惊恐万状,鸡犬不宁。可是这时的蒋氏,却能“恂恂而起”,“视其缶”,只要“吾蛇尚存”,就可以“弛然而卧”,不必担惊受怕了。因为王命聚蛇是“岁赋其二”,所以捕蛇虽有“犯死”的危险,但每年也只“犯死者二焉”,平时只要喂养好毒蛇,“时而献焉”,也就可以“退而甘食其土之有”,“熙熙而乐”,“以尽吾齿”,不像乡邻们那样天天都要受死亡的威胁。所以蒋氏说,即使是为捕蛇而死,但“比吾乡邻之死则已后矣”!蒋氏的话,对比衬托,层层深入,自然会使听者真切地感受到赋敛比毒蛇还毒的残酷现实。表面上看来,好像说得极为轻松、自然,实际上,句句血,字字泪,饱含着蒋氏无限的辛酸、愁苦和悲愤,让人感振肺腑,不忍卒闻。每一个有良心的人,都会不禁落下同情的眼泪,产生愤怒的感情,并引起无限的思考和回味。

第三部分,是本文的最后一段。作者正面抒发自己的感受,表明自己写作此文的目的和态度。前文说“余悲之”,这里说“余闻而愈悲”,既从文意上做到了前后照应,又从感受上表白自己的感情变化。同时,从思想认识上说,以前对孔子所说“苛政猛于虎”的论断有所怀疑,现在从蒋氏的具体事实上,看到了“赋敛之毒”比毒蛇还厉害。其中,作者有意用“呜呼”句式加以感叹,加以强调,表明自己认识上的飞跃,也入木三分地抨击了现实的严酷。简短几句,可以说是对中唐封建统治阶级的当头棒喝。最后,“故为之说”两句,表明自己的写作目的在于希望唐王朝的政治能够得以改革。当然,这是作者对人民苦难生活的高度同情,也是对政治改革的热切愿望。在当时来说,这虽是可贵的,但却是无法实现的。作者把社会政治改革的愿望寄托在封建统治阶级身上,正是他不可超越的时代和阶级的局限。

本文的题目是《捕蛇者说》。“说”是古代的一种文体。明人吴讷《文章辨体序说》说:“说者,释也,述也,解释义理而以己意述之也。”徐师曾《文体明辨序说》中也说:“要之傅于经义,而更出己见,纵横抑扬,以详赡为上而已,与论无大异也。”可见,它是论说文的一种,最终目的还在于说理或议论。韩愈的《师说》,在于说明从师学习的道理,本文则在于说明赋敛比毒蛇还毒的道理。但柳宗元此文,不作正面说理,而将深刻的说理或议论寓于具体的叙事中,不精心的读者或以为这是一篇记叙文,或以为“捕蛇者说”就是捕蛇者蒋氏所说的话,实际上,它借事实说理,事实具体,道理就自然清楚,比抽象说理要生动、具体、深刻得多,也比抽象说理的文字活泼自由得多。深刻的说理,采取了记述的形式,正是作者艺术构思上的精巧之处。特别是简洁、生动地记述了一个完整的故事情节,细致、灵巧地安排了一个逼真的对话场景,让捕蛇者自述其身世和经历,从中表明了深刻的道理,这比一般的记叙文又深刻得多,高明得多了。可见,作者在写作此文时,是经过了精密的艺术构思的。

精心地编织故事情节,而这个故事情节又是通过作者亲身目睹耳闻地与故事的主人公(即捕蛇者蒋氏)之间的谈话,特别是蒋氏的自述表现出来,这是本文艺术构思最精彩的地方。从全文结构来看,第一部分只是作者的客观介绍,由“永州之野产异蛇”,谈到永蛇之异形、异毒、异用,以致“王命聚之”、“岁赋其二”,因而“永之人争奔走焉”,以便引起第二部分所具体记述的捕蛇者蒋氏的身世和遭遇这一故事。这就极简洁而又具体地叙说了捕蛇事件的社会背景,为进一步展开下文蓄了势,造了情,渲染了故事环境,使读者产生了急欲得知“具体情况如何”的意念。接着,紧就这个意念说开去,以记述的方式一改以往的叙述,专门选择了“有蒋氏者”这样一个典型的捕蛇世家的故事,使读者由概括的认识变为具体的感受,再由具体的感受而自然地升华到理性的认识。事件典型,理寓其中,作者不需要多费笔墨地去正面说出什么“赋敛比毒蛇还毒”之类的道理,读者就自然明白了,作者的写作目的也就自然达到了。因此,第三部分的文字,作者只就读者的已得认识加以简洁的强调,说明自己感情和认识上的变化,突出“苛政猛于虎”的客观事实,表明作文的目的也就足够了。可见,全文剪裁照应,错落变化,有事有理,有理有情,都做到了恰到好处,不愧出于散文大家之手!我们通读全文,甚感文意曲折而连贯,文势起伏而畅通;事理交融,而情理又相互为用;凄婉感人,而又极富有艺术趣味:处处体现出了作者精巧的艺术匠心。

使用对话,特别是蒋氏的自述,更是本文取得巨大艺术效果的成功之处。它不仅仅是语言的简洁、精确,并能真切地传达出各自的身份和心情,而更重要的是作者在采用对话时也充分施展了他的艺术技巧。具体说来,那就是曲折递进、反复对比和层层衬托的艺术手法。

先看“曲折递进”。第二部分一开始就说“有蒋氏者,专其利三世矣”,说的是“利”。但“问之”后,蒋氏所答则是祖、父两代“死于是”,自己“嗣为之十二年”,也“几死者数矣”,因而“言之,貌若甚戚者”,这却是“害”了。因此,作者听了极为同情,而且“悲之”,并“将告于莅事者”,使他更役、复赋。可是蒋氏听到,不仅不表示赞同,反而“大戚,汪然出涕”,以至发出“君将哀而生之乎”的疑问。于是接着讲出一大篇所以不愿更役、复赋的道理来,从中说明虽害而实利的事实。最后,作者听

明白了，“愈悲”，对“苛政猛于虎”的现实“犹信”，自己的认识也就提高了。这个谈话合情合理，曲折迂回，层层递进，步步深入，既真切，又沉痛，不仅他们之间的感情得到了交流、融洽，而且也使读者受到了感染，引起了共鸣。这种编织和表述故事情节的手法，是极为高明的。

再看“反复对比”。蒋氏的谈话，既言捕蛇之害，又言捕蛇之利。害，指其祖孙三代惨遭死亡或受死亡的威胁；利，指其与乡邻的悲惨遭遇相比而言，即使有死亡的危险，也比他们更幸运了。在这里，作者集中抓住“利”与“害”的矛盾，反复加以对比，并从对比中，进一步深化“赋敛比毒蛇还毒”的道理。试看：与蒋氏祖孙三代居住在一起的乡邻，生活“日蹙”，“非死则徙”，而蒋氏自己却“以捕蛇独存”；悍吏来催租逼赋，乡邻们“哗然而骇”、“鸡狗不得宁焉”，而蒋氏自己见“吾蛇尚存，则弛然而卧”；乡邻们的灾祸是“旦旦有是哉”，而蒋氏自己仅“一岁之犯死者二焉”，“其余则熙熙而乐”。可见，从这三项反复的对比中，孰利孰害，就让人自然体味出来了。不过，这种“利”只是相对而言，和“害”一样，都是让人伤痛、悲愤的。

最后再看“层层衬托”。全文的蓄势、递进手法，本身就具有衬托作用。这里所说的衬托，主要是指作者如何表现“赋敛比毒蛇还毒”这一主题思想的艺术手法而言。蒋氏大讲自己祖孙三代的遭遇，并以之与乡邻们的遭遇相对比，从中就衬托出统治阶级的横征暴敛比毒蛇更惨毒，更可怕。蒋氏通过自己祖孙三代不同时期、不同形式的遭遇，从各个不同的角度将捕蛇的不幸与乡邻们备受赋敛的不幸加以对比，目的就在于衬托出沉重的赋敛给人民带来的灾难和痛苦。这种对比、衬托交互为用的艺术表现手法，不仅使文章波澜纵横，曲折起伏，步步推进，引人入胜，而且使说理也变得更具体，更生动，更鲜明。利与害，苦与乐，相互衬映，相得益彰，给读者留下了深刻的印象，并使之反复思索，反复回味，产生了积极的艺术效果。

本文写于永州时期，上推五六十年，大致正是“安史之乱”前后这一段时间，亦即所谓中唐前期。这时期，正是唐王朝赋税严重的时期，也是人口减少最严重的时期。元和二年(807)，宰相李吉甫给唐宪宗上“国计簿”，其中就提到，全国的税户比天宝年间减少了四分之三，而单就军队的供给就增加了三分之一，从中可以看出赋税增加的严重性。据《旧唐书·食货志》记载，当时连死亡的人都要收税，活着的人逃亡、迁徙、穷困，自然是“理所当然”的了。作者受了孔子“苛政猛于虎”这一论断的触发，通过蒋氏祖孙三代六十年的遭遇，来揭露这一现实，其针对性、战斗性是显而易见的。所以，短短的一篇《捕蛇者说》，可以说是中唐前期统治阶级横征暴敛的缩影。

单从语言本身来说，本文的艺术性也是很高的。比如使用简洁的语言来描绘人物的情态，能够做到真实、生动、形象、具体；再如使用对偶句、排比句，以增强表情达意的力量，也是很成功的。如此等等，限于篇幅，恕不一一论述。

（霍旭东　赵荣蔚）

【注】 ①永州：唐属江南西道，州治在今湖南省永州市。野：郊野。　②黑质而白章：黑色的底子上带有白色的花纹。质：质地，这里指底色。章：文采。这里指花纹。　③以：如果。啮

(niè 聂):咬。 ④御:抵挡。这里是医治、解救的意思。 ⑤得而腊之:捕到它,风干它。腊(xī 西):干肉。这里作动词,指把蛇风干。以为饵:以之为饵。饵:药饵。 ⑥可以已大风、挛踠(luán wǎn 峦晚)、瘘(lòu 漏)、疠(lì 利):可用以治愈大风等病。已:止,治愈。大风:麻风病。挛踠:手脚蜷曲不能伸之病。瘘:颈肿。疠:恶疮,今作"癞"。 ⑦死肌:腐烂、失去机能的肌肉。 ⑧三虫:泛指人体内的寄生虫。 ⑨太医:御医。 ⑩岁赋其二:每年征收(蛇)两次。赋:征收。 ⑪募:招募,征求。当:抵作。租入:应缴纳的租税。 ⑫焉:于是。此指捕蛇一事。 ⑬专其利:专享这种捕蛇抵租的好处。 ⑭死于是:死在捕蛇这件事上。 ⑮嗣:继承。 ⑯几:几乎。数(shuò 朔):多次。 ⑰貌若甚戚者:(蒋氏)表情好像非常忧伤的样子。貌:容色,表情。戚:忧愁,伤心。 ⑱若毒之乎:你以捕蛇的差事为痛苦吗?若:你。毒:痛恨,厌恶。 ⑲莅(lì 利)事者:当事的地方官吏。 ⑳更若役:更换你的劳役。役:指捕蛇。复:恢复。 ㉑汪然:眼泪盈眶的样子。涕:眼泪。 ㉒将:欲,想要。哀:哀怜。生:使……活下去,用作使动词。此句是说:您要怜悯我,并让我活下去吗? ㉓则:那么。 ㉔未若:不像,不如。不幸之甚:不幸得更厉害。 ㉕向:先前,先时。 ㉖病:困顿。 ㉗生:生计,生活。蹙(cù 促):困迫。 ㉘殚(dān 丹):竭尽。地之出:土地的出产。 ㉙竭:竭尽。庐:房舍,这里指家庭。入:收入。 ㉚号(háo 毫)呼:大声哭喊。转徙:辗转迁徙,到处逃亡。 ㉛顿踣(bó 勃):困顿僵仆。 ㉜呼嘘毒疠:呼吸毒气。毒疠:指南方山林地区的疫气。 ㉝相藉(jiè 借):互相枕藉,形容死者众多。 ㉞曩(nǎng 攮):昔日,犹言当初、过去。 ㉟非死则徙:不是死亡就是流亡他乡。徙:迁徙,逃亡。 ㊱悍(hàn 捍):凶暴。 ㊲叫嚣乎东西,隳突乎南北:到处狂喊乱叫,骚扰破坏。叫嚣:大声喧哗。隳(huī 灰)突:破坏奔突,极言骚扰。东西:与下句"南北"为互文,都是"到处"的意思。 ㊳哗然而骇:吵嚷而惊怕。 ㊴虽:即使。 ㊵恂恂(xún 巡):小心谨慎的样子。 ㊶缶(fǒu 否):瓦器,小口大肚的瓦罐,用以养蛇。 ㊷弛然:安适轻松的样子。 ㊸谨食(sì 寺)之:小心地喂养。食:同"饲",喂养。 ㊹时而献焉:按规定的时间把蛇交上去。时:按时。焉:相当于"之",代指蛇。 ㊺退:交蛇回来。土之有:自己地里出产的东西。 ㊻尽吾齿:犹言终我天年。齿:年龄。 ㊼盖:句首语助词。犯死:冒着死亡的威胁。 ㊽熙熙:和乐的样子。 ㊾旦旦:天天。是:指死亡的威胁。 ㊿安敢:何敢,哪敢。 ⑤①苛政猛于虎:《礼记·檀弓下》:"孔子过泰山侧,有妇人哭于墓者而哀。夫子式而听之。使子路问之曰:'子之哭也,壹似重有忧者。'而曰:'然。昔者吾舅死于虎,吾夫又死焉,今吾子又死焉。'夫子曰:'何为不去也?'曰:'无苛政。'夫子曰:'小子识之,苛政猛于虎也。'" ⑤②吾尝疑乎是:我对这句话曾有所怀疑。尝:曾经。疑乎是:疑于是。 ⑤③犹信:还是可信的。 ⑤④孰:谁。 ⑤⑤故为之说:所以我写了这篇《捕蛇者说》。 ⑤⑥以俟夫观人风者得焉:以等待那些观察民情的官吏得到它。俟(sì 寺):等待。观人风者:观民风(即考察民情)的官吏。唐人避唐太宗李世民讳,改"民"为"人"。

黔之驴

黔无驴[①],有好事者船载以入[②]。至则无可用[③],放之山下。虎见之,庞然大物也[④],以为神。蔽林间窥之[⑤],稍出近之[⑥],慭慭然莫相知[⑦]。

他日,驴一鸣,虎大骇,远遁[⑧],以为且噬己也[⑨],甚恐。然往来视之,觉无异能者[⑩]。益习其声[⑪],又近出前后,终不敢搏[⑫]。稍近,益狎[⑬],荡倚冲冒[⑭]。驴不胜怒[⑮],蹄之[⑯]。虎因喜,计之曰[⑰]:"技止此耳[⑱]!"因跳踉大㘚[⑲],断其喉[⑳],尽其肉[㉑],乃去[㉒]。

噫[23]！形之庞也类有德[24]，声之宏也类有能。向不出其技[25]，虎虽猛，疑畏卒不敢取[26]。今若是焉[27]，悲夫！

本文是作者的名篇《三戒》中的“一戒”。《三戒》除了序言外，共有三则故事组成，那就是《临江之麋》、《黔之驴》和《永某氏之鼠》。从最后一则的标题来看，应该是作者在永州时期的作品。

《三戒》是一组动物寓言，或者说是寓言式的杂文。作者在“序”中说：“吾恒恶世之人，不知推己之本，而乘物以逞，或依势以干非其类，出技以怒强，窃时以肆暴，然卒殆于祸。”所谓“推己之本”，就是认识或探究自己的实际；所谓“乘物以逞”，就是凭借外部的条件（或势力）而逞强充能，肆意妄为。《三戒》中的麋、驴、鼠就是这种“不知推己之本，而乘物以逞”的家伙，结果最后“殆于祸”，都遭遇到悲惨的祸害而死。三种动物，代表三种“不知推己之本，而乘物以逞”的类型，其中“出技以怒强”者，就是指“黔之驴”而说的。全文既有总体的构思，每则又可以各自独立成章。“序”可以说是总纲，“戒”可以说是细目。纲目结合，相互联系，寓意深刻，趣味横生，表现了作者杰出的讽刺才能和卓越的艺术技巧，千百年来一直受到人们的喜爱和传诵。

总观文“序”，作者的写作意图是十分明确的，“吾恒恶”云云，表现作者的爱憎感情也是十分强烈的。他通过麋、驴、鼠三个人性化了的动物的所作所为和结局，深刻地揭露了封建社会中那些“乘物以逞”之人的种种人情世态，有力地抨击了那些依靠权势而得意忘形、外强中干、肆意妄为的官吏或爪牙们，并无情地指明了他们的悲惨下场和结局，其讽刺性是很强烈的，其战斗作用也是巨大的。

《黔之驴》中塑造了两个形象：一个是体大而笨拙的驴，一个是机智而勇猛的虎。驴、虎的出、处本不相同，作者有意地把它们放在一起，并为其虚构情节，巧编故事，于是演绎出一桩千百年来人人皆知的“黔驴技穷”的闹剧，以至成为广为流传、习用的生动成语。

按照本文的情节、内容，全文可分为三部分来分析。

第一部分一开始，作者开门见山，即让驴子出场，并明确交代，“黔无驴，有好事者船载以入”。这个交代很重要，如果黔地产驴，为人们习见，当地的老虎也不会像下文所说的“以为神”了。“至则无可用”，已透露驴子的蠢笨而无异能的特点；“放之山下”，才有使虎与之相遇的可能性。以下，从虎的视觉角度描写驴子的形状，突出了它“庞然大物”的特点，着重渲染了老虎的行动和心情，为以后驴虎的矛盾发展作了铺垫。这里写虎，虽然是简洁几笔的勾画，却描绘得极为生动、具体和逼真。它第一次看到驴子“庞然大物”的样子，不仅生疏、奇异，而且敬畏、害怕，以为是“神”来山间。但这只是个初步印象。为了探个究竟，它“林间窥之”，又进一步“稍出近之”，多方小心谨慎地观察，却仍不知其为何物。这样描写，既突出了老虎机智聪敏的性格特点，也充分说明了驴子庞大的外形确能一时迷惑住不知底细的老虎，为下文描述老虎吃掉驴子蓄势造情，先立下个悬念。

第二部分是写驴虎矛盾的发展和结局，也是全文最精彩的地方。“他日”，表现时间过了很久，老虎对驴子的观察、考究也逐步地进行了多次，在时间上和情势上与上文衔接起来。“驴一鸣，虎大骇，远遁，以为且噬己也，甚恐。”既写了驴，又写了虎。“一鸣”，是驴的最大本领，“大骇”是虎最大的迷惑；但老虎不为表面现象所吓倒，依然坚持观察、考究，“往来视之”，慢慢感到其并无“异能”，驴子貌似强大，实际色厉内荏、外强中干的本性也开始显露了出来。但这时的老虎，虽然对驴子的认识逐步加深了，但仍是初步的。因为形大、声宏的表面现象，仍然迷惑着它，它也只能是由“以为神”、“莫相知”、“大骇，远遁，以为且噬己也”，到初步产生了怀疑。驴子的本领只会“一鸣”，时间长了，老虎自然也就“益习其声”，不以为神异和可怕了，但“又近出前后，终不敢搏”，老虎的机智聪明之所以可贵，就在于它坚持不断地观察、考究，立志全面了解驴子，以至最后战胜它，所以才逐渐大起胆来，实地进行接触和考察。“稍近，益狎，荡倚冲冒”，可谓一步深似一步。而驴在“不胜其怒”的情况下，只会“蹄之”一下，可以说是全身的解数都完全使了出来。这就彻底撕开了它表面强大的外衣，愚蠢虚弱的本性也完全暴露了出来，因而“虎因喜，计之曰：‘技止此耳！’”老虎终于改变了原来的感性认识，摸清了驴子的底细，完成了考察过程，抓住了对方的弱点，而上升到理性认识，并得出了正确的结论。这样，驴虎的矛盾得到了解决，于是虎“跳踉大㘎，断其喉，尽其肉”，也就是自然的事了。作者的文笔非常简洁，但矛盾发展的过程却描述得极其逼真、细致。驴子的弱点逐步暴露，老虎的性格、心理也逐步丰满完善起来，故事情节得到极为自然而又合情合理的发展和变化。老虎对驴子考察、认识的过程写得那么具体、真实和生动，矛盾发展的线索表述得那么清晰，合乎逻辑，语言文字又那么简洁、准确、形象和优美，不是大手笔是难以做到的。

最后一部分是作者就此事件生发的感慨和评论。作者认为，驴子的“形之庞也类有德，声之宏也类有能”，但这是表面现象，结果“出其技”——“一鸣”和“蹄之”，最后却暴露了外强中干的本质而被真正的强手吃掉。粗看起来，作者既“噫”又“悲”，并用“向不出其技”的口气，好像是惋惜、同情驴子的遭遇，但仔细体味一下，我们可以看出，作者完全是一种热讽冷嘲的口气。“序”中所说的“恒恶”，总题目所标的“戒”，正是作者写作意图的自我表白。

寓言，本是我国古代文学产生较早的文学形式之一。但早期寓言，尚缺乏独立成章的形式，多是一些论说家议论说理时的附庸或论据。到了柳宗元手里，这种文体进一步发展，成为一种独立、完整的文学样式。单就本文来看，它既是《三戒》中的一个组成部分，又是独立成篇的完美作品。它虽然只有短短的一百五十多个字，但却给我们编织了一个极为完整的故事情节，塑造出了极为鲜明、生动的两个动物形象——实际是动物形态的人的形象。它情节简洁，但却曲折起伏，生动有趣；它故事简单，但却含义深刻，耐人寻味；它篇幅短小，但却形象、具体、细致，极富文学特色。因此，值得我们学习和鉴赏。

柳宗元是中唐时期著名的思想家和文学家。永贞革新失败后，他贬谪永州，丰富的政治生活经历和社会生活经验，使他对社会、对人生有了深邃的认识。《三戒》中所讽刺的动物，实际是当时封建统治阶级中各种卑劣人物的化身。他既“恶”

又“戒”，显然是针对当时社会现实的，同时，也是他自己思想品格的表现。清人孙琮在评析它时说，“描情绘影，因物肖形”，具有极高的艺术价值，从社会意义上说，它“如金鸡早唱、晨钟夜警”，可以使人“说（悦）其解颐，乐而猛醒”（《山晓阁选唐大家柳柳州全集》评语）。这些看法都是很正确的。（霍旭东　夏延龄）

【注】①黔：唐代有黔中道，治所在今四川省彭水县。②好（hào 号）事者：喜欢多事的人。船载以入：用船把驴子运载到黔地来。③则：犹“却”、“而”。④庞然：巨大的样子。⑤蔽：隐蔽。窥：偷偷地看。⑥稍：渐渐。近：接近，靠近。⑦慭慭（yìn 印）然：小心谨慎的样子。莫相知：不知道它是什么东西。⑧骇：吃惊，害怕。遁：逃走。⑨且：将要。噬（shì 世）：咬。⑩觉：感到。异能：特殊本领。⑪益：越来越。习：熟悉、习惯。⑫搏：搏斗，扑击。⑬狎（xiá 匣）：戏弄。⑭荡：碰。倚：靠。冲：撞。冒：冒犯。以上四种动作都是老虎戏弄驴子的状况。⑮不胜：禁不住。不胜怒：犹言怒不可遏。⑯蹄：此处用作动词，踢。⑰计：心里盘算。⑱止：只，不过。⑲跳踉（liáng 良）：跳跃。大㘎（hǎn 喊）：大声怒吼。⑳断其喉：咬断驴子的喉咙。㉑尽其肉：吃光驴子的肉。㉒乃去：才离开。㉓噫：表示感叹的语气词。㉔类：好像。㉕向：假如。㉖卒：始终，终究。㉗若是：像这个样子。

罗隐

英雄之言

物之所以有韬晦者①，防乎盗也。故人亦然。

夫盗亦人也，冠履焉，衣服焉；其所以异者，退逊之心、正廉之节②，不常其性耳③。视玉帛而取之者，则曰牵于寒饿；视家国而取之者，则曰救彼涂炭。牵于寒饿者，无得而言矣；救彼涂炭者，则宜以百姓心为心。而西刘则曰④：“居宜如是⑤！”楚籍则曰⑥：“可取而代⑦！”意彼未必无退逊之心、正廉之节，盖以视其靡曼骄崇⑧，然后生其谋耳。

为英雄者犹若是，况常人乎？是以峻宇、逸游⑨，不为人之所窥者，鲜矣。

罗隐是唐末著名作家，他本来希望能够为国为民有所建树，自信终有一日会“执大柄而定是非”，达到“佐国是而惠残黎”的目的，但是当时社会现实极端黑暗，一般知识分子根本没有出路，罗隐也不例外，他“十上不中第”，一生穷愁潦倒。正因为这样，罗隐对当时黑暗的社会现实有比较清醒的认识，写出了许多旨在“警当世而戒将来”的诗文。鲁迅指出：“罗隐的《谗书》，几乎全部是抗争和愤激之谈。”（《南腔北调集·小品文的危机》）而《英雄之言》便是其中有代表性的一篇短文，它嬉笑怒骂，涉笔成趣，对现实表现出强烈的不满和批判精神。

《英雄之言》篇幅虽然短小，但笔锋凌厉，它借史喻今，具有很强的战斗性。罗隐对最高统治者的批判与揭露，不是仅仅停留在揭露统治阶级荒淫误国、骄奢放纵的水平上，而是更进一步，锋芒直指统治者的阶级本质。自古以来，封建帝王都是打着“救黎庶”、“安天下”的旗号来欺骗天下百姓，以达到自己的目的的。作者对此有深刻的认识，因此，他推衍《庄子·胠箧》“窃钩者诛，窃国者为诸侯”的道理，揭露了那些窃国的“英雄”们在“救彼涂炭”的招牌下所犯的残害百姓的罪行。

作者充分表现出他在讽刺艺术上的才华，字里行间，这种辛辣的讽刺意味几乎无处不在。他以刘邦、项羽为例，指出那些历来被人们尊为“英雄”的人物，因为不能始终保持“退逊之心、正廉之节”，所以当他们看到“靡曼骄崇”的皇家气派以后，便十分羡慕，不由地喊出“居宜如是”、“可取而代”的心里话。他们知道这种想法不够堂皇，不能欺骗百姓为他卖命，于是便打出“救彼涂炭”的幌子，本质上他们却是窃国的大盗！

这篇短文之所以写得深刻，具有强烈的讽刺力量，其基础是作者对社会现实有深刻的认识。对社会现实的深刻认识，又帮助他深入地反观历史，从而得出不同于前人的新的结论，如《说天鸡》、《越妇言》及其他许多诗文，都反映出罗隐对现实和历史有相当清醒的认识。晚唐时代，军阀割据，却纷纷打出“安天下”的旗号，其实无非是要满足自己的私欲，哪里是为了拯救百姓！面对这种社会现实，作者似乎是随手拈来刘、项为例子，借题发挥，层层揭示，把矫言饰性的统治者的丑恶本质淋漓尽致地揭露了出来。

《唐才子传》说罗隐“诗文凡以讥刺为主，虽荒祠木偶，莫能免者”。这段话准确地指出了罗隐诗文具有突出的讽刺艺术的特点。如果仔细分析，我们还可以看出，作者的讽刺常常是不留痕迹而让读者自己去意会的。比如在这篇短文里，作者并没有明确地说刘、项就是“盗”，但却指出盗与人的不同仅仅在于“退逊之心、正廉之节，不常其性耳”，而刘、项虽然原来具有“退逊之心、正廉之节”，但“视其靡曼骄崇，然后生其谋耳”，其性不长，自然应该归入“盗”中去了，哪里是什么英雄！

另外，《英雄之言》中心突出，文字简约。如将刘邦、项羽见秦王威仪而生出反心的心理活动，概括为八个字，即“居宜如是”、“可取而代”，既符合历史记载，又集中简洁，很有表现力。语言明快犀利，既能一针见血，又能发人深省，也是这篇短文的一个特点。这些艺术特色加强了这篇短文的讽刺力量，使它的主旨得到了深刻的表现。 （管士光）

【注】 ①韬晦：收敛锋芒，隐蔽踪迹。 ②正廉之节：端正而廉洁的操守。 ③不常其性：不能始终保持这种品性。其性：指上文“退逊之心、正廉之节”。 ④西刘：指刘邦。楚、汉相争，楚在东，汉在西，故称刘邦为“西刘”。 ⑤居宜如是：《史记·高祖本纪》载：“高祖常繇咸阳，纵观，观秦皇帝，喟然太息曰：‘嗟乎！大丈夫当如此也！’” ⑥楚籍：指项羽。项羽称西楚霸王，故称“楚籍”。 ⑦可取而代：《史记·项羽本纪》：“秦始皇帝游会稽，渡浙江，梁与籍俱观，籍曰：‘彼可取而代也！’” ⑧靡曼骄崇：豪奢而有气派。 ⑨峻宇：指高大的屋宇。

陆龟蒙

野庙碑

碑者，悲也。古者悬而窆，用木[①]，后人书之，以表其功德，因留之不忍去，碑之名由是而得。自秦汉以降，生而有功德政事者，亦碑之；而又易之以石，失其称矣。余之碑野庙也，非有政事功德可纪，直悲夫甿竭其力[②]，以奉无名之土木而已矣。

瓯越间好事鬼，山椒水滨多淫祀[③]。其庙貌有雄而毅、黝而硕者，则曰将军；有温而愿、皙而少者，则曰某郎；有媪而尊严者，则曰姥；有妇而容艳者，则曰姑。其居处，则敞之以庭堂，峻之以陛级，左右老木，攒植森拱；萝茑翳于上[④]，鸱鸮室其间[⑤]。车马徒隶，丛杂怪状。甿作之，甿怖之，走畏恐后。大者椎牛[⑥]，次者击豕，小不下犬鸡。鱼菽之荐，牲酒之奠，缺于家可也，缺于神不可也。一朝懈怠，祸亦随作，耋孺畜牧慄慄然[⑦]。疾病死丧，甿不曰适丁其时邪[⑧]，而自惑其生，悉归之于神。

虽然，若以古言之，则戾；以今言之，则庶乎神之不足过也。何者？岂不以生能御大灾、捍大患，其死也则血食于生人[⑨]。无名之土木，不当与御灾捍患者为比，是戾于古也明矣。今之雄毅而硕者有之，温愿而少者有之；升阶级，坐堂筵，耳弦匏，口粱肉，载车马，拥徒隶者，皆是也。解民之悬，清民之暍[⑩]，未尝贮于胸中。民之当奉者，一日懈怠，则发悍吏，肆淫刑，驱之以就事，较神之祸福，孰为轻重哉？平居无事，指为贤良，一旦有大夫之忧，当报国之日，则佪挠脆怯，颠踬窜踣[⑪]，乞为囚虏之不暇。此乃缨弁言语之土木[⑫]，又何责其真土木耶？故曰：以今言之，则庶乎神之不足过也。

既而为诗，以乱其末：

土木其形，窃吾民之酒牲。固无以名；土木其智，窃吾君之禄位，如何可仪[⑬]！禄位颀颀，酒牲甚微，神之飨也，孰云其非？视吾之碑，知斯文之孔悲[⑭]！

晚唐时代，政治混乱，民生凋敝，阶级矛盾日益尖锐，导致了全国规模的农民起义；民族矛盾和统治阶级内部的矛盾日益尖锐，使朝廷与藩镇、宦官与朝官、朋党之间的争斗无休无止，激烈残酷。一方面，这种现实使一部分封建知识分子颓废消极起来，形式华丽、内容空洞的骈文又受到他们的重视，从而使韩愈、柳宗元领导的古文运动渐渐衰竭；另一方面，还有一些知识分子对社会现实保持了比较清醒的认识，他们继承了古文运动的现实主义精神，陆龟蒙便是其中的一个代表人物。他著有《甫里先生文集》和《笠泽丛书》，其中有许多借物寓讽或托古讽今的小品文，《野庙碑》即是其中有代表性的一篇。

《野庙碑》总的看可以分为两大段，最后用"诗"的形式为全文作了总结。第一段，由“碑”字说起，引出“悲”字，作为全篇的线索。作者先介绍了碑的来历和古人立碑的用意，进而阐明了为野庙立碑的因由：不是有什么功德可纪，而是有悲于百姓们愚昧无知，“以奉无名之土木”，才写了这篇《野庙碑》。这是这一段的第一个层次。第二个层次，作者具体描写了野庙的环境与供奉的各种偶像，给人以肃穆、阴森之感。最后，详细地描述了瓯越间老百姓敬神祀鬼的种种荒唐可笑的行为：他们在春秋时节，对神举行大祭，一旦有祸事降临，便以为是对神的供奉不周到，如果患病或死亡，他们不知道这是自然规律，反而全归之于鬼神。这是多么的荒唐、愚昧，而又是多么的可笑、可怜！如果作者在此停笔，此文仍不失为一篇反对敬神祀鬼、嘲讽瓯越间百姓愚昧迷信的优秀作品。但是作者的本意并不在此，这一段只是他深化主题的必要的铺垫。

第二段，作者由神写到人，他采取映衬、类比的方法，对当时的社会现实作了辛辣的嘲讽和大胆的批判。紧接上文，作者笔锋一转，提出了一个看似突兀的论点：如果“以古言之”，庙中的偶像享受人们的祀奉自然不合道理；而如果“以今言之”，则庙中的偶像也没有什么大错。为什么呢？作者进一步解释道：真正应该享受人们祀奉的，是那些生而“能御大灾、捍大患”的人，可是庙中偶像，不过是“无名之土木”，它们享受人们的奉祀显然是不合理的。可是，今天的一些官僚，他们平时强迫人民缴赋税，服劳役，好像人民天生就该奉养他们；而一旦遇到危难，需要他们挺身而出的时候，他们却惊慌失措，畏畏缩缩。他们要人民付出的血汗更多，他们对人民的危害更大，连土木偶像都不如！至此，文章的主旨显豁地表达出来了，它不是一般的反对迷信的文章，而是批判现实的檄文！这种主旨，在“诗”中得到了集中的概括和说明。

《野庙碑》所表达的思想和主题是相当深刻的，在艺术上也有自己的特点。

首先，这篇短文观点鲜明，论述有叙。作者对当时欺压人民、叛国投敌的官吏是十分痛恨的，他的观点毫不含糊，十分鲜明。而在表达自己的观点时，作者能巧妙安排，从而使自己的观点有条不紊地得到阐明，就全文看是这样，就一段看也是如此。比如第二段，作者先提出论点，然后分别论述，得出“官僚无非是会说话的土木偶像而已”的结论，既使人觉得这个结论是逻辑推理的必然结果，又使全文的主旨得到了进一步的深化。

其次，冷静深刻、含而不露是此文的另一个特点。作者的感情是相当强烈的，但表现出来往往十分冷静，惟其冷静，才使人受到更强烈的震动。比如，作者说百姓们十分迷信鬼神，“鱼菽之荐，牲酒之奠，缺于家可也，缺于神不可也”。我们知道，作者生活的时代，人民的生活极端穷困，即使如此，他们宁可自己不吃不喝，也要用“鱼菽”、“牲酒”来祀奉鬼神，其心之诚由此可见，而这种虔诚却正是愚昧的表现。正是在这冷静的话语里，表现出作者“哀其不幸，怒其不争”的强烈感情。

再次，这篇短文语言简练，一针见血。因为篇幅短小，所以特别需要作者精选那些最有特色、最有表现力的词语，来准确地表达自己的思想。陆龟蒙在介绍了人们对鬼神的恭敬和恐惧之后，仅用六个字便提出了一种普遍的社会现象：“甿作之，甿怖之。”这六个字看似简单，其实却准确地说明了一个唯物主义的观点：神是人造

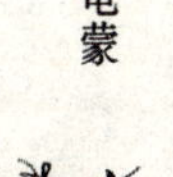

出来的，而它又反过来欺骗和恐吓人。又如，作者在叙述了官僚们的恶劣行径以后，仅用一句话"此乃缨弁言语之土木，又何责其真土木耶"便点出了主旨：与土木偶像相比，那些鱼肉人民的官僚更可恨，更可恶！在这些地方，作者很善于运用简洁直白的语言，从而增强了文章的战斗力。当然，追求语言简洁并不排除有些地方使用浓笔，比如作者对偶像们的"居处"的描写便颇为详细，其目的是渲染一种恐怖的气氛，为后来主题的深入作铺垫，因此也是十分必要的。

最后，从结构上看，这篇短文的另一个特点是层次分明，首尾照应。总的看，全文分为两大段，前一段为铺垫，后一段为深入，从总体上可以看出作者谋篇布局的功夫。而每一段又可以分为几个层次，有条不紊，一步步推出想要得到的结论，也表现出作者的苦心。再如，全文从"碑"字说起，引出"悲"字，作为全篇的线索，最后"诗"中，又以"悲"字作结，使全文首尾照应，显得紧凑，有力度，具有整体感。又如，在第二段中，作者描写当时的官僚说"今之雄毅而硕者有之，温愿而少者有之"，正与上文对庙中偶像的描写相似。作者正是有意借这种重复或近似的描写，使人们将官僚与土木偶像联系起来，进而从本质上认识二者的共同点。因此，当作者得出"此乃缨弁言语之土木"的结论时，读者感到十分自然，并无突兀之感。另外，文末以"诗"的形式进一步点明主旨，也是本文的一个特点。（管士光）

【注】①悬而窆（biǎn 贬）：用绳子吊着棺木放进墓穴安葬。②甿（méng 萌）：农民。③瓯（ōu 欧）越间：今浙江东南部、福建东北部沿海一带。山椒（jiāo 焦）：山顶。淫：不合礼制。④萝茑：两种攀缘植物。翳（yì 义）：遮挡。⑤鸱鸮：猫头鹰一类的鸟。⑥椎（chuí 垂）：用椎击牛。⑦耋（dié 蝶）：七八十岁的老人。⑧适丁：正好碰上。⑨血食：指受祭祀。因古代祭祀时，要杀牲出血，故用"血食"代指祭祀。⑩暍（yē 椰）：原指中暑，此处借喻痛苦。⑪佪挠脆怯：胆怯慌乱。颠踬（zhì 志）：跌倒。窜踣（bó 伯）：逃跑。⑫缨：帽带。弁（biàn 变）：古时的一种帽子。⑬仪：榜样。⑭孔：很，甚。

待漏院记

天道不言，而品物亨、岁功成者①，何谓也？四时之吏②，五行之佐③，宣其气矣。圣人不言，而百姓亲、万邦宁者，何谓也？三公论道④，六卿分职⑤，张其教矣。是知君逸于上，臣劳于下，法乎天也。古之善相天下者，自咎、夔至房、魏⑥，可数也。是不独有其德，亦皆务于勤耳。况夙兴夜寐，以事一人，卿大夫犹然，况宰相乎！

朝廷自国初因旧制，设宰相待漏院于丹凤门之右⑦，示勤政也。至若北阙向曙⑧，东方未明，相君启行，煌煌火城。相君至止，哕哕銮声。金门未辟⑨，玉漏犹滴⑩。撤盖下车，于焉以息。

待漏之际，相君其有思乎？其或兆民未安，思所泰之；四夷未附，思所来之；兵革未息，何以弭之；田畴多芜，何以辟之；贤人在野，我将进之；佞臣立朝，我将斥之；六气不和[11]，灾眚荐至[12]，愿避位以禳之[13]；五刑未措，欺诈日生，请修德以厘之[14]。忧心忡忡，待旦而入。九门既启，四聪甚迩[15]。相君言焉，时君纳焉。皇风于是乎清夷，苍生以之而富庶。若然，总百官，食万钱，非幸也，宜也。

其或私仇未复，思所逐之；旧恩未报，思所荣之；子女玉帛，何以致之；车马器玩，何以取之；奸人附势，我将陟之；直士抗言，我将黜之；三时告灾，上有忧色，构巧词以悦之；群吏弄法，君闻怨言，进谄容以媚之。私心慆慆，假寐而坐。九门既开，重瞳屡回[16]。相君言焉，时君惑焉。政柄于是乎隳哉，帝位以之而危矣。若然，则死下狱，投远方，非不幸也，亦宜也。

是知一国之政，万人之命，悬于宰相，可不慎欤？复有无毁无誉，旅进旅退，窃位而苟禄，备员而全身者，亦无所取焉。棘寺小吏王某为文[17]，请志院壁，用规于执政者。

《待漏院记》作于宋太宗雍熙四年(987)冬王禹偁任大理评事时。待漏院是宰相上朝前在皇宫中候见的休息场所。王禹偁写这篇文章，希望能把它抄在待漏院的墙壁上，目的是为了告诫当权的宰相要勤谨于政事，一心为国为民，而不要为谋私利而误国误民，也不要为保全自身官职、俸禄而无所事事，碌碌无为。这在一定程度上反映了广大人民的愿望和呼声，表现了作者鲜明的政治态度和可贵的胆识。

全文共有五段(包括最后短短的三句结语)。

第一段，首先从大处着墨，综观古往今来，推究盛衰之理。作者提出这样的问题："天道不言，而品物亨、岁功成"，"圣人不言，而百姓亲、万邦宁"，这原因究竟何在？作者认为是由于各安其位，各尽其职，"四时之吏，五行之佐"，"三公论道，六卿分职"，乾阳正气得到宣导，道德教化得到伸张。为了用实例证明，又列举古之善相天下者，如皋陶、后夔、房玄龄、魏征等人，这些古人之所以成为贤相，"不独有其德，亦皆务于勤"，明确提出了贤相的标准。而在这些标准中，又突出了"夙兴夜寐"这一要点。作者认为连卿大夫都应做到，更何况宰相呢？严肃地指出了为相者对国家百姓负有重大责任。文章义正词严，不仅运用进层手法，而且出以反诘语气，表现为大义凛然，严于职守，有告诫，有规劝，也有针砭。

第二段，说明沿袭前朝旧制，设置"待漏院"的用意。首先要求宰相上朝，要严格遵守时间，不能存怠慢之心，这是"勤"的起码尺度。必须在"北阙向曙，东方未明"、"金门未辟，玉漏犹滴"的黎明时分，"撤盖下车"，在待漏院休息，等待朝见天子。全篇严谨细密，在这一段里用"煌煌"形容都城火炬仪仗的光灿，用"哕哕(huì惠)"形容车辆铃銮的响声，给人以庄严肃穆之感。

三、四两段是全文的重点，通过"待漏之际，相君其有思乎"提出问题，提醒为相者在等待上朝的时候，应该做哪些思考。下面就展开了两段对比鲜明的文字，说明

文

王禹偁

宰相应该如何，不应该如何，贤相是怎样的，奸相又是怎样的。文笔十分简洁而遒劲，像设置了两块熠熠的镜子，让宰相百官在这两面镜子前自我观照，无所遁形。作者的是非、爱憎表现得十分鲜明，笔锋犹如雪刃。

写贤相的一段，用了八个排比句，陈述作为一个系着“一国之政，万人之命”的宰相，遇到什么情况应怎么办，涉及了为相职权的各个方面。例如，要使百姓安泰，使四夷归附，要消弭战乱，发展生产，选贤任能，黜斥奸佞以及如何对待自然灾害，如何正当使用刑罚等等。写奸相的一段，也同样用了八个排比句，活画出了一个奸相整天在想什么，干什么。他们一有了权位，首先想到的是如何报私恩，复私仇，如何满足美色玉帛、车马器玩的物质享受，然后就是拉帮结派，排斥异己；对于天灾人祸，不但不如实上报，反而粉饰太平，报喜不报忧，用谄言媚态以取悦于上。两相对照，忠奸分明。至于贤相与奸相对国家会产生什么后果，作者也用了对比的笔法。一种是：“时君纳焉。皇风于是乎清夷，苍生以之而富庶。”另一种是：“时君惑焉。政柄于是乎隳哉，帝位以之而危矣！”对这两种人应得的结局，作者仍然对比着来写。对贤相，作者认为：“总百官，食万钱，非幸也，宜也。”对奸相，则认为：“死下狱，投远方，非不幸也，亦宜也。”快人快语，活生生地表现了作者的是非爱憎之感，慨乎言之，出于肺腑，令人拍手称快。

作者在末段随手拈出“庸相”，不但合乎实际，也使行文摇曳生姿，无板滞之感。庸相的嘴脸被勾画得惟妙惟肖，既不表示赞成什么，也不表示反对什么，和大家共进退，随波逐流，窃据高位，苟享厚禄，有其名，无其实，念念不忘于保官、保命、保家。这种人虽不像奸相那样大干坏事，但害国误民，“亦无所取焉”。

全篇文章一气呵成，严谨细密，既无冗赘，又无懈笔。正像一位名画师画的花草，既无多余的枝条，也没有多余的花瓣和叶片。文章的行文笔法，是散文体和骈文体相因并用，铿锵有声，错落有致。骈文句式大都是四言或四言、六言交错，许多地方词性相对，平仄相对，抑扬顿挫，声调优美，朗朗上口。不少句子用“之”字作句尾，句与句之间有对仗，层次分明，紧凑有力，起到了加强文章气势的作用。

（邱淑健）

【注】 ①岁功：一年的农业。 ②四时之吏：掌管四季的天神。 ③五行之佐：掌管金、木、水、火、土五行的天神之佐。 ④三公：指朝中的高级官员。 ⑤六卿：朝中分掌六部的官员。 ⑥咎、夔（kuí 葵）：咎繇，即皋陶。夔：后夔。舜时贤臣。房、魏：房玄龄、魏征，唐太宗时名臣。 ⑦丹凤门：汴京皇城的南门。 ⑧北阙：指皇宫的门楼。 ⑨金门：汉时金马门，此代指宫门。 ⑩玉漏：古代计时器具。 ⑪六气：指阴阳风雨晦明六种自然现象。 ⑫灾眚（shěng 省）：灾祸。荐至：接踵而来。 ⑬禳之：指消灾。 ⑭厘之：矫正它。 ⑮四聪：指皇帝的视听。 ⑯重瞳：相传舜的眼睛有两个瞳子，后用以代指皇帝。 ⑰棘寺：大理寺，古代掌刑狱的最高机关。王禹偁时为大理评事，故谦称“小吏”。

黄冈竹楼记

黄冈之地多竹，大者如椽，竹工破之，刳去其节，用代陶瓦，比屋皆然，以其价廉而工省也。

子城西北隅，雉堞圮毁，榛莽荒秽。因作小楼二间，与月波楼通[①]。远吞山光，平挹江濑，幽阒辽敻，不可具状。夏宜急雨，有瀑布声；冬宜密雪，有碎玉声。宜鼓琴，琴调和畅；宜咏诗，诗韵清绝；宜围棋，子声丁丁然；宜投壶，矢声铮铮然。皆竹楼之所助也。

公退之暇，被鹤氅，戴华阳巾[②]，手执《周易》一卷，焚香默坐，消遣世虑。江山之外，第见风帆沙鸟，烟云竹树而已。待其酒力醒，茶烟歇，送夕阳，迎素月，亦谪居之胜概也。

彼齐云、落星[③]，高则高矣；井幹、丽谯[④]，华则华矣。止于贮妓女，藏歌舞，非骚人之事，吾所不取。

吾闻竹工云："竹之为瓦，仅十稔；若重复之，得二十稔。"噫！吾以至道乙未岁自翰林出滁上[⑤]，丙申移广陵[⑥]，丁酉又入西掖[⑦]，戊戌岁除日，有齐安之命[⑧]，己亥闰三月到郡[⑨]。四年之间，奔走不暇，未知明年又在何处，岂惧竹楼之易朽乎！幸后之人与我同志，嗣而葺之，庶斯楼之不朽也。

王禹偁于宋真宗咸平二年(999)除夕被贬为黄州(今湖北黄冈)刺史，在黄冈城门外套城西北角修小竹楼两间，作此文以记之。这是一篇以"记"为体的托物言志的抒情散文。所托者何物？黄冈之竹楼也；所言者何？作者之胸怀也；所托之物何在？在全文之字面也；所言之志何在？在全文文字之后也。所以此文有表有里，有此有彼，有皮面有蕴涵。读此文，须由表及里，由此及彼，由皮面而及于其所蕴涵者也。

全文以竹开篇。首道竹楼的由来："黄冈之地多竹，大者如椽。"豁然点出黄冈竹子的一大特点——多而大。由这个自然条件引起"用代陶瓦，比屋皆然，以其价廉而工省也"；又因"比屋皆然"，作者便入乡随俗，就地取材，才有了竹楼两间。修建竹楼的条件如是被层层点出。因竹有楼，由竹及楼，这一段实为以下作铺垫，共三十四字。

接着，记叙竹楼的所在地和它的特点。竹楼建于何处？子城之西北隅也。其四周景象是"雉堞圮毁，榛莽荒秽"，两间小楼唯与月波楼相通，显得荒芜、枯寂、冷清。这番描写作者的用意有二：一是显示竹楼出粗陋杂乱之地而自成清雅；二是将竹楼的淡泊清远与周遭环境形成鲜明的美与丑的对比，反衬出全文优雅的美的基调。"远吞山光，平挹江濑"二句将竹楼拟人化，似乎它有远则吞吐云山，近则挹揽清流之气概。至于幽静辽阔之状更不可名说。作者借助自然风光的映衬，勾画出悠远恬淡的境界，使竹楼更显得超凡脱俗、清隽雅致了。此处"远吞"、"平挹"二词内涵丰富。"远"、"平"分别从楼的角度说明楼与群山沙滩的高低距离，可借以推测

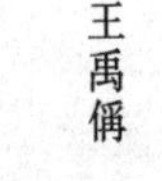

出竹楼与远山近水的位置关系，估摸竹楼的形势。“吞”、“挹”分别形容竹楼的动态，赋予竹楼以动感。竹楼除了建构雅致外，还因以竹为楼而形成特色。用竹造屋顶，有别于用陶瓦、茅草造屋顶，自生情韵。作者构思奇巧，用了六个排比句，描绘出六种自然界和人为的声音，化抽象境界为具体听觉，使人如亲聆其声。那夏日急雨的瀑布声，冬天密雪的碎玉声，是雨雪落在竹子上发出的特有之声响；那幽雅流畅的琴声，清新隽永的诗韵，棋子敲击棋盘的丁丁声，箭落壶中的铮铮声，是人在竹楼里进行琴棋诗射等娱乐时，因竹楼的共鸣而发出的清微淡远之音。自然之音经过比喻，更富韵律；风雅之举创风雅之境，更添风雅。最后以“皆竹楼之所助也”为结，因竹楼之“助”而有六“宜”，其“助”字表明竹楼适宜于人们高雅的活动。此段叙竹楼之形胜和雅致，共九十三字。

第三段自叙身在竹楼的感受，共六十二字。在公务之暇，作者常常以道士装扮，在竹楼上“消遣世虑”。他所留心的只是“手执《周易》一卷，焚香默坐”，所入目的只是“江山之外”的“风帆沙鸟，烟云竹树”，此外无非饮酒、品茶，直到“送夕阳，迎素月”。在这种和谐宁静的境界中，尽享谪居之乐。作者用境界衬托心情，将无形的感情化为有形的动作，从闲然自得的举止中流露出平静谐和的心境。

苏轼曾云：“凡物皆有可观。苟有可观，皆有可乐，非必怪奇伟丽者也。”（《超然台记》）作者之爱竹楼，有与其相似之处。他不稀罕齐云楼、落星楼的高大，井幹楼、丽谯楼的华丽，认为它们只是用来蓄养艺妓，藏纳歌舞的，非风雅之物，所以作者说“吾所不取”。此段共三十四字，言不及竹楼，而从“不取”“彼”高而华之楼，暗示出所取者唯低而陋之竹楼。

最后，作者望此楼长存。他由“竹之为瓦，仅十稔；若重复之，得二十稔”，联想到自己“四年之间，奔走不暇，未知明年又在何处”，而惧竹楼之易朽。唯祈后来同志者，接着修葺，使竹楼不朽。此段最长，达一百零五字。

以上凡三百二十八字，共五段，竹楼种种俱载于文字，显于言表，读者已一览无余。而其所叙竹楼之内蕴则在文字背面，隐而未见，非探文深究而不可得。首段言黄冈以竹盖房，“比屋皆然”，可知竹楼在该地极为普遍，不足为奇，亦不值为之作记。在“比屋皆然”的竹楼丛中，作者专作此文，可见他对自己独有之竹楼情深意厚，非其他竹楼可比。此句为下面钟爱竹楼的描写埋下伏笔。次段言自己所建竹楼之幽雅，甚为详尽。其超凡脱俗的境界，正是作者超凡脱俗之心胸借竹楼之体现。第三段言本人登楼及谪居之乐，大有欧阳修《醉翁亭记》所述醉翁之乐的妙处。第四段以“彼”楼比竹楼，表明作者的人生态度，即：不追求富贵豪华，甘于贫贱简朴；不趋炎附势，甘于寂寞。最后将竹楼与自身相联系，感叹命运坎坷，仕途多艰，漂泊不定。所以，通篇从言竹、颂楼、登楼、比楼到惜楼的字面，所蕴涵的是作者爱竹、超俗、淡泊无求的胸怀，表露出他愤世嫉俗的思想感情。作者借竹楼以表明情致，行文语气平和，叙述井然有序，结构斐然成章，读者未见竹楼，而竹楼如在目前，如入心胸，使污浊之气涤除，而清雅之情顿生。故人读《黄冈竹楼记》，情韵悠然，品味难尽。

（郭小湄）

【注】①月波楼：在黄冈县西北城上，作者有《月波楼咏怀》诗。 ②鹤氅(chǎng 敞)：鸟羽所制外套。华阳巾：道士所着头巾。 ③齐云：楼名：在吴县（今江苏苏州），唐代曹恭王所建。落星：楼名，在建业(今江苏南京)，东吴孙权所建。 ④井幹(hán 寒)：汉武帝所建楼阁名，在长安。丽谯：魏武帝所建楼名。 ⑤至道乙未岁：宋太宗至道元年(995)。滁上：指滁州。 ⑥丙申：至道二年（996)。广陵：扬州。 ⑦丁酉：至道三年(997)。西掖：中书省的别称。 ⑧戊戌：真宗咸平元年(998)。齐安：齐安郡，治所在今湖北省黄冈县。 ⑨己亥：咸平二年(999)。

范仲淹

严先生祠堂记

先生①，光武之故人也②。相尚以道。及帝握《赤符》③，乘六龙④，得圣人之时⑤，臣妾亿兆⑥，天下孰加焉⑦？惟先生以节高之⑧。既而动星象⑨，归江湖⑩，得圣人之清⑪，泥涂轩冕⑫，天下孰加焉？惟光武以礼下之⑬。

在《蛊》之上九，众方有为，而独“不事王侯，高尚其事⑭”，先生以之。在《屯》之初九，阳德方亨，而能“以贵下贱，大得民也⑮”，光武以之。盖先生之心，出乎日月之上，光武之量，包乎天地之外。微先生不能成光武之大⑯，微光武岂能遂先生之志哉⑰？而使贪夫廉，懦夫立，是大有功于名教也⑱。

某来守是邦⑲，始构堂而奠焉。乃复其为后者四家⑳，以奉祠事，又从而歌曰：云山苍苍，江水泱泱㉑。先生之风㉒，山高水长。

宋仁宗天圣六年(1028)，范仲淹经丞相晏殊推荐出任秘阁校理。后因上疏请太后还政而触怒太后，被贬为河中府通判。明道二年(1033)，太后死后，范仲淹才被召回，任右拾遗。不久又因谏止仁宗废郭皇后事被贬睦州（辖境相当于今浙江省桐庐、建德、淳安三县地）。范仲淹到达睦州后，便在严光的故乡桐庐为严光修了一座祠堂，并写了这篇记。

严光，字子陵，年轻时与汉光武帝刘秀一同游学。刘秀即帝位后，他“变姓名，隐身不见”。光武帝派人找到他，授官谏议大夫，他不肯接受，又回富春山隐居，以耕钓为生。

题为《严先生祠堂记》，但作者却双管齐下，把严子陵和光武帝两两并提。

“先生，光武之故人也。相尚以道。”开头既交代了“先生”身份，又拈出了光武帝，为全篇定了复调的旋律。以下分承，一句先生，一句光武，从他们“相尚”的角度进行渲染。光武帝得到《赤符》，乘驾着六龙的阳气，获得了登基称帝的时机，那时他统治着千千万万的人民，天下有谁比得上他呢？这句强调光武帝的威势。先生触动星象，归隐江湖，达到了圣人自然清静的境界，视轩冕（指官爵）如泥涂，天下又有谁比得上他呢？而光武帝却能按照礼节尊重他。这句既盛赞严先生的高尚品质，又揄扬了光武帝的礼贤下士的恢宏气量。作者进一步引用儒家经典《易》来发

挥，把以上论述提到一个至上的高度，《蛊卦》的"上九"爻，正当其他各爻都显示有所作为时，而这一爻却偏偏显示"不事王侯，保持自己品德的高尚"，先生正是这样做的。《屯卦》的"初九"爻，阳气正开始亨通，而能够"以高贵的身份尊重卑贱的人，深得民心"，光武帝正是这样做的。作者由衷感慨道：先生的品质，比日月高洁；光武的气量，比天地阔大。日月、天地，取象宏大，亦见出推崇之高。正言之不足，又反言之："微先生不能成光武之大，微光武岂能遂先生之志哉？"这一句既是对上文的承接，又是开头"相尚以道"主旋律的回响与完成。

笔锋一转，用"而使"，如舟子行蒿，轻轻一点，把文章意旨过渡到先生身上，说明先生的作为有着树立良好的道德规范的作用，也说明了建祠的目的以及写这篇记的目的。交代建祠、奉祠之事，只有"某来守是邦……"短短两语，极简。读者于作者详其所详、略其所略中，可窥见作者用意，显示了以论代记的特点。最后以歌作结，余韵悠长，有言之不足，歌以咏之之感。

"先生之风"的"风"，原本作"德"，是有人向他提出而改过的，当时范仲淹闻之"凝坐颔首，殆欲下拜"(《范文正公集·言行拾遗事录》)。

文章虽短小，但气势充沛，语言铿锵，结构严谨。前面用对偶，严整紧密；后面以歌作结，又活泼生动。开合自如、双管齐下的笔意也殊堪玩味。

除了作者所谓"使贪夫廉，懦夫立"之意外，是否尚有其他意蕴呢？作者用光武与先生一一比照的方法，仅仅是为了使文章不呆板，不呆滞吗？或者仅仅以光武之高贵的身份为严先生张本？是否也像李白赞扬孟浩然"红颜弃轩冕，白首卧松云"那样，只是强调先生高蹈不顾世的精神？我们从范的政治抱负、人生态度看，范不会像李白、白居易、苏轼那样，有逃避人世的理想，有人生如梦的哀叹。范年轻时就以"天下国家为己任"，后来与富弼、韩琦一道进行一系列改革，史称"庆历新政"，因保守派反对而失败，被贬知邓州时(1046)，写下《岳阳楼记》，表达了"先天下之忧而忧，后天下之乐而乐"的崇高思想境界。联系范前后思想发展，可以体会到作者感慨于光武与严光的"相尚以道"，既歌颂了严先生的高洁品行，以此自励，同时借光武的气量(能够"以礼下之")，寄寓了作者对明君的渴望。实际上，范并不希望"江海从此逝"的，而是希望君臣之间有一种相尚之道、和合之道，以实现其政通人和、海晏河清的理想。

"先生之风，山高水长"，这是范仲淹赞美严子陵的话。严子陵已经鲜为大家所知，而范仲淹的崇高风范与优美文章如高山流水一样，代代流芳。

(杨慧文　孙　奇)

【注】 ①先生：严光，字子陵。　②光武：汉光武帝刘秀。　③《赤符》：即《赤伏符》，是用隐语记录征兆的谶文。更始帝更始三年(25)，刘秀到鄗(今河北高邑东)，儒生彊华从关中带来《赤伏符》，奉献给刘秀。　④乘六龙：六龙指《易·乾卦》的六爻。《易·乾卦》："时乘六龙以御天下。"即是说国君凭借六爻的阳气来驾驭天地万物。　⑤得圣人之时：孟子认为孔子是能顺应形势的变化而变化的圣人，说"孔子，圣之时者也"(见《孟子·万章下》)。此是指光武帝能顺天应时地建立东汉政权。　⑥臣妾：指被统治的人民。亿兆：古代以十万为亿，十亿为兆。

⑦加:超过。 ⑧以节高之:谓严光不为光武帝所屈,以气节相高。 ⑨动星象:《后汉书·严光传》载,光武帝同严光一起睡觉,严光把脚伸到光武帝的肚子上。第二天观察天象的太史报告说:"客星犯帝座甚急。"(客星是一种忽隐忽现的星。帝座是星名。) ⑩归江湖:指严光不受谏议大夫之职,归隐富春山一事。 ⑪得圣人之清:语出《孟子·万章下》:"伯夷,圣之清者也。"这里指严光和不食周粟的伯夷一样清高。 ⑫轩冕:借指官爵或者显贵身份。 ⑬下:使自己居于下,意为尊重。 ⑭《蛊(gǔ古)》:《周易》的卦名。上九:指该卦的第六爻中的阳爻。《蛊卦》六爻中的前五爻象辞都显示整治其事的意思,只有第六爻象辞说:"不事王侯,高尚其事。"表示独善其身。 ⑮《屯(zhūn谆)》:也是卦名。初九:指该卦的第一爻中的阳爻。"以贵下贱,大得民也"是《屯卦》初九爻的象辞。 ⑯微:如果不是,如果没有。 ⑰遂:成就。 ⑱名教:封建社会的礼仪教化。 ⑲某:范仲淹自称。是邦:指睦州。 ⑳复:免除徭役。后:后裔。 ㉑泱泱:水深广的样子。 ㉒风:品德。

岳阳楼记

庆历四年春[1],滕子京谪守巴陵郡[2]。越明年[3],政通人和,百废具兴[4]。乃重修岳阳楼,增其旧制[5],刻唐贤、今人诗赋于其上,属予作文以记之[6]。

予观夫巴陵胜状[7],在洞庭一湖[8]:衔远山[9],吞长江[10],浩浩汤汤[11],横无际涯[12];朝晖夕阴[13],气象万千。此则岳阳楼之大观也[14],前人之述备矣[15]。然则,北通巫峡[16],南极潇湘[17],迁客骚人[18],多会于此,览物之情,得无异乎[19]?若夫霪雨霏霏[20],连月不开[21],阴风怒号,浊浪排空[22];日星隐耀[23],山岳潜形[24];商旅不行,樯倾楫摧[25];薄暮冥冥[26],虎啸猿啼。登斯楼也,则有去国怀乡[27],忧谗畏讥[28],满目萧然[29],感极而悲者矣。

至若春和景明[30],波澜不惊[31],上下天光,一碧万顷[32];沙鸥翔集[33],锦鳞游泳[34];岸芷汀兰[35],郁郁青青[36]。而或长烟一空[37],皓月千里;浮光耀金[38],静影沉璧[39];渔歌互答[40],此乐何极!登斯楼也,则有心旷神怡,宠辱皆忘[41],把酒临风[42],其喜洋洋者矣。

嗟夫[43]!予尝求古仁人之心[44],或异二者之为[45]。何哉?不以物喜,不以己悲[46]。居庙堂之高[47],则忧其民;处江湖之远[48],则忧其君:是进亦忧,退亦忧。然则何时而乐耶[49]?其必曰"先天下之忧而忧,后天下之乐而乐"欤[50]!噫[51]!微斯人[52],吾谁与归[53]!

时六年九月十五日[54]。

《岳阳楼记》是范仲淹应好友滕宗谅(字子京)的请求而写作的。二人同为宋真宗大中祥符八年(1015)进士,曾一起参与修复泰州海堰的工程,在润州共论天下事,还同时率兵抗击西夏的进犯,交谊十分深厚。仁宗庆历初,滕宗谅因被人诬陷在泾州滥用官钱而屡遭贬谪,于庆历四年(1044)贬知岳州。其间范仲淹亦因推行"庆历新政"损害了贵族官僚集团的利益而受到权贵们的攻击,被罢去参知政事,于庆历五年(1045)降知邓州。滕宗谅到岳州后便兴建学校,修缮城池,在洞庭湖西筑

偃虹堤以利舟楫商旅往来。庆历六年(1046)当重修岳阳楼竣工之际,滕宗谅修书一封,并附上《洞庭晚秋图》一幅,派人到邓州请求范仲淹为之作记。老友的信赖和期望自然不好辜负,于是,经过精心构思,这篇脍炙人口的散文杰作便从范仲淹的笔底脱稿问世了。

岳阳楼始建于唐初。楼高三层,可鸟瞰洞庭湖。唐代开元年间,被称为文章"大手笔"的中书令张说到岳州做刺史,常和才士们一起登楼饮酒赋诗,并列诗于楼壁,岳阳楼从此逐渐闻名。有人认为,范仲淹一生从未到过岳阳楼,他作此记全凭滕宗谅随信附来的《洞庭晚秋图》加以想象。其实,在范仲淹的少年时代,他的继父朱文翰曾任澧州安乡(今湖南安乡)县令,安乡滨临洞庭湖西岸,紧靠岳州,他曾随继父游历岳州城,登上了岳阳楼,洞庭湖的湖光山色及其四时朝夕之不同景象都为他所熟知。亲身的经历,深刻的记忆,乃是他得以挥洒自如地写出这篇《岳阳楼记》的一个重要原因。

文章共分五段,作者所采用的艺术表现手法主要是由事及景,由景入情,由情明理。

首句至"属予作文以记之",为第一段。这一段简叙作记的原委,着重说明滕宗谅在被贬谪的情况下治理岳州的政绩,语中含情地表达出对老友政绩的赞许之意。"增其旧制,刻唐贤、今人诗赋于其上"二句,更特别点明重修后的岳阳楼扩大了原来的规模,为这一名胜古迹增添了新的光彩。滕宗谅在给作者的求记信中提到:"命僚属于韩(愈)、柳(宗元)、刘(禹锡)、白(居易)、二张(张说、张九龄)、二杜(杜甫、杜牧),逮诸大人集中摘出登临寄咏,或古或律歌咏并赋七十八首,暨本朝大笔如太师吕公(端)、侍郎丁公(谓)、尚书夏公(竦)之众作,榜于梁栋间。"

"予观夫巴陵胜状"至"得无异乎",为第二段。前半以浓笔重墨略描登岳阳楼者所可见到的洞庭湖的磅礴气势。"衔远山,吞长江"四句,先从空间的角度描绘洞庭湖水烟波浩渺、无边无际的情状。"衔"、"吞"二字活画出洞庭湖水势"浩浩汤汤"的动态,使这四句的艺术意境足可与孟浩然的著名诗句"气蒸云梦泽,波撼岳阳城"及杜甫的著名诗句"吴楚东南坼,乾坤日夜浮"之艺术意境相匹敌。"朝晖夕阴,气象万千"二句,再从时间的角度描绘洞庭湖气候无常、景色多变的情状。从全文的艺术结构上看,以上六句写景如同拉开了下面三、四两段由景写情的序幕,为三、四两段作了很好的铺垫。"此则岳阳楼之大观也,前人之述备矣。"这两句作为本段的枢纽,总括前六句景语,并接应上一段的"刻唐贤、今人诗赋于其上"句,表示洞庭湖气象万千,前人的描述已很详尽,本文不拟多所重复,同时暗示关于岳阳楼本身的建筑之美及其景象的雄伟壮丽等等,也都在"前人之述备矣"的范围之内,本文亦即略而不写。随即笔锋一转,提出了这样一个问题:岳州地当南北水陆交通要道,从古以来凡经过这里的"迁客骚人"都要登上岳阳楼一览洞庭湖的风光,但洞庭湖四时朝夕阴晴之景物不同,登楼者触景所生之情难道没有分别吗?有此一问,便自然过渡到下面两段对一般"迁客骚人"两种览物之情的刻画上。

第三段刻画登岳阳楼的一般"迁客骚人"的览物之悲。其大意是:在淫雨连绵的日子里,洞庭湖上"阴风怒号,浊浪排空",天地昏暗,山岳隐形,入湖船只将桅倒桨折，商旅们皆畏惧而不敢航行；及至傍晚，风浪声更加阴森凄厉，仿佛虎啸与猿啼。一般被贬谪的官员或失意的文士在这种日子里登上岳阳楼，他们自不免要触目惊心，怀念家乡，忧虑仕途，惧怕谗毁，感极而悲了。

第四段另换一副笔墨，刻画登岳阳楼的一般"迁客骚人"的览物之喜。其大意谓：在春光明媚的日子里，洞庭湖风平浪息，天水相映，一派碧绿，游鱼悠悠自得，沙鸥时飞时栖，水草繁茂，香气浓郁；入夜，明月当头，晴空如洗，月光洒上湖面，好像闪动着万道灿烂的金光，月轮映入湖心，宛如沉下一块团圆的玉璧，渔歌唱答，此伏彼起，清新嘹亮，声声悦耳。一般被贬谪的官员或失意的文士在这种日子里登上岳阳楼，他们自然会心旷神怡，暂时忘却个人的荣辱得失，临风开怀，举杯畅饮，洋洋而喜了。

我们吟诵三、四两段的原文，仔细品味，即不难体会这两段中的写景之句实际无一不是在写情，而两段中的写情之句又无一不与写景之语紧密扣合。以景寓情，以情注景，景语与情语彼此映带，互为依存，如此，作者就使两种截然不同的情景交融、人与境合的艺术境界都生动而真切地浮现在我们的面前。这里，骈辞韵语的恰当运用是最值得称道的。例如："阴风怒号，浊浪排空；日星隐耀，山岳潜形；商旅不行，樯倾楫摧；薄暮冥冥，虎啸猿啼。"又如："春和景明，波澜不惊，上下天光，一碧万顷；沙鸥翔集，锦鳞游泳；岸芷汀兰，郁郁青青。""长烟一空，皓月千里；浮光耀金，静影沉璧。"这些骈辞韵语对仗谐和，声律铿锵，形象鲜明，意蕴丰厚，它们对于一悲一喜两种艺术境界创造的成功均发挥着十分积极的作用。

然而，由洞庭湖的两种不同景象刻画出一般"迁客骚人"的或悲或喜之情，却并非这篇《岳阳楼记》全文创作之主旨。《古文观止》的编选者评此文的作法有云："岳阳楼大观，已被前人写尽，先生更不赘述，止将登楼者览物之情写出，悲、喜二意，只是翻出后文忧、乐一段正论。"不错，写出悲喜二意，又是为了从反面给全文最后一段的说理作有力的铺垫，为了进而翻出"忧、乐一段正论"来。

"嗟夫！予尝求古仁人之心，或异二者之为。"我们看，当作者的笔触进入文章的最后段落时，他首先用一句感叹语使文气一顿，跟着就借与"古仁人之心"的对比将上述或悲或喜之情作了婉转的否定，然而再用"何哉"问句一领，便正面论述他经过长期的学习探求而获得的对于"古仁人之心"的一种深刻认识。原来，那些具有宏大政治抱负的"古仁人"与一般"迁客骚人"是有所不同的。他们的悲喜不取决于自然环境的好坏，更不取决于个人的荣辱得失。他们在朝廷做官时总是忧虑人民的疾苦；他们被贬谪在外或闲居乡野时又总是为国君而忧，唯恐国君有所阙失而影响国家的安危。所以他可以说是"进亦忧，退亦忧"，那么，他们何时才会快乐？他们的回答想必是"先天下之忧而忧，后天下之乐而乐"吧！（原文在这里设为推测性的问答语，使说理生动活泼而不呆板，增强了文章的艺术表现力。）走笔至此，作者即自然而然、画龙点睛地写出全文的结束语："啊！除了这样志节高尚的古仁人，我们还能追随谁呢！"显然，以对于具备宏大政治抱负和高尚品德的"古仁人"的向往来与重修岳阳楼的老友滕宗谅共勉，乃是全文的核心之所在，亦即作者写这篇《岳阳楼记》的主旨。

要全面把握这篇《岳阳楼记》中“先天下之忧而忧，后天下之乐而乐”两句名言的具体内涵和进步意义，我们还需要了解与文章写作背景有关的以下几点情况。

第一，据《续资治通鉴》卷四六载，当滕宗谅被人诬告时，范仲淹曾一再上疏朝廷，为之辩白，滕宗谅因而才得以免除牢狱之苦。又据南宋范公偁（范仲淹玄孙）的《过庭录》及周晖的《清波杂志》等书记载，滕宗谅被贬至岳州后，对自己所遭受的诬陷非常气恼，愤郁颇见于辞色，甚至曾对赞扬岳阳楼落成的人说：“落甚成！只待凭栏大恸数场！”由此可见范仲淹在这篇《岳阳楼记》中借“古仁人之心”所提出的先忧后乐论以及文中所说的“去国怀乡，忧谗畏讥”，都不是凭虚而发的泛泛之言，这中间饱含着他对老友滕宗谅劝勉慰藉的恳切真挚之至情。

第二，欧阳修在概括范仲淹一生立身行事之大节时曾写道：“公少有大节，于富贵贫贱毁誉欢戚不一动其心，而慨然有志于天下。常自诵曰，士当先天下之忧而忧，后天下之乐而乐也。其事上遇人，一以自信，不择利害为趋舍。其所有为，必尽其方，曰：为之自我者当如是，其成与否有不在我者，虽圣贤不能必，吾岂苟哉！”（《资政殿学士户部侍郎文正范公神道碑铭并序》）又，《宋史·范仲淹传》云：“仲淹内刚外和，性至孝，以母在时方贫，其后虽贵，非宾客不重肉。妻子衣食，仅能自充。而好施予，置义庄里中，以赡族人。泛爱乐善，士多出其门下，虽里巷之人，皆能道其名字。死之日，四方闻者，皆为叹息。”《宋史·范纯仁（仲淹子）传》云：“盖尝先天下而忧，期不负圣人之学，此先臣所以教子，而微臣资以事君。”于此又可知范仲淹在《岳阳楼记》中借古仁人之口所说的“先天下之忧而忧，后天下之乐而乐”，也并非故作高论的矫情之语，作为一种宏大的政治抱负，他不仅自己一生身体力行，而且还用以教育自己的后代。

第三，《岳阳楼记》于庆历六年在岳州刻石后不久，滕宗谅调知苏州，次年即在苏州病逝。范仲淹为滕宗谅作祭文，其中说自己与滕宗谅一生的交谊能够始终做到“忠孝相勖，悔吝相惩”，意即他们始终能以不愧于“忠孝”二字，不计较个人之荣辱得失来互相勉励。后来范仲淹还为滕宗谅写墓志，赞美滕宗谅一生的功业和他为人民所做的好事。这些亦都可与《岳阳楼记》的创作主旨相印证。

前面曾提到，在写作《岳阳楼记》时，范仲淹为挽救北宋王朝积贫积弱之国势而主持推行的“庆历新政”已宣告失败，他本人于庆历五年被迫离开朝廷，也早属“迁客”之列了。然而，他的忧国忧民、以天下为己任之志节却是生死不渝的。衡诸范仲淹一生的立身行事，所谓“处江湖之远，则忧其君”的“君”字应是国家的代称，这里不存在对于封建帝王的愚忠问题；所谓“进亦忧，退亦忧”，即具体反映着他生死不渝的为国为民之忧。所以，“先天下之忧而忧，后天下之乐而乐”这句名言能够成为后世一切仁人志士的共同政治抱负，能够永远激励后世一切仁人志士为国为民去奋斗、牺牲，不是偶然的。

综览《岳阳楼记》全文，它熔叙事、写景、抒情、议论说理于一炉，且以抒情为贯穿全文的主线，以议论说理作核心，打破了那种认为“记”这一文体只能用于记事的陈旧的理论框框；结构严密，层次井然，而行文又一波三折，婉转多姿；语言凝练形象，极富感染力，加之骈散兼施，音韵和美，诗味浓郁，令人读来朗朗上口，一唱三叹。在我国古代散文发展史上,《岳阳楼记》确乎不愧是一篇具有创新意义的、进步内容与艺术成就达到了高度统一的典范之作。

(杜维沫)

【注】①庆历四年:公元1044年。庆历:宋仁宗赵祯的年号(1041～1048)。②滕子京:名宗谅,字子京,河南府(今河南洛阳)人,与范仲淹同年举进士,原任环庆路都部署兼知庆州(今甘肃庆阳),在抵抗西夏方面有所贡献。后有人诬告他"前在泾州费公钱十六万贯",降官知虢州(今河南灵宝),又改知岳州。宋岳州巴陵郡,属荆湖北路,治所在巴陵县(今湖南岳阳)。谪守:降官做州郡的长官。③越明年:到了第二年。越:及,到。④百废具兴:各种废弛不办的事情都陆续兴办起来。具:同"俱"。⑤增:扩大,扩建。制:规模。⑥属:同"嘱"。⑦胜状:胜景,美景。⑧洞庭:洞庭湖,我国长江流域著名大湖,位于湖南省北部、岳阳市西,"每夏秋水涨,周围八百余里"(《清一统志·岳州府》)。⑨衔:含。远山:指洞庭湖中的君山等山。⑩吞:包容,吞吐。⑪浩浩汤汤(shāng伤):水势盛大的样子。⑫横:宽广。际涯:边际。⑬朝晖:早晨阳光照耀。晖:同"辉"。夕阴:夕月。一注为云翳,阴暗。⑭大观:雄伟壮丽的景象。⑮备:详尽。⑯巫峡:长江三峡之一,在四川省巫山县与湖北省巴东县之间,长达一百六十里。⑰潇湘:湖南二水名。潇水为湘江支流,源出蓝山县南九嶷山,于湖南省零陵县汇入湘江。二水汇流后也称"潇湘"。⑱迁客:被降职调往边远地区的官吏。骚人:诗人,因屈原有长诗《离骚》而得名。⑲得无:能不。⑳若夫:发语词,表示另起一层意思。霪雨:即淫雨,久下不停的雨。霏霏:雨下得很密的样子。㉑开:放晴。㉒排空:击空,形容浪头大,涌上了天际。㉓隐耀:隐没了光辉。㉔潜形:形体掩藏起来。是说波浪之大,遮蔽了山岳。㉕樯:桅杆。楫(jí及):船桨。㉖薄暮:傍晚。薄:迫近。冥冥:昏暗的样子。㉗去国:离开国都(指被贬)。㉘忧谗畏讥:担心谗言的中伤,害怕别人的讥刺攻击。㉙萧然:萧条凄凉的样子。㉚至若:至于。景明:阳光灿烂。景:日光。㉛波澜不惊:波平浪静。惊:动,起。㉜"上下"二句:天色与湖光相映照,上下都融为一种颜色,一片碧绿,无边无际。㉝翔集:或飞或停。集:鸟栖止。㉞锦鳞:对鱼的美称。㉟岸芷汀兰:岸边长满了白芷,沙洲上生长着兰草。芷、兰:都是香草名。㊱郁郁:香气浓郁。青青:花叶繁盛的样子。㊲而或:有时。长烟一空:天上的烟雾一下子全消散了。一:全部。㊳浮光耀金:月光照在浮动的水面上,波光粼粼,如金光闪耀。㊴静影沉璧:明月映入平静的湖水里,如同沉入一块洁白的璧玉。璧:圆形的玉。㊵渔歌互答:渔人的歌声此唱彼和。㊶宠:恩宠,荣耀。指升官。辱:耻辱。指贬官。㊷把酒临风:即临风把酒,迎着风端起酒杯。㊸嗟夫:感叹词。㊹仁人:品德高尚的人。㊺二者:指感物而悲和览物而喜的两种人。为:表现,作为。㊻"不以"二句:古仁人不因环境的顺适而高兴,也不因自己的坎坷不幸而悲伤,即感情不以环境的好坏和个人的得失而改变。㊼居庙堂之高:在朝中做官。庙堂:朝堂。㊽处江湖之远:退隐江湖,远离朝廷,指贬官在外做闲官或在野不做官。㊾然则:既然如此,那么。㊿"先天下"二句:即忧在天下人之前,乐在天下人之后。欤:一本作"乎"。(51)噫:叹词。(52)微:非,不是。斯人:这种人,指古仁人。(53)吾谁与归:我归向谁呢?即以谁为同道和榜样。(54)六年:庆历六年(1046)。

欧阳修

五代史伶官传序

呜呼！盛衰之理，虽曰天命，岂非人事哉！原庄宗之所以得天下①，与其所以失之者，可以知之矣。

世言晋王之将终也，以三矢赐庄宗而告之曰："梁，吾仇也；燕王，吾所立，契丹与吾约为兄弟，而皆背晋以归梁②。此三者，吾遗恨也。与尔三矢，尔其无忘乃父之志！"庄宗受而藏之于庙。其后用兵，则遣从事以一少牢告庙③，请其矢，盛以锦囊，负而前驱，及凯旋而纳之。

方其系燕父子以组④，函梁君臣之首⑤，入于太庙，还矢先王，而告以成功，其意气之盛，可谓壮哉！及仇雠已灭，天下已定，一夫夜呼，乱者四应⑥，苍皇东出，未及见贼而士卒离散，君臣相顾，不知所归，至于誓天断发，泣下沾襟，何其衰也！岂得之难而失之易欤？亦本其成败之迹而皆自于人欤？

《书》曰："满招损，谦得益⑦。"忧劳可以兴国，逸豫可以亡身，自然之理也。故方其盛也，举天下之豪杰，莫能与之争；及其衰也，数十伶人困之，而身死国灭，为天下笑。夫祸患常积于忽微，而智勇多困于所溺，岂独伶人也哉！作《伶官传》。

据《宋史·欧阳修传》记载，《五代史记》是欧阳修独力完成的一部史书，其特点是"法严词约，多取《春秋》遗旨"。作为史学著作，义法严谨，文字简练，采取《春秋》笔法，文笔曲折而意含褒贬，自然是优点。这篇序文虽然不是史学著作，但它与历史难解难分，换句话说，它是针对历史事件抒发的作者的感慨，因而文中多涉史实，诸如李克用与朱全忠的相互攻伐，后唐的内乱及其衰亡等等。对于历史事件，既然作者采取的是"笔则笔，削则削"的春秋手法，今天我们在评析一篇散文时更没有必要在史实本身及其评价方面花费笔墨，而应主要着眼于它在写作方面的特点。

史学界对于欧阳修《五代史记》的评价是：重书法而轻事实。在史学家的心目中，可能认为欧阳修是轻重倒置的，而在我们将此文作为文学散文吟赏时，"重书法，轻事实"这六个字，似乎可以成为打开欧阳修这篇散文写作奥秘的钥匙。这是一篇富有文学性的史论，写作这类文章的目的一般是总结历史经验，匡正时弊。作为史论，其对于史实有剪裁上的技巧问题，更重要的是看作者能否做到居高临下地驾驭史实，借以恰当地表述自己的政见。比如此文中"方其系燕父子以组"至"而身死国灭，为天下笑"那一段，作为文学散文，这是一个极为精彩的段落。如果作者把注意力放在叙述某年某月，李存勖派什么人、怎样攻破幽州，捉住刘仁恭，刘守光又逃到何地、于何处被擒，又如何把这父子俩缚送太原等方面，那就会使人感到索然寡味；同样，如果啰啰唆唆地叙说李存勖何时攻破大梁，梁国君臣如何殉国自尽等等，也会成为冗笔赘文。"不用故事陈言而文益高"(陈师道《后山诗话》)的欧阳修，虚虚实实地统共只用了“方其系燕父子以组，函梁君臣之首”十四个字，既概括了上面那一长串史实，还极为传神地描绘出李存勖当年那种势不可挡的气概。然而，作者的匠心远不止于此，恰如王安石所云：“其雄词闳辩，快如轻车骏马之奔驰。”（《祭欧阳文忠公文》）不是吗？作者笔锋一转，后唐盛极而衰，一夜之间天下大乱，真是迅雷不及掩耳，比“轻车骏马”来得还要迅猛，这对于阐发作者的“盛衰”史观，自然是很雄辩的一笔。

上面说的是该文用语精简、长于转换的优点。如果一篇文章一味地这样写下去，也容易成为干巴巴或者是不易捉摸的东西，这样的文章又怎么能达到匡正时弊、总结经验教训的目的呢？在论述人君得天下的时候，文章突出的是一个“难”字，这从其第二段中可以看得很清楚；在写到失势亡国的时候，如前所述，简直是“易”如翻掌，而在总结教训的时候，笔触具体入微，情感抒发淋漓尽致，令人惊心动魄，寓目难忘。这虽然是一篇仅有三百多字的短文，但作者于史实的运用不乏匠心，其中有虚有实，有详有略，长短繁简恰到好处，即如《宋史》本传所云“丰约中度”。这一点，对于针对历史问题而写的政论文来说，是至关紧要的。因为这类散文除了文学性的要求之外，还必须不失为史论。

作为一个大政治家，欧阳修笔下的史论不是为历史而历史，而是有其独到的政治见解。在这方面《五代史伶官传序》劈头提出——“呜呼！盛衰之理，虽曰天命，岂非人事哉！”这种把国家兴衰归结于人事的观点，无疑是正确的。在这个前提下，作者又从正反两方面总结出发人深思的经验教训：“忧劳可以兴国，逸豫可以亡身”，“祸患常积于忽微，而智勇多困于所溺”，等等。从唯物史观的角度衡量，欧阳修的见解不无偏颇之处，但这类政治格言式的警句在彼时彼地来讲有其鲜明的针对性，对于后世则又不乏借鉴和启发之意。

这篇文章在结构上的特点，除了上面提到的行文转换轻快之外，前人尚有“欧如澜”之说。“澜”是大波浪。如此文写李克用父子：“盛”时，其势如巨澜之排山倒海，势不可挡；“衰”时，如狂澜之既倒，无法挽回。如果说这种大起大落的笔势、沛涉充盛的文气，与作者作为一个大文豪的气度和胸怀，如榫头卯眼恰相接合的话，那么，文中那些具体入微的描述，生动传神的对话，则是一般政论文所罕见的，也正因如此，这篇文章才可能被视为文学散文。像第二自然段的那番对话，简直是性格化了的妙文，此段末尾几句：“请其矢”的“请”字，“负而前驱”的“负”字等，乂是多么精密传神，不容更替。

（陈祖美）

【注】 ①“原庄宗”句：考究庄宗得天下的原因。庄宗：李存勖，五代后唐的建立者，兵乱中为伶人所杀。 ②“世言晋王”以下几句：记述世人传闻。晋王：指李存勖之父李克用，西突厥沙陀族人，因有功于唐，自其父始赐姓李。梁：指后梁，朱温所建。燕王：指刘仁恭，李克用攻破幽州，任刘仁恭为幽州节度使，后刘仁恭叛晋，大败李克用。契丹：唐末契丹首领耶律阿保机侵入李克用驻地，李与他讲和并约为兄弟，后契丹败约，通梁敌晋。 ③少牢：祭品，以一羊一猪祭庙，称“少牢”。 ④“方其系燕父子”句：天祐十年（913），李存勖率兵击幽州，俘刘仁恭及其子。组：绳子。 ⑤“函梁君”句：同光元年（923），后唐灭梁，梁末帝君臣自杀。函：装入木匣。

⑥“一夫”二句：李存勗即位后耽于逸乐，军将反叛，后唐大乱。李存勗由洛阳东奔汴州，后又逃回，诸将百余人皆截发置地，誓以死报，相与号泣。　⑦《书》曰：见《尚书·大禹谟》，原句为“满招损，谦受益”。

朋党论

臣闻朋党之说，自古有之，惟幸人君辨其君子、小人而已。

大凡君子与君子以同道为朋，小人与小人以同利为朋，此自然之理也。然臣谓小人无朋，惟君子则有之，其故何哉？小人所好者禄利也，所贪者财货也，当其同利之时，暂相党引以为朋者，伪也；及其见利而争先，或利尽而交疏，则反相贼害，虽其兄弟亲戚不能相保。故臣谓小人无朋，其暂为朋者，伪也。君子则不然，所守者道义，所行者忠信，所惜者名节；以之修身，则同道而相益，以之事国，则同心而共济，终始如一。此君子之朋也。故为人君者，但当退小人之伪朋，用君子之真朋，则天下治矣。

尧之时，小人共工、驩兜等四人为一朋，君子八元、八凯十六人为一朋[①]；舜佐尧退四凶小人之朋，而进元、凯君子之朋，尧之天下大治。及舜自为天子，而皋、夔、稷、契等二十二人并列于朝廷，更相称美、更相推让[②]，凡二十二人为一朋，而舜皆用之，天下亦大治。《书》曰：“纣有臣亿万，惟亿万心；周有臣三千，惟一心。”[③]纣之时，亿万人各异心，可谓不为朋矣，然纣以亡国。周武王之臣三千人为一大朋，而周用以兴。后汉献帝时，尽取天下名士囚禁之，目为党人[④]；及黄巾贼起，汉室大乱，后方悔悟，尽解党人而释之，然已无救矣。唐之晚年，渐起朋党之论[⑤]。及昭宗时，尽杀朝之名士，或投之黄河，曰：“此辈清流，可投浊流。”而唐遂亡矣[⑥]。

夫前世之主，能使人人异心不为朋，莫如纣；能禁绝善人为朋，莫如汉献帝；能诛戮清流之朋，莫如唐昭宗之世：然皆乱亡其国。更相称美推让而不自疑，莫如舜之二十二臣，舜亦不疑而皆用之；然而后世不诮舜为二十二人朋党所欺，而称舜为聪明之圣者，以辨君子与小人也。周武之世，举其国之臣三千人共为一朋，自古为朋之多且大莫如周，然周用此以兴者，善人虽多而不厌也。

夫兴亡治乱之迹，为人君者可以鉴矣。

《朋党论》是欧阳修政论文的代表作之一。景祐三年（1036），吏部员外郎、权知开封府范仲淹上《百官图》，认为朝廷官吏多出吕夷简私门，因此触犯吕夷简。此后，范仲淹与吕夷简就建都一事再次发生冲突。吕谓范“越职言事，离间君臣，引用朋党”，所以范仲淹被贬饶州知州。余靖、尹洙均上疏言范仲淹事，然都遭贬。当时身任馆阁校勘的欧阳修“发于极愤”而作《与高司谏书》，斥责高若讷“不复知人间有羞耻事”。欧阳修因此贬夷陵令。庆历三年（1043），仁宗广开言路，欧阳修“知谏院。时仁宗更用大臣，杜衍、富弼、韩琦、范仲淹皆在位”（《宋史·欧阳修传》），此即历史上的“庆历新政”时期。但自景祐初年以来的朋党之议一直争喧不息。欧阳修由是作《朋党论》，以辨邪正。正如李焘《续资治通鉴长编》卷一四八所云："石介作《庆历圣德诗》，言进贤退奸之不易。奸，盖斥夏竦也。竦衔之。而仲淹等皆修素所厚善。修言事一意径行，略不以形迹嫌疑顾避。竦因与其党造为党论，目衍、仲淹及修为党人。修乃作《朋党论》上之。"

《朋党论》正是在上述政治背景下写成的，因此，具有强烈的战斗性和鲜明的针对性。文章一开头就说："臣闻朋党之说，自古有之，惟幸人君辨其君子、小人而已。"这是作者对"自古有之"的"朋党之说"所持的独特见解，也是本文的中心论题。这一论题的提出昭示着：作者将从"自古有之"的史实、从君子之朋与小人之朋之别来论证这一论题。

文章首先从理论上阐述君子之朋与小人之朋的差别。在作者看来，君子、小人虽各有其朋，但两者具有质的不同："大凡君子与君子以同道为朋，小人与小人以同利为朋，此自然之理也。"君子因志同道合而结合在一起，小人则因利益相同而走到一起。实际上，这话是对前面"惟幸人君辨其君子、小人而已"所作出的回答，也是本文所要揭示的主旨。虽然小人以同利为朋，但在作者看来，这不是一种"真朋"。所以文章进一步提出这样一个分论点："臣谓小人无朋，惟君子则有之。"虽如此，然"其故何哉"？故而文章紧接着从正面阐明小人之无朋与君子之有朋。

作者认为小人之朋为伪朋，并进而指出小人无朋。小人结朋是以其"所好者"、"所贪者"为出发点的。"小人所好者禄利也，所贪者财货也，当其同利之时，暂相党引以为朋者，伪也。"一"暂"字，说出了小人结朋的临时性与短暂性，可见小人之朋为伪朋。然而，若小人"所好者"已尽，"所贪者"已绝，则小人之朋也必然解体："及其见利而争先，或利尽而交疏，则反相贼害，虽其兄弟亲戚不能相保。"所以说，小人之间"无朋"，即使"其暂为朋者，伪也"。君子之朋则与小人之朋形成鲜明对照。小人以"禄利"、"财货"为出发点，而君子则以同道为出发点；小人"所好者禄利"、"所贪者财货"，君子则"所守者道义，所行者忠信，所惜者名节"。由此可见，无论是在品德操守上，还是在实际行为中，君子之朋都不同于小人之朋。尤为突出的是，小人结朋是为了争禄趋利，君子结朋则或"以之修身"，或"以之事国"。因此，"小人无朋，惟君子则有之"，"故为人君者，但当退小人之伪朋，用君子之真朋，则天下治矣"。这便是作者的结论。它与首段"惟幸人君辨其君子、小人而已"遥相呼应。

《朋党论》于论述小人之朋与君子之朋的差别之后，接着又从"自古有之"的史实出发，阐述君子之朋在国家治理中所起的积极作用以及小人之朋在国家治理中所起的破坏作用。文章列举了前代一些帝王对待小人之朋与君子之朋的史实。在这些帝王中，有远至上古的尧舜，也有近至晚唐的昭宗，有明君，也有昏君。尧之时，小人之朋与君子之朋并存于部下，然尧"退四凶小人之朋，而进元、凯君子之朋"，因之，"尧之天下大治"；舜之时，皋、夔"凡二十二人为一朋，而舜皆用之，天下亦大治"。这是正面例证。也有反面例证，如商纣王，有臣亿万，然心也亿万。虽有臣亿万，但其心不一，故"纣以亡国"。这是本文展开的第一层正反对照。《朋党论》所展开的第二层正反对照，是周武王与汉献帝（实际上是汉灵帝）、唐昭宗。周武王

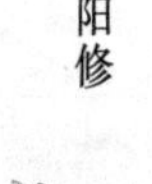

有臣三千以为一大朋，“而周用以兴”。汉灵帝时，大兴党狱，被杀、被捕者达千余人之多，史称“第二次党锢之祸”。及黄巾军起，汉王朝摇摇欲坠，此刻才意识到这是当初大兴党狱所带来的严重后果，“然已无救矣”。中唐以后，牛李党争愈演愈烈，无数“清流”之士被卷入旋涡。及昭宗，重蹈汉灵帝覆辙，“尽杀朝之名士……而唐遂亡矣”。汉灵帝、唐昭宗对待君子之朋的态度与周武王迥然不同，因而导致不同的结局。文章通过众多的事实、反复的对比，说明了君子之朋有助于国家兴盛繁荣，而小人之朋只会给国家带来灾难灭亡，从而印证了文章的主题：“小人无朋，惟君子则有之”，“为人君者，但当退小人之伪朋，用君子之真朋，则天下治矣”。

最后，作者又用了一整段文字来总结上述所引事实，再次强调人君辨君子小人的重要性。文章总结道：商纣“能使人人异心不为朋”，汉灵帝“能禁绝善人为朋”，唐昭宗“能诛戮清流之朋”，这些“人君”“皆乱亡其国”。与上述诸“人君”相反，舜有臣二十二，亦不疑而皆用之；周武王有臣三千“共为一朋”，然周用此以兴矣。舜、武王诸贤君之所以称扬于后世，“以辨君子与小人也”。

文章最后一句话：“夫兴亡治乱之迹，为人君者可以鉴矣。”总结全文，并与首段之“惟幸人君辨其君子、小人而已”遥相呼应。如果说“人君”在阅读本文的开头时，还不能“辨其君子、小人”的话，那么，通过文章的正面说理，史实引证，层层对比，步步深入，则“为人君者可以鉴矣”。

欧阳修的这篇政论文，层层剖析，步步探究，说理透彻，语言犀利。苏轼曾这样评价其政论文：“其言简而明，信而通，引物连类，折之以至理，以服人心。”（《居士集序》）一般来说，政论文语言上或失之激切，风格上或失之直露。而欧阳修的政论文语言明快而不激切，风格委婉平缓，“而容与闲易，无艰难劳苦之态”（苏洵《嘉祐集·上欧阳内翰第一书》）。于此可见欧阳修作为一位古文大家的杰出风范。

（肖庆伟）

【注】 ①《史记·五帝本纪》：“昔帝鸿氏有不才子，掩义隐贼，好行凶慝，天下谓之浑沌（即驩兜）。少皞氏有不才子，毁信恶忠，崇饰恶言，天下谓之穷奇（即共工）。颛顼氏有不才子，不可教训，不知话言，天下谓之梼杌（即鲧）。……缙云氏有不才子，贪于饮食，冒于货贿，天下谓之饕餮（即三苗）。”此谓之“四凶小人之朋”。又：“昔高阳氏有才子八人，世得其利，谓之八凯。高辛氏有才子八人，世谓之八元。” ②《史记·五帝本纪》：“禹拜稽首，让于稷、契与皋陶”，“益拜稽首，让于诸臣朱虎、熊罴”。这就是舜诸臣称美推让之事。 ③《尚书·泰誓上》云：“纣有臣亿万，惟亿万心；予有臣三千，惟一心。” ④“汉献帝”应为“汉灵帝”，因为第二次党锢之祸发于灵帝即位其间。 ⑤朋党之论：谓延续于文宗、武宗、宣宗三朝的牛李党争。 ⑥此辈清流，可投浊流：语出《资治通鉴·唐纪》卷八一。清流：指品行高洁之士。

醉翁亭记

环滁皆山也[①]。其西南诸峰，林壑尤美[②]。望之蔚然而深秀者，琅琊也[③]。山行六七里，渐闻水声潺潺，而泻出于两峰之间者，酿泉也。峰回路转，有亭翼然临于泉上者[④]，醉翁亭也。作亭者谁？山之僧智仙也。名之者谁？太守自谓也。太守与客来饮于此，饮少辄醉，而年又最高，故自号曰醉翁也。醉翁之意不在酒，在乎山水之间也。山水之乐，得之心而寓之酒也。

若夫日出而林霏开[⑤]，云归而岩穴暝[⑥]，晦明变化者，山间之朝暮也。野芳发而幽香，佳木秀而繁阴，风霜高洁，水落而石出者，山间之四时也。朝而往，暮而归，四时之景不同，而乐亦无穷也。

至于负者歌于途，行者休于树，前者呼，后者应，伛偻提携[⑦]，往来而不绝者，滁人游也。临溪而渔，溪深而鱼肥；酿泉为酒，泉香而酒洌[⑧]；山肴野蔌[⑨]，杂然而前陈者，太守宴也。宴酣之乐，非丝非竹，射者中[⑩]，奕者胜，觥筹交错[⑪]，坐起而喧哗者，众宾欢也。苍颜白发，颓然乎其间者，太守醉也。

已而夕阳在山，人影散乱，太守归而宾客从也。树林阴翳[⑫]，鸣声上下，游人去而禽鸟乐也。然而禽鸟知山林之乐，而不知人之乐；人知从太守游而乐，而不知太守之乐其乐也。醉能同其乐，醒能述以文者，太守也。太守谓谁？庐陵欧阳修也[⑬]。

宋代欧阳修的《醉翁亭记》，堪称山水游记的典范之作。《古文观止》指出此篇为“文家之创调”。在我们看来，其所谓“创”，即揭橥出本文作为名篇佳构在语言、写作上的匠心独立以及作为两宋散文史上的坐标所具有的开拓意义。自然，这两者是合为一体的。我们不妨从语言、结构、境界三端识赏其“创”。

第一，语言之精。《朱子语类大全》卷一三九云：“欧公文亦多是修改到妙处。顷有人买得他《醉翁亭记》原稿，初说‘滁州四面有山’，凡数十字；末后改定，只曰‘环滁皆山也’五字而已。”差不多可说涉此文必知其事了。其实一篇《醉翁亭记》中，洗练简洁到如此“妙处”的，远不止此五字，通篇莫不如是。开篇，一“尤”字即突现出琅琊。“渐闻水声潺潺”，其“渐”上应于“山行”，“闻”下合于“泻出”：于泉自是先闻其声，后得其形。“有亭翼然临于泉上”，“翼然”二字不啻状出亭的凌空欲飞之姿，也写出“峰回路转”有亭赫然在目的洞天一开的清新别致之感。用字可谓精练、准确、生动。其写山间朝暮，仅“日出而林霏开，云归而岩穴暝”二句。然而这绝非抽象的概括说明，而是卓越的文学语言的提炼。前句写“朝”，旭日东升，山林渐朗。“开”字写出山林由暗而明、由浑而清的动态过程。“霏”则给人以林中特有的那种山雾淡淡、缈如轻纱的质感。后者写“暮”，云雾郁郁，一片宁静。山为云居，所以“云归”山中。这便与上句“林霏开”形成了开合对应。写暮色则取“岩穴”，状晨景乃摄“林霏”，不仅在景色描绘上有映带之妙，而且应时切境，更得谐和之美。“林霏”、“岩穴”俱为山中朝暮常见之景，这里，作者则作了更合艺术真实的典型处理。

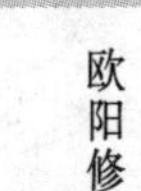

二句十字（虚字“而”除外），山间朝暮，情状俱见而又精确熨帖。

第二，结构之妙。本文句与句之间、节与节之间，其起、承、转、合可谓奇美妙绝。拈其文句说之，一为“峰回路转”，一为“前者呼，后者应”，其效果便给人“水落石出”的清新别致的奇妙感觉。所谓“峰回路转”，是指上下承转曲折藏焉。所谓“前者呼，后者应”，则指前后应合之妙。开篇，“尤”字突出琅琊，继而“渐闻”转入酿泉，然后“峰回路转”，迭出“有亭翼然”。一步一折，愈折愈深，自然地切入本题“醉翁亭”。迭折而来却不令人感觉兀然，顺势而下又给人以新奇之感。而且，“蔚然而深秀”已隐带出第二段山间朝暮四时之景的描写；“酿泉”的突现又与第三段“临溪而渔，溪深而鱼肥；酿泉为酒，泉香而酒洌”形成微妙的应合。第二段“若夫”一提，承“山水之乐”而来。第三段“至于”一折，于开篇归乎“饮于此”的提示，在意脉上则与第二段相关联，所谓“山水之乐，得之心而寓之酒也”。“已而”导引的最后一段，与上文在时间上顺承，所以是处便转入“太守归而宾客从”的描写。事毕文止，顺理成章；总文综意，水到渠成。末云：“太守谓谁？庐陵欧阳修也。”从细部看，与第一段“名之者谁？太守自谓也”，一上一下，遥相呼应；从总篇看，一尾一首，综合全文。读来真令人心明神爽！

第三，境界之迂徐疏雅。本文浑然一体，似一气呵成，这显然不无依赖于“通篇结穴”（林云铭《古文析义》卷一四）的“乐”字与二十一个“也”字。如果说“乐”给全文提供了贯穿始终的主脉，“也”则为此篇制造了某种融通上下的氛围。“乐”铸其意，“也”成其格。此种意旨与格调的结合遂构成了一种迂徐疏雅的境界。“乐”常被理解为“与民同乐”之“乐”，实属误解。本篇之“乐”既非“与民同乐”的仁人清官式的境界，也非“后天下之乐而乐”的文人士大夫肩义践道的责任心与使命感。欧公《题滁州醉翁亭》云：“四十未为老，醉翁偶题篇。醉中遗万物，岂复记吾年。”联系本文“醉翁之意不在酒，在乎山水之间也。山水之乐，得之心而寓之酒也”，“苍颜白发，颓然乎其间”，“醉能同其乐”，这“乐”实是通脱之乐，与其姊妹篇《丰乐亭记》之“与民共乐，刺史之事也”之“乐”，并不相同。如果说《丰乐亭记》之“乐”是“与民同乐”的“刺史”之乐，《醉翁亭记》之“乐”则是封建社会文人士大夫失意之际的超然之乐。这“乐”并不属于典型的释道境界，而是古代文人普遍的一种心理张力。老杜《北征》于狼狈万分之际尚有“青云动高兴，幽事亦可悦”之雅趣，便是此种心理张力在另一方面的表现。欧公此篇作于他因涉“庆历新政”而被贬为滁州太守时（时为庆历五年，即公元 1045 年），其“乐”正反映了他彼时的特殊心理：遣忧排愁，寄情山水。这一通脱之乐的表达除了与篇中具体描述密切相关外，与“也”字的运用也有着深微的关系。或者说，“也”更充分恰当地表达了作者这一特殊的心理与襟怀。正如众人所知，二十一个“也”使文章具有流走唱叹之妙。无论是静览还是诵读，“也”，实际上还包括与之屡屡结合而形成稍顿微宕之势的“者”，在本文中都起着提示吟诵的作用。“者”、“也”虽无实义，却有随文传味之妙。它们在本文大量恰切的运用便收到了一种近乎奇妙的艺术效果，不仅使人感到动的语态——一唱三叹，而且使人领会到活的情调——欧公通脱而不狂纵、放情却仍平和的襟怀与意绪。促成此一效果的还有“若夫”、“至于”、“已而”、“而”等虚字。由于作者才高思妙，这些随文生味的词语共同构成了本文舒而不迫、雅而非典的特有格调。若用骈律体来写，似乎在语势上难成迂徐，在词句上则难违典丽。欧公是宋代古文革新的领袖人物。本篇显然走出了刻意求工、“寻枝摘叶”的骈律语言的规范，自然生动地表情达意，大大缩短了读者理解感受的距离。革新乃是批判与继承相结合的辩证过程。本文在冲破骈律文风的积习的同时，也接受并融化了六百余年来骈律文积极的文学成果。这不仅表现在骈散相济的一面，也表现在词语的炼就与布局的经营一面。如“也”诸字在谋篇一层运用的高妙，写山间四时的不同时摄景择字的贴切精当……革新的散文体经由欧阳修到苏东坡的大力提倡与积极实践，经与六朝骈文、有唐律赋相对应，而成为一代散文（取其宽泛义）的代表。由这一层说，《醉翁亭记》则不啻为宋代散文林苑中的名篇佳制，也是我国散文发展史上具有一定代表意义的典范之作。

（董治安　杨九诠）

【注】①滁：指滁州城（今安徽滁县）。②林壑（hè 贺）：泛指树林山谷等自然景色。③琅琊（yá 牙）：山名，在滁县城西南约十华里。④翼然：形容亭角翘起，像鸟儿展开翅膀一样。临：紧靠着。⑤林霏（fēi 非）：林间细雨或雾气。⑥云归：指傍晚时。暝：阴暗。⑦伛偻（yǔ lǚ 雨吕）：弯腰曲背，指老人。提携：指由大人带领的小孩子。⑧洌（liè 列）：清凉。⑨野蔌（sù 素）：泛指野菜野味。蔌：菜蔬。⑩射者中：投壶的投中了。投壶是古代的一种娱乐活动，用于宴饮时，以箭投壶中，以所中次数多少决胜负，负者饮酒。⑪觥（gōng 工）筹交错：酒杯和酒筹相错杂，形容宴饮尽兴的状态。觥：酒杯。筹：旧时饮酒时用以计数的筹码。⑫阴翳（yì 义）：形容枝叶遮蔽成荫。翳：遮盖。⑬庐陵：地名，今江西省永丰县，为欧阳修籍贯。

苏　洵

六国论

六国破灭，非兵不利，战不善，弊在赂秦；赂秦而力亏，破灭之道也。或曰：“六国互丧，率赂秦耶[1]？”曰：“不赂者以赂者丧，盖失强援，不能独完，故曰：弊在赂秦也。”

秦以攻取之外，小则获邑，大则得城。较秦之所得，与战胜而得者，其实百倍；诸侯之所亡，与战败而亡者，其实亦百倍。则秦之所大欲，诸侯之所大患，固不在战矣。思厥先祖父，暴霜露，斩荆棘，以有尺寸之地。子孙视之不甚惜，举以予人，如弃草芥。今日割五城，明日割十城，然后得一夕安寝，起视四境，而秦兵又至矣。然则诸侯之地有限，暴秦之欲无厌，奉之弥繁，侵之愈急，故不战而强弱胜负已判矣。至于颠覆，理固宜然。古人云：“以地事秦，犹抱薪救火，薪不尽，火不灭[2]。”此言得之。

齐人未尝赂秦，终继五国迁灭，何哉？与嬴而不助五国也[3]。五国既丧，

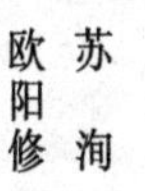

齐亦不免矣。燕、赵之君,始有远略,能守其土,义不赂秦。是故燕虽小国而后亡,斯用兵之效也。至丹以荆卿为计,始速祸焉。赵尝五战于秦,二败而三胜[④],后秦击赵者再,李牧连却之;洎牧以谗诛,邯郸为郡[⑤],惜其用武而不终也。且燕、赵处秦革灭殆尽之际,可谓智力孤危,战败而亡,诚不得已。向使三国各爱其地,齐人勿附于秦,刺客不行,良将犹在,则胜负之数,存亡之理,当与秦相较,或未易量。

呜呼!以赂秦之地,封天下之谋臣;以事秦之心,礼天下之奇才;并力西向,则吾恐秦人食之不得下咽也。悲夫!有如此之势,而为秦人积威之所劫,日削月割,以趋于亡。为国者,无使为积威之所劫哉!

夫六国与秦皆诸侯,其势弱于秦,而犹有可以不赂而胜之之势。苟以天下之大,下而从六国破亡之故事,是又在六国下矣!

宋朝开国之君赵匡胤曾设"封椿库",把平定割据势力所得的金帛和搜刮百姓的资财存于库中。他曾对臣僚说:"俟(等到)斯库所蓄满四、五百万,遣使谋于彼(指契丹),倘肯以地(指幽、燕之地)归于我,则以此酬之。不然,我以二十四绢购一胡人首,彼精兵不过十万,止费我二百万匹绢,则虏尽矣。"(《宋史纪事本末》卷七)赵匡胤这一想入非非的计划,只实现了"以此酬之",却未达到"以地归于我"的目的。宋真宗时,契丹大举南下,订立了屈辱的澶渊之盟,岁赂契丹银十万两,绢二十万匹。宋仁宗时,西夏发动了同宋王朝的战争,结果岁赂西夏银十万两,绢十五万匹,茶叶三万斤;契丹也再次大军压境,岁增赂契丹银十万两,绢十万匹。本文为《权书》十篇之一,是一篇借古讽今之作,为宋王朝贿赂契丹和西夏而发。正如何仲默所说:"老泉论六国赂秦,其实借论宋赂契丹之事,而卒以此亡,可谓深谋先见之识矣。"(《唐宋文举要》甲编卷八引)

文章开门见山,斩钉截铁地提出全文的中心论点:"六国破灭,非兵(兵器)不利,战不善,弊在赂秦。"这是一种以否定加强肯定的句式。如果仅说"六国破灭,弊在赂秦",而不冠以"非兵不利,战不善",语气就会弱得多。"赂秦而力亏"二句,正面申说赂秦必亡;"或曰"数句,以答问的形式申说"不赂者以赂者丧"。当时赂秦的只是韩、魏、楚三个国家,作者统言"六国破灭""弊在赂秦",与历史显然不合。这是论述中的罅隙,于是作者才借助设问自答的形式,指出"不赂者以赂者丧,盖失强援,不能独完"。这样既弥合了论述中的漏洞,又坚实和深化了论点,"六国破灭""弊在赂秦"的观点就无懈可击了。所以首段不仅提出了全文的中心论点,还提出了两个分论点,以下就是对这两个分论点的具体发挥。

次段针对韩、魏、楚三国,阐述赂秦乃"破灭之道"。秦之获地,一靠攻取,二靠受赂。两相比较,受赂之地大大多于攻取之地。这就充分说明,强秦之利,三国之患,不在战,而在赂。三国赂秦的目的在于息战,结果却适得其反。作者先动之以情,写祖宗之地来之不易:"思厥(其)先祖父,暴霜露,斩荆棘,以有尺寸之地。"暴身霜露,砍伐荆棘,言其创业之艰;尺寸之地,言其所获甚少。这样一点一滴积累起来的土地,却"今日割五城,明日割十城"。"举以予人"与"尺寸之地"形成鲜明对照;

“不甚惜”、“如弃草芥”与“暴霜露，斩荆棘”形成鲜明对照。这样的子孙，真是不肖子孙！割城是为了换得“一夕安寝”，但苟且并不能偷安：“起视四境，而秦兵又至矣。”这是用目的和结果作对照。接着，作者又用“诸侯之地有限”与“暴秦之欲无厌”作对比，以“奉之弥繁”与“侵之愈急”作对比，以“抱薪救火”作比喻，进一步阐明“至于颠覆，理固宜然”的道理。宋王朝对契丹、西夏的贿赂，也正如抱薪救火，薪不尽而火不灭。即使贿赂日增，由数十万增至数百万，仍不能满足其欲望。

第三段针对齐、燕、赵三国，阐述“不赂者以赂者丧”的道理。这里，作者分析了齐、燕、赵三国灭亡的具体原因。齐国亡于“与嬴（谓亲附秦国）而不助五国”。《史记·田敬仲完世家》载，齐相受秦“间金”，“不修攻战之备，不助五国攻秦，秦以故得灭五国”。所以“五国既丧，齐亦不免矣”。燕国亡于燕太子丹派荆轲刺秦王：“秦王觉，杀轲，使将军王翦击燕。……虏燕王喜，卒灭燕。”（《史记·燕召公世家》）赵亡于受谗诛大将李牧：秦为离间计，言李牧欲反。赵杀李牧，“后三日，王翦急击赵……遂灭赵”（《史记·赵世家》）。作者从正面分析了不赂秦的齐、燕、赵三国灭亡的具体原因后，又从反面作假设之词：“齐人勿附于秦，刺客不行，良将犹在，则胜负之数……或未易量。”这又进一步证明齐、燕、赵非亡于用兵抗秦，而是齐亡于不用兵抗秦，燕、赵亡于用兵抗秦之术有误。齐国因“五国既丧”而亡，燕、赵因“处秦革灭殆尽之际”，“智力孤危，战败而亡”，这不正是“不赂者以赂者丧”吗？

第四段针对六国破灭的教训，为六国设图存之道：一是重用谋臣，“以赂秦之地，封天下之谋臣”；二是礼贤下士，“以事秦之心，礼天下之奇才”；三是六国联合，“并力西向”。如果这样，秦国就不得安宁，连从从容容吃顿饭也不可能（“食之不得下咽”）。陶望龄认为：“封谋臣，礼贤才，以并力西向……可谓至论。”（《三苏文范》卷二引）但是，六国之君，计不出此，最终导致了自身的灭亡。

文章最后一段把宋王朝同六国比较：六国皆诸侯国，势弱于秦，犹可“不赂而胜”；宋王朝据有天下，势力远比契丹、西夏强大，却重蹈六国覆辙，可谓连六国也不如。袁宏道说：“末影宋事，尤妙。”（《三苏文范》卷二引）妙就妙在引而不发，点到为止，给读者留下了深思的余地。而全篇行文纵横恣肆，论断斩钉截铁，语言质朴简劲，最能代表苏洵论辩文的风格。

（曾枣庄　曾　涛）

【注】 ①率：大率，大都。　②“以地事秦”四句：见《史记·魏世家》苏代语。　③嬴：秦姓，此作为秦的代称。　④“赵尝五战于秦”二句：《战国策·燕策一》：“苏秦将为从（纵），北说燕文侯曰：‘……秦赵五战，秦再胜而赵三胜。’”为语意所本。按：苏秦所言非事实。　⑤邯郸：赵都，故城在今河北省邯郸市西南。邯郸为郡：指赵亡后，秦置邯郸郡。

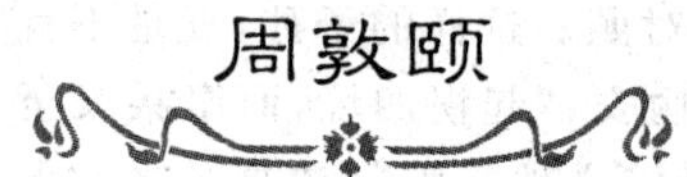

爱莲说

水陆草木之花，可爱者甚蕃[①]。晋陶渊明独爱菊；自李唐以来[②]，世人盛爱牡丹。予独爱莲之出淤泥而不染，濯清涟而不妖，中通外直，不蔓不枝，香远益清，亭亭净植，可远观而不可亵玩焉。

予谓菊，花之隐逸者也；牡丹，花之富贵者也；莲，花之君子者也。噫！菊之爱，陶后鲜有闻。莲之爱，同予者何人？牡丹之爱，宜乎众矣[③]！

我们常用“出淤泥而不染”形容一个人处在恶浊的环境之中，能够坚守节操，不同流合污，保持自身品质的纯洁。这句富有哲理的格言，即出自周敦颐的《爱莲说》。

莲，原指莲子、莲蓬，后多与荷混用。本文中的莲，指莲花，即荷花，又名“芙渠”、“菡萏”。莲是水生植物，生长在湖塘池沼之中。莲花色泽清丽，呈淡红或白色。“爱莲说”，就是谈谈喜爱莲花的道理。这是一篇借莲花抒情言志的小品文，颇为后人称颂。文章通过陶渊明爱菊花、世人爱牡丹与自己“独爱莲”的对比，刻画莲花宛如“花之君子”一样的风姿，表达作者洁身自爱，鄙薄世俗，耿直不谀，不追名逐利，“出淤泥而不染”的君子情操。

文章实际上由“爱菊”、“爱牡丹”、“爱莲”三个相互并列而又前后照应的部分组成。先说“晋陶渊明独爱菊”。范成大《范村菊谱序》云：“名胜之士未有不爱菊者，到渊明尤甚爱之。”陶渊明爱菊，在他的诗文中多有表现，最著名的莫过于“采菊东篱下，悠然见南山”(《饮酒二十首》其五)。其他如“秋菊有佳色，裛露掇其英。泛此忘忧物，远我遗世情”(同上其七)，“芳菊开林耀，青松冠岩列。怀此贞秀姿，卓为霜下杰”(《和郭主簿》)。作者认为，陶渊明之所以爱菊，在于菊花为“花之隐逸者”。菊花秋天开放，独抗寒霜，不与百花争艳，把菊花比作“隐逸者”，十分恰当。陶渊明因不满政治黑暗和官场虚伪而弃官归隐，他的节操与菊花的品质何其相似！他爱菊，是爱菊花的贞秀之姿，“卓为霜下杰”的品质，是因为菊花能够“远我遗世情”。正如陈伟勋所说：“其寓情于菊者，正……晚节黄花之意。”(《酌雅诗话》)菊，俨然成为他高风亮节的象征，正如兰花之于屈原，梅花之于陆游。

“自李唐以来，世人盛爱牡丹。”唐代开国之君唐太祖姓李名渊，故常以“李唐”称唐代。唐人盛爱牡丹，李肇《国史补》有详细记载：“京城贵游，尚牡丹，三十余年矣。每春暮，车马若狂，以不耽玩为耻。……种以求利，一本有直(值)数万者。”白居易更以“花开花落二十日，一城之人皆若狂”的诗句描绘唐人爱牡丹如痴如醉的情状。及至宋代，这种情况也没有改变。李格非在《洛阳名园记》中描写洛阳：“凡园皆植牡丹，盖无它，池亭独有牡丹数十万本。”作者认为，“世人盛爱牡丹”的原因，在于牡丹为“花之富贵者”。牡丹花姿韵妍冶，朵大娇媚，绚丽多彩，雍容华贵，素有

"富贵花"之称。世人爱牡丹,正是爱其富贵娇艳之态。

但作者既不爱菊,更不爱牡丹,而"独爱莲"。因为莲花堪称"花之君子"。莲花"出淤泥而不染",生长在污泥之中却能不被玷污,宛如君子不与世俗同流合污;"濯清涟而不妖",经过清澈的池塘雨水的洗涤却不妖艳,宛如君子洁身自爱,不阿谀逢迎;"中通外直,不蔓不枝",主干贯通,枝节挺直,既不蔓延滋长,也不节外生枝,宛如君子通达正直,纯正无邪;"香远益清",香气传得越远越让人觉得清幽,毫无浓腻之感,宛如君子品格高尚,清名远扬;"亭亭净植",高高地净洁地直立水中,宛如君子卓然自立,固守节操;"可远观而不可亵玩",只可在远处观赏而不可任人抚弄,宛如君子端庄严肃,不可侵犯。在作者笔下,莲花的特质与君子的品格浑然一体,表面咏物,实则写人,给人莲花似君子、君子如莲花的感受。

其实莲花与菊花有不少相似的品质,作者之所以独爱莲花,在于莲花"出淤泥而不染"的特殊品质,这是菊花所没有的。陶渊明爱菊,也正如菊花一样,远远离开污浊的环境而归隐淳朴的大自然,一花独秀,孤芳自赏。作者爱莲,赞扬她"出淤泥而不染"的品质,敢于在污浊的环境中保持自己的节操。从这个角度说,莲花比菊花更加可贵,爱莲比爱菊更有深意。至于富贵之花牡丹,为世人"亵玩"谋利,就更不在作者笔下。因而作者才深沉地感叹道:爱菊花的人,陶渊明之后就很少听说了;爱莲花的人,同我一样的还有什么人呢?爱牡丹的人,自然很多了!

全文以爱菊、爱牡丹衬托爱莲,又分别将三种花拟人化,三次交错描写三种花而毫无重复之感,首尾回应,结构严密,咏物精工传神,语言古朴自然,句式错落有致,表现出极高的写作技巧。 (曾枣庄 曾 涛)

【注】 ①蕃:多。 ②李唐:指唐朝。 ③宜乎:自然,当然。

曾巩

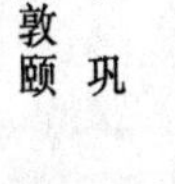

墨池记

临川之城东①,有地隐然而高,以临于溪,曰新城。新城之上,有池洼然而方以长,曰王羲之之墨池者,荀伯子《临川记》云也②。羲之尝慕张芝,临池学书③,池水尽黑,此为其故迹,岂信然邪?方羲之之不可强以仕,而尝极东方,出沧海,以娱其意于山水之间;岂有徜徉肆恣,而又尝自休于此邪?羲之之书晚乃善,则其所能,盖亦以精力自致者,非天成也。然后世未有能及者,岂其学不如彼邪?则学固岂可以少哉!况欲深造道德者邪?

墨池之上,今为州学舍④。教授王君盛恐其不章也⑤,书"晋王右军墨池"之六字于楹间以揭之。又告于巩曰:"愿有记。"推王君之心,岂爱人之善,虽一能不以废,而因以及乎其迹邪?其亦欲推其事以勉学者邪?夫人之有一能,而使后人尚之如此,况仁人庄士之遗风余思,被于来世者何如哉!

庆历八年九月十二日[⑥]，曾巩记。

据《太平寰宇记》卷一一〇载，荀伯子《临川记》说："王羲之尝为临川内史，置宅于郡城东高坡，名曰新城。旁临回溪，特据层阜，其地爽垲，山川如画，今旧井及墨池犹存。"所谓"墨池"，指晋代书法家王羲之在临川学习书法时使用过的一个水池，传说他当时"临池学书，池水尽黑"，因而成为远近闻名的古迹。《墨池记》是古文中的名篇，是曾巩应州学教授王盛之请而作的，名虽为记，其实是一篇出色的劝学文章。

作为一种文体，"记"的内容很广泛，写法也多种多样。有的侧重叙事，有的侧重议论，有的侧重描写，有的侧重抒情。这篇文章颇多议论，故叙议结合是本文的一个突出特点。文章开头，先叙"墨池"的来历。王羲之(321～379)，字逸少，临沂(今山东临沂)人。曾寓居会稽山阴，官至右军将军会稽内史，世称"王右军"，是晋代著名书法家，其笔势"飘若浮云，矫若惊龙"，被目为"书圣"。他在《与人书》中说："张芝临池学书，池水尽黑，使人耽之若是，未必后之也。"对张芝的书法成就及其苦学精神非常赞许。王羲之曾到过许多地方，会稽、临川、永嘉、庐山等地相传均有其墨池。故作者在叙写墨池时，除根据上述材料记叙临川墨池的方位、形状外，还作了点考据，提了些疑问，然后借"墨池"加以发挥，指出王羲之早年纵情山水，晚年方寓居临川，且其书法"晚乃善"，可证他成为著名书法家并不是天生的，而是勤学苦练的结果。然后又顺理发挥，指出后世人之书法之所以赶不上他，主要在于刻苦学习不如他，并进而推论出刻苦学习是绝对不可少的，巧妙地点出了全文的主旨。接下去叙作记的原因。作者一方面叙写州学王教授表彰王羲之墨池精神和请他作记的经过；一方面推究王教授的用心固然是"爱人之善"，更主要的还在于"推其事以勉学者"，又巧妙地点出了劝学之意。通观全文，可知叙事的目的，在于为议论提供由头和依据，而议论则是叙事的引申与升华，二者有机结合，互为表里。而在议论部分，作者又运用推理的方法，层层开掘。从学这方面说，他由王羲之学书引申出"学"字，又由"学"字引申出人之"深造道德"，说明人生在世，处处离不开勤学；从劝学方面说，他由王盛之表彰王羲之的"墨池"精神引申出爱人之一能，又由人之一能对后世的影响引申出"仁人庄士之遗风余思"对来世之沾溉无穷。这就从勤学与劝学两个方面，充分地说明了学之重要，见解精辟，发人深思。作者所以这样结构他的文章，当然是与他为文注重穷尽事理，反对专务辞章的文学主张分不开的。

诚然，我们说曾巩为文注重穷尽事理，反对专务辞章，并不是说他不要辞章，而是说他反对过分追求辞藻华美，推尊"辞达"，崇尚平易，这是曾文的特色，也是本文的另一突出特点。比如：叙"墨池"故迹，他用"临川之城东"与"新城之上"点墨池方位；用"池洼然而方以长"，写墨池形状；用"临池学书，池水尽黑"，写墨池得名之原因和王羲之的苦学精神；然后用"岂信然邪"一转，引出有关议论。文字虽然不多，却把墨池来历叙述得清清楚楚，曲折有致。再如写墨池给人的启示，作者先用"然"字一转，紧接着指出："后世未有能及者，岂其学不如彼邪？则学固岂可以少哉！况欲深造道德者邪？"由王羲之成为著名书法家推论出后世人赶不上他的原因,然后归结到学不可少,再引申出学对道德修养的重要意义,四句五意,可以说语简意丰,平易畅达,看似浅近,却非一般作者所能企及。林琴南说:“欧曾之文,心平气和。有类于庸,实则非庸。”(《春觉斋论文》)可谓一语破的。 (薛祥生)

【注】 ①临川:宋朝抚州临川郡,在今江西省临川县。 ②荀伯子:南朝刘宋颍川(今河南许昌)人,曾任临川内史,著《临川记》六卷,今已佚亡。 ③张芝:字伯英,东汉酒泉(今甘肃酒泉)人。他爱好书法,家中所用衣帛,总是先在上面练过字,然后才煮熟染色。他的草书很有名,人称之为“草圣”。 ④州学舍:指抚州官学校舍。 ⑤教授:官名。宋在路学、府学、州学各级学校均设置教授,主管学政,教育生员。 ⑥庆历八年:公元1048年。

司马光

训俭示康

吾本寒家,世以清白相承。吾性不喜华靡,自为乳儿,长者加以金银华美之服,辄羞赧弃去之。二十忝科名[①],闻喜宴独不戴花[②]。同年曰[③]:“君赐不可违也。”乃簪一花。平生衣取蔽寒,食取充腹,亦不敢服垢弊以矫俗干名,但顺吾性而已。

众人皆以奢靡为荣,吾心独以俭素为美。人皆嗤吾固陋,吾不以为病,应之曰:“孔子称‘与其不逊也宁固’[④]。又曰:‘以约失之者鲜矣[⑤]。’又曰:‘士志于道,而耻恶衣恶食者,未足与议也[⑥]。’古人以俭为美德,今人乃以俭相诟病,嘻,异哉!”

近岁风俗,尤为侈靡。走卒类士服,农夫蹑丝履。吾记天圣中,先公为群牧判官[⑦],客至未尝不置酒,或三行五行,多不过七行。酒酤于市,果止于梨、栗、枣、柿之类,肴止于脯、醢、菜羹,器用瓷、漆:当时士大夫家皆然,人不相非也。会数而礼勤,物薄而情厚。近日士大夫家,酒非内法[⑧],果、肴非远方珍异,食非多品,器皿非满案,不敢会宾友。常数月营聚,然后敢发书。苟或不然,人争非之,以为鄙吝。故不随俗靡者,盖鲜矣。嗟乎!风俗颓弊如是,居位者虽不能禁,忍助之乎!

又闻昔李文靖公为相[⑨],治居第于封丘门内[⑩],厅事前仅容旋马。或言其太隘,公笑曰:“居第当传子孙,此为宰相厅事诚隘,为太祝、奉礼厅事已宽矣[⑪]。”参政鲁公为谏官[⑫],真宗遣使急召之,得于酒家。既入,问其所来,以实对。曰:“卿为清望官,奈何饮于酒肆?”对曰:“臣家贫,客至无器皿、肴、果,故就酒家觞之。”上以无隐,益重之。张文节为相,自奉养如为河阳掌书记时[⑬],所亲或规之曰:“公今受俸不少,而自奉若此,公虽自信清约,外人颇有公孙布被之讥[⑭]。公宜少从众。”公叹曰:“吾今日之俸,虽举家锦衣玉食,何患不能?

顾人之常情，由俭入奢易，由奢入俭难。吾今日之俸，岂能常存？一旦异于今日，家人习奢已久，不能顿俭，必致失所。岂若吾居位、去位、身存、身亡，常如一日乎？”呜呼！大贤之深谋远虑，岂庸人所及哉！

御孙曰：“俭，德之共也；侈，恶之大也[15]。”共，同也，言有德者皆由俭来也。夫俭则寡欲。君子寡欲则不役于物，可以直道而行[16]；小人寡欲则能谨身节用[17]，远罪丰家。故曰：“俭，德之共也。”侈则多欲。君子多欲则贪慕富贵，枉道速祸；小人多欲则多求妄用，败家丧身：是以居官必贿，居乡必盗。故曰：“侈，恶之大也。”

昔正考父饘粥以糊口，孟僖子知其后必有达人[18]。季文子相三君，妾不衣帛，马不食粟，君子以为忠[19]。管仲镂簋朱纮，山节藻棁，孔子鄙其小器[20]。公叔文子享卫灵公，史蝤知其及祸，及戍，果以富得罪出亡[21]。何曾日食万钱，至孙以骄溢倾家[22]。石崇以奢靡夸人，卒以此死东市[23]。近世寇莱公豪侈冠一时[24]，然以功业大，人莫之非，子孙习其家风，今多穷困。其余以俭立名，以侈自败者多矣，不可遍数。聊举数人以训汝。汝非徒身当服行，当以训汝子孙，使知前辈之风俗云。

这篇文章是司马光训诫其子司马康要崇尚节俭的。作者以大量事实为依据，通过分析对比，阐明俭能立名、侈必自败的道理。乍看似乎平淡无奇，细读却颇有滋味。

运用对比方法说明崇俭反侈的深远意义，是本文在写作方面的一个突出特点。文章先以人、我作比，说明崇尚节俭是人之美德，也是自己的一贯思想。作者指出：自己年轻时就崇尚节俭，“衣取蔽寒，食取充腹”，既不喜华靡，也不“服垢弊”，“但顺吾性而已”。《礼记·中庸》中说：“天命之谓性。”作者使用“吾性”二字说明节俭是自己的天性，也是自己的本分，可见其对节俭是何等重视！当然，作者把崇俭说成“吾性”，并不意味着他认为这种美德是与生俱来的，相反，他认为是后天培养出来的。他自称“吾本寒家，世以清白相承”，又说他终生服膺孔子崇尚节俭的教诲，因此，他与那些“以奢华为荣”的人不同，“独以俭素为美”，把节俭看成是美德，虽遭嗤笑也不改素志。作者现身说法，既亲切又深刻，用以训子，颇为得体。次以近岁侈靡之风与国初大贤节俭作比，说明崇尚节俭是深谋远虑之举。作者指出，在其父司马池时代，士大夫宴请宾客，目的在于联络感情，而不是讲排场，比阔气。“会数而礼勤，物薄而情厚”，是当时士大夫之家的共同追求。近岁则日趋侈靡，酒非“内法”酿造，果肴非“远方珍异”不上筵席，且器用华贵，花样繁多，否则会被人斥为“鄙吝”。这种颓风且有蔓延之势。而国初则不同，宰相李沆修治宅第，“厅事前仅容旋马”，他不以为隘，可见其生活俭朴，严于自律；参政鲁公为谏官时，借酒家以宴友人，不以为陋，可见其虽为朝廷命官，却能清廉自守。他们为什么如此节俭呢？作者借张知白宰相的话作了明确回答：“由俭入奢易，由奢入俭难。”让家人过节俭生活，比让他们“习奢”对他们更有益。通过对比，赞扬了国初大贤的深谋远虑，初步揭示了节俭的深远意义。再次，从理论上对比俭与奢的两种不同后果。作者指出：所谓“俭，德之共也”，是说“有德者皆由俭来”，因为只有节俭方能寡欲，寡欲方能不为物所役，不为物所役方可谨身节用，远罪丰家；所谓“侈，恶之大也”，是说侈则多欲，君子多欲则贪慕富贵，枉道速祸，小人多欲则多求妄用，败家丧身，“居官必贿，居乡必盗”。从理论上阐明了“盛由节俭败由奢”的历史规律，说明崇俭反侈无论是对个人、家庭还是对国家，都具有不容忽视的重大意义。文章最后连引古今七人的不同事例，进一步说明侈靡为人所鄙视，有人以富得罪，有人以侈死东市，有人子孙习侈终致“困穷”，而那些以节俭律己、以节俭率下的人，则被视为忠厚长者，备受敬重。并且强调指出：古往今来，“以俭立名，以侈自败”者，不可遍数，从而印证了“俭，德之共也，侈，恶之大也”的理论，并以之诫谕其子孙，永志勿忘。司马光所举诸多史实难免有其时代局限性，但他所揭示的崇俭的道理，不论在当时还是在今天，无疑都具有实际意义。故林纾谓司马光的文章“集中在在皆有实际语”，“惟靠实说，方有条理”(《春觉斋论文》)。

语言平实，无意为文，而又文采斐然，这是本文的另一特点。由于这篇文章是写给其子司马康的，初看起来似不甚经意，如叙家常，从自己的生活说到本朝人的不同习俗，又从本朝人的不同习俗说到古人的经验教训，然后引出带规律性的道理，犹如老妇训子，不厌其详，似乎失之浅易；细读起来，却觉得作者思虑周详，引用史料针对性强，通篇绝无虚词赘语，可以说字字敲打得响，而又给人以朴实无华的感觉。当然，我们说他语言朴实无华，并不是说作者对语言不进行加工提炼。恰恰相反，文章的语言是经过作者精心加工的。如“众人皆以奢靡为荣，吾心独以俭素为美”，“会数而礼勤，物薄而情厚”，“由俭入奢易，由奢入俭难”，“俭，德之共也；奢，恶之大也”，“以俭立名，以侈自败”等等，这些格言式的词句，无不凝聚着作者的心血，闪烁着智慧的光辉，为本文增添了光彩。故林纾谓司马光虽“无意于为文，而文皆精贵近理，不必施采，而自琅琅可诵，亦不必恃口辩，而人自不能屈”(《春觉斋论文》)。

(薛祥生)

【注】 ①忝科名：是说自己列名于进士科名，使同列人蒙辱。这是谦词。忝：辱。 ②闻喜宴：新进士及第，皇帝赐宴，叫做“闻喜宴”，也称“琼林宴”。宋制，赴闻喜宴的进士都要戴花。 ③同年：科举时代同榜及第者互称“同年”。 ④“与其”句：《论语·述而》：“子曰：‘奢则不孙(逊)，俭则固。与其不孙也宁固。’”意谓与其骄傲，宁可固陋。 ⑤“以约”句：见《论语·里仁》。约：俭约。 ⑥“士志于道”三句：见《论语·里仁》。 ⑦天圣：宋仁宗的年号(1023～1032)。先公：是司马光对其亡父司马池的敬称。群牧判官：宋代中央政府所设掌管全国马匹的机构叫“群牧司”，判官是该机构的高级官员。 ⑧内法：指宫内酿酒的方法。 ⑨李文靖公：指李沆。真宗时任相，死谥文靖。 ⑩封丘门：汴京(今河南开封)城门。 ⑪太祝、奉礼：太常寺主管祭祀的两官名，常由功臣子孙担任。 ⑫参政鲁公：指鲁宗道。真宗时为右正言，后为户部员外郎兼右谕德、左谕德。仁宗时任参知政事。真宗召见鲁宗道，在他任谕德时，事见《宋史》本传，此系误记。 ⑬张文节：指张知白。真宗时为河阳(今河南洛阳)节度判官。仁宗时为宰相，死后谥文节。掌书记：唐代官名，相当于宋代的判官，故以此代称。 ⑭公孙布被之讥：公孙指公孙弘，汉武帝时任丞相，封平津侯。汲黯说：“弘位在三公，奉禄甚多。然为布被，此诈也。”

⑮御孙：鲁国大夫。引文见《左传·庄公二十四年》。 ⑯直道而行：语出《论语·卫灵公》。 ⑰谨身节用：《孝经·庶人章》："谨身节用，以养父母。" ⑱"昔正考父"二句：《左传·昭公七年》载，正考父鼎铭云："一命而偻，再命而伛，三命而俯，循墙而走。亦莫余敢侮，饘于是，粥于是，以糊余口。"正考父：宋国上卿，孔子的祖先。饘(zhān 沾)：稠粥。粥：稀粥。孟僖子：鲁国大夫。 ⑲"季文子"四句：见《左传·襄公五年》。季文子：春秋时鲁国大夫季孙行父。 ⑳管仲：春秋时齐桓公国相。孔子批评他的话见《论语·八佾》。 ㉑"公叔文子"四句：见《左传·定公十三年》。公叔文子：卫国大夫公叔发。史鰌：卫国大夫，字鱼。 ㉒"何曾"句：《晋书·何曾传》说他"食日万钱，犹曰'无下箸处'"。 ㉓"石崇"二句：事见《晋书·石崇传》。石崇：字季伦，渤海南皮(今河北南皮东)人，生活奢华。东市：刑场。 ㉔寇莱公：指寇准。宋真宗初年为宰相，因退辽有功，后封莱国公。其生活之奢侈，《宋史·寇准传》有记载。

李愬雪夜入蔡州

李愬谋袭蔡州。每得降卒，必亲引问委曲，由是贼中险易远近虚实尽知之[①]。李祐言于李愬曰[②]："蔡之精兵皆在洄曲及四境拒守，守州城者皆羸老之卒，可以乘虚直抵其城。"愬然之。命李祐、李忠义帅突将三千为前驱，自将三千人为中军，命李进诚将三千人殿其后[③]。行六十里，夜至张柴村，尽杀其戍卒，据其栅[④]。命士少休，食干糒，整羁靮。留五百人镇之，以断洄曲及诸道桥梁。复夜引兵出门。诸将请所之，愬曰："入蔡州取吴元济。"诸将皆失色。

时大风雪，旌旗裂，人马冻死者相望。天阴黑，自张柴村以东道路皆官军所未尝行。人人自以为必死，然畏愬，莫敢违。夜半雪愈甚。行七十里，至州城。近城有鹅鸭池，愬令击之以混军声[⑤]。四鼓，愬至城下，无一人知者。李祐、李忠义钁其城为坎以先登[⑥]，壮士从之。守门卒方熟寐，尽杀之，而留击柝者[⑦]，使击柝如故。遂开门纳众。及里城，亦然。城中皆不之觉。鸡鸣，雪止，愬入居元济外宅。或告元济曰："官军至矣！"元济尚寝，笑曰："俘囚为盗耳，晓当尽戮之。"又有告者曰："城陷矣！"元济曰："此必洄曲子弟就吾求寒衣也。"起，听于廷，闻愬军号令，应者尽万人，始惧。帅左右登牙城拒战[⑧]。愬遣李进诚攻牙城，毁其外门，得甲库，取器械。烧其南门，民争负薪刍助之。城上矢如猬毛。晡时[⑨]，门坏。元济于城上请罪，进诚梯而下之[⑩]。愬以槛车送元济诣京师[⑪]。

《李愬雪夜入蔡州》(以下简称《入蔡州》)节选自司马光所编《资治通鉴·唐纪》。题目为后人所加。它记叙了唐宪宗元和十二年(817)唐将李愬雪夜攻取蔡州(今河南汝南一带)，并活捉吴元济这一史事。吴元济，为淮西节度使吴少阳之子，因袭位不成，遂自领军兵，割据蔡州，达三十余年。公元 817 年，蔡州为李愬所破，从而结束了淮西地区长期割据的局面。

《入蔡州》的情节既完整，又曲折。惟其完整，故而颇具历史价值；惟其曲折，因而又有较高的文学价值。

“谋袭”二字自始至终贯穿于情节的自然发展过程中，这是《入蔡州》一文最显著的特点。文章起首即端出全文主旨：“李愬谋袭蔡州。”因本文属史传体散文，故宜乎开宗明义。“谋”字表现出李愬攻取蔡州的战略策划和兵力部署；“袭”字则表现出李愬战时的神速行踪和出人预料。“谋”是“袭”的前提，没有“谋”则不能成功地“袭”。全文正是围绕“谋袭”二字来展开记叙的。由此我们可以把此文分成两部分：第一部分写李愬之“谋”；第二部分则写李愬之“袭”。

关于李愬之“谋”，作者主要通过李愬对于彼方虚实的了解以及己方军力的周密部署两方面，来表现李愬谋划的特点。俗语说：“知己知彼，百战不殆。”对领兵作战者来说，知己容易，知彼却难。李愬用兵，正是从“知彼”入手的。李愬“每得降卒，必亲引问委曲”：“每”字表明李愬不放弃任何一次了解敌情的机会；“必亲”则又表明李愬对于审问降卒的重视。惟其如此，“贼中险易远近虚实尽知之”。李愬于降卒不仅纳其建议，而且委以重任。如对降将李祐。“将士以祐向日多杀官军，争请杀之，愬不许，释缚，待以客礼”，且暗中密奏宪宗曰：“若杀祐，则无以成功(指不能攻取蔡州)。”因此李祐深为感动，说出了吴军的虚实：“蔡之精兵皆在洄曲及四境拒守，守州城者皆羸老之卒，可以乘虚直抵其城。”蔡州城内空虚，真乃天赐良机。这一良机的到来，正是李愬的初步谋划所得。

李愬抓住蔡州城虚这一良机，立即制订作战计划，部署兵力。攻打张柴村，可谓破取蔡州的热身战。但作者没有描写正面交战情景，而着重写其战后休整和战后安排，因为大战还在后面。因此，李愬一方面“命士少休”，另一方面，因为蔡之精兵在洄曲及四境，故“留五百人镇之”，可断洄曲及四境之援兵。由此可见李愬谋略之深、之固。一切准备就绪之后，“复夜引兵出门……入蔡州取吴元济。””。“复夜”与前面“夜至张柴村”之“夜”呼应，表现出李愬用兵之神速与果敢。以上是李愬攻取蔡州的第二步谋划——兵力部署及夜取张柴村。兵力的部署是李愬取得胜利的主要保证；而夜取张柴村，又为攻取蔡州创造了良好的条件。

第一部分写李愬用兵遣将的细致周密，是为第二部分写李愬之“袭”作铺垫。李愬之“袭”是全文重点。

李愬攻取蔡州，是全文重点，因而作者采取了正面描述的手法。夜取张柴村后，李愬“复夜引兵出门”。第二部分起首几句所写之环境即承“复夜”而来，足见其脉络谨严。复夜，风雪交加，旌旗破裂，人马冻死者不计其数，道路险峻……愬军就是在如此恶劣的环境下快速逼近吴军领地的。作者记叙这一战争是以时间为顺序的，情节也因时间推移而发展。“夜半……至州城”，因其附近有鹅鸭池，愬令“击”鹅鸭池“以混军声”，可见李愬谋略之细。宋陈郁有《念奴娇·咏雪》云：“却恨鹅鸭池畔，三更半夜，误了吴元济。”即言此事。“四鼓”，愬军至城下而未被吴军发现。前驱李祐、李忠义“䦆其城为坎以先登”，这一切都是在“守门卒方熟寐”之际完成的。守门卒被“尽杀”，只留下打更人，“使击柝如故”，以麻痹吴军。“鸡鸣，雪止，愬入居元济外宅”，而元济“尚寝”，并且不相信部下的报告，唯一笑置之。如是者二，吴元济仍置之不理。然而及其“听于廷，闻愬军号令，应者近万人，始惧。帅左右登牙城拒战”，但为时已晚。愬军“攻牙城，毁其外门，得甲库，取器械。烧其南

门，民争负薪刍助之”，“晡时，门坏。元济于城上请罪……愬以槛车送元济诣京师”。至此，蔡州之役告捷。这部分通过对李愬攻取蔡州的正面描述，突出了“奇袭”出人预料、出奇制胜的特点。《孙子兵法·下卷·阴》有云：“善兵者，或假阳以行阴，或运阴以济阳，总不外于出奇握机，用袭用伏，而人卒受其制。”李愬之攻取蔡州、活捉吴元济，正表现出“假阳以行阴”、“运阴以济阳”的用兵韬略。

作为历史记叙体式的散文，《入蔡州》又具有详略得当、繁简适宜的特点。相对来说，作者对战前的描述是略写，而对战时情景则是详写。关于战前准备，作者主要写了李愬探知“贼中险易远近虚实”以及李愬的兵力部署。即如张柴村之战，作者也只是简笔掠过，并无战时场面的直接描述。而对攻取蔡州的战争描写，作者则不惜重墨，详细描述：风雪交加的恶劣环境；军队的严明纪律；时间上，从“夜半”至“四鼓”，从“鸡鸣”到“晡时”；随着时间的推移，愬军层层逼近，步步取胜，由张柴村而“至州城”，从“城下”及“城中”及“牙城”。尤其值得一提的是，作者在描述这一战争过程的同时，还刻画出吴元济愚昧可笑、刚愎自用的性格特点。总的来说，攻取蔡州之描述，是详略得当的，也是非常精彩的。

作者记叙历史事件，描写历史人物，继承了正统史家常用的春秋笔法。很明显，在作者笔下，李愬是一个被赞扬歌颂的历史人物，但是作者对李愬并没有鲜明的溢美之词，然而全文流露出的却都是对李愬的赞誉、褒奖。之所以如此，是因为作者于文中采用了对比手法。比如，李愬与吴元济的对比：李愬有谋有略，智勇双全；吴元济则不仅一无谋略，而且愚蠢慵懒。有人报告：“官军至矣！”元济尚寝，且“笑曰：‘俘囚为盗耳，晓当尽戮之。’”一“笑”字，尽写出吴元济昏庸之态；紧接着，有人第二次报告：“城陷矣！”他仍以为“此必洄曲子弟就吾求寒衣也”。刚愎之态，慵懒之相，跃然纸上。吴元济的愚蠢、刚愎，正反衬出李愬的足智多谋。再如，李愬与其诸将相比，也表现出他超群的胆略。在夜取张柴村之后，“诸将请所之”，愬曰：“入蔡州取吴元济。”听到此话，“诸将皆失色”。诸将之“失色”，也正反映出李愬的镇定自如、胸有成竹和不凡胆识。总之，对比手法的采用，既突出了作者的褒贬态度，又避免了行文的平淡单调，读来更觉波澜起伏，引人入胜，耐人寻味。

总之，《入蔡州》一文短短六百余字，便完整而生动地记述了李愬雪夜破取蔡州的详细过程。文中，既有逼真形象的细节描写，又有鲜明活泼的人物形象。而李愬破取蔡州所运用的军事策略，也给我们以有益的启示。（肖庆伟）

【注】 ①险易远近虚实：地势的险易，道路的远近，军备的虚实。②李祐：与下文的李忠义都是吴元济的降将。③李进诚：唐州刺史。④栅：营地。⑤击之以混军声：击鹅鸭池以混淆自己行军时所发出的声响。⑥钁(jué 决)：大锄，此处用如动词。⑦击柝者：打更人。柝：旧时巡夜者用以报更的木梆。⑧牙城：唐代藩镇主帅所居之城。⑨晡时：申时(约下午三点到五点)。⑩梯而下之：用梯子引他下来。⑪槛车：囚车。诣(yì 义)：到。

王安石

游褒禅山记

褒禅山亦谓之华山[1]。唐浮图慧褒始舍于其址[2]，而卒葬之，以故其后名之曰“褒禅”。今所谓慧空禅院者，褒之庐冢也[3]。距其院东五里，所谓华山洞者，以其乃华山之阳名之也[4]。距洞百余步，有碑仆道[5]，其文漫灭[6]，独其为文犹可识[7]，曰“花山”。今言“华”如“华实”之“华”者，盖音谬也[8]。

其下平旷，有泉侧出[9]，而记游者甚众[10]，所谓前洞也。由山以上五六里，有穴窈然[11]，入之甚寒。问其深，则其好游者不能穷也，谓之后洞。余与四人拥火以入[12]，入之愈深，其进愈难，而其见愈奇。有怠而欲出者[13]，曰：“不出，火且尽。”遂与之俱出。盖予所至，比好游者尚不能十一[14]。然视其左右，来而记之者已少，盖其又深，则其至又加少矣[15]。方是时，予之力尚足以入，火尚足以明也。既其出，则或咎其欲出者[16]，而予亦悔其随之，而不得极夫游之乐也[17]。

于是予有叹焉。古人之观于天地、山川、草木、虫鱼、鸟兽，往往有得，以其求思之深而无不在也[18]。夫夷以近[19]，则游者众；险以远，则至者少。而世之奇伟、瑰怪、非常之观[20]，常在于险远，而人之所罕至焉。故非有志者，不能至也。有志矣，不随以止也[21]，然力不足者，亦不能至也。有志与力而又不随以怠，至于幽暗昏惑而无物以相之[22]，亦不能至也。然力足以至焉[23]，于人为可讥，而在己为有悔。尽吾志也而不能至者，可以无悔矣，其孰能讥之乎？此予之所得也。

余于仆碑，又以悲夫古书之不存，后世之谬其传而莫能名者[24]，何可胜道也哉！此所以学者不可以不深思而慎取之也。

四人者：庐陵萧君圭君玉[25]，长乐王回深父[26]，余弟安国平父、安上纯父[27]。至和元年七月某日[28]，临川王某记[29]。

这是一篇说理性的游记。大凡游记，主要描述山川之胜和闻见之奇，抒发游览之乐及其所感发的情思，写景记游的成分一般都比较重。这篇《游褒禅山记》却突破常规，别开户牖，以议论说理为主，以记游为次，借题发意，因事明理，结合游山探洞，阐述治学之道，不仅立意高远，识度超卓，而且写法新颖，匠心独运。

文章前半部分(一、二段)记述游褒禅山的见闻，主要叙写褒禅山名的由来、一座禅院、一块仆碑和前后两个山洞。文笔层层递转，环环相扣，简洁精练，重点突出，详略得体，为下文的议论作好坚实的铺垫。劈头写褒禅山名的由来，既是游记题中应有之义，同时又顺笔交代出慧空禅院的来历；写慧空禅院，不仅为释山名所必需，而且又能准确标示出山洞和仆碑的位置，为写山洞和仆碑作好准备。写道旁的仆碑，重在指出把“花山”读为“华山”之音谬，看似寻常小事，实则有关褒禅山之

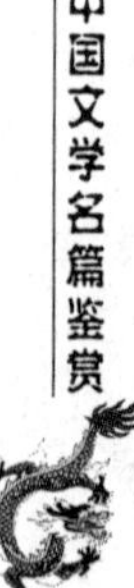

原名正误，并为下文议论设下伏笔。写华山之洞，先简明扼要地述说前、后洞的概况，突现了前洞“平旷”、“记游者甚众”和后洞“窈然”、“好游者不能穷”的特点，而后放开笔势，详细地记述他们进入幽深后洞的经过。游洞所见奇伟瑰怪之观一定不少，但具体的景象一件未写，只是着力抒写“入之愈深，其进愈难，而其见愈奇”的概括感受，入洞愈深而所见记游者愈少的慨叹以及自己在“力尚足以入，火尚足以明”的情势下，跟随他人畏难退出，而“不得极夫游之乐”的追悔惆怅之情，由上文比较客观的记叙，自然地转变为在主观意念的统摄下记游。在记游中融合议论，边记边议，忽记忽议，舒卷自如，而又都为下文的重点议论、说理伏根，所记情事无一虚设，用笔十分精妙。

文章后半部分（三、四段）由记游进入议论，阐说因游山探洞而悟得的深刻哲理。作者探洞不得极游之乐，故而有“悔”，有“叹”，经过深入思索，终于领悟了“非有志者，不能至”的道理，认为只有树立坚定的志向，矢志不渝，勇往直前，才能达到险远的境界，领略那奇伟、瑰怪、非常的景观。为论说这一独得的识见，文字千盘百转，极尽伸缩变化之能事。先从大处落笔，引述古例作证，说古人观物“往往有得”，是因为“求思之深而无不在”，然后收回笔势，结合此次游山探洞发议，但又先从反面谈起，写“夷以近，则游者众；险以远，则至者少”，而后正面阐说“世之奇伟、瑰怪、非常之观，常在于险远”，最后才归拢到必须“有志”的主旨。文章提出“有志”后，并没有就此止笔，而是又以“有志”为中心，层层生发，曲折深入地说明了志、力、物三者之间的辩证关系。认为不仅必须“有志”，同时也应该有力、有物；否则，“力不足”或“无物以相之”，皆“不能至”。但是，只要竭尽自己的志、力去做，即使不能达到目的，也完全可以无悔。文笔由“志”论起，几经转折，又回落到“志”上，意旨明确，说理透辟，蕴涵着锐利进取的气势，具有深邃的哲理论辩色彩。这段文字一路写来，笔笔俱是论游，却处处俱是论学。学问之道无穷无尽，越深入难度就越大，浅尝辄止，畏难而退，不可能取得成就，只有具备远大的志向、坚强的毅力，付出百折不挠的努力，才能达到光辉的顶点，这与游山之理何等相似！清浦起龙《古文眉诠》谓“当持此为劝学篇”，诚为知言。

“余于仆碑”一段，由仆碑模糊不清的“花山”字迹，考识出“华山”之“华”的误读，进而联想到古籍失传，文献资料不足，因而常常出现以讹传讹的现象，强调说明在治学中必须深入思考，慎重选择，不可妄信盲从。这段议论针对仆碑而发，又上应开头“褒禅山亦谓之华山”，借物言志，以小喻大，突出了“深思而慎取”在治学中的重要作用，对上段论学补写一笔，加深了思想的深度。“四人者”一段补记同游者和文章写作时间，是全文的余波，虽为游记之惯例，亦与前文“余与四人拥火以入”呼应，是文章的有机组成部分。

综观全文，短小精悍，内容充实，思想深刻，反映了作者的治学态度和精神，体现了作者朴素的唯物主义认识观，至今仍然具有教育意义。先叙后议，从实到虚，由记游生发出见解，把感性闻见升华到理论的高度，熔叙事、诠解、议论于一炉，前呼后应，表现出作者构思和笔法的严谨。林云铭推其“寓意最深”（《古文析义》二编卷八），沈德潜称其“用笔最折”（《唐宋八家文读本》卷三〇），李光地赞为“借题写己，深情高致，穷工极妙”(乾隆编《唐宋文醇》卷五八)，都是对本文精当的评价。

(王立早)

【注】 ①褒禅山：在今安徽省含山县北。 ②唐浮图慧褒：唐代和尚慧褒。浮图：梵文译音，有佛、佛教徒、佛塔等义，这里指和尚。始舍于其址：开始在褒禅山下筑庐定居。舍：作动词用，筑房居住的意思。 ③庐冢：房屋和坟墓。 ④阳：山的南面。 ⑤仆道：倒在路上。 ⑥漫灭：受磨损或侵蚀而模糊不清。 ⑦“独其”句：意谓只是石碑上残存的单个字还可以辨认得出来。 ⑧音谬：读音错误。汉字初时有“华”字，无“花”字，“华”读如“花”，后来出现了“花”字，于是“花”、“华”分开。碑文上的“花山”是按“华”的古音而写今字，说明“华”应该读“花”。今读“华”如“华实”之“华”，因而把音读错了。 ⑨侧出：从旁边涌出来。 ⑩记游者：在洞壁上题字作纪念的游人。 ⑪窈(yǎo 咬)然：幽深的样子。 ⑫拥火：拿着火把。 ⑬怠：怠惰，懒于前进。 ⑭尚不能十一：还不到十分之一。 ⑮又加：更加。 ⑯咎：责怪，埋怨。 ⑰不得极夫游之乐：未能得到尽游的乐趣。 ⑱无不在：指思考广泛，没有触及不到的地方。 ⑲夷以近：平坦而近。 ⑳瑰怪：瑰丽奇异。非常之观：不寻常的景象。 ㉑不随以止：不随着别人而停止。 ㉒无物以相之：没有外物帮助他。 ㉓然力足以至焉：意谓力量足以达到而没有达到。这句后面省去“而不能至”一类的话。 ㉔“后世”句：谓后人以讹传讹，而弄不清真相。 ㉕庐陵：今江西省吉安县。萧君圭：字君玉，生平不详。 ㉖长乐：今福建省长乐县。王回：字深父，宋代著名理学家。 ㉗安国：作者的弟弟，字平父，曾任西京国子监教授、崇文院校书、秘阁校理等职。安上：作者幼弟，字纯父。 ㉘至和元年：公元1054年。 ㉙临川：江西临川。

原过

天有过乎？有之。陵历斗蚀是也[①]。地有过乎？有之。崩弛竭塞是也。天地举有过[②]，卒不累覆且载者何？善复常也。人介乎天地之间，则固不能无过，卒不害圣且贤者何？亦善复常也。故太甲思庸[③]，孔子曰勿惮改过[④]，扬雄贵迁善[⑤]：皆是术也。

予之朋，有过而能悔，悔而能改，人则曰：“是向之从事云尔。今从事与向之从事弗类，非其性也，饰表以疑世也。”夫岂知言哉？天播五行于万灵[⑥]，人固备而有之。有而不思则失，思而不行则废。一日咎前之非[⑦]，沛然思而行之，是失而复得，废而复举也；顾曰：“非其性”，是率天下而戕性也[⑧]。

且如人有财，见篡于盗[⑨]，已而得之[⑩]，曰：“非夫人之财，向篡于盗矣[⑪]。”可欤？不可也！财之在己，固不若性之为己有也。财失复得，曰“非其财”，且不可；性失复得，曰“非其性”，可乎？

王安石是文学家，也是政治家、思想家。在文学上他从政治出发，主张“文者，务为有补于世”(《上人书》)，把文章当作抒发政见、推行变法改革的工具。《原过》就是一篇这样的作品。“原”，推究事物的根本；“过”，过失，犯错误。这篇短小的议论文既探讨了人们犯错误的本原，也论证了对待改过自新的人的正确态度，是一篇说服力很强的文章。

《原过》写于嘉祐四年(1059),他三十九岁,与万余言的《上仁宗皇帝言事书》(以下简称《言事书》)相前后。此时,王安石已做过十几年地方官吏,在实践和学习中政治思想已日趋成熟,变法改革的思想已经奠定。在《言事书》里,他概括地阐述了北宋中叶存在的严重问题及根源,表达了变法改革的主张。特别是在用人方面指出了当时的弊端在于"任之,又不问其德之所宜,而问其出身之先后;不论其才之称否,而论其历任之多少"。他主张用人不凭资历而看德才,按照"人之才德高下厚薄不同,其所任有宜有不宜"。王安石在《言事书》里说的"德才",与《原过》中的"圣且贤者"是一个意思。因为无"德才"者便不会成为圣人、贤士。本文所表达的思想观点,可以说是他在《言事书》里提出的用人路线的一个方面。即世上没有完美无缺的人,但只要能认识错误,弃旧图新,并不妨碍他成为圣人、贤士。可见他的用人路线是不鄙弃改过自新的人的。

全文共三段。首段以设问自答的形式,开头便问:"天有过乎?""地有过乎?"这种凌驾宇宙的磅礴气势,真是一字千钧,威震人心。接着指出星宿的被冲犯、撞击,日月之蚀,就是天的过失;山丘崩塌、滑落,河流干涸,道路阻塞,就是地的过失。但是,天、地虽都有过失,却并没有妨碍它们覆盖、承载万物的伟大功绩,原因就在于它们的过失不是经常有的,而且过失之后能恢复常规。有的人虽有过失,但并没有妨碍他们成为圣人、贤士,也是因为他们知过必改,善于恢复到常道上来。作者以天、地与人相类比,以无可辩驳的事实阐发了自己的见解,使人不容置疑。最后又用太甲思庸,孔子说的"不要害怕改正过失"的话和扬雄对由过失而转好的人的赞赏,进一步论证了人不可能不犯错误,只要能改正,仍然可以成为圣人、贤士的道理。从这里可以看出,王安石心目中的圣人、贤士并不是"生而知之"的,而是善于学习、精通万物之理、能改正过失的人,即所谓"万物莫不有至理焉,能精其理则圣人也"(《致一论》)。这无疑是唯物主义的进步观点。它与儒家的"唯上知与下愚不移"(《论语·阳货》)的唯心主义观点是相对立的。第二段以一个有过失而能改过的朋友为例,驳斥了某些人认为这个"朋友""是向之从事云尔。今从事与向之从事弗类,非其性也,饰表以疑世"的形而上学的观点。并指出这种观点是在率领人们干摧残善良人性的勾当。最后一段又以财产失掉后找回作比,对唯心主义谬论加以反诘,对否定人能改过自新的论调给予了有力的批驳。全文立意高远,凝练矫健,文笔峻峭,雄辩有力。

本文中王安石的唯物主义思想表现得比较突出。第一,唯心主义者认为自然界的反常现象和人类社会的政治事变有必然的联系,即所谓"国家将兴,必有祯祥;国家将亡,必有妖孽"(《中庸》)的"天人感应"。荀况则说:"夫日月之有蚀,风雨之不时,怪星之党见,是无世而不常有之。上明而政平,则是虽并世起,无伤也;上闇而政险,则是虽无一至者,无益也。"(《天论》)王安石对天、地变异现象的看法,显然是继承了荀况的唯物主义思想。第二,在人性论问题上,虽然王安石也表现出"天播五行于万灵"的"性善说"的唯心主义观点,但他更多的是强调后天学习、改造的决定作用,这就使他挣脱了唯心主义的羁绊,又回到了唯物主义的立场。由于他博览群书,"自百家诸子之书至于《难经》、《素问》、《本草》、诸小说无所不读"(《答曾子固书》),所以他从各家学说中吸收了进步因素,形成了他独特的思想。苏轼评价他是"网罗六艺之遗文,断以己意;糠粃百家之陈迹,诈新斯人"(《王安石赠太傅》)。他的作品,尤其是他的议论文,也因他的思想的超逸不群,形成了直抒胸臆、"文简而理周"(陈骙《文则》)的独特风格。(李怀仁)

【注】①陵:冲犯。②举:全,都。③太甲:商代帝王,太丁之子。思庸:思念常道。太甲即位后,破坏汤法,不理国政,被伊尹放逐。三年后悔过,复归位于亳。④勿惮改过:出自《论语·学而》:"过则勿惮改。"⑤贵迁善:扬雄《法言》:"是以君子贵迁善。迁善也者,圣人之徒欤?"⑥五行:仁、义、礼、智、信五种德行。⑦咎:悔过。⑧戕(qiāng 腔):伤害,摧残。⑨见篡于盗:被强盗夺走了。⑩已而:不久之后。⑪向:从前,过去。

答司马谏议书

某启[①]:昨日蒙教,窃以为与君实游处相好之日久[②],而议事每不合,所操之术多异故也[③]。虽欲强聒[④],终必不蒙见察,故略上报[⑤],不复一一自辨。重念蒙君实视遇厚,于反复不宜卤莽[⑥],故今具道所以[⑦],冀君实或见恕也。

盖儒者所争,尤在名实[⑧]。名实已明,而天下之理得矣。今君实所以见教者,以为侵官、生事、征利、拒谏[⑨],以致天下怨谤也。某则以为受命于人主,议法度而修之于朝廷,以授之于有司[⑩],不为侵官;举先王之政,以兴利除弊,不为生事;为天下理财,不为征利;辟邪说[⑪],难壬人[⑫],不为拒谏。至于怨诽之多[⑬],则固前知其如此也。人习于苟且非一日,士大夫多以不恤国事、同俗自媚于众为善[⑭]。上乃欲变此,而某不量敌之众寡,欲出力助上以抗之,则众何为而不汹汹然?盘庚之迁,胥怨者民也[⑮],非特朝廷士大夫而已。盘庚不为怨者故改其度,度义而后动,是而不见可悔故也[⑯]。

如君实责我以在位久,未能助上大有为,以膏泽斯民[⑰],则某知罪矣。如曰今日当一切不事事[⑱],守前所为而已[⑲],则非某之所敢知[⑳]。

无由会晤,不任区区向往之至[㉑]。

《答司马谏议书》是一篇以书信形式答辩责难的著名政论文。熙宁二年(1069),王安石被任命为参知政事,为改变赵宋王朝积贫积弱的局面,在神宗的支持下,雷厉风行地推行新法,改革弊政,触犯了大官僚、大地主和富商大贾的利益,遭到代表他们利益的皇室重臣的反对。次年春,正当新法在激烈斗争中迅速推行之际,右谏议大夫司马光一面上书皇帝,一面以故交旧友的身份接连三次写信给王安石,责难新政,阻挠变法,要求恢复旧制,第一封信竟长达三千三百余字。王安石接到司马光的第二封信后,就写了这封答辩书,针锋相对地驳斥了司马光在第一封信中对新法的攻击,揭露了保守派因循苟且、不恤国事的实质,表现出作者不畏怨诽,坚持变法,绝不动摇的决心,从中看出王安石作为政治改革家的气度和风采。

文章开篇便直接指出,与司马光"议事每不合",根本原因是"所操之术多异",

表明两人政见长期以来存在着严重分歧，对司马光的责难不以为然，自己绝不会改变政治主张。接着述说复信的缘起，抒写顾念旧交之情。司马光与王安石早年同为群牧司判官，一起共事多年，所谓“游处相好之日久”。虽然王安石明知强作申辩也“终必不蒙见察”，但念及昔日之友情，还是“具道所以”，把复信的理由说得合情合理。这段文字措辞委婉得体，态度严正，不卑不亢，既没有因为政见不合而损伤朋友情面，也没有因为旧友故交而苟且随和，为下文驳斥司马光作好了铺垫。

次段从辨“名实”入手，批驳司马光对新法的责难，申述变法的合理性，是这封回信的中心内容。司马光向以儒学为立论依据，在致王安石的信中曾引述十余条孔孟言论来指责新法。王安石采取以彼之矛攻彼之盾的手法，一开始就指出“儒者所争，尤在名实”，以下就开始辨析名实。他抓住论敌谬论的要害，把司马光给他举出的种种罪状，扼要地归结为“侵官”、“生事”、“征利”、“拒谏”和“致天下怨谤”五端，而后逐一加以驳斥。对于前四端，分别列举“受命于人主”、“举先王之政”、“为天下理财”和“辟邪说，难壬人”的事实，说明自己的变法合情合理，有根有据，而司马光的指责则名实不符。行文精练简约，明彻透辟，四个“不为”的排比句式，更是斩钉截铁，锐利无前。“怨诽之多”固是事实，为澄清真相，故详加剖析。首先指出士大夫反对新法的实质，揭露他们苟且偷安、不恤国事和同俗自媚于众的丑态，并认为他们的汹汹反对，原是意料中事，不必大惊小怪，字里行间充满对保守势力的蔑视。接着借盘庚迁都而不畏众怨的历史事实，说明只要改革，总会引起某些人的反对，关键是“不为怨者故改其度，度义而后动”，表现出作者无所畏惧的气魄和自信不悔的决心。

第三段以退为进，表明愿意承担变法不力的“罪名”，但断然拒绝墨守陈规的劝告，态度鲜明，语气坚决。用两个并列的假设句，从“知罪”和“非敢知”两面着笔，把语意翻进一层，柔中见刚。结尾两句系旧时书信礼节性的套语，但又与首段呼应，显得礼貌谦和，不失政治家风度。

文章抓住论敌的要害层层驳辩，理直气壮，义正词严，表现出简劲悍厉、峭直雄健的风貌。清代吴汝纶评赞说：“固由兀傲性成，亦理足气盛，故劲悍廉厉无枝叶如此。”（转引自高步瀛《唐宋文举要》）可谓切中肯綮之论。 （王立早）

【注】 ①某：作者自称。古人在文稿中或编文集时常用以代替自己的名字。 ②君实：司马光的字。游处：同游共处。 ③所操之术：所持的政治主张。 ④强聒（guō 郭）：啰唆不休，强加解说。聒：声音嘈杂。 ⑤上报：给司马光回信。这里指王安石收到司马光三千余字的长信后，只简略地写了一封回信，没作具体的申说。 ⑥反复：书信往来。司马光接到王安石的复信后，又写了第二封信给王安石，王安石才写了这封回信。 ⑦具道所以：详细说明缘由。⑧名实：指名称与实际相符合。 ⑨侵官：侵犯原有官吏的职权。司马光在信中责难王安石“财利不以委三司而自治之，更立制置三司条例司”是“侵官乱政”。生事：惹是生非。司马光认为王安石锐意变法，改革旧制，并派人到各地推行，是生事扰民。征利：与民争财。王安石推行青苗法、均输法，司马光认为这是“大讲财利之事”，“欲尽夺商贾之利”。拒谏：拒绝规谏批评。王安石拒绝接受保守派的责难，司马光说：“介甫拒谏乃尔，无乃不足于恕乎？” ⑩有司：各部门负专责的官吏。 ⑪辟：驳斥。 ⑫难：诘责，质问。壬人：巧言谄媚之人。 ⑬怨诽：怨恨

和诽谤。 ⑭恤:顾念,关心。同俗自媚于众:附和世俗,讨好众人。 ⑮"盘庚"二句:盘庚是商代的国君,商朝原建都于黄河之北,土地冒碱,常患水灾,盘庚即位后,决定迁都到亳京(今河南偃师西),臣民都表示不满。胥:都,皆。 ⑯"度义"二句:意谓考虑到符合情理而后去做,认为做得正确就没有什么可后悔的。度(duó 夺):忖度,考虑。 ⑰膏泽斯民:施恩惠于百姓。⑱不事事:不做事。 ⑲守前所为:墨守前人陈规。 ⑳"则非"句,那就不是我所敢于领教的。㉑"不任"句:古时书信中的客套话。不任:不胜。区区:诚恳。向往之至:仰慕到极点。

祭欧阳文忠公文

夫事有人力之可致,犹不可期,况乎天理之溟漠,又安可得而推[①]? 惟公生有闻于当时,死有传于后世,苟能如此足矣,而亦又何悲?

如公器质之深厚,智识之高远,而辅学术之精微[②],故充于文章[③],见于议论,豪健俊伟,怪巧瑰琦[④]。其积于中者,浩如江河之停蓄[⑤];其发于外者,烂如日星之光辉。其清音幽韵[⑥],凄如飘风急雨之骤至[⑦];其雄辞闳辩[⑧],快如轻车骏马之奔驰。世之学者,无问乎识与不识,而读其文则其人可知。

呜呼! 自公仕宦四十年,上下往复,感世路之崎岖,虽屯邅困踬[⑨],窜斥流离[⑩],而终不可掩者,以其公议之是非[⑪]。既压复起,遂显于世,果敢之气,刚正之节,至晚而不衰。

方仁宗皇帝临朝之末年,顾念后事[⑫],谓如公者可寄以社稷之安危;及夫发谋决策,从容指顾[⑬],立定大计[⑭],谓千载而一时。功名成就,不居而去,其出处进退,又庶乎英魂灵气[⑮],不随异物腐散[⑯],而长在乎箕山之侧与颍水之湄[⑰]。

然天下之无贤不肖[⑱],且犹为涕泣而歔欷[⑲],况朝士大夫,平昔游从,又予心之所向慕而瞻依[⑳]?

呜呼! 盛衰兴废之理自古如此,而临风想望不能忘情者[㉑],念公之不可复见而其谁与归[㉒]?

王安石

祭文乃"祭奠亲友之文"。欧阳修是有宋一代文宗,又是"庆历新政"的支持者,在文学上对王安石曾予指导,政治上也屡屡推荐,两人相交甚厚。欧阳修于熙宁五年(1072)死后,王安石便写下这篇祭文,表达了对欧阳修的敬重和悼念之情。

首节为第一部分,从人事"犹不可期",天理"安可得而推"的大处落墨,言欧阳修之死出乎人们的意料,表达出震惊、痛惜和无可奈何之情。接着笔锋一转,写欧阳修"生有闻于当时,死有传于后世",死而无憾,总赞其名望之高和业绩之大。起笔高绝,转折峻峭,有力地带起下文。

二、三、四节为第二部分,从文章、道德、节操三个方面加以赞颂。这是本文的重点。第二节从"积于中"和"发于外"两方面的联系中,盛赞欧阳修的文章,是内在修养的表现。"器质之深厚,智识之高远,而辅学术之精微"是欧阳修的内蕴,在器质、智识、学术三方面已达到"深厚"、"高远"、"精微"的境地,所以文章才"豪健俊伟,怪巧瑰琦"。接着又用"凄如飘风急雨之骤至"、"快如轻车骏马之奔驰"两个比

喻，赞美欧阳修运用语言韵致幽雅，议论博大。王安石从欧阳修有"浩如江河之停蓄"的内在美，来肯定他的文章"烂如日星之光辉"的成就。故人们读其文，便会了解他的为人。结尾二句，既收缩上文，又自然地由赞其文向赞其人过渡。第三节紧承上文，进一步赞颂欧阳修的品德，从他四十余年坎坷的仕途生涯出发，赞颂他不屈不挠、刚正不阿的精神。欧阳修从天圣八年(1030)中进士，充任西京(洛阳)留守推官，至熙宁四年(1071)以观文殿学士太子少师告老还乡，中间有时升官在朝，有时贬官窜斥，"上下往复"多次。如景祐三年(1036)，任吏部员外郎、权知开封府的范仲淹，因揭露宰相吕夷简不能选贤任能，被吕夷简诬为"越职言事，离间君臣"，贬知饶州。左司谏高若讷趋炎附势，也说范仲淹当黜。欧阳修激于义愤，写了《与高司谏书》，斥责他"不复知人间有羞耻事"，结果遭到高若讷报复，被贬为夷陵县令。庆历五年(1045)欧阳修因写《论杜衍范仲淹等罢相事状》，放言直谏，又得罪了保守派，被贬到滁州做太守。欧阳修不管在什么情况下，始终刚直不阿，坚持正义，不向邪恶势力屈服，"果敢之气，刚正之节，至晚而不衰"正是对他一生品操的赞颂。第四节写欧阳修在社稷安危之际，当机立断，帮助太后策立英宗，赞美他"发谋决策，从容指顾，立定大计，谓千载而一时"的智谋和魄力，歌颂了他在"功名成就"后，却不居功自恃的高风亮节。欧阳修在政治上一生都坚持操守，进退不苟。如康定元年(1040)，范仲淹被重新起用为陕西经略安抚副使之后，想趁机征召欧阳修为掌书记，欧阳修谢绝说："昔者之举(指景祐三年支持范仲淹事)，岂以为己利哉！同其退不同其进可也。"(《宋史·欧阳修传》)王安石对欧阳修这种不计个人得失的进退精神十分崇敬，所以他称颂欧阳修"不随异物腐散，而长在乎箕山之侧与颍水之湄"。箕山，在今河南省登封县东南；颍水，发源于登封县之颍谷。相传古贤人许由不肯接受尧帝让位，曾逃到箕山、颍水之间隐居。欧阳修死后就葬在这里。这两句把欧阳修暗喻为许由，足见对欧阳修赞许之高。

五、六两节为第三部分，写世人因失去欧阳修这样德高望重的人而悲泣及自己"临风想望不能忘情"的怀念，表达了"念公之不可复见而其谁与归"的怅惘而悲痛的心情。

这篇祭文从大处落笔，选取典型事例，颂扬了欧阳修的文章和德操，感情真挚沉哀，一气奔涌贯注，语言骈散结合，句式灵活多变，与东坡之《祭欧阳文忠公文》俱为传世名篇。

(李怀仁)

【注】 ①"夫事"四句：意谓人力能做到的事，还不一定成功，何况天道莫测，更不可揣度。②精微：精粹深邃。③充：充塞。④瑰琦：奇伟，美好。⑤停蓄：汇积。⑥幽韵：幽雅的韵调。⑦飘风：疾风。⑧闳辩：博大的论辩。⑨屯邅(zhūn zhān 谆沾)：困顿不得志。困踬(zhì 质)：困窘挫折。⑩窜斥：流放贬斥。流离：迁徙漂泊。⑪以其公议之是非：意为是非自有公论。宋仁宗景祐三年(1036)，范仲淹因论时政得失，贬知饶州。余靖、尹洙也因营救范仲淹被贬斥。欧阳修对此不满，写了《与高司谏书》，指责高若讷诋诮范仲淹为人，亦被贬为夷陵县令。蔡襄为作《四贤一不肖诗》(四贤——范、余、尹、欧，一不肖——高若讷)支持欧阳修、范仲淹等，传诵一时。⑫顾念：眷念。⑬指顾：手指目视，形容动作迅速。⑭立定大计：指立英宗为皇帝。仁宗无子，以其侄赵曙为皇子，嘉祐八年(1063)三月，仁宗崩，赵曙只有皇子

之名，尚未立为太子，欧阳修、韩琦等帮助皇后，召皇子即帝位。 ⑮庶乎：几乎，大概。 ⑯异物：指尸体。 ⑰湄：水边。 ⑱无贤不肖：无论贤人和不如贤人的人。 ⑲歔欷：悲泣而抽噎。 ⑳瞻依：瞻仰，依恋。 ㉑忘情：不为感情所动。 ㉒其谁与归：将归向谁，将与谁一道。

苏 轼

刑赏忠厚之至论

尧、舜、禹、汤、文、武、成、康之际[1]，何其爱民之深，忧民之切，而待天下之以君子长者之道也[2]。有一善，从而赏之，又从而咏歌嗟叹之，所以乐其始而勉其终。有一不善，从而罚之，又从而哀矜惩创之[3]，所以弃其旧而开其新。故其吁俞之声[4]，欢休惨戚，见于虞、夏、商、周之书[5]。成、康既没[6]，穆王立[7]，而周道始衰。然犹命其臣吕侯，而告之以祥刑[8]。其言忧而不伤，威而不怒，慈爱而能断，恻然有哀怜无辜之心，故孔子犹有取焉[9]。

《传》曰："赏疑从与，所以广恩也。罚疑从去，所以慎刑也。[10]"当尧之时，皋陶为士[11]，将杀人，皋陶曰："杀之"，三。尧曰："宥之"，三[12]。故天下畏皋陶执法之坚，而乐尧用刑之宽。四岳曰："鲧可用！[13]"尧曰："不可！鲧方命圮族[14]。"既而曰："试之！"何尧之不听皋陶之杀人，而从四岳之用鲧也？然则圣人之意，盖亦可见矣。《书》曰："罪疑惟轻，功疑惟重。与其杀不辜，宁失不经。[15]"呜呼！尽之矣。

可以赏，可以无赏，赏之过乎仁；可以罚，可以无罚，罚之过乎义。过乎仁，不失为君子；过乎义，则流而入于忍人[16]。故仁可过也，义不可过也。古者赏不以爵禄，刑不以刀锯。赏以爵禄，是赏之道行于爵之所加，而不行于爵禄之所不加也。刑之以刀锯，是刑之威施于刀锯之所及，而不施于刀锯之所不及也。先王知天下之善不胜赏，而爵禄不足以劝也；知天下之恶不胜刑，而刀锯不足于裁也，是故疑则举而归之于仁。以君子长者之道待天下，使天下相率而归于君子长者之道，故曰：忠厚之至也！

《诗》曰："君子如祉，乱庶遄已。君子如怒，乱庶遄沮。[17]"夫君子之已乱，岂有异术哉？时其喜怒，而无失乎仁而已矣！《春秋》之义[18]，立法贵严，而责人贵宽。因其褒贬之义以制其赏罚[19]，亦忠厚之至也！

本文是苏轼在宋仁宗嘉祐二年(1057)应礼部进士考试时的试卷。当年欧阳修为主考官，梅尧臣为编排详定官。欧阳修厌恶场屋时文的诡异，想通过礼部考试扭转一时文风，苏轼这篇朴素圆熟而流美的论文，自然会受到文坛盟主的赏识。据载，梅尧臣看到苏轼此文，"以示文忠，文忠惊喜，以为异人。欲以冠多士，疑曾子固所为。子固，文忠门下士也，乃置公第二"(苏辙《东坡先生墓志铭》)。文章主要论

述刑赏怎样才能达到忠厚的极致的问题，认为刑赏应该出于仁爱，“赏疑从与”，“罚疑从去”，以忠厚之德量刑施赏，才能引导天下归向于仁，体现了作者以仁政治国的思想。

首段援古立论，统领全文。开篇称赞先王爱民、忧民而以忠厚之道待天下，用咏叹的笔调，楬橥一篇主旨。然后分两层进行阐释，先写尧舜禹汤文武成康乐于劝善，善于惩恶及其赏善惩恶的良苦用心，再举穆王告诫大臣吕侯施用祥刑，足见盛世既能昌扬仁爱之宗旨，衰世亦能保存忠厚之统绪，仁政爱民正是古代圣贤之美德，后世理应加以承继。次段具体论述刑赏忠厚之道。先由《尚书》之传注语，巧妙地拈出“疑”字，带出“广恩”、“慎刑”的要义，再以“尧之不听皋陶之杀人，而从四岳之用鲧”的事例，论证罪有可疑，则从轻处罚，功有可疑，则从重奖赏，从疑处见出圣人用心忠厚宽仁，而后引据《尚书》名言作结，且与段首“《传》曰”紧密拍合。君王治国，本应刑赏兼备，不可或废，故施赏用刑，如何才不背离忠厚之道，本不易阐说，惟其刑赏存疑之时，方可见得君王之用心，所以本段扣住“疑”字论刑赏之忠厚，甚为精辟，最得说理三昧。第三段由“疑”字引申，从权衡可否赏罚及其赏罚过度各自产生的后果，推导出宁可奖赏过重，不可刑罚酷苛，得出“仁可过”、“义不可过”的论断。再提出“古者赏不以爵禄，刑不以刀锯”的说法，使文势作一振宕，接着快笔直入，畅论爵禄、刀锯的作用有限，只能囿于施加的范围之内，无法及于其他更广泛的方面，而天下善不胜赏，恶不胜罚，由此便顺势而下，水到渠成地归拢到惟有以仁爱忠厚的道德力量风化天下，才能使天下“相率而归于君子长者之道”。文章层层推导，至此题旨已发挥殆尽，文气业已完足。第四段再举《诗经》和《春秋》，说明《诗经》“时其喜怒”之旨，《春秋》“立法贵严，而责人贵宽”之义，无不出于“忠厚之至”，以见出孔子有得于先王之心，这虽是全文的余波，却有力地加强了主题意旨的权威性。

全文仅六百多字，作者举重若轻地把以仁政治国的大道理阐述得鲜明剀切而透辟。文章不是凭空泛论，平正地开陈政见，而是从评述史事中引申出事理，由引据经传翻转出议论，具有一种雄辩的气势和哲理思辨色彩。由于题意中有刑、赏两端，作者更多地作两面剖析，使文句自然形成双管并进、两两相比的局段，增强了文章的形式美。虽是科场文字，语言并不艰奥华丽，通篇平易朴素；本是偶然受题命笔，却能结构严密，用笔自然圆畅，颇有悠扬宛宕之致，故深受前人赞许。沈德潜称其“文势如川云岭月，其出不穷”，“闱中遇合之文，圆熟流美如是”（《唐宋八家文读本》），确实道出了此文的妙处。

（刘乃昌　高洪奎）

【注】 ①尧、舜、禹：唐尧、虞舜、夏禹，传说中原始社会末期部落联盟的领袖。汤：商朝的开国君主。文、武、成、康：周文王姬昌、武王姬发、成王姬诵、康王姬钊。这八人均为儒家推崇的圣君，下文所说的“先王”即指他们而言。　②君子长者：指忠厚仁慈的人。　③哀矜（jīn 金）：怜悯。惩创：惩戒。　④吁（xū 虚）：感叹声。俞：赞许声。　⑤虞、夏、商、周之书：指《尚书》。《尚书》分为《虞书》、《夏书》、《商书》、《周书》四部分，其中多用“吁”、“俞”等词表达君臣对话时感叹或赞许的语气。　⑥没：通“殁”，死亡。　⑦穆王：西周国君姬满，周昭王姬瑕之子。

⑧吕侯：周穆王时任司寇。史载穆王采纳他的建议，从轻制定刑法，布告四方。祥刑：谨慎用刑，《吕刑》篇有"告尔祥刑"语。 ⑨据《汉书·艺文志》、《伪孔传序》、《隋书·经籍志》，孔子得虞夏商周四代之典籍，芟夷烦乱，剪截浮辞，而选定为百篇，故作者说"孔子犹有取焉"。 ⑩"《传》曰"二句：《尚书·大禹谟》："罪疑惟轻，功疑惟重。"孔安国传说："刑疑附轻，赏疑从重，忠厚之至。"然与本文所引意同而辞异。又《汉书·冯奉世传》："传曰：'赏疑从予，所以广恩劝功也；罚疑从去，所以慎刑，阙难知也。'"或为引文所本。 ⑪皋陶（yáo 摇）：传说中的古代贤臣，被舜任为掌管刑法的官。士：古代刑官。见《尚书·舜典》，苏轼误为尧臣。 ⑫按：此典乃出于东坡虚拟。《老学庵笔记》卷八云："东坡先生省试《刑赏忠厚之至论》有云：'皋陶为士，将杀人，皋陶曰杀之，三，尧曰宥之，三。'梅圣俞为小试官，得之以示欧阳公。公曰：'此出何书？'圣俞曰：'何须出处！'公以为皆偶忘之，然亦大称叹。初欲以为魁，终以此不果。及揭榜，见东坡姓名，始谓圣俞曰：'此郎必有所据，更恨吾辈不能记耳。'及谒谢，首问之，东坡亦对曰：'何须出处。'乃与圣俞语合。公赏其豪迈，太息不已。"敖英《绿雪亭杂言》谓："东坡斯言，非无稽臆断也。在《文王世子》。"据《礼记·文王世子》，公族有罪，有司献于周公，"公曰：'宥之。'有司又曰：'在辟。'公又曰：'宥之。'有司又曰：'在辟。'及三宥，不对，走出"。苏轼触类旁通而连缀为一。 ⑬四岳：相传为尧时四方部落首领。一说"四岳"为一人。鲧（gǔn 滚）：夏禹之父，传说中原始时代部族首领，由四岳荐举，奉尧命治水，九年未治好，被舜杀于羽山。 ⑭方命圮族：语出《尚书·尧典》。方命：违抗命令。方：违。圮（pǐ 痞）族：毁绝同类。 ⑮《书》：《尚书》。引文见《尚书·大禹谟》。宁：宁肯。不经：不合常规。 ⑯忍人：残暴之人。 ⑰《诗》：指《诗经》。《诗·小雅·巧言》原文作："君子如怒，乱庶遄沮；君子如祉，乱庶遄已。"意谓君子如恼怒谗言，喜听诤言，则乱子庶几可以停止。祉：福，引申为喜悦。遄（chuán 船）：疾速。沮：终止。 ⑱《春秋》：我国第一部编年体史书，相传为孔子据鲁史修订而成，记述自鲁隐公元年（前 722）至鲁哀公十四年（前 481）凡二百四十二年的历史。 ⑲制：掌握，控制。

上梅直讲书

某官执事：轼每读《诗》至《鸱鸮》[①]，读《书》至《君奭》[②]，常窃悲周公之不遇。及观《史》，见孔子厄于陈、蔡之间，而弦歌之声不绝[③]。颜渊、仲由之徒，相与问答。夫子曰："'匪兕匪虎，率彼旷野'[④]，吾道非耶？吾何为于此？"颜渊曰："夫子之道至大，故天下莫能容。虽然，不容何病，不容然后见君子。"夫子油然而笑曰："回！使尔多财，吾为尔宰。"夫天下虽不能容，而其徒自足以相乐如此。乃今知周公之富贵，有不如夫子之贫贱。夫以召公之贤，以管、蔡之亲，而不知其心，则周公谁与乐其富贵？而夫子之所与共贫贱者，皆天下之贤才，则亦足与乐乎此矣！

轼七、八岁时，始知读书。闻今天下有欧阳公者，其为人如古孟轲、韩愈之徒；而又有梅公者从之游，而与之上下其议论[⑤]。其后益壮，始能读其文词，想见其为人，意其飘然脱去世俗之乐而自乐其乐也。方学为对偶声律之文，求升斗之禄，自度无以进见于诸公之间。来京师逾年[⑥]，未尝窥其门。今年春，天下之士，群至于礼部，执事与欧阳公实亲试之，诚不自意，获在第二。既而闻之人，执事爱其文，以为有孟轲之风，而欧阳公亦以其能不为世俗之文也而取焉。

是以在此，非左右为之先容[7]，非亲旧为之请属，而向之十余年间闻其名而不得见者，一朝为知己。退而思之，人不可以苟富贵，亦不可以徒贫贱，有大贤焉而为其徒，则亦足恃矣！苟其侥一时之幸，从车骑数十人，使闾巷小民聚观而赞叹之，亦何以易此乐也！《传》曰[8]："不怨天，不尤人。"盖"优哉游哉，可以卒岁"[9]。执事名满天下，而位不过五品[10]，其容色温然而不怒，其文章宽厚敦朴而无怨言，此必有所乐于斯道也。轼愿与闻焉！

苏轼一向非常重视文章的立意构思，善于对所写内容进行深入提炼，发掘出事物的必然之理，摆脱固定的套式，自出新意，独运匠心。他所悟得的事理，既表现出超越常人的卓荦识见，又往往反映出高远的情志，给人以启迪和教益。《上梅直讲书》便是这样的杰作佳构。

本文是嘉祐二年(1057)苏轼考中进士后写给梅尧臣的一封信。梅尧臣（1002～1061)，字圣俞，宣州宣城人，北宋著名诗人，苏轼所崇敬的文坛前辈，时任国子监直讲。嘉祐二年礼部试进士，他为参详官，读到苏轼的试卷大加赞赏，"以为有孟轲之风"，于是便推荐给主考官欧阳修，"文忠惊喜，以为异人。欲以冠多士，疑曾子固所为。子固，文忠门下士也，乃置公第二"(苏辙《东坡先生墓志铭》)。这篇书信便抒写了作者中第后的由衷喜悦，表达了受到欧梅识拔、前辈奖许的感激之情，通篇贯穿着一个"乐"字。

作者没有直接倾诉胸臆，却是凌空而起，劈头叹惜周公之不遇，接着引述孔子师徒厄于陈蔡而弦歌不绝，相得甚欢之事，而后以"乃今知"领起下文，兼收上两层文意，感慨周公虽富贵而有管蔡之流言、召公之疑虑，不如孔子虽贫贱而得天下贤才，其乐无穷。这段文字，劣周公，优孔子，以周公来反衬孔子，出人意外，立意警奇，乍看似乎无关题意，实际上立足点高而自处亦高，是暗以孔子比欧梅，以孔门弟子自况，说明富贵不足重，而师徒以道相乐才是人间最高的乐趣，一扫通常干谒文字浮夸阿谀的风气，表达出作者不同凡俗的高尚情怀和人生追求。而且先以孔子师徒相乐立案，是为了给全文树立主脑，以交游贤才、遭遇知己之乐笼盖全文，提领整篇，使文章具有一种居高临下的气势。文章这样构思，完全打破了书信的常格，是颇有艺术独创性的。

"轼七、八岁时，始知读书"以下开始折入正题，直叙蒙受识拔、遭遇知己之乐。自述年少时即闻欧梅之令名，稍壮又能读其文想象其人，且设想两公能"脱去世俗之乐而自乐其乐"，这既显出仰慕之情由来已久，又对欧梅之乐虚点一笔。接着写来京逾年无缘一见，而会试礼部意外地受到识拔，荣幸地获得奖许，十年仰慕无由见，一朝相逢成知己，得意快慰之情可想而知。这一层叙述被识拔的经过，娓娓而谈，感情真挚，文势跌宕，笔墨淋漓。"退而思之"以下，自然地转入议论，表示人之一生既不能够以不光明的手段获取富贵，也不应该庸庸碌碌地甘居贫贱，有大贤人在此而能做他的弟子，也就足以有靠托而值得引为自豪了。这既反映出自己一举中第的内心快慰，又抒写出遭遇欧梅知遇的喜悦之情，同时又回应了上文周公富贵而有烦恼和孔子贫贱而足乐，进一步表明了自己的荣辱观，反映出作者高尚的志趣和磊落的襟怀，且再用侥幸荣获富贵、车骑雍容、市民围观的世俗之乐来作一反衬，愈加突出了东坡自乐其乐的精诚和真趣。

"《传》曰"以下引述经典，并结合对方的声誉、风采和文章，写梅公虽官非显通却自处坦然，从而颂扬梅公必有乐乎超凡拔俗的明达之道，最后收结到以聆听对方的教诲为请。这既表明二人的志趣完全投合，将彼此的高情雅怀融会为一，意气极为空灵飘洒，同时又承应上文，含蓄委婉地表达出请求谒见的心情，口吻亦十分得体。

综观全文，通篇以"乐"字为纲，用"乐"字呼应。由孔子师徒的相知之乐，写到欧梅的"自乐其乐"，转到自身受知遇之乐，拍合到梅氏必"乐乎斯道"，下笔处处不离"乐"字。作者写乐，一扫中第释褐脱离布衣地位便踌躇满志的浅薄识见，摆脱了乐富贵、忧贫贱的庸俗世风，而升华到超越外物的高雅精神境界，专从遭遇知己、师友以道相乐的角度立论，使文情超拔卓异，洒脱不俗，既表现了对梅尧臣的仰慕推尊，又蕴涵着个人的高自期许，真是高怀雅论，足以大破俗肠。作者写来文势开拓而荡漾，为赞孔子贫贱之乐，先悲周公富贵之不遇，为写欧梅知遇之隆，先叙无缘进谒之久，起伏跌宕，舒卷自然，且语言飘洒而爽畅，文笔摇曳而生姿。金圣叹云："文态如天际白云，自成舒卷。人固不知胡为而然，云亦不自知其所以然。"（《天下才子必读书》卷一四）可谓是对本文韵致最精妙的形容。（刘乃昌　高洪奎）

【注】①《鸱鸮(chī xiāo 吃消)》：《诗·豳风》篇名。旧说成王初立，周公摄政，周公之弟管叔(名鲜)、蔡叔(名度)散布流言，周公作此诗托鸟言志，诉说自己的艰难处境。《毛诗序》："成王未知周公之志，公乃为诗以遗王，名之曰《鸱鸮》焉。"　②《君奭(shì 式)》：《尚书》篇名。奭：召公名，周公之弟。周武王死后，周公与召公共同辅佐成王，召公误信周公篡位的流言，周公作此文自辩，兼以互勉。见《尚书·君奭》序。　③"见孔子"二句：据《史记·孔子世家》载，鲁哀公六年(前489)，孔子师徒被陈、蔡两国大夫围困于郊野，粮食断绝，有人患病，孔子仍然弹琴诵诗，坚持讲学。　④"匪兕(sì 寺)"二句：出自《诗·小雅·何草不黄》，原义是说，征夫不是兕(犀牛一类动物)，不是虎，却在旷野上奔跑不停，这里孔子用以自比。匪：通"非"。率：循。　⑤上下：原指增加、减少，这里是说相互研讨。　⑥来京师逾年：苏轼于嘉祐元年(1056)五月到达京师，九月考取举人，次年春参加进士考试，此信为中进士后所写，故说"来京师逾年"。　⑦先容：事先介绍推荐。　⑧《传》：指《论语》。引语出自《论语·宪问》。　⑨"优哉"二句：《左传·襄公二十一年》载："《诗》曰：'优哉游哉，聊以卒岁。'"今《诗·小雅·采菽》仅存"优哉游哉"一句。　⑩五品：宋代官阶为九品，每品又分正、从。梅尧臣时为国子监直讲，是五品官。

喜雨亭记

亭以雨名，志喜也①。古者有喜，则以名物，示不忘也。周公得禾，以名其书②；汉武得鼎，以名其年③；叔孙胜狄，以名其子④。其喜之大小不齐，其示不忘一也。

余至扶风之明年⑤，始治官舍，为亭于堂之北，而凿池其南，引流种树，以为休息之所。是岁之春，雨麦于岐山之阳⑥，其占为有年⑦。既而弥月不雨，民方

以为忧。越三月乙卯，乃雨[8]，甲子又雨[9]，民以为未足，丁卯大雨[10]，三日乃止。官吏相与庆于庭，商贾相与歌于市[11]，农夫相与忭于野[12]，忧者以乐，病者以愈，而吾亭适成。

于是举酒于亭上以属客[13]，而告之曰："五日不雨可乎？"曰："五日不雨则无麦。""十日不雨可乎？"曰："十日不雨则无禾。"无麦无禾，岁且荐饥[14]，狱讼繁兴，而盗贼滋炽，则吾与二三子，虽欲优游以乐于此亭，其可得耶？今天不遗斯民，始旱而赐之以雨，使吾与二三子，得相与优游而乐于此亭者，皆雨之赐也。其又可忘耶？

既以名亭，又从而歌之。曰：使天而雨珠，寒者不得以为襦[15]；使天而雨玉，饥者不得以为粟。一雨三日，繄谁之力[16]？民曰太守[17]，太守不有。归之天子，天子曰不然[18]。归之造物，造物不自以为功[19]。归之太空，太空冥冥[20]。不可得而名，吾以名吾亭。

宋仁宗嘉祐六年(1061)十一月，年仅二十六岁的苏轼，怀着济世安民的政治抱负，赴凤翔签判任，开始了仕宦生涯。次年初，在府廨之北修葺园亭，适值春旱，正当三月园亭落成之际，天降大雨，便以"喜雨"名亭，写下了这篇优美的短文。文中抒发久旱得雨的喜悦心情，表达了对现实的关切、农事的重视，反映出作者同百姓忧乐与共的襟怀。胸次洒落，立意高胜。

首段以议论开篇，直揭题旨，写以雨名亭的意义在于"志喜"，并接连征引"周公得禾"、"汉武得鼎"、"叔孙胜狄"三事，说明名物"志喜"古有传统，此举盖有所本。

次段用叙事和抒情相结合的手法，写建亭与降雨的经过。先以简练的笔墨，点明建亭时地及原委，继而转笔详叙降雨经过和官民情绪变化：从"雨麦于岐山"到"弥月不雨"，由喜而忧，文情一跌；既而两次降雨，民心稍宽，但"以为未足"，文情又跌；至大雨三日，快笔写欢情，一气流走，酣畅淋漓，刻画传神。两组排比句写吏民欢忭，情溢言表。段末以"吾亭适成"四字陡然勒住，而又自然地把亭、雨、喜扭结在一起，为下文"吾以名吾亭"留下地步。

第三段用"于是"承接上文，转入举酒贺雨的场面，说明甘雨对当时经济和社会生活的作用。妙在不径直阐述，而以主客问答的形式来展开。主人以无雨的后果为问，然后以"无麦"、"无禾"、岁饥、狱繁四句写无雨之可忧，再用一反诘句，说明倘如此，园亭虽好，也无心观赏，从而逼出今日优游此亭之乐"皆雨之赐"的结论。一反一正，以反衬正，道尽喜雨之情，又归拢到喜雨不可忘，以与文章首尾呼应，处处含有以雨名亭之义，妙在仍不说破。

末段以"既以名亭"一句收绾上文，出人意料地引出一段颂歌。颂歌先用两个假设句式，把雨与珠、玉相较，进一步强调了雨的价值和功德，亦反映出作者关心民生的襟怀。接着追询功德的来源，由太守而天子而造物而太空，最后落笔到园亭，以"吾以名吾亭"收束，回环摇曳，运笔极为灵动而巧妙。

文写建亭，本属政余风雅小事，作者却能即小见大，引发出关涉民生大计的道理。行文时议时叙，忽转为问答，忽发为歌谣，以名亭起，以名亭收，而始终贯注着喜雨之情。刘熙载说："叙事有寓理，有寓情，有寓气，有寓识。"（《艺概》卷一）本文正反映出年轻政治家苏轼的襟抱。（刘乃昌　高洪奎）

【注】①志：同"谘"，记。　②"周公"二句：据《尚书·周书·微子之命》载，唐叔将一奇特之禾献给周成王，成王命赐周公，"周公既得命禾，旅（宣扬）天子之命，作《嘉禾》"。《嘉禾》是《尚书》篇名，今已佚。周公：姬旦，周成王的叔父。　③"汉武"二句：据《史记·孝武本纪》载，汉武帝元狩七年，在汾水上得一宝鼎，遂改年号为元鼎元年（前116）。　④"叔孙"二句：据《左传·文公十一年》载，狄人侵鲁，鲁文公命叔孙得臣率兵抵御。叔孙击败敌军，俘获侨如。为纪念这次胜利，把儿子宣伯命名为"侨如"。　⑤扶风：旧郡名，即凤翔府，治所在今陕西省凤翔县。苏轼于嘉祐六年十二月到凤翔签判任。　⑥雨麦：播种麦子。一说下麦雨。岐山：在今陕西省岐山县东北。　⑦占：预卜。有年：丰年。　⑧越：这里作"至"讲。乙卯：嘉祐七年三月初八日。　⑨甲子：本年三月十七日。　⑩丁卯：本年三月二十日。　⑪商贾（gǔ古）：指商人。　⑫忭（biàn下）：欢乐。　⑬属（zhǔ主）客：以酒劝客。　⑭且：将要。荐饥：连年饥荒。《左传·僖公十三年》："晋荐饥。"孔颖达疏引李巡说："连岁不熟曰荐。"　⑮襦（rú如）：短衣，这里泛指衣服。　⑯繄（yī伊）：语助词。　⑰太守：汉代郡长官名，这里用以称州府的长官。当时凤翔太守叫宋选，字子才。　⑱不：同"否"。　⑲造物：古代认为万物为天所生成，所以称天为"造物"。　⑳冥冥：高远不测貌。

祭欧阳文忠公文

呜呼哀哉，公之生于世，六十有六年。民有父母[①]，国有蓍龟[②]，斯文有传[③]，学者有师，君子有所恃而不恐，小人有所畏而不为。譬如大川乔岳[④]，不见其运动，而功利之及于物者，盖不可以数计而周知。今公之没也，赤子无所仰芘[⑤]，朝廷无所稽疑[⑥]，斯文化为异端，而学者至于用夷[⑦]。君子以为无为为善[⑧]，而小人沛然自以为得时。譬如深渊大泽，龙亡而虎逝，则变怪杂出，舞鳝鳣而号狐狸[⑨]。昔其未用也，天下以为病；而其既用也[⑩]，则又以为迟；及其释位而去也[⑪]，莫不冀其复用；至其请老而归也[⑫]，莫不惆怅失望，而犹庶几于万一者，幸公之未衰。孰谓公无复有意于斯世也，奄一去而莫予追。岂厌世溷浊，絜身而逝乎？将民之无禄，而天莫之遗[⑬]？昔我先君，怀宝遁世[⑭]，非公则莫能致。而不肖无状，因缘出入，受教于门下者，十有六年于兹[⑮]。闻公之丧，义当匍匐往救[⑯]，而怀禄不去，愧古人以忸怩[⑰]。缄词千里[⑱]，以寓一哀而已矣。盖上以为天下恸，而下以哭其私。呜呼哀哉。

神宗熙宁五年（1072）闰七月二十三日，著名政治家、文坛魁首、学界宗师欧阳修遽然长逝。噩耗传来，天下震惊，四海饮泣，苏轼满怀着深沉悲痛，在杭州通判任上写下了这篇脍炙人口的祭文。祭文主要歌颂欧阳修在辅翼国政、振兴文化学术事业中所起的重要作用，赞美其进退有据的高风亮节，表达出平生知己之感，抒发了真挚深沉的悼念之情。

文章以“呜呼哀哉”发端，结尾又用此语收束，无限悲痛、滚滚哀思都由肺腑中喷涌而出，幽咽凄楚，悱恻感人。全文可分为四层。第一层概述欧阳修一生的业绩。“民有父母，国有蓍龟”以下四句，歌颂欧公爱护百姓、决断国策、弘扬文化、传布学术的巨大勋劳。“君子有所恃”两句，赞扬他支持正气、疾恶邪恶的凛然风节。“譬如”以下四句以“大川乔岳”为喻，称许欧公的德泽施及万物，不可计量和历数，行文简括而生动，字里行间蕴涵着对欧公的尊崇之情。第二层从死后着笔，写欧公逝世对百姓、国家、文化、学术造成的重大损失。“赤子”四句承上“民有父母”四句，“君子”两句承上“君子有所恃”两句，贡献与损失两两映衬，前后构成鲜明的对比，表明欧阳修的存殁关系到国运民情、时势隆替。“譬如”几句以龙亡虎逝、鳣舞狐号摹写哲人殒没、群小弹冠的情况，正从反面映衬出欧阳修的刚介方正。以上两层分别从生前死后着笔，却无不集中地突现了欧阳修关系国运消长的重要历史地位。其排比句的运用完全与内容契合，增强了感人的力量。第三层又倒转来，叙写欧公的坎坷经历和出处大节。由“未用”到“既用”，由“释位”到“请老”，直至去世，五次递转，充分渲染出欧阳公在天下人心目中的崇高地位和对当世的重大影响。接着又连用两个反诘句直抒痛惜哀悼之情，“将民之无禄，而天莫之遗”两句仿哀公诔孔子之语悼欧公，肃穆典重，推尊欧公达到极致。第四层追述两世通家之好，自身受教之恩，以未能闻丧奔唁为憾，最后从“为天下恸”、“以哭其私”，即从公论私交两方面申明哀悼逝者乃出于由衷的哀思，行文戛然而止，悲恻动人。

祭奠之文，有散文、韵语、骈俪之体，宜典重肃穆，情真意挚。本篇哀思沉挚，墨浓笔重，文笔老当，对仗工整，且兼融散韵、骈俪之长，骈中有散，情韵幽咽，具有一气奔涌的贯注之势，是一篇情辞并茂的祭文。王安石亦有《祭欧阳文忠公文》，两文都能从“大处落墨，劲气直达，读之想见古大臣之概”（王文濡《评校音注古文辞类纂》卷七四），在当时祭悼欧公的文章中确实是非常出色的。

（刘乃昌　高洪奎）

【注】 ①“民有”句：称颂欧阳修做官爱民如子。《诗·小雅·南山有台》有“乐只君子，民之父母”语。　②“国有”句：赞美欧阳修识见卓荦，能为国决疑定策。蓍（shī 诗）龟：蓍草和龟甲，古代用以占卜吉凶。《易·系辞上》：“探赜索隐，钩深致远，以定天下之吉凶，成天下之亹亹者，莫大乎蓍龟。”　③“斯文”句：推许欧阳修对宋代文学运动的杰出贡献。斯文：语出《论语·子罕》：“天之将丧斯文也，后死者不得与于斯文也！”原指礼乐制度，此指文章。　④乔岳：高峻的山岳。　⑤芘：通“庇”，庇护。　⑥稽疑：决断疑事。　⑦夷：指外来的佛教。欧阳修曾作《本论》三篇，申斥“佛为夷狄”，祸患中国千余载，当以儒家之礼乐制胜之。　⑧“君子”句：意谓士大夫沉溺于道家的清静无为。《老子》六十三章：“为无为，事无事。”　⑨“舞鳝鳣”句：形容变怪十分猖獗。鳝：同“鳅”，泥鳅。鳣：同“鳝”，黄鳝。　⑩既用：指受到重用。仁宗嘉祐五年（1060），欧阳修任枢密副使，次年转参知政事，年五十五岁。　⑪释位：解职。英宗治平四年（1067），欧阳修罢参知政事，出知亳州，年六十一岁。　⑫请老：请求退休养老。欧阳修自治平三年起，先后十余次上书求去。神宗熙宁四年（1071），退居颍州，年六十五岁。　⑬“将民”二句：意谓抑或百姓无福，而上天不愿您留在人间？据《左传·哀公十六年》，孔子卒，鲁哀公诔词说：“旻天不吊，不憖一老。”《晚村精选八大家古文》：“只言世之不可无公，而天下憖遗，以致其哀悼之意，依

仿尼文诔，其尊欧阳也至矣。” ⑭“昔我”二句：嘉祐元年(1056)五月，苏洵携二子入京，献文给欧阳修，欧阳修荐为秘书省校书郎。怀宝：怀才，指满腹经纶。 ⑮十有六年：嘉祐元年苏轼随父上京，因缘受教于欧阳修，嘉祐二年欧阳修知贡举，苏轼中进士，至欧阳修病逝为十六年。⑯匍匐：竭力。《诗·邶风·谷风》：“凡民有丧，匍匐救之。”郑玄笺：“匍匐，尽力也。” ⑰“愧古人”句：意谓未能仿效古人弃官奔师丧而感到羞愧。忸怩：羞惭。 ⑱缄词：封寄祭词。

日 喻

生而眇者不识日[①]，问之有目者。或告之曰：“日之状如铜盘。”扣盘而得其声。他日闻钟，以为日也。或告之曰：“日之光如烛。”扪烛而得其形[②]。他日揣籥[③]，以为日也。

日之与钟、籥亦远矣，而眇者不知其异，以其未尝见而求之人也。道之难见也甚于日，而人之未达也，无以异于眇。达者告之，虽有巧譬善导，亦无以过于盘与烛也。自盘而之钟[④]，自烛而之籥，转而相之[⑤]，岂有既乎[⑥]？故世之言道者，或即其所见而名之，或莫之见而意之，皆求道之过也。然则道卒不可求欤？苏子曰：“道可致而不可求。”何谓致？孙武曰：“善战者致人，不致于人[⑦]。”子夏曰：“百工居肆，以成其事，君子学以致其道[⑧]。”莫之求而自至，斯以为致也欤！

南方多没人，日与水居也，七岁而能涉，十岁而能浮，十五而能没矣。夫没者岂苟然哉？必将有得于水之道者。日与水居，则十五而得其道；生不识水，则虽壮，见舟而畏之。故北方之勇者，问于没人，而求其所以没，以其言试之河，未有不溺者也。故凡不学而务求道，皆北方之学没者也。

昔者以声律取士，士杂学而不志于道；今也以经术取士[⑨]，士知求道而不务学。渤海吴君彦律，有志于学者也，方求举于礼部[⑩]，作《日喻》以告之。

宋神宗元丰元年(1078)，苏轼任徐州知州，本州监酒正字吴彦律(名绾，渤海人，渤海郡治在今山东省阳信县)赴京应礼部试，苏轼有感于当时士风的空谈求道而不务学，便作此文赠行，以勉其学。文章旨在说明求道必须认真学习，逐步掌握，亲身进行实践，依靠片面之见、道听途说必然会导致谬误，不去接触实际，主观臆测，也无益甚或有害。

这是一篇引人入胜的说理文，它善于用寓言的形象比喻说明抽象的哲理。开篇即讲盲人问日的故事。惟其生而眇，才不识日，人以铜盘喻日之状，以烛喻日之光，可谓形象，但终因其不识日，才闹出以钟、籥为日的笑话。然而妙在只叙其事，并不说破，直到“眇者不知其异，以其未尝见而求之人”才点明这个故事的要害，将上文挽住，再以“道之难见也甚于日，而人之未达也，无以异于眇”，自然地转入论道，指出时人求道之过，无异于眇人之识日。眇人识日的教训是深刻的，“即其所见而名之”、“莫之见而意之”的求道方式是错误的。但对道究竟能否达到领悟的境界呢？又怎样才能达到这种境界呢？作者用“然则”一转，以设问自答的方式，连引孙武和子夏的话，正面阐明了“道可致而不可求”的道理，揭出了本文的主旨。善战者之所以能使敌就我而胜之，是因为他久经疆场，深识战争规律；百工之所以能成就其事，是因为他日居其肆，练就了高超技艺。这寻常的事例，蕴涵着深刻的哲理，自然就会启示君子“学以致其道”了。

以下以学习没水为喻，说明道可致而不可求。作者抓住南人“日与水居”的特点，强调其“能涉”、“能浮”、“能没”，是由“七岁”而“十岁”而“十五”长期锻炼的结果，有一个日积月累的熟悉过程。“夫没者岂苟然哉？必将有得于水之道者”，可谓画龙点睛之笔。接着又从反面着笔写北人学没，北人虽勇且壮，但因只是“问于没人”而根本不识水性，故而试河必溺。然后，以“凡不学而务求道，皆北方之学没者”结住，说明不注重学习而强行求道的害处。如果说上段是由譬喻说到正意，本段便是由正意生出譬喻，而譬喻又正反对照，相辅相成，透彻确当，富有生活情味。

“盲人识日”和“南方多没人”两个譬喻彼此不是互相孤立的，而是从不同的角度来比喻学道，二者有着紧密的内在联系。前者着重说明不能“未尝见而求之人”，不能想当然地运用别人的经验；自己没有切身体验，只凭别人转述的材料，就会不可避免地得出错误的结论。后者旨在阐说“道可致而不可求”，强调要在长期实践中，通过不断学习，自然而然地领悟客观规律；不学而强求，难免失败。前者侧重讲道不可强求，后者侧重讲求道在于学，文章逐步递进和深化。吕留良、吕葆中《晚村精选八大家古文》说：“前段言道之不可求，后段言求之当以学，而皆喻言之。然前段以喻入正，后段从正出喻，便两喻相承而不排。”道出了本文譬喻的妙处。

末段写作此文的目的，先宕开一笔，点明实行经术取士以后又产生了“不务学”的新弊，而后以有志于学策励吴彦律，转笔作结，寓策于奖许之中，表现出作者对后学的循循善诱和殷切希望。（刘乃昌　高洪奎）

【注】①生而眇(miǎo 秒)者：先天的盲人。眇：瞎一只眼，这里泛指盲人。②扪：摸。③揣籥(yuè 月)：摸着一支笛状的管乐器。④之：到。这里指联想到。⑤“转而相之”句：意谓一个比喻连着一个比喻地辗转相比。⑥既：尽。⑦“孙武曰”二句：意谓善战者能使敌就我，我不为敌所诱。语出《孙子·虚实》：“凡先处战地而待敌者佚，后处战地而趋战者劳。故善战者致人，而不致于人。”⑧“子夏曰”三句：引自《论语·子张》。子夏：孔子弟子，名卜商。百工：工匠。居肆：住在作坊。致：获得。⑨“今也”句：指王安石变法时改为经术取士。《东都事略·本纪八》载：宋神宗熙宁四年“罢贡举词赋科，以经术取士”。⑩“方求举”句：指应礼部之进士考试。

石钟山记

《水经》云[①]：“彭蠡之口[②]，有石钟山焉。”郦元以为下临深潭[③]，微风鼓浪，水石相搏，声如洪钟。是说也，人常疑之。今以钟磬置水中[④]，虽大风浪不能鸣也，而况石乎？至唐李渤[⑤]，始访其遗踪，得双石于潭上。扣而聆之，南声函胡[⑥]，北音清越[⑦]，枹止响腾[⑧]，余韵徐歇，自以为得之矣。然是说也，余尤疑之。石之铿然有声者[⑨]，所在皆是也，而此独以“钟”名，何哉？

元丰七年六月丁丑[10]，余自齐安舟行适临汝[11]，而长子迈将赴饶之德兴尉[12]，送之至湖口，因得观所谓"石钟"者。寺僧使小童持斧，于乱石间择其一二扣之，硿硿焉[13]，余固笑而不信也。至莫夜月明[14]，独与迈乘小舟，至绝壁下。大石侧立千尺，如猛兽奇鬼，森然欲搏人；而山上栖鹘[15]，闻人声亦惊起，磔磔云霄间[16]；又有若老人欬且笑于山谷中者[17]，或曰：此鹳鹤也[18]。余方心动欲还，而大声发于水上，噌吰如钟鼓不绝[19]，舟人大恐。徐而察之，则山下皆石穴罅[20]，不知其浅深，微波入焉，涵澹澎湃而为此也[21]。舟回至两山间[22]，将入港口，有大石当中流，可坐百人，空中而多窍，与风水相吞吐，有窾坎镗鞳之声[23]，与向之噌吰者相应，如乐作焉。因笑谓迈曰："汝识之乎？噌吰者，周景王之无射也[24]；窾坎镗吰者，魏庄子之歌钟也[25]。古之人不余欺也。"

事不目见耳闻而臆断其有无，可乎？郦元之所见闻，殆与余同，而言之不详；士大夫终不肯以小舟夜泊绝壁之下，故莫能知；而渔工水师，虽知而不能言，此世所以不传也。而陋者乃以斧斤考击而求之[26]，自以为得其实。余是以记之，盖叹郦元之简，而笑李渤之陋也。

石钟山在今江西省湖口县鄱阳湖畔，是著名的游览胜地。神宗元丰七年(1084)三月，苏轼由黄州团练副使移贬汝州团练副使，于离黄州赴汝州途中，六月送长子苏迈赴饶州德兴县尉，经游石钟山，遂写下这篇说理性游记。作者借夜游石钟山，实地考察石钟山名称的原委，说明对任何事物都必须进行认真调查才能作出判断，而不可凭主观臆想断定其有无。作者不轻信传闻，不畏惧艰险，深入考究的精神和实事求是的态度是可贵的。

文章紧紧围绕石钟山名的由来而层层展开。首段开头引证《水经》原文，点明石钟山的地理位置，接着摆出石钟山名称由来的两桩疑案，用两个反诘句，对郦道元"水石相搏，声如洪钟"而得名和李渤叩石发声而得名两说提出质疑，为下文夜访石钟山，进行实地考察，提供了动因。以人之常疑郦说，引出己之尤疑李说，转折巧妙。

第二段写探访石钟山的经过和见闻。先交代游山的时间和因由，次写寺僧令一小童叩击石块的细节，既回应上文李渤说之浅陋，又反衬下文夜游发现之奇。以下重点描写夜游所见。行文极力渲染山石耸峭逼人、鹘鹤凄厉惊心的阴森可怖的景象，跌出"心动欲还"；而正欲归舟之际，忽有发现，引出深入考察之所得。笔法多变，跌宕有致，文势不平。山下石穴罅涵澹澎湃之声，中流大石窾坎镗鞳之响，都进一步证实了郦道元之说。借用典故写钟声之美，以钟声之美比喻石钟山水石相击声之奇，作者旧疑冰释、有所发现的快意自在言外。清人吴楚材说："坡公身历其境，闻之真，察之详，从前无数疑案，一一破尽，爽心快目。"(《古文观止》)道出了本段文字的妙趣。

第三段写考察后的感想。先以富有启示性的反问，把深入探究石钟山命名的精神，升华到带有普遍意义的理性认识，强调了对事物认真调查的必要，批评了士大夫脱离实际只凭主观臆测下结论的作风，有很强的针对性和启发性。最后点明本文的作意，前后呼应，浑然一体。

石钟山以声得名或以形得名，向来颇有异议。苏轼主张以声得名，刘克庄《坡公石钟山记》、清同准《石钟山记》均主苏说而有所发挥。明代地理学家罗洪先则认为："上下两山，皆若钟形……东坡舣涯，未目其麓，故犹有遗论。"(《念庵罗先生文集》卷五)曾国藩《求阙斋读书录》卷九、俞樾《春在堂随笔》卷七都赞同罗说。苏轼考察山名由来的论断，当然未必就是定论，然而正如刘克庄所云："坡公此记，议论，天下名言也；笔力，天下之至文也。"就文章本身而论，它的突出特点是寓理于景，通过记叙游程和描绘景物，说明道理，做到叙议结合，描写真切。因此，读其文如临其境，如闻其声，能从具体可感的形象中受到理性的启迪。

（刘乃昌　高洪奎）

【注】 ①《水经》：我国古代一部记述河渠源流的地理书，《唐书·艺文志》说：汉"桑钦《水经》三卷，一作郭璞撰"。后人多认为是三国时人作。《水经》过于简略，北魏郦道元为之作注，称《水经注》。苏轼所引《水经》及注中语，不见于今本。 ②彭蠡(lǐ 理)：即鄱阳湖，在江西省北部。 ③郦元：郦道元，字善长，北魏范阳(今河北琢县)人，所撰《水经注》之科学价值、文学价值较高。 ④磬(qìng 庆)：古代一种石制的打击乐器。 ⑤李渤：字濬之，唐朝洛阳人，宪宗元和年间做过江州知州，曾写过《辨石钟山记》。 ⑥函胡：沉重模糊。 ⑦清越：清脆激越。 ⑧枹(fú 扶)：鼓槌。 ⑨铿然：敲击石头发出的声音。 ⑩元丰七年六月丁丑：本年阴历六月初九日，即公历 1084 年 7 月 14 日。 ⑪齐安：指湖北黄冈。适：往。临汝：汝州临汝郡，今河南省临汝县。元丰七年三月，苏轼接到移贬汝州的诏命，六月动身赴任。 ⑫迈：苏轼长子，字伯达。饶：饶州，治所在鄱阳(今江西波阳)。德兴：今江西省德兴县。 ⑬硿(kōng 空)：斧石相击声。 ⑭莫夜：深夜。莫：同"暮"。 ⑮栖鹘(gǔ 古)：上宿的鹘鸟。鹘：一种凶猛的鸟。 ⑯磔磔(zhé 哲)：鹘鸟的叫声。 ⑰欬(kài 忾)：咳嗽。 ⑱鹳(guàn 灌)鹤：样子像鹤的一种水鸟。顶不红，腿长嘴尖，全身灰白。 ⑲噌吰(chēng hóng 撑红)：洪亮的钟声。 ⑳罅(xià 下)：洞孔。 ㉑涵澹：水波激荡。 ㉒两山：指上钟山和下钟山。 ㉓窾(kuǎn 款)坎：东西撞击之声。镗鞳(tāng tà 汤榻)：钟鼓之音。 ㉔无射(yì 亦)：古代十二律之一，此指钟名。据《国语·周语下》，周景王姬贵二十四年(前 521)，铸成大钟无射。 ㉕魏庄子：魏绛的谥号，他是春秋时晋国大夫。据《国语·晋语》载，晋悼公十二年伐郑，郑人献女乐、歌钟给悼公，悼公赐给魏绛歌钟一列。 ㉖考击：敲打。

潮州韩文公庙碑

匹夫而为百世师[①]，一言而为天下法[②]。是皆有以参天地之化[③]，关盛衰之运。其生也有自来，其逝也有所为。故申、吕自岳降[④]，傅说为列星[⑤]，古今所传，不可诬也[⑥]。孟子曰："我善养吾浩然之气[⑦]。"是气也，寓于寻常之中，而塞乎天地之间。卒然遇之，则王公失其贵，晋、楚失其富[⑧]，良、平失其智[⑨]，贲、育失其勇[⑩]，仪、秦失其辩[⑪]，是孰使之然哉？其必有不依形而立，不恃力而行，不待生而存，不随死而亡者矣。故在天为星辰，在地为河岳。幽则为鬼神[⑫]，而明则复为人。此理之常，无足怪者。

自东汉以来，道丧文弊，异端并起，历唐贞观、开元之盛，辅以房、杜、姚、宋而不能救[13]。独韩文公起布衣，谈笑而麾之[14]，天下靡然从公[15]，复归于正，盖三百年于此矣。文起八代之衰[16]，而道济天下之溺，忠犯人主之怒[17]，而勇夺三军之帅[18]。此岂非参天地，关盛衰，浩然而独存者乎！

盖尝论天人之辨[19]：以谓人无所不至[20]，惟天不容伪[21]。智可以欺王公，不可以欺豚鱼[22]；力可以得天下，不可以得匹夫匹妇之心。故公之精诚，能开衡山之云[23]，而不能回宪宗之惑；能驯鳄鱼之暴[24]，而不能弭皇甫镈、李逢吉之谤[25]；能信于南海之民[26]，庙食百世，而不能使其身一日安于朝廷之上[27]。盖公之所能者，天也；所不能者，人也。

始潮人未知学，公命进士赵德为之师[28]。自是潮之士，皆笃于文行，延及齐民[29]，至于今，号称易治。信乎孔子之言："君子学道则爱人，小人学道则易使也[30]。"潮人之事公也，饮食必祭，水旱疾疫，凡有求必祷焉。而庙在刺史公堂之后，民以出入为艰。前守欲请诸朝作新庙，不果。元祐五年，朝散郎王君涤来守是邦[31]，凡所以养士治民者，一以公为师。民既悦服，则出令曰："愿新公庙者，听。"民欢趋之。卜地于州城之南七里，期年而庙成。

或曰："公去国万里，而谪于潮，不能一岁而归，没而有知，其不眷恋于潮也审矣[32]。"轼曰："不然。公之神在天下者，如水之在地中，无所往而不在也。而潮人独信之深，思之至，焄蒿凄怆[33]，若或见之。譬如凿井得泉，而曰'水专在是'，岂理也哉！"元丰七年，诏封公昌黎伯，故榜曰"昌黎伯韩文公之庙"。潮人请书其事于石，因为作诗以遗之，使歌以祀公。其词曰：

公昔骑龙白云乡，手抉云汉分天章[34]，天孙为织云锦裳[35]。飘然乘风来帝旁[36]，下与浊世扫秕糠[37]，西游咸池略扶桑[38]。草木衣被昭回光[39]，追逐李、杜参翱翔[40]，汗流籍、湜走且僵[41]。灭没倒景不可望[42]，作书诋佛讥君王，要观南海窥衡湘[43]。历舜九疑吊英皇[44]，祝融先驱海若藏[45]，约束蛟鳄如驱羊。钧天无人帝悲伤[46]，讴吟下招遣巫阳[47]，犦牲鸡卜羞我觞[48]。於粲荔丹与蕉黄[49]，公不少留我涕滂[50]，翩然被发下大荒[51]。

哲宗元祐七年(1092)，潮州(治所在今广东省潮安县)知州王涤于重修潮州韩愈庙后，将潮州韩文公(韩愈死后的谥号)庙图寄给苏轼，请他撰写庙碑文。不久，苏轼手书碑样寄往潮州。本集中有《与潮守王朝请涤》书札二篇、《与吴子野书》一篇，均谈及此事。在这篇碑文中，作者评述了韩愈在儒学和文学上的贡献，颂扬了他在潮州的政绩，讨论了他生平的得失和遭遇。虽然措辞不免有夸大之处，但文章写得议论风生，气势充沛，句式整饬而活泼，既结合一些重要事件反映了韩愈的一生，又在行文中渗透了作者的身世之感，因而这篇文章与一般呆板的碑文不同，在艺术上是很有特色的。洪迈《容斋随笔》卷八说："刘梦得、李习之、皇甫持正、李汉，皆称诵韩公之文,各极其势。……及东坡之碑一出,而后众说尽废。"足见推许之高。

劈头以"匹夫而为百世师,一言而为天下法"两句领起,论一代杰出人物在历史上的巨大作用,下语精警,醒人心目。相传他撰写此文,"不能得一起头,起行百十遭,忽得'匹夫'两句,下面只如此扫去"(《苏长公合作》卷七引朱熹语)。足见起笔非凡。有以"是皆"四句,继续申说伟人具有撼天动地之力,笔势益发宏伟。举申侯、吕侯生有嵩山降神之兆,傅说死为天上星宿两事,文思神奇,足证其说之凿然可信。但伟人之所以具有撼天动地之力,皆因秉受其天地浩然之气,故在引证孟轲之语后,便从多种角度铺陈,极力形容浩气之无所不在,无所不能,变化无穷,威力无比:王公之贵、晋楚之富、张良陈平之智、孟贲夏育之勇、张仪苏秦之辩不足敌,形、力不必待,生、死不能限,天、地、幽、明无不在。想象何等超绝,摹写何等奇伟!三组排比句的运用,更使文势酣畅,如万丈洪峰倾天而下,一往无前。而在后两组排句之间又以"是孰使之然哉"散句提顿,使排涌直前的文势得一缓冲,更显得跌宕有致。

上段作者笔下描述伟人浩气,是暗写韩公,心目中都在观照韩公,次段则由凌空高论落到实地,绾合到传主自身,赞颂其在儒学和文学上的历史功绩。由东汉以来的历史演变下笔,为陈述韩公的贡献布下宏阔背景,再以贞观、开元盛世和房玄龄、杜如晦、姚崇、宋璟等贤相不能救反衬一笔,遂即转入正面写韩公。"起布衣"五句,描述出韩公镇定自若的风采、力挽狂澜的气魄和挥斥异端、承继儒学的成效,大笔勾勒,极有气度。"文起"、"道济"、"忠犯"、"勇夺"四句,以骈句铺陈,对仗精切,用语典重,概括了韩公的一生勋业。再以反诘句绾合首段,使议叙契合无间。

"盖尝论天人之辨"一段,由上文述其业绩进而论其遭遇,赞颂他正直精诚的品德和无所畏惧的精神。先说天不容伪,人事难期,以为张本,而后举出韩公所能者三事,所不能者三事,两两对照,以见出韩愈合于天道而乖于人事的平生大节。"不能使其身一日安于朝廷之上",既是感叹韩愈,又是作者的自我写照。苏轼宦海浮沉,大起大落,始终未能安立朝堂,就在写这篇碑文前后,曾连续遭到官僚的弹劾诬陷,不得不多次乞请外郡,内心的郁愤便借此宣出。思潮如江涛翻滚,文势澎湃跌宕,感慨弥深,字里行间渗透着作者的身世之感。

自"始潮人未知学"起,写韩愈在潮州兴办文化教育事业,教化齐民百姓,因而使潮州长治久安的政绩;由于政绩之大,遗泽之远,引起潮人敬爱之深,故民众乐于重修韩庙,州府命令一出,"民欢趋之"。顺次写来,环环相扣,层层递进。"或曰"以下借设问再振波澜,进一步说明潮州人对韩愈"信之深,思之至"。人或以为韩公离京万里,远贬潮州,不久调离,倘死后有灵,必不眷恋此荒服僻境。这一设问把文思引向深入,问得有理,答得极妙。"如水之在地中,无所往而不在",从正面形容韩愈之影响深入人心;"譬如凿井得泉,而曰'水专在是'",从反面说明伟人的精神威力不受局囿。两个比喻既通俗易懂,又新奇形象,极生动地写出了韩愈声誉之广,遗泽之深。

文末交代韩愈被封诏的时间,点明庙额的由来,并缀以歌词礼赞庙主。歌词既吟叹其生前的事功，又想象其身后的灵异，且赞赏其文学功业，把韩愈渲染得出神入化，色彩斑斓，文笔瑰奇，蹈厉发越，与碑文风调吻合一致。

这篇碑文历叙韩愈一生的文章功业，归本于养浩然之气，喟叹其不遇，赞赏其遗泽，行文排宕闳伟，纵横挥洒，光彩四溢，其磅礴澎湃之处与昌黎文略近，可谓力摹韩愈之文以写其为人，人才文格并肖而兼美。“自始至末，无一懈怠，佳言格论，层见叠出。”(《御选唐宋文醇》卷四九引王世贞语)黄震云：“《韩文公庙碑》，非东坡不能为此，非韩公不足以当此，千古奇观也。”(《三苏文范》卷一五引)可谓传世之评，精当之论。 (刘乃昌　高洪奎)

【注】 ①“匹夫”句:《孟子·尽心下》:“圣人，百世之师也。”师:师法。 ②“一言”句:《礼记·中庸》:君子“行而世为天下法，言而世为天下则”。则:准则。 ③参天地之化:赞天地的化育之功。《礼记·中庸》:“可以赞天地之化育。” ④“故申、吕”句:申说“生也有自来”。申、吕:周宣王、周穆王时的大臣申侯、吕侯(亦称甫侯)，传说他们诞生时，有山岳降神的吉兆。《诗·大雅·崧高》:“维岳降神，生甫及申。” ⑤“傅说”句:申说“逝也有所为”。傅说(yuè悦):殷高宗武丁的宰相，传说他死后升天为星宿。《庄子·大宗师》:“(傅说)乘赤维，骑箕尾，而比于列星。” ⑥诬:犹言抹杀。 ⑦“我善养”句:语出《孟子·公孙丑上》:“我善养吾浩然之气”，“其为气也，至大至刚，以直养而无害，则塞于天地之间”。 ⑧晋、楚:春秋时代两个富强的国家。《孟子·公孙丑下》:“曾子曰:‘晋、楚之富，不可及也。’” ⑨良、平:张良、陈平，都是汉初辅佐刘邦定天下的功臣，以足智多谋见称。 ⑩贲、育:孟贲、夏育，古代的大力士。 ⑪仪、秦:张仪、苏秦，战国的纵横家，以能言善辩著称。 ⑫幽:指幽冥之处。《礼记·乐记》有“幽则有鬼神”的话。 ⑬房、杜:房玄龄、杜如晦，都是唐太宗的宰相。姚、宋:姚崇、宋璟，皆为唐玄宗前期的宰相。 ⑭麾:挥斥。 ⑮靡然:倾倒的样子。 ⑯八代:指东汉、魏、晋、宋、齐、梁、陈、隋。 ⑰“忠犯”句:唐宪宗李纯崇佛，遣使迎佛骨入宫禁，韩愈上表极谏，触犯了宪宗，宪宗要处死韩愈，经群臣营救，贬为潮州刺史。事见《新唐书·韩愈传》。 ⑱“而勇夺”句:唐穆宗李恒时，镇州(治所在今河北省正定县)发生兵乱，杀田弘正，立王廷凑，韩愈奉旨前去宣抚。至镇州，王廷凑甲士陈廷，严兵以待，韩愈侃侃而谈，说服了将士，平息了变乱。事见《新唐书·韩愈传》。夺:犹言冲撞，折服。 ⑲天人之辨:天道人事之别。 ⑳“以谓”句:意谓按照某些人的愿望，为了争权夺利，什么办法都能使出来。 ㉑“惟天”句:是说按照天道，一点也不许作伪。 ㉒豚鱼:代指纯任天性的小动物。《易·中孚》中有“信及豚鱼”的话。 ㉓“能开”句:韩愈遭贬路经湖南衡山，正逢天气阴晦，韩愈暗中祝祷，忽然云散天晴，得以饱览山景。韩愈《谒衡岳庙遂宿岳寺题门楼》诗云:“潜心默祷若有应，岂非正直能感通。” ㉔“能驯”句:韩愈初到潮州，问民疾苦，都说恶溪有鳄鱼扰民，韩愈写了《祭鳄鱼文》，令鳄鱼迁走。据说当晚暴风雷电，鳄鱼果然离去，从此潮州无鳄鱼患。事见《新唐书·韩愈传》。 ㉕“而不能”句:事见《新唐书·韩愈传》。皇甫镈(bó博):唐宪宗时的宰相。宪宗看到韩愈的贬潮州谢表后，想再重用他，皇甫镈疾忌韩愈耿直，说他狂疏，只改派韩愈为袁州刺史。李逢吉:唐穆宗时的宰相，曾故意制造韩愈与李绅的矛盾，从而借口两人不和，罢去韩愈的兵部侍郎职务。 ㉖信:取信。南海:潮州属南海郡。 ㉗“而不能”句:韩愈自袁州后，仕途大体平顺，东坡此语，乃借他人酒杯浇自家块垒之言。 ㉘“公命”句:韩愈在潮州曾上《潮州请置乡校牒》说:“赵德秀才，沈雅专静，颇通经，有文章，能知先王之道，论说且排异端，而宗孔氏，可以为师矣！请摄海阳县尉，为衙推官，专勾当州

学，以督生徒，兴恺悌之风。”进士：与韩文所说“秀才”义同。《国史补》说：“进士为时所尚久矣，是故俊人实集其中，通称谓之秀才。” ㉙齐民：平民。 ㉚“君子”二句：语出《论语·阳货》。体现了儒家倡导礼乐教化以辅政的政治观。 ㉛朝散郎：从七品的无定职的文散官。 ㉜“或曰”以下数句：韩愈于宪宗元和十四年(819)正月贬潮州刺史，同年十月移袁州。 ㉝“焄(xūn薰)蒿”句：语出《礼记·祭义》，借以形容潮州人真诚凄怆地礼祭韩愈。焄蒿：祭品香气蒸发。 ㉞云汉：天河。天章：天宇的文采。《诗·大雅·棫朴》：“倬彼云汉，为章于天。” ㉟天孙：织女星。《史记·天官书》：“织女，天女孙也。” ㊱帝：指唐朝皇帝。 ㊲粃糠：代指邪说异端等。 ㊳“西游”句：化用屈原《离骚》“饮余马于咸池兮，总余辔乎扶桑”句义。这里以屈原远游求索光明，比喻韩愈到处奔走宣扬儒道。咸池：神话中太阳沐浴的水池。略：行径。扶桑：太阳初升处的神木。 ㊴衣被：蒙受。昭回：犹言广照。《诗·大雅·云汉》：“倬彼云汉，昭回于天。” ㊵“追逐”句：是说韩愈可以赶上李白、杜甫而与他们并驾齐驱。韩愈《调张籍》：“李杜文章在，光焰万丈长。……我愿生两翅，捕逐出八荒。”参翱翔：并翼齐飞。 ㊶“汗流”句：是说使张籍、皇甫湜(shí实)汗水流尽、两腿走僵也望尘莫及。《新唐书·韩愈传》：“至其徒李翱、李汉、皇甫湜从而效之，遽不及远甚。” ㊷“灭没”句：是说韩愈的成就光辉夺目，不可逼视，张籍、皇甫湜像水中倒影一样消失。景：同“影”。 ㊸衡湘：指衡山湘江。 ㊹“历舜”句：是说经过九嶷山时凭吊娥皇、女英。传说舜妃娥皇、女英从舜南巡，死于江湘之间。韩愈有《祭湘君夫人文》。 ㊺祝融、海若：古代传说中的海神名。祝融、海若逃走潜藏，说明水灾消失，海水驯服。 ㊻钧天：天宫。《吕氏春秋·有始》：“中央曰钧天。”帝：指天帝。 ㊼“讴吟”句：是说上帝派遣巫阳(神巫名)到下界唱着神曲来招韩愈的魂。讴吟：歌唱。 ㊽犦(bào暴)牲：牦牛，庙中供品。鸡卜：以鸡骨占卜，迷信习俗。羞我觞：献酒。 ㊾於(wū呜)粲：形容色彩鲜明。荔丹：荔枝殷红。蕉黄：香蕉金黄。 ㊿涕滂：涕泪滂沱。 (51)大荒：神话中的山名，这里代指仙境。韩愈《杂诗》有“翩然下大荒，被发骑麒麟”之句。

书上元夜游

己卯上元[①]，予在儋州[②]，有老书生数人来过，曰：“良月嘉夜，先生能一出乎?”予欣然从之。步城西，入僧舍，历小巷，民夷杂揉[③]，屠沽纷然。归舍已三鼓矣。舍中掩关熟睡，已再鼾矣。放杖而笑，孰为得失？过问先生何笑[④]，盖自笑也。然亦笑韩退之钓鱼无得，更欲远去，不知走海者未必得大鱼也。

这是元符二年(1099)东坡在海南写的一篇游记小品，《东坡志林》题为《儋耳夜书》。随笔小品之体，肇始于魏晋，繁盛于两宋，东坡最擅胜场，而其游记小品更多佳构。东坡的小品文，信笔挥洒，款款而谈，不假雕饰，真率自然，字字从性灵中流出，在他的散文中独具风韵。吕叔湘先生曾说：“或直抒所怀，或因事见理，处处有一东坡，其为人，其哲学，皆豁然呈现。”(《笔记文选读》)准确地道出了东坡小品文的妙处。

这篇小品，前半记述与海南文士月夜出游的一个生活片断。在那明月皎洁的上元美好之夜，应几位老书生之邀，东坡“欣然”出游，城西的风光，僧舍的景物，小巷的民情，纷纷攘攘的卖肉卖酒的生意人，都引起他浓厚的兴趣，使他流连忘返。

回到家中，天已三更，儿子也已掩门熟睡。东坡借这一生活片断，写出了儋州小城上元之夜的繁荣景象、祥和风俗，着重抒发出一种悠然自得的心情，反映了自己与海南人民的亲切交谊，文笔轻快自然，隽永优美。“步”、“入”、“历”三个动词连用，写出了东坡迫不及待地观赏景物的心态和乐而忘返的浓厚游兴。以“杂揉”形容汉族和黎族的融洽相处，用“纷然”描写市井气象的繁荣，文笔简净。作者的“三鼓”始归和儿子的“掩关熟睡”，说明他们虽然远谪海南，但与生活环境十分和谐，心境也十分安闲恬静。

“放杖而笑”以下，写作者由“欣然”出游而悟得的因缘自适、随遇而安、当下即是的生活哲理。但东坡不是用议论来直接阐说，而是用富有生活情趣的“放杖而笑”来表现。由“放杖而笑”引出儿子发问，进而推进到“自笑”和笑人。东坡的“自笑”，是他出游后的悠然自得之笑，是苦中求乐的自我慰藉之笑。“笑韩退之”，则是笑他思度拘滞，不善超拔。韩愈曾写过一首《赠侯喜》诗，是借钓鱼寄寓对人事的感慨。诗中说：门生侯喜叫他到洛水钓鱼，洛水很浅，是蛤蟆、雀儿戏游的地方，不值得垂钓。果然他们从早钓到晚，举竿引线，好不容易才钓到一寸长的小鱼，这时他们很为感慨扫兴。诗的下文写道：“我今行事尽如此，此事正好为吾规。半世遑遑就举选，一名始得红颜衰。人间事势岂不见，徒自辛苦终何为。便当提携妻与子，南入箕颍无还时。叔起君今气方锐，我言至切君勿嗤。君欲钓鱼须远去，大鱼岂肯居沮洳。”韩愈写此诗时方三十四岁，在仕途上不甚得意，侯喜则奔走举场十余年，不获知遇。韩愈的钓鱼之喻，既是不满仕途的愤激之谈，又含有对门人的激励之意。但在苏轼看来，“钓鱼须远去”，未免有意于希进务得，把握当前，随缘任天，自能无往而不适；远行下海，执意追寻，未必能得其所求。苏轼的“自笑”和笑人，从正反两个方面反映了东坡的因缘自适的思想，这是他身处无可奈何的逆境中所产生的自慰自解的特殊心态。他认为，一切得都是相对的，只要抓住当前与环境协调，就会悠然自得。心怀奢望，不切实际地务得而强求，反会心力交疲，自寻困扰。小文信笔写来，即饶有情趣，寓理于事，耐人寻味，堪称东坡小品文的佳篇。

（刘乃昌　高洪奎）

【注】 ①己卯：元符二年(1099)。上元：正月十五日。 ②儋州：古郡名，宋代为昌化军，治所在今海南省儋县西北。 ③民：指汉族。夷：指当地少数民族。 ④过：苏轼的幼子，字叔党。绍圣四年(1097)随苏轼贬居海南。

苏　辙

上枢密韩太尉书

太尉执事[①]：辙生好为文，思之至深。以为文者气之所形[②]，然文不可以学而能，气可以养而致。孟子曰：“我善养吾浩气之气[③]。”今观其文章，宽厚宏博，充乎天地之间，称其气之小大。太史公行天下[4]，周览四海名山大川，与燕、赵间豪俊交游[5]，故其文疏荡[6]，颇有奇气。此二子者，岂尝执笔学为如此之文哉？其气充乎其中，而溢乎其貌，动乎其言，而见乎其文，而不自知也。

辙生十有九年矣。其居家所与游者，不过其邻里乡党之人[7]，所见不过数百里之间，无高山大野，可登览以自广；百氏之书，虽无所不读，然皆古人之陈迹，不足以激发其志气。恐将汩没[8]，故决然舍去，求天下奇闻壮观，以知天地之广大。过秦、汉之故都[9]，恣观终南、嵩、华之高[10]，北顾黄河之奔流，慨然想见古之豪杰。至京师[11]，仰观天子宫阙之壮，与仓廪、府库、城池、苑囿之富且大也，而后知天下之巨丽。见翰林欧阳公[12]，听其议论之宏辩，观其容貌之秀伟，与其门人贤士大夫游[13]，而后知天下之文章聚乎此也。太尉以才略冠天下，天下之所恃以无忧，四夷之所惮以不敢发[14]，入则周公、召公[15]，出则方叔、召虎[16]，而辙也未之见焉。

且夫人之学也，不志其大，虽多而何为？辙之来也，于山见终南、嵩、华之高，于水见黄河之大且深，于人见欧阳公，而犹以为未见太尉也，故愿得观贤人之光耀，闻一言以自壮，然后可以尽天下之大观而无憾者矣。

辙年少，未能通习吏事。向之来，非有取于斗升之禄，偶然得之，非其所乐。然幸得赐归待选，使得优游数年之间，将归益治其文，且学为政。太尉苟以为可教而辱教之，又幸矣。

宋仁宗嘉祐二年(1057)，十九岁的苏辙与其兄苏轼一起考中进士，当年便写了这封信给韩琦。“韩太尉”，即韩琦，时任枢密使(掌管全国军事)。秦汉时军事首脑称“太尉”，枢密使相当于太尉，故用以称韩琦。苏辙写信给韩琦的目的，是为了抒发对韩琦的景仰之情，请求谒见和识拔。文章摆脱了一般干谒文字的俗套，写得潇洒疏荡而有奇气，是苏辙散文的名篇。

首段撇开请求谒见的本意，畅谈为文必须养气。劈头以“辙生好为文”突兀而起，继由好文深思，引出为文必须养气的见解，之后引据孟轲养气以充其文、司马迁周游以养其气二例以证成其论。末以反诘句式，将上文归拢，再次强调了养气对作文的重要性。说理严密，笔势跌宕。

古之文气说，如曹丕、刘勰、韩愈诸人之论，或重才性，或重内养，苏辙则侧重司马迁的开阔阅历和视野。次段紧承这一论点，转笔写自己为作文养气而登览交游，以恢扩胸襟。首句“辙生十有九年矣”，以慨叹笔调，带出伏居乡里的见闻不广，“不足以激发其志气”，然后由“决然舍去，求天下奇闻壮观”，转入正面，历述游览奇闻壮观的豪举。秦汉故都之雄伟，终南、嵩、华之险峻，黄河之汹涌澎湃，宫阙之壮丽，仓廪府库城池苑囿之宏富，使他眼界大开。由历览名山、大川、京邑胜迹，自然地过渡到拜谒海内名流，于是引出见欧阳公而叹服“天下之文章聚乎此”。奇闻壮观，豪情快笔，一气贯注，文势浩瀚。行文至此，似乎已到高潮，而又继续推进，转笔赞颂韩琦的才略、政绩和威望。连用周召等四贤比况，如此伟人自应拜识，却又偏不直说，而以“未之见焉”挽住，遗憾心情溢于言表，婉转曲折，跌宕有致。吴楚材说：“意只是欲求见太尉，以尽天下之大观，以激发其志气，却以得见欧阳公，引起求见太尉；以历见名山大川京华人物，引起得见欧阳公；以作文养气，引起历见名山大川京华人物。注意在此，而立言在彼，绝妙奇文。”（《古文观止》卷一一）道出了一、二段层层请客陪主的写作特色。

二段末“未之见”的感叹，已经露出求见韩琦的意愿，但话到嘴边，又把文势宕开。第三段先以“且夫”承转，带起一个反诘句，提出求学必须“志其大”，再用“于山”、“于水”、“于人”三句，陪衬烘托出以未见韩琦为憾事。“犹以为未见太尉也”一句，将前文汪洋之势一齐收卷，转出“愿得观贤人之光耀”的本意，而又落到“尽天下之大观”，与前文“求天下奇闻壮观”遥相呼应，用笔极为周严细密。

末段申明求见韩琦的目的，但亦不径直说出，先写年少不通习吏事，引出来京“非有取于斗升之禄”，再由赐归待选，说到“益治其文”，“且学为政”，笔势几经曲折跌宕，才以请韩琦“辱教之”收结，点明求见之目的。胸次潇洒，志趣高远，真有一唱三叹之妙。

全文采取迂回入题的手法，先写作文必须养气，次谈游览天下名山大川，结交天下名流以养气，而太尉乃名流之冠，不可不见，最后水到渠成，点明求见之意，层层陪衬，步步折转，汪洋洒脱，奇思壮采，而其少年秀杰英锐之气贯彻首尾。清储欣称许为“疏荡有奇气”（《唐宋十大家全集录·栾城集录》），可谓知言。

（刘乃昌　高洪奎）

【注】①执事：供使令的侍从。旧时书信不直呼对方，而称其左右的侍从，以表示尊敬。②“以为”句：曹丕《典论·论文》：“文以气为主，不可力强而致。”韩愈《答李翊书》亦说：“气，水也；言，浮物也，水大而物之浮者大小毕浮。气之与言犹是也，气盛则言之短长与声之高下者皆宜。”③“我善养”句：语出《孟子·公孙丑上》。浩然之气：刚正博大之气。④太史公：指司马迁，西汉杰出的历史学家，曾任太史令，故称“太史公”。⑤燕、赵：战国时诸侯国名，这里指河北、山西一带。司马迁曾结交田仁、董仲舒、徐乐等，皆燕赵间人。⑥疏荡：指文笔洒脱疏放，跌宕多姿。⑦乡党：即乡里。古代以五百家为党，一万二千五百家为乡。⑧汩没：埋没。⑨秦、汉之故都：秦都咸阳（在今陕西西安东），西汉都长安（今陕西西安），东汉都洛阳（今河南洛阳）。⑩恣：尽情。终南：山名，在陕西省南部。嵩：山名，在河南省登丰县。华：山名，在陕西省华阴县。⑪京师：京城，北宋建都汴京（今河南开封）。⑫欧阳公：欧阳修，北宋著名文学家。欧阳修于宋仁宗至和元年（1054）为翰林学士。⑬门人贤士大夫：指曾巩、梅尧臣、苏舜钦等。⑭四夷：指四方少数民族。惮：畏惧。发：侵扰。⑮周公、召公：周公旦、召公奭，都是周武王之弟，武王死后，他们辅佐成王治国，为西周著名政治家。⑯方叔、召虎：都是宣王时的大臣。方叔曾领兵征伐荆蛮、玁狁，召虎曾奉命讨平淮夷。

黄州快哉亭记

江出西陵[①]，始得平地。其流奔放肆大，南合沅、湘，北合汉、沔[②]，其势益张；至于赤壁之下[③]，波流浸灌，与海相若；清河张君梦得[④]，谪居齐安[⑤]，即其庐

之西南为亭，以览观江流之胜，而余兄子瞻名之曰“快哉”。

盖亭之所见，南北百里，东西一舍[⑥]，涛澜汹涌，风云开阖。昼则舟楫出没于其前，夜则鱼龙悲啸于其下，变化倏忽，动心骇目，不可久视。今乃得玩之几席之上，举目而足。西望武昌诸山，冈陵起伏，草木行列，烟消日出，渔夫樵父之舍，皆可指数，此其所以为“快哉”者也。至于长洲之滨，故城之墟，曹孟德、孙仲谋之所睥睨，周瑜、陆逊之所骋骛[⑦]。其流风遗迹，亦足以称快世俗。

昔楚襄王从宋玉、景差于兰台之宫，有风飒然至者，王披襟当之曰：“快哉此风！寡人所与庶人共者耶？”宋玉曰：“此独大王之雄风耳，庶人安得共之？”[⑧]玉之言，盖有讽焉。夫风无雄雌之异，而人有遇不遇之变；楚王之所以为乐，与庶人之所以为忧，此则人之变也，而风何与焉？士生于世，使其中不自得，将何往而非病？使其中坦然，不以物伤性，将何适而非快？今张君不以谪为患，窃会计之余功，而自放山水之间，此其中宜有以过人者。将蓬户瓮牖，无所不快，而况乎濯长江之清流，挹西山之白云，穷耳目之胜以自适也哉！不然，连山绝壑，长林古木，振之以清风，照之以明月，此皆骚人思士之所以悲伤憔悴而不能胜者，乌睹其为快也哉！元丰六年十一月朔日赵郡苏辙记[⑨]。

元丰六年(1083)苏轼贬官黄州(今湖北黄冈)时，与谪居黄州的张梦得结为好友。张梦得在其住所西南筑亭，“以览观江流之胜”，苏轼取名为“快哉亭”。时苏辙谪监筠州(今江西高安)盐酒税，为作此文。

亭为观赏江流胜景而建，则从长江流水落笔十分自然。但作者不局限于眼前景，仿佛是伫立亭上，眺望遥想：长江从西陵峡涌出后，得以在平旷的大地上奔流，水势迅疾，江面阔大。它南与沅、湘二水相汇，北与汉、沔二水相合，更加迅猛壮大。流至黄州赤壁时，已是波流浩渺，横无际涯，像大海一样了。此借奔流的江水，由远而近，将黄州赤壁推到读者面前，从而自然引出“清河张君梦得”数句，简略交代筑亭缘起，筑亭、名亭之人，点出“快哉亭”。若按一般思路，当先作背景交代，再描绘长江流水。但这样写流于平易，气势顿减。文章首先拈出一个“江”字，然后以“奔放肆大”、“其势益张”、“与海相若”逐层写出江水的日趋壮阔，凡作三层，水势三变，愈变愈大。一为后文蓄势，精神倍出；二为快哉亭铺置一个雄伟广阔的背景，气势不凡，颇能吸引读者。欧阳修《醉翁亭记》开端，由远山而近山，由山而水，由水而亭，然后点出醉翁和醉翁亭，本文首段与之有异曲同工之妙。

次段以“盖”字领起，紧承上文解释亭子何以取名“快哉”。作者先写亭上所见“动心骇目，不可久视”之景。“南北百里”二句从平面视线的角度写长江之广袤无边；“涛澜汹涌”二句则从立体的角度写波涛风云的雄浑多变。此四句形象如画，十分壮观。因有这四句的铺垫，那么白天“舟楫出没于其前”，夜晚“鱼龙悲啸于其下”，其变化无常，惊心动魄，令人不敢注目久看，自在不言之中。范仲淹《岳阳楼记》描绘登楼所见洞庭湖“阴风怒号，浊浪排空”、“樯倾楫摧”、“虎啸猿啼”的景象，不过让人“感极而悲”。快哉亭上所见长江景象，与之酷似，同样也只会让人“感极而悲”。妙在作者笔锋一转:“今乃得玩之几席之上,举目而足”——任你风云变幻,波涛汹涌,舟楫出没,鱼龙悲啸,登亭者席地而坐,举目而望,一览而无余,何不快哉!“快哉”之情,产生于对险恶的自然环境的藐视。这两句话,气魄之大,远甚于长江流水,堪称文中绝笔。此为第一层,用惊心动魄的长江景色反衬其平静快活的心情。次写“西望武昌诸山”的秀丽景象,正面渲染“快哉”之情,是为第二层。冈陵起伏,逶迤连绵;草木行列,潇洒秀逸,烟消日出,清爽明丽;屋舍可数,幽静恬然。凡此种种,赏心悦目,“此其所以为‘快哉’者也”。那么文章开头描绘长江奔流,不同样充满“快哉”之情吗?而作者的快意还不仅仅停留在江山美景上,在这“人道是,三国周郎赤壁”(苏轼《念奴娇·赤壁怀古》)的地方,自然会联想起三国赤壁之战,其“流风遗迹”,令人逸兴遄飞,“足以称快世俗”。这是第三层。至此,亭名“快哉”之因,已写尽无余,“快哉”之情,更抒发得淋漓尽致。

如果文章就此结束,亦不失为一篇写景抒情的成功之作。但第三段作者突然横插一笔,首先娓娓讲述楚襄王“快哉此风”的典故,看似突兀,而又并未离开贯穿全文的“快哉”二字。只是这时我们还不明白作者究竟要说些什么,行文的突兀,大大增强了文章的吸引力。在简略引述楚王“快哉此风”的典故后,作者开始大发议论:首先就事论事,指出宋玉以“此独大王之雄风耳,庶人安得共之”解释楚王的“快哉此风”,“盖有讽焉”。因为风只是风,无所谓雄雌,楚王与庶人面对的是同样的风。之所以楚王感到快乐,百姓感到忧虑,为“人有遇不遇之变”,即楚王和百姓的境遇不同,“风何与焉”——与风有什么关系呢!这是第一层。第二层紧承上文对“快哉此风”这个具体例证的分析得出一个具有概括性、富有哲理性的结论:“士生于世,使其中不自得,将何往而非病?使其中坦然,不以物伤性,将何适而非快?”第三层则在第二层一般结论的前提下,赞扬张梦得“不以物伤性”,即“不以谪为患”的精神,从而在行文上回到文章本身,与首段相照应。可见这三层议论层层递进,由具体上升到一般,再由一般落实到具体,逻辑十分严密。作者引述评论楚王“快哉此风”的用意,至此也就显露出来了。“今张君不以谪为患”四句与首段“清河张君梦得”四句相呼应,不过明确点出张梦得“不以谪为患”,“有以过人者”。苏轼《记承天寺夜游》与本文作于同一年,描写他和张梦得在承天寺漫步,赏月观景,相与为乐,视贬谪如闲居的情形。而且身遭贬谪,却忙于筑亭“览观江流之胜”,本身就说明张梦得具有“不以谪为患”的胸怀。有这样的胸怀,则虽处“蓬户瓮牖,无所不快”。以下由“而况”、“不然”两个转折连词领起,作进一步的议论,充分说明快哉之情不在于长江清流、西山白云、连山绝壑、长林古木、清风明月等自然美景,同时又与文章首段相照应。

必须指出的是,“不以物伤性”、“不以谪为患”,既是作者对张梦得的赞扬,也是作者的夫子自道和自勉。这不仅因为苏辙当时的处境与张梦得完全一样,而且这种思想也明确地表现在他的其他作品中。如他在《武昌九曲亭记》中写道:“盖天下之乐无穷,而以适意为悦。方其得意,万物无以易之;及其既厌,未有不洒然自笑者。譬之饮食杂陈于前,要之一饱而同委于臭腐。夫孰知得失之所在?惟其无愧于中,无责于外,而姑寓焉。”语言不同,传达的精神却与本文完全一致。这就是文章的主旨所在。

苏轼评苏辙文说："其文如其为人，汪洋淡泊，有一唱三叹之致，而其秀杰之气，终不可没。"(《答张文潜书》)本文即是一例。作者采用这类亭台楼阁记的一般写法，先叙事，次写景，末议论，全篇都以"快"字贯穿，因而于直叙之中别有一种俯仰顿挫、一唱三叹的抒情韵味，在汪洋淡泊中贯注着不平之气，是苏辙集中最富有文学意味的杂记散文之一。 (曾枣庄　曾　涛)

【注】 ①西陵：即西陵峡，在今湖北省宜昌市西北。 ②沅、湘：二水名，在今湖南省。汉、沔：本一水。初发源称"漾水"，流经沔县称"沔水"，合褒水后称"汉水"。 ③赤壁：指黄州赤壁，非三国赤壁之战所在地。 ④清河：今河北省南宫市。 ⑤齐安：即黄州。 ⑥舍：三十里为一舍。 ⑦曹孟德：即曹操。孙仲谋：即孙权。睥睨：斜视貌。此处意为雄视争夺。周瑜、陆逊：皆三国吴将。骋骛：疾趋，奔走。 ⑧以上数句，见宋玉《风赋》。 ⑨朔日：阴历每月的初一。赵郡：治今河北省栾城县。苏辙的祖先为赵郡栾城人。

李清照

金石录后序

右《金石录》三十卷者何？赵侯德父所著书也[①]。取上自三代[②]，下迄五季[③]，钟、鼎、甗、鬲、盘、匜、尊、敦之款识[④]，丰碑、大碣、显人、晦士之事迹[⑤]，凡见于金石刻者二千卷，皆是正讹谬[⑥]，去取褒贬，上足以合圣人之道，下足以订史氏之失者皆载之，可谓多矣。呜呼！自王播、元载之祸，书画与胡椒无异[⑦]；长舆、元凯之病，钱癖与传癖何殊[⑧]，名虽不同，其惑一也。

余建中辛巳[⑨]，始归赵氏。时先君作礼部员外郎[⑩]，丞相时作吏部侍郎[⑪]，侯年二十一，在太学作学生[⑫]。赵、李族寒，素贫俭，每朔望谒告出[⑬]，质衣取半千钱，步入相国寺[⑭]，市碑文果实归，相对展玩咀嚼，自谓葛天氏之民也[⑮]。

后二年，出仕宦，便有饭蔬衣练[⑯]，穷遐方绝域，尽天下古文奇字之志[⑰]。日就月将，渐益堆积。丞相居政府，亲旧或在馆阁[⑱]，多有亡诗、逸史[⑲]，鲁壁、汲冢所未见之书[⑳]。遂尽力传写，浸觉有味，不能自已。后或见古今名人书画，一代奇器，亦复脱衣市易。尝记崇宁间[㉑]，有人持徐熙牡丹图[㉒]，求钱二十万。当时虽贵家子弟，求二十万钱，岂易得耶！留信宿[㉓]，计无所出而还之。夫妇相向惋怅者数日。

后屏居乡里十年[㉔]，仰取俯拾[㉕]，衣食有余。连守两郡[㉖]，竭其俸入以事铅椠[㉗]。每获一书，即同共校勘、整集、签题[㉘]。得书、画、彝、鼎，亦摩玩舒卷，指摘疵病，夜尽一烛为率。故能纸札精致，字画完整，冠诸收书家。余性偶强记，每饭罢，坐归来堂烹茶，指堆积书史，言某事在某书某卷第几页第几行，以中否角胜负，为饮茶先后。中即举杯大笑，至茶倾覆怀中，反不得饮而起。甘心老是乡矣！故虽处忧患困穷而志不屈。收书既成，归来堂起书库大橱，簿甲乙，置书册。如要讲读，即请钥上簿[29]，关出卷帙[30]。或少损污，必惩责揩完涂改，不复向时之坦夷也。是欲求适意而反取憀慄[31]。余性不耐，始谋食去重肉，衣去重采[32]，首无明珠翡翠之饰，室无涂金刺绣之具，遇书史百家字不刓阙、本不讹谬者[33]，辄市之，储作副本，自来家传《周易》、《左氏传》，故两家者流，文字最备。于是几案罗列枕藉[34]，意会心谋，目往神授，乐在声色狗马之上[35]。

至靖康丙午岁[36]，侯守淄川[37]。闻金人犯京师，四顾茫然，盈箱溢箧，且恋恋，且怅怅，知其必不为己物矣。建炎丁未春三月[38]，奔太夫人丧南来。既长物不能尽载[39]，乃先去书之重大印本者，又去画之多幅者，又去古器之无款识者，后又去书之监本者[40]，画之平常者，器之重大者。凡屡减去，尚载书十五车。至东海[41]，连舻渡淮，又渡江，至建康[42]。青州故第，尚锁书册什物，用屋十余间，期明年春再具舟载之。十二月，金人陷青州，凡所谓十余屋者，已皆为煨烬矣[43]。

建炎戊申秋九月[44]，侯起复[45]，知建康府。己酉春三月罢[46]，具舟上芜湖[47]，入姑孰[48]，将卜居赣水上[49]。夏五月，至池阳[50]，被旨知湖州[51]，过阙上殿[52]；遂驻家池阳，独赴召。六月十三日，始负担舍舟，坐岸上，葛衣岸巾[53]，精神如虎，目光烂烂射人，望舟中告别。余意甚恶，呼曰："如传闻城中缓急[54]，奈何?"戟手遥应曰[55]："从众。必不得已，先去辎重[56]，次衣被，次书册卷轴，次古器。独所谓宗器者[57]，可自负抱，与身俱存亡，勿忘也!"遂驰马去。途中奔驰，冒大暑，感疾，至行在，病痁[58]。七月末，书报卧病。余惊怛，念侯性素急，奈何病痁？或热，必服寒药，疾可忧。遂解舟下，一日夜行三百里。比至，果大服柴胡、黄芩药，疟且痢，病危在膏肓。余悲泣，仓皇不忍问后事。八月十八日遂不起，取笔作诗，绝笔而终，殊无分香卖履之意[59]。

葬毕，余无所之。朝廷已分遣六宫[60]，又传江当禁渡。时犹有书二万卷，金石刻二千卷，器皿、茵褥可待百客，他长物称是[61]。余又大病，仅存喘息。事势日迫，念侯有妹婿任兵部侍郎，从卫在洪州[62]，遂遣二故吏，先部送行李往投之。冬十二月，金人陷洪州，遂尽委弃。所谓连舻渡江之书，又散为云烟矣！独余少轻小卷轴、书帖，写本李、杜、韩、柳集，《世说》、《盐铁论》，汉唐石刻副本数十轴，三代鼎鼐十数事，南唐写本书数箧，偶病中把玩，搬在卧内者，岿然独存[63]。

上江既不可往[64]，又虏势叵测，有弟远，任敕局删定官[65]，遂往依之。到台[66]，台守已遁之剡[67]。出陆，又弃衣被，走黄岩[68]，雇舟入海，奔行朝[69]。时驻跸章安[70]，从御舟海道之温[71]，又之越[72]。庚戌十二月[73]，放散百官，遂之衢[74]。绍兴辛亥春三月[75]，复赴越。壬子[76]，又赴杭。

先侯疾亟时[77]，有张飞卿学士，携玉壶过视侯，便携去，其实珉也[78]。不知何人传道，遂妄言有颁金之语[79]，或传亦有密论列者[80]。余大惶怖，不敢言，亦不敢遂已，尽将家中所有铜器等物，欲赴外廷投进[81]。到越，已移幸四明[82]。不敢留家中，并写本书寄剡。后官军收叛卒，取去，闻尽入故李将军家。所谓岿然独存者，无虑十去五六矣[83]！惟有书、画、砚、墨可五七簏，更不忍置他所，常在卧榻下，手自开阖。在会稽[84]，卜居土民钟氏舍。忽一夕，穴壁负五簏去。余悲恸不得活，重立赏收赎。后二日，邻人钟复皓出十八轴求赏，故知其盗不远矣。万计求之，其余遂牢不可出。今知尽为吴说运使贱价得之[85]。所谓岿然独存者，乃十去其七八。所有一二残零不成部帙书册，三数种平平书帖，犹复爱惜如护头目，何愚也邪！

今日忽阅此书，如见故人。因忆侯在东莱静治堂[86]，装卷初就，芸签缥带[87]，束十卷作一帙，每日晚吏散，辄校勘二卷，跋题一卷[88]。此二千卷，有题跋者五百二卷耳。今手泽如新，而墓木已拱[89]，悲夫！

昔萧绎江陵陷没，不惜国亡，而毁裂书画[90]；杨广江都倾覆，不悲身死，而复取图书[91]。岂人性之所著，生死不能忘之欤？或者天意以余菲薄，不足以享此尤物邪[92]？抑亦死者有知，犹斤斤爱惜，不肯留在人间邪？何得之艰而失之易也？呜呼！余自少陆机作赋之二年[93]，至过蘧瑗知非之两岁[94]，三十四年之间，忧患得失，何其多也！然有有必有无，有聚必有散，乃理之常。人亡弓，人得之[95]，又胡足道！所以区区记其始终者，亦欲为后世好古博雅者之戒云。

绍兴二年玄黓岁壮月朔甲寅[96]，易安室题。

《金石录》系赵明诚编辑，著录所藏三代至隋、唐、五代金石拓本二千种，为目录十卷，辨证二十卷，跋五百零二篇。李清照为《金石录》所写的后序，是一篇传记性散文，文中描述了她与其夫收集、考订、整理金石书画，共同完成《金石录》以及南渡后文物散失的过程。后人评价此文“不求工而自工”，即其意也。

全文以金石书画的得难失易为线索，其间三十四年的生活，可分成南渡前后两部分。

文章开宗明义，“《金石录》三十卷者何”领起下文。交代了内容后，又以简语赞之。接着作者突然引典进行议论：“书画与胡椒无异”，“钱癖与传癖何殊”。这几件事简直可以说大相径庭，作者虽然指出“名虽不同，其惑一也”，但读者仍感蹊跷。这句有深意的话是包含着作者独特的人生体验的。

以下作者放开《金石录》一书的具体内容，谈起自己与赵明诚的生活，这从李清照初嫁的时候开始。

宋徽宗建中靖国辛巳(1101)，清照十八岁，嫁给比她大三岁的太学生赵明诚。赵“颇好文义”，“自少小喜从当世学士大夫访问前代金石刻词”。李工诗、词、文，还善书画，通音乐。他们共同把研究、整理祖国文化当作事业。作者描写了他们早期生活的一个生动的场景：“每朔望谒告出，质衣取半千钱，步入相国寺，市碑文果实归，相对展玩咀嚼。”“相对展玩咀嚼”有多少潜台词啊！他们完全沉浸在含英咀华的气氛里了，自谓是“葛天氏之民”。这使人们自然联想到陶彭泽的悠然之情：“不慕荣利，好读书……衔觞赋诗，以乐其志。无怀氏之民欤！葛天氏之民欤！”（《五柳先生传》）“尝言五六月中北窗下卧，遇凉风暂至，自谓是羲皇上人。”（《与子俨等疏》）

假如他们只停留在浅尝辄止的阶段，那么他们确实有如陶渊明那样的闲适之趣，但他们由爱好又渐而生出“尽天下古文奇字之志”，而且“尽力传写，浸觉有味，不能自已”。这里还有一小插曲：“有人持徐熙牡丹图……夫妇相向惋怅者数日。”我们把这和“相对展玩咀嚼”对照，不禁要哑然失笑。“少年的欢乐是诗，少年的悲哀也是诗”，李清照南渡前的生活是一种诗化的生活。

公元1107年，赵明诚之父赵挺之被罢相，不久死去。赵明诚因父丧而去官，回青州隐居达十年之久，以后赵又连守莱、淄两郡，在这期间，他们一直辛勤地整理着金石文物，经过整理、汇集，他们所收藏的图书终能“冠诸收书家”。作者又写到在收藏书的过程中，两人独特的生活情趣：“余性偶强记，每饭罢，坐归来堂烹茶，指堆积书史，言某事在某书某卷第几页第几行，以中否角胜负，为饮茶先后。中即举杯大笑，至茶倾覆怀中，反不得饮而起。”这段文字非常潇洒，是绝妙的小品，既表现了他们超于声色狗马的快乐，又展现了易安居士何等洒脱的胸襟气象！从文章起伏看，这是一个高潮，与后面南渡后的生活比，这也是清照最富有光彩的时刻。

事业意味着牺牲。作者在往昔快愉生活的主调里，也穿插道出了其中辛苦。有物质上的：“脱衣市易”，“首无明珠翡翠之饰，室无涂金刺绣之具”。有精力上的：“尽力传写”，“夜尽一烛为率”。而在收书既成之后，其小心翼翼的态度，也不同于“向时之坦夷也”，所以作者说“欲求适意而反取憀慄”（这同开始的“自谓葛天氏之民”恰相比照）。李在表现南渡前收集文物的生活时，将志与趣、甘与苦相结合，确如清代李慈铭所言“叙事错综，笔墨疏秀，萧然出町畦之外”（《越缦堂读书记》卷九）。

清照和明诚琴瑟之好的生活，终于被金兵的铁蹄踏碎。靖康元年（1126），金人长驱南下，直逼汴京。这年赵明诚调守淄川，在巨大的灾难面前，他们预感到辛苦所得终于要毁于兵燹。

在回忆南渡前的生活时，李的笔致随物宛转，摹写了当日幸福的生活（虽苦犹甘）。而南渡后的李清照经历了国破、家亡、夫死、文物散失等种种灾难，无情的现实几乎夺去了她全部的希望。作者叙事多而描写少，文笔也失去了前半的潇洒、从容，而转为沉重、短促。从句与句、事与事之间的关系上看，不像前面那样笔墨“疏秀”，而是相对“密滞”些。

建炎元年（1127）四月，金人掳走徽、钦二宗。五月，赵构称帝，是为高宗，标志着南宋的开始。这年三月，赵明诚的母亲在金陵病故，赵奔丧。青州的十余间屋的图书，准备第二年春用船运走，但十二月金人陷青州，而皆化为灰烬。这是第一次巨大的损失，只有提前“连舻渡淮”的部分文物幸存。建炎二年（1128），赵明诚知建康府。建炎三年三月，罢官，两人准备移家居住于赣水之上，乘舟至池阳时，赵被任命为湖州知州，他们暂时安家在池阳，赵独自赴任。六月十三日，他与清照分别时，“精神如虎，目光烂烂射人”，但“七月末，书报卧病”，等清照昼夜兼程赶到，已经不行了。从描写上看，李对这种打击是猝不及防、不能接受的。赵、李爱情在《漱玉词》中有生动的表现，暂时的分别都曾给清照带来不少痛苦：“云中谁寄锦书来？雁字回时，月满西楼。”（《一剪梅》）在兵荒马乱之际，正是人生最需要知己伴侣时，失去丈夫，清照感情上失去了依托：“一枝折得，人间天上，没个人堪寄。”（《孤雁儿》）李没有在文章中表现出怎样痛苦，我们当从作者笔致吞吐中体会作者的情愫。

金兵继续南推，隆祐太后率六宫逃往江西洪州，李清照派人将“书两万卷，金石刻二千卷”及其他长物送到洪州赵明诚妹夫处。十二月，金人陷洪州，“连舻渡江之书，又散为云烟矣”，只有病中把玩的，搬在卧内的少许文物“岿然独存”，聊为慰藉。其后随着南宋小朝廷的节节败退，清照也不得不流离于浙江各地，而在这期间又发生了两件大事：一是有人诬陷她家以玉壶颁赐金人，她为了洗白自己，将家中所有铜器并写本书寄剡。一是在会稽住在钟氏舍时，珍藏的文物又一夕被盗。两件事使得因病中放在卧内的、所谓“岿然独存”者，“十去五六”、“十去其七八”矣。从作者很多重复句式里，如“金人陷青州”，“金人陷洪州”，“十去五六”，“十去其七八”，“连舻渡江”，“岿然独存”，可以感受到作者感情上的沉重。经过一番折腾后，文物终于丧失殆尽，但作者对剩下的不成帙的平平之物，“犹复爱惜如护头目”，作者用理智审视自己的感情，不得不苦笑着说：“何愚也邪！”

“今日忽阅此书”收束前面回忆，绾结蓬乱思绪，与开头“右《金石录》三十卷者何”回应，但随即又浮现起赵明诚在莱州整理《金石录》时的身影，那时“装卷初就”后，用香芸草做书签，用青白色的丝带把每十卷束成一帙（那种气氛是多么温馨啊）。“每日晚吏散，辄校勘二卷，跋题一卷”，与前面回忆中“夜尽一烛为率”又相呼应。这些都可见“叙事错综，笔墨疏秀”之妙。“今手泽如新，而墓木已拱，悲夫”，重新归结于眼前，无限凄然，真是“物是人非事事休”了。

文章到此可以谢笔了，但作者又加了一番议论，这番议论又与文章开头议论“书画与胡椒无异”、“钱癖与传癖何殊”呼应，也同样运用了典故。

作者引梁元帝萧绎和隋炀帝杨广焚书的典故，借古人之杯酒浇胸中之块垒。人生自是有情痴、书痴，岂独我乎？但想到三十四年之间，忧患得失之多，清照意不能平，想归之于“天意”、“死者有知”。然归之“天意”、“死者有知”，仍是情感作怪，乃愈不能解情感之结。最后清照试图用理来排解自己的痛苦：“有有必有无”，“有聚必有散”，“人亡弓，人得之”。这种“人亡人得”的议论，与前面“其惑一也”的议论，都是有激于中而言的，都是试图用理智的“一”来解释、消释情感的不平。前面的“其惑一也”，排斥了情的高下；后面的“人亡人得”，排斥了情的得失。至于有人说这里可看出清照之“达”来，笔者不敢赞成。我们读其全文，感到作者有所郁积于中而不能释然，如何说这里表现了“达”呢？窃以为乃是与“达”相反的“郁”，这种“郁”又正通过白描手法以及叙事中所渗透的感情与议论间的张力而得到加强。清照多情而又为情所苦，所以不能不寄此深慨，所以读此文感到易安居士的“心血化碧”，莹然而深透。

（杨慧文　孙　奇）

【注】 ①赵侯德父:赵明诚字德父。侯:唐、宋时以州、府地方长官比拟古代的诸侯。②三代:夏、商、周三朝。 ③五季:五代,指后梁、后唐、后晋、后汉、后周。 ④甗(yǎn 衍):古代陶制炊具。鬲(lì 历):古代烹饪器。匜(yí 移):盛水的器具。敦(duì 对):青铜制食器。款识(zhì 志):古代钟鼎器物上铸刻的文字。 ⑤丰碑:大碑。碣(jié 节):圆顶的碑石。晦士:生平事迹不见经传的人。⑥是正:订正。 ⑦王播:疑当作王涯,官至宰相,家藏很多名书画,唐文宗甘露之变中,为宦官仇士良所杀,家产被抄。元载:唐代宗时,官至中书侍郎、判天下元帅行军司马,后因罪赐死,抄其家"胡椒至八百石,它物称是"。 ⑧长舆:和峤字长舆,晋武帝时官至中书令,虽家产丰富,然性至吝。元凯:杜预字元凯,西晋初年灭吴的大将,著有《春秋左氏经传集解》。杜预以为和峤有"钱癖",自己有"《左传》癖"。 ⑨建中辛巳:宋徽宗建中靖国元年(1101),岁次辛巳。⑩先君:李清照父亲李格非。 ⑪丞相:赵明诚父亲赵挺之。 ⑫太学:古代最高学府。 ⑬朔望:旧历初一为朔,十五日为望。谒告:告假。 ⑭相国寺:故址在今河南省开封市,北宋时为汴京著名的集市。 ⑮葛天氏:传说为古代帝王。 ⑯练:粗绸。⑰古文奇字:泛指古书。 ⑱馆阁:掌管图书、编修国史的官署。 ⑲亡诗:《诗经》以外的逸诗。逸史:正史以外的史籍。 ⑳鲁壁:孔子故居。西汉时鲁恭王坏孔子宅得古文《尚书》及其他经书。汲冢:汲郡(今河南汲县西)的古墓。晋初汲郡民盗发战国魏襄王墓,出竹书漆书数十车,世称《汲冢书》。 ㉑崇宁:宋徽宗年号(1102～1106)。 ㉒徐熙:五代时南唐大画家,以画花鸟著称。 ㉓信宿:连宿两夜。 ㉔屏居:闭门闲居。 ㉕仰取俯拾:谓资财取于上下(来自各方)。 ㉖连守两郡:赵明诚先后做过莱州、淄州的知州。 ㉗铅椠(qiàn 欠):指校订工作。铅:指铅粉笔,用以修改误字。椠:书写的木板。 ㉘签题:加上书签,写题跋。 ㉙请钥:取钥匙。上簿:登记。 ㉚关出:检出。卷帙(zhì 秩):合数卷为一帙。帙:书套。 ㉛憀(liáo 聊)慄:不安。 ㉜重(chóng 虫)肉:两重以上的肉食。㉝刓(wán 完)阙:残缺。阙:同"缺"。㉞枕藉:纵横堆积。 ㉟声色狗马:指歌舞、女色以及狗马珍奇之玩。 ㊱靖康丙午岁;宋钦宗靖康元年(1126)。 ㊲淄川:今属山东省淄博市。 ㊳建炎丁未:宋高宗建炎元年(1127)。㊴长(zhàng 障)物:多余的物件。 ㊵监本:五代以来国子监所刻的书曰"监本"。 ㊶东海:今江苏省灌云县。 ㊷建康:今江苏南京。 ㊸煨(wēi 威)烬:灰烬。 ㊹戊申:建炎二年(1128)。 ㊺起复:古代官员遭父母丧,在家守制尚未满期而应召任职。 ㊻己酉:建炎三年(1129)。 ㊼芜湖:今安徽省芜湖市。 ㊽姑孰:今安徽省当涂县。 ㊾赣水上:泛指今江西省一带。 ㊿池阳:今安徽省贵池县。 51湖州:今浙江省湖州市。 52过阙上殿:上任之前,先到京城朝见皇帝。当时高宗赵构在建康。阙:指皇帝住的地方。 53岸:露出。 54缓急:这里偏指紧急。 55戟手:手作戟形,比喻用手势指示。 56辎重:行李。 57宗器:古代宗庙的祭器和乐器。 58行在:皇帝出行所在之地,此指建康。痁(shān 山):疟疾。 59分香卖履:指详细吩咐后事。曹操《遗令》:"余香可分与诸夫人,不命祭。诸舍中(姬妾)无所为,可学作组履卖也。" 60分遣六宫:这里指隆祐太后率六宫逃往洪州(今江西南昌)。 61他长物称是:其余应用的器物也相当于此数。 62从卫:担任侍从、警卫之职。 63岿然:本文为高峻独立貌,这里取其"独存"意。 64上江:指江西省一带。 65敕局:枢密院编修敕令的机构。删定官:主管编辑诏旨。 66台:台州,今浙江省临海县。 67剡(shàn 善):剡溪,在浙江省嵊县南,乃嵊县的代称。 68"出陆"三句:由台州出海有水陆两路,"走黄岩"为陆路。黄岩:今浙江省黄岩县。 69行朝:即行在。 70驻跸(bì 毕):皇帝出行,沿途暂住。章安:今临海县镇名。71温:今浙江省温州市。 72越:越州,今浙江省绍兴市。 73庚戌:宋高宗建炎四年(1130)。

⑭衢:衢州,今浙江省衢州市。 ⑮绍兴:宋高宗年号(1131~1162)。绍兴辛亥:绍兴元年(1131)。 ⑯壬子:绍兴二年(1132)。 ⑰疾亟:病重。 ⑱珉(mín 民):似玉的美石。 ⑲颁金:把玉壶送给金人,有通敌之嫌。 ⑳密论列:向朝廷秘密检举。 ㉑外廷:朝廷不在京师,称“外廷”。 ㉒幸:皇帝所至曰“幸”。四明:明州,今浙江省宁波市。 ㉓无虑:大约。 ㉔会稽:今浙江省绍兴市。 ㉕吴说:宋代书法家。运使:转运使的简称,宋朝各路主管财粮的官。 ㉖东莱:即莱州,今山东省掖县。 ㉗芸签:香草芸做的书签。缥(piǎo 瞟)带:淡青色的丝带,用以束卷轴。 ㉘跋题:即题跋,书后的文字曰“跋”,亦称“题跋”。 ㉙墓木已拱:坟墓上的树木已可两手合抱了,谓人死已久。 ㉚萧绎:即南朝梁元帝。魏军破江陵,被杀。江陵将陷落时,萧绎“聚图书十余万卷尽烧之”。 ㉛杨广:隋炀帝。唐著作郎杜宝《大业幸江都记》云:“隋炀帝聚书至三十七万卷,皆焚于广陵。” ㉜尤物:珍异之物。 ㉝少陆机作赋之二年:谓十八岁。相传陆机二十岁作《文赋》。杜甫《醉歌行》:“陆机二十作《文赋》。”陆机:晋文学家。 ㉞过蘧瑗知非之两岁:谓五十二岁。蘧瑗:字伯玉,春秋时卫大夫。《淮南子·原道训》:“故蘧伯玉年五十,而知四十九年非。” ㉟人亡弓,人得之:《孔子家语·好生》:“楚(恭)王出游,亡弓。左右请求之。王曰:‘止。楚王失弓,楚人得之,又何求之!’孔子闻之,惜乎其不大也。不曰‘人遗弓,人得之’而已,何必楚也!” ㊱绍兴二年:即公元1132年。玄黓(yì 亦)岁:壬子年。壮月:八月。朔甲寅:按绍兴二年朔为戊子,疑“朔”字前夺“戊子”二字。

岳飞

五岳祠盟记

自中原板荡,夷狄交侵,余发愤河朔,起自相台,总发从军,历二百余战。虽未能远入荒夷,洗荡巢穴,亦且快国仇之万一。今又提一旅孤军,振起宜兴;建康之役,一鼓败虏。恨未能使匹马不回耳!

故且养兵休卒,蓄锐待敌;嗣当激励士卒,功期再战。北逾沙漠,喋血虏廷,尽屠夷种。迎二圣归京阙,取故土上版图;朝廷无虞,主上奠枕:余之愿也。

河朔岳飞题。

南宋建炎四年(1130),岳飞克复建康(今江苏南京),不久又领兵回到宜兴(今江苏南部,邻接皖浙)。当他重游县境西南张渚镇的一座祠庙时,怀着凯旋的豪情在墙上写下了这篇题记。

全文分两大段。第一段作者回顾其戎马生涯,累累战绩,真是感慨万端,言辞激切。

作者先用“中原板荡,夷狄交侵”八个字勾勒出北宋末年社会动乱的历史背景。《诗·大雅》有《板》、《荡》二篇,皆刺周厉王无道乱邦,后人遂用“板荡”喻政局混乱。“夷狄”谓辽和金;“交侵”表明强敌非一,轮番侵扰,局势险恶。岳飞生逢多事之秋,内忧外患,连年战乱,奸臣误国,民不聊生。北方辽国早已割取燕云十六州,边尘未已。宋朝联金抗辽,却又引狼入室:靖康二年(1127)金兵攻破汴京,俘虏徽宗、钦宗，肆意烧杀抢掠，宣告了北宋王朝的灭亡。从此中原大乱，生灵涂炭。

“余发愤”以下四句，虚实结合，概述近十年的军旅生活。岳飞家在相州汤阴(今河南汤阴)，地处河朔——黄河以北。另据吴处厚《青箱杂记》卷八云：“相有铜雀台(建安十五年曹操所建)，故相州谓之相台。”岳飞第一次发愤从军，是在宣和四年(1122)伐辽时以“敢战士”应募的；这年岳飞虚岁二十，未及加冠行成年礼，故仍是“总发”少年。伐辽失败，父亲病故，岳飞返乡。靖康元年(1126)金兵入侵，汴京危在旦夕。康王赵构派枢密官刘浩到相州招募义勇兵，岳飞又去应募，从此不离戎行。两次奋起参军，作者如实交代，再以“历二百余战”一句虚应故事，言简意赅地结束了对其战斗历程的追忆，转入议论。照理说在民族危亡的关键时刻，岳飞挺身而出，厮杀疆场，身经百战，屡战屡胜，从一普通兵成长为爱国老将宗泽部下的留守统制，为报“国仇”而尽心竭力，问心无愧。但他仍觉遗憾：“未能远入荒夷，洗荡巢穴。”岳飞念念不忘恢复中原，彻底打败侵略者。

“今又”以下五句补记刚刚结束的建康之战。宗泽死后，岳飞随杜充南下。建炎三年(1129)建康失陷，杜充降敌，岳飞率余部坚持抗金。当时金兵长驱直入，宋军节节败退，高宗四处逃难，战局混乱不堪。建炎四年(1130)春，岳飞转战进驻宜兴，立即着手安定内部：收编散兵游勇，讨伐扰民盗匪，促成了军民团结抗金的新局面。据《宋史·岳飞传》记载：“金兀术攻常州，飞四战皆捷；尾袭于镇江东，又捷；战于清水亭，又大捷，横尸十五里。”当诸将拥兵自重时，岳飞以兵力单薄的“一旅孤军”，牵制了不可一世的金兵统帅，捷报频传。金兀术重返建康，密谋北撤，岳飞在牛头山(在今南京中华门外)设下埋伏，等不到顶头上司张俊下令，他便主动发起突袭：“夜令百人黑衣混金营中扰之，金兵惊，自相攻击。兀术次龙湾，飞以骑三百、步兵二千驰至新城，大破之。兀术奔淮西，遂复建康。”(引自《宋史》本传)但见十数里内，金兵尸横遍野，大小军官一百七十多人被杀。这是宋军继黄天荡激战后取得的又一巨大胜利，迫使金兵退出江南，初步稳定了南宋政权。光复建康，岳飞是孤军奋战，一鼓作气，出奇制胜，立下头功的。但他也清醒地看到：金兵未被全歼，仍有后患，因而痛切地说：“恨未能使匹马不回耳！”他有非凡的抱负，因而议论脱俗。

于是“故且”一转便自然而然地过渡到第二大段的抒怀言志上，这是全文重点所在。克复建康后，岳飞的生命里饱含着爱国激情，他踌躇满志，渴望继续建功立业，一展雄图。因此，他迫不及待地挥毫题壁，言明心迹：首先，他需要养精蓄锐，凯旋宜兴作短期休整；接下来他将“激励士卒”，动员部队，以备再战。他希望北越荒漠，血洗金廷，把异族侵略者赶尽杀绝。其最终目标是：“迎二圣归京阙，取故土上版图。”这与建炎元年(1127)他在《上高宗书》中提过的“恢复故疆，迎还二圣”的主张可谓一脉相承，他坚信唯有如此才能使朝廷无忧患，君主得安枕，天下永太平。然而他忽略了一点：迎取徽宗、钦宗返国，高宗赵构何以处之？“天无二日”的古训无疑使岳飞的宏愿蒙上了阴影。

这篇题记前半夹叙夹议，后半郑重立誓，层次分明，布局合理。语言洗练，表现力强，如“起自相台”、“振起宜兴”，两用“起”字以说明每当危急关头，作者总是奋起参战，忠心报国，用词妥帖至极。文中多用四字句式，节奏明快，铿锵有力，如“远

入荒夷，洗荡巢穴”，“北逾沙漠，喋血虏廷”，错综对偶，前呼后应，古朴质直而富有散文诗的韵致。

这篇短文旨在立誓言志。作者骨鲠在喉，热血沸腾，因而写得酣畅淋漓，气势旺盛，豪健直捷，富有阳刚之美。这种气贯长虹的抗敌决心与必胜信念，又与“壮怀激烈”的传世名作《满江红》词如出一辙，始终洋溢着爱国主义的激情。

（尚　荣）

陆　游

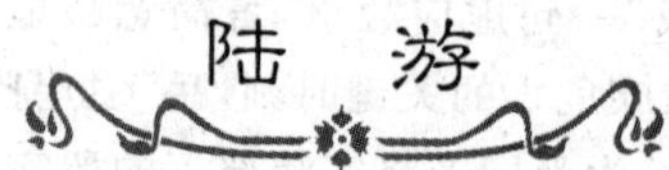

跋李庄简公家书

李文参政罢政归乡里时[①]，某年二十矣，时时来访先君[②]，剧谈终日。每言秦氏，必曰“咸阳”[③]，愤切慨慷，形于色辞。一日，平旦来，共饭。谓先君曰：“闻赵相过岭[④]，悲忧出涕。仆不然，谪命下，青鞋布袜行矣，岂能作儿女态耶！”方言此时，目如炬，声如钟，其英伟刚毅之气，使人兴起。

后四十年，偶读公家书，虽徙海表，气不少衰，丁宁训戒之语，皆足垂范百世，犹想见其道“青鞋布袜”时也。淳熙戊申[⑤]，五月己未，笠泽陆某书[⑥]。

对于河山南北分裂，故国沦亡于金兵铁蹄之下，陆游最是愤慨难平。故而终其一生，从青春盛年直到生命迟暮垂危之际，在他的歌咏吟赋所有作品里，都贯注着光复旧京、驱逐异族以重定中原的迫切愿望，都充溢腾涌着驰跃战场、横戈纵马来建功立业的挚热渴求，都表述出对朝廷昏聩孱弱、权奸当政误国、一味屈辱苟安而置广大民众于水深火热中而不顾的黑暗现实的强烈谴责之情。这篇《跋李庄简公家书》，直接呈露抒发的即属最后一种思想，激扬飞动，盈诸辞气言表，但在那潜流的深层蕴结中，却实在是郁积鼓荡着前面的情态心绪。二者互为表里，相共映发，只是有所侧重罢了。

《家书》为李光因在高宗面前斥秦桧而遭贬谪，徙居琼州（今广东琼山）时所作，其本身便具有特定的时事政治背景和主观情感指向。是以开端就由此起笔，从对遥远往事的回忆追溯逆入，述童年见闻：“每言秦氏，必曰‘咸阳’，愤切慨慷，形于色辞。”只寥寥四句，即生动鲜明地刻画出李光疾恶如仇的刚直性格，再联系到他之所以遭斥逐而不见容于朝廷的际遇经历，自然会有着更深刻真切的体会。

接着文中又追叙李光的另一件佚事。官高位崇，显赫一世，是许多士子最为羡赞、终生追求的生命价值所在；然而当仕途险峨莫测，吉凶相伴，尤其是朝政昏暗的时候，更易朝荣夕枯，平地陡生风浪，贤良正直之士难得好结局。那么，在受到打击迫害的危难当口，便是对气节风骨的严峻考验之时，其往往高下立判，丝毫不容假借推诿。同为官居极品的宰相，同因被贬谪岭南，李光将自己与赵鼎作了比较：“闻赵相过岭，悲忧出涕。仆不然，谪命下，青鞋布袜行矣，岂能作儿女态耶！”按：赵鼎于高宗朝两度为相，因主张抗金而与秦桧相忤，罢谪岭南，终老在崖县。陆游《老学庵笔记》卷一云："赵元镇丞相谪朱崖，病亟，自书铭旌云：'身骑箕尾归天上，气作山河壮本朝。'"凛然不屈，亦堪称一代名臣。陆游同书又云："李庄简公泰发奉祠还里，居于新河。先君筑小亭曰千岩亭，尽见南山，公来必终日，尝赋诗曰：'家山好处寻难遍，日日当门只卧龙。欲尽南山岩壑胜，须来亭上少从容。'每言及时事，往往愤切兴叹，谓秦相曰'咸阳'。一日来坐亭上，举酒属先君曰：'某行且远谪矣，咸阳尤忌者，某与赵元镇耳。赵既过峤，某何可免？然闻赵之闻命也，涕泣别子弟；某则不然，青鞋布袜，即日行矣！'后十余日，果有藤州之命，先君送至诸暨，归而言曰：'泰发谈笑慷慨，一如平日。问其得罪之由，曰不足问，但咸阳终误国家耳。'"这段记述较详细，正可与本文参读。其实，"悲忧出涕"也好，"岂能作儿女态"也罢，都只是各人性格秉气所使之然的一时不同表象，而那刚正坚执、终不向权势奸佞屈服的本色则是完全一致的，故无须强为桎梏妍蚩。不过，闻谪命即行，绝不以迁谪介意，确实是李光敝屣功名、浮云富贵的内在思想情操的外化，可谓真骨凌霜，高风跨俗，充分体现了其人格的理想美。"若耶溪，云门寺，吾独何为在泥滓？青鞋布袜从此始"（杜甫《奉先刘少府新画山水障歌》），似乎较这种超然世表、独善其身的境界更拥载着广阔深厚的内涵，因为它是从以国事天下为己任的基础上生发成的，当然就不局囿在一身进退出处的意义上了。"方言此时，目如炬，声如钟，其英伟刚毅之气，使人兴起"，如果说前面述耳闻的话，那么，这里便是写目见，细致全面，比喻形象贴切，与前面的"愤切慨慷，形于色辞"正相呼应，活脱脱凸现出李光的气质、性格特征，成功完成了人物形象的塑造。

而第二段，则将时间历程从"四十年"前的过去转回到现在，直接表现自己读李光《家书》时的感受："虽徙海表，气不少衰。"它包括"其英伟刚毅之气，使人兴起"的全部少时印象和"犹想见其道'青鞋布袜'时"的现在记忆，仍是今昔照顾，紧扣题旨，最后推出"皆足垂范百世"的衷心赞叹来，就使人觉得是完全必然的了。

要之，全文从李庄简公《家书》这个拥载特定政治时事背景与严峻现实内涵的题目生发，由今而昔，用真切、郑重的笔调记叙童年时所亲身见闻的两桩李光旧事，而其形神声貌、气概胸襟已历历如见；最后则自昔归今，直抒此时的自我感兴。那贯穿始终的，纯属一股凛然正气；那流走溢出于字里行间的，是对国家民族命运的高度关心和强烈责任感。这也正是中国士大夫阶层历代坚执不弃的优良传统，在陆游的随意挥洒间，又一次得到某种程度的体现。（乔　力）

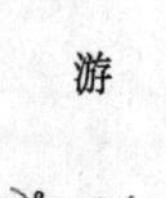

【注】 ①李丈参政：李光（1078～1159），字泰发，上虞（今浙江上虞）人，徽宗崇宁间进士，高宗时累擢吏部尚书、参知政事，力主抗金，反对向金称臣纳贡，以忤秦桧罢官。卒谥庄简。有《读易详说》、《庄简集》。丈：对长者的尊称。罢政：据《续资治通鉴》卷一二二、《宋史纪事本末》卷七二，李光罢去宰相执事在高宗绍兴九年（1139）。另，清钱大昕《陆放翁年谱》说李光罢相事在绍兴十四年（1144）。 ②先君：陆游亡父陆宰。 ③咸阳：战国秦都咸阳（今陕西咸阳），这里指代秦桧。 ④赵相：赵鼎（1085～1147），字元镇，号德全居士，闻喜（今山西闻喜）人。崇宁间进士，对策直斥章惇误国，后随高宗南渡。累官至御史中丞，进尚书右仆射、同中书门下平章

事,兼枢密使。因力主兴复抗战,与秦桧等议和论者不合,罢谪岭南,移吉阳军,不食而卒。孝宗即位,追谥忠简。有《得全集》。 ⑤淳熙戊申:即孝宗淳熙十五年(1188)。 ⑥笠泽:江苏太湖之别名。陆氏自唐代即世居吴郡(在太湖滨),因而陆游常自署里居为"笠泽"。

书巢记

陆子既老且病,犹不置读书[①],名其室曰书巢。客有问曰:"鹊巢于木,巢之远人者;燕巢于梁,巢之袭人者[②]。凤之巢,人瑞之;枭之巢,人覆之。雀不能巢,或夺燕巢,巢之暴者也;鸠不能巢,伺鹊育雏而去,则居其巢,巢之拙者也。上古有有巢氏[③],是为未有宫室之巢;尧民之病水者[④],上而为巢,是为避害之巢。前世大山穷谷中,有学道之士,栖木若巢,是为隐居之巢;近时饮家者流,或登木杪,酣醉叫呼,则又为狂士之巢。今子幸有屋以居,牖户墙垣,犹之比屋也,而谓之巢,何邪?"陆子曰:"子之辞辩矣,顾未入吾室。吾室之内,或栖于椟,或陈于前,或枕藉于床,俯仰四顾,无非书者。吾饮食起居,疾痛呻吟,悲忧愤叹,未尝不与书俱。宾客不至,妻子不觌[⑤],而风雨雷雹之变,有不知也。间有意欲起,而乱书围之,如积槁枝,或至不得行,则辄自笑曰,此非吾所谓巢者耶?"乃引客就观之。客始不能入,既入又不能出,乃亦大笑曰:"信乎其似巢也!"客去,陆子叹曰:"天下之事,闻者不如见者知之为详,见者不如居者知之为尽,吾侪未造夫道之堂奥[⑥],自藩篱之外而妄议之,可乎?"因书以自警。淳熙九年九月三日[⑦],甫里陆某务观记。

读书生活,应该说是士大夫文人生命中占据最重大位置的一项活动内容,系其有别于其他社会阶层的主要人生行为标志,所以,酷爱书,无论时间、空间上都与书相伴,也就是必然的事了。这篇文章要表现的即上述题旨意趣,故设思并不复杂,也未见有特别深刻微妙的用心,而最引人注目的,主要是它的表达方式与艺术特色。

本文采用了问答体。从楚辞的《卜居》、《渔父》,宋玉的《风赋》、《登徒子好色赋》,以至司马相如、扬雄诸家,都好以一人设疑提问、一人作为自我化身而大段辩答阐述的模式,来最终完成申明本意、光大主旨的预想。因而先悬箭靶,然后反复驳难、层层推进以渐趋锲入,终致畅明鹄的便成为惯常的行文顺序;而铺张扬厉、排比对列而终篇奏雅见志是其一般必备的艺术特色、表现手法。这篇《书巢记》同样如此。它开始就以"客有问",多角度多层次地反复阐述"巢"的种类、性质:鹊的巢远避人,燕却筑巢于华室雕梁而近人;凤鸟之巢人以为祥瑞,枭鸱的巢则人恶,要倾覆铲除它;同样不会筑巢,雀强夺燕巢,这是暴行,鸠占据鹊育雏后飞去所弃剩的空巢,就是拙者了。以上等等都是禽巢,接着再连类列举人之"巢",从上古没有宫室而筑巢以居的有巢氏,因避水害而巢居的尧民,直到远遁深山大谷、栖木巢居的前代学道者,纵饮放酒、登树巅醉酣呼叫的近时狂士,皆种种不一而足。这样的铺排罗列之后,已造成充分的气势和详尽繁多的"巢"的认识,接着笔锋宕转,自然而然地推出“牖户墙垣，犹之比屋”，既然您有屋以居了，“而谓之巢，何邪”的疑问话题来，为下面的陈述表白奠定必然性基础，既不觉突兀牵强，又引起人继续了解的兴趣及接受的情绪导向。

“子之辞辩矣，顾未入吾室”，可谓总上起下的枢纽处，无限天地皆从此生成触发出，所以，“吾室之内”而后云云，便以饱含情感色调的形象笔墨，一一细写此际自我的居住境况、日常生活情形及举措行动等等。而这一切，莫不与“书”紧密关联：前后左右、床上椟中，“俯仰四顾，无非书者”，这是生存的空间范围；凡“饮食起居，疾痛呻吟，悲忧愤叹，未尝不与书俱”，这是生存的时间流程。竟然专注到废弃社会家庭的人际交往，“宾客不至，妻子不觌”，超然于四时晦明流转的地步：“风雨雷雹之变，有不知也！”到了此处，就揭明以书为巢的题旨，“乱书围之，如积槁枝，或至不得行”：枯枝积累，表示了巢的本来意义，无法行动，正是它窄小的特定属性，这全是乱书堆围的结果，那么，名曰“书巢”，确实表里相符了。接着再凭客人的亲身体验去证实：“始不能入，既入又不能出。”通过客人之口来最后敲定：“信乎其似巢也！”从而归结大段的辩答阐述。

文章到此，已全部道尽“书巢”之底蕴，这篇记似乎也该结束了，但作者陆游却并不满足，而是就之联想思索，再进一步得出些理性教训来，以求深化主旨：“天下之事，闻者不如见者知之为详，见者不如居者知之为尽。”是啊，客人仅只是依据历代相传的关于“巢”的空洞概念和一般生活的自然经验，便率然对陆游以“巢”名书室的做法提出疑问，且侃侃雄辩，自禽鸟至人事，由远古到现今，可称洞微知著、无所不包，应该说是坚实不诬的了。但因为他局囿于书本上的片面知识与一己见闻的狭隘有限，待到亲就陆游书室目睹身历后，才意识到以往的偏颇失误，“纸上得来终觉浅，绝知此事要躬行！”对于生活中的一件小事尚且如此，那么，“吾侪未造夫道之堂奥，自藩篱之外而妄议之，可乎？”这就是全文的中心旨趣所在吧！

通过绝大多数篇幅去描写、论述某种事物，全面铺排、展现其各个层次侧面，以证实它存在、成立的合理性，借以最后推出一个道理或某一类拥载特定哲理内涵的生活现象，或许这就是所谓的“劝一讽百”的结构章法与艺术表现手段——当然，差异处在于目的、价值的判断，陆文系同类相推的正面论证，而“劝一讽百”的典范作品如汉赋一般是后面否定前面的反证，但它们在艺术构想、设置的本质上并无不同。运用得不好，往往会产生本末倒置、浮浅堆砌的弊端，而成功的例子则严密流畅、极用匠心却以自然浑成的风貌出之，故具有较强烈的感染、说服力量。陆游这篇《书巢记》是属于后者范畴的，因之使惯常习见的范式含纳着比较丰富深刻的内容。

（乔　力）

【注】　①置：弃。　②袭：近。　③有巢氏：据《韩非子·五蠹》云，上古初民穴居野处，有巢氏教民构木为巢而居树上，以避猛兽侵害，因称“有巢氏”。　④尧民之病水：据《淮南子·原道训》载，尧之时十年中有九次大水成灾。　⑤觌：见面，相见。　⑥堂奥：堂屋的深处，此指道的精妙处。　⑦淳熙九年：公元 1182 年。

朱熹

记孙觌事

靖康之难[1]，钦宗幸虏营[2]。虏人欲得某文[3]。钦宗不得已，为诏从臣孙觌为之[4]；阴冀觌不奉诏，得以为解。而觌不复辞，一挥立就，过为贬损，以媚虏人，而词甚精丽，如宿成者[5]。虏人大喜，至以大宗城卤获妇饷之[6]。觌亦不辞。其后每语人曰："人不胜天久矣，古今祸乱，莫非天之所为。而一时之士，欲以人力胜之，是以多败事而少成功，而身以不免焉。孟子所谓'顺天者存，逆天者亡'者[7]，盖谓此也。"或戏之曰："然则子之在虏营也，顺天为已甚矣，其寿而康也宜哉！"觌惭无以应。闻者快之！

乙巳八月二十三日[8]，与刘晦伯语，录记此事，因书以识云[9]。

靖康之难，是金灭北宋的历史大事件，在一些民族志士和具有爱国衷肠的人们心中，留下了永远抹不掉的阴影。生活于南宋的朱熹，便认为"金虏与我有不共戴天之仇"，曾给孝宗上封事，论与金人讲和之非。他还写诗说："孤臣残疾卧空林，不奈忧时一寸心。谁遣捷书来荜户，真同百蛰听雷音。"反对金人入侵，热望收复失地，拳拳爱国情愫流走笔端。这种心情，在同学生刘晦伯的一次谈话中，又得到宣泄。《记孙觌事》一文，便是这次谈话的记录。文章抓住卖国贼孙觌写降表事，活画了他的丑恶嘴脸，剥露了他的卑劣灵魂。

正文不足二百字，有六层意思。

"靖康之难"三句，是第一层。用省净简洁之笔，单刀直入地交代了史实。北宋灭亡，已成定局，而金人偏偏还要得到一张宋天子的降表，一来显示战胜国之威，二来加重对宋的侮辱。"幸"、"某文"等字，含蓄屈曲，酸痛内蕴。这纸降表写与不写，由谁写，如何写，均成悬念，引起读者的关注。

"钦宗不得已"四句，是第二层。钦宗这个亡国之君，的确是个软骨头，但其内心又不无痛苦。"不得已"三字，便道出了他复杂矛盾的心情。他下诏让孙觌写降表，实际是希望孙觌能维护国家尊严，拒奉诏命，从而免受这桩奇耻大辱。从当时情况看，钦宗把球踢给孙觌，也许是对的。问题是，在关键时刻，孙觌将采取什么态度，读者只有拭目以待。

"而觌不复辞……如宿成者"，是第三层。孙觌不是"不奉诏"，而是"不复辞"；不是难于下笔，而是"一挥立就"。其接受诏命的坚决态度，敏捷如泉涌的文思，在一般情况下，会让人佩服得五体投地，即使此时此刻，人们也许会企望他写的不是降表，而是痛斥仇敌的檄文。可是作者笔锋一转，却将孙觌写降表的真相和盘托出。况且，孙觌所写并非一般的降表用语，而是更加不像样子的辱国媚敌的文字。这封降表中，有这样的句子："背恩致讨，远烦汗马之劳；请命求哀，敢废牵羊之礼！"（《大金吊伐录》卷下）意思是说：我（指钦宗）辜负了大金国的恩德，招致讨伐，烦劳你们汗马奔驰远道而来；哀请你们宽恕，我怎敢不像战国时楚围郑那样，效法郑伯"肉袒牵羊"以尽奴才之礼？这话确实是够无耻的了。这表明，孙觌已不仅仅是俘虏，而是地地道道的奴才。其实孙觌早就瞅准了这笔出卖灵魂的大买卖。"词甚精丽，如宿成者"，不正说明他事前已作好了媚敌求荣的准备吗？

"虏人大喜"三句，是第四层，写金人对降表的反应。如果说，天子让朝臣写降表，"君为臣纲"，孙觌似乎还有诡辩的余地，然而作者决不肯让这个败类钻空子。钦宗诏写降表，"觌不复辞"；虏人以"卤获妇饷之"，"觌亦不辞"。两个"不辞"，言之凿凿，铁证如山，孙觌还有什么话好说呢？更何况，他得到的所谓"卤获妇"，就是被入侵者蹂躏过的自己的同胞姐妹啊！一个稍有天良的人，是决不会像畜生一样接受这种赏赐的。虏人的喜而给赏和孙觌的欣然领赏，恰恰证明孙觌确乎丧尽天良了。本来，这样的一个败类，应该夹起尾巴躲到最阴暗的地方去，然而，他还恬不知耻地有话要说。

孙觌的一番话是第五层。大凡卖国投降的奸贼，总要为自己的行径找点借口。孙觌找的借口是所谓"天命论"。他认为，自古以来，人不胜天，北宋的亡国便是天意的安排。当时有人想抵御金人南下，不只徒劳无益，而且将身首异处。这纯粹是对北宋抗金志士和广大军民浴血奋战的污蔑。如果不是朝廷中像钦宗、孙觌之流主和派得势，如果重用怀着"祖宗疆土，当以死守，不可以尺寸与人"(《宋史·李纲传》)决心的李纲等爱国将领，如果让广大人民纷纷举起的抗金义旗纵情飘扬，那么，"天意"将会何属？中原的大好河山还会被金的铁蹄践踏吗？孙觌也自觉理屈，所以又引经据典，请出孟子来作挡箭牌。其实孟子所说"顺天者存，逆天者亡"的话，本来是谈天下有道和天下无道的道理，孙觌的引用恰恰是对孟子原义的歪曲。他所兜售的这种卖国理论，荒谬绝伦，不攻自破。朱熹作为儒学大师，也讲过天命，曾写诗说："胡马无端莫四驰，汉家原有中兴期。旃裘喋血淮山寺，天命人心合自知。"(《闻二十八日之报，喜而成诗》)但这同孙觌关于天命的说教，是多么不同啊！

"或戏之曰……闻者快之"，是第六层。文中有五点值得玩味：一是孙觌宣扬卖国理论，是在写降表之后，宣扬了几次，尽管文中没说，但其逢人必讲，喋喋不休，则是可以想见的，故而"或戏之曰"，亦不只一回二回，而是每回必戏，针锋相对。二是肯定孙觌写降表的事实，并用他的"理论"还治其身，上升到"顺天为"的高度，再用"已甚"二字概括之，使善于诡辩的孙觌也无法否认。三是道出孙觌心灵中最见不得人的隐秘。他写降表，原在于"寿"——苟全性命和"康"——贪图逸乐。四是孙觌听到戏语之后的态度。"惭"是暂时的窘态，"无以应"是一时语塞，似前面所写的这样一个不知人间有羞耻事的卖国贼，是不会良心发现，有所悔悟的。五是"闻者快之"。作者达到了惩罚民族败类的创作目的，伸张了民族正义，人民拍手称快，以此收束正文，给人留下不尽的回味和思索。

这篇短小精悍的文章，在写法上有两个突出特点。第一，在刻画人物形象时，选材典型集中，可由一斑窥见全豹。孙觌其人，尽管《宋史》没有立传，但从《四库全书总目提要》、《南宋文范》等一些材料中，亦可了解他的许多秽迹。比如：抗金将领李纲罢御营使，太学生陈东等伏阙请留，而孙觌则"复劾纲要君"；高宗建炎初

(1127),孙觌又依附大奸臣黄潜善、汪伯彦,并犯赃罪;他作《莫开墓志》,极论屈体求金之是,倡言复仇之非;作《韩忠武(世忠)墓志》,诋毁岳飞是跋扈的武将;作《万俟卨墓志》,表扬万俟卨杀害岳飞的功劳,等等。其罪擢发难数,可是作者只选了写降表一事,因为在民族斗争中,写不写降表,是对一个人最严峻的考验,最易于见其心灵的美或丑。

第二,运用了如实描写的讽刺艺术手法。读罢此文,人们对孙觌写降表的丑行是切齿痛恨的。而这种感情的产生,完全是由作者采用严肃冷峻的讽刺手法托出事实真相造成的。文中既不作主观说明,又无一贬词,而是在叙述事实真相的过程中,将鲜明的爱憎感情渗透于字里行间,使读者受到感染。比如孙觌写降表,"过为贬损,以媚虏人,而词甚精丽,如宿成者"。作者似乎只是平平叙述而不露声色,实际上,他是用颤抖的手来活剥孙觌最卑污的灵魂。再如人们听到孙觌宣扬其卖国理论之后,作者仅用一个"戏"字,引出人们的反应,看似轻描淡写,实有千钧之力。它不仅表明了广大人民对卖国贼的愤恨和讽刺,而且挖出了卖国贼的黑心。作者用这种客观纪实的手法,将一个民族败类的形象写得活灵活现,显示出深厚的艺术功力。

(姜葆夫　李善奎)

【注】 ①靖康:宋钦宗赵桓年号。难:祸难。此指靖康二年(1127)金人攻陷东京,徽、钦二帝被掳,北宋灭亡之事。 ②幸:旧指帝王驾临某地。这里隐指宋二帝被掳往敌营。 ③某文:指降表。作者追述本朝皇帝投降的事,不好直说,故用隐语。 ④孙觌(dí 敌):字仲益,晋陵(今江苏武进)人。宋钦宗时,官翰林学士。 ⑤宿成:谓文思敏捷,一挥而就,仿佛预先做好的一般。宿:通"夙",平素。 ⑥大宗城:指金朝的同姓贵族。语出《诗·大雅·板》:"大宗维翰。"又《左传·僖公五年》:"宗子惟城。"卤:掳。饷:赠送。 ⑦孟子:战国时思想家,邹(今山东邹县东南)人。此处引语见《孟子·离娄上》。 ⑧乙巳:指宋孝宗淳熙十二年(1185)。 ⑨识(zhì 志):记。

辛弃疾

祭陈同甫文

呜呼,同甫之才,落笔千言,俊丽雄伟,珠明玉坚。人方窘步[①],我则沛然[②]。庄周李白,庸敢先鞭[③]!同甫之志,平盖万夫,横渠少日[④],慷慨是须[⑤]。拟将十万[⑥],登封狼胥[⑦],彼臧、马辈[⑧],殆其庸奴。

天于同甫,既丰厥禀[⑨],智略横生,议论风凛。使之早遇[⑩],岂愧衡伊[⑪]?行年五十,犹一布衣。间以才豪[⑫],跌宕四出[⑬],要其所厌[⑭],千人一律。不然少贬[⑮],动顾规检[⑯],夫人能之,同甫非短。至今海内,能诵三书[⑰],世无杨意[⑱],孰主相如[⑲]?中更险困[⑳],如履冰崖,人皆欲杀,我独怜才[㉑]。脱廷尉系[㉒],先多士鸣[㉓],耿耿未阻,厥声浸宏[㉔]。盖至是而世未知同甫者,益信其为天下之伟人矣！

呜呼，人才之难[25]，自古而然，匪难其人，抑难其天[26]。使乖崖公而不遇[27]，安得征吴入蜀之休绩[28]？太原决胜[29]，即异时落魄之齐贤。方同甫之约处[30]，孰不望夫上之人谓握瑜而不宣[31]。今同甫发策大廷[32]，天子亲寘之第一[33]，是不忧其不用；以同甫之才与志，天下之事，孰不可为？所不能自为者，天靳之年[34]！

闽浙相望[35]，音问未绝，子胡一病[36]，遽与我诀！呜呼同甫，而止是耶？而今而后，欲与同甫憩鹅湖之清阴[37]，酌瓢泉而共饮[38]，长歌相答，极论世事，可复得耶？千里寓辞[39]，知悲之无益，而涕不能已。呜呼同甫，尚或临监之否[40]！

据《宋史·辛弃疾传》载："辛弃疾豪爽尚气节，识拔英俊，所交多海内知名士。"陈亮，字同甫（一作"同父"），"与稼轩为友，其人才相若，词亦相似"（刘熙载语）。二人互相了解至深，交谊至深，志同道合，同是主张抗战恢复的爱国志士。挚友去世，噩耗传来，黯然神伤之中，辛弃疾写下了这篇情辞俱达的哀悼之作。

作为祭文，自然要对逝者作出褒扬评价。这里的评价，既是全面的、总体的"盖棺论定"，又是有所侧重、有所寄寓的"一己之言"。就全文看，主要包括"同甫之才"、"同甫之志"和其坎坷的身世，这也就是这篇祭文的前半部分内容。

先以感叹词"呜呼"发端，酿就抒情氛围，在此哀思氛围中来盛赞同甫之才、之志。论"才学"，他下笔千言，行文如流，沛然难收，不减庄周、李白。论志略，他平盖万夫，志在安边，臧宫、马援不在话下。这些评说，固然含有作者个人的情感因素，难免有所夸饰，却未失其真。《宋史·陈亮传》称赞陈亮"为人才气超迈，喜谈兵，论议风生，下笔数千言立就"。作者在此祭文中，对挚友才华津津乐道，想慕之情溢于言表。

有奇才，有壮志，按理说应当有所建树，才无愧平生，然而陈亮却一生坎坷，"行年五十，犹一布衣"，终生未能将兵杀敌，驰骋沙场，理想与现实的反差多大啊！陈亮在孝宗淳熙年间曾三次上书，反对苟安，力主抗敌，后果怎样呢？一连串的打击和迫害随之而来，惨痛命运也由此开始，因此辛弃疾说他"中更险困，如履冰崖"，把朝廷上下投降派对抗战人士的压制、排挤，形象地展示出来，悲愤之情溢于言表。《宋史·陈亮传》曾这样说陈亮的遭遇："大臣尤恶其直言无讳，交沮之，乃有都堂审察之命"，"大略欲激孝宗恢复，而是时孝宗将内禅，不报。由是在廷交怒，以为狂怪"。由此可知其处境之险恶。

祭文接下来就结合陈亮命运，以"呜呼"发语，慨叹："人才之难，自古而然，匪难其人，抑难其天。"人才固然难得，但是知遇识逢更难。有了人才而不能很好地任用他们，只好让他们大发"生不逢时"的无限感慨。更令人遗憾的还有这么一个细节：绍熙四年（1193）陈亮应礼部试，进士及第，被擢为第一，授签书建康府判官厅公事，可惜未到任而卒。陈亮一生不仕，偶遭起用，无奈天不假年，壮志未酬身先死，怎不令人遗憾？又何况是平生挚友呢？在尤人与怨天的感慨之中，见出作者对知己好友的一片深情，并借以倾诉了自己心中之郁积。

祭文的最后部分，忆往事而情伤，哀思不尽。陈亮为浙人，病终之时，他的好友辛弃疾正为福建安抚使，所以说二人"闽浙相望"。挚友分别，书信往来不断，南北音讯犹通，纵使注定没有机缘共同生活，但是彼此尚可互诉衷肠。谁又曾料，此次陈亮竟一病而逝，今生永诀！作者不愿也接受不了这个不幸的事实，于是仍像面对着好友一样，忘情地发问："同甫啊，同甫，难道咱们就真的在此时永别了吗？"回肠荡气，凄婉无比，悲伤难抑。回忆相处之日，共游鹅湖山，同饮于瓢泉，指点江山，评论世事，酬唱应答，此乐何及！陈亮在一首《贺新郎》词中说："只使君（辛弃疾），从来与我，话头多合。"而今再想接上这些投机的话题而不能，怎不令人心悲？然而"知悲之无益"，"而"字一转，想到逝者长逝，终生永诀，因而又"涕不能已"，大大增强了悲悼气氛。最后一句，把无限的哀思，化作对挚友亡灵的深切召唤。宁可相信人死后有亡灵，让他再次从作者凄楚的哀悼情形中，体验到这份千古不绝的友情。这篇祭文就结束在这抒情的高潮中。

综观全文，前两段盛赞其才与志，并对其坎坷身世寄予了深挚的同情，抒发了感慨，为下文写哀思作了铺垫。唯用典稍多，似为微瑕。后两段悲叹其命运，回顾平生友谊，写得语短情长，余韵不止。

作者失去的不仅是一个胸有超群雄才的朋友，更是一位怀抱爱国壮志的同志。对亡友深挚的悼念、对自身抑郁的慨叹、对国运密切的关注，使这篇祭文具有深刻的底蕴。梁启超曾评道："无限感慨，哀同父（甫），亦自哀也。"因为出于真情实感，文章也就愈显精彩动人。（周广全　葛泉滋）

【注】 ①窘步：步履维艰。《离骚》："夫唯捷径以窘步。"此处比喻才思枯竭。　②沛然：才思横溢貌。　③庸敢：岂敢。先鞭：先一着，先行一步。《晋书·刘琨传》："琨少负志气，有纵横才，与祖逖为友。及逖被用，与亲故书曰：'吾枕戈待旦，志枭逆虏，常恐祖生先吾著鞭。'"　④横渠：即张载，载号横渠。《宋史·张载传》："张载……少喜谈兵，至欲结客取洮西之地。"　⑤须：等待。　⑥拟：准备，打算。将：率领。十万：十万兵马。　⑦封：在山上筑台祭天。狼胥：狼居胥山，即今蒙古人民共和国境内之肯特山。西汉元狩四年（前119），骠骑将军霍去病出代郡塞击匈奴，"封狼居胥山，禅于姑衍，登临瀚海而还"（《汉书·霍去病传》）。　⑧臧、马：指臧宫和马援，二人均为汉光武帝时的名将。　⑨丰：用如动词，丰富。厥：他的。禀：天资。　⑩遇：遇合，受赏识，被重用。　⑪衡伊：商初贤相伊尹。汤称他为"阿衡"，后人称为"衡伊"。　⑫才豪：才气豪放。间：间或，偶尔。　⑬跌宕四出：豪气四溢。　⑭要：总的方面。　⑮少：略微。贬：约束，收敛。　⑯动顾：言行。规检：规矩。　⑰三书：指陈亮在孝宗淳熙年间三次上的主战奏章。　⑱杨意：即杨得意，西汉人，曾向汉武帝推荐司马相如。　⑲主：引荐。　⑳更：经历。　㉑"人皆"二句：语出杜甫《不见》诗："世人皆欲杀，吾意独怜才。"　㉒脱廷尉系：犹言出狱后。陈亮曾于淳熙十一年（1184）和绍熙元年（1190）两次入狱。　㉓先多士鸣：指绍熙四年（1193），陈亮应礼部试，被宋光宗擢为进士第一。多士：众士。　㉔浸：更加。　㉕人才之难：语出《论语·泰伯》："才难，不其难乎！"　㉖抑：乃是。　㉗乖崖公：即张咏，号乖崖公，为宋太宗所信用，曾镇压四川李顺农民起义。　㉘休绩：伟绩。休：美。　㉙太原决胜：指宋初张齐贤为太祖谋划取太原事。　㉚约处：贫居。　㉛望：怨望。上之人：当权者。握瑜而不宣：手握着美玉而不拿出来，比喻压抑贤才。　㉜发策：对策。　㉝天子亲寘之第一：指绍熙四年（1193）宋光宗擢陈

亮进士第一。寘:放置。 ㉞靳:吝惜。年:寿命。 ㉟闽浙相望:陈亮为浙人,死时,辛弃疾在福建安抚使任上,故曰"闽浙相望"。 ㊱子:指陈亮。胡:何。 ㊲鹅湖:山名,在江西省铅山县北。淳熙十五年(1188),陈亮曾与辛弃疾共游鹅湖。 ㊳瓢泉:地名,在江西省上饶县。辛弃疾在绍熙五年(1194)归隐于此。 ㊴寓辞:寄哀情于文辞中。 ㊵临监:降临观看。

周　密

观　潮

浙江之潮[1],天下之伟观也,自既望以至十八日为最盛[2]。方其远出海门[3],仅如银线,既而渐近,则玉城雪岭[4],际天而来,大声如雷霆,震撼激射,吞天沃日[5],势极雄豪。杨诚斋诗云[6]"海涌银为郭,江横玉系腰"者是也。

每岁京尹出浙江亭教阅水军[7],艨艟数百[8],分列两岸,既而尽奔腾分合五阵之势[9],并有乘骑弄旗标枪舞刀于水面者,如履平地。倏尔黄烟四起,人物略不相睹,水爆轰震,声如崩山。烟消波静,则一舸无迹,仅有敌船为火所焚[10],随波而逝。吴儿善泅者数百[11],皆披发文身[12],手持十幅大彩旗,争先鼓勇,溯迎而上,出没于鲸波万仞中[13],腾身百变,而旗尾略不沾湿,以此夸能。而豪民贵宦,争赏银彩[14]。

江干上下十余里间,珠翠罗绮溢目,车马塞途。饮食百物皆倍穹常时[15],而僦赁看幕[16],虽席地不容闲也[17]。禁中例观潮于天开图画[18]。高台下瞰,如在指掌。都民遥瞻黄缴雉扇于九霄之上[19],真若箫台蓬岛也[20]。

《观潮》选自周密的笔记《武林旧事》。《武林旧事》为宋亡后所作,追记了临安物阜人繁的社会风貌,表现出作者恻恻兴亡之感。钱塘观潮,历来是杭州的盛事奇观。千百年来,骚人墨客留下了无数名篇佳句。而周密此文虽然只是笔记中的一段,但叙事集中单纯,文字精练优美,可视作独立成篇的写景记事散文,是记钱塘观潮的传世名篇。

钱塘江,是浙江最大的河流,流经杭州,东北入大海。海口山峰对峙,有如门户,海潮倒灌进江,在狭窄的江道中急剧高涨,潮头竟可高达数十丈,排山倒海,奔腾咆哮,震耳欲聋,直冲进内江数十里才渐势弱,其情景令人惊心动魄。每年阴历八月十五前后,天下人纷纷慕名前往观潮。唐代赵嘏的"十万军声半夜潮",白居易的"郡亭枕上看潮头",宋代潘阆的"长忆观潮,满郭人争江上望",苏轼的"八月十八潮,壮观天下无",描述的都是钱塘观潮。

这篇《观潮》,全文三百零五字,可分为四个段落。第一段写海潮之雄伟壮美,第二段描写趁潮盛教习水军的情景,第三段描述吴地弄潮健儿之英姿,第四段描述观潮盛况。全文围绕着观潮,每段集中描绘一个场景,主题突出,层次十分清晰。

起首"浙江之潮,天下之伟观也",开门见山,点明题旨,总领全文。"自既望以

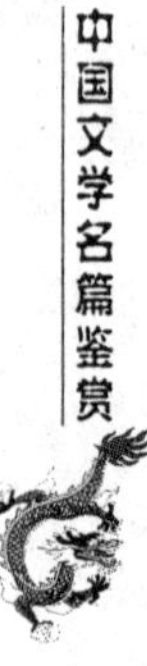

至十八日为最盛”,更紧扣一句,表明将集中描写“最盛”的海潮。接着由远及近,由弱至强,由形色到声势,多面渲染大潮。海潮始入海口,“仅如银线”,渐渐逼近,则似城似岭般压顶扑来,色如玉如雪般洁白,声如“雷霆”轰鸣,势若遮天蔽日,震撼寰宇,真乃磅礴雄伟,壮美无比。李白《横江词》之四云:“浙江八月何如此?涛如连山喷雪来。”谢宗可《江潮》云:“龙决黄河银浪涌,鳌翻坤轴玉山摧。半江飞雪横空起,千里奔雷撼地来。”辛弃疾《摸鱼儿》词云:“望飞来、半空鸥鹭,须臾动地鼙鼓。截江组练驱山去,鏖战未收貔虎。”描写形容,各有千秋。周密此文连用比拟、夸张等修辞手法,集中突出了大潮形、色、声、势四个方面的特点,浓笔饱墨,酣畅淋漓,且凝练生动,自有其独特魅力。“势极雄豪”一句总结上文,照应了开头“天下伟观”。最后引用杨万里诗从侧面描绘,恰当贴切,形象优美。诗文互补,如水映月,上下增辉。

次段先写演习之规模,次写阵势之变化,再写演练技艺之高,又写操练之逼真与激烈,最后描绘教阅结束时的情景。一路写来,条理分明,跌宕生动。演习阵势的变化,作者只在“奔腾分合”四字前冠以“尽”字,立即灵动地将其内涵无限扩大。战舰时而破浪驰进,时而凌波跃腾,时而分散迂回,时而联队合击,变幻不定的情景,如在目前。写水军演习之技艺,作者将“乘骑、弄旗、标枪、舞刀”四个动宾词组排列而出,结构同,节奏快,表现了水兵令人眼花缭乱的战斗动作。又用“如履平地”来表现他们举重若轻的高超技艺。一场规模大、程序多、战阵复杂、瞬息万变的潮上操演,作者只用了几十字就生动地描绘了出来,笔力之精湛可叹为观止。前面写演习时轰轰烈烈,烟雾腾腾,令人凝神屏息,目不暇接。待到烟消波静,却只见水面上百舸无迹,只有击毁的假设敌船尚有余烟,逐流而去。动静对比,跌宕变化,相映成趣。

第三段又转笔描绘吴地健儿的弄潮本领。他们披发文身,手持彩旗,争先恐后,奋力搏击,逆迎汹涌的大潮而上,在波峰浪谷中时隐时现,还不时腾跃身躯表演各种姿态。其间,十彩旗始终高举,连旗角都没有沾湿一点。潘阆《酒泉子》词“弄潮人向潮头立,手把红旗旗不湿”所写正可与此印证。弄潮人在鲸波中如蚁似芥,观潮人远立江岸难以辨识其泅水英姿。但以十面大彩旗为标志,弄潮绝技大为惊人。能于惊涛骇浪中泅泳踏波已属不易,何况还要手擎大旗,且“腾身百变”之后“旗尾略不沾湿”呢?以旗作识,原是弄潮人夸艺的巧思,作者拈来文中,成为极精彩的一笔。这段纯用白描,可与辛弃疾词“吴儿不怕蛟龙怒,风波平步。看红旗惊飞,跳鱼直上,蹙踏浪花舞”(《摸鱼儿·观潮上叶丞相》)参读。文章紧扣“吴儿善泅”,着力描绘了健儿们入水蛟龙般的精湛技艺。最后再以豪民富户争赏银彩从侧面衬托,神气完足。

第四段正面写观潮盛况。吴自牧《梦粱录》“观潮”条云:“每岁八月内,潮怒胜于常时。都人自十一日起,便有观者。至十六、十八日倾城而出,车马纷纷。”可为此段注释。前三句正面写观潮之众,沿江十几里都挤满了观潮的人与车马。“溢目”对“塞途”,凝练传神。人用“珠翠罗绮”来代表,暗写了昔日之繁华富足,含蓄地表达了作者的怀恋情愫。接着再从饮食百物价格倍于平时与观潮帐篷租赁一空两个角度侧面描绘观潮人之众。物以稀为贵，游人剧增，物价势必抬高。最后再写宫禁中帝王后妃也必躬亲驾临，观潮之盛达至极顶。层层渲染，反复形容游人之众，恰正烘托出钱塘大潮的盛美，确为“天下之伟观”。写到禁中观潮，用“例”字，表明是故宋之惯例。观台之名“天开图画”，说明为昔日之故都宫台。“都民遥瞻黄繖雉扇于九霄之上，真若箫台蓬岛也”，则极写前朝皇室之威仪华贵，臣民视若神明之敬仰之情。凡此种种，体现着作者恋旧忆昔的情感，也客观地表现了帝王高高在上，与都民隔若霄壤的事实。

综观全文，以大潮为核心，描绘了大潮、操演、弄潮、观潮四大景观。第一段明写大潮，反复描摹，绘声绘色。后三段写人的活动，借潮盛练兵，因潮涨弄潮，知潮怒观潮，均因潮而起，是暗写大潮。结构严谨，行文惜墨如金，无一笔旁逸斜出，无一字闲文赘墨。诵读此文，可感其内在节奏颇有韵律。明写大潮时，从一丝银线到靡天排空，声撼大地，是由静到动。操演时从极尽奔腾分合五阵之势到烟消波静，又是由动到静。弄潮儿舞旗踏波再起高潮，写观潮车马又渐趋平静。时静时动，有张有弛，始终扣人心弦。三百多字的短文，既描绘了伟观绝景，记述了风俗人情，还抒发了眷恋故国之情，意蕴丰富，形象生动。读者不仅从对大潮的描绘中领略到大自然超凡的伟力与壮美，还可从对弄潮的描绘中体会到人类驾驭自然的胆魄与能力，平添一种人定胜天的豪情壮志。（杨　燕）

【注】　①浙江：即钱塘江。发源于浙、皖、赣边境，东北流入杭州湾。　②既望：本指阴历每月十六日，此指八月十六日。　③海门：钱塘江入海口。据吴自牧《梦粱录》卷一二“浙江”条载：“海门在江之东北，有山曰赭山，与龛山对峙，潮水出其间也。”但至清代乾隆以后，江水已改道由赭山之北入海。　④玉城雪岭：形容潮头之高如城如岭，潮水之白似玉似雪。　⑤吞天沃日：形容潮势如欲淹没天日。　⑥杨诚斋：即杨万里。其诗名《浙江观潮》。　⑦京尹：京兆尹，京都的地方长官，指临安知府。浙江亭：在临安城南钱塘江北岸。　⑧艨艟（méng chōng 蒙冲）：古代战船。　⑨五阵：古代作战时士兵布列的五种阵势。　⑩敌船：指演习中作为攻击目标的船只。　⑪吴儿：吴地的年轻人。钱塘属古吴国。　⑫文身：身上刺花纹。　⑬鲸波：大浪。万仞：极言潮头之高。古时八尺为一仞。　⑭银彩：以银作竞赛优胜者的奖品。　⑮倍穹（qióng 穷）：指价格加倍高出。穹：高。　⑯僦赁（jiù lìn 就吝）：租赁。看幕：观潮的帐幕。　⑰席地：一席之地。席：座位。　⑱天开图画：临安皇宫内台名，靠近钱塘江北岸，便于观潮。　⑲黄繖雉扇：黄罗御伞和雉尾扇，都是帝王外出时专用的仪仗。繖：同“伞”。　⑳箫台：萧史吹箫引凤的凤台。据《列仙传》载，秦穆公女弄玉于凤台上随夫萧史学吹箫，引来凤凰，夫妇俱仙去。蓬岛：即蓬莱，传说中海上三神山之一。

指南录后序

德祐二年正月十九日①，予除右丞相兼枢密使②，都督诸路军马。时北兵已迫修门外[3]，战、守、迁皆不及施[4]。缙绅、大夫、士萃于左丞相府[5]，莫知计所出。会使辙交驰[6]，北邀当国者相见[7]。众谓予一行为可以纾祸[8]。国事至此，予不得爱身[9]，意北亦尚可以口舌动也[10]。初奉使往来，无留北者，予更欲一觇北[11]，归而求救国之策。于是辞相印不拜[12]，翌日[13]，以资政殿学士行[14]。

初至北营，抗辞慷慨，上下颇惊动，北亦未敢遽轻吾国[15]。不幸吕师孟构恶于前[16]，贾余庆献谄于后[17]，予羁縻不得还[18]，国事遂不可收拾。予自度不得脱[19]，则直前诟虏帅失信[20]，数吕师孟叔侄为逆[21]。但欲求死，不复顾利害。北虽貌敬，实则愤怒。二贵酋名曰馆伴[22]，夜则以兵围所寓舍，而予不得归矣。

未几，贾余庆等以祈请使诣北[23]。北驱予并往，而不在使者之目。予分当引决[24]，然而隐忍以行[25]。昔人云："将以有为也[26]。"至京口[27]，得间奔真州[28]，即具以北虚实告东西二阃[29]，约以连兵大举。中兴机会，庶几在此[30]。留二日，维扬帅下逐客之令[31]。不得已，变姓名[32]，诡踪迹[33]，草行露宿，日与北骑相出没于长淮间[34]。穷饿无聊[35]，追购又急[36]，天高地迥，号呼靡及[37]。已而得舟，避渚洲[38]，出北海[39]，然后渡扬子江[40]，入苏州洋[41]，展转四明、天台[42]，以至于永嘉[43]。

呜呼！予之及于死者不知其几矣！诋大酋当死[44]；骂逆贼当死[45]；与贵酋处二十日[46]，争曲直，屡当死；去京口，挟匕首，以备不测[47]，几自刭死[48]；经北舰十余里，为巡船所物色，几从鱼腹死[49]；真州逐之城门外，几彷徨死；如扬州[50]，过瓜洲扬子桥[51]，竟使遇哨[52]，无不死；扬州城下进退不由[53]，殆例送死[54]；坐桂公塘土围中，骑数千过其门，几落贼手死[55]；贾家庄几为巡徼所陵迫死[56]；夜趋高邮[57]，迷失道，几陷死；质明[58]，避哨竹林中，逻者数十骑，几无所逃死；至高邮，制府檄下，几以捕系死[59]；行城子河[60]，出入乱尸中[61]，舟与哨相先后，几邂逅死[62]；至海陵[63]，如高沙[64]，常恐无辜死；道海安、如皋[65]，凡三百里，北与寇往来其间[66]，无日而非可死[67]；至通州，几以不纳死[68]；以小舟涉鲸波[69]，出无可奈何，而死固付之度外矣！呜呼！死生，昼夜事也，死而死矣；而境界危恶[70]，层见错出，非人世所堪[71]。痛定思痛，痛何如哉[72]？

予在患难中，间以诗记所遭，今存其本不忍废。道中手自抄录[73]：使北营，留北关外为一卷[74]；发北关外[75]，历吴门、昆陵[76]，渡瓜洲，复还京口为一卷；脱京口，趋真州、扬州、高邮、泰州、通州为一卷；自海道至永嘉，来三山为一卷[77]。将藏之于家，使来者读之[78]，悲余志焉。

呜呼！余之生也幸，而幸生也何所为[79]？求乎为臣，主辱臣死，有余僇[80]；所求乎为子，以父母之遗体，行殆而死，有余责[81]。将请罪于君，君不许；请罪于母，母不许；请罪于先人之墓，生无以救国难，死犹为厉鬼以击贼[82]，义也。赖天之灵，宗庙之福，修我戈矛，从王子师[83]，以为前驱[84]，雪九庙之耻[85]，复高祖之业[86]。所谓誓不与贼俱生，所谓鞠躬尽力，死而后已[87]，亦义也。嗟夫！若予者，将无往而不得死所矣[88]。向也[89]，使予委骨于草莽[90]，予虽浩然无所愧怍[91]，然微以自文于君亲[92]，君亲其谓予何[93]！诚不自意，返吾衣冠[94]，重见日月[95]，使旦夕得正丘首[96]，复何憾哉！复何憾哉！

是年夏五[97]，改元景炎[98]，庐陵文天祥自序其诗[99]，名曰《指南录》。

这是宋代民族英雄文天祥为其诗集《指南录》所作的序文。与一般的序文不同，作者在文章中并没有阐述他的美学见解或文学主张，燃烧其中的只是满怀悲愤、一腔孤忠以及那高逼云端的浩然之气！这些光照日月的人格精神，使这篇作品突破了自我的天地和文学的领域，进入了更广阔的历史空间，激起了无与伦比的回响。

文章一开始，作者就为我们呈现了一个由血与泪、剑与火交织而成的复杂的历史场景，正是这种复杂的历史场面为作者人格精神的体现提供了一个十分有利的契机。面对强敌压境、南宋朝廷束手无策的险恶形势，作者决定毅然北行："国事至此，予不得爱身。"北行后，面临内奸的出卖和敌酋的逼迫，更是慷慨陈词，将生死置之度外："但欲求死，不复顾利害。"身陷贼手后，仍以国家为念，"将以有为"，故想方设法脱离险境："至京口，得间奔真州，即具以北虚实告东西二阃，约以连兵大举。"虽然作者在这里的陈述非常简约，且语气冷峻，但其对国家的拳拳之忠，对自身人格的爱惜以及视死如归的殉道精神已坦然偃卧于其中。

此后，文章转入了对具体险情的叙述。与前面的简约和冷峻相比，这一部分在内容上更加触目惊心，在情感上更加哀婉动人，在笔致上亦更加细腻入微，这种前后的反差，使文章波澜迭起，犹如平静的溪流，在越过高峡峻谷之后，终于雪浪翻涌，一泻千里，其惊险之状足以使人仰首惕息。这其中既有滞留北地、与虎同眠的困顿，也有南逃脱险、几充鱼腹的艰难；既有出入乱尸、与贼邂逅的险恶，更有舟涉鲸波、无可奈何的悲凉……正如作者所说："境界危恶，层见错出，非人世所堪。"为了使这段难以想象的人生遭际以更大的力度和更鲜明的面貌震撼人们的胸怀，作者采用了排比的手法，将层出不穷的险情连成了一幅残酷的画面，使人们于巨大的意象压迫中体会那由异族的入侵所造成的人生的颠簸。应该说，作者的这种美学选择是极其合理的。因为排比的过程实际上是一种力量积聚的过程，这种力量的积聚无疑能把人的情感升华到一种巅峰状态。对作者而言，则可以使他以从未有过的清醒与勇敢去直面残酷的人生，从而以更大的理性唤起民族的屈辱感与人生的悲凉感，并进而以这种感觉去昭示势不可挡的爱国激情，这从"屡当死"，"几自到死"，"几从鱼腹死"，"几徬徨死"……"出无可奈何，而死固付之度外矣"等一系列将死未死的险境中可以见出。对读者来说，这种力量的积聚，则意味一种同情心的形成。与作者同时代的人们自不待言，即使今天的读者，虽然他们已脱离了具体的历史环境，甚至不了解文章特定的背景，但因为这种生活代表了人类生活的某一部分，这种悲凉感也是人类情感典型的一隅，因此，他们并不难找到心灵的契合点，尤其当民族的生存受到外界力量威胁的历史关头，它会犹如一记响亮的钟声，唤醒人们残酷的记忆，使他们在灵魂的碰撞中，感受到一种痛苦而哀伤的和谐。

如果说以上作者对自身复杂遭际的描述还多少带有自怜意味的话，那么，文章的最后对其"鞠躬尽瘁，死而后已"精神的表白，则完全是在自励了。虽然由于历史的影响，自励的方式是陈旧的、模式化的，并带有一定的迂腐气，但荡漾其中的人格的光辉却是不容抹杀的。因为作者虽然执著于"忠"，但其内涵已完全不同于时人的那种"愧无一策匡时难，惟余一死报君王"的无可奈何；相反，他是以"忠"作为个体力量的切入点，进入对国事的忧患，以实际行动一雪前耻的。他对"孝"的强调，也非"王祥卧冰"式的自虐，而是以祖先作为精神上的依附，以达到人格上的自警，最终使"国"与"家"连成一体。

（郑训佐）

【注】 ①德祐二年：公元1276年。德祐：宋恭帝赵㬎年号(1275～1276)。正月：原文作"二月"，误。据《指南录·自序》订正。 ②除：被授官。右丞相：南宋置左右丞相，为宰相之职。右丞相略次于左丞相。枢密使：宋朝掌管国家军权的最高职务。 ③北兵：指元兵。修门：国都的门。《指南录·自序》："时北兵驻高亭山，距修门三十里。" ④施：行。 ⑤缙绅：本为古代官僚的装束（插笏板于带），后指高级官员。萃：聚。左丞相：时为吴坚，后降元。 ⑥会使辙交驰：正当双方使臣往来频繁时。⑦当国者：主持国政的人。 ⑧纾(shū 书)：解除。 ⑨爱：顾惜。 ⑩意：料想。以口舌动：用言语来打动。 ⑪觇（chān 搀）：窥视，察看。 ⑫不拜：不受（官）。 ⑬翌(yì 亦)日：明日。 ⑭资政殿学士：官名。宋朝宰相罢政，多授以此官。 ⑮遽：急，马上。 ⑯吕师孟：襄阳将吕文焕的侄子。吕文焕降敌，引元兵南下，当时吕师孟为兵部侍郎，作元军的内应。德祐元年吕师孟出使元军，投降。吕文焕投降后，文天祥曾上疏要求诛"叛逆遗孽"，意指吕师孟。构恶：在元人面前说文天祥的坏话。 ⑰贾余庆：官同签书枢密院事，知临安府，文天祥辞相印后作右丞相。德祐二年同文天祥一道出使元军，后向元军献策，囚禁文天祥。献谄：向敌人献媚。 ⑱羁縻：扣留。 ⑲度(duó 夺)：揣测。 ⑳诟：骂。虏帅：指元军统帅伯颜。失信：指伯颜扣留文天祥不使回国事。 ㉑数(shǔ 暑)：列举。逆：叛徒。 ㉒二贵酋：指忙古歹、唆都，一为万户，一为招讨使，都是元军的高级将领。馆伴：接待外国使臣的人员。 ㉓"贾余庆"句：德祐二年二月初六，已降元的宋恭帝派遣吴坚、贾余庆、谢堂、刘岊(jié 杰)、家铉翁为祈请使，赴大都请降。祈请使：奉表请降的使节。诣北：往元京大都（今北京）。㉔分(fèn 奋)当引决：理应自杀。 ㉕隐忍：尽力克制含忍，不露真情。 ㉖将以有为也：韩愈《张中丞传后叙》："巡呼云（南霁云）曰：'南八，男儿死耳，不可为不义屈！'云笑曰：'欲将以有为也。公有言，云敢不死！'" ㉗京口：今江苏省镇江市。 ㉘得间(jiàn 件)：得到机会。真州：治所在今江苏省仪征县。 ㉙东西二阃(kǔn 捆)：指淮南东路制置使（掌管边防的军事长官）李庭芝（驻扬州）和淮南西路制置使夏贵（驻庐州——今安徽省合肥市）。阃：特指郭门的门槛。后用以代指统兵在外的将帅，称统兵者为"专阃"。 ㉚庶几：大概。在此："在此一举"的省略。 ㉛维扬帅下逐客之令：《指南录》卷三《出真州》载淮东制置使李庭芝得报，误认为文天祥为元军奸细，下令真州守将苗再成杀掉文天祥。苗不忍，开城门放文天祥出城。维扬：即扬州。 ㉜变姓名：文天祥被逐出后，曾改名为清江人刘洙。 ㉝诡踪迹：使行踪诡秘。 ㉞日与北骑相出没于长淮间：当时淮东宋军只守住扬州、真州、高邮等少数城池，主要交通线已被元军控制，所以这样说。长淮间：指淮水以南的水网地区。 ㉟无聊：无聊赖，无依靠。 ㊱追购：悬赏追捕。 ㊲号呼靡及：向天地呼号，天地也听不到。表示没有办法。 ㊳避渚洲：避开长江中的沙洲。因沙洲为元军占据，须绕开。 ㊴北海：指长江口以北的海。 ㊵扬子江：长江在江都县至镇江之间，古称"扬子江"。因其地古有扬子津、旧有扬子县而得名。 ㊶苏州洋：今

上海市附近的海。㊷四明：今浙江省宁波市。天台：今浙江省天台县。㊸永嘉：郡名，治所在今浙江省温州市。㊹诋大酋：指上文提到的"直前诟虏帅失信"事。诋：斥责。㊺逆贼：指吕文焕、吕师孟叔侄。㊻贵酋：指上文"名曰馆伴"的"二贵酋"。㊼不测：意外。㊽刭：刎颈。㊾"经北舰"三句：据《指南录》卷三《上江难》载："予既登舟，意泝流直上，他无事矣。乃不知江岸皆北船，连亘数十里，鸣梆唱更，气焰甚盛。吾船不得已，皆从北船边经过，幸而无问者。至七里江，忽有巡者喝云：'是何船?'……巡者欲经船前，适潮退，阁浅不能至。是时舟中皆流汗。其不来，侥幸耳。"物色：搜寻。从鱼腹死：葬身鱼腹，指投水而死。㊿如：往。51瓜洲：在今江苏省扬州市南四十里江滨。扬子桥：即扬子津。52竟使：假使。哨：元军哨兵。53不由：不由自主，指进退失所。54殆：几乎。例：类乎。55"坐桂公塘"三句：《指南录》卷三《至扬州》："予不得已，去扬州城下……而天色渐明，行不能进。至十五里头，半山有土围一所，旧是民居，毁荡之余，无椽瓦，其间马粪堆积。……只得入此土围暂避。……数千骑随山而行，正从土围后过。一行人无复人色，傍壁深坐，恐门外得见。若一骑入来，即无噍类矣！时门前马足与箭筒之声，历落在耳，只隔一壁。幸而风雨大作，骑只径去。"桂公塘：小丘名，在扬州城外。56贾家庄：在扬州城北。巡徼：宋军守扬州的巡逻兵。陵迫：欺陵逼迫。《指南录》卷三《贾家庄》："予初五日随三樵夫，黎明在贾家庄，止土围中……"同书《扬州地分官》："初五至晚，地分官五骑咆哮而来，挥刀欲击人，凶焰甚于北，亟出濡沫（给钱），方免毒手。"57高邮：今江苏省高邮县。58质明：黎明。59"至高邮"三句：《指南录》卷三《至高沙》："予至高沙，奸细之禁甚严。……闻制使有文字报诸郡，有以丞相来赚城，令觉察关防。于是不敢入城，急买舟去。"制府：指淮东制置使的府署。檄：晓谕或声讨的文书。60城子河：在高邮县东南。61出入乱尸中：据《指南录》卷三《至高沙》载：二月六日宋军与元军在城子河交战，宋军大捷。当时"积尸盈野，水中流尸无数，臭秽不可当，上下几二十里无间断"。62邂逅（xiè hòu 械后）：不期而相遇。63海陵：今江苏省泰县。64如高沙：是说到海陵后，其艰险遭遇如在高邮一样。高沙：即高邮。65道：经过。海安：今江苏省海安县。如皋：今江苏省如皋县。66寇：指土匪。67无日而非可死：没有一天不处在死的危险之中。68"至通州"二句：胡广《丞相传》载文天祥"至通州，几不纳。适谍报：'镇江大索文丞相十日，且以三千骑追亡于浒浦。'始释制司前疑"。通州：治所在今江苏省南通市。69涉鲸波：渡海。鲸波：巨浪。70境界：境况，境地。71非人世所堪：不是一般人所能忍受得了的。堪：胜任，禁当。72"痛定"二句：事后追想当时遭受的痛苦，是多么悲痛啊！韩愈《与李翱书》："如痛定之人，思当痛之时，不知何能自处也。"73手自：亲手。74留北关外：指被元军扣留在临安城北的高亭山。留：拘留。北关：临安北门。75发：出发。76历：经过。吴门：吴县的别称，今江苏省苏州市。昆陵：古县名，今江苏省常州市。77三山：福建省福州市的别称，因市内有闽山、越王山、九仙山而得名。78来者：后来人。79幸生：侥幸生存，苟活。80余僇（lù 录）：余罪。僇：同"戮"，罪。81"以父母"三句：《孝经·开宗明义章》："身体发肤，受之父母，不敢毁伤，孝之始也。"作者据此以为准则，说自己冒险而死，是要受到指责的。殆：危险。82厉鬼：恶鬼。83"修我戈矛"二句：《诗·秦风·无衣》："王于兴师，修我戈矛，与子同仇。"修：整治。师：军队。84前驱：在马前开路，即作先锋。85九庙之耻：指皇帝祖宗的耻辱。九庙：古代皇室家庙供九代祖先，称"九庙"。86高祖：指宋朝的开国之君赵匡胤。87"所谓"三句：诸葛亮《后出师表》："先帝虑汉贼不两立，王业不偏安，故托臣以讨贼也。……臣鞠躬尽瘁，死而后已。"88无往而不得死所：处处都是死所，即死得有意义。89向：昔日。90使：假如。委骨于草莽：死于草野。委骨：弃骨，即死。 ⑨浩然：光明正大的样子。愧怍：惭愧。 ⑨微：同“无”。文：掩饰。 ⑨君亲其谓予何：皇上和父母将会怎样责备我呢！ ⑨返吾衣冠：能回到宋朝。衣冠：指汉族的服装。 ⑨日月：比喻宋朝最高统治者。 ⑨得正丘首：能够死在故国或故乡。屈原《九章·哀郢》：“鸟飞反故乡兮，狐死必首丘。”狐狸死时把头对着窟穴，表明依恋故土。 ⑨是年夏五：指德祐二年夏历五月。 ⑨改元：新君即位，改变年号。景炎：宋端宗赵昰的年号(1276～1278)。 ⑨庐陵：今江西省吉安市。

谢翱

登西台恸哭记

始，故人唐宰相鲁公[1]，开府南服[2]，予以布衣从戎。明年，别公漳水湄[3]。后明年[4]，公以事过张睢阳及颜杲卿所尝往来处[5]，悲歌慷慨，卒不负其言而从之游[6]。今其诗具在，可考也。

予恨死无以藉手见公[7]，而独记别时语，每一动念，即于梦中寻之。或山水池榭，云岚草木，与所别处，及其时适相类，则徘徊顾盼，悲不敢泣。又后三年[8]，过姑苏。姑苏，公初开府旧治也，望夫差之台[9]，而始哭公焉。又后四年[10]，而哭之于越台[11]。又后五年[12]，及今，而哭于子陵之台。

先是一日，与友人甲、乙若丙约[13]，越宿而集。午，雨未止，买榜江涘。登岸谒子陵祠，憩祠旁僧舍。毁垣枯甃，如入墟墓，还与榜人治祭具。须臾雨止，登西台，设主于荒亭隅，再拜跪伏，祝毕，号而恸者三，复再拜，起。又念予弱冠时[14]，往来必谒拜祠下。其始至也，侍先君焉。今予且老，江山人物，睠焉若失[15]。复东望，泣拜不已。有云从西南来，渰浥浡郁[16]，气薄林木，若相助以悲者。乃以竹如意击石，作楚歌[17]，招之曰：“魂朝往兮何极！暮归来兮关水黑。化为朱鸟兮有咮焉食[18]？”歌阕，竹石俱碎，于是相向感唶[19]。复登东台，抚苍石，还憩于榜中。榜人始惊予哭，云：“适有逻舟之过也，盍移诸[20]？”遂移榜中流，举酒相属，各为诗以寄所思。薄暮，雪作风凛，不可留。登岸宿乙家。夜复赋诗怀古。明日，益风雪，别甲于江，予与丙独归。行三十里，又越宿乃至。其后，甲以书及别诗来，言：“是日风帆怒驶，逾久而后济。既济，疑有神阴相[21]，以著兹游之伟。”予曰：“呜呼！阮步兵死，空山无哭声且千年矣[22]！若神之助，固不可知；然兹游亦良伟，其为文词因以达意，亦诚可悲已。”

予尝欲仿太史公，著季汉月表，如秦楚之际。今人不有知予心，后之人必有知予者。于此宜得书[23]，故纪之，以附季汉事后。时，先君登台后二十六年也。先君讳某，字某[24]。登台之岁在乙丑云[25]。

西台，在浙江省桐庐县西富春山，与东台对峙，相传为汉代隐士严光(字子陵)

垂钓之所，故亦称“钓台”或“子陵台”。元世祖至元二十七年(1290)，南宋遗民谢翱与友人登西台，悼念壮烈殉国的故丞相文天祥，作此记。

谢翱原是一名布衣，试进士不中，落魄江湖，倜傥有大节。元军南下时，他变卖家产，率乡兵数百人从文天祥，任咨议参军。文章开头便大书其事，显示出作者与文天祥并非泛泛之交，而是风雨同舟的患难知己。文中以颜真卿、颜杲卿、张巡等正气凛然的历史人物比喻文天祥，也见得出作者对文天祥推崇之甚，理解之深。

虽说是患难知己，但谢翱深感自己对国事无所贡献，死后无颜见文天祥于九泉之下。基于这种刻骨铭心的故国之思，作者对于文天祥的怀念可以说是无穷无已的。“每一动念，即于梦中寻之”，是这种思念的表现；哭夫差之台，哭越台，而今哭子陵之台，也是这种思念的表现。

第三段写登西台悼念文天祥的经过和感受，是文章的主体部分。因为悼念文天祥是一件严肃的事，所以先有相约、聚集、买榜(雇船)、治祭具、设主（设牌位）等一系列准备工作，以显示其郑重。祭奠的场面极为庄严肃穆，参加者“号而恸者三”，“复东望，泣拜不已”，“乃以竹如意击石，作楚歌……歌阕（歌罢），竹石俱碎，于是相向感唶”，感情由悲恸而激越，一步深似一步。“魂朝往兮何极！暮归来兮关水黑”，化用杜甫《梦李白》“魂来枫林青，魂返关塞黑”诗句，对文天祥的怀念之意，极为深挚。其间更杂以景物点染，环境则“毁垣枯甃(枯井)，如入墟墓”，天气则忽雨忽止，阴云笼罩。祭奠过程中，“有云从西南来，渰浥浡郁，气薄林木，若相助以悲者”；祭奠之后，榜人(船工)更告以“适有逻舟(元兵巡查之船)之过”；及至“薄暮，雪作风凛，不可留”。这些景物描绘，都为这次冒着生命危险的祭奠活动增添了一种悲怆苍凉的气氛。

为了躲避元朝统治者的文网，记中词语多曲折隐晦，扑朔迷离。如以“唐”、“季汉”代宋，以“唐宰相鲁公”指文天祥，以“甲、乙若丙”指友人，等等。末段特地指出自己打算模仿司马迁《史记》中的《秦楚之际月表》，“著季汉（指宋）月表”，表明作者是以南宋亡国惨史的见证人自居。故文中大书“始”、“明年”、“后明年”等等年份，亦是史家笔法，其用意便在于给后世留下一份信史。

作者于文末感叹道：“今人不有知予心，后之人必有知予者。”此言洵非虚语。民族英雄文天祥永远活在人们心中，而谢翱的《登西台恸哭记》也因此获得了不朽的价值。

（赵山林）

【注】 ①鲁公：颜鲁公，唐代颜真卿。他曾任太子太师，地位相当于宰相，又是唐代忠烈名臣，故以隐喻文天祥。 ②开府南服：在南方建立府署。 ③湄：水边。 ④后明年：宋端宗景炎三年(帝昺立，改祥兴元年)，即元世祖至元十五年(1278)。 ⑤张睢阳：唐代张巡，“安史之乱”中死守睢阳(今河南商丘)，城陷被杀。颜杲(gǎo 稿)卿：颜真卿从兄，“安史之乱”中守常山(今河北正定)，城陷殉国。 ⑥“卒不”句：谓文天祥实践诺言，追随张、颜英灵，为国捐躯。 ⑦藉手：凭借，指对故国的贡献。 ⑧又后三年：元世祖至元二十年(1283)，文天祥殉国的次年。依本篇例，应作“又后五年”。 ⑨夫差之台：即姑苏台，春秋时吴王夫差始建，在今苏州市西南姑苏山上。 ⑩又后四年：元世祖至元二十三年(1286)，为文天祥殉国四周年。 ⑪越台：指禹陵，在今浙江省绍兴市东南会稽山上。 ⑫又后五年：元世祖至元二十七年(1290)。 ⑬甲、

乙若丙:作者友人吴思齐、严侣、冯桂芳。若:和。 ⑭弱冠:二十岁。 ⑮睠:"眷"的异体字,怀念。 ⑯渰(yān 烟)浥浡(bó 勃)郁:云气蒸腾的样子。 ⑰楚歌:楚地的歌调。 ⑱"化为"句:谓文天祥之魂化为朱鸟归来,无处觅食。暗示宋已亡国,不能为忠魂立庙祭祀。咮(zhòu 昼):鸟嘴。 ⑲感喈(jiè 介):感叹。 ⑳盍(hé 何):何不。移:移船以避逻舟。诸:之乎的合音。 ㉑阴相(xiàng 向):暗中帮助。 ㉒阮步兵:魏晋之际阮籍,"时率意独驾,不由径路,车迹所穷,辄恸哭而反"(见《晋书·阮籍传》)。 ㉓宜得书:应该记录下来。 ㉔"先君"二句:谢翱之父名钥,字草堂。讳:死者之名。 ㉕乙丑:宋度宗咸淳元年(1265)。谢翱时年十七。

戴表元

送张叔夏西游序

玉田张叔夏与余初相逢钱塘西湖上[①],翩翩然飘阿锡之衣[②],乘纤离之马[③],于是风神散朗[④],自以为承平故家贵游少年不翅也[⑤]。

垂及强仕[⑥],丧其行资,则既牢落偃蹇[⑦]。尝以艺北游,不遇[⑧],失意,亟亟南归,愈不遇,犹家钱塘十年。久之,又去,东游山阴、四明、天台间[⑨],若少遇者。既又弃之西归,于是余周流授徒,适与相值[⑩],问叔夏何以去来道途,若是不惮烦耶[⑪]。叔夏曰:"不然。吾之来,本投所贤,贤者贫;依所知,知者死。虽少有遇,而无以宁吾居。吾不得已违之,吾岂乐为此哉!"语竟,意色不能无阻然[⑫]。少焉,饮酣气张[⑬],取平生所自为乐府词自歌之。噫呜宛抑[⑭],流丽清畅,不惟高情旷度不可亵企[⑮],而一时听之,亦能令人忘去达穷得丧所在[⑯]。

盖钱塘故多大人长者,叔夏之先世高曾祖父,皆钟鸣鼎食[⑰]。江湖高才词客姜夔尧章、孙季蕃花翁之徒[⑱],往往出入馆谷其门。千金之装,列驷之聘[⑲],谈笑得之,不以为异。迨其途穷境变,则亦以望于他人。而不知正复尧章、花翁尚存,今谁知之,而谁暇能念之者!嗟乎!士固复有家世才华如叔夏,而穷甚于此者乎!

六月初吉[⑳],轻行过门[㉑],云将改游吴公子季札、春申君之乡[㉒],而求其人焉。余曰:"唯唯[㉓]。"因次第其辞以为别[㉔]。

张炎为南宋将领张俊之后,生活于宋末元初,朝代更易、家境骤变的现实,在这位才华出众的词人心灵上留下深深的创痕。中年后,他奔波四方,落拓不遇,饱尝了世态炎凉,人情冷暖。他处境潦倒而能浮云富贵,洁身自好,一生如野鹤孤雁,萍踪飘然,但萧散的风神掩不住内心的寥落凄苦。戴氏以充分理解和同情的心情,在这篇赠序文中,为这位身世沦落的词客留下了生动的艺术剪影。

序文可分为三个部分。开头,作者以富于情采的笔墨,刻画少年张炎的非凡器宇:着华服,乘名马,风度翩翩。几笔简洁的描绘,就使一个卓荦不群的贵家子弟形象跃然纸上,引人入胜。

第二部分是本文的重点，用笔洁净，峰谷迭见。由写张炎的少年意气急转到中年的“牢落偃蹇”，困顿无依，给人以御风飘飘而陡落山谷之感。以其北游、南归、东游、西归为顺序，写尽江湖漂泊之迹，绘出沦落风尘之状，将张炎几十年行事尽赅其中，十分简洁。如果说上文是以叙述笔法写其经历，下一层则借助对话揭示人物的内心世界。通过文中主人公的答问，自述其辗转道途之由：贤者贫穷，知己辞世，间关四方，栖身无地。这样写，既显得真实自然，又揭示出人物心底深藏的创痛和感伤。行文至此，文情抑郁悲凉，仿佛跌落到谷底。然“少焉”以下几句，如风动浪起，忽展波澜，插入一个别筵酣饮、放情高歌的场面，既摹其声情，又从听者角度写其感染力。张炎乃倚声名家，其词意度超妙，律吕协洽，为人激赏。经过这一层细节描绘，既突显张炎豪爽善歌、精于律吕的词家个性，又展示了这位词人浮云富贵、忘怀穷达的高旷情怀，而“噫呜宛抑”的歌声，又分明流露着旷中含悲的幽情远韵。这不是偶然的，张玉田经历了沧海桑田、华屋山丘的家国之变，其借酒起兴，慷慨怨歌，正是他不平的身世之感的自然抒发。故以下转而追述其身世，实乃势所必然。“钟鸣鼎食”状其家世富有而显赫，且与开端“故家贵游”绾合；插写姜、孙馆谷其门一段逸事，言其家风轻财爱士，慷慨助人，且与上文张炎的困顿劳愁恰成反衬；“迨其途穷境变”几句，写出张炎的天真和时风的浇薄，字里行间流露出世态炎凉之感叹。“嗟乎”三句，水到渠成，以感情强烈的嗟叹和无限感慨的反问，总束以上所写叔夏之家世、才华、穷困三者，从而对才学之士不遇于时表现出深深的不平与愤懑，文势于此进入一个感情的高潮。

本文第三部分说明写作此序的原委。点睛之笔，毫无浮辞赘语，而改游他乡，寻访高人，希求遇合的志趣，借此豁然以明。

这篇序文以作者与张炎的初逢、再逢、过门作别为线索，运用白描、叙事和抒情等手法，叙写张炎风尘沦落的身世和萧散凄苦的情怀。文章着重就友人的家世轶闻和行事片断中摄取素材，从自己与友人交往所得的感受和印象中捕捉某些细节，借以反映友人的身世和为人。不作虚浮的谀颂，不假堂皇的议论，不强作解事进行无力的慰勉，而作者对友人的赞颂、关切和理解的一片真情，却自然地流注于笔端。全文摹写生动，笔墨饱和感情，韵致翩翩，不落陈套，堪称赠序文的佳篇。

（刘乃昌　崔海正）

【注】 ①玉田张叔夏：张炎（1248～1320?），字叔夏，号玉田，临安（今浙江杭州）人，宋末著名词人，有《山中白云词》及《词源》。　②阿（ē婀）锡：质地极好的纺织品。阿：细帛。锡：细布。　③纤离：古代良马名。　④风神散朗：指风度、意态潇洒，开朗。　⑤不翅：不止，超过。　⑥强仕：《礼记·曲礼上》：“四十曰强而仕。”谓男子年四十，智能气力皆强盛，可以出仕为官。后以“强仕”为四十岁之代称。　⑦牢落偃蹇：孤寂困顿，无所依托。　⑧“尝以艺北游”二句：元世祖至元二十七年（1290），张炎四十三岁，曾北上大都（今北京）。关于此行之原因，向有异说。照一般说法，张炎乃被召去写金字藏经，写毕即去，并未因此受恩宠而得官。⑨山阴：今浙江省绍兴市。四明：今浙江省宁波市，境内有四明山。天台：今浙江省天台县，境内有天台山。⑩相值：相遇。　⑪惮烦：怕麻烦。　⑫阻然：困惑的样子。阻：通“沮”。　⑬饮酣气张：指饮

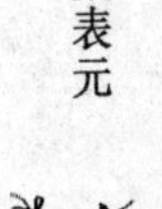

酒至兴致浓时，襟怀开阔、豪放。 ⑭噫呜宛抑：指歌声低抑宛转。 ⑮亵：亵渎，轻慢。企：企及，达到。 ⑯达穷得丧：指仕途显达顺利或艰难困厄。 ⑰“叔夏之先”二句：指张炎出身贵族，家世显赫。张炎的六世祖张俊，为南宋抗金名将，晚年封清河郡王，拜太师，死后追封循王。曾祖父张镃、从曾祖张鉴，皆南宋大官，亦善写词。父张枢颇通词律。钟鸣鼎食：古代富贵之家，列鼎而食，食时击钟奏乐。 ⑱姜夔尧章：姜夔（1155?～1221?），字尧章，鄱阳（今江西波阳）人，南宋著名词人，与张炎之先世张镃、张鉴交游，曾依张鉴资助生活达十余年。孙季蕃花翁：孙惟信（1179～1243），字季蕃，号花翁，开封（今属河南）人，多闻，善雅谈，工词。 ⑲驷：一车四马。聘：问，请求。 ⑳初吉：农历每月初一至初七、八日。 ㉑轻行：空身而行。 ㉒“云将改游”句：谓张炎将离开浙东，旅食苏南、浙西一带。季札：春秋时吴王寿梦之幼子，寿梦欲传位给他，辞不受，封于延陵（今江苏武进）。春申君：战国楚人，名黄歇，考烈王时为相，封春申君，以养士著称，为战国四公子之一，后封于江东（今江浙一带）。 ㉓唯唯：应答辞。 ㉔次第其辞：排列词句，写成文章。

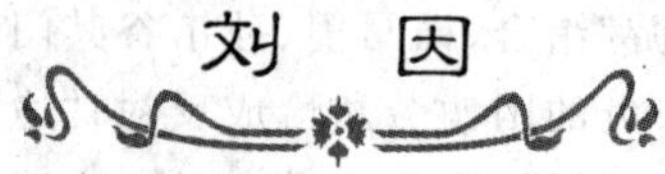

辋川图记

是图[①]，唐、宋、金源诸画谱皆有评[②]，识者谓惟李伯时山庄可以比之[③]，盖维平生得意画也。癸酉之春[④]，予得观之。唐史暨维集之所谓“竹馆”、“柳浪”等皆可考[⑤]，其一人与之对谈或泛舟者，疑裴迪也[⑥]。江山雄胜，草木润秀，使人徘徊抚卷而忘倦，浩然有结庐终焉之想[⑦]，而不知秦之非吾土也。物之移人观者如是。而彼方以是自嬉者，固宜疲精极思而不知其劳也[⑧]。

呜呼！古人之于艺也，适意玩情而已矣。若画，则非如书计乐舞之可为修己治人之资[⑨]，则又所不暇而不屑为者。魏晋以来，虽或为之，然而如阎立本者，已知所以自耻矣[⑩]。维以清才位通显[⑪]，而天下复以高人目之[⑫]，彼方偃然以前身画师自居[⑬]，其人品已不足道。然使其移绘一水一石一草一木之精致，而思所以文其身，则亦不至于陷贼而不死，苟免而不耻[⑭]。其紊乱错逆如是之甚也。岂其自负者固止于此，而不知世有大节，将处己于名臣乎？斯亦不足议者。予特以当时朝廷之所以享盛名，而豪贵之所以虚左而迎[⑮]，亲王之所以师友而待者，则能诗能画、背主事贼之维辈也。如颜太师之守孤城[⑯]，倡大义，忠诚盖一世，遗烈振万古，则不知其作何状。其时事可知矣！后世论者，喜言文章以气为主[⑰]，又喜言境因人胜，故朱子谓维诗虽清雅，亦萎弱少气骨[⑱]；程子谓绿野堂宜为后人所存，若王维庄，虽取而有之可也[⑲]。呜呼！人之大节一亏，百事涂地，凡可以为百世之甘棠者[⑳]，而人皆得以刍狗之[㉑]。彼将以文艺高逸自名者，亦当以此自反也[㉒]。

予以他日之经行，或有可以按之，以考夫俯仰间已有古今之异者，欲如韩文公《画记》[23]，以谱其次第之大概而未暇，姑书此于后。庶几士大夫不以此自负[24]，而亦不复重此，而向之所谓豪贵王公，或亦有所感而知所趋向焉。

三月望日记[25]。

开端擒题，以画谱有评、识者推许、作者得意三方面点出此画之有名，继则略述画面内容，而后集中笔力重点摹写出画的神韵和艺术魅力。此画能使人徘徊忘倦，且览画而生归隐于此、忘怀世事之想，则其艺术力量之移人情性可以想见。正面着墨不多，主要从观者感受方面渲染，寥寥数语即尽摄画面风神，引人入胜。“不知秦之非吾土”，暗用桃花源事，叹惋时移世异之意，隐然见于言外。

次段由上文引发，就画艺与人品之关系立论，重在倡导砥砺风节。画艺与文艺一样，本关乎人品，作者以书计乐舞与画艺比较，又举阎立本为证，先说画艺微不足道，不足为“修己治人之资”，这是用欲进先退之笔，予以衬跌。画艺既是人所不屑为，王维清才通显，天下视为高人，反以画师自居，可见其人品不高。这是第一层意思。

认为技艺低贱，这是宋代以来道学家的传统观点，是不足取的。但刘因认为，名臣高士虽染指于画艺，亦不能仅以画师自居，而首先应以名臣高士自处，这就为下文强调人品大节设下了伏笔。

笔锋折转到第二层，便逼进一步，谓虽微不足道的画艺，倘能移其“精致”，而用以修身，亦不至于损名亏节“如是之甚”。而王维之所以如此，正在于他仅以画艺自负，而忽视名臣大节。“自负者固止于此”与前“画师自居”呼应，将王维的忽视大节确然论定。

“斯亦不足议者”，更推进一层，批评唐代上层社会的世风不振。行文中，举出颜真卿的社会地位与王维进行对照。前者“忠诚盖一世”，大义凛然，却鲜为人知；后者“背主事贼”，大节有亏，而享盛名：说明世风重艺而轻德。写王维的笔墨，作者着重就“享盛名”方面渲染；写颜的笔墨，着重就“倡大义”方面揄扬。对比愈鲜明，愈显出时尚的偏颇不公。“其时事可知矣”，感喟之中含有无限不平之气。

“后世论者”一层，收缰勒马，折转笔锋，扣合题旨。作者拈出“气”字、“人”字，都是要对以文艺自名者提出一个人品风节问题。看似泛论，实际紧密契合题旨。引朱子语是诠解“文章以气为主”，引程子语是阐释“境因人胜”。朱、程之论，无不关涉王维，行文可谓丝丝入扣。“呜呼”以下，出以唱叹语气，水到渠成，引申归纳出全文结论。“大节一亏，百事涂地”，是作者标举的最大宗旨，而此“大节”云云，主要针对文人而发，故段末提出“以文艺高逸自名者”，“当以此自反”。诗品、画品、文品无不以人品为前提，只有人品高，作品的品格才会高。人品扫地，作品岂能为人所重？评论者当然要实事求是，不能因人废言，但作品反映人品，作者不应忽视人品道德的修养。作为古代作者，刘因有道学家鄙夷文艺的偏见，其所强调的“大节”自然打着时代的印记，但他提出的作家应重视人品修养的见解，对我们还是很有启发意义的。

全文的重点是第二段，由评画生发出关于人品大节的议论，这不但对画家，而且对所有文学艺术家都是值得深思的问题。进一步说，还关系到士风和时风。足见作者记画，不是就事论事，而是另有深意。故第三段补述此意，以作收束。作者提醒士大夫以王维为鉴，不要单以技艺自负，并希望上层人物能由此而"知所趋向"，不要忽视对品操风节的倡导。作者由宋入元，在元朝不恋官爵，洁身自好。他倡论风节，恐怕同江山易主、时事变幻的时代风尚息息相关。

本文打破画记只侧重评介绘画本身的惯常格局，而是由记画出发，宕开笔锋，纵论画艺与人品的关系，引出一个艺文之士必须讲究品节的普遍性结论。记画语言简当而笔墨传神，议论紧密扣合《辋川图》作者的经历和行事，叙议结合，步步进逼，导出结论。行文转折摇曳，而善用助词调节语气，使文章有一种感喟唱叹之致。

（刘乃昌　崔海正）

【注】 ①是图：指王维《辋川图》。王维（701？～761?），字摩诘，太原祁（今山西祁县）人，唐代著名诗人，兼工书画。中年后隐居蓝田辋川（今属陕西），为风景奇胜之地，曾在蓝田清凉寺壁上自画其山水，曰《辋川图》，为世所称。　②金源：金水（金时称按出虎水，现名阿什河，在黑龙江省哈尔滨市东南）之源，金人兴起处，因借称金国。　③李伯时（1049～1106）：李公麟字伯时，号龙眠居士，舒城（今属安徽）人，宋代著名画家，尤工山水佛像，善于白描。曾作《山庄图》，为识者所赏。　④癸酉：宋度宗咸淳九年（元世祖至元十年，1273）。　⑤竹馆、柳浪等：皆蓝田辋川之风景点。《新唐书·王维传》及王维《辋川集》诗都有记载。　⑥裴迪：王维的好友，关中（今陕西西安一带）人。王维隐居辋川，两人常浮舟往来，弹琴赋诗，共同唱和。　⑦结庐：造房子居住。终焉：在那里终老。　⑧疲精极思：使自己的精神、兴趣达到最高程度。　⑨书计：文字与筹算的学问。　⑩阎立本（？～673）：雍州万年（今陕西西安）人，唐代著名画家。据两《唐书》阎立本传载：一次，唐太宗与侍臣学士春苑泛舟，召立本作画，时阎氏已为主爵郎中，奔走流汗，俯伏池侧作画，甚为羞愧。回家后对儿子说，作画是仆役所干之事，勿习此种小技。　⑪通显：显要官职。王维官至尚书右丞。　⑫高人：超脱世俗的人。　⑬偃然：安然。画师自居：王维曾在《偶然作》诗中写道："宿世谬词客，前身应画师。"　⑭"则亦不至于"二句：指王维于"安史之乱"时受伪职一事。当时王维在朝中任给事中，扈从玄宗不及，为安史叛军所获，授以伪职。乱平后，因念其写《凝碧池》诗怀恋唐王朝，又因其弟王缙请削自己官职为其赎罪，仅降为太子中允。以后官职又有升迁。　⑮虚左：让出上位，表示尊敬。　⑯颜太师：指颜真卿（709～785），京兆万年（今陕西西安）人，"安史之乱"时为平原（今山东德州）太守，联络从兄颜杲卿起兵抵抗，附近十七郡响应。曾官太子太师，封鲁郡公。　⑰气：此指古代文论的一个重要概念。文论家解释有分歧，一般是指文章的气势，它与作家的气质和修养有关。自曹丕《典论·论文》提出"文以气为主"的观点后，后代文论家多倡此说。　⑱朱子：指朱熹（1130～1200），字元晦，一字仲晦，号晦庵、晦翁等，婺源（今属江西）人，宋代理学家，著名学者。　⑲程子：指程颐（1033～1107），字正叔，世称"伊川先生"，河南（今河南洛阳）人，宋代理学家。绿野堂：唐裴度在洛阳的别墅。唐宪宗时，裴度力主讨平藩镇，以功拜相。后见时事不可为，自请罢相，于洛阳筑绿野堂，常与白居易、刘禹锡等名士宴乐其间。按：文中所引程颐之语，实乃张载（字子厚）之言论。见《河南程氏遗书》卷一〇。　⑳甘棠：树名。《诗·召南》有《甘棠》篇。传说周武王时，召伯巡行南国，曾在甘棠树下休息、听政，后人美其德，遂作《甘棠》诗。后以"甘棠"表示称颂有德政的官吏。此句意谓本有做出政绩、赢得人们怀念的条件。　㉑刍（chú 锄）狗：草

和狗。《老子》:"天地不仁,以万物为刍狗。"意思是,天地不讲仁道,把人看做刍草和狗畜。一说刍狗是古代用茅草扎成的狗,供祭祀用,祭后则弃去。二说不同,皆比喻轻贱无用的东西,此即其意。 ㉒自反:反躬自问。 ㉓韩文公:指韩愈(768～824),愈字退之,南阳(今河南孟县)人,历任吏部、兵部侍郎等职,谥曰文,世称"韩文公"。他写过一篇《画记》,详尽地叙写画上人、马、什物等的数目与情状以及珍惜此画又赠还他人的经过。 ㉔庶几:也许可以。 ㉕望日:月圆之时,常指农历每月十五日。

宋濂

送东阳马生序

余幼时即嗜学[①],家贫,无从致书以观,每假借于藏书之家。手自笔录,计日以还。天大寒,砚冰坚,手指不可屈伸,弗之怠。录毕,走送之,不敢稍逾约。以是人多以书假余,余因得遍观群书。

既加冠[②],益慕圣贤之道。又患无硕师、名人与游,尝趋百里外,从乡之先达执经叩问[③]。先达德隆望尊,门人弟子填其室,未尝稍降辞色。余立侍左右,援疑质理[④],俯身倾耳以请;或遇其叱咄[⑤],色愈恭,礼愈至,不敢出一言以复;俟其忻悦,则又请焉。故余虽愚,卒获有所闻。

当余之从师也,负箧曳屣[⑥],行深山巨谷中。穷冬烈风,大雪深数尺,足肤皲裂而不知[⑦];至舍,四肢僵劲不能动,媵人持汤沃灌[⑧],以衾拥覆,久而乃和。寓逆旅,主人日再食[⑨],无鲜肥滋味之享。同舍生皆被绮绣,戴珠缨宝饰之帽,腰白玉之环,左佩刀,右佩容臭[⑩],烨然若神人[⑪];余则缊袍敝衣处其间[⑫],略无慕艳意[⑬]。以中有足乐者[⑭],不知口体之奉不若人也[⑮]。

盖余之勤且艰若此。今虽耄老,未有所成,犹幸预君子之列[⑯],而承天子之宠光,缀公卿之后[⑰],日侍坐,备顾问,四海亦谬称其氏名,况才之过于余者乎?

今诸生学于太学,县官日有廪稍之供[⑱],父母岁有裘葛之遗,无冻馁之患矣;坐大厦之下而诵诗书,无奔走之劳矣;有司业、博士为之师,未有问而不告、求而不得者也;凡所宜有之书,皆集于此,不必若余之手录,假诸人而后见也。其业有不精、德有不成者,非天质之卑,则心不若余之专耳,岂他人之过哉!

东阳马生君则,在太学已二年,流辈甚称其贤[⑲]。余朝京师[⑳],生以乡人子谒余[㉑],课长书以为贽[㉒],辞甚畅达。与之论辩,言和而色夷。自谓少时于学甚劳,是可谓善学者矣。其将归见其亲也,余故道为学之难以告之。谓余勉乡人以学者,余之志也;诋我夸际遇之盛而骄乡人者,岂知予者哉!

吴曾祺在《文体刍言·赠序类》中说:"赠序一类,自来选古文者,皆与序跋为

一。至姚氏《古文辞类纂》始分为二。然追原所以名序之故，盖由临别之顷，亲故之人相与作为诗歌，以通惓惓之意，积之成帙，则有人为之序，以述其缘起，是故与序跋未尝异也。惟相承既久，则有不因赠什而专为序以送人者，于是其体始分。”本篇就是属于“专为序以送人者”，是赠序体。

宋濂，是明初大儒，深得明太祖朱元璋的信重，被誉为“开国文臣之首”。《明史》本传说他：“虽白首侍从，其勋业爵位不逮基，而一代礼乐制作，濂所裁定者居多。”官至翰林学士承旨知制诰。他官做得大，文章也写得好。刘基曾对明太祖说：“当今文章第一，舆论所属，实在翰林学士臣濂。”《明史》本传评他的文章“醇深演迤”，《四库全书总目提要》中说他的文章“雍容浑穆，如天闲良骥，鱼鱼雅雅，自中节度”。这些评价都是很中肯的。

本篇序是宋濂写给他的同乡晚生马君则的。马君则当时只是个太学生，要回乡探亲。宋濂作为一个功成名就、学识渊博的同乡前辈，在临别之际，赠他这篇文章，勉励他不怕艰苦，勤奋上进。但意思却不直接说出，而是从自己的亲身经历和体会中引申而出，婉转含蓄，平易亲切，字里行间充满了一个硕德长者对晚生后辈的殷切期望，读来令人感动。

全文分三大段。第一段写自己青少年时代求学的情形，着意突出其“勤且艰”的好学精神。内中又分四个层次。第一层从借书之难写自己学习条件的艰苦。因家贫无书，只好借书、抄书，尽管天大寒，砚结冰，手指冻僵，也不敢稍有懈怠。第二层从求师之难，写虚心好学的必要。百里求师，恭谨小心。虽遇叱咄，终有所获。第三层从生活条件之难，写自己安于清贫，不慕富贵，因学有所得，故只觉其乐而不觉其苦，强调只要精神充实，生活条件的艰苦是微不足道的。第四层是这一段的总结。由于自己不怕各种艰难，勤苦学习，所以终于学有所成。虽然作者谦虚地说自己“未有所成”，但一代大儒的事实，是不待自言而人都明白的。最后“况才之过于余者乎”的反诘句承前启后，内容十分丰富。首先作者用反诘的语气强调了天分稍高的人若能像自己这样勤奋，必能取得超越自己的卓绝成就。同时言外之意是说，自己并不是天才，所以能取得现在的成绩，都是勤奋苦学的结果。推而言之，人若不是天资过分低下，学无所成，就只怪自己的刻苦努力不够了。从下文中我们知道，马生是一个勤奋好学的青年，他只要坚持下去，其前途也是不可限量的。所以这一句话虽寥寥数字，但含义深厚，作用很大，既照应了上文，又关联了下文，扣紧了赠序的主题，把自己对马生的劝诫、勉励和期望，诚恳而又不失含蓄地从容道出，表现出“雍容浑穆”的大家风度。

第二段紧承第一段，写当代太学生学习条件的优越，与作者青年时代求学的艰难形成鲜明的对照，从反面强调了勤苦学习的必要性。“日有廪稍之供”云云是与上文生活条件之苦对比，“有司业、博士为之师”云云是与上文求师之难对比，“凡所宜有之书，皆集于此”云云，与上文借书之难对比。通过对比，人们很清楚地看出当今太学生在读书、求师、生活等几个方面都比作者当年的求学条件优越得多，然而业有未精，德有未成，这是为什么呢？作者最后用一个选择句式又加一个反诘句式，强调指出：关键就在于这些太学生既不勤奋又不刻苦。这又是对上段第四层的照应。

以上两段从正反两个方面强调了勤苦学习的重要性,虽未明言是对马生的劝励,而劝励之意自明。然而文章毕竟是为马生而作的,所以至第三段便明确地写到马生,点明写序的目的,这就是“道为学之难”,“勉乡人以学者”。因为劝励的内容在上两段中已经写足,所以这里便只讲些推奖褒美的话,但是殷切款诚之意,马生是不难心领神会的。

宋濂为人宽厚诚谨,谦恭下人。这篇赠别晚辈的序文,也一如其人,写得情辞婉转,平易亲切。其实按他的声望、地位,他完全可以摆出长者的架子,正面说理,大发议论,把这个青年教训一通的。然而他却不这样做。他绝口不说你们青年应当怎样怎样,而只是说我曾经怎样怎样,把自己放在与对方平等的地位上,用自己亲身的经历和切身的体会去和人谈心。不仅从道理上,而且从形象上、情感上去启发影响读者,使人感到在文章深处有一种崇高的人格感召力量,在阅读过程中,读者会在不知不觉中缩短了与作者思想上的距离,赞同他的意见,并乐于照着他的意见去做。写文章要能达到这一步,决非只是一个文章技巧问题,这是需要有深厚的思想修养作基础的。这是我读这篇文章的第一点感受。

第二,作者在说理上,也不是凭空论道,而是善于让思想、道理从事实的叙述中自然地流露出来。而在事实的叙述中,又善于将概括的述说与典型的细节描绘有机地结合起来,这就使文章具体实在,不仅在行文上简练生动,而且还具有很强的说服力和感染力。例如在说到读书之难时,作者在概括地叙述了自己因家贫无书,不得不借书、抄书,计日以还的情形后说:“天大寒,砚冰坚,手指不可屈伸,弗之怠。”通过这样一个典型的细节描写,就使人对作者当初读书的勤奋及学习条件的艰苦,有了一个生动形象的具体感受。理在事中,而事颇感人。这也是本文使人乐于赞同并接受作者意见的又一个内在的原因。

第三,文章浑然天成,内在结构却十分严密而紧凑。本来文章所赠送的对象是一篇之主体。然而文章却偏把主体抛在一边,先从自己谈起,从容道来,由己及人,至最后才谈及赠送的对象。看似漫不经心,实则匠心独运。在文章的深层结构中,主宾之间有一种紧密的内在联系,时时针对着主,处处照应到主,而却避免了一般赠序文章直露生硬的缺点,使文章委婉含蓄,意味深长。在写作中又成功地运用了对比映衬的手法,使左右有对比,前后有照应,文章于宽闲中显示严整,“鱼鱼雅雅,自中节度”。这一点给人的印象也是十分深刻的。

(王佩增)

【注】 ①嗜学:爱好学习。《明史·宋濂传》:“自少至老,未尝一日去书卷,于学无所不通。” ②加冠:上古贵族男子二十岁行加冠礼,表示到了成年。后因以借指年龄到了二十岁。③先达:有声望的前辈。《明史·宋濂传》:“幼莫敏强记,就学于闻人梦吉,通《五经》,复往从吴莱学。已,游柳贯、黄溍之门。”按:吴、柳、黄,皆金华人,时号大儒,事详《元史·儒林传》。④援疑质理:提出疑难问题,询问其中的道理。 ⑤叱咄(duō 多):大声的斥责。 ⑥负箧(qiè切)曳屣(xǐ 洗):背着书箱,拖着鞋子。 ⑦皲(军 jūn)裂:皮肤因寒冷而被冻裂。 ⑧媵人:本指随嫁之人。《诗·小雅·我行其野》孔颖达疏:“媵之名不专施妾,凡送女适人者,男女皆谓之

媵。"此指陪送上学的男仆。汤:热水。沃灌:浇洗。 ⑨日再食:一天吃两顿饭。 ⑩容臭(xiù嗅):香囊。 ⑪烨然:一本作"煜然",衣着华美鲜明的样子。 ⑫缊袍:以乱麻(或旧絮)衬于其中的袍子。 ⑬慕艳:羡慕。 ⑭中:内心。 ⑮口体之奉:吃穿方面的供给。 ⑯预:参与。 ⑰缀:紧承,跟随。 ⑱县官:此指朝廷。廪稍:指公家按时供给的粮食。 ⑲流辈:同辈的人。 ⑳朝京师:宋濂以年老辞官回乡后,曾于洪武十一年(1378)再度进京朝见皇帝。 ㉑乡人子:同乡晚辈。马君则是浙江东阳人,宋濂是浙江浦江人。东阳和浦江同属金华府。 ㉒课:同"撰"。长书:长信。贽:初见面时为表敬所送的礼物。

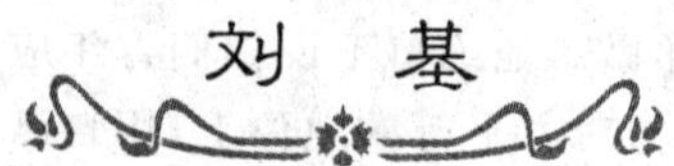

刘基

卖柑者言

杭有卖果者[①],善藏柑,涉寒暑不溃[②]。出之烨然[③],玉质而金色[④]。置于市,贾十倍[⑤],人争鬻之[⑥]。予贸得其一,剖之,如有烟扑口鼻,视其中,则干若败絮[⑦]。予怪而问之曰[⑧]:"若所市于人者[⑨],将以实笾豆[⑩],奉祭祀,供宾客乎?将炫外以惑愚瞽乎[⑪]?甚矣哉为欺也!"

卖者笑曰:"吾业是有年矣,吾赖是以食吾躯[⑫]。吾售之,人取之,未尝有言,而独不足子所乎?世之为欺者不寡矣,而独我也乎?吾子未之思也。今夫佩虎符、坐皋比者[⑬],洸洸乎干城之具也[⑭],果能授孙吴之略耶[⑮]?峨大冠、拖长绅者[⑯],昂昂乎庙堂之器也[⑰],果能建伊皋之业耶[⑱]?盗起而不知御,民困而不知救,吏奸而不知禁,法斁而不知理[⑲],坐糜廪粟而不知耻[⑳]。观其坐高堂,骑大马,醉醇醴而饫肥鲜者[㉑],孰不巍巍乎可畏,赫赫乎可象也[㉒]?又何往而不金玉其外、败絮其中也哉!今子是之不察,而以察吾柑?"

予默默无以应。退而思其言,类东方生滑稽之流[㉓],岂其愤世嫉邪者耶?而托于柑以讽耶?

刘基字伯温,在明初他不但是一位功绩卓著的开国元勋,一位大智大勇富有传奇色彩的英雄,而且"所为文字,气昌为奇",与宋濂同为"一代文宗"(见《明史·刘基传》)。他的《卖柑者言》,虽是一篇仅有三百余字的文艺杂文,但却结撰奇幻,议论精警,不但形象生动,而且嬉笑怒骂,意趣横生,是我国古典散文中一篇不可多得的艺术佳作。

文章是从一段十分生动有趣的市井新闻写起的:一卖柑者所卖的柑子,价昂质劣,金玉其外,败絮其中。顾客受骗,与之论理,责其欺人太甚。不料卖柑者竟振振有词,不但骗人有术,而且还骗人有理。正当读者大惑不解之际,不料卖柑者抓住一个"欺"字,话锋一转,把读者引到对社会政治现实的批判上来。这时卖柑者所讲的话,不但句句是实,而且句句在理,义正词严,层层深入,处处闪耀着真理的火花,使人看到了一个充满欺诈的社会,一个外表显赫威严而内里腐败溃烂的社会政治现实。在嬉笑怒骂中，充满了论辩的智慧和不容置疑的逻辑力量，发人深省。

其实，卖柑者的高论，就是刘基自己的卓见。他生于元末，少有大志，博通经史，才智过人。他在元至正间举进士，任过县丞、江浙儒学副提举和元帅府都事等职，为官廉正，疾恶如仇，任事有功。但是这些并未能换得朝廷的重用和提拔，反而一再遭到权豪势要的猜忌、压制和排挤，他只好愤而辞官家居。个人在仕途上的挫折，并没有使他产生失意的悲忧，正相反，通过个人遭际上的机缘，他清醒地看到了元末政治的腐败和黑暗，丢掉了对元朝统治者的一切希望和幻想，从靠拢合作，转而为无情地揭露和批判。因为是从旧垒中来，情形看得较为分明，所以反戈一击，就更易制强敌于死命。

从表面上看，一只柑果与一个腐朽的统治集团之间简直是风马牛，根本无法扯到一起。而刘基的深刻之处，却也正在于此。他敏锐地把握到了一个表面繁华而内里腐败的社会与一个外鲜内腐的柑果之间在本质上的那种惊人的相似之处，紧紧抓住"金玉其外，败絮其中"的特点，恰切而又巧妙地从一只柑果生发开掘下去，层层递进地剖析了一个充满欺诈的社会，形象地揭露了一个外强中干的官僚统治集团的腐朽本质。而且还远不止此。一只内里干若败絮的柑果炫外以售，顶多不过是一个小小的骗局，一个"欺"字足以概之。而那些"佩虎符、坐皋比"的武将，"峨大冠、拖长绅"的文臣，既不能授"孙吴之略"，又不能建"伊皋之业"，"盗起而不知御，民困而不知救，吏奸而不知禁，法斁而不知理"，素餐尸位，腐朽无能，仅用一个"欺"字能了得吗？车尔尼雪夫斯基说过："只有到了丑强把自己装成美的时候，这才是滑稽。"(《论崇高与滑稽》)正是在这个意义上，作者辛辣地嘲笑了这些愚昧无能的文武官吏。文章越是把那些文武官僚们写得活灵活现不可一世，他们也就越加显得丑陋、滑稽、可憎、可笑，而作者对他们谴责、讽刺、鞭挞、批判的力量也就越加强烈。

杂文在对敌斗争中，是一种泼辣锐利的轻武器，鲁迅先生把它比喻为"匕首"、"投枪"，是"能和读者一同杀出一条生存的血路的东西"(《小品文的危急》)。《卖柑者言》恰当地运用了设问反诘的方法，有力地加强了杂文这一战斗作用的发挥。因为设问反诘不仅以其精警使文章平地生波，吸引读者的注意，而且还能启发读者的思考，引导读者和作者一起去完成论证推理的过程，使作者和读者的心思更加贴近。顾客的怪而问之，使文章迅速由叙事转入议论；卖柑者笑答中的反诘，一个比一个尖锐，一个比一个深刻，一个比一个更加警拔，更加发人深思。作者正是在这层层深入的设问反诘中，把议论的锋芒逐步引向立意的内涵深处的。在整个论辩过程中，作者并不是一个人单方面地直述己见，而是通过一个一个的设问，调动起了读者思维的积极性，使读者和作者一同去推理、判断。因此，在反复深入进行的反诘与答辩中，文章最终所得出的结论不仅是雄辩的，而且是自然的、合理的，与读者心心相印的。

设问反诘还使文章具有丰富的感情色彩。卖柑者笑而言之的讥讽神情，抨击权贵时排比论证的愤激，对"金玉其外，败絮其中"的嘲笑，对"是之不察，而以察吾柑"的诘责，无不流露着作者丰富的思想感情和长于论辩的睿智。这就使文章不仅

具有雄辩的逻辑力量，而且还具有强烈的艺术感染力量。

杂文是善于塑造典型的。它虽然只是对一鼻一嘴一毛的勾画，但是"因为典型化是一种钩魂的手法，灵魂一经钩住，手足便无法挣脱"（唐弢《鲁迅杂文的艺术特征》）。刘基对那些"金玉其外，败絮其中"的文武大臣们的生动刻画，可说是一幅封建社会的群丑图。因为作者所刻画的不仅是他们的外形，更重要的是"钩住"了他们的"灵魂"。从某种意义上看，这个灵魂具有超越时空的特点，因此不管他们穿戴的是峨冠博带，还是西服洋装，人们都是不难把他们辨认出来的。《卖柑者言》的确是一篇具有不朽的社会艺术价值的传世杰作。　　（王佩增）

【注】　①杭：今浙江省杭州市。　②涉：经历。溃：腐烂。　③烨（yè 叶）然：色泽鲜亮的样子。　④玉质而金色：是说柑果质地光润似玉，色泽黄亮如金。　⑤贾：售价。⑥鬻：买。⑦败絮：破棉絮。　⑧怪：责怪，埋怨。　⑨若：你。　⑩笾：古代一种竹制的器皿，盛果脯。豆：一种木制或铜制、陶制的器皿，盛菹酱。　⑪炫：炫耀。愚瞽：傻子和瞎子。　⑫食（sì 饲）：喂养。　⑬虎符：兵符。古代将军统兵的证件。皋比（pí 皮）：虎皮的坐席。　⑭洸洸（guāng 光）乎：威风凛凛的样子。干城之具：指捍卫国家的人才。语出《诗・大雅・江汉》："江汉汤汤，武夫洸洸。"《诗・周南・兔罝》："纠纠武夫，公侯干城。"　⑮孙吴：指古军事家孙武和吴起。⑯峨：高耸。绅：束在腰间的大带。大冠长绅，皆古士大夫之服饰。　⑰昂昂乎：挺胸直视，状不可一世之态。庙堂之器：指朝廷大臣。　⑱伊皋：指商汤的大臣伊尹和虞舜的大臣皋陶。⑲法斁（dù 妒）：法纪败坏。　⑳坐糜廪粟：白白地浪费掉国家的俸禄。　㉑醇醴：美酒。饫（yù 欲）：饱食。肥鲜：美食。　㉒巍巍：高大貌。赫赫：气势盛壮。象：效法。　㉓东方生：汉东方朔，字曼倩。武帝时为金马门侍中，能于诙谐滑稽中寓讽刺劝谏。事详《史记・滑稽列传》。

高　启

书博鸡者事

博鸡者袁人[①]，素无赖，不事产业，日抱鸡呼少年博市中。任气好斗，诸为里侠者[②]，皆下之。

元至正间[③]，袁有守多惠政[④]，民甚爱之。部使者臧[⑤]，新贵，将按郡至袁[⑥]。守自负年德，易之[⑦]，闻其至，笑曰："臧氏之子也[⑧]。"或以告臧，臧怒，欲中守法[⑨]。会袁有豪民尝受守杖，知使者意嗛守[⑩]，即诬守纳己赇[⑪]。使者遂逮守，胁服，夺其官。袁人大愤，然未有以报也[⑫]。

一日，博鸡者遨于市。众知有为，因让之曰[⑬]："若素名勇，徒能藉贫孱者耳[⑭]。彼豪民恃其资，诬去贤使君，袁人失父母。若诚丈夫，不能为使君一奋臂耶？"博鸡者曰："诺！"即入闾左呼子弟素健者[⑮]，得数十人，遮豪民于道。豪民方华衣乘马，从群奴而驰。博鸡者直前捽下提殴之[⑯]。奴惊，各亡去。乃褫豪民衣自衣[⑰]，复自策其马，麾众拥豪民马前，反接，徇诸市[⑱]。使自呼曰："为民诬太守者视此!”一步一呼,不呼则杖其背,尽创。豪民子闻难,鸠宗族僮奴百许人[19],欲要篡以归。博鸡者遂谓曰:“若欲死而父,即前斗;否则阖门善俟[20],吾行市毕即归若父[21],无恙也。”豪民子惧遂杖杀其父,不敢动,稍敛众以去。袁人相聚从观,欢动一城。郡录事骇之[22],驰白府。府佐快其所为[23],阴纵之,不问。日暮,至豪民第门,捽使跪,数之曰[24]:“若为民不自谨,冒使君,杖汝,法也。敢用是为怨望!又投间蔑诬使君,使罢[25]。汝罪宜死。今姑贷汝,后不善自改,且复妄言,我当焚汝庐,戕汝家矣!”豪民气尽,以额叩地,谢不敢,乃释之。

博鸡者因告众曰:“是足以报使君未耶?”众曰:“若所为诚快,然使君冤未白,犹无益也。”博鸡者曰:“然。”即连楮为巨幅[26],广二丈,大书一“屈”字,以两竿夹揭之,走诉行御史台[27]。台臣弗为理。乃与其徒日张“屈”字游金陵市中。台臣惭,追受其牒[28],为复守官而黜臧使者。

方是时,博鸡者以义闻东南。

高子曰:余在史馆,闻翰林天台陶先生言博鸡者之事。观袁守虽得民,然自喜轻上[29],其祸非外至也。臧使者枉用三尺[30],以仇一言之憾,固贼戾之士哉[31]!第为上者不能察,使匹夫攘袂群起以伸其愤[32];识者固知元政紊弛而变兴自下之渐矣。

《书博鸡者事》是一篇优秀的叙事散文。作者在一篇不到千字的短文中,把一个人物多、场面大、斗争复杂的政治历史事件,不但写得主次分明,井井有条,而且波澜起伏,曲折生动,引人入胜。这不能不首先归功于作者在整体构思上独运的匠心。

全文分六个自然段,三大部分。第一段是第一部分,介绍事件的中心人物——博鸡者的籍贯、职业和性格特点。文字非常省俭。讲到他的性格只是说他“素无赖”,“任气好斗”,“诸为里侠者,皆下之”,但正是这三句话,为下文描写博鸡者的见义勇为布下了伏笔,同时也激起了读者的兴趣:这么一个市井无赖之徒,能有什么事好“书”呢?

从第二到第五自然段是文章的第二部分,详写博鸡者见义勇为、惩恶济善的侠义行为。然而第二段作者并不急于描写博鸡者的壮举,甚至把开篇已提出的人物线索也暂时丢开,去写袁守因被诬罢官激起袁州民众“大愤”的经过。看似横生枝蔓,实则必不可少,因为博鸡者的义侠行为不能无因。甚得民心的袁守因得罪了新贵的部使者,部使者便“欲中守法”,而恰有豪民伺机挟私报复,诬守纳贿,袁守便因此被收罢官。袁民对此“大愤”,却又无法对付。在以袁民和袁守为一方、部使者与豪民为一方的这场无法调和的矛盾冲突中,解决矛盾的关键人物就是博鸡者。因此,先把这场矛盾冲突作一简要的交代,便为下文正面描写博鸡者的英勇壮举蓄足了气势,作好了铺垫。

第三段正面描写博鸡者为解决这场矛盾冲突所采取的第一个重要行动——

惩治豪民。写得精彩生动，紧张曲折，激荡人心。众人的责让，直接激发了博鸡者的好胜心和正义感。博鸡者果然不失袁民之所望，一声金诺，“即入闾左呼子弟素健者，得数十人，遮豪民于道”。仅寥寥数语，便写出了博鸡者果敢豪爽的性格特点。正当豪民“华衣乘马，从群奴而驰”之际，博鸡者气豪胆壮，勇猛无比，“直前捽下提殴之”，行动迅速敏捷，干净利索，真是痛快之极。而“奴惊，各亡去”，与前写豪民的威风排场恰正相映成趣，有力地反衬出博鸡者豪侠勇武的威势和气概。这是博鸡者与豪民斗争的第一个回合。博鸡者胜利了，他“褫豪民衣自衣，复自策其马”，指挥众人拥豪民于马前，一步一呼，自述其恶，“不呼则杖其背”。这一独出心裁的惩恶方式，具有博鸡者“素无赖”的独特个性，既让人捧腹，又让人称快，富有喜剧色彩。然而就在这时，气氛骤然紧张，情势十分险急，一场恶战似已不可避免。出人意外的是，博鸡者临危不惧，巧妙地用一番锋芒逼人的话，使来势汹汹的豪民子丧胆而退。由此可见，博鸡者不仅有勇，而且有谋，真是智勇双全。最后博鸡者对豪民的训话，也十分精彩，既义正词严，又具有博鸡者独特的个性。“豪民气尽，以额叩地，谢不敢。”这场斗争以博鸡者的大获全胜而告终。

第四段写博鸡者为解决这场矛盾冲突所采取的第二个重要行动——为袁守申冤。惩治豪民诚使人心大快，但是无辜者依然蒙冤，枉法者仍操权要，这不能不使人遗憾。于是在袁人的启发鼓励下，博鸡者又展开了第二场战斗——“走诉行御史台”。这场斗争的第一个回合失利，“台臣弗为理”。但是博鸡者不灰心，改变策略，“乃与其徒日张‘屈’字游金陵市中”，用类于现代游行示威的方法，大造社会舆论，对台臣施加政治压力，终于迫使台臣“追受其牒”，“复守官而黜臧使者”，使这场因罢官冤案而引起的矛盾冲突得到了圆满的解决。

第五自然段只一句话，是对博鸡者斗争结局的一个补充交代，类于现代小说的“尾声”。“方是时，博鸡者以义闻东南”，说明这场斗争产生了广泛的社会影响，表现了作者对博鸡者的欣赏和赞扬。

总起来看，文章的第二部分集中叙写了博鸡者见义勇为、惩恶申屈的斗争事迹，鲜明而突出地塑造了一个侠肝义胆、智勇双全的市井英雄——博鸡者的生动形象。袁州路在有元一代是一个超过十万户的上路。偌大一个路，人才不可谓少，可是在一场人人感到不平的巨大社会矛盾冲突中，却无一人敢于挺身而出仗义执言。倒是一个名不见经传、“素无赖，不事产业”的博鸡之徒站出来了，他那么果敢，又那么机智，以他特有的方式，斗垮了豪民，制服了官府（行御史台），为贤太守申了冤，为上十万户袁人出了气，怎不让人拍手称快，肃然起敬呢！

然而要把这惩恶申冤的功劳完全归于博鸡者一人，却也并不尽然。博鸡者的侠义行为首先是众人激发出来的。在斗争过程中，袁州路总管府“府佐快其所为，阴纵之，不问”，也从侧面配合了博鸡者的正义斗争。这些事实在文章中虽然只是轻轻一点，但却增强了事件的真实性、合理性和可信性，显示了作者在叙写事实时考虑问题的周到和细密。

这种思考的细密性还表现在对第一自然段的处理上。开始作者对博鸡者是颇有贬词的。“素无赖，不事产业，日抱鸡呼少年博市中”，都不是什么光彩的事。

这在写作上叫做“欲扬先抑”。这一段与第三、第四、第五自然段遥映生辉，使文章从抑起，以扬结，收到了对照鲜明、出人意外的强烈艺术效果。

文章的第六自然段是第三部分。作者在前面叙事的基础上，站在封建统治阶级的立场上，对袁州事件中有关的人物作了简要的评论，斥责了臧使者的阴险凶狠，并由博鸡者的攘袂而起，得出“变兴自下之渐”的认识，深化了文章的主题。对博鸡者事迹来源的交代，说明了袁州事件的真实性，使文章结构更加完整紧严，在文体上，也更具有史传色彩了。（王佩增）

【注】 ①博鸡者：以斗鸡为业的人。袁：袁州路，治所在宜春县（今江西宜春）。②里侠：乡里中行侠仗义的人。③至正：元顺帝年号，公元1341～1368年间。④守：本为秦汉时郡长官的名称，此指袁州路总管。惠政：良好的政绩。⑤部使者：借用汉代部刺史的官称，指称当时江西湖东道肃政廉访使。⑥按郡：视察所管辖的各路。⑦易之：轻视他，看不起他。⑧臧氏之子也：此为《孟子·梁惠王下》中语。鲁平公欲看望孟子，被宠臣臧仓阻止。孟子知道后说：“吾之不遇鲁侯，天也，臧氏之子焉能使予不遇哉？”恰巧如今这位廉访使也姓臧，袁守就借这个典实来讥刺他。⑨欲中守法：想借法律陷害袁州总管。⑩嗛（xián嫌）：怀恨。⑪赇（qiú求）：贿赂。⑫未有以报：谓没有办法对付（部使者的横逆）。⑬让：责备。⑭藉（jiè借）：践踏，欺凌。孱（chán缠）：软弱。⑮闾左：秦时贫穷人居闾左，富人居闾右。此指贫民居住区。⑯捽（zuó昨）：揪。提：掷。殴：打。⑰褫（chǐ齿）：剥下。⑱麾：指挥。反接：反绑双手。徇：游行示众。⑲鸠：通“纠”，聚集。⑳俟：等待。㉑行市：即游行示众。㉒录事：指袁州总管府衙门的录事官。元于诸路长官衙门设录事司，掌城中民事。录事司设录事、司候、判官各一人。㉓府佐：指总管府中的主要辅佐官，如同知、治中、判官之属。㉔数：数落，责备。㉕使罢：使使君免官。㉖楮：树名，因其皮可制纸，故常以代称纸。㉗行御史台：指江南行御史台，设在今南京市。元代中央有御史台，监察百官。又在各地设行御史台，以监察各省。㉘牒：指诉状。追受其牒：即追认他们的投诉，受理他们的诉状。㉙自喜轻上：沾沾自喜，轻慢上司。㉚三尺：指法律。上古法律条文写在三尺长的竹简上，故称法律为“三尺”。㉛贼戾：强横暴虐。㉜攘袂（rǎng mèi嚷昧）：卷起袖子。

中山狼传

赵简子大猎于中山，虞人导前[①]，鹰犬罗后。捷禽鸷兽，应弦而倒者不可胜数。有狼当道，人立而啼。简子垂手登车[②]，援乌号之弓[③]，挟肃慎之矢[④]，一发饮羽，狼失声而逋[⑤]。简子怒，驱车逐之。惊尘蔽天，足音鸣雷，十步之外，不辨人马。

时，墨者东郭先生将北适中山以干仕[⑥]，策蹇驴[⑦]，囊图书，夙行失道[⑧]，望尘惊悸。狼奄至[⑨]，引首顾曰：“先生岂有志于济物哉？昔毛宝放龟而得渡[⑩]，隋侯救蛇而获珠[11],龟蛇固弗灵于狼也。今日之事,何不使我得早处囊中,以苟延残喘乎?异时倘得脱颖而出[12],先生之恩,生死而肉骨也[13],敢不努力以效龟蛇之诚!"先生曰:"嘻!私汝狼以犯世卿、忤权贵,祸且不测,敢望极乎?然墨之道,兼爱为本[14],吾终当有以活汝,脱有祸,固所不辞也。"乃出图书,空囊橐[15],徐徐焉实狼其中,前虞跋胡[16],后恐疐尾[17],三纳之而未克。徘徊容与[18],追者益近。狼请曰:"事急矣,先生果将揖逊救焚溺,而鸣銮避寇盗耶[19]?惟先生速图!"乃跼蹐四足[20],引绳而束缚之,下首至尾,曲脊掩胡,猬缩蠖屈[21],蛇盘龟息,以听命先生。先生如其指,内狼于囊[22],遂括囊口,肩举驴上,引避道左,以待赵人之过。

已而简子至,求狼弗得,盛怒,拔剑斩辕端示先生,骂曰:"敢讳狼方向者,有如此辕!"先生伏踬就地[23],匍匐以进,跽而言曰[24]:"鄙人不慧,将有志于世,奔走遐方,自迷正途,又安能发狼踪以指示夫子之鹰犬也?然尝闻之,'大道以多歧亡羊'。夫羊,一童子可制之,如是其驯也,尚以多歧而亡;狼非羊比,而中山之歧可以亡羊者何限?乃区区循大道以求之,不几于守株缘木乎[25]?况田猎,虞人之所事也,君请问诸皮冠[26]。行道之人何罪哉?且鄙人虽愚,独不知夫狼乎?性贪而狠,党豺为虐。君能除之,固当窥左足以效微劳[27],又肯讳之而不言哉?"简子默然,回车就道,先生亦驱驴兼程而进。

良久,羽旄之影渐没[28],车马之音不闻。狼度简子之去已远,而作声囊中曰:"先生可留意矣。出我囊,解我缚,拔矢我臂,我将逝矣。"先生举手出狼,狼咆哮谓先生曰:"适为虞人逐,其来甚速,幸先生生我。我馁甚,馁不得食,亦终必亡而已。与其饥死道路,为群兽食,毋宁毙于虞人,以俎豆于贵家[29]。先生既墨者,摩顶放踵[30],思一利天下,又何吝一躯啖我而全微命乎?"遂鼓吻奋爪,以向先生。

先生仓卒以手搏之,且搏且却,引蔽驴后,便旋而走,狼终不得有加于先生,先生亦竭力拒,彼此俱倦,隔驴喘息。先生曰:"狼负我,狼负我!"狼曰:"吾非固欲负汝,天生汝辈,固需吾辈食也。"相持既久,日晷渐移[31],先生窃念:"天色向晚,狼复群至,吾死矣夫!"因绐狼曰[32]:"民俗,事疑必询三老。第行矣,求三老而问之。苟谓我可食,即食;不可,即已。"狼大喜,即与偕行。

逾时,道无人行,狼馋甚,望老木僵立路侧,谓先生曰:"可问是老。"先生曰:"草木无知,叩焉何益?"狼曰:"第问之,彼当有言矣。"先生不得已,揖老木,具述始末,问曰:"若然,狼当食我耶?"木中轰轰有声,谓先生曰:"我杏也。往年老圃种我时,费一核耳,逾年华,再逾年实,三年拱把,十年合抱,至于今二十年矣。老圃食我,老圃之妻子食我,外至宾客,下至奴仆,皆食我。又复鬻实于市以规利。我其有功于老圃甚巨。今老矣,不能敛花就实,贾老圃怒[33]。伐我条枚,芟我枝叶[34],且将售我工师之肆取直焉[35]。噫!樗朽之材[36],桑榆之景[37],求免于斧钺之诛而不可得。汝何德于狼,乃觊免乎[38]?是固当食汝。"言下，狼复鼓吻奋爪，以向先生。先生曰："狼爽盟矣。矢询三老，今值一杏，何遽见迫耶？"复与偕行。

狼愈急，望见老牸曝日败垣中[39]，谓先生曰："可问是老。"先生曰："向者草木无知，谬言害事。今牛，禽兽耳，更何问焉？"狼曰："第问之。不问，将咥汝[40]。"先生不得已，揖老牸，再述始末以问。牛皱眉瞪目，舐鼻张口，向先生曰："老杏之言不谬矣。老牸茧栗少年时[41]，筋力颇健，老农卖一刀以易我，使我贰群牛[42]，事南亩。既壮，群牛日以老惫，凡事我都任之。彼将驰驱，我伏田车，择便途以急奔趋；彼将躬耕，我脱辐衡[43]，走郊坰以辟榛荆[44]。老农视我犹左右手，衣食仰我而给，婚姻仰我而毕，赋税仰我而输，仓庾仰我而实。我亦自谅，可得帷席之蔽如马狗也。往年家储无担石，今麦秋多十斛矣[45]；往年穷居无顾藉，今掉臂行村社矣[46]；往年尘卮罂[47]，涸唇吻，盛酒瓦盆半生未接，今酝黍稷，据樽罍[48]，骄妻妾矣；往年衣短褐，侣木石，手不知揖，心不知学，今持兔园册[49]，戴笠子，腰韦带，衣宽博矣。一丝一粟，皆我力也。顾欺我老弱，逐我郊野。酸风射眸，寒日吊影；瘦骨如山，老泪如雨；涎垂而不可收，足挛而不可举；皮毛俱亡，疮痍未瘥[50]。老农之妻妒且悍，朝夕进说曰：'牛之一身无废物也，肉可脯，皮可鞟[51]，骨角可切磋为器。'指大儿曰：'汝受业庖丁之门有年矣，胡不砺刃于硎以待[52]？'迹是观之[53]，是将不利于我，我不知死所矣。夫我有功，彼无情，乃若是行将蒙祸。汝何德于狼，觊幸免乎？"言下，狼又鼓吻奋爪以向先生，先生曰："毋欲速。"

遥望老子杖藜而来，须眉皓然，衣冠闲雅，盖有道者也。先生且喜且愕，舍狼而前，拜跪啼泣，致辞曰："乞丈人一言而生。"丈人问故，先生曰："是狼为虞人所窘，求救于我，我实生之。今反欲咥我，力求不免，我又当死之。欲少延于片时，誓定是于三老。初逢老杏，强我问之，草木无知，几杀我；次逢老牸，强我问之，禽兽无知，又几杀我；今逢丈人，岂天之未丧斯文也！敢乞一言而生。"因顿首杖下，俯伏听命。丈人闻之，欷歔再三，以杖叩狼曰："汝误矣。夫人有恩而背之，不祥莫大焉。儒谓受人恩而不忍背者，其为子必孝，又谓虎狼知父子。今汝背恩如是，则并父子亦无矣。"乃厉声曰："狼速去！不然，将杖杀汝！"

狼曰："丈人知其一，未知其二，请诉之，愿丈人垂听。初，先生救我时，束缚我足，闭我囊中，压以诗书，我鞠躬不敢息。又蔓辞以说简子，其意盖将死我于囊，而独窃其利也。是安可不咥？"丈人顾先生曰："果如是，是羿亦有罪焉[54]。"先生不平，具状其囊狼怜惜之意。狼亦巧辩不已以求胜。丈人曰："是皆不足以执信也。试再囊之，我观其状果困苦否。"狼欣然从之，信足先生，先生复缚置囊中，肩举驴上，而狼未之知也。丈人附耳谓先生曰："有匕首否？"先生曰："有。"于是出匕，丈人目先生使引匕刺狼。先生曰："不害狼乎？"丈人笑曰："禽兽负恩如是，而犹不忍杀，子固仁者，然愚亦甚矣。从井以救人，解衣以活友，于彼计则得，其如就死地何[55]？先生其此类乎！仁陷于愚，固君子之所不与也。"言已大笑，先生亦笑。遂举手助先生操刃共殪狼[56]，弃道上而去。

《中山狼传》是作者根据古代传说创作的一篇寓言故事。从主题思想说，并不如何新奇，他所抨击的仍不过是儒家一贯鄙弃的"背恩"。从整个文章看，真正"点题"的几句话，也就是杖藜老丈所说的："夫人有恩而背之，不祥莫大焉。儒谓受人恩而不忍背者，其为子必孝，又谓虎狼知父子。今汝背恩如是，则并父子亦无矣。"然而，文章并不专写狼的"背恩"，而是宕开笔势，用较多的笔墨生动地叙写了老杏和老牸各自的遭遇。杏树老了，光开花不结果，老圃理当要作处理；牛老了，再也无力犁地拉车，末了难免要挨老农一刀。这些都是生活中的寻常事，也符合事物发展的规律，并不引起人们多大的注意。可是，作者却别出心裁，用拟人化的手法，让老杏、老牸开口说话，并以夸张、虚构的笔触，诉说了它们对主人如何"有功"，而老圃、老农对它们又如何"无情"，以此来突出后者的"背恩"。这就同狼的"背恩"构成有机的统一体。就人世间看，也确实存在"背恩"的小人，而对这类"有恩而背之"的小人，作者是深恶痛绝、严加鞭挞的。文中用了即事明理、即事寓情的方法，借题发挥。即使对狼的"背恩"的谴责，实质上也寄寓着对"背恩"小人的痛斥。作者的学生康海，曾写过一首《读中山狼传》的诗，说："平生爱物未筹量，那计当年救此狼。笑我救狼狼噬我，物情人意各无妨。"(《对山集》)可知，批判"背恩"，乃是此篇的旨意所在，而老杏、老牸的两段插叙，对表达文章的寓意起到了生色增辉的作用。如果抽掉这两段别具匠心、底蕴深厚的生动形象的描绘，不仅会削弱寓言的艺术活力，就是思想光辉也定然大为逊色。

诚然，作者在斥责"背恩"之余，还将触角伸向狼的吃人的本性，并用诙谐揶揄的笔调戏弄了东郭先生"仁陷于愚"的行为。这些都大大地拓展了作品的思想内涵。它告诉人们：对狼是不能讲仁慈的。或者把狼打死，或者被狼吃掉，二者必居其一。这明显地带有哲理意味。

马中锡是当时的文章高手，他谙熟文章三昧。这篇寓言故事，他采用了纵擒法。纵是放开一步，擒是抓住。作者的用意是擒狼，但在写法上，却网开一面，故意纵狼。由赵简子的追狼，到东郭先生的藏狼，到老杏、老牸的护狼，到杖藜老人的诛狼，在纵擒中构成进层，一层迫近一层，波澜迭起，悬念丛生。东郭先生冒着"犯世卿、忤权贵"的风险，斗胆救了受伤的狼。狼非但不感恩，反而要噬先生。其理由是，先生救"我"的目的是活"我"，如今"我""馁不得食"，仍难免一死。"先生既墨者，摩顶放踵，思一利天下，又何吝一躯啖我而全微命乎？"此东郭先生遇上的一险。东郭先生急中生智，以"事疑必询三老"的"民俗"，骗过了"鼓吻奋爪"的狼，暂时获得了喘息的机会。谁知老杏的回答是："汝何德于狼，乃觊免乎？是固当食汝。"狼听了很高兴，"复鼓吻奋爪，以向先生"。问到第一个"老"，即于东郭先生不利。此东郭先生遇上的二险。问杏不行，复问老牸，岂料老牸完全赞同"老杏之言"，并以同样的口吻说："汝何德于狼，觊幸免乎？"狼见情益发得意，又凶相毕露地扑向先生。此东郭先生遇上的三险。正当东郭先生穷途末路、危在旦夕的时刻，又幸遇杖藜老丈，他的性命完全系于老丈的一句话，故他“拜跪啼泣”，“乞丈人一言而生”！这几近于临死前的乞求呼救了。如果老丈也像老杏、老牸的态度一样，那东郭先生必然葬身狼腹；幸好老丈机智善辩，明察善恶，末了终于“助先生操刃共殪狼”。行文虚虚实实，情节曲曲折折，随着作者笔墨的舒展，读者的心也为之紧缩、悬起，直到恶狼被诛，先生脱险，方始松了一口气。

在层层迫近的同时，作者还在纵擒中构成对比。赵简子的追狼与东郭先生的藏狼，是是非的对比；东郭先生冒险救狼与狼负恩噬人，是善恶的对比；杖藜老丈的诛狼与东郭先生的怜狼，是智愚的对比。在诸多的对比中，东郭先生的形象就鲜活地跃现在人们的眼前了。东郭先生虽然也认识到：狼“性贪而狠，党豺为虐”。可是，当他听了狼的一番花言巧语后，便昏昏然地从所谓“兼爱为本”的观念出发，动了恻隐之心，救了恶狼，并表示：“脱有祸，固所不辞也。”俨然是个“济世”的君子。当赵简子追问他的时候，他巧唇簧舌地诡辩一通，终于骗过了对方，还自以为得计呢！东郭先生救狼，原系出于“善”意，那里想到狼被救后，不仅不知恩思报，相反却以怨报德，反过来要祸害他，这是他始所未料的，所以他大声呼叫：“狼负我！狼负我！”至此，他似乎是后悔救狼了，其实并非如此。且看，当老丈暗示他用匕首刺狼时，他还不无疑惑地说：“不害狼乎？”看来他历经险祸之后，并没能真正醒悟过来，足见其对“墨道”陷入之深。“不害狼乎”四个字诚可谓是点睛妙笔，它活画出东郭先生迂腐颟顸的神情姿态以及“仁陷于愚”的性格特点。

狼的形象，则是通过它自身前后言行的对比来完成的。危难求救时，它口口声称：“先生之恩，生死而肉骨也，敢不努力以效龟蛇之诚！”遇救脱险后，它则凶相毕露：“吾非固欲负汝，天生汝辈，固需吾辈食也。”找老丈评理时，它又振振有词：“其意盖将死我于囊，而独窃其利也。是安可不咥？”在层层对比中，狼的前恭后倨、忘恩负义、阴险凶残的本性就剖露无遗了。

在这个寓言中，狼是抨击的对象；东郭先生是批判的目标；赵简子头脑简单，勇而无谋，只是个陪衬者；真正被作者视为理想化身的正面人物，则是杖藜老丈。狼、东郭先生、赵简子都属“宾”，杖藜老丈才是“主”。这里作者运用的是“宾显而主隐，借宾突出主”的手法。东郭先生的愚是为了映衬杖藜老丈的智；狼再狡猾，也逃不过老丈这个“好猎手”；赵简子的孤勇，益显出老丈的多谋。狼是老丈诛杀的，东郭先生是老丈相救的，文章的主题也是老丈点明的。尽管他在最后出场，但却举足轻重。作者借老丈的口批判东郭先生“仁陷于愚”，这是对的。可是，他把“从井以救人，解衣以活友”也纳入“仁陷于愚”，并宣称这是君子所不赞同的，这与杨朱所说的“取为我，拔一毛而利天下，不为也”的唯我主义论调同出一辙，显然是不足取的。

寓言的一个突出的特点是：必有寓意蕴于内，形体、故事显于外。作者在命意布局的同时，也十分注意狼的形体特征的勾勒。这在东郭先生藏狼时的那段笔墨中，写得尤为精彩：“乃出图书，空囊橐，徐徐焉实狼其中，前虞跋胡，后恐疐尾，三纳之而未克。”这段文字既抓住了狼的形状，又把东郭先生顾前失后、手忙脚乱的窘态刻画得栩栩如生。正当东郭先生百般无奈的时候，狼出于活命，主动配合：“乃跼蹐四足，引绳而束缚之，下首至尾，曲脊掩胡，猬缩蠖屈，蛇盘龟息，以听命先生。”真是气急败坏，丑态百出，但又处处吻合狼的形体特征。这一段细节的描绘和氛围的渲染，为文章陡添生色。

本文笔调诙谐幽默，语言简洁生动，典故化用自如，辞意贴切隽永，这些都值得我们很好地体会和借鉴。（陈其相）

【注】 ①虞人：掌管山泽狩猎的官。 ②垂手：手下垂，形容安闲从容。 ③乌号：古代良弓名。 ④肃慎：古族名，出良箭。这里代指好箭。 ⑤逋：逃跑。 ⑥干仕：谋求官职。 ⑦策蹇驴：赶着个跛足的驴行走。蹇：跛足。 ⑧夙行：起早赶路。 ⑨奄至：突然到来。 ⑩毛宝放龟：相传晋代人毛宝曾把军士献给他的一只白龟放生。后来，他打仗失败，投江殉职，结果被这只放生的白龟救起，驮到对岸。事见《搜神记》。 ⑪隋侯救蛇：隋侯是春秋时期的国君。相传他医治好一条受伤的大蛇，后来这条蛇衔了一颗大珠来答谢他。事见《淮南子·览冥训》。 ⑫脱颖而出：语出《史记·平原君虞卿列传》。本指锥子穿透口袋露出来，这里指侥幸保全性命，日后重新出头。 ⑬生死而肉骨：使死者复生，使枯骨长出肉来。 ⑭兼爱为本：兼爱是墨家学说中的一个重要观点，主张人与人平等相爱。 ⑮囊橐：口袋。 ⑯前虞跋胡：前边怕踩了（狼）下巴上下垂的肉。虞：忧。跋：踩。胡：兽类颔下的垂肉。 ⑰后恐疐尾：后边唯恐压住（狼）尾巴。疐：压住。 ⑱容与：形容动作迟缓的样子。 ⑲鸣銮避寇盗：逃避强盗时还弄响车铃。銮：车铃。 ⑳跼蹐：蜷缩。 ㉑猬缩蠖屈：像刺猬似的缩成一团，像尺蠖似的弯曲着身子。蠖：虫名，生长在树上，爬行时，身体一屈一伸地前进。 ㉒内：同“纳”，放入。 ㉓伏踬就地：趴在地上请罪。踬：倒下。 ㉔跽：长跪，双膝着地，上身挺直。 ㉕守株缘木：分别指“守株待兔”和“缘木求鱼”两个古代寓言。 ㉖皮冠：古代打猎时所戴的帽子，指代虞人。 ㉗窥左足：举左脚起步。意思是不用花很大的力气。窥：同“跬”，半步。 ㉘羽旄：古时用鸟的羽毛和牦牛尾装饰的旗帜，此指赵简子一行人。 ㉙俎豆：古代祭祀时放祭品的器具，这里指祭品。 ㉚摩顶放踵：从头到脚都受到损伤，形容劳苦奔波。 ㉛日晷：日影。 ㉜绐：欺骗。 ㉝贾：招致，引起。 ㉞芟：剪除。 ㉟工师之肆：指木匠铺。 ㊱樗朽之材：无用的木材。樗：臭椿，木质较粗松。 ㊲桑榆之景：比喻暮年的时光。 ㊳觊：非分的希望。 ㊴老牸（zì字）：老母牛。 ㊵咥（dié蝶）：咬。 ㊶茧栗：指牛角初生时，像蚕茧和栗子一样小。 ㊷贰：辅助。这里指拉帮套。 ㊸辐衡：驾在牛项上的横木。 ㊹郊坰：郊野。 ㊺斛：古时以十斗为一斛，后世改为五斗。 ㊻掉臂行村社：甩开膀子在集市上出入做买卖。村社：集市一类的场所。 ㊼卮罂（zhī yīng之英）：都是盛酒的器具。卮：酒杯。罂：大腹小口的瓶子。 ㊽樽罍（léi雷）：古代盛酒的两种器具。 ㊾兔园册：村塾中老学究所教的浅近识字课本。这句说，现在也拿起书本了。 ㊿疮痍未瘥：创伤未愈。 (51)鞟（kuò廓）：去毛的兽皮。 (52)砺刃于硎：在磨刀石上磨刀。砺：磨。硎：磨刀石。 (53)迹是观之：根据这种迹象来看。 (54)羿：即后羿，古代传说中的神箭手。据说他教会了逄蒙射箭，后来反被逄蒙射死。 (55)就死地：陷入绝境。 (56)殪（yì意）：杀死。

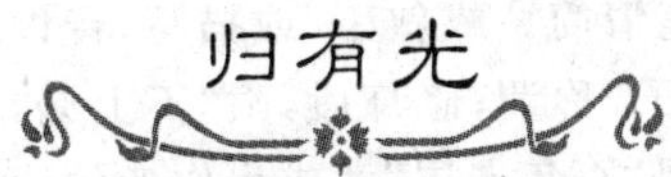

归有光

项脊轩志

项脊轩[1]，旧南阁子也[2]。室仅方丈[3]，可容一人居。百年老屋，尘泥渗漉[4]，雨泽下注，每移案，顾视无可置者。又北向，不能得日，日过午已昏。余稍为修葺[5]，使不上漏；前辟四窗[6]，垣墙周庭[7]，以当南日；日影反照，室始洞然[8]。又杂植兰桂竹木于庭，旧时栏楯[9]，亦遂增胜。借书满架，偃仰啸歌，冥然兀坐[10]。万籁有声[11]，而庭阶寂寂，小鸟时来啄食，人至不去。三五之夜[12]，明月半墙，桂影斑驳[13]，风移影动，珊珊可爱[14]。然余居于此，多可喜，亦多可悲。

先是，庭中通南北为一。迨诸父异爨[15]，内外多置小门墙，往往而是。东犬西吠，客逾庖而宴[16]，鸡栖于厅。庭中始为篱，已为墙，凡再变矣。家有老妪，尝居于此。妪，先大母婢也[17]。乳二世[18]，先妣抚之甚厚[19]。室西连于中闺[20]，先妣尝一至，妪每谓予曰："某所，而母立于兹[21]。"妪又曰："汝姊在吾怀，呱呱而泣。娘以指扣门扉曰[22]：'儿寒乎？欲食乎？'吾从板外相为应答。"语未毕，余泣，妪亦泣。

余自束发读书轩中[23]。一日，大母过余曰："吾儿，久不见若影，何竟日默默在此，大类女郎也？"比去[24]，以手阖门[25]，自语曰："吾家读书久不效，儿之成，则可待乎？"顷之，持一象笏至[26]，曰："此吾祖太常公宣德间执此以朝[27]；他日，汝当用之。"瞻顾遗迹，如在昨日。令人长号不自禁。

轩东故尝为厨。人往，从轩前过。余扃牖而居[28]，久之能以足音辨人。轩凡四遭火，得不焚，殆有神护者。

项脊生曰[29]："蜀清守丹穴，利甲天下。其后秦皇帝筑女怀清台[30]。刘玄德与曹操争天下，诸葛孔明起陇中[31]，方二人之昧昧于一隅也[32]，世何足以知之？余区区处败屋中，方扬眉瞬目[33]，谓有奇景。人知之者，其谓与坫井之蛙何异[34]！"

余既为此志[35]，后五年，吾妻来归[36]。时至轩中，从余问古事，或凭几学书。吾妻归宁[37]，述诸小妹语曰："闻姊家有阁子，且何谓阁子也？"其后六年，吾妻死，室坏不修。其后二年，余久卧病无聊，乃使人复葺南阁子，其制稍异于前[38]。然自后余多在外，不常居。庭有枇杷树，吾妻死之年所手植也，今已亭亭如盖矣[39]。

《项脊轩志》是作者早期的作品，分为正文和附记两部分。从开头到"其谓与坫井之蛙何异"为正文，是作者十八岁时所写；以下为附记，是十三年后补写的。补写时对正文部分可能有修改。完成此文时，作者当在三十多岁。

首段紧扣题目，写项脊轩的环境，层次井然，文笔清简。或叙事，或描写，皆以四言为主。修葺前，狭窄、破旧、漏雨、昏暗，以“南阁子”称谓；修葺后，雨“不上漏，前辟四窗”，庭院又杂植兰、桂、竹、木，生气蓬勃。于是“百年老屋”竟成为作者的读书胜地，“项脊轩”由此得名。此为第一层，写项脊轩修葺前后的变化。叙事细致，每每前后对比，如：“使不上漏”与“尘泥渗漉，雨泽下注”相映照；“前辟四窗”，“以当南日；日影反照，室始洞然”与“又北向，不能得日，日过午已昏”相映照。这些都给读者十分清晰而又截然不同的印象。第二层用描述语进一步写项脊轩的环境。先写室内：“借书满架，偃仰啸歌，冥然兀坐”三句，写书斋主人不随时俗、安贫乐道的志尚，还把主人公那种悠然自得、其乐无穷的神态写活了。再写庭院，写白日：“万籁有声，而庭阶寂寂，小鸟时来啄食，人至不去。”这四句皆以动写静，但侧重点不同。前两句说自然界万物的一切声响都清晰可闻，而庭院反倒显得格外宁静，是用“有声”反衬“无声”，侧重表现其“静谧”；后两句从鸟不惊人的角度，侧重表现其“冷落”。写夜晚：“三五之夜，明月半墙，桂影斑驳，风移影动，珊珊可爱。”此乃化工之笔，多么富于诗情画意！既是画，亦是诗，令人陶醉，使人神往。读者从中可以明显地感受到，作者对他这段青少年时代恬静而幽雅的书斋生活是多么怀念和眷恋！此段文字以情写景，融情于景，创造了一种含情不尽的意境，给读者留下了遐想和回味的余地。这正体现了归有光抒情小记清新疏淡、蕴藉含蓄的风韵。末句：“然余居于此，多可喜，亦多可悲。”是过渡之笔。“多可喜”绾束上文安贫乐道的种种情致；“多可悲”总领下文因人事变迁带来的种种哀思。

第二、三、四段是记叙的重点，承“多可悲”，由物及人，写轩中发生的人事变迁，抒写自己的哀思。

“诸父异爨”，此其一。归氏是一个大族，世有显仕。自入明以后，虽无位于朝，但仍是“县城东南，列第相望”，“时人为之语曰：‘县官印，不如归家信’”（归有光《归氏世谱后》）。“至于有光之生，而日益衰”（归有光《家谱记》），但著族名声犹存。及至父辈们分家，境况便不可目视。原先南北通连的庭院，被一道道小门墙分割开来，族胞兄弟间竟形成一种“死不相吊，喜不相庆”的局面。作者对此常常慨叹不已，在《家谱记》中自云：“顾瞻庐舍，阅归氏之故籍，慨然叹息流涕曰：‘此非独素节翁之后乎，而何至于斯也？’”故作者写其“志”时，首先令其触目伤怀的自然是这象征着家族兴衰的“项脊轩”的自身变迁。文章用“先是”、“迨”、“始”、“已”、“再”几个时间副词准确地表现了家道中衰的过程，而“东犬西吠，客逾庖而宴，鸡栖于厅”则具体形象地写出了家族分崩离析后的衰败和凌乱的景象。文章虽无半字言情，然而作者的怆恻之心、悲慨之情已通过略中有细的客观记述自然流露。这是以事写情的笔法，值得借鉴。

追忆母亲和祖母，此其二。母爱是无私的，母之早亡也最使人伤痛。作者八岁丧母，很早失去母爱，对母亲的记忆自然不多。然而正因为如此，作者于母爱更为珍视，哪怕是他所知道的一点一滴，也要追述缅怀，留存记忆。作者借老妪之口写亡母逸事，最为妥帖。“家有老妪，尝居于此”一语，照应题目，点明所追忆之事发生在此轩中。而后，先交代老妪是祖母的使女、两代乳母，以示家中琐事老妪皆了如指掌；再说“先妣抚之甚厚”，为下文老妪对主母的深情回忆作铺垫。接着由老妪现身说法，絮絮叙来，先母当年“以指叩门扉曰：‘儿寒乎？欲食乎？’”寥寥几笔，形神毕现，惟妙惟肖，声口宛然，如闻如见。这时，一股母爱的暖流纡徐流入了作者和读者的心田。林纾对此曾有一段十分精辟的论述：“震川之述老妪语，至琐细，至无关紧要，然自少失母之儿读之，匪不流涕矣。”（《古文辞类纂·杂记类》）这段评语道出了归文感人的秘诀——他写出了普天下人共有之情。无怪乎“语未毕，余泣，妪亦泣”。作者在《先妣事略》中也曾直抒这种亡母之痛：“世乃有无母之人，天乎痛哉！”写祖母更出色传神，作者青少年时代是在祖母的直接爱抚和教育下成长的，对祖母的感情尤其深厚。“吾儿，久不见若影，何竟日默默在此，大类女郎也？”语气多么亲切！又多么诙谐、风趣！生动贴切地表现了老祖母对失去母亲的孙儿是倍加关怀，又无比疼爱的。“以手阖门”这个轻轻关门的动作，写出了祖母担心外面的声响干扰孙儿专心读书的心情。临去时的几句喃喃自语，表达了祖母看到孙儿读书有望后内心的欣喜，既而又特地拿来祖上的象笏教诲孙儿，更细致入微地写出了祖母深层的心理活动，表达了一位出身豪门而家道中衰的老夫人对孙儿读书有望、光复门庭的殷切期望。而作者写此“记”时，曾六次参加乡试而未能中举，由此读者便可悟出作者“瞻顾遗迹”时的心情，怎能不悲从中来？“令人长号不自禁”包含两层意思：一是辜负祖母期望的悔恨之心；二是生不逢时、命运多舛的悲怨之情。全段以描述为主，借轩写人，以人写情，寄托哀思。

足音辨人和遭火不焚，此其三。“轩东故尝为厨”属补笔，是对首段“项脊轩”格局的补充交代。“余扃牖而居”，再写闭门苦读。“足音辨人”的细节描写，看似闲笔，却读来亲切，是从作者的生活体验中提炼出来的，其中包蕴着作者与小轩千丝万缕的联系和深厚的情谊。接着又写小轩的厄运：“凡四遭火，得不焚，殆有神护者。”透露出作者为之深深庆幸的心理。初读此段，似觉平散，其实不然。无论明写轩的格局和变迁，或暗写轩中人物的生活，句句绾扣题目，都是写作者的“喜”与“悲”。

第五段是正文的结尾。作者模仿《史记》中“太史公赞”的笔法，借“项脊生曰”大发议论，抒怀明旨，收束正文。文中以蜀清、孔明自况，抒写其匡济天下的抱负。蜀清因“利甲天下”，秦始皇为之筑“怀清台”；孔明因助刘玄德三分天下，名垂后世。而作者却强调指出：“方二人之昧昧于一隅也，世何足以知之？”言外之意，有光并非无蜀清之才智、孔明之韬略，只因身居陋斋，不为世人所知而已。这并非笔者臆测，作者在《家谱记》中说道：“有光学圣人之道，通于六经之大旨。虽居穷守约，不录于有司，而窃观天下之治乱，生民之利病，每有隐忧于心。”在《送同年李观甫之任江浦序》和《上王都御史》等篇中，也都表达了他的忧国忧民、匡济天下的胸怀。周本淳在《震川先生集·前言》中评论作者其人时说：“……对于求贤用人之道，理财救民之方，兴修水利之途，抗御倭寇之略，他都有精辟的论述。”又据清人丁元正《修复震川先生墓记》所载：“其所著《三江》《水利》等篇，南海海公（指海瑞）用其言，全活江省生灵数十万。”可见，作者不仅有远大的抱负，而且兼有经世致用的才学。但作者仕途蹭蹬，屡困场屋，胸中块垒，又向何处诉说？不得已借文自我解嘲道：“余区区

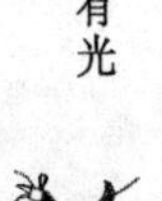

处败屋中，方扬眉瞬目，谓有奇景。人知之者，其谓与埳井之蛙何异!”伟哉！“区区败屋”而“扬眉瞬目”，足见其志趣高逸，卓荦不凡。奇哉！“谓有奇景”而“埳井之蛙”，是自嘲，还是反唇相讥？可谓情韵无尽，耐人咀嚼。

末段叙亡妻事。据归有光《请敕命事略》自述：先妻魏氏“少长富贵家，及来归，甘淡薄，亲自操作”，又能孝敬舅姑，厚待兄弟和家人。她是作者生前的知音，作者曾得意地称她为“随意眷属”。可见，作者对魏氏的夭殁是十分悲痛的。而今追忆亡妻，可写的事情一定很多，但究竟写什么？如何写？归有光发挥他抒写父子家人之情的所长，选取了他们夫妻日常生活中的二三片断。这些生活片断，看似平淡而散乱，但经过作者的生花妙笔，显示出另一番神韵。从行文说，按照时间的推移，用“后五年”、“后六年”、“后二年”、“死之年”起领，把分散在十几年发生的诸般琐事，包括两次完成其“志”、妻子的出嫁和归宁、复修南阁子、栽种枇杷树、妻亡等，全都围绕一个“轩”字连贯起来，头绪清明，一目了然。“时至轩中，从余问古事，或凭几学书”状写妻子的温文尔雅，跟自己志趣相投；妻子从娘家归来，转述诸小妹语曰：“闻姊家有阁子，且何谓阁子也?”状写小妹们的天真好奇。读者就从这些娓娓叙说的细事中，宛然见其夫妻和谐、恩恩爱爱的生活情景。接着又掉转笔头，写“妻死”、“室坏不修”、“卧病无聊”、“不常居”，把作者因丧妻而带来的孤凄心情和盘托出。篇末，更出人意外地补叙一笔：“庭有枇杷树，吾妻死之年所手植也，今已亭亭如盖矣。”强调“妻死之年”、亲“手所植”，而今物在人亡，睹物思人，怎不令人扼腕悲歌！清人方苞评此云：“览者恻然有隐。”(《书归震川文集后》)周本淳补云：“没有不为之一掬同情之泪的。”(《震川先生集·前言》)都道出了这段文字在读者中引起的共鸣，简直令人荡气回肠。

综观全文，清淡朴素，情韵无尽。其叙事，极普通，极平常，又极琐细；其用笔，极平易，极朴素，又极淡雅；其描述，淡淡几笔，便勾勒出人物的音容笑貌，令人难忘；其抒情，含而不露，耐人咀嚼。其章法，“轩”与“情”两条线明暗交错，散而不乱。究其因，作者深得《史记》、欧、曾叙事之长，用他自己的话说：“余谓文者，道事实而已。”“道事实”就是情景逼真。《项脊轩记》所记都是作者的家世家事，所写细事都是作者的切身感受，并富于典型性，所谓“其所见者真，所知者深也”(王维《人间词话》)。这就是说，题材本身便给人以亲切感。作者又擅长“不俟修饰而情辞并得”(方苞《书归震川文集后》)，故虽“无意于感人，而欢愉惨恻之思溢于言表”(王锡爵《明太仆寺寺丞归公墓志铭》)，这又是“此意境人人所有，此妙笔人人所无”(钱基溥《明代散文》)的一个重要原因。

(陆志栋)

【注】 ①项脊轩：作者的书房名。项脊，原是地名，属太仓(今属江苏)，作者的远祖归隆道曾居于此。 ②阁子：小木板房。 ③方丈：见方一丈。 ④渗漉(shèn lù 慎鹿)：水由孔隙漏下。 ⑤修葺(qì 泣)：修补。 ⑥前：指朝南。 ⑦垣墙周庭：垣墙把庭院四周圈起来。垣：墙。 ⑧洞然：明亮的样子。 ⑨栏楯(dùn 顿)：栏杆。 ⑩冥然：深思的样子。兀(wù 悟)坐：端坐。 ⑪万籁(lài 赖)：各种声响。籁：从孔穴里发出来的声音。 ⑫三五之夜：阴历十五日夜晚。 ⑬斑驳：杂乱错落。 ⑭珊珊：佩玉的声音。这里指风吹桂树发出的声音。一说，形容

树影晃动时轻盈、舒缓的样子。 ⑮诸父:各位叔父伯父。异爨:各起炊灶,分居而食。 ⑯逾庖(yú páo 于袍):穿过厨房。 ⑰先大母:已去世的祖母。先:对死者的尊称。 ⑱乳二世:抚育了两代人。 ⑲先妣:死去的母亲。 ⑳中闺:内宅,指女眷住的地方。 ㉑而:同“尔”,你。 ㉒门扉(fēi):门扇。 ㉓束发:古人以十五岁为成童之年,把头发束起来盘在头上。 ㉔比去:等到离去。比:及,等到。 ㉕阖门:闭门。 ㉖象笏(hù 户):象牙做的狭长板子,一称象简、手板,古时大臣朝见帝王时手持之物,可书写要启奏的事情,以防遗忘。 ㉗太常公:指归有光祖母的祖父太常寺卿夏昶(chǎng 厂)。宣德:明宣宗朱瞻基年号。 ㉘扃:关上。牖:窗户。 ㉙项脊生:作者自称。 ㉚“蜀清”三句:巴蜀(今四川省)有一个叫清的寡妇,守着祖先留下的丹砂矿牟取厚利,财富为天下第一,秦始皇为她修建了一座女怀清台嘉奖她。事见《史记·货殖列传》。 ㉛诸葛孔明:即诸葛亮,孔明是他的字。陇中:应作“隆中”,山名,在今湖北省襄阳县西,诸葛亮曾隐居于此,刘备三顾其庐,始出山辅助刘备打天下。 ㉜昧昧:不明。此处指名声未显。 ㉝扬眉瞬目:形容很得意地欣赏。扬眉:眼眉向上飞扬。瞬目:眨眼。 ㉞坎(kǎn 砍)井之蛙:浅井里的蛙。比喻见闻浅陋的人。见《庄子·秋水》。坎井:浅井。 ㉟为此志:写这篇《项脊轩志》。本文是作者十八岁时写的。 ㊱来归:嫁到我家来。古时女子出嫁叫“归”或“于归”。 ㊲归宁:回娘家看望父母。 ㊳制:格局和样子。 ㊴亭亭如盖:高高挺立像一把伞,比喻杷树长得高大茂盛。盖:伞。

吴山图记

吴、长洲二县,在郡治所[1],分境而治。而郡西诸山,皆在吴县。其最高者,穹窿、阳山、邓尉、西脊、铜井[2];而灵岩,吴之故宫在焉,尚有西子之遗迹[3]。若虎丘、剑池及天平、尚方、支硎,皆胜地也[4]。而太湖汪洋三万六千顷,七十二峰沉浸其间,则海内之奇观矣。

余同年友魏君用晦为吴县[5],未及三年,以高第召入为给事中[6]。君之为县,有惠爱,百姓扳留之不能得[7],而君亦不忍于其民[8],由是好事者绘《吴山图》以为赠。

夫令之于民诚重矣。令诚贤也,其地之山川草木亦被其泽而有荣也;令诚不贤也,其地之山川草木亦被其殃而有辱也。君于吴之山川,盖增重矣[9],异时吾民将择胜于岩峦之间[10],尸祝于浮屠、老子之宫也固宜[11]。而君则亦既去矣,何复惓惓于此山哉[12]?昔苏子瞻称韩魏公去黄州四十余年而思之不忘,至以为思黄州诗,子瞻为黄人刻之于石。[13]。然后知贤者于其所至,不独使其人之不忍忘,而己亦不能自忘于其人也。

君今去县已三年矣,一日与余同在内庭[14],出示此图,展玩太息,因命余记之。噫!君之于吾吴有情如此,如之何而使吴民能忘之也?

这是一篇三百余字的小文,记述了一件吴县乡民赠离任县令《吴山图》的小事。作者是怀着什么样的情感,运用什么样的笔法来记述的呢?首先让我们逐段分析一下。

一开篇,洒然而来的便是一段对吴县胜地白描式的叙述:“其最高者,穹窿、阳

山、邓尉、西脊、铜井；而灵岩，吴之故宫在焉，尚有西子之遗迹。若虎丘、剑池及天平、尚方、支硎，皆胜地也。而太湖汪洋三万六千顷，七十二峰沉浸其间，则海内之奇观矣。”有山，有水，有使人寄兴怀感的古迹。这里没有刻意的雕饰，也没有呕心的经营，娓娓叙来，错落有致。作者就用这种“不事修饰而辞情并得，不为刻画而足昭物情”的高超技巧，为我们展现了一幅淡雅萧逸的画卷。当我们徜徉于这青峰缀波的胜景之中时，不由得会想到：“自古江山入画图。”像这样的名山佳水，难道不最应绘写为图吗？

作者将笔锋一转，把我们引入了正文：“余同年友魏君用晦为吴县……由是好事者绘《吴山图》以为赠。”作者告诉我们《吴山图》的由来。这一段写得极为简洁，无游辞，无赘语，但事情交代得周详有条理。这里我们应注意两点：一是作者并没有以繁辞叙述魏用晦在任吴县令时的政绩如何如何，做过哪些“惠爱”的事情，县民又如何如何爱戴他，仅用了“百姓扳留之不能得”一句，其余尽在不言中。以虚衬实，益见生动。二是“君亦不忍于其民”一句，尤其是一“忍”字，下得颇见锤炼。辞尚体要，字去意留，熔裁得法，丰约俱宜，在短篇文章中尤为重要——从这一段的叙述中，我们可以窥见。百姓留县令，县令恋乡民，两情相系，因此有《吴山图》之赠。

下面一段是本篇文章的重点：“夫令之于民诚重矣。令诚贤也，其地之山川草木亦被其泽而有荣也；令诚不贤也，其地之山川草木亦被其殃而有辱也。”旧时评点家以为“忽起一峰，文情排宕”。其实，我们不能仅把它看做是作者的章法修辞手段，应当认识到，正是由于县令的贤恶能使其辖内的山川草木蒙受其“荣”、“辱”，县令对县民来说关系重大，所以才有乡民绘山川图赠之之举的。“而君则亦既去矣，何复惓惓于此山哉”一句照应下文“君今去县已三年矣……出示此图，展玩太息”，可见魏用晦离开吴县三年之间，确是经常“惓惓”于吴地山水的。下面，作者联想到宋代韩琦任黄州官后四十余年思之不忘而作黄州诗的事情。我们说，这种“取影比事”的笔法在古代文章中是极为常见的，其难在于自然贴切，用事稍隔则生气散词浮之弊。作者在这里妙在似于有意无意之间，信手拈来，极为切合，隐然以魏比韩，自然而然得出了“贤者于其所至，不独使其人之不忍忘，而已亦不能自忘于其人也”的结论。先后相映，若出一揆；俯仰今昔，感慨深挚。

“君今去县已三年矣，一日与余同在内庭，出示此图，展玩太息，因命余记之。”至此，作者始点出为《吴山图》作记的缘由。前面有写景，有叙事，有发感，至此结穴锁尾，戛然而止，笔力相当遒劲。从文势上说，如长川之归海，从事序上说，则是寻流以溯源，极尽章法变幻之能事。“噫”之后二句余波微荡，韵味无穷，“使览者恻然有隐”，达到了短文的极高境界。

归氏曾以五色笔批标《史记》，探索其气韵脉络、意度波澜。对宋代欧（阳修）、曾（巩）之文又下过很深的功夫，对二家之文确能取神遗貌，形成了自己这种波澜出之自然、章法尽其变化的风格。我们如果对唐宋散文列章取势的妙处一时尚不能领悟的话，取归氏这类小文反复体味，是可以得到初步理解的。　（陆　吉）

【注】 ①吴:今江苏省吴县。长洲:明代苏州府的辖县,今已并归入吴县。郡治所:府城所在地。 ②穹窿:山名,在吴县西南。阳山:在吴县西北。邓尉:在吴县西南。相传汉有邓尉隐居于此。西脊:山名,在邓尉山之西。铜井:亦山名,在吴县西南。 ③灵岩:在吴县西,相传吴王夫差曾于此建宫以居西施。此处尚有响屧廊、西施洞等名胜古迹。 ④虎丘:山名,在吴县西北。天平:山名,在吴县西。尚方:山名,在吴县西南。支硎:山名,在吴县西南。晋代名僧支遁(支道林)曾隐居于此。 ⑤同年:科举时代,同一年中举人或进士的互称同年。魏用晦:魏体明,字用晦。嘉靖四十四年(1565)任吴县知县,隆庆二年升迁为刑科给事中。 ⑥高第:在由吏部对地方官的考绩中列在高等。给事中:明代设吏户礼兵刑工六科,属官有给事中,从七品,掌侍从、规谏等事。 ⑦惠爱:指恩德仁爱。扳留:挽留。 ⑧不忍:不忍心离开。 ⑨增重:增加价值,此处意谓增加光荣。 ⑩择胜:选择胜地。 ⑪尸祝:古代祭祀时以人像神者谓“尸”,以向神告辞者为“祝”。此处意为祭祀祈祷。浮屠:佛。老子:道教所尊的祖师。 ⑫惓惓:真挚怀恋。 ⑬韩魏公:宋代名臣韩琦,封为魏国公。著有《安阳集》,曾为官黄州(今湖北黄冈一带)。苏轼《书韩魏公黄州诗后》:“黄州山水清远,土风厚善……魏公去黄四十余年,而思之不忘,至以为诗……而轼亦公之门人,谪居于黄五年……于是相与募公之诗而刻之石,以为黄人无穷之思。” ⑭内庭:宫廷内。

茅 坤

青霞先生文集序

青霞沈君①,由锦衣经历上书诋宰执②。宰执深疾之。方力构其罪,赖天子仁圣③,特薄其谴,徙之塞上。当是时,君之直谏之名满天下。已而君累然携妻子④,出家塞上。会北敌数内犯⑤,而帅府以下,束手闭垒,以恣敌之出没,不及飞一镞以相抗。甚且及敌之退,则割中土之战没者与野行者之馘以为功⑥。而父之哭其子,妻之哭其夫,兄之哭其弟者,往往而是,无所控吁。君既上愤疆埸之日弛,而又下痛诸将士日菅刈我人民以蒙国家也⑦。数呜咽欷歔。而以其所忧郁发之于诗歌文章,以泄其怀,即集中所载诸什是也。

君故以直谏为重于时,而其所著为诗歌文章,又多所讥刺。稍稍传播,上下震恐,始出死力相煽构⑧,而君之祸作矣。君既没,而一时阃寄所相与谗君者⑨,寻且坐罪罢去。又未几,故宰执之仇君者亦报罢。而君之门人给谏俞君⑩,于是裒辑其生平所著若干卷⑪,刻而传之。而其子以敬,来请予序之首简。

茅子受读而题之曰:若君者,非古之志士之遗乎哉?孔子删《诗》⑫,自《小弁》之怨亲⑬,《巷伯》之刺谗以下⑭,其忠臣、寡妇、幽人、怼士之什⑮,并列之为“风”、疏之为“雅”,不可胜数,岂皆古之中声也哉?然孔子不遽遗之者,特悯其人,矜其志,犹曰“发乎情,止乎礼义”,“言之者无罪,闻之者足以为戒”焉耳⑯。予尝按次春秋以来,屈原之《骚》疑于怨⑰,伍胥之谏疑于胁⑱,贾谊之疏疑于

激[19]，叔夜之诗疑于愤[20]，刘蕡之对疑于亢[21]。然推孔子删《诗》之旨而裒次之，当亦未必无录之者。君既没，而海内之荐绅大夫[22]，至今言及君，无不酸鼻而流涕。呜呼！集中所载《鸣剑》、《筹边》诸什，试令后之人读之，其足以寒贼臣之胆，而跃塞垣战士之马，而作之忾也[23]，固矣。他日国家采风者之使出而览观焉[24]，其能遗之也乎？予谨识之。

至于文词之工不工，及当古作者之旨与否，非所以论君之大者也，予故不著。

本文是茅坤为同科进士沈炼的诗文集《青霞先生文集》所撰写的一篇序言。通篇从大处着眼，择取沈氏生平事迹中最有代表性的片断，叙述沈炼的悲惨遭遇，歌颂其刚直不阿、直言敢谏、疾恶如仇和忧国忧民的崇高品质，称许其作品的胸次和风骨，不失为一篇有独特风格的政论和文论。

全文共四段。首段概述沈炼的生平事迹，突出其刚直、无畏的品格。沈炼是明中叶的节义之士，"为人刚直、嫉恶如仇"(《明史·沈炼传》)。他的一生始终与奸相严嵩父子及其死党作坚持不懈的斗争。作者从大节入手，开篇直写沈炼任锦衣经历时，不畏严嵩的威势，"上书诋宰执"，"直谏之名满天下"，突现了他刚烈的品格和铮铮铁骨。而后以重笔铺写其贬谪塞上之事。写边塞之事，又极写边患的严重和边将的罪恶，表现沈炼忧国忧民的壮怀。当时，边将杨顺(严嵩的党羽)贪生怕死，祸国殃民，对入侵之敌"不及飞一镞以相抗"，反而"割中土之战没者与野行者之馘以为功"。于是父哭子，妻哭夫，兄哭弟，哀鸿遍野，怨声载道。青霞先生睹此惨状，义愤填膺，痛心疾首，"既上愤疆埸之日弛，而又下痛诸将士日菅刈我人民以蒙国家"，毅然再次上书直谏，为民请命，并用诗文发泄胸中的郁愤，还聚集保安子弟攒射模拟严嵩之形的草人，以解心头之恨。他的忧国忧民之情何等激切，何等强烈！茅坤也有过政治上的失意，也非常忧念国事，所以这一段写沈氏之忠直爱国，特别痛愤，特别富有感情。

次段说明青霞先生诗文之风骨、影响，交代文集之由来和作序之缘起。"君故以直谏为重于时"绾结上文，开启下文，由推重沈炼的人品转入赞颂其诗品。这样写旨在说明沈炼的诗品乃是出于他的人品，作者对他诗文的推崇，归根结底是由于对其人格的敬重。"多所讥刺"突出沈氏诗文抒写国家民族的痛愤、讽刺时政的精神。"上下震恐"，表明沈氏诗文切中要害，使贼臣心寒胆战，故"出死力相煽构"。对沈氏受迫害而死，仅以"君之祸作矣"一笔带过，以免与本文的主旨脱节。旋即交代沈氏身后的事变，归结到门人搜集编定文集，沈氏长子请求作序，十分简洁明晰。

第三段评价青霞先生诗文的价值，阐明作者的文学观，也是本文的主旨之一。"若君者，非古之志士之遗乎哉"一句反诘，再次称许沈氏的人品，与上文相照应，同时又写出作者读文集后的总感受，有力地带起下文。接着以孔子删《诗》为证，以"《小弁》之怨亲，《巷伯》之刺谗"为例，说明怨怼和讥刺之诗不可遗；然后又列举春秋以来屈原、伍员、贾谊、嵇康、刘蕡等人的文辞诗赋，大泄其怨愤和牢骚，虽未必合乎"古之中声"，却皆有其存在的价值。这种见解，可谓与司马迁的"发愤著书"说及韩愈的"不平则鸣"论一脉相承，树立了诗文创作的一个重要标准。结尾又回落到沈氏，指出其诗文能鞭挞贼臣，振起战士志气。"其能遗之也乎"一句有力的反诘，强调沈氏作品的精神与古之志士相通，同样具有不朽的价值。

与茅坤同时而稍晚的"后七子"首领王世贞，从"诗者，中声之所止也"的温柔敦厚的传统诗教出发，曾批评沈氏诗"不能尽削其牢骚愤激之气，故往往多楚声"(《明诗综》卷四一)。茅氏的观点与王世贞是相对的，具有针砭时弊的作用。沈炼的诗文忧国忧民，激昂慷慨，讥刺时政，反映了当时的时代精神。怎能设想在内忧外患深重的明代中叶，在国家命运岌岌可危之时，却要求人们"尽削其牢骚愤激之气"呢？正如《四库全书总目提要》所云："(沈炼)其文章劲健有气，诗亦郁勃磊落，肖其为人。"又《明诗综》所载，明末抗清名将陈子龙曾评沈诗："青霞快男子，诗亦俊爽。"都肯定了沈氏作品不可磨灭的思想光芒。

第四段点明作序意图，是全篇的余波。作者认为，论人要注重"大节"，评文要注重思想价值，至于文辞是否工巧，内容是否"当古作者之旨"，皆非"大者"。茅坤继承韩愈"文以载道"说，在《〈唐宋八大家文钞〉序》中曾一针见血地指出："文特以道相盛衰，时非所论也。""孔子之所谓'其旨远'，即不诡于道也，'其辞文'，即道之灿然。"本文就具体体现了"唐宋派"古文家反对前、后"七子"复古模拟，强调文道结合，注重思想价值的进步倾向。

本文最大的特点是角度新颖，剪裁精妙。通篇从大处着眼，先论其人，次评其文，不落一般序言单纯评论文之窠臼。评介其人，重点不在沈氏之个人经历和悲惨结局，而在于他刚直不阿、直言敢谏的崇高品质。写沈炼之刚直无畏，重点不在出塞前，而在"出家塞上"，目睹边防之日益废弛，生灵之横遭涂炭，于是为民请命，上书直谏，发为诗文，讥刺时政。这样剪裁就突出了沈炼和国家、人民的血肉关系，强调了他与严嵩父子及其死党的斗争始终关系着国家的安危和人民的命运，成功地揭示出青霞先生崇高的精神境界，使其光辉形象跃然纸上。同时，又借以抒发出作者忧国忧民的情怀，体现了时代精神。

本文是一篇独具风格的政论和文论。虽有铺陈渲染，开宕生发，却始终不离评论青霞先生及其诗文这一主旨。格调苍劲激越，感情沉挚痛愤，流贯着一种悲壮的气势。正如《古文观止》所说："文亦浩落苍凉，读之凛凛有生气。"

(吴根成　姜岱东)

【注】 ①沈君：沈炼，字纯甫，号青霞，会稽(今浙江绍兴)人。明嘉靖进士，做过知县，后任锦衣卫经历。他刚直敢谏，因弹劾严嵩父子，被流放塞外，后惨遭杀害。著有《青霞集》。②宰执：宰相，指严嵩。　③天子：指明世宗。　④累然：不得意的样子。　⑤北敌：指蒙古族俺达部。　⑥馘(guó 国)：古代战争中割取所杀敌人之左耳，叫"馘"，用以计数报功。　⑦菅刈(jiān yì 肩义)：杀戮。　⑧煽构：煽动，陷害。　⑨阃(kǔn 捆)寄：寄以阃外之事，即寄托军事重任，此指依附严嵩的边将。古代称城门为"阃"，将军出征，必出城门，故以阃外指军事重任。⑩给谏：给事中的简称，掌规谏、稽查等事。　⑪裒(póu 抔)辑：搜集编定。　⑫"孔子"句：传说《诗经》原有诗三千多篇，后来孔子删定为三百零五篇。　⑬《小弁》：《诗·小雅》篇名，相传宜

臼所作，抒写自己被周幽王废弃的怨愤。 ⑭《巷伯》：《诗·小雅》篇名，相传西周寺人孟子因遭谗毁而受宫刑，作此诗发泄愤恨。 ⑮幽人：隐士。怼(duì 对)士：含恨之士。 ⑯"发乎情"四句：出自《毛诗序》。 ⑰《骚》：《离骚》。屈原遭谗被逐，流放湘沅，作此诗抒写怨愤。 ⑱伍胥：即伍子胥，春秋末吴大夫。曾劝谏吴王夫差拒越求和，并停止伐齐，言辞极愤激，后被赐死。 ⑲贾谊：西汉文学家和政治家，曾数次上疏批评时政，主张加强中央集权，削弱诸侯王势力，言辞颇为激切。 ⑳叔夜：嵇康，字叔夜，三国魏文学家，其抒愤之作《幽愤诗》较有名。 ㉑刘蕡：字去华，唐代诗人。文宗大和二年(828)蕡应贤良对策，极言时政弊端，抨击宦官专权，后被诬陷死。 ㉒荐绅：同"缙绅"。 ㉓作之忾：振起战士的愤慨。 ㉔采风：采集民间歌谣。

宗臣

报刘一丈书

数千里外，得长者时赐一书，以慰长想，即亦甚幸矣。何至更辱馈遗[①]，则不才益将何以报焉[②]，书中情意甚殷[③]，即长者之不忘老父[④]，知老父之念长者深也。

至以"上下相孚，才德称位"语不才[⑤]，则不才有深感焉。夫才德不称，固自知之矣。至于不孚之病，则尤不才为甚。

且今世之所谓孚者何哉？日夕策马候权者之门[⑥]，门者故不入[⑦]，则甘言媚词作妇人状[⑧]，袖金以私之。即门者持刺入[⑨]，而主人又不即出见，立厩中仆马之间[⑩]，恶气袭衣裾，即饥寒毒热不可忍，不去也。抵暮，则前所受赠金者出，报客曰："相公倦，谢客矣，客请明日来。"即明日又不敢不来。夜披衣坐，闻鸡鸣即起盥栉[⑪]，走马抵门。门者怒曰："为谁？"则曰："昨日之客来。"则又怒曰："何客之勤也！岂有相公此时出见客乎？"客心耻之，强忍而与言曰："亡奈何矣，姑容我入。"门者又得所赠金，则起而入之；又立向所立厩中。幸主者出，南面召见，则惊走匍匐阶下。主者曰："进！"则再拜，故迟不起。起则上所上寿金[⑫]。主者故不受，则固请；主者故固不受，则又固请。然后命吏纳之。则又再拜，又故迟不起，起则五六揖，始出。出，揖门者曰："官人幸顾我[⑬]，他日来，幸勿阻我也。"门者答揖，大喜奔出。马上遇所交识[⑭]，即扬鞭语曰："适自相公家来，相公厚我！厚我！"且虚言状。即所交识，亦心畏相公厚之矣。相公又稍稍语人曰[⑮]："某也贤！某也贤！"闻者亦心计交赞之。此世所谓上下相孚也。长者谓仆能之乎？

前所谓权门者，自岁时伏腊一刺之外[⑯]，即经年不往也。间道经其门[⑰]，则亦掩耳闭目，跃马疾走过之，若有所追逐者。斯则仆之褊哉[⑱]，以此常不见悦于长吏，仆则愈益不顾也。每大言曰："人生有命，吾惟守分尔矣！"长者闻之，得无厌其为迂乎？

乡园多故[19]，不能不动客子之愁。至于长者之抱才而困[20]，则又令我怆然有感。天之与先生者甚厚，亡论长者不欲轻弃之，即天意亦不欲长者之轻弃之也[21]，幸宁心哉！

《报刘一丈书》是一篇抒愤论政、劝慰婉切之作。它立意深刻，构思巧妙，手法新颖，文字生动，堪称一篇奇文。宗臣，明代著名文学家，"后七子"之一，为人刚正，不慕权贵，因触忤权相严嵩，被流放到福建作布政参议，后以御倭寇有功，升为福建提学副使，不久病死任所，时年仅三十六岁。这篇散文通过对权奸专权纳贿，门者狗仗人势、逞威勒索，干谒者趋炎附势、谄媚无耻的种种丑行的描绘，揭露和讽刺了上层统治集团的黑暗腐朽，委婉地对刘一丈进行了劝慰，表现了作者自己不屑巴结权贵、不肯与之同流合污的耿介品格。

《报刘一丈书》是宗臣给其父辈好友的一封回信。刘一丈，名珍，字国珍，号穉石，是作者父亲宗周的至交，排行第一，故称"一丈"。丈，是对长者的尊称。

全文共分五段，三、四两段为重点，第三段最为精彩。

首段是全文的引子，对来信者的问候和馈赠表示感谢，说明作者与刘一丈的密切关系，为下文倾吐自己的情怀打下基础。

次段把刘一丈来信中两句赞许的话摘出，从反面进行发挥，大做文章。先说自己固知"才德不称"，接着突出"不孚之病，则尤不才为甚"，前面冠以"至于"一词加以强调，使人感到笔中藏锋，并且暗示下文要重点论说。这既点明了本文的中心论题，又为下文作了必要的蓄势。

第三段是全文的重点，作者先用"且今世之所谓孚者何哉"一句领起，承上启下，一个"孚"字非常豁目，它是全文的文眼。孚者，信任也。但在当时，"上下相孚"到底是怎么回事？作者没作任何高谈阔论，而是用漫画笔法，描摹官场各种人物的丑恶表演，着力刻画了权奸、门者、干谒者三种人物形象，特别突出了干谒者的丑态。声态并作的形象描绘，恰似一幕明代《官场现形记》的活剧，入木三分地揭露了明代上层社会的黑暗本质，具有强烈的讽刺意味，非常精彩。段尾作者用"此世所谓上下相孚也。长者谓仆能之乎"两句话收结，有力地说明自己的"不孚之病"，正是不屑与世俗小人同流合污的表现，其愤慨之情全在不言之中，作者的刚正品格可知一斑。

第四段作者从正面描写自己为人处世的态度，进一步申明"常不见悦于长吏"的原因，表明自己不屑巴结权贵的立场。作者避权贵犹恐不及的形象与上文干谒者卑躬屈膝的丑态构成鲜明的对照，其思想、人格的高下，不言自明。

第五段表达对刘一丈的同情和劝慰。刘一丈"抱才而困"说明刘与世俗不同，不会巴结逢迎，"上下相孚"的丑恶现实扼杀了刘的才干。对刘的穷困潦倒，作者"怆然有感"，希望他安心等待时机，不要自我轻弃，情谊颇为深切。

这篇散文在艺术上最突出的特点，是紧紧围绕揭露"上下相孚"的丑恶世态这一中心，运用多种对比手法来刻画形象。

其一，"客"与"门者"的对比。"门者"，本是权贵的家奴，但他狗仗人势，炙手可热。对于有求于他主子的“客”,不仅百般刁难,而且怒不可遏,一会儿怒曰:“为谁?”一会儿又怒曰:“何客之勤也!”故意挡驾,不予传报。“门者故不入”一句有力地刻画了“门者”的心理活动,他拿架作势,以此作为索贿的手段。“策马候权者之门”的“客”,当然是有身份的“士大夫”,为了升官发财,他在家奴面前低三下四,“甘言媚词作妇人状,袖金以私之”。甜言蜜语,扭捏作态,把藏在袖筒里的银子偷偷地送给“门者”。其屈膝卑躬之态可掬。“门者”虽然答应进去传报,但主子并不即出接见,“客”还得站在马棚里耐心等待,“恶气袭衣裾,即饥寒毒热不可忍”,又不能离去,直到傍晚,“门者”才宣布谢客,明日再见。“客”归家之后,一夜披衣而坐,闻鸡鸣即起,再“走马”抵权者之门,经受“门者”斥问之后,再送银子,方才获准进入。干谒者的可悲、可鄙、可笑的丑态被刻画得淋漓尽致。两者相较,一个盛气凌人,故意刁难,一个逆来顺受,忍气吞声。地位不同,神态各异,“门者”的骄横映衬着主子的跋扈,而骄横的家奴又烘托着“客”的卑污。

其二,“客”与“主者”的对比。官迷心窍的进谒之“客”得到“主者”“南面召见”,便受宠若惊。作者用“惊走匍匐阶下”描写出“客”的慌乱与狂喜,用“再拜”、“又再拜”、“故迟不起”、“又故迟不起”,刻画“客”献媚取宠的丑态。当“客”向“主者”献“寿金”时,作者有一段非常生动传神的描绘:“主者故不受,则固请;主者故固不受,则又固请。然后命吏纳之。”“主者”装腔作势,半推半就,用一个“故”字写他的假;“客”者唯恐不受,执意要送,用一个“固”字写其真。一个真心,一个假意,假推真让,演出了一出纳贿与行贿的丑剧,深刻揭露了当时官场“上下相孚”的虚伪关系。

其三,“客”前恭后倨的对比。进谒者急于求谒,抵暮候谒,夜间等谒,表现得如此谦恭、卑污。但是进谒之后,他却换了另一副嘴脸。作者先写他的自鸣得意,“出,揖门者曰:‘官人幸顾我,他日来,幸勿阻我也。’门者答揖”。夸示于守门人,再拉关系,留有后路。次写他得意忘形,“大喜奔出”,在马上“扬鞭语”其“交识”,眉飞色舞。再写他唬人骄人,“相公厚我!厚我”,“且虚言状”。这一连串的细节,生动地刻画了“客”的奴颜媚骨的内心世界。正如《古文观止》所评的那样“乞哀昏暮、骄人白日”。

其四,进谒者与作者的对比。进谒者官迷心窍,巴结权贵,忍气吞声,言甘词媚,毫无骨气的表现与作者“间道经其门,则亦掩耳闭目,跃马疾走过之,若有所追逐者”相比,“清浊异质”。

除此以外,作者与刘一丈虽为同调,但对“上下相孚”认识上的差异,同样也具有对比的意义。因此,运用对比刻画形象便构成了这篇散文最突出的特色。

(李永昶)

【注】 ①馈遗(kuì wèi 愧位):赠送礼物。 ②不才:无才,自谦之称。 ③甚殷:很深厚。是说刘来信中表现出深厚的情意。 ④长者:长辈或前辈的尊称,这里指刘一丈。老父:作者称呼自己的父亲。 ⑤上下相孚,才德称位:上下级互相信任,才能和品德与官位相称。孚:信任。称:符合。语:这里是称赞的意思。 ⑥权者:有权势的人,暗指严嵩之流。 ⑦门者:守门人。 ⑧甘言媚词:甜言蜜语,谄媚奉承的话。作妇人状:故意扭捏作态。 ⑨即:即使。

刺:名帖,名片。明时官场谒见,用红纸写官衔、姓名投递通报。 ⑩厩(jiù 就):马棚。仆马:仆人和马匹。 ⑪盥栉(guàn zhì 灌志):洗脸和梳头。 ⑫寿金:祝寿礼金。这里指贿赂。⑬官人:这里是指对门者的奉承之称。幸顾我:意为多亏照顾我。 ⑭所交识:交识的人,指朋友、熟人。 ⑮稍稍:偶尔随便。 ⑯岁时伏腊:泛指节令。岁时:一年四季。伏腊:夏天的伏日和冬天的腊日,古代两种祭祀的名称。 ⑰间:间或,有时。 ⑱褊(biǎn 贬):狭隘。这句话是说:这就是我心胸褊狭啊。不屑逢迎权贵的反语。 ⑲乡园多故:家乡多变故。 ⑳抱才而困:有才能而陷于困厄的境地,即怀才不遇。 ㉑"天之"三句:是说刘的才德禀赋很好,不要说你自己不愿意轻易抛弃它,就是老天也不希望你抛弃它。

袁宏道

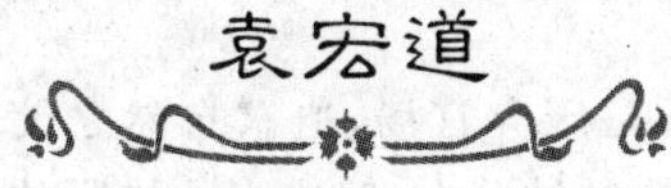

满井游记

燕地寒,花朝节后①,余寒犹厉,冻风时作。作则飞沙走砾,局促一室之内,欲出不得。每冒风驰行,未百步辄返。

廿二日,天稍和,偕数友出东直,至满井②。高柳夹堤,土膏微润,一望空阔,若脱笼之鹄。于时冰皮始解,波色乍明,鳞浪层层,清澈见底,晶晶然如镜之新开,而冷光之乍出于匣也。山峦为晴雪所洗,娟然如拭,鲜妍明媚,如倩女之靧面③,而髻鬟之始掠也。柳条将舒未舒,柔梢披风。麦田浅鬣寸许④。游人虽未盛,泉而茗者,罍而歌者⑤,红装而蹇者⑥,亦时时有。风力虽尚劲,然徒步则汗出浃背。凡曝沙之鸟,呷浪之鳞,悠然自得,毛羽鳞鬣之间⑦,皆有喜气。始知郊田之外,未始无春,而城居者未之知也。

夫能不以游堕事⑧,而潇然于山石草木之间者,惟此官也。而此地适与余近,余之游将自此始,恶能无纪⑨?己亥之二月也⑩。

袁宏道是位要求个性解放、有一定民主思想的人,他对明王朝"吏情物态,日巧一日;文网机阱,日深一日;波光电影,日幻一日"(《何湘潭》)的社会现实深为不满,因而他厌弃官场,恣情山水,正如他自己所说:"丘壑日近,吏道日远,弟之心近狂矣。"这里所说的"狂",也包括他以特殊喜爱的心情进行游山玩水在内。正因为此,他成为我国游记文学的大家,写了一些独具风格特点的记游文字,本文便是其中有代表性的一篇,作于万历二十七年(1599),时作者任顺天府儒学教授。

全文可按其自然段分为三大段。第一段,点明北京的气候和季节特点,为全文的描写打下基础。第二段,具体描写游满井的情况,文字生动活泼,不同凡响。第三段,写当时自己的心情,并借以强调此游的意义。袁宏道标榜"独抒性灵,不拘格套"。所谓"独抒性灵",指写出自己独特的感受;所谓"不拘格套",指表现方法的灵活多样。因此,文思从胸臆流出,"信口信腕",不受形式的拘束,是本文的艺术特点。

第一，写出了自己的感受。包括特定时间、景物和特定的心情等。本文写于初春二月，作者又久居城内，突然来到春光乍明的郊区，观赏满井充满生机的景物，一片喜悦的心情跃然纸上。如："高柳夹堤，土膏微润，一望空阔，若脱笼之鹄。""冰皮始解，波色乍明，鳞浪层层，清澈见底，晶晶然如镜之新开，而冷光之乍出于匣也。"这里有对初春景物的实写，也有因景生情的作者心情和感受的流露。"若脱笼之鹄"固然直接表现了作者的心理活动，而"波色乍明"的景物是那样的宜人，"鳞浪层层"是那样的使人心旷神怡，"晶晶然如镜之新开，而冷光之乍出于匣也"更是以恰切的比喻写出了自己的感受，表现出一种清新独特的愉悦心情。因此，袁宏道笔下的客观景物，实际上都是感情化了的，是在作者感情领域中的升华，这正是袁宏道游记文学的重要特点。

第二，感受不同，也有不同的描写重点。袁宏道是厌弃官场，追求自然之美的，因此"麦田浅鬣寸许"的农村风光、"红装而蹇者"的村姑游人，都成为他描写的对象，这是在游记文学中并不多见的。"曝沙之鸟，呷浪之鳞"，虽然是些普通常见的景物，而在作者笔下却都具有特殊的意义，它们"悠然自得"，"皆有喜气"。这里不仅是拟人化的表现手法问题，而且涉及艺术风格的不同。清人陆云龙在评点这篇文章时说："写景亦如平芜，淡色轻阴，令人意远。"这里应该特别注意"淡色轻阴"四字，意思是作者的取材是平淡的，是普通常见的事物，在表现手法上也不用离奇之笔；但是淡色轻描之中，却能别开生面，意态闲远，使作品增加了生活气息，增加了自然之美的感受，这正是作者美学观点的具体体现。

第三，为了尽情表达自己的感受，在表现手法上不拘一格。就本文而论，比拟手法较多，如"脱笼之鹄"、"新开"之镜、"倩女之靧面"、"髻鬟之始掠"等。但在这些比拟中，有时也加以描绘，如"山峦为晴雪所洗，娟然如拭，鲜艳明媚"等。此外也有直写内心的语言，"始知郊田之外，未始无春，而城居者未之知也"，这是倾诉心情的画龙点睛之笔，便于读者更深刻地领会全文，了解作者的心情。最后点出写作时间，并说明此游的重要性，以引起读者的回味和注意。（李茂肃）

【注】①花朝节：旧说农历二月十五（一说初二或十二）为"百花生日"，称"花朝节"。②满井：在北京市安定门外五里。"井高于地，泉高于井，四时不落。"（《帝京景物略·满井》）为明清时代的游览胜地。③靧（huì 慧）面：洗脸。④鬣（liè 列）：马鬃。古人常用以形容茂密的麦苗。《帝京景物略·满井》云："麦田以井故，鬣毵毵且秀。"⑤罍（léi 雷）：酒器。这里作动词用，指饮酒。⑥蹇（jiǎn 剪）：毛驴。这句意谓浓妆艳抹骑着小毛驴的妇女。⑦鳞鬣：指鱼类。鬣：除指马鬃以外，也指鱼类的鳍（qí 其）。⑧堕事：耽误事。⑨恶（wū 乌）能：何能。纪：通"记"。⑩已亥：万历二十七年（1599）。

徐文长传

余一夕坐陶太史楼[①]，随意抽架上书，得《阙编》诗一帙，恶楮毛书[②]，烟煤败黑，微有字形。稍就灯间读之，读未数首，不觉惊跃，急呼周望："《阙编》何人作者，今邪古邪？"周望曰："此余乡徐文长先生书也。"两人跃起。灯影下读复叫，叫复读，童仆睡者皆惊起。盖不佞生三十年，而始知海内有文长先生。噫，是何相识之晚也！因以所闻于越人士者，略为次第，为《徐文长传》。

徐渭字文长，为山阴诸生，声名藉甚。薛公蕙校越时[③]，奇其才，有国士之目。然数奇[④]，屡试辄蹶。中丞胡公宗宪闻之[⑤]，客诸幕。文长每见，则葛衣乌巾[⑥]，纵谈天下事。胡公大喜。是时公督数边兵，威振东南，介胄之士[⑦]，膝语蛇行，不敢举头，而文长以部下一诸生傲之，议者方之刘真长、杜少陵云[⑧]。会得白鹿，属文长作表[⑨]，表上，永陵喜[⑩]。公以是益奇之，一切疏记，皆出其手。

文长自负才略，好奇计，谈兵多中，视一世士无可当意者，然竟不偶。文长既已不得志于有司，遂乃放浪麴蘖[⑪]，恣情山水，走齐、鲁、燕、赵之地，穷览朔漠，其所见山奔海立，沙起云行，风鸣树偃，幽谷大都，人物鱼鸟，一切可惊可愕之状，一一皆达之于诗。其胸中又有勃然不可磨灭之气，英雄失路托足无门之悲，故其为诗，如嗔如笑，如水鸣峡，如种出土，如寡妇之夜哭，羁人之寒起[⑫]。虽其体格时有卑者，然匠心独出，有王者气，非彼巾帼而事人者所敢望也。文有卓识，气沉而法严，不以模拟损才，不以议论伤格，韩、曾之流亚也[⑬]。文长既雅不与时调合，当时所谓骚坛主盟者[⑭]，文长皆叱而奴之，故其名不出于越，悲夫！喜作书，笔意奔放如其诗，苍劲中姿媚跃出，欧阳公所谓“妖韶女老，自有余态”者也[⑮]。间以其余，旁溢为花鸟，皆超逸有致。卒以疑杀其继室[⑯]，下狱论死，张太史元汴力解，乃得出[⑰]。

晚年愤益深，佯狂益甚，显者至门，或拒不纳。时携钱至酒肆，呼下隶与饮。或自持斧击破其头，血流被面，头骨皆折，揉之有声。或以利锥锥其两耳，深入寸余，竟不得死。周望言：“晚岁诗文益奇，无刻本，集藏于家。”余同年有官越者，托以抄录，今未至。余所见者，《徐文长集》、《阙编》二种而已。然文长竟以不得志于时，抱愤而卒。

石公曰：“先生数奇不已，遂为狂疾，狂疾不已，遂为囹圄。古今文人牢骚困苦，未有若先生者也。虽然，胡公间世豪杰，永陵英主。幕中礼数异等，是胡公知有先生矣；表上，人主悦，是人主知有先生矣。独身未贵耳。先生诗文崛起，一扫近代芜秽之习，百世而下，自有定论，胡为不遇哉？梅客生尝寄余书曰[⑱]：‘文长吾老友，病奇于人，人奇于诗。’余谓文长无之而不奇者也。无之而不奇，斯无之而不奇也[⑲]，悲夫！”

辞去吴县县令职务后，袁宏道曾漫游吴越，于万历二十五年(1597)游绍兴。在朋友陶望龄处见到徐文长的诗集，袁宏道惊喜若狂，“读复叫，叫复读”，如获至宝。不仅赞赏徐文长的诗歌，更赞赏他的为人。因此搜集资料，于万历二十七年(1599)，写了这篇传文。徐渭，字文长，明代著名文学家、画家，曾创立青藤画派，有《徐文长集》行世，所著杂剧《四声猿》颇有影响。在文学观点上接近“公安派”，曾“讥评王(世贞)、李(攀龙)，持论迥绝时流”(钱谦益《列朝诗集小传》)。但在“后七子”复古主义控制文坛之时，徐文长的诗文不得时流的赏识，社会上几乎忘记了他的名字。正在这时，袁宏道为徐文长立传，使这位被遗忘的人物显名于世。

这是一篇写法特殊的传记文。既以写人记事为主，有传记文学的本质特点，又有抒情和评论，吸收了散文的表现手法。同时在写人记事中，又不拘泥于对传主生平事迹的介绍，而是重点写其奇，突现其精神状态和性格，具有浓郁的文学色彩。首段，点出写作本传的缘起，直抒钦佩惊喜之情；中间三段为本文主体，介绍传主的生平事迹，但其中增加了陶周望的插话，与首段“周望曰”相呼应，笔墨灵活；末段为评论，本是传记文常用方法，但除“石公曰”外，又有“梅客生尝寄余书曰”，表现了“不拘格套”“直写胸臆”的写作特点。

本文主体部分，作者概括地介绍了徐文长的一生。如知遇胡宗宪，上《献白鹿表》，因不得志于有司而“放浪麹蘖”，乃至晚年“佯狂益甚”所招致的不幸遭遇等。值得注意的是，作者重点介绍的不是传主干了什么，而是从中所表现的精神状态和性格。如知遇胡宗宪，在胡幕府中任职一段，徐文长不是自负得意，阿谀奉承，而是“文长每见，则葛衣乌巾，纵谈天下事”，以“部下一诸生傲之”。当时胡宗宪为浙江巡按御史，后升总督，威震东南，因而“介胄之士，膝语蛇行，不敢举头”，相比之下，可见徐文长才华横溢和不拘礼俗的性格特点。又如对徐文长怀才不遇的描写，作者并没写具体事件和过程，只用“然竟不偶”一笔带过。与此相反，却不惜笔墨地叙写他“既已不得志于有司，遂乃放浪麹蘖，恣情山水”的情况，把徐文长性格旷达、不拘小节和愤世嫉俗的思想表现得淋漓尽致。“晚年愤益深”一段，又重点叙写他“显者至门，或拒不纳”，有时“携钱至酒肆，呼下隶与饮”，直到“佯狂益甚”，“自持斧击破其头，血流被面”。这些描写都有力地突现了徐文长的精神状态和性格特点。他个性比较解放，不受封建礼法和世俗的约束，而又才华出众，恃才傲物，因此不为社会所容，只有潦倒终生，“抱愤而卒”。文章充满了对传主的同情和歌颂，充满了对旧社会埋没人才、科举制度摧残人才的控诉和揭露。

写传记文是要纪实的，但不是面面俱到，而是择其要者。本文的特点是在“择其要者”的基础上，注重突现人物的精神状态和性格特点，这表现了作者选材和艺术构思的不同。清人杨兆杏在重刻梨云馆本《袁中郎全集》跋中说：“《徐文长传》以奇笔传奇人，其人如见，先生亦如见。”这里“其人如见”指对徐文长形象的刻画，“先生亦如见”指这篇文章选材和艺术构思的特点。

还应该特别注意的是，由于徐文长在诗文创作方面有突出贡献，因此这篇文章也十分注意揭示他诗歌的特点以及形成这种特点的原因。袁宏道是从主观原因和客观原因的结合点上进行阐释的。从客观原因方面说，徐文长政治失意，因此“放浪麹蘖，恣情山水，走齐、鲁、燕、赵之地，穷览朔漠，其所见山奔海立，沙起云行，风鸣树偃”，“一切可惊可愕之状，一一皆达之于诗”。从主观方面讲，徐文长“有勃然不可磨灭之气，英雄失路托足无门之悲”。因此，他的诗歌“如嗔如笑，如水鸣峡，如种出土，如寡妇之夜哭，羁人之寒起”，“匠心独出，有王者气”。这样解释徐文长的创作道路及其诗歌特点，也是很有见地的。

最后一段，引用梅客生一段话：“文长吾老友，病奇于人，人奇于诗。”突现了一个“奇”字，徐文长不与世俗合流，为人是奇特的。他的诗歌创作，“诗文崛起，一扫近代芜秽之习”，也是奇特的。因此这个“奇”字，具有画龙点睛、总括全文的作用。

（李茂肃）

【注】①陶太史：陶望龄字周望，号石篑，会稽（今浙江绍兴）人，万历进士，曾任翰林院编修，是作者的好友。太史：官名，明清时翰林院负责编写史书，因称翰林为“太史”。 ②恶楮（chǔ 楚）：纸张粗劣。楮：树木名，皮可制纸，常为纸的代称。 ③薛蕙：字君采，正德进士，官至吏部考功司郎中。工诗文，有《西原遗书》。校（jiào 较）越：任浙江乡试主考官。校：考核。 ④数奇（jì 基）：命运不好。数：天数，命运。奇：不遇，不顺利。 ⑤中丞胡宗宪：中丞，古代官名，明代借为巡抚的别称。宗宪字汝贞，嘉靖十七年（1538）进士，三十四年（1555）任浙江巡按御史，次年任浙江巡抚，不久提为总督，指挥边兵在沿海抗击倭寇。后因交结严嵩父子，严嵩被治罪后，胡宗宪也被革职入狱。 ⑥葛衣乌巾：葛布做的衣服，黑纱制的头巾。是村野的服装。 ⑦介胄（zhòu 宙）：犹甲胄，即披甲戴盔。 ⑧方：比。刘真长：刘惔（tán 谈），字真长，东晋时人。简文帝司马昱为相时，刘惔为其幕客，很受重视。杜少陵：杜甫，字子美，尝自称“少陵野老”，曾任剑南节度使严武的幕府。 ⑨“会得”二句：嘉靖三十七年（1558），胡宗宪在浙江宁波一带先后捕获两头白鹿，认为是国家祥瑞的征兆，因而进献皇帝，并请徐文长写《献白鹿表》。 ⑩永陵：明世宗朱厚熜的陵墓。古人常以陵墓名称指已故的皇帝。 ⑪放浪麴糵（niè 聂）：指放浪纵酒。麴糵：酒母，代指酒。 ⑫羁人：旅居在外的人。 ⑬韩、曾：韩愈、曾巩。流亚：差不多同一流的人物。⑭骚坛主盟者：指“后七子”领袖李攀龙、王世贞。 ⑮欧阳公：指欧阳修。引文见《水谷夜行寄子美圣俞》诗。 ⑯疑杀其继室：嘉靖三十九年（1560），徐渭四十岁，聘张氏为妻，后疑心张氏不贞，失手将她打死，因而被捕入狱。 ⑰张元汴：字子荩，山阴人。隆庆五年状元，官至翰林侍读。 ⑱梅客生：梅国祯字客生，万历进士，曾任大同巡抚、兵部侍郎，工诗文，与徐文长及本文作者是好友，交游甚密。 ⑲“无之”二句：意谓徐文长为人行事无处不奇，正因无处不奇，所以无处不倒霉。后一“奇”字读 jī。

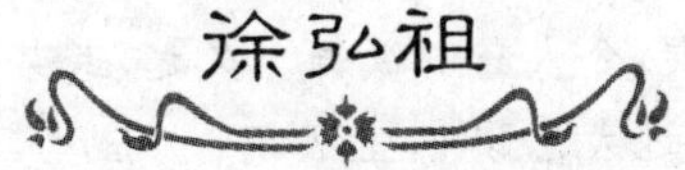

游黄山后记[1]

戊午九月初三日[2]　出白岳榔梅庵[3]，至桃源桥，从小桥右下，陡甚，即旧向黄山路也[4]。七十里，宿江村。

初四日　十五里，至汤口[5]。五里，至汤寺[6]，浴于汤池[7]。扶杖望硃砂庵而登[8]。十里，上黄泥冈[9]，向时云里诸峰，渐渐透出，亦渐渐落吾杖底。转入石门[10]，越天都之胁而下[11]，至天都、莲花二顶[12]，俱秀出天半。路旁一歧东上[13]，乃昔所未至者，遂前趋直上，几达天都侧。复北上，行石罅中，石峰片片夹起，路宛转石间，塞者凿之，陡者级之[14]，断者架木通之，悬者植梯接之。下瞰峭壑阴森，枫松相间，五色纷披，灿若图绣[15]。因念黄山当生平奇览，而有奇若此，前未一探，兹游快且愧矣。时夫仆俱阻险行后，余亦停弗上，乃一路奇景，不觉引余独往。既登峰头，一庵翼然，为文殊院，亦余昔年欲登未登者。左天都，右莲花，背倚玉屏风[16]。两峰秀色，俱可手揽[17]。四顾奇峰错列，众壑纵横，真黄山绝胜处！非再至，焉知其奇若此！遇游僧澄源至[18]，兴甚勇。时已过午，奴辈适至，立庵前，指点两峰，庵僧谓："天都虽近而无路，莲花可登而路遥，只宜近盼天都，明日登莲顶。"余不从，决意游天都；挟澄源、奴子[19]，仍下峡路。至天都侧，从流石蛇行而上，攀草牵棘，石块丛起则历块[20]，石崖侧削则援崖，每至手足无可着处，澄源必先登垂接。每念上既如此，下何以堪？终亦不顾。历险数次，遂登峰顶，惟一石顶，壁起犹数十丈。澄源寻视其侧，得级，挟予以登，万峰无不下伏，独莲花与抗耳[21]。时浓雾半作半止，每一阵至，则对面不见。眺莲花诸峰，多在雾中。独上天都，予至其前，则雾徙于后；予越其右，则雾出于左。其松犹有曲挺纵横者，柏虽大于如臂，无不平贴石上如苔藓然。山高风巨，雾气去来无定，下盼诸峰，时出为碧峤[22]，时没为银海[23]。再眺山下，则日光晶晶，别一区宇也[24]。日渐暮，遂前其足，手向后据地，坐而下脱，至险绝处，澄源并肩手相接。度险下至山坳，暝色已合，复从峡度栈以上，止文殊院。

初五日　平明[25]，从天都峰坳中北下二里，石壁岈然[26]，其下莲花洞[27]，正与前坑石笋对峙[28]，一坞幽然。别澄源下山，至前歧路侧，向莲花峰而趋。一路沿危壁西行，凡再降升，将下百步云梯，有路可直跻莲花峰[29]，既陟而磴绝，疑而复下。隔峰一僧高呼曰："此正莲花道也！"乃从石坡侧度石隙，径小而峻，峰顶皆巨石鼎峙，中空如室，从其中叠级而上，级穷洞转，屈曲奇诡，如下上楼阁中，忘其峻出天表也[30]。一里，得茅庐，倚石罅中，方徘徊欲升，则前呼道之僧至矣。僧号凌虚，结茅于此者，遂与把臂陟顶[31]。顶上一石，悬隔二丈，僧取梯以度，其巅廓然[32]。四望空碧，即天都亦俯首矣。盖是峰居黄山之中，独出诸峰上，四面岩壁环耸，遇朝阳霁色，鲜映层发，令人狂叫欲舞。久之，返茅庵。凌虚出粥相饷[33]，啜一盂。乃下至歧路侧，过大悲顶[34]，上天门[35]。三里，至炼丹台[36]，循台嘴而下。观玉屏风、三海门诸峰，悉从深坞中壁立起。其丹台一冈中垂，颇无奇峻，惟瞰翠微之背[37]，坞中峰峦错耸，上下周映，非此不尽瞻眺之奇耳。还过平天矼[38]，下后海[39]，入智空庵，别焉。三里，下狮子林[40]，趋石笋矼[41]，至向年所登尖峰上，倚松而坐，瞰坞中峰石回攒[42]，藻缋满眼[43]，始觉匡庐、石门[44]，或具一体，或缺一面，不若此之闳博富丽也。久之，上接引崖[45]，下眺坞中，阴阴觉有异。复至冈上尖峰侧，践流石，援棘草，随坑而下，愈下愈深，诸峰自相掩蔽，不能一目尽也。日暮，返狮子林。

初六日　别霞光[46]，从山坑向丞相原[47]。下七里，至白沙岭，霞光复至，因余欲观牌楼石[48]，恐白沙庵无指者[49]，追来为导。遂同上岭，指岭右隔坡，有石丛立，下分上并，即牌楼石也。余欲逾坑溯涧，直造其下，僧谓："棘迷路绝，必不能行，若从坑直下丞相原，不必复上此岭，若欲从仙灯而往[50]，不若即由此岭东向。”余从之，循岭脊行。岭横亘天都、莲花之北，狭甚，旁不容足，南北皆崇峰夹映。岭尽北下，仰瞻右峰罗汉石，圆头秃顶，俨然二僧也。下至坑中，逾涧以上。共四里，登仙灯洞。洞南向，正对天都之阴，僧架阁连板于外，而内犹穹然[51]，天趣未尽刊也[52]。复南下三里，过丞相原，山间一夹地耳。其庵颇整，四顾无奇，竟不入。循南向循山腰行五里，渐下，涧中泉声沸然，从石间九级下泻，每级一下，有潭渊碧，所谓九龙潭也[53]。黄山无悬流飞瀑，惟此耳。又下五里，过苦竹滩[54]，转循太平县路[55]，向东北行。

历代山水游记之作，盛在明清；明清之作，首推《徐霞客游记》。本篇为徐弘祖于万历四十六年(1618)九月第二次游黄山的日记，是《徐霞客游记》中最为精彩的部分之一，也是历代黄山游记中的名作。

弘祖年三十而肆于游，“不避风雨，不惮虎狼，不计程期，不求伴侣，以性灵游，以躯命游，亘古以来，一人而已”(潘耒《遂初堂集·徐霞客游记序》)。其游所至，“与人论山经，辨水脉，搜讨形胜……走笔为记”(钱谦益《徐霞客传》)，是以游山水为事业，为学问。所以，他的游记不同于一般文人骚客放浪山水抒情遣兴之作，而体近质实，意主经世，上接桑经郦注(汉桑钦《水经》，北魏郦道元《水经注》)，下启近代地理考察之文，是古代地理科学著作而兼游记文学的典范。本篇即体现了这一风格，而又有自己的特点。

首先，记叙具体而分明。全文记叙不作含糊语，如记时有云“初三日”、“初四日”……“时已过午”、“暝色已合”等，记路程有云“七十里”、“十五里”、“十里”……“一里，得茅庐”、“三里，至炼丹台”等，记登山路线有云“上黄泥冈……转入石门，越天都之胁而下……路旁一歧东上……遂前趋直上，几达天都侧。复北上，行石罅中……”，记攀缘有云“从流石蛇行而上，攀草牵棘，石块丛起则历块，石崖侧削则援崖，每至手足无可着处，澄源必先登垂接”等等，都言之凿凿。全文为日记体，以时间为序，记戊午九月初三日始向黄山，初四日入山游天都，初五日游莲花，初六日观牌楼石，游仙灯洞，临九龙潭，过苦竹滩而出山。记四日游，以初四、五日游天都、莲花二峰为中心，线索分明，层次清楚，中心突出。读此篇，黄山并作者此游之大略，历历如在目前，其言之有物，言之有序，真可供读者卧游矣。

其次，叙述委曲，摹写生动。黄山本奇险，加以彼时未尽开发，寻幽探胜更是要百折千回，上下求索。而作者使笔如舌，娓娓道来，无不尽此游之曲折。如写登莲花峰：“一路沿危壁西行，凡再降升，将下百步云梯，有路可直跻莲花峰，既陟而磴绝，疑而复下。隔峰一僧高呼曰：‘此正莲花道也！’”其文随山径之跌宕曲折、游人之犹疑恍悟而斗折蛇行，摇曳多姿。山中景物描写准确生动，如写“石峰片片夹起”，远山劲松巨柏“无不平贴石上如苔藓然”。“浓雾半作半止”，“每一阵至，则对面不见”，“上黄泥冈，向时云里诸峰，渐渐透出，亦渐渐落吾杖底”，云海苍茫无定，“下盼诸峰，时出为碧峤，时没为银海”等等，都妙摄对象的特征，或使静物动态化，景物拟人化，或结合游人来写，动静相形，以我观物，不仅绘形绘色，而且传其神韵。

读此篇，到过黄山的人当叹服作者观察之细致，摹绘之贴切；没到过黄山的人，当倍增其神往之情。

最后，全文生气贯注，性灵摇荡。作者虽为考察而游山，为经世而作记，但作者"奇情郁然，玄对山水"（钱谦益《徐霞客传》）。他的游记并不止于簿记泉石，模山范水，而每每倾注热爱祖国瑰丽河山和勇于探险攀登的豪情。入山未深，作者即为"灿若图绣"的山色所激动，"因念黄山当生平奇览，而有奇若此，前未一探，兹游快且愧矣"。至文殊院，"四顾奇峰错列，众壑纵横"，作者更进一步感叹道："非再至，焉知其奇若此！"对黄山奇览相见恨晚的倾倒之情溢于言表。登上莲花峰顶，作者"四望空碧"，见莲花峰"居黄山之中，独出诸峰上，四面岩壁环耸，遇朝阳霁色，鲜映层发，令人狂叫欲舞"。读来如见作者陶醉于峰巅的无限风光而欢喜欲狂、手舞足蹈的情状，不亦快哉！又如写入山后作者一路领先："乃一路奇景，不觉引余独往"，"兴甚勇"。当庙僧谓"天都虽近而无路……只宜近盼"时，作者"不从，决意游天都"，而攀缘历险中"每念上既如此，下何以堪？终亦不顾"。其一往无前、敢于探险登高的精神跃然纸上。吾每叹天下奇境必待奇人孜孜以求，徐弘祖之再游黄山、记黄山正是如此。他爱慕黄山的痴情流注、摇漾于体近质实的记述之中，使这篇意主经世的地理考察之文成了游记文学中的上品。

钱谦益谓徐弘祖"居平未曾鞶帨（pán shuì 盘税。鞶，大带；帨，佩巾。喻刻意为文）为古文辞"（《徐霞客传》）。今观此篇计日按程，略无剪裁布置，似也无意于作文，但却是历代黄山游记中的名作。其间道理，虽关才情，亦因"道所亲历"（杨氏重订本《徐霞客游记·序》）。外此，抑亦江山之助乎？

（杜贵晨）

【注】 ①徐弘祖两次游黄山，这是他第二次游黄山的日记，故称"后记"。 ②戊午：明万历四十六年（1618）。 ③白岳：山名，位于黄山西南。 ④"即旧"句：指万历四十四年（1616）作者第一次游黄山时所走的路。 ⑤汤口：镇名。在黄山脚下，为上山必经处。 ⑥汤寺：即祥符寺，靠近黄山温泉，今已不存。 ⑦汤池：即汤泉。在黄山南麓。 ⑧硃砂庵：在硃砂峰下，又名"慈光寺"。 ⑨黄泥冈：硃砂峰西面土冈名。 ⑩石门：峰名。 ⑪天都：峰名，为黄山第一高峰。胁：胸两侧，此指侧面。 ⑫莲花：峰名，仅次天都峰。 ⑬歧：岔路。 ⑭级之：凿出石级。级：石级，此处用如动词。 ⑮图绣：图画和锦绣。 ⑯玉屏风：即玉屏峰。 ⑰手揽：用手摘取。 ⑱游僧：游方和尚。 ⑲奴子：奴仆。 ⑳历块：越过石块。 ㉑抗：抗衡。 ㉒碧峤：翠绿的山峰。峤：山尖削而高。 ㉓银海：乳白色的云雾迷漫无际的样子。 ㉔区宇：境界。 ㉕平明：天刚明。 ㉖岈（yá 牙）然：峭立的样子。 ㉗莲花洞：在莲花峰下。 ㉘石笋：峰名。 ㉙跻：登，上。 ㉚天表：天外。 ㉛把臂：挽臂。这里指相互扶助。 ㉜廓然：空阔的样子。 ㉝饷：以食物招待。 ㉞大悲顶：峰名。 ㉟天门：在天都峰下。 ㊱炼丹台：在炼丹峰上。传说浮丘公曾于此炼丹，黄帝服而升天，故名。 ㊲翠微：峰名。 ㊳平天矼：在炼丹峰。 ㊴后海：黄山有前海、后海、天海、东海、西海之分。后海在山北部。 ㊵狮子林：峰名。在炼丹峰左。 ㊶石笋矼：峰名。形如石笋，故名。 ㊷回攒：环曲簇聚。 ㊸藻缋：即藻绘，这里指色彩绚丽。 ㊹匡庐：庐山。石门：山名。有多处，此指浙江省青田县石门山。 ㊺接引崖：峰名。 ㊻霞光：僧名。 ㊼丞相原：地名。据说宋朝丞相程元凤曾在此读书，故名。 ㊽牌楼石：即石牌石，俗称"仙人榜"。 ㊾指者：指引的人，即向导。 ㊿仙灯：洞名。

㊿穹然：大而幽深的样子。 ㊿天趣：天然之致。刊：削除。 ㊿九龙潭：潭名。 ㊿苦竹滩：地名。又称"苦竹溪"。 ㊿太平县：在黄山东北。

魏学洢

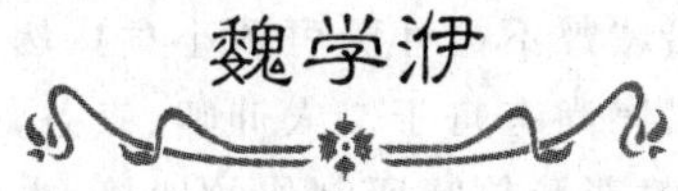

核舟记

明有奇巧人曰王叔远[1]，能以径寸之木[2]，为宫室、器皿、人物，以至鸟兽、木石，罔不因势象形[3]，各具情态。尝贻余核舟一[4]，盖大苏泛赤壁云[5]。

舟首尾长约八分有奇[6]，高可二黍许[7]。中轩敞者为舱，箬篷覆之[8]。旁开小窗，左右各四，共八扇。启窗而观，雕栏相望焉[9]。闭之，则右刻"山高月小，水落石出"[10]，左刻"清风徐来，水波不兴"[11]，石青糁之[12]。

船头坐三人，中峨冠而多髯者为东坡[13]，佛印居右[14]，鲁直居左[15]。苏、黄共阅一手卷[16]。东坡右手执卷端，左手抚鲁直背。鲁直左手执卷末，右手指卷，如有所语。东坡现右足，鲁直现左足，各微侧，其两膝相比者[17]，各隐卷底衣褶中。佛印绝类弥勒[18]，袒胸露乳，矫首昂视[19]，神情与苏、黄不属[20]。卧右膝，诎右臂支船[21]，而竖其左膝，左臂挂念珠倚之，珠可历历数也。

舟尾横卧一楫[22]。楫左右舟子各一人。居右者椎髻仰面[23]，左手倚一衡木，右手攀右趾，若啸呼状。居左者右手执蒲葵扇，左手抚炉，炉上有壶，其人视端容寂[24]，若听茶声然。

其船背稍夷[25]，则题名其上，文曰："天启壬戌秋日[26]，虞山王毅叔远甫刻[27]。"细若蚊足，钩画了了[28]，其色墨。又用篆章一，文曰"初平山人[29]"，其色丹。

通计一舟，为人五；为窗八；为箬篷、为楫、为炉、为壶、为手卷、为念珠各一；对联、题名并篆文，为字共三十有四。而计其长，曾不盈寸。盖简桃核修狭者为之[30]。

魏子详瞩既毕[31]，诧曰："嘻，技亦灵怪矣哉！庄、列所载[32]，称惊犹鬼神者良多[33]，然谁有游削于不寸之质[34]，而须麋了然者[35]？假有人焉[36]，举我言以复于我[37]，亦必疑其诳。今乃亲睹之。繇斯以观[38]，棘刺之端[39]，未必不可为母猴也[40]。嘻，技亦灵怪矣哉！"

《核舟记》生动地描写了中国古代微雕工艺的高超水平和微雕艺人的卓越才能。文章布局井然有序，刻画精微细密，再现了这件艺术瑰宝的奇巧灵怪。文字描写与核舟微雕相得益彰，同为难得的艺术珍品。

全文以记叙为主，叙写核舟的船体结构、船上人物和船背题记。前两部分是微雕的主体，船体形制同于大船，船上人物逼似真人。要不去细审第三部分"细若

蚊足”的题记，人们将辨识不出这件艺术品是由一枚修狭得不到一寸长的桃核雕刻而成的。文章的总体构架服从于突现核舟船体的微小和核舟象形的逼似这一主题。既小且真，益见雕刻工艺的巧夺天工，奇巧灵怪。

核舟的船体“八分有奇，高可二黍许”。一条游船，“曾不盈寸”，可谓小矣！然而核舟虽小，但格局很大：船头可容三人坐卧俯仰，船尾尚有舟子二人仰啸、煮茶，中间船舱则更轩敞开阔。文章先写船舱。船舱上覆盖着箬竹叶所制作的船篷，古朴如民间渔舟，而篷下的装潢则儒雅别致。篷的两侧“旁开小窗，左右各四，共八扇”。在右侧的八扇窗扉上刻有“山高月小，水落石出”八个字。在左侧的八扇窗扉上刻有“清风徐来，水波不兴”八个字。在数分长的船篷两侧，刻上八个窗户、十六扇窗扉，窗扉之小可以想见，而扉上刻字之细则更难以想象。难度还不仅如此，这八个窗户其窗扉皆可以启闭，“启窗而观，雕栏相望焉”，窗外还有雕栏相遮。窗扉所刻的苏轼《赤壁赋》句“清风徐来，水波不兴”和《后赤壁赋》句“山高月小，水落石出”，都用石青涂在刻字的凹处，不仅古色古香，非常典雅，而且赋予这只核舟以特定的内涵：“盖大苏泛赤壁云。”意在通过此核舟显示《赤壁赋》的神韵。《赤壁赋》有云：“且夫天地之间，物各有主，苟非吾之所有，虽一毫而莫取。惟江上之清风，与山间之明月，耳得之而为声，目遇之而成色，取之无禁，用之不竭：是造物者之无尽藏也，而吾与子之所共适。”核舟上所刻的选自前、后《赤壁赋》的四句原文，既显示赤壁泛舟一事，也表现苏轼的旷达。核舟非他舟，苏轼泛赤壁之舟也。

苏轼曾前后两泛赤壁，均偕客同往，但未指何人。核舟则在船头上雕刻了三人的群像。黄庭坚、佛印均与苏轼相与酬酢，坐实三人同游，并非凿空虚构，而是典型概括。作者凭借自己丰富的艺术想象力刻画这三个人物，形体神态各具特征。苏轼居中，鲁直居左，苏左膝、黄右膝相并靠近而坐，而“东坡现右足，鲁直现左足，各微侧”，两人的双膝障蔽在衣褶之下，却隐约可见。苏、黄二人共阅一条横幅手卷，东坡右手执手卷的首端，左手抚在鲁直的背部。而鲁直左手执手卷的末端，右手指卷，如有所语。两人像是切磋书画技艺，谈兴正浓。而坐在东坡右侧的佛印禅师，则别有所属。他并未观赏手卷，而是侧卧船上，自得其乐，独有所思。艺者把佛印雕塑得像一尊弥勒佛，袒胸露乳，矫首昂视，左臂挂有念珠，既是佛门衣着，而又气宇轩昂。他“卧右膝，诎右臂支船，而竖其左膝，左臂挂念珠倚之”，这半仰半卧的卧佛式姿态，透露出这位放浪形骸的高僧的喜悦。苏、黄、佛三人的不同神态，显示出每个人物的不同内心，这正是雕刻技艺出神入化之处。

刻画船头人物神态各异，而写船尾二舟子也各具意趣。这两位舟子不是在击楫破浪，奋力弄舟，而是楫横船上，“放乎中流，听其所止而休焉”。此为《后赤壁赋》所写泛舟江上的逸趣。核舟雕者正是截取这一特定情景，来雕塑这两位舟子的形象。右面的那位，仿佛与大苏诸人同一意趣，怡然自得，“左手倚一衡木，右手攀右趾，若啸呼状”。他搬起脚丫子仰面啸呼而歌。左边的那位则在扇炉煮茶，“其人视端容寂，若听茶声然”。眼睛盯着茶炉，神态安闲，专心致志地倾听炉茶的沸声。这两位舟子，一个闲适，一个劳作，既分享“放乎中流”的情趣，又烹茶以奉主客品享。泛舟自适的气氛弥漫船头船尾，主仆都陶醉于江风明月之中。

文章所写船舱、船头、船尾的器物陈设，逼似真实；所写五位人物，栩栩如生。阅读此文如置身船上，忘其为大不盈寸的核舟。文章至此，笔锋顿转，写这件艺术珍品的细微精细。所刻文字虽然“细若蚊足”，却能“钩画了了”，并在题款上涂以墨色，在篆章上着以红色。看到这则题记，仿佛又把神游艺术境界的读者从幻想中拉回现实，而觉察到自己正在欣赏一枚艺术精品。随后作者又以总括性文字，对核舟上的人、器物和文字一一作了统计，更加形象地展示了这艘小小的核舟雕刻的精细和物体的微小。

文章末尾作者直接抒发对此卓越工艺的赞美之情。古者称鬼神曰“灵”，称妖物曰“怪”。作者一再赞叹曰：“技亦灵怪矣哉！”他认为核舟雕刻的技艺，真可谓鬼斧神工：写形则须麋（眉）了然，写神则各具情态。由此他更想到《韩非子·外储说左上》所说的故事：宋人在燕王面前夸说可在棘刺之端刻一母猴。他认为这是可能的。庄子曾谓大者无外，小者无内，大小之分仅相对而言。核舟微雕开阔了作者的视野，引他追溯古老的文化思维，而认为中华民族的民间工艺是会达到更高成就的。今天读这篇文章，我们也有同感。（朱其铠）

【注】 ①奇巧人：技艺出色的人。 ②径寸之木：直径一寸大的木头。 ③罔：无。因势象形：根据木头本来的形状来构思、创作出某种东西的形象。 ④贻（yí 仪）：赠送。 ⑤大苏泛赤壁：苏轼泛舟游赤壁的情景。大苏：指苏轼，其弟苏辙称“小苏”。 ⑥有奇（jī 击）：有余。 ⑦二黍：古代计量长度，用一百黍粒纵排为一尺，故二黍相当二分。 ⑧轩敞：高而宽敞。箬（ruò 弱）篷：箬竹叶做的船篷。 ⑨雕栏相望：雕花栏杆迤逦不断。 ⑩“山高月小”二句：苏轼《后赤壁赋》中的句子。 ⑪“清风徐来”二句：苏轼《前赤壁赋》中的句子。 ⑫石青：一种蓝色染料。糁（sǎn 伞）：填入或涂上。⑬峨冠：高冠。 ⑭佛印：和尚，名了元，字觉老，住庐山。苏轼贬黄州，相与酬酢往还。 ⑮鲁直：北宋诗人黄庭坚的字。佛印与鲁直均是苏轼的好友。 ⑯手卷：横幅的书画卷子。 ⑰相比：相并。 ⑱绝类：极像。弥勒：弥勒佛，体胖，肚大，面带微笑。 ⑲矫首：抬起头。 ⑳不属：不类，不相同。 ㉑诎：同“屈”，弯曲。 ㉒楫（jí 急）：船桨。 ㉓椎髻（zhuī jì 锥计）：结成如椎形的发髻。 ㉔视端容寂：眼睛正视（茶炉），神色平静。 ㉕夷：平。 ㉖天启壬戌：明熹宗天启二年（1622）。天启：明熹宗的年号（1621～1627）。 ㉗虞山：山名，在今江苏省常熟县西北，这里代指常熟。王毅叔远甫刻：即姓王名毅字叔远的人所刻。甫：古代对男子的美称。 ㉘了了：清楚。 ㉙初平山人：王叔远别号。 ㉚简：挑选。修狭者：细长的。为之：雕刻而成。 ㉛详瞩：细看。 ㉜庄、列：庄周、列御寇，这里指《庄子》、《列子》二书。 ㉝称惊犹鬼神者良多：讲到令人惊奇得好像鬼神一样的事情很多。 ㉞游削于不寸之质：在不到一寸长的材料上从事雕刻。游削：雕刻。质：材料。 ㉟须麋：即须眉，胡子眉毛。了然：明白，清晰。 ㊱假：假使，如果。 ㊲复：告诉。 ㊳繇斯以观：由此看来。繇：同“由”。 ㊴棘刺之端：棘刺的尖端。棘：酸枣树。 ㊵母猴：也叫“沐猴”。《韩非子·外储说左上》说：有宋人在燕王面前夸说可以在棘刺之端刻一只母猴。

张岱

柳敬亭说书

南京柳麻子[①]，黧黑[②]，满面疤瘤[③]，悠悠忽忽[④]，土木形骸[⑤]。善说书。一日说书一回，定价一两。十日前先送书帕下定[⑥]，常不得空。南京一时有两行情人[⑦]，王月生、柳麻子是也[⑧]。

余听其说景阳岗武松打虎白文[⑨]，与本传大异[⑩]。其描写刻画，微入毫发，然又找截干净[⑪]，并不唠叨，哱夬声如巨钟[⑫]。说至筋节处[⑬]，叱咤叫喊，汹汹崩屋[⑭]。武松到店沽酒，店内无人，蓦地一吼[⑮]，店中空缸空甓[⑯]，皆瓮瓮有声[⑰]。闲中著色[⑱]，细微至此。主人必屏息静坐，倾耳听之，彼方掉舌[⑲]，稍见下人呫哔耳语[⑳]，听者欠伸有倦色，辄不言，故不得强。每至丙夜[㉑]，拭桌剪灯，素瓷静递[㉒]，款款言之[㉓]，其疾徐轻重，吞吐抑扬，入情入理，入筋入骨，摘世上说书之耳，而使之谛听，不怕其齰舌死也[㉔]。

柳麻子貌奇丑，然其口角波俏[㉕]，眼目流利，衣服恬静，直与王月生同其婉娈[㉖]，故其行情正等。

这篇二百多字的短文，竟写出一代说书艺人的艺术造诣和精神风貌，是一篇写人、写艺的佳作。

柳敬亭其人艺精品高，享誉于明季艺坛。吴伟业、黄宗羲这样的著名人物，都曾先后为他作传，盛赞其人品和技艺。柳敬亭名遇春，本姓曹，江苏泰州人。年轻时犷悍不羁，被官府目为“地方不法”，流亡于安徽盱眙，“久亡，渡江。休大柳下，生攀条泫然。已，抚其树，顾同行数十人曰：‘嘻，我今氏柳矣！’”(吴伟业《柳敬亭传》)。柳敬亭在盱眙即为人说书，渡江后得云间(松江)莫后光的指点，说书艺术益精。后入左良玉幕，为左良玉说书，激励他以国事为重。清兵陷南京，柳敬亭流寓四方，依然保持其本色，为人说书，“其豪情侠气，卓绝一时，国初(清初)诸老，多所题赠”(雪樵居士《秦淮闻录上》)。吴伟业《柳敬亭赞》说他“丑而婉者其貌，佞而忠者其德”，对他的品行给以高度评价。

本文作者张岱(1597～1679)少时不求仕进，明亡后避居山中，从事著述，对往昔繁华，多有追忆。本文追忆柳敬亭说书，写得生动传神。有正面描写，有侧面刻画，有衬托，有烘染，使读者如闻其声，如见其人，仿佛把读者拉回明季艺坛，同去欣赏柳敬亭其艺其人。

王猷定《听柳敬亭说书》一诗有云：“英雄头肯向人低，长把山河当滑稽。一曲景阳岗上事，门前流水夕阳西。”(徐釚《本事诗》卷八)看来柳敬亭说《水浒传》，特别是说景阳岗武松打虎最为传神。张岱此文所追忆的也正是“听其说景阳岗武松打虎白文”的情况和感受。柳敬亭说书，“科头抵掌说英雄，段落不与稗官同”(阎尔梅《柳麻子小说行》)。本文写柳敬亭说景阳岗打虎，也“与本传大异”。这都说明柳敬亭的说书并非照本宣科，而是自己的艺术再创作。他并不是一般的说话艺人，而是一位富有创造精神的艺术家。

至于说书的表演艺术，柳敬亭更是不同凡响。旧时南方说书分“大书”、“小书”。“大书”全是白文，不唱，重在说时的语言、表情、声势。柳敬亭说景阳岗武松打虎，说的是“大书”，表白人物，叙述故事，交代过场，全都凭说书人的口头语言；靠语言的不同感情色彩，来描写环境，制造气氛，有时还靠手势或表情来配合。柳敬亭用白文说书，在艺术上已达到炉火纯青的地步：其描写刻画，微入毫发，叙事写人，细加敷衍，入情入理，入筋入骨，犹如绘画的工笔细描。敷衍虽然细腻，但又颇具章法，善于剪裁组织，“找截干净，并不唠叨”。宋代说话已要求“讲论处不僀(滞)搭，不絮烦；敷演处有规模，有收拾；冷淡处拾掇得有家数；热闹处敷演得越久长”(罗烨《醉翁谈录·小说开辟》)。柳敬亭继承传统，既娴熟地运用这些原则，又有自己的创造和发展。他不但能重点突出，着意刻画，还能注意交代照应，拾掇干净，使人感到浓淡匀称，详略得当。

说书人重气势。叙述故事，要求如同身临其境，刻画人物，要求能够进入角色。如此方能充分发挥艺术感染力，使接受者产生共鸣，与说书人共同进入所描写的艺术境界。柳敬亭说水浒英雄就极有气势：“哱夬声如巨钟。说至筋节处，叱咤叫喊，汹汹崩屋。武松到店沽酒，店内无人，蓦地一吼，店中空缸空甓，皆瓮瓮有声。”由此一斑，可以窥见柳敬亭说书的气势、感情的强烈和描写的夸张。其所以能够具有这样浓重的感情和强劲的气势，在于说书人全身心都沉浸在他所敷演的故事氛围之中。柳敬亭本人就曾谈过这样的体会：“口技虽小道，在坐忘：忘己事，忘己貌，忘座有贵要，忘身在今日，并忘己何姓名。于是我即成古，啼笑皆一。”(周容《杂忆七传》之二《柳敬亭》)柳敬亭在说书时能够忘记自己的一切，忘记在座的听众，做到“我即成古，啼笑皆一”，把故事人物的感情化为自己的感情，真正地进入角色，细致深刻地表达人物的感情，以此感染听众，引发他们与人物相通的感情，所以柳敬亭的说书技艺赢得人们的高度评价，凡是听过他说书的人，多年之后仍能追忆从他那里所得到的艺术享受。

柳敬亭热爱艺术，忠于艺术。请他说书的人出价再高，也必须尊重他的艺术：“主人必屏息静坐，倾耳听之，彼方掉舌，稍见下人呫哔耳语，听者欠伸有倦色，辄不言，故不得强。”他保持自己艺术的尊严，不能容忍任何干扰。他经常在子夜时分，“拭桌剪灯，素瓷静递，款款言之”。全场肃静，才有助于他进入角色，说书的语言方能“疾徐轻重，吞吐抑扬，入情入理，入筋入骨”，他的说书艺术方能发挥到无与伦比的地步。孔尚任在《桃花扇》中写柳敬亭自称：“虽则为谈词之辈，却不是饮食之人！”(第十出《修札》)写的虽是艺术形象的柳敬亭，但却是孔尚任对现实生活的柳敬亭的评价。柳敬亭自尊自重，绝不因为饮食生计而改变自己的艺术追求，绝不敷衍媚俗。“柳麻子貌奇丑，然其口角波俏，眼目流利，衣服恬静。”外貌虽丑，但他有美的内心，美的技艺。至于文章说他“与王月生同其婉娈，故其行情正等”。此则比拟不伦。请柳敬亭说书须先期付定金，与约会名妓王月生预送书帕相提并论，此正是张岱贱视艺人的偏见。张岱视艺人为“倡优”，因而只能写柳敬亭的说书，而不能

赞美他的为人。这该是这篇文章的缺陷。（朱其铠）

【注】①柳麻子：姓曹名逢春，江苏泰州人，明末清初著名说书艺人，艺名柳敬亭。因满脸瘢疤，所以当时人都称他为“柳麻子”。②黧（lí 离）黑：面色黄黑。黧：黑中带黄。③疤瘤：疤痕和疙瘩。瘤：疙瘩。④悠悠忽忽：懒散，随便。⑤土木形骸：把自己的身体看成土木一样。⑥送书帕：送去定金。明代官场中行贿，为了掩饰，以书作掩护，外面用帕包裹，所以后人就用“书帕”代指赠送的银子。这里指说书钱。下定：预定，约定。⑦行（háng 杭）情人：非常行时的人。⑧王月生：当时南京名妓。《陶庵梦忆》卷八《王月生》条记其身价之高，必“先一日送书帕，非十金则五金”。⑨白文：南方说书分“大书”、“小书”。“大书”全是白文，只说不唱，重在说时的语言、表情、声势。“小书”则唱白并重而尤在唱。⑩本传：指《水浒传》。⑪找截干净：说书艺人术语，是说该补叙的补叙，该节略的节略，非常干净利落。找：补。截：删节。⑫咇夬（bó guài 勃怪）：应是吆喝声。⑬筋节处：关键的地方。⑭汹汹：形容喧闹声之大如汹涌的波涛。⑮蓦：忽然。⑯甓（pì 僻）：本义是砖，这里指瓮类的瓦器。⑰瓮瓮：即“嗡嗡”。⑱闲中著色：在不经意处从容加以渲染。⑲方：正要。掉舌：动舌，指说书。⑳呫哔（chè bì 彻毕）耳语：附耳细语。哔：应是“嗫”的误字。㉑丙夜：三更，半夜。㉒素瓷：洁白的茶碗。㉓款款：从容缓慢地。㉔齰（zé 责）舌：咬舌，是羞愧的意思。㉕口角波俏：口齿伶俐。㉖婉娈：美好。

张溥

五人墓碑记

五人者，盖当蓼洲周公之被逮[①]，激于义而死焉者也。至于今，郡之贤士大夫请于当道，即除魏阉废祠之址以葬之[②]，且立石于其墓之门，以旌其所为[③]。呜呼，亦盛矣哉！

夫五人之死，去今之墓而葬焉，其为时止十有一月耳。夫十有一月之中，凡富贵之子，慷慨得志之徒，其疾病而死，死而湮没不足道者，亦已众矣，况草野之无闻者欤！独五人之皦皦[④]，何也？

予犹记周公之被逮，在丁卯三月之望[⑤]。吾社之行为士先者[⑥]，为之声义，敛赀财以送其行，哭声震动天地。缇骑按剑而前[⑦]，问：“谁为哀者？”众不能堪，抶而仆之[⑧]。是时以大中丞抚吴者[⑨]，为魏之私人，周公之逮所由使也。吴之民方痛心焉，于是乘其厉声以呵，则噪而相逐[⑩]。中丞匿于溷藩以免[⑪]，既而以吴民之乱请于朝，按诛五人，曰：颜佩韦、杨念如、马杰、沈扬、周文元，即今之傫然在墓者也[⑫]。

然五人之当刑也，意气扬扬，呼中丞之名而詈之，谈笑以死。断头置城上，颜色不少变。有贤士大夫发五十金，买五人之脰而函之[⑬]，卒与尸合。故今之墓中，全乎为五人也。

嗟夫！大阉之乱，缙绅而能不易其志者，四海之大，有几人欤？而五人生于编伍之间[14]，素不闻诗书之训，激昂大义，蹈死不顾，亦曷故哉？且矫诏纷出[15]，钩党之捕[16]，遍于天下，卒以吾郡之发愤一击，不敢复有株治。大阉亦逡巡畏义[17]，非常之谋，难于猝发，待圣人之出而投缳道路[18]，不可谓非五人之力也。

由是观之，则今之高爵显位，一旦抵罪，或脱身以逃，不能容于远近，而又有剪发杜门[19]，佯狂不知所之者，其辱人贱行，视五人之死，轻重固何如哉？是以蓼洲周公，忠义暴于朝廷，赠谥美显[20]，荣于身后，而五人亦得以加其土封[21]，列其姓名于大堤之上，凡四方之士，无有不过而拜且泣者，斯固百世之遇也。不然，令五人者保其首领，以老于户牖之下[22]，则尽其天年，人皆得以隶使之，安能屈豪杰之流，扼腕墓道[23]，发其志士之悲哉？故予与同社诸君子，哀斯墓之徒有其石也，而为之记，亦以明死生之大，匹夫之有重于社稷也。

贤士大夫者，冏卿因之吴公[24]，太史文起文公[25]，孟长姚公也[26]。

明朝天启年间，宦官魏忠贤擅权，把持朝政，实行特务统治，残害忠良。以江南东林党为主体的正直知识分子，一再上书弹劾阉党，批评朝政，主张开放言路，改良政治。魏忠贤屡兴大狱，打击和迫害东林党人。天启七年(1627)，苏州巡抚周起元因触忤魏忠贤而被革职，苏州东林党人周顺昌写文章为他送行。另一东林党人魏大中被捕路过苏州时，周顺昌为他饯别，结为亲家，并直呼魏忠贤之名，骂不绝口。当年三月，魏忠贤派东厂缇骑逮捕周顺昌。当时，苏州织造太监李实和巡抚毛一鹭皆为阉党，人民恨之入骨。当缇骑来到苏州逮捕周顺昌、周起元时，激起苏州市民的公愤，发生了武力冲突，打死缇骑一人，毛一鹭躲藏到厕所方免一死。事后，毛一鹭飞章告变，言苏州人尽反，遂杀害了苏州市民领袖颜佩韦等五人。周顺昌于六月十七日被暗害，死在京城监狱。不到一年，阉党失败，苏州人民为纪念死难的五位义士，捐资隆重安葬了他们。“复社”文人张溥在五人墓落成之时，写了这篇墓碑记，颂扬五人的斗争业绩，斥责阉党祸国殃民的罪行。

《五人墓碑记》是一篇战斗性很强的文章。它记述了当时苏州东林党人和部分市民联合反对阉党残暴统治的斗争，歌颂了颜佩韦等五人勇于反抗强暴、激昂大义、蹈死不顾的英雄气概，表现了作者对被杀害者的敬仰与悼念。这篇“碑记”打破了传统墓志“唯叙事实，不加议论”的格局，采用了夹叙夹议、以议为主、层层对比、步步深入的写法，肯定了苏州市民抗暴的正义行为，赞扬了五壮士的崇高品质，从而突出了“明死生之大，匹夫之有重于社稷”的主旨。

首段介绍五人的墓址和立碑缘由。先用一个判断句，说明五人是“激于义而死”的。为义而死，其死的意义就大，虽“匹夫”也“有重于社稷”。接着用一个叙述句写“葬”，写“立石”，既交代了五人墓址，又说明了世人对五人的褒扬。反魏阉而死的五人，却葬于“魏阉废祠之址”，在颂扬中讽刺了“不义而死”的魏阉为世人所不齿。其中暗含着许多对比的因素，耐人寻味。最后用一个感叹句收束，一“盛”一

“废”,对比鲜明。

次段,在开头点出五人“激于义而死”之后,本可就势写五人怎样“激于义而死”,然而作者没有这样做,却转笔写五人死后的“十有一月”中,无数“富贵之子,慷慨得志之徒”死于“疾病”。这样写意在使二者构成强烈对比,说明二者死的意义不同:前者受到贤者的旌表,死而不朽,后者“湮没不足道”。段尾用“独五人之皦皦,何也”一问,提出一个令人思索的问题,使文势突然陡起,给读者留下了许多悬想。

第三段(包括三、四两个自然节)写五人“激于义而死”的经过,其目的不在于叙述苏州市民抗暴的全过程,而是赞扬他们的正义行为、崇高品质和英勇就义的精神。这段文字以叙述为主,以歌颂为主,但叙中有议论,歌颂中有揭露,而且矛盾尖锐,斗争激烈,刀光剑影,惊心动魄。因为五人死难是由周公被逮之事引起的,所以便从“予犹记周公之被逮”写起,既照应了首段,又引起下文的追叙。“缇骑”按照魏忠贤的指令逮捕周顺昌,激起复社文人的抗议,“敛赀财以送其行,哭声震动天地”。“缇骑按剑而前”的威胁,“谁为哀者”的逼迫,更激起苏州市民的义愤,掀起了一场声势浩大的市民暴动,“噪而相逐”。这一段追叙,既说明“周公”与阉党势不两立,形同水火,又说明吴民痛恨阉党,同情“周公”。吴民“噪而相逐”的对象是“魏之私人”,“周公之逮”的告密者,因而这场“民变”的性质是正义的,它给倒行逆施的阉党以沉重打击,是对为民伸张正义的东林党人反阉斗争的有力支持,表现出民心之所向,正义之所在,作者的赞扬之情溢于言表。之后,由“魏之私人”的告密写到五人受诛,列举出五人姓名。接着,再写五人英勇就义的情景:“意气扬扬,呼中丞之名而詈之,谈笑以死。”这是何等的英雄气概,何等的磊落胸襟,又是何等的感发人心啊!“贤士大夫”买五人头颅而函之的义举,既表明“贤士大夫”为五人的义行所感动,又是对五人为义而死的赞颂。

第四段(包括五、六两个自然节)运用层层对比的手法议论五人死难的巨大意义和所产生的积极社会影响。一是“缙绅”与“五人”对比。开头以嗟叹领起,把阉党加在吴民头上的“乱”的罪名推翻,还给阉党。正是阉党“乱”了朝政,“乱”了天下,把“乱”的罪名加在阉党头上才是历史的本来面目,足见作者反阉的立场何等鲜明。接着,用“缙绅”屈服于阉党压力,改变初志,充当阉党帮凶,危害社稷,来反衬五人虽然“生于编伍之间,素不闻诗书之训”,却能“激昂大义”,“蹈死不顾”。这里虽然表现出作者思想的一定局限,但他敢于承认事实,揭出真相,立场鲜明,表现出卓越的胆识。最后作者满怀激情赞颂了以五人为首的市民暴动在打击阉党中所起的巨大作用,把阉党的“不敢复有株治”,“非常之谋,难于猝发”和最终“投缳道路”,都归功于吴民的“发愤一击”和“五人之力”,说明作者看到了人民群众的力量,具有一定的历史眼光。二是以“高爵显位”者的“辱人贱行”与五人英勇就义对比。作者由“由是观之”领起,说明这一层对比是从上一层对比中引发出来的,是扩展,是深化,而不是并列。“今之高爵显位”为了苟且偷生,表现出种种“辱人贱行”,或“脱身以逃”,或“剪发杜门”,或“佯狂不知所之”,其行为卑贱可耻,其生轻若鸿毛。五人为义而死,其死重于泰山。他们死后追赠谥号,竖碑封土,受人崇敬,虽死犹生。三是以五人自身对比。假使“五人者保其首领,以老于户牖之下”,“人皆得以隶使之”,有什么价值?现在为义而死,四方豪杰之士,“过而拜且泣”,“扼腕墓道,发其志士之悲”,他们得到人们的仰慕,成为学习的典范。通过以上三层对比,表现了作者对阉党的憎恨,对附炎趋势的缙绅的贬斥和对五人的敬仰,突出了“明死生之大,匹夫之有重于社稷”的主旨。

第五段交代贤士大夫的姓名。本文既为《五人墓碑记》,点出建碑者姓名,是题中应有之义,而且起到了强调他们功绩的作用。上文曾两次出现“贤士大夫”,至此才道出姓名,前后呼应,用笔颇为严密。

这篇文章涉及面很广,头绪也很复杂,既指斥了阉党,批判了“富贵之子,慷慨得志之徒”及“缙绅”、“高爵显位”者,又赞美了周顺昌,肯定了“郡之贤士大夫”,但能始终紧扣歌颂五人英勇就义这条主线,或叙事,或议论,或对比,或反衬,做到了“形散而神不散”。文章从修墓、立碑盛况写起,与此相对照,再写“富贵之子,慷慨得志之徒”的“死而湮没不足道”,从而提出“独五人之皦皦,何也”这一核心问题。第三段以五人抗暴的正义行为,大义凛然、威武不屈的形象,“蹈死不顾”的崇高品格,回答这一问题。第四段又写五人之死所产生的重大影响和社会意义,进一步回答这一问题,最后自然地点明“明死生之大,匹夫之有重于社稷”的主题思想。文章感情激荡,慷慨悲壮,笔势跌宕曲折,具有巨大的感染力量。正如《古文观止》选家评论此文所说的那样:“议论随叙事而入,感慨淋漓,激昂尽致。当与史公伯夷、屈原二传并垂不朽。”

(李永昶)

【注】 ①蓼洲周公:周顺昌,字景文,号蓼洲,吴县(今江苏苏州)人。万历进士,曾任福州推官、吏部主事,因不满朝政,辞职家居。后触忤宦官魏忠贤被捕下狱,受酷刑死。崇祯初赠谥忠介。 ②除:清理,收拾。魏阉:魏忠贤。废祠:魏忠贤的党羽为他在各地建生祠,苏州的生祠建于虎丘山塘,祠未建成而魏已死,祠废。 ③旌:表彰。 ④皦皦(jiǎo 矫):明亮,显耀。 ⑤丁卯三月之望:指明熹宗天启七年(1627)三月十五日。 ⑥吾社:指复社,张溥等人于崇祯年间合并江南若干文社组成的社团,以继承东林党为号召,故称“复社”。行为士先者:行为可作为读书人表率的人。 ⑦缇骑(tí jì 提季):汉代京城中逮捕人犯的骑士,因为他们身着丹黄色(缇)的服装,故称“缇骑”。这里指明代的锦衣卫,专事侦查、逮捕人犯的差役。 ⑧抶(chì 叱)而仆之:把他们打倒在地。抶:击,鞭打。 ⑨大中丞抚吴者:以大中丞职衔到吴郡任巡抚的人,指毛 鹭。明代称副都御史.佥都御史为“中丞”,当时毛一鹭以副都御史为应天府巡抚(驻苏州)。 ⑩噪而相逐:乱哄哄地吵嚷着追赶。 ⑪匿于溷(hún 混)藩:躲藏在厕所里。 ⑫傫(lěi 磊)然:重叠相连的样子。 ⑬脰(dòu 豆):颈项,这里指头。函之:把人头装在匣子里。 ⑭编伍:指平民。古时编制平民户口,五家为一伍。五人中,颜佩韦是商人之子,杨念如是成衣商人,马杰是平民,沈扬是牙行中人,周文元是周顺昌的轿夫,都是平民。 ⑮矫诏:假托皇帝名义发出的诏书。 ⑯钩党之捕:钩相牵连,罗织为同党而加以逮捕。 ⑰大阉:指宦官头子魏忠贤。逡(qūn 困)巡畏义:因害怕人民的正义斗争而犹豫退缩。逡巡:徘徊不定的样子。 ⑱投缳(huán 环)道路:明思宗即位不久,即贬魏忠贤往凤阳看守皇陵。魏行至河北阜城时,闻思宗又下诏逮治,畏罪自缢而死。缳:绳圈。 ⑲剪发杜门:削发为僧,闭门索居。 ⑳赠谥:追赠谥号。美显:表扬其美名。指明思宗谥周顺昌“忠介”而言。 ㉑加其土封:增土于坟,表示加礼于死者,称为“封墓”。这里指重新厚葬。 ㉒户牖(yǒu 友):门和窗。这里代指自家的

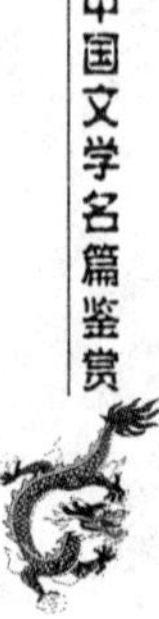

房舍。㉓扼腕：用手握腕，表示悲愤和慨叹。㉔冏（jiǒng 窘）卿：太仆寺卿的别称。因之吴公：吴默，字因之，曾官太仆少卿。㉕太史：明代翰林的别称。文起文公：文震孟，字文起，曾官翰林院修撰。㉖孟长姚公：姚希孟，字孟长，曾官翰林院检讨。

夏完淳

狱中上母书

不孝完淳今日死矣！以身殉父，不得以身报母矣！

痛自严君见背[①]，两易春秋[②]。冤酷日深，艰辛历尽。本图复见天日，以报大仇，恤死荣生[③]，告成黄土[④]；奈天不佑我，钟虐先朝[⑤]，一旅才兴，便成齑粉[⑥]。去年之举[⑦]，淳已自分必死[⑧]，谁知不死，死于今日也。斤斤延此二年之命[⑨]，菽水之养无一日焉[⑩]。致慈君托迹于空门[⑪]，生母寄生于别姓[⑫]。一门漂泊，生不得相依，死不得相问。淳今日又溘然先从九京[⑬]，不孝之罪，上通于天。呜呼！双慈在堂，下有妹女。门祚衰薄[⑭]，终鲜兄弟，淳一死不足惜，哀哀八口，何以为生？虽然，已矣，淳之身，父之所遗；淳之身，君之所用。为父为君，死亦何负于双慈！但慈君推干就湿[⑮]，教礼习诗，十五年如一日，嫡母慈惠，千古所难。大恩未酬，令人痛绝！

慈君托之义融女兄[⑯]，生母托之昭南女弟[⑰]。淳死之后，新妇遗腹得雄[⑱]，便以为家门之幸。如其不然，万勿置后[⑲]！会稽大望[⑳]，至今而零极矣！节义文章，如我父子者几人哉？立一不肖后如西铭先生[㉑]，为人所诟笑，何如不立之为愈耶？呜呼！大造茫茫，总归无后。有一日中兴再造，则庙食千秋[㉒]，岂止麦饭豚蹄，不为馁鬼而已哉！若有妄言立后者，淳且与先文忠在冥冥诛殛顽嚚[㉓]，决不肯舍！兵戈天地，淳死后，乱且未有定期。双慈善保玉体，无以淳为念。二十年后，淳且与先文忠为北塞之举矣[㉔]！勿悲勿悲！相托之言，慎勿相负！武功甥将来大器，家事尽以委之。寒食盂兰[㉕]，一杯清酒，一盏寒灯，不至作若敖之鬼[㉖]，则吾愿毕矣！新妇结褵二年[㉗]，贤孝素著，武功甥好为我善待之，亦武功渭阳情也[㉘]。

语无伦次，将死言善[㉙]，痛哉痛哉！人生孰无死？贵得死所耳！父得为忠臣，子得为孝子。含笑归太虚，了我分内事。大道本无生[㉚]，视身若敝屣[㉛]。但为气所激，缘悟天人理。恶梦十七年，报仇在来世。神游天地间，可以无愧矣！

夏完淳是明末杰出的少年民族英雄，又是一位在文学上早熟的作家。他十四岁从父夏允彝、老师陈子龙起兵抗清。夏允彝兵败自杀殉国，他遵从遗命，尽以家产饷军，又与陈子龙等参与吴易在太湖的起义。吴易兵败，他仍奔走于江浙一带，从事抗清活动。顺治四年（1647）七月，因明鲁王诏封为中书舍人而上表谢恩事，被清廷发觉，遭逮捕，械解南京。在狱中他坚决拒降，痛骂汉奸洪承畴，同年九月英勇就义，年仅十七岁。《狱中上母书》是他在狱中写给嫡母盛氏的绝笔，抒发了国破家亡的深仇大恨和诀别亲人的深悲剧痛，表达出坚定的复仇决心，情辞凄切，血泪交迸，慷慨悲壮，动人心魄，是一篇光照千古的佳作。

首段殷殷陈情，写对母亲的眷恋与诀别，悲愤中透露出视死如归的英雄气概。开头两句感叹，向嫡母禀告自己行将就戮和"以身殉父，不得以身报母"的心曲，有力地带起全文。而后以此为中心展开叙述。先说"殉父"。父亲殉国后，他继承父志，历尽艰辛，抗清复明，不料刚刚起事，就全军覆没，自己报仇不成，只能"以身殉父"。字里行间流露出没有完成父志的遗恨，表现出至死不屈的战斗意志。次写"不得以身报母"。为了反清复明，夏完淳生不能朝夕侍奉双慈，如今身陷囹圄，死难临近，虽然自己"死不足惜"，但想到嫡母"托迹于空门"，生母"寄生于别姓"，"门祚衰薄，终鲜兄弟"，不禁凄楚满腔，心肝俱裂，发出"哀哀八口，何以为生"的悲叹，声声撼人心灵，字字催人泪下。再次从"生身"、"用身"的角度，说明为父为君而死，有幸将"殉父"与"忠君"集于一身，正是死得其所，并没有辜负双慈的希望。在这里，作者把报国的大志放在了"生不得相依，死不得相问"的儿女私情之上。最后写双慈的养育之恩，"推干就湿"的关怀，"教礼习诗"的教诲，十几年历尽艰辛，把他抚养成人，如今却未尽孝心，使双慈受难，怎不痛心欲绝！作者边哭边诉，时而凄楚哀绝，时而愤激壮烈，情辞千回百折，一气贯注，感人至深。

次段由殷殷陈情，转为叮嘱后事。嫡母和生母要姐姐妹妹分别奉养，妻子由外甥照顾，并把家事委托给他，还特别叮嘱不能立义子。他认为夏氏家族，"节义文章"能够像他们父子的实在无人，如果选一个不肖的义子，像他老师张溥选张永锡那样弄出诸多丑事，而"为人所诟笑"，"何如不立之为愈耶"？如果义子深明大义，长大后为父祖辈报仇，在这混乱不堪的社会里，也必定落一个惨遭杀害的下场，夏家"总归无后"。如果有朝一日，大明江山得以恢复，殉难者一定会"庙食千秋"，自己的灵魂享受的祭品也一定会比子孙们的"麦饭豚蹄"好得多，不会成为饿鬼。夏家无后，全家会以为不幸，但他更以忠义为重，故晓之以理，动之以情，反复陈述，用非常严厉的口吻告诫嫡母："若有妄言立后者，淳且与先文忠在冥冥诛殛顽嚚，决不肯舍！"其态度异常坚决。最后又以"二十年后，淳且与先文忠为北塞之举矣"，劝慰母亲"勿悲"，表现出死而不已的顽强战斗精神和凛然不屈的气概。

末段以韵语形式抒写悲壮情怀。"人生孰无死？贵得死所耳"，表明他誓赴国难的生死观。"含笑归太虚"，表现出他视死如归的精神。"报仇在来世"，表达出他至死不渝的抗清复明的意志。"神游天地间，可以无愧矣"，写出他回顾平生的自慰。作者以悲怆哀婉的词笔，抒发殉身尽大义的壮怀，足以惊天地，泣鬼神，感发人心。

夏完淳这位少年英雄英勇就义迄今已有三百多年了，然而他的精神犹如日月经天，一直光照着人间，他的形象永不磨灭，一直流传百世。他虽然仅仅活了十七年，却充分体现了人生的价值，实现了自我，我们应当永远记住他的名字：夏完淳。

（李永昶）

【注】①严君:对父亲的敬称。见背:去世。②两易春秋:已经过了两年。夏允彝顺治二年(1645)殉国至作者顺治四年(1647)被捕,正当两年。③恤死荣生:指死去的人(父亲)得到朝廷的赐官、赐谥及抚恤,活着的人(母亲等)得到荣封。④告成黄土:指复明成功后,当告慰死去的父亲。⑤钟虐先朝:指明朝覆亡。钟:聚集。虐:灾难。⑥齑(jī 机)粉:碎屑,粉末。这里比喻崩溃。⑦去年之举:指顺治三年(1646)作者和老师陈子龙、岳父钱栴抗清失败事。⑧自分(fèn 愤):自料,自甘。⑨斤斤:明察的样子。这里作"多余"解。⑩菽水之养:孝养父母。菽:大豆。水:指汤。⑪慈君:即慈母,这里指嫡母盛氏。空门:佛门,佛寺。这时盛氏已削发为尼。⑫生母:指作者生身之母陆氏(夏允彝的妾)。寄生:寄居。⑬九京:即九原,地下。⑭门祚(zuò 坐):家运。⑮推干就湿:意即把床上干处让给幼儿,自己睡在湿处。这里是指嫡母盛氏抚育作者的劳苦。⑯义融女兄:指作者的姐姐夏淑吉,号义融。年二十一岁而寡,生子檠(即下文的甥武功)。⑰昭南女弟:指作者的妹妹夏惠吉,字昭南。⑱新妇:指作者的妻子钱秦篆,时结婚刚两年。雄:男孩。⑲置后:过继他人之子为嗣。⑳会稽大望:会稽郡的大族。会稽:郡名,治所在今浙江省绍兴市。作者的故乡松江县属会稽郡。㉑西铭先生:张溥,别号西铭,生前无子,死后由钱谦益等代为立嗣,名永锡。㉒庙食:指鬼神在祠庙里享受祭祀。㉓诛殛(jí 极):杀死。顽嚚(yín 银):顽固不化。㉔北塞之举:出征北伐。这句意思是,死后再度为人,二十年后还要起兵反清。㉕寒食:节名,旧时于寒食清明祭扫先墓。盂兰:即盂兰盆。梵语亦作"乌兰婆拏",意译为"倒是"。旧时迷信,于七月十五日作盂兰盆会,燃灯祭祀,谓可救先亡倒悬之苦,超度鬼魂。㉖若敖之鬼:没有后代的饿鬼。楚国君主若敖的后人子文,看到侄子赵椒思想行为不正,担心他可能会给整个家族带来灾难,临死时说:"鬼犹求食,若敖氏之鬼,不其馁而!"后来赵椒果然叛楚,楚王灭若敖氏之族。事见《左传·宣公四年》。㉗结褵(lí 离):犹旧时所谓"上头",即指结婚。古代女子出嫁时,母亲亲为结褵,即戴上佩巾。㉘渭阳情:甥舅之间的情谊。春秋时晋国公子重耳曾流亡到秦国避难,他是秦穆公太子的舅舅,后来穆公帮助重耳回国为君,太子送他到渭水之阳,作诗赠别,后人遂用"渭阳"指代甥舅。㉙将死言善:《论语·泰伯》云:"人之将死,其言也善。"㉚无生:佛教语,认为涅槃之真理,无生灭,故云"无生",借以破生灭的烦恼。㉛敝屣(xǐ 徙):破草鞋。

黄宗羲

原君

有生之初,人各自私也,人各自利也;天下有公利而莫或兴之,有公害而莫或除之。有人者出,不以一己之利为利,而使天下受其利;不以一己之害为害,而使天下释其害;此其人之勤劳必千万于天下之人。夫以千万倍之勤劳,而己又不享其利,必非天下之人情所欲居也。故古之人君,量而不欲入者,许由、务光是也[①];入而又去之者,尧、舜是也;初不欲入而不得去者,禹是也。岂古之人有所异哉?好逸恶劳,亦犹夫人之情也。

后之为人君者不然。以为天下利害之权皆出于我,我以天下之利尽归于己,以天下之害尽归于人,亦无不可。使天下之人不敢自私,不敢自利,以我之大私为天下之大公。始而惭焉，久而安焉，视天下为莫大之产业，传之子孙，受享无穷。汉高帝所谓"某业所就，孰与仲多"者[2]，其逐利之情，不觉溢之于辞矣。此无他，古者以天下为主，君为客，凡君之所毕世而经营者，为天下也。今也以君为主，天下为客，凡天下之无地而得安宁者，为君也。是以其未得之也，屠毒天下之肝脑[3]，离散天下之子女，以博我一人之产业，曾不惨然。曰："我固为子孙创业也。"其既得之也，敲剥天下之骨髓，离散天下之子女，以奉我一人之淫乐，视为当然。曰："此我产业之花息也。"然则为天下之大害者，君而已矣。向使无君，人各得自私也，人各得自利也。呜呼！岂设君之道固如是乎？

古者天下之人爱戴其君，比之如父，拟之如天，诚不为过也。今也天下之人怨恶其君，视之如寇仇，名之为独夫[4]，固其所也[5]。而小儒规规焉以君臣之义无所逃于天地之间[6]，至桀、纣之暴，犹谓汤、武不当诛之，而妄传伯夷、叔齐无稽之事[7]，乃兆人万姓崩溃之血肉，曾不异夫腐鼠[8]。岂天地之大，于兆人万姓之中，独私其一人一姓乎！是故武王，圣人也；孟子之言[9]，圣人之言也。后世之君，欲以如父如天之空名，禁人之窥伺者，皆不便于其言，至废孟子而不立[10]，非导源于小儒乎！

虽然，使后之为君者，果能保此产业，传之无穷，亦无怪乎其私之也。既以产业视之，人之欲得产业，谁不如我？摄缄縢，固扃鐍[11]，一人之智力，不能胜天下欲得之者之众，远者数世，近者及身，其血肉之崩溃在其子孙矣。昔人愿世世无生帝王家[12]，而毅宗之语公主，亦曰：'若何为生我家[13]！'痛哉斯言！回思创业时，其欲得天下之心，有不废然摧沮者乎[14]！"是故明乎为君之职分，则唐、虞之世[15]，人人能让，许由、务光非绝尘也[16]；不明乎为君之职分，则市井之间，人人可欲，许由、务光所以旷后世而不闻也[17]。然君之职分难明，以俄顷淫乐不易无穷之悲，虽愚者亦明之矣。

"原"是推本求源的意思，用作论文的篇名，大约本于《周易》"原始以要终"的话。最早有《吕氏春秋》的《原道训》、《文心雕龙》的《原道》等，"自韩愈作'五原'（《原道》、《原性》、《原毁》、《原人》、《原鬼》），而后人因之"（徐师曾《文体明辨序说》），以"原"名篇的文章遂成为议论文的一种，《原君》就是这类议论文中最著名者之一。它是一篇政论文，推究设君和为君的道理，论题重大而敏感，秦汉以来罕见有作，明太祖甚至还把成书于战国的《孟子》中"民为贵，社稷次之，君为轻"之类的话删除了，而黄宗羲却在清初"脍炙人口的虐政"（鲁迅语）下拈出这个题目，把它放在所作《明夷待访录》的第一篇，是非有闯禁区的精神不行的。

黄宗羲是清初激进的启蒙民主思想家和卓越的历史学家，《原君》是他思想和学术的一个最高成就。文章从"有生之初"，讲到"今也天下"，从"古之人君"，讲到"后之为人君者"，纵论千古，高度概括，揭示了"君之职分"在于为天下兴利除害，"天下为主，君为客，凡君之所毕世而经营者，为天下也"的道理，痛斥了"后之为人

君者”倒行逆施，屠毒敲剥天下之人以“博我一人之产业”、“奉我一人之淫乐”的罪行，作出了“为天下之大害者，君而已矣”的著名论断和“向使无君”的反叛性的假设。其论在当时足以振聋发聩，惊世骇俗，在两百年后还推动了资产阶级改良运动的发展。顾炎武曰“文须有益于天下”，《原君》正是一篇有益于天下后世的好文章。

《原君》论述有顺有逆，文气充足。全篇先述古而后论今，以论今为主，文顺而意逆。从文法看，全篇顺说，如首段述“有生之初”君主产生的原因、“古之人君”的职分及去留。第二段以下即转入评论“后之为人君者”，是全文的重心，论今中也以述古为陪衬，先述古而后论今，如“古者以天下为主……今也以君为主……”，“古者天下之人爱戴其君……今也天下之人怨恶其君……”等等。全篇从整体到局部都用古今对比，层层顺说，如海潮拍岸，层波叠浪，厚重有力。顺说中又大量运用排比，使气势更加雄浑。从文意看，全篇逆推，即推究“为君之职分”和古今为君之道迥异的原因，如：“岂设君之道固如是乎？”“至废孟子而不立，非导源于小儒乎！”“回思创业时，其欲得天下之心，有不废然摧沮者乎！”处处追溯源头，如逆水行舟，激起浪花，使文势振起，发人深省。当然逆推中也有顺说，如“今也以君为主，天下为客”至“向使无君，人各得自私也，人各得自利也”，是顺说道理，接下来感叹、反问是逆推，有顺有逆，文气充足。

论证有理有据，雄辩有力。首段从人性自私自利出发说理，正面阐明“为君之职分”，以三代人君的去留证明之。第二段首句“后之为人君者不然”为一转折和过渡，透视后世之君“家天下”之心，“逐利之情”和创业、守业的作为，得出“为天下之大害者，君而已矣”的结论，并进一步展开议论，追溯“设君之道”。第三段承上讲“今也天下之人怨恶其君，视之如寇仇，名之为独夫，固其所也”，举小儒死守僵化的君臣之义和“后世之君……禁人之窥伺”加以批判，实际是说明“独夫”当诛，“后世之君”罪责难逃。第四段说明“家天下”必然丧失的道理和“远者数世，近者及身，其血肉之崩溃在其子孙”的惨痛教训，进一步阐明“为君之职分”。各段或先说理而后举证，或先述事而后论说，引经据典，妙义迭出，有很强的说服力。语言流畅多变，笔端时带感情，加强了说理服人的效果。《原君》虽论题重大，观点深刻，但作者举重若轻，深入浅出，全篇要言不烦，无冗长句，无僻典，述事议论，使笔如舌，流转自然，曲折达意。有时娓娓道来，如首段。有时如雷霆万钧，如：“既以产业视之，人之欲得产业，谁不如我？摄缄縢，固扃鐍，一人之智力，不能胜天下欲得之者之众，远者数世，近者及身，其血肉之崩溃在其子孙矣。”有时则慨乎言之，如：“呜呼！其设君之道固如是乎？”“痛哉斯言！回思创业时，其欲得天下之心，有不废然摧沮者乎！”有时语含讥刺，如云后世之君“视天下为莫大之产业”心理的形成为“始而惭焉，久而安焉”，云小儒愚执僵化的君臣之义为“规规焉”，云后世之君屠毒敲剥天下之人为“曾不惨然”、“视为当然”等等。有时单刀直入，如“然则为天下之大害者，君而已矣”，“岂天地之大，于兆人万姓之中，独私其一人一姓乎！”这些地方都充满感情，或憎恶，或蔑视，或叹惋，或慷慨激烈，气盛言宜，既晓之以理，又动之以情。

《原君》在思想上继承《孟子》民贵君轻的主张而又有飞跃性的发展，在艺术上也继承了《孟子》的风格而有自己的特点。但无论思想还是艺术上都未超出封建正统文学的范畴。例如，它在所谓人性自私自利的基础上明“为君之职分”，在不根本否定君主制的前提下批判后世之君，用颂古对比非今，始于激烈终于委婉平和的“怨而不怒”的文风等，都有明显的时代或阶级的局限性。但“大醇而小疵”（韩愈评《荀子》语），作为一代文献，《原君》的思想价值和文学价值都是万古不可磨灭的。

（杜贵晨）

【注】 ①量：考虑。人：进人，这里指就其位为人君。许由、务光：传说中上古的高士。《庄子·让王》：“尧以天下让许由，许由不受。”又云：“汤又让瞀（同“务”）光……（瞀光）乃负石自沉于卢水。” ②“汉高帝”二句：汉高帝即刘邦。刘邦做了皇帝，对他的父亲说：我的家业成就同老二相比，谁多呢？仲：刘邦的二哥，善经理产业，常得父亲的夸奖。事见《史记·高祖本纪》。 ③“屠毒”句：意谓（为了自己取得天下）使天下的人民肝脑涂地。屠：宰杀。毒：毒害。 ④独夫：没有人拥护的人。亦作“一夫”。 ⑤所：宜，应当的。 ⑥“而小儒”句：意谓一般小儒死守教条，认为君臣关系无法变更，更不能逃避。小儒：指拘守儒家教义而不知变通的读书人，这里指那些盲目忠君的知识分子。规规焉：死板的样子。 ⑦“而妄传”句：据《史记·伯夷列传》载，伯夷、叔齐是殷代孤竹君的两个儿子，武王伐纣，他们曾在马前谏阻。殷亡后，他们耻食周粟，饿死首阳山中。因汉以前没有伯夷、叔齐叩马而谏的说法，所以作者认为是小儒妄造的传说。 ⑧“曾不异”句：谓小儒把人民的性命看得如同死老鼠。 ⑨孟子之言：《孟子·梁惠王下》：“齐宣王问曰：‘汤放桀，武王伐纣，有诸？’孟子对曰：‘于传有之。’曰：‘臣弑其君可乎？’曰：‘贼仁者谓之贼，贼义者谓之残，残贼之人，谓之一夫。闻诛一夫纣矣，未闻弑君也。’”指此。 ⑩“至废”句：明太祖见到《孟子》中“民为贵，社稷次之，君为轻”的话，便下诏罢孟子从祀孔庙，后又下诏把这类话从《孟子》中删除。 ⑪“摄缄縢”二句：谓用绳捆紧，用锁锁牢。语出《庄子·胠箧》。摄：紧收。缄：结。縢：绳子。扃：关纽。鐍：锁钥。 ⑫“昔人”句：据《南史·王敬则传》载，宋顺帝被逼出宫时，“泣而弹指：‘惟愿后身生生世世不复天王作因缘。’”。 ⑬“而毅宗”二句：据《明史·公主列传》载，明思宗在李自成率农民军攻进北京后，挥剑砍他的女儿长平公主，说：“汝奈何生我家？”毅宗即思宗，南明弘光元年改谥。 ⑭废然摧沮：极度颓丧。 ⑮唐、虞：上古部落名称。尧是唐的首领，舜是虞的首领。 ⑯绝尘：喻后无继行者。 ⑰旷后世而不闻：后来时代再也没听说有这样的人。旷：空，绝。

顾炎武

与友人论学书

比往来南北①，颇承友朋推一日之长②，问道于盲③。窃叹夫百余年以来之为学者，往往言心言性④，而茫乎不得其解也。

命与仁，夫子之所罕言也⑤；性与天道，子贡之所未得闻也⑥。性命之理，著之《易传》⑦，未尝数以语人⑧。其答问士也，则曰“行己有耻⑨”；其为学，则曰“好古敏求⑩”；其与门弟子言，举尧、舜相传所谓“危微精一”之说⑪，一切不道，而但曰“允执其中，四海困穷，天禄永终⑫”。呜呼！圣人之所以为学者，何其平易而可循也，故曰："下学而上达[13]。"颜子之几乎圣也[14]，犹曰："博我以文[15]。"其告哀公也，明善之功，先之以博学[16]。自曾子而下[17]，笃实无若子夏[18]，而其言仁也，则曰："博学而笃志，切问而近思[19]。"

今之君子则不然。聚宾客门人之学者数十百人，"譬诸草木，区以别矣[20]"，而一皆与之言心言性，舍多学而识，以求一贯之方[21]；置四海之困穷不言，而终日讲"危微精一"之说。是必其道之高于夫子，而其门弟子之贤于子贡，祧东鲁而直接二帝之心传者也[22]。我弗敢知也。

《孟子》一书，言心言性，亦谆谆矣[23]。乃至万章、公孙丑、陈代、陈臻、周霄、彭更之所问[24]，与孟子之所答者，常在乎出处、去就、辞受、取与之间[25]。以伊尹之元圣[26]，尧、舜其君其民之盛德大功[27]，而其本乃在乎千驷、一介之不视不取[28]。伯夷、伊尹之不同于孔子也，而其同者，则以"行一不义，杀一不辜，而得天下不为[29]"。是故性也，命也，天也，夫子之所罕言，而今之君子之所恒言也；出处、去就、辞受、取与之辨，孔子、孟子之所恒言，而今之君子所罕言也。谓忠与清之未至于仁[30]，而不知不忠与清而可以言仁者，未之有也[31]；谓不忮不求之不足以尽道[32]，而不知终身于忮且求而可以言道者，未之有也。我弗敢知也。

愚所谓圣人之道者如之何？曰"博学于文"，曰"行己有耻"。自一身以至于天下国家，皆学之事也；自子臣弟友以至出入、往来、辞受、取与之间，皆有耻之事也。耻之于人大矣！不耻恶衣恶食，而耻匹夫匹妇之不被其泽[33]，故曰："万物皆备于我矣，反身而诚[34]。"呜呼！士而不先言耻，则为无本之人；非好古而多闻，则为空虚之学。以无本之人，而讲空虚之学，吾见其日从事于圣人而去之弥远也。虽然，非愚之所敢言也。且以区区之见，私诸同志而求起予[35]。

古来学问家何止万千，但称得上开一代风气的人却总是不多的。顾炎武就是清朝一代学术的开山之祖。梁启超云，自顾炎武出，"于是学界空气一变，二三百年间跟着他所带的路走去"(《清代学术概论》)。这篇《与友人论学书》就是他开启一代学术的纲领。此书写于康熙六年(1667)，所与者是济阳(今属山东)布衣学者张尔岐，但它的影响却广大而深远。

本书论学的宗旨，一条是"博学于文"，一条是"行己有耻"。这两条虽然都是从《论语》中拈出的现成话，但顾炎武在当时提倡，却有针砭时弊、拨乱反正的意义。清初承明季王阳明"心学"的流弊，学者束书不观，游谈无根，抱守所谓尧、舜"十六字心传"，"以明心见性之空言，代修己治人之实学"(顾炎武《日知录》卷七《夫子之言性与天道》)，纷纷聚徒讲论。在顾炎武看来，正是这种学风使士大夫知识日以荒陋，人品日以堕落，以至"神州荡覆，宗社丘墟"(同上)。所以本文开篇即浩叹"百余年以来之为学者"云云，深恶痛绝，欲将之扫除廓清。这两条就是他力矫王学颓风的方针。

顾炎武既是从历史的高度和国家民族兴亡的角度看待学风问题，他的论学就不限于前人读书求知、作文明道的目标，而所见者远，所志者大。“博学于文”：其所谓“博”，即“好古敏求”，“多学而识”；其所谓“文”，非指辞章，也不单指书本，而是包括天下万事万物的道理。他说：“自身而至于家国天下，制之为度数，发之为音容，莫非文也。”（《日知录》卷七《博学于文》）“博学于文”就是要从王学内求心性的空虚无用之途解放出来，治经格物，务求客观，面向实际，经世致用。但是，治学的根本和最切近的目标却在自身。所以，他又提出“行己有耻”，这个“耻”关乎自身，也关乎“家国天下”，所谓“不耻恶衣恶食，而耻匹夫匹妇之不被其泽”。在别处，他甚至还说：“礼义廉耻，是谓四维。四维不张，国乃灭亡。……然而四者之中，耻为尤要。……人之不廉而至于悖礼犯义，其原皆生于无耻也。故士大夫之无耻，谓之国耻。”（《日知录》卷一三《廉耻》）表面看来，这两条前者讲治学，后者讲治行，合起来不过是寻常教养的题目。其实不然，作者是逆着百年的颓风提倡这两条的，是怀着明遗民的家国之痛和对变节仕清者的愤懑讲这两条的，所以能发聋振聩，激动人心。张尔岐在答书中说：“《论学书》粹然儒者之言，特拈‘博学’、‘行己’二事以为学鹄，确当不易，真足砭好高无实之病。‘行己有耻’一语，更觉切至。”（《蒿庵集·答顾宁人书》）“切至”二字评语有深意，暗示本文持论的战斗意义和鲜明特点。

文章气度严正，析义精辟。作者对百余年来王学流弊深恶痛绝，但除第三节“是必其道”以下数语微露讽刺外，大致平心静气说理，不取嬉笑怒骂的方式。说理充满自信，如大匠治材，标举古圣先贤的学行教诲，绳之于“今之君子”，造成泰山压顶之势，使结论不言自明，却又以“我弗敢知也”、“非愚之所敢言也”等语轻轻荡开，表示对“今之君子”的鄙弃之意。“呜呼！圣人之所以为学者，何其平易而可循也。”“呜呼！……吾见其日从事于圣人而去之弥远也。”这些感叹连同对友人谦敬婉转的措辞，使文章带有大儒施教论道的庄肃堂正气象，读来使人油然而生敬服之感。说理又出入经史，旁征博引而谈言微中，如第二、四节所举例证，大都曾被理学家们执其一端，曲解为明心见性的根据。但作者无不一语解惑，使事理分明，拨乱反正。

文章法度严整而富于变化。开篇数语说明作书的原因和用意，揭出“百余年以来之为学者”的状况为批判对象，第二、三、四节是具体的批判论证，第五节主要从正面提出主张，得出结论。全文先破后立，但第二、三、四节的批判“今之君子”都从正面说起。批判分两层，第二、三节为一层，第四节为一层，两个“我弗敢知也”是明确标志。第一层批判“今之君子”的“空虚之学”，即所谓“聚宾客门人之学者数十百人……终日讲‘危微精一’之说”。先举孔子、子贡、颜子、曾子、子夏诸圣贤间的学问授受，然后对照“今之君子”的讲学。第二层批判“今之君子”“言仁”而“不忠与清”，“言道”而“忮且求”的虚伪本质，先举孟子、伊尹等或言或不言心性而都重“出处、去就、辞受、取与之间”的实行，然后对照“今之君子”的“恒言”性命天理而“罕言”出处去就等，进一步揭露他们以“仁”与“道”掩饰自己节行无修甚至有亏的做法。因为“今之君子”们都是标榜孔孟以售其说的，所以作者一皆从孔孟说起，正本清源，刨根搜底，揭出了他们“日从事于圣人而去之弥远”的假道学本质。这两层批判又都破中有立，第一层批判中实际已引出“博学于文”的主张，第二层批判中也寓含了“行己有耻”的要求。第五节具体揭出这两条自然仍是必不可少的，但已是水到渠成，重在总结和发挥。“且以区区之见”以下二句照应开头，全文一气呵成，组织严密整饬中论述的手法语言等都随机变化，表现了高超的技巧。

《与友人论学书》实际是顾炎武历经沧桑、饱尝忧患之后的历史反思，它以切中时弊的批判和鲜明的理论主张顺应了清初思想学术变革的要求，从而成为开一代实学的重要文献。但它能造成广大深远的影响，是与作者的身体力行分不开的。顾炎武本人就是“博学于文”、“行己有耻”的典范。清人席威云：“先生此书说得到做得到，所以可贵。”(《顾亭林先生遗书·与友人论学书》批语)我们还可以加上一句，即“所以可信”，然后才有“二三百年间跟着他所带的路走去”。时至今日，这篇在儒家古训里生发新义的论学书的许多具体内容自然是过时了，但它疾空言、尚实学、重节行的治学精神以及写作的技巧还是值得我们借鉴的。　　（杜贵晨）

【注】 ①比：近来。　②一日之长(zhǎng 掌)：年岁稍大一点。《论语·先进》：“以吾一日长乎尔，毋吾以也。”这里指学界受尊重的地位。　③问道于盲：向眼睛失明的人问路。作者自谦之辞，意谓向我这无知的人请教。　④言心言性：心，人的心灵、意识；性，人的本性。心和性是宋、明理学家的中心论题。　⑤“命与仁”句：本《论语·子罕》：“子罕言利与命与仁。”命：命运，指人的吉凶祸福、寿夭贵贱等。仁：儒家的道德规范，指人与人之间相互亲爱的关系。罕：很少。　⑥“性与天道”句：本《论语·公冶长》：“子贡曰：‘夫子之文章，可得而闻也；夫子之言性与天道，不可得而闻也。’”天道：天命。子贡：姓端木，名赐，孔子弟子。　⑦著：写。《易传》：儒家学者解释《易经》的著作，相传为孔子所撰。《易·说卦》传：“昔者圣人之作《易》也，将以顺性命之理。”　⑧数(shuò 朔)：数，多次。语：告诫。　⑨“其答问士”三句：本《论语·子路》：“子贡问曰：‘何如斯可谓之士矣？’子曰：‘行己有耻，使于四方，不辱君命：可谓士矣。’”行己有耻：一己的立身行事有羞耻之心。　⑩“其为学”三句：出《论语·述而》：“我非生而知之者，好古而敏求之者也。”好古：爱好古道。敏求：勉力学习。　⑪危微精一：本《尚书·大禹谟》：“人心惟危，道心惟微，惟精惟一，允执厥中。”宋儒认定这十六个字是尧、舜、禹心心相传的修身治国的原则。危：危险，险恶。微：微妙。精：精慎。一：专一。这几句话的意思是：精慎专一地分别人心的危险和道心的微妙，才能合乎中庸(无过与不及)的要求。　⑫“允执其中”三句：出《论语·尧曰》。意思是说：为政之道在于不偏不倚，否则天下就会穷困，上帝赐予的禄位也就永远结束了。允：真诚。　⑬下学而上达：出《论语·宪问》。意思是说：下学人事，就可上通天理。⑭颜子：名回，字子渊，孔子弟子，后世尊为“复圣”。　⑮博我以文：出《论语·子罕》。意思是说：用诗书礼乐等来丰富自己的知识。文：指诗书礼乐等。　⑯“其告哀公”三句：本《礼记·中庸》：“哀公问政。子曰：‘……诚身有道，不明乎善，不诚乎身矣。’”谈到明善的步骤，则说：“博学之，审问之，慎思之，明辨之，笃行之。”五者之中，博学为先。明善之功：认识和修明善德的有效方法。　⑰曾子：名参，字子舆，孔子弟子。　⑱子夏：姓卜名商，孔子弟子。　⑲“博学”二句：出《论语·子张》：“子夏曰：‘博学而笃志，切问而近思，仁在其中矣！’”笃志：志向专一。切问而近思：恳切地请教别人，多思考当前的问题。　⑳“譬诸草木”二句：出《论语·子张》。原谓学术犹如草木，可区别为各种各类。这里指学者的情况不同。　㉑多学而识(zhì 志)、一贯之方：均本《论语·卫灵公》：“子曰：‘赐也，女以予为多学而识之者与？’对曰：‘然。非与？’曰：‘非也。予一以贯之。’”后者又见《论语·里仁》：“子曰：‘参乎，吾道一以贯之。’”但这里“一贯之方”指理学家所谓“十六字心传”，含贬义。　㉒祧(tiāo 挑)：远祖之庙，这里作“越过”解。东鲁：指孔子。

孔子是鲁人,鲁在中国东部,故称。二帝:指尧和舜。心传:不立文字,以心传心。 ㉓谆谆:诲人不倦的样子。 ㉔“乃至万章”句:这六个人与孟子的问答分别在《孟子》的《万章上》、《公孙丑上》、《滕文公下》和《公孙丑下》。 ㉕出处:出仕和隐居。去就:辞官和做官。辞受:拒绝和接受。取与:拿来和给予。 ㉖伊尹:名挚,商汤的相,曾佐汤灭夏桀。元圣:大圣人。 ㉗尧、舜其君其民:辅佐其君使如尧、舜,治理其民使如尧、舜时之民。 ㉘“而其本”句:本《孟子·万章上》:“伊尹耕于有莘之野,而乐尧、舜之道焉。非其义也,非其道也,禄之以天下弗顾也,系马千驷弗视也;非其义也,非其道也,一介不以与人,一介不以取诸人。”意谓伊尹之为人,只要不合乎道义,无论多或少的东西都不取于别人,也不给予别人。驷:一车四马。介:通“芥”,喻细微之物。 ㉙“而其同者”四句:本《孟子·公孙丑上》:“行一不义,杀一不辜,而得天下,(伯夷、伊尹、孔子)皆不为也,是则同。”不辜:无罪的人。 ㉚“谓忠与清”句:本《论语·公冶长》:“子张问曰:‘令尹子文……何如也?’子曰:‘忠矣。’曰:‘仁矣乎?’曰:‘未知,焉得仁?’‘崔子……何如?’子曰:‘清矣。’曰:‘仁矣乎?’曰:‘未知,焉得仁?’”意思是说仅做到忠君和清廉还不能算仁。 ㉛“而不知”二句:意谓不能忠君和清廉就更谈不上仁了。 ㉜“谓不忮(zhì 置)不求”句:本《论语·子罕》:“‘不忮不求,何用不臧?’子路终身诵之。子曰:‘是道也,何足以臧!’”忮:忌恨。求:贪欲。臧:善,好。 ㉝被其泽:受他的恩惠。 ㉞“万物”二句:出《孟子·尽心上》。意思是说:一切我都具备了,反躬自问,自己是忠诚踏实的。 ㉟起予:开导我。

林嗣环

口 技

京中有善口技者。会宾客大宴,于厅事之东北角[1],施八尺屏障[2],口技人坐屏障中,一桌、一椅、一扇、一抚尺而已[3]。众宾团坐。少顷,但闻屏障中抚尺一下[4],满堂寂然,无敢哗者。

遥遥闻深巷犬吠声,便有妇人惊觉欠伸[5],摇其夫,语猥亵事[6]。夫呓语[7],初不甚应。妇摇之不止,则二人语渐间杂,床又从中戛戛。既而儿醒,大啼。夫令妇抚儿乳[8],儿含乳啼,妇拍而呜之[9]。夫起溺[10],妇亦抱儿起溺。床上又一大儿醒,狺狺不止[11]。当是时,妇手拍儿声,口中呜声,儿含乳啼声,大儿初醒声,床声,夫叱大儿声,溺瓶中声,溺桶中声,一齐凑发[12],众妙毕备。满座宾客,无不伸颈,侧目[13],微笑,默叹[14],以为妙绝也。

既而夫上床寝。妇又呼大儿溺,毕,都上床寝。小儿亦渐欲睡。夫齁声起[15],妇拍儿亦渐拍渐止。微闻有鼠作作索索[16],盆器倾侧,妇梦中咳嗽之声。宾客意少舒[17],稍稍正坐。

忽一人大呼“火起”,夫起大呼,妇亦起大呼。两儿齐哭。俄而百千人大呼[18],百千儿哭,百千犬吠。中间力拉崩倒之声[19],火爆声,呼呼风声,百千齐作[20];又夹女子求救声,曳屋许许声[21],抢夺声,泼水声。凡所应有,无所不有。虽人有百手,手有百指,不能指其一端;人有百口,口有百舌,不能名其一处

也[22]。于是宾客无不变色离席[23]，奋袖出臂[24]，两股战战[25]，几欲先走[26]。而忽然抚尺一下，众响毕绝。撤屏视之，一人、一桌、一椅、一扇、一抚尺而已。

《口技》一文，节选自清人张潮编辑的笔记小说《虞初新志》中的《秋声诗自序》。它描写一次精彩的口技表演。林嗣环写完口技表演后，曾有这样的评论："若而人者，可谓善画声矣！"我们说，"善画声"，即以声造形，也正是这篇散文的特殊之处。它像一首短小精悍的交响乐，高下起伏，摇曳多姿，变化多端，扣人心弦。

第一节写演出之前的情况。以轻缓的慢板奏出这首交响乐的序曲。起笔点题，接着极写场景的狭小和道具的简单，"一桌、一椅、一扇、一抚尺"，说明口技演员的演奏只凭一张口，几乎没有其他凭借，为下文描写神奇高超的技艺作好了铺垫。"抚尺一下"，预示演出马上开始，听者怀着一种一听究竟的"悬念"，"满座寂然，无敢哗者"。屏息谛听，肃静中有紧张，文势振起。一缓一振，"风乍起，吹皱一池春水"。

紧接着"抚尺一下"，是一段对口技的正面描写。先是由远而近，由外而内："遥遥闻深巷犬吠声，便有妇人惊觉欠伸……夫呓语。"接着是大小相间："既而儿醒，大啼。夫令妇抚儿乳，儿含乳啼，妇拍而呜之。……又一大儿醒，狺狺不止。"继之由疏而密："当是时，妇手拍儿声，口中呜声，儿含乳啼声，大儿初醒声，床声，夫叱大儿声，溺瓶中声，溺桶中声，一时凑发，众妙毕备。"这犹如一曲多声部的和弦，由一声悠远的犬吠引起，一家大小四人，陆续醒来，各种声响交错，众声齐发，速度和力度逐渐加大。此时，满座宾客"无不伸颈，侧目，微笑，默叹，以为妙绝"。听众的神态衬托出口技的绝妙。不过这时的听众，还有着一种旁观者的自觉意识，还没有进入物我合一的忘我境地。

接着音乐节奏渐慢，力度渐弱，由密而疏，微闻余响："夫齁声起，妇拍儿亦渐拍渐止。微闻有鼠作作索索，盆器倾侧，妇梦中咳嗽之声。"与这种表演相对应，听众也"意少舒，稍稍正坐"。显然，这并非曲终奏雅，而是似断实连，断而又续，预示着一场繁弦急管大合奏的到来。

袅袅余音之后，乐章陡然强烈，转入高潮。一声"火起"，引起一家人的惊呼，接着由室内推向火场，百千齐作，惊心动魄。"俄而百千人大呼，百千儿哭，百千犬吠。中间力拉崩倒之声，火爆声，呼呼风声，百千齐作；又夹女子求救声，曳屋许许声，抢夺声，泼水声。凡所应有，无所不有。"至此，这首交响乐，强度之大，速度之快，节奏之迫，都达到了顶点。暴烈的敲打乐，重重叠叠的管弦乐，海啸般铺天盖地而来，形成一个狂乱的高潮。听觉形象、视觉形象似乎同时出现，大人的呼喊，孩子们的哭叫，大火的吼声，风吹，屋倒，抢夺，泼水，百千种声响和形象一下子扑向人们的耳畔和眼前，"虽人有百手，手有百指，不能指其一端；人有百口，口有百舌，不能名其一处也"。口技表演之"善"已登峰造极，作家的描写也淋漓尽致。听众在此猝不及防之际，忘记了自己鉴赏的对象是口技表演，也忘记自己是口技鉴赏者，物我两忘，视听相混，"无不变色离席，奋袖出臂，两股战战，几欲先走"。这儿，又一次从听众的角度衬托出音乐达到高潮时的情景，听众的被震撼，正由于他们欣赏的对象有巨大的震撼力。

高潮过后，马上转入尾声，速度渐缓，节奏转慢，气氛柔和。“忽然抚尺一下，众响毕绝。”演出戛然而止。这里的“抚尺一下”与序曲中的相呼应，但意义迥然不同。序曲中的“抚尺一下”，标示演出开始，尾声中的“抚尺一下”，则是演出的终结；序曲中的“抚尺一下”，是使听众悬念提起，而尾声中的“抚尺一下”，则是使听众悬念化解。“撤屏视之，一人、一桌、一椅、一扇、一抚尺而已”，也与序曲相对应。首尾对应，形成一个有机的谨严结构。序曲中的这种描写，是把听者与演员隔开，并在此后的演出中逐渐把听者征服，使他们失落自我；尾声中的这种描写，则是使听者回归到欣赏者的自觉状态，重新获得这个失落了的自我，而且是一个经历了一次艺术洗礼而得到精神升华的新我。

（王　岳）

【注】 ①厅事：厅堂。　②施：安放，张挂。屏障：屏风、布幔之类。　③抚尺：醒木，表演者击案用的木块。　④抚尺一下：拍了一下抚尺。　⑤惊觉欠伸：惊醒后打呵欠，伸懒腰。　⑥猥亵事：夫妇房事。　⑦呓语：说梦话。　⑧乳：作动词，喂小儿吃奶。下句“乳”，名词，奶头。　⑨呜之：口中呜呜哼唱哄孩子。　⑩溺：同“尿”，小便。　⑪狺狺（yín 银）：本指犬吠声，这里指大儿口中含糊嘟囔的声音。　⑫凑：集中。　⑬伸颈、侧目：拉长脖子，斜着眼睛，形容听得出神。　⑭默叹：暗中赞叹。　⑮齁（hōu 喉阴平）声：睡觉打呼噜声。　⑯作作索索：形容老鼠爬行的声音。　⑰意少舒：紧张的心情稍稍轻松一下。　⑱俄而：一会儿。　⑲力拉：象声词，大火声。崩倒：倒塌。　⑳齐作：齐起。　㉑曳（yè 夜）屋：众人合力拉倒烧着的屋子。曳：拉。许许（hǔ 虎）：众人用力时发出的喊声。　㉒名：说出。　㉓变色：惊恐的表现。　㉔奋袖出臂：卷起袖子，露出手臂。　㉕两股战战：两条大腿发抖。　㉖几欲先走：差点儿要争先跑开。

蒲松龄

聊斋自志

披萝带荔①，三闾氏感而为骚②；牛鬼蛇神③，长爪郎吟而成癖④。自鸣天籁⑤，不择好音，有由然矣⑥。松落落秋萤之火⑦，魑魅争光⑧；逐逐野马之尘⑨，罔两见笑⑩。才非干宝⑪，雅爱搜神⑫；情类黄州⑬，喜人谈鬼。闻则命笔，遂以成编。久之，四方同人⑭，又以邮筒相寄⑮，因而物以好聚⑯，所积益夥。甚者，人非化外⑰，事或奇于断发之乡⑱；睫在眼前，怪有过于飞头之国⑲。遄飞逸兴⑳，狂固难辞；永托旷怀㉑，痴且不讳㉒。展如之人㉓，得毋向我胡卢耶㉔？然五父衢头㉕，或涉滥听㉖；而三生石上㉗，颇悟前因。放纵之言㉘，或有未可概以人废者㉙。

松悬弧时㉚，先大人梦一病瘠瞿昙㉛，偏袒入室㉜，药膏如钱，圆粘乳际，寤而松生，果符墨志㉝。且也，少羸多病㉞，长命不犹㉟。门庭之凄寂，则冷淡如缯；笔墨之耕耘㊱，则萧条似钵㊲。每搔头自念：勿亦面壁人果是吾前身耶㊳？

盖有漏根因[39]，未结人天之果[40]；而随风荡堕，竟成藩溷之花[41]。茫茫六道[42]，何可谓其无理哉！独是子夜荧荧[43]，灯昏欲蕊[44]；萧斋瑟瑟，案冷疑冰。集腋为裘[45]，妄续幽冥之录[46]；浮白载笔[47]，仅成孤愤之书[48]。寄托如此，亦足悲矣！嗟乎！惊霜寒雀，抱树无温；吊月秋虫[49]，偎阑自热[50]。知我者，其在青林黑塞间乎[51]！

康熙己未春日[52]。

历览中国古代众多的小说书序，蒲松龄的《聊斋自志》（以下简称《自志》）要算是最讲究辞章、用典故最多而又意蕴最深沉、情词最凄切动人的了。它完全可以说是一篇优美的抒情小赋。

这是蒲松龄为自己正在陆续创作中的小说集《聊斋志异》作的序文。篇中并没有像一般小说的序文那样，着重申述著者意在裨益风教的宏旨，讲上一通冠冕堂皇的话，以提高本书的身价，广告气十足。从它的篇章结构看，全文由前后密切相关的两段文字组成。前一段劈头从屈原作楚辞、李贺写"虚荒诞幻"的诗说起，表明神鬼怪异之作由来已久。接着自述作者本人禀性喜爱"搜神"、"谈鬼"，"久之"便积累了许多篇什。纵笔所至，虽然所记述的事情非常荒诞，难免有"狂"、"痴"之讥，但也不能因人废言，其中也并非没有可以参悟人生之理的。措辞谦柔委曲，宛如一位受了委屈的人在款款申辩。后一段主要是借用了佛家的业因果报之说，自道降生时父亲梦见了一位"病瘠瞿昙"，命中注定了一生的不幸：门庭凄寂，身世萧条，只好以教书卖文为生。在如此困苦的境遇中，作成这样一部假神鬼怪异之言以抒写忧愤的书，别无成就，实在是太可悲了。最后以"惊霜寒雀，抱树无温；吊月秋虫，偎阑自热"自喻，慨叹"知我者，其在青林黑塞间乎！"真是如泣如诉，情调十分低沉。读者不难领会，全篇抒发的是作者落拓不遇，作《聊斋志异》而不为人理解、赏识的悲哀。

《自志》末署"康熙己未春日"，即康熙十八年（1679）春天。有资料表明，蒲松龄在康熙初年便开始写狐鬼故事，到这年已经十余年，自然可以说是"久之"。就《聊斋志异》全书近五百篇看来，他并没有就此辍笔，大多数篇章是此后的二十余年间陆续作成的。他这年何以要写这样一篇序文，可能有着多种原因，而借以抒发一下他这十余年来内心郁结之苦闷，则无疑是最为根本的因素。

蒲松龄自幼习举子业，进学后多次应山东乡试，志在冀博一第，但每次都是名落孙山，再加上家中食指日繁，生计日趋艰难，成为他一生最贫困潦倒的时期。他才气横溢，热衷于记述奇闻异事，撰写狐鬼小说，其兴致甚至胜过为谋取功名富贵所必须习作的制艺文。为此他曾受亲友的非议，挚友张笃庆便曾作诗讽之，说是："司空博物本风流，涪水神刀不可求。"（《昆仑山房诗集·和留仙韵》）意思就是神仙怪异之事纯系不实之言，说起来好听，并没有实际用处，甚至将他应乡试不中也归咎于写此等故事分散了精力。这些虽是庸人之见，但也对他形成了沉重的精神压力。对于一位真诚的作家来说，没有比自己惨淡经营的作品缺乏知音，不被社会所理解、接受，更加痛苦的事情了。更何况他还承受着科举失意和生活艰辛的折磨。

这就难怪他此时的心情是如此的凄苦，将《自志》写成这样一篇凄苦的文字了。

但是，不能将《自志》看做是蒲松龄无可奈何的哀鸣。怀才不遇，身世凄凉，确实使他的心情阴沉抑郁，以致在《自志》里要借助佛家的精神鸦片来麻醉自己，以求得心灵苦痛的消解；但是，这也未尝不含有为文造境的修辞因素，就像他记述那些狐鬼怪异故事一样，并不完全当作实有之事，也不是要人信以为真。更为明显的是，他对自己性耽"搜神""谈鬼"，创作《聊斋志异》，并没有丧失自信力，没有屈从根深蒂固的文化传统的偏见和现实环境舆论的压力。他没有就此辍笔，就表明了这一点。数年后他在一首题作《偶感》的诗中说："平生所恨无知己，纵不成名未足哀！"（《聊斋诗集》）也表明他深信他的这本谈鬼说狐的书，并非没有价值，只是尚没有知音而已。他的这种信念与悲哀同样表现在《自志》中。

《自志》中的大部分语句都是有来历的，并且用了许多典故。以古人古事说今人今事，无论是明喻还是隐喻，都比简捷直言富有含蓄的意蕴，意思就不那么单纯了。《自志》开头从屈原"感而为骚"、李贺吟"牛鬼蛇神"诗说起，继而以干宝作《搜神记》、被贬黄州的苏轼"喜人谈鬼"为喻，再而将本人所记狐鬼怪异事与《史记》、《王子年拾遗记》所记比较，这岂止是修辞意义上的"联类取譬"，说明神鬼怪异之言"有由然矣"，个中岂不是正蕴蓄着自我肯定的意思?！尽管行文语气极为谦柔，而自我肯定的理由却是颇坚实的，有谁能非薄屈原、李贺、苏轼诸位古代的大诗人？如果说《自志》的前一段是就文体而言，那么后一段便是就《聊斋志异》的内容而发了。这一段先自述个人身世之沦落，而后说出个人的谈鬼说狐之作如"续幽冥之录"，实则是"孤愤之书"，将这两层意思联系起来，岂不是显示出《聊斋志异》中正寄寓着他处在那种生活境遇中的体验和忧愤！岂能皮相地以子虚乌有之言视之！可见在作者慨叹他的作品缺少知音的悲哀中，也有弦外之音，就是期待并相信《聊斋志异》会为人理解、赏识的。历史的发展便证明了他的信念并不是不切实际的主观幻想，《聊斋志异》在他死后不到半个世纪便风行全国，并经受住了历史的考验，成为世界性的文学名著。只是在那个社会里，给予他的只能是不幸和不为人理解的悲哀。

（袁世硕）

【注】 ①披萝带荔：《楚辞·九歌·山鬼》："若有人兮山之阿，披薜荔兮带女萝。"是说山鬼以薜荔为衣，以女萝为带。这里即取其意。 ②三闾氏：指楚国大诗人屈原。屈原曾为三闾大夫，作有《离骚》、《九歌》。骚：这里指屈原的作品。 ③牛鬼蛇神：比喻怪诞虚幻。杜牧《李长吉诗叙》："鲸吸鳌掷，牛鬼蛇神，不足为其虚荒诞幻也。" ④长爪郎：指唐诗人李贺。李商隐《李长吉小传》："长吉细瘦，细眉，长指爪。" ⑤天籁：语出《庄子·齐物论》，意为大自然的音响，后称诗歌发自胸臆，毫无雕琢之迹者为"天籁"。 ⑥由然：因由，来历。 ⑦松：作者自称，为"松龄"二字之省文。落落：形容孤独寡合。 ⑧魑魅（chī mèi 痴妹）争光：晋裴启《语林》载，嵇康一日夜晚在灯下弹琴，见一鬼怪，"乃吹灯灭之，曰：'耻与魑魅争光。'"。这里化用其意。 ⑨逐逐：竞求，指逐利。野马之尘：指浮游于空中的尘埃。语本《庄子·逍遥游》："野马也，尘埃也，生物之以息相吹也。"这里比喻尘世之名利。 ⑩罔两见笑：《南史·刘损传》载，刘损族人刘伯龙，家贫，及为武陵太守，"贫窭尤甚"，慨然欲贩卖营利，见一鬼在傍抚掌大笑。"伯龙叹曰：'贫穷固有命，乃复为鬼所笑也。'" ⑪干宝：东晋著作家，曾集古今怪异非常之事，撰成《搜神记》，为魏

晋志怪小说之代表作。 ⑫雅：甚，颇。 ⑬情类黄州：宋叶梦得《避暑录话》上载：苏轼因对王安石新法不满，以"谤讪朝廷"罪，贬为黄州团练副使。他在黄州期间，每日与人穷聊，有不能谈者，则强使之说鬼，或辞无有，便说："姑妄言之。"这里是说自己喜好谈鬼说狐的情怀，类似苏轼在黄州时。 ⑭同人：指情趣相同的友人。 ⑮邮筒：古代传递书札、诗文的竹筒。 ⑯物以好（hào浩）聚：是说因喜好谈鬼说狐而收集起这类故事。 ⑰化外：指未开化的边远地方。⑱断发之乡：指蛮荒之地。"断发"为"断发文身"之省文，谓未开化地方之风俗。《史记·吴太伯世家》："太伯、仲雍乃奔荆蛮，文身断发。" ⑲飞头之国：古代传说南方有人头会飞的地方。唐《酉阳杂俎·境异》云："岭南溪洞中，往往有飞头者，故有飞头獠子之号。" ⑳遄（chuán 船）飞逸兴：意兴飞扬。 ㉑旷怀：空阔的胸怀。 ㉒不讳：不避讳，不怕人说。 ㉓展如之人：语出《诗·鄘风·君子偕老》："展如之人兮，邦之媛也。"意为诚实的、规规矩矩的人。 ㉔胡卢：形容笑声。《孔丛子·抗志》："卫君乃胡卢大笑。" ㉕五父衢：传说孔子殡母处。《史记·孔子世家》载，叔梁纥与颜氏女野合而生孔子，孔子母讳言叔梁纥葬处。孔子母死后，"乃殡五父之衢，盖其慎也"。 ㉖滥听：无稽之谈。 ㉗三生石：唐袁郊《甘泽谣·圆观》叙僧人圆观能知前生、今生和来生事。他与李源友好，同游三峡，见一妇人汲水，遂对李源说："是某托身之所。更后十二年中秋月夜，杭州天竺寺外，与君相见。"后李源如期到杭州，果见一牧童唱《竹枝词》道："三生石上旧精魂，赏月吟风不要论；惭愧情人远相访，此身虽异性长存。"牧童就是圆观的托身。这是佛教的三世轮回的迷信传说，后来文人们也常以"三生石"来表示情谊前定，即后面一句所说"前因"。 ㉘放纵之言：恣意而发、不加检点的言语和文章。 ㉙概：一概，完全。以人废：因人废言。 ㉚悬弧：古时习俗。《礼记·内则》："子生，男子设弧于门左，女子设帨于门右。"弧是木弓。后以"悬弧"、"设弧"表诞生。 ㉛先大人：死去的父亲。病瘠瞿昙（tán 潭）：病瘦的和尚。瞿昙：梵语，原为佛教始祖的姓氏，后为佛的通称，常指僧人。 ㉜偏袒（tǎn 坦）：僧人着袈裟，袒露右肩。 ㉝墨志：黑痣。 ㉞羸（léi 雷）：瘦。 ㉟长（zhǎng 掌）命不犹：长大之后，命不如人。不犹：不如别人。 ㊱笔墨之耕耘：以文字为生计，指做幕宾、馆师。 ㊲萧条似钵：像化缘的和尚一样清贫。钵：梵语译音"钵多罗"之省语，俗称"钵盂"。 ㊳面壁人：《五灯会元》卷一载，相传佛教禅宗祖师达摩来中国，面壁而坐九年。这里泛指和尚。 ㊴有漏根因：佛教语。《景德传灯录》卷二载，梁武帝问达摩曰："朕即位以来，造寺写经，度僧不可胜记，有何功德？"师曰："并无功德。"帝曰："何以无功德？"师曰："此但人天小果，有漏之因，如影随形，虽有非实。"帝曰："如何是真功德？"答曰："净智圆妙，体自空寂，如是功德，不以世求。"漏：谓三界之情由眼、耳、鼻、舌、身、意日夜流注漏泄，烦恼不已。根：就是指眼、耳等六官能。因：即因缘。佛家谓一切事物皆由因缘和合而生成或毁灭，因是直接条件，缘是辅助条件。此句意思就是未能断绝尘缘，归于空寂。 ㊵未结人天之果：承上句，意谓未得成佛，犹所谓未得"正果"。 ㊶藩溷（hùn 诨）之花：语本《梁书·范缜传》："缜在齐世尝侍竟陵王子良。子良精信释教，而缜盛称无佛。子良问曰：'君不信因果，世间何得有富贵？何得有贫贱？'缜答曰：'人之生譬如一树花，同发一枝，俱开一蒂，随风而堕，自有拂帘幌坠于茵席之上，自有关篱墙落于粪溷之侧。……贵贱虽复殊途，因果竟在何处？'"溷：粪坑。这里是说自己身家贫贱，如落藩溷之花。 ㊷六道：佛教语，谓天道、人道、阿修罗道、畜生道、饿鬼道、地狱道六种众生轮回之道途，人各依其善恶业因在"六道"里轮回转生。《法华经·序品》："六道，众生生死所趋。" ㊸子夜：半夜，犹现代的零时前后。 ㊹蕊：这里指灯油将尽，灯芯结花。 ㊺集腋为裘：通常作"集腋成裘"。腋：这里特指狐腋下之皮毛。裘：皮袍。比喻积小成大，集合众细物为一大体。 ㊻幽冥之录：南朝宋刘义庆著《幽冥录》，记神鬼怪异事。这里代指魏晋六朝志怪小说。㊼浮白：本义为罚满饮一杯酒。浮：旧时行酒令罚酒之称，后指满饮。白：古时罚酒用的酒杯。这里以“浮白”泛指饮酒。㊽孤愤之书：抒愤的作品。战国韩非著有《孤愤》。《史记·老子韩非列传》索隐：“《孤愤》，愤孤直不容于时也。”这里借喻《聊斋志异》。㊾吊：悲伤。㊿阑：阑干。51青林黑塞间：语本杜甫《梦李白二首》：“魂来枫林青，魂返关塞黑。”这里借喻非现实的冥冥之间。52康熙己未：康熙十八年(1679)。

方苞

左忠毅公逸事

先君子尝言[①]，乡先辈左忠毅公视学京畿[②]，一日，风雪严寒，从数骑出，微行入古寺。庑下一生伏案卧，文方成草。公阅毕，即解貂覆生，为掩户。叩之寺僧[③]，则史公可法也。及试，吏呼名至史公，公瞿然注视[④]，呈卷，即面署第一。召入，使拜夫人，曰：“吾诸儿碌碌，他日继吾志者，惟此生耳。”

及左公下厂狱[⑤]，史朝夕狱门外。逆阉防伺甚严，虽家仆不得近。久之，闻左公被炮烙[⑥]，旦夕且死；持五十金，涕泣谋于禁卒，卒感焉。一日，使史更敝衣、草屦[⑦]，背筐，手长镵[⑧]，为除不洁者，引入，微指左公处，则席地倚墙而坐，面额焦烂不可辨，左膝以下，筋骨尽脱矣。史前跪，抱公膝而呜咽。公辨其声，而目不可开，乃奋臂以指拨眦[⑨]，目光如炬，怒曰：“庸奴！此何地也？而汝来前！国家之事，糜烂至此，老夫已矣，汝复轻身而昧大义，天下事谁可支柱者！不速去，无俟奸人构陷，吾今即扑杀汝！”因摸地上刑械，作投击势。史噤不敢发声，趋而出。后常流涕述其事以语人，曰：“吾师肺肝，皆铁石所铸造也！”

崇祯末，流贼张献忠出没蕲、黄、潜、桐间[⑩]，史公以凤庐道奉檄守御[⑪]。每有警，辄数月不就寝，使将士更休，而自坐幄幕外[⑫]。择健卒十人，令二人蹲踞而背倚之，漏鼓移，则番代[⑬]。每寒夜起立，振衣裳，甲上冰霜迸落，铿然有声。或劝以少休，公曰：“吾上恐负朝廷，下恐愧吾师也。”

史公治兵，往来桐城，必躬造左公第，候太公、太母起居，拜夫人于堂上。

余宗老涂山[⑭]，左公甥也，与先君子善，谓狱中语乃亲得之于史公云。

《左忠毅公逸事》一文，是清代桐城派创始人方苞的代表作之一。明代末年，统治阶级内部有以魏忠贤为代表的阉党同以顾宪成为代表的东林党之间的严酷斗争。阉党代表贵族大地主利益，反动、腐朽；东林党代表中、小地主利益，有改良、进步的一面。本文用极其凝练雅洁的文字歌颂了东林党重要成员左光斗的品格和情操。而这种歌颂则主要是通过两件逸事表现的。

一件逸事是左光斗的识人擢才。在我国历史上对待优秀人才向有两种对立的态度：一种是识才、用才，一种是妒才、害才。前者被史家作为美谈载诸史册，得到“伯乐”之美誉，后者则作为一种丑行而遭受贬斥。左光斗识拔后来彪炳于我国史册上的民族英雄史可法一事，就是他人格美的一个方面。明代天启元年(1621)，左光斗为北直学使，在风雪严寒中，视学京畿，微行入古寺，见庑下一生伏案卧。由这位考生的文稿，便独具慧眼地发现了他超凡出众的志向和才华，立即“解貂覆生”，替他“掩户”，随即又叩问“寺僧”，才打听到是史公可法。这几个连续的动作，表现出对人才的赏识和爱护。到史可法正式应试呈卷时，左光斗则“瞿然注视”，并当面定为第一，表现出他惊喜异常、求贤若渴的心情，真是“传神写照，正在阿堵”(顾恺之语)中。但他为什么这样爱才求才？“他日继吾志者，惟此生耳”两句道出了内心的奥秘，原来他是为国而选才的，一个以国事为重的忠心耿耿的人物形象跃然纸上。

如果说第一件逸事表现了左光斗的“忠”，那么第二件逸事则表现了他的“毅”，写其下厂狱后大义凛然、刚强不屈的节操。史可法买通禁卒，乔装成除不洁者入狱探监，只见左光斗被炮烙酷刑摧残得“面额焦烂不可辨，左膝以下，筋骨尽脱”。在承受着肉体极大痛苦的情形下，他仍然席地“倚”墙而坐，这需要多大的毅力，他是何等坚强！当分辨出抱膝呜咽的是史可法的声音时，就奋臂以指拨开因受刑而不能睁开的眼睛，立即射出那如炬的目光。从这“奋臂以指拨眦”的刚烈动作，可以透视到左光斗残损不堪的躯体内仍然澎湃着旺盛的生命力，是一种崇高的道德力量和一种为美好理想进行不屈斗争的坚强意志力的外在表现。这“如炬”的目光更表现了左光斗极复杂的思想，既是对史可法在“逆阉防伺甚严，虽家仆不得近”的情况下，居然冒着生命危险来探视这种行为的惊异，又表现出左光斗对阉党祸国殃民、杀戮忠良丑行的极端憎恨。左光斗把自己的生死置之度外，而对后辈寄予深切期望，正像他所说：“庸奴！此何地也？而汝来前！国家之事，糜烂至此，老夫已矣，汝复轻身而昧大义，天下事谁可支柱者！”这严厉的话语，蕴涵着恩师对后学的重托和爱惜，希望史可法保存生命，以为国效力。在这种极促迫、极特殊的情况下，他只能采取独特的语言和行动来迫使史可法速速离去：“不速去，无俟奸人构陷，吾今即扑杀汝！”“因摸地上刑械，作投击势。”拳拳之心，忠贞之气，于此可见。“吾师肺肝，皆铁石所铸造也”，是史可法的切身感受，也是作者的赞颂，进一步突出了他的铮铮铁骨。

我国古典艺术向来重视以目传神。孟轲说：“存乎人者，莫良于眸子。眸子不能掩其恶。胸中正，则眸子瞭焉；胸中不正，则眸子眊焉。听其言也，观其眸子，人焉廋哉？”(《孟子·离娄上》)刘邵说：“徵神见貌，则情发于目。”(《人物志·九徵》)顾恺之说：“点眼睛则欲语。”恽格说：“譬人之有眼，通体皆灵。”(《瓯香馆集》)《左忠毅公逸事》中，两次写到左氏的目光——这人类心灵的窗口，“瞿然”、“目光如炬”，仅仅六字，就把左光斗“胸中正”而“眸子瞭”的神采，充分地描绘出来了。

《左忠毅公逸事》既颂扬了左光斗，又颂扬了史可法。史可法的品格正好为其恩师的节操作衬托，史可法的品格正是左光斗节操的投影。史可法冒死探监，就是恩师对他深切感化、陶染的结果。左光斗死后，史可法效忠朝廷，“每有警，辄数月不就寝”，“每寒夜起立，振衣裳，甲上冰霜迸落，铿然有声”。其报国之孤忠精神正与左光斗相同。史可法自己也说：“吾上恐负朝廷，下恐愧吾师也。”他的爱国精神来源于左光斗，也衬托了左光斗，二人的爱国精神是相得益彰的。当然，作者只写史可法防备“流贼张献忠”，反映了作者维护封建统治、反对农民起义的阶级局限，但处于清代统治下，颂扬抗清斗争是要触文网的，作者不可能正面直接歌颂史可法以身殉明的精神，在当时背景下，能曲折地赞美他，已是颇有胆识的了。

本文紧紧围绕左光斗与史可法的交往选材，重点突出了左光斗“忠毅”的特点。语言雅洁，叙事有序，只用人物的行动、神态、语言来揭示人物的品操，作者不加任何评论，人物形象鲜明，具有感人的艺术效果。（王　岳）

【注】 ①先君子：对已故父亲的尊称。②左忠毅公：左光斗，字遗直，明朝桐城（今安徽桐城）人，做过大理少卿、左佥都御史。忠毅：为南明宏光帝时追加的谥号。　视学京畿：任京城地区的学政。　③叩：问。　④瞿（jù具）然：吃惊而注视貌。　⑤厂狱：明代特务机关东厂所设的监狱。　⑥炮烙：以烧红的金属炙烧犯人。　⑦草屦：草鞋。　⑧长镵：一种长柄的掘土工具。　⑨眦（zì自）：眼眶。　⑩蕲、黄、潜、桐：指今湖北省蕲春县、黄冈县和安徽省潜山县、桐城县。　⑪凤庐道：管理凤阳府（今安徽凤阳）、庐州府（今安徽合肥一带）的道员。　⑫幄幕：帐幕，军帐。　⑬番代：轮换。　⑭宗老：同族的长辈。涂山：方苞的同族祖父方文，号涂山。

狱中杂记

康熙五十一年三月，余在刑部狱[①]，见死而由窦出者，日四三人。有洪洞令杜君者[②]，作而言曰：“此疫作也。今天时顺正，死者尚稀，往岁多至日十数人。”余叩所以。杜君曰：“是疾易传染，遘者虽戚属[③]，不敢同卧起。而狱中为老监者四，监五室。禁卒居中央，牖其前以通明[④]，屋极有窗以达气。旁四室则无之，而系囚常二百余[⑤]。每薄暮下管键[⑥]，矢溺皆闭其中，与饮食之气相薄[⑦]。又隆冬，贫者席地而卧，春气动，鲜不疫矣[⑧]。狱中成法，质明启钥[⑨]，方夜中，生人与死者并踵顶而卧，无可旋避，此所以染者众也。又可怪者，大盗积贼，杀人重囚，气杰旺，染此者十不一二，或随有瘳[⑩]；其骈死，皆轻系及牵连佐证[⑪]，法所不及者。”

余曰：“京师有京兆狱[⑫]，有五城御史司坊[⑬]，何故刑部系囚之多至此？”杜君曰：“迩年狱讼[⑭]，情稍重，京兆、五城即不敢专决；又九门提督所访缉纠诘[⑮]，皆归刑部；而十四司正副郎[⑯]好事者，及书吏、狱官、禁卒[⑰]，皆利系者之多，少有连，必多方钩致。苟入狱，不问罪之有无，必械手足，置老监，俾困苦不可忍[⑱]。然后导以取保，出居于外，量其家之所有以为剂，而官与吏剖分焉。中家以上，皆竭资取保。其次，求脱械居监外板屋，费亦数十金。惟极贫无依，则械系不稍宽，为标准以警其余。或同系，情罪重者，反出在外，而轻者、无罪者罹其毒[⑲]。积忧愤，寝食违节，及病，又无医药，故往往至死。”……余同系朱翁、余

生及在狱同官僧某[20]，遘疫死，皆不应重罚。又某氏以不孝讼其子，左右邻械系入老监，号呼达旦。余感焉。以杜君言泛讯之，众言同，于是乎书。

凡死刑狱上，行刑者先俟于门外[21]，使其党入索财物，名曰“斯罗”[22]。富者就其戚属，贫则面语之。其极刑，曰：“顺我，好先刺心，否则四肢解尽，心犹不死。”其绞缢，曰：“顺我，始缢即气绝；否则三缢加别械，然后得死。”惟大辟无可要[23]，然犹质其首[24]。用此，富者赂数十百金，贫亦罄衣装[25]；绝无有者，则治之如所言。主缚者亦然，不如所欲，缚时即先折筋骨。每岁大决[26]，勾者十四三[27]，留者十六七，皆缚至西市待命[28]。其伤于缚者，即幸留，病数月乃瘳，或竟成痼疾。

余尝就老胥而问焉[29]：“彼于刑者、缚者，非相仇也，期有得耳；果无有，终亦稍宽之，非仁术乎？”曰：“是立法以警其余，且惩后也；不如此，则人有幸心。”主梏扑者[30]亦然。余同逮以木讯者三人：一人予二十金，骨微伤，病间月[31]；一人倍之，伤肤，兼旬愈[32]；一人六倍，即夕行步如平常。或叩之曰：“罪人有无不均，既各有得，何必更以多寡为差？”曰：“无差，谁为多与者？”孟子曰：“术不可不慎[33]。”信夫！

部中老胥，家藏伪章，文书下行直省[34]，多潜易之，增减要语，奉行者莫辨也。其上闻及移关诸部[35]，犹未敢然。功令[36]：大盗未杀人，及他犯同谋多人者，止主谋一二人立决；余经秋审，皆减等发配。狱词上，中有立决者，行刑人先俟于门外。命下，遂缚以出，不羁晷刻[37]。有某姓兄弟，以把持公仓，法应立决。狱具矣[38]，胥某谓曰：“予我千金，吾生若。”叩其术，曰：“是无难，别具本章，狱词无易，但取案末独身无亲戚者二人易汝名，俟封奏时潜易之而已。”其同事者曰：“是可欺死者，而不能欺主谳者[39]；倘复请之，吾辈无生理矣。”胥某笑曰：“复请之，吾辈无生理，而主谳者亦各罢去，彼不能以二人之命易其官，则吾辈终无死道也。”竟行之，案末二人立决。主者口呿舌挢[40]，终不敢诘。余在狱，犹见某姓，狱中人群指曰：“是以某某易其首者。”胥某一夕暴卒，众皆以为冥谪云。

凡杀人，狱词无谋、故者[41]，经秋审入矜疑[42]，即免死，吏因以巧法[43]。有郭四者，凡四杀人，复以矜疑减等，随遇赦。将出，日与其徒置酒酣歌达曙。或叩以往事，一一详述之，意色扬扬，若自矜诩[44]。噫！渫恶吏忍于鬻狱[45]，无责也；而道之不明，良吏亦多以脱人于死为功，而不求其情。其枉民也，亦甚矣哉！

奸民久于狱，与胥卒表里，颇有奇羡[46]。山阴李姓，以杀人系狱，每岁致百金。康熙四十八年，以赦出。居数月，漠然无所事。其乡人有杀人者，因代承之。盖以律非故杀，必久系，终无死法也。五十一年，复援赦减等谪戍。叹曰：“吾不得复入此矣！”故例，谪戍者移顺天府羁候，时方冬停遣，李具状求在狱，候春发遣，至再三，不得听请，怅然而出。

清代康熙、雍正年间，统治者为了钳制知识分子的思想，大兴文字狱。康熙五十年(1711)，方苞同乡戴名世著《南山集》，书中有指斥清朝的文字，被人告发，戴名世被杀。方苞因为其作序，并家藏《南山集》刻板，受牵连被捕，始下江宁狱，旋解京下刑部狱。后经人营救，又因他当时已有才名，才于康熙五十二年获释。作者在刑部狱中被禁数年之久，耳闻目睹了刑部官吏贪赃枉法，胥吏狱卒穷凶极恶，无辜百姓惨遭杀害，富豪奸民逍遥法外，种种黑暗残酷的事实，使这位著名学者十分惊骇和愤慨，于是搦笔撰成《狱中杂记》。本文通过记叙本人在刑部狱的见闻感受，揭露了清代监狱的黑暗，从一个侧面反映了封建社会司法制度的反动腐朽。

读作者的《左忠毅公逸事》，人们对左光斗的孤忠大节有一种高山仰止的崇高感，而面对《狱中杂记》中的群魔乱舞，却感到极度的不满和强烈的厌恶。当丑恶事物被揭发和被鞭挞时，又使人感到痛快淋漓。在《狱中杂记》中，作者直接议论，表明自己的态度，这又使人们从那黑暗王国里看到一线光明。因而，我们在不快和厌恶中又掺杂了一种快乐。本文就其题材或内容说是丑的，但又以精美的形式表现出来。说它精美，主要体现在以下几个方面：

杂而能一。本文的材料，极为繁杂。论人物，有大盗积贼、杀人重囚，也有无辜的知识分子和良民；有与狱吏勾结以坐牢为手段牟利的奸民，也有屈死的轻囚；上有贪赃枉法的刑部官吏，中有奸猾的老胥，下有行刑的刽子手、主缚者、主梏扑者；有受文字狱牵连的作者个人，也有他那无罪遘病而死的朋友。论时间，近者为康熙五十一年，远者在康熙四十八年以前。论空间，狱内狱外，法庭中，刑场上。品色繁殊、头绪纷杂。这就是所谓"杂"。但这些复杂多样的材料却又从各个侧面、各个层次，表现着一个共同的主题，即揭露那黑暗的台狱。这就是所谓的"一"。"一乃文之主宰"，有了这个"一"，品色繁殊，头绪纷乱的材料才得以成为一个有序的系列，构成一个有生气的整体。古希腊人论艺："一贯寓于万殊。"(鲍桑葵《美学史》)即此共同性的"一"又寓于特殊性的诸多个别之中。就《狱中杂记》而言，其中所写数十宗大大小小、各式各样的事例，无一不隐含着这个共同的"一贯"，在文章中取得各相对独立而又相互联结的生命价值。所以，《狱中杂记》一文，是一个杂多的统一，又是一个统一的杂多。杂与一，一与杂，辩证地统一在一起。

杂而有序。方苞论文，有"言有序"之说，这主要是指布局的先后层次，段落的过渡衔接。袖手于前，疾书于后，犹如工师之建宅，俟成局了然，方可挥斤运斧。方氏此文，正是"言有序"的范例。我们说过，这篇文章材料复杂多样，但作者对此却又安排得井然有序，条理分明，形成严谨的内在结构。从全文看，由表及里，由浅入深，逐层深入，环环相扣。作者由"见死而由窦出者，日四三人"的狱中瘟疫流行的事实，引出杜君的话，交代了瘟疫流行的原因，其重要原因之一就是因为大大小小的官吏、狱卒"皆利系者之多"。"余感焉。以杜君言泛讯之，众言同"，承上启下。下边接着就用"泛讯"所得的大量事实，来印证"皆利系者之多"这一论断。这些事例叙述的顺序是：狱卒中的行刑者、主缚者、主梏扑者的敲诈勒索；部中老胥的贪赃枉法；恶吏的忍于鬻狱；执法者的"巧法"；奸民与胥卒勾结而以监狱为牟利之地。凡此种种，均以一个"利"字为追逐目标。

在统一的叙事格局中交错使用多种叙事手段。如写胥吏私改文书，奸吏"巧法"舞弊，狱吏与奸民勾结，用的是直接叙述。有的引用他人的话来叙述，如引杜君的话说明刑部狱系囚之多的原因。有的是记录对话，如胥某与同事的对话。记叙时又把这些直接材料和间接材料结合起来。有时在叙述事实之中也插入一些简短的议论，如"孟子曰：'术不可不慎。'信夫！"表示对狱卒的深恶痛绝。"噫！渫恶吏忍于鬻狱"一段指斥恶吏和"良吏"同样纵恶枉民。为了加强形象的生动性，以突出其思想倾向，有时也进行简洁的描绘，如以"口呿舌挢"刻画主谳者明知老胥偷换本章，枉杀无辜，但为了保住官位而终不敢追究时的丑态和心理；以"日与其徒置酒酣歌达曙"，"意色扬扬，若自矜诩"，刻画杀人恶棍逍遥法外、得意忘形的嚣张气焰。诸多的叙述手段统一于一个有机的叙事格局中，异色纷呈，意趣横生。这也是一种"一"与"多"对立统一的方式。

（王　岳）

【注】 ①刑部：管理司法的中央政府机构。 ②洪洞（tóng 同）：现山西省洪洞县。 ③遘（gòu 构）：遭遇。 ④牖（yǒu 友）其前：在屋子前方开个窗。 ⑤系囚：关押的囚犯。系：拘禁。 ⑥下管键：上锁。 ⑦相薄：互相混杂。 ⑧鲜：少。 ⑨质明：黎明。 ⑩瘳（chōu 抽）：病愈。 ⑪佐证：证人。 ⑫京兆狱：京兆衙门的监狱。京兆：指顺天府，治所在今北京市。 ⑬五城御史司坊：五城御史、五城兵马司及其属下十坊的监狱。五城御史是巡查京城东、西、南、北、中五个地区的官，五城兵马司指挥是掌管京城地方治安的官，他们都属于都察院。坊：京城分区的单位名称，当时京城分为十个坊。 ⑭迩（ěr 尔）年：近年。 ⑮九门提督：掌管京城九门（正阳、崇文、宣武、安定、德胜、东直、西直、朝阳、阜城）守卫的步兵统领。 ⑯十四司正副郎：清朝初年，刑部设十四个司，各司长官正职叫"郎中"，副职叫"员外郎"，总称"郎官"。 ⑰书吏：官署中管文书的小吏。 ⑱俾（bǐ 比）：使。 ⑲罹（lí 梨）其毒：遭受那毒害。 ⑳同官：县名，今陕西省铜川市。 ㉑俟（sì 四）：等候。 ㉒斯罗：同"撕掳"，料理的意思。 ㉓大辟（pì 屁）：砍头。要（yāo 腰）：要挟。 ㉔质其首：就是扣留人头作为抵押。 ㉕罄（qìng 庆）：尽。 ㉖大决：就是秋决。封建时代规定在秋天大批地处决犯人。 ㉗勾者十四三：姓名被勾，决定立即处死的，占判死罪囚犯的十分之三四。封建时代的惯例，到了秋天，刑部把判死罪的案件奏报皇帝，由皇帝用朱笔勾示，勾着的立即执行死刑，不勾的留到第二年秋执行。 ㉘西市：京城的刑场。 ㉙胥（xū 须）：胥吏，官署里掌管公文案卷的小吏。 ㉚主梏扑者：专管给犯人戴手铐、打板子的人。 ㉛间月：隔月。 ㉜兼旬：二十天。兼：加倍。 ㉝术不可不慎：职业不可不慎重，意思是不好的职业会使人变坏。语见《孟子·公孙丑上》。 ㉞下行直省：下达各省。省直属中央，所以叫"直省"。 ㉟移关：移文和关文，都是平行机关来往的公文，这里作动词用。 ㊱功令：政府的法令。 ㊲不羁晷刻：不留片刻。晷刻：时刻。 ㊳狱具：罪案已经判决。 ㊴主谳（yàn 厌）者：主审官。谳：审判定案。 ㊵口呿（qū 区）舌挢（jiǎo 绞）：张口结舌，形容惊骇的样子。 ㊶无谋、故者：不是预谋和故意杀人的。 ㊷矜疑：旧时司法术语，意谓其情可怜，其罪可疑。 ㊸巧法：玩弄法令。 ㊹矜诩（xǔ 许）：夸耀。 ㊺渫（xiè 谢）：污。鬻狱：拿官司做买卖。鬻：卖。 ㊻奇羡：赢余。

彭端淑

为学一首示子侄

天下事有难易乎？为之，则难者亦易矣[①]；不为，则易者亦难矣。人之为学有难易乎？学之，则难者亦易矣；不学，则易者亦难矣。

吾资之昏[②]，不逮人也[③]，吾材之庸，不逮人也；旦旦而学之，久而不怠焉[④]，迄乎成[⑤]，而亦不知其昏与庸也。吾资之聪，倍人也[⑥]，吾材之敏，倍人也；屏弃而不用[⑦]，其与昏与庸无以异也。圣人之道，卒于鲁也传之[⑧]。然则昏庸聪敏之用，岂有常哉！

蜀之鄙[⑨]，有二僧：其一贫，其一富。贫者语于富者曰："吾欲之南海[⑩]，何如？"富者曰："子何恃而往[⑪]？"曰："吾一瓶一钵足矣。"富者曰："吾数年来欲买舟而下，犹未能也[⑫]。子何恃而往！"越明年，贫者自南海还，以告富者，富者有惭色。西蜀之去南海，不知几千里也，僧之富者不能至，而贫者至之。人之立志，顾不如蜀鄙之僧哉[⑬]！

是故聪与敏，可恃而不可恃也；自恃其聪与敏而不学者，自败者也[⑭]。昏与庸，可限而不可限也；不自限其昏与庸而力学不倦者，自力者也[⑮]。

事情的难和易，人的昏庸与聪明是客观存在的，但并非是不变的，在一定的条件之下是可以互相转化的，转化的关键在于人主观努力与否。彭端淑的这篇文章就是专门论述这一辩证关系，勉励人们刻苦努力学习，积极进取的。

文章标题中"为学"的意思，就是做学问。"一首"，即一篇。"示"，把事理告诉人。"子侄"，指作者家族中的晚辈。

第一段，开宗明义提出论点：天下事有难有易，努力去做，难的可以变为易的，不努力去做，易的会变成难的，做学问亦如此。这个论点是否正确，能不能站得住脚？作者在第二段和第三段做了有力的论证。

第二段，从正反两方面加以论证。"我"的天质、才能不及别人，但是"我"能天天坚持学习，长期不懈，不到成功绝不罢休。有了这种锲而不舍的精神，愚钝和平庸就能转化为灵敏和聪明。"我"的天质、才能比别人聪明、灵敏好几倍，可是，"我"若丢弃这有利条件而不用，也就跟愚钝、平庸没有什么差别了。你看，这后一种情况跟王安石讲的方仲永的故事何其相似！接着下文又举出一个正面的例子加以证实。"圣人之道，卒于鲁也传之。""圣人"，指孔子。"鲁"，钝拙。《论语·先进》："参也鲁。"这里指孔子的学生曾参。孔子的道统，终于由天质钝拙的曾参传了下来。可见，天质条件差的人，只要勤奋努力，照样能取得好的成就；天质条件好的人，如果不刻苦努力，也不会有什么成就。

第三段，讲在四川一个偏僻的地方有两个和尚，一个很贫穷，另一个很富有。有一天贫僧对富僧说他准备东游南海，富僧未直接回答，而是用探询的口气问贫僧

凭什么前去。贫僧说:“吾一瓶一钵足矣。”就是我随身带一个水瓶、一个饭钵就够了。富僧道:“吾数年来欲买舟而下,犹未能也。子何恃而往!”意思是我多年来想买只船去南海,一直未能去成,你凭着这一瓶一钵就能去吗?显然这是一种蔑视、讥讽的态度。然而,不久那位贫僧从南海回来了,并把此事告诉了那个富僧。那富僧羞愧难言。从四川到南海几千里远,是有风险的,富和尚知难而退,所以没有去成。贫僧有志气,有胆量,办法也就随之而来了,终于实现了去南海的愿望。作者利用这样有趣的传说,生动具体地说明了凡事“为之,则难者亦易矣;不为,则易者亦难矣”的道理。既丰富了文章的内容,又增强了说服力。

第四段是全文的结论:聪明与灵敏是可依靠而又不可依靠的;自以为聪明和灵敏而不刻苦学习,就是自取失败。钝拙与平庸是既可限制一个人的进取成功,而又不能完全限制的;只要自己不因此心灰意懒,而是孜孜不倦地学习,就能成为一个力求上进的人,大有作为的人。

(邓承奇)

【注】 ①“为之”二句:做起来,那么难的也就变成容易的了。 ②资:资质。昏:愚钝。 ③不逮(dài 代)人:不及别人。 ④怠:懒惰。焉:语尾助词。 ⑤迄乎成:直到成功。 ⑥倍人:加倍地高于别人。 ⑦屏(bǐng 丙)弃:丢弃。 ⑧“圣人之道”二句:孔子的道统,终于由资质钝拙的曾参传了下来。鲁:钝拙,这里代指孔子的学生曾参。 ⑨蜀:今四川省。鄙:边境,偏僻的地方。 ⑩之:往。南海:指今浙江省的普陀山,我国佛教圣地之一,俗称“南海”。 ⑪子何恃而往:您凭什么前去。恃:凭,靠。⑫犹未能也:还没能去成。 ⑬顾:还,反而。 ⑭自败者:自甘失败的人。 ⑮自力者:力求上进的人。

袁 枚

黄生借书说

黄生允修借书,随园主人授以书而告之曰[①]:书非借不能读也。子不闻藏书者乎?七略、四库[②],天子之书,然天子读书者有几?汗牛塞屋,富贵家之书,然富贵人读书者有几?其他祖父积、子孙弃者无论焉。

非独书为然,天下物皆然。非夫人之物而强假焉,必虑人逼取而惴惴焉,摩玩之不已[③],曰:“今日存,明日去,吾不得而见之矣。”若业为吾所有,必高束焉,庋藏焉,曰:“姑俟异日观云尔。”

余幼好书,家贫难致。有张氏藏书甚富,往借不与,归而形诸梦[④],其切如是。故有所览,辄省记。通籍后[⑤],俸去书来[⑥],落落大满[⑦],素蟫灰丝,时蒙卷轴,然后叹借者之用心专,而少时之岁月为可惜也[⑧]。

今黄生贫类予,其借书亦类予,惟予之公书[⑨],与张氏之吝书若不相类。然则予固不幸而遇张乎?生固幸而遇予乎?知幸与不幸,则其读书也必专,而其归书也必速。为一说,使与书俱[⑩]。

书籍是人类知识的宝库，是人类进步的阶梯，人不能不读书，然而怎样才能读到书？怎样才能取得读书的最佳效果？这是古人难以解决的问题。清人袁枚写了《黄生借书说》这篇散文，通过黄生向他借书一事论证了借书而读、读之易专的道理，具有很强的说服力。

第一段，开门见山便提出“书非借不能读”的论点，紧接着列举反面事例，进行论说。“七略、四库，天子之书，然天子读书者有几？”“七略、四库”都是供皇帝看的书，但这两种书规模宏大，内容丰富，有几个皇帝去读呢？“汗牛塞屋，富贵家之书，然富贵人读书者有几？”“汗牛塞屋”亦说“汗牛充栋”。用牛运书，牛累出了汗谓之“汗牛”。书籍塞满了屋子谓之“充栋”。人们常用这个成语来形容书籍之多。在那种社会里，这么多的书只有富贵人家才能有，可是，富贵人又有几个去读的呢？“其他祖父积、子孙弃者无论焉。”至于那些祖辈、父辈积累了许多书籍，子孙弃而不读的就无须说了。在这段里，作者连用三个反问句，指出有书人不读书的情况，字里行间流露出感慨之情，发人深思。

第二段，“非独书为然，天下物皆然”二句承上启下，由“书非借不能读”推论到社会上所有的物都具有同样的道理。借来之物，“今日存，明日去，吾不得而见之矣”。“必虑人逼取而惴惴焉，摩玩之不已。”凡借来的东西，都有随时被人家要回去的可能，所以担心忧虑，诚惶诚恐，舍不得放下，不停地玩摩欣赏。一旦归自己所有，便会束之高阁，庋藏保存起来，等待他日再观赏。这一段虽然说的是物非借不能及时玩赏之事，但醉翁之意不在酒，在于以此为论据，进一步申述“书非借不能读”的道理。

第三段，作者再以自己的亲身经历说明借书读之易专、藏书未必能读的道理。自己小时候，家贫无钱买书，向藏书很多的张氏借书，张氏不借给，回来后晚上在睡梦中又重现了这一情形。可见求书多么心切！每当得到书，就如饥似渴地研读，理解得格外快，记忆得更牢固。“通籍后，俸去书来，落落大满，素蟫灰丝，时蒙卷轴，然后叹借者之用心专，而少时之岁月为可惜也。”“通籍”，就是入仕途，做了官。“蟫”即蠹鱼，是一种蛀食衣服、书籍的蠹虫。因它老了身上生白粉，所以称为“素蟫”。“灰丝”，就是尘土蛛丝。作者做官后，屋里处处堆得都是书，反而无心阅读翻看，致使书生蠹虫，蒙上灰尘蛛丝。作者是个读书人，文学家，四十岁时绝意仕宦，辞掉官职，于江宁（今江苏南京）小仓山下修筑园林，名曰“随园”。在这里博览群书，写诗文，发诗论，接见文朋诗友。此情此景下，黄生向他借书，自然就引起他对自己过去读书情况的回忆。对自己幼年时借书专心攻读的生活相当怀念，感到非常值得珍惜，对为官后积书日多而读书渐少的情形感到内疚。这一段作者通过自身的经历，进行今昔对比，说明“书非借不能读”的道理，更真切感人，更有说服力。

第四段，归结到黄生借书事，以自己家贫借书跟黄生类比，以自己借给黄生书跟张氏不借给自己书类比，说明能知遇吝书者为不幸，遇公书者为有幸，从而作出“读书也必专，而其归书也必速”的结论，表达了对黄生的希望。结尾两句说明文章的作意，语重心长，暖人肺腑。

本文不足四百字，篇幅虽短，却有起伏波澜，随手写来，任情说出，雄辩透彻，具有一股催人上进的力量。为什么会产生这种力量呢？原因有三：其一，感情真挚。文章不是无情物，具有充沛真实的感情，才能打动人，感染人。作者是蜚声全国，在文坛上有很高地位的老人，对晚辈黄生却如此真诚相见，不仅借给他书，还专门写文予以鼓励，这种切切之意、殷殷之情，怎能不使人感动呢？即使铁石般心肠的人，恐怕也不会不被折服。

其二，躬身自省。作者学识渊博，才华出众，硕果累累，德高望重。四方之士到江宁者，多至随园拜访他，看望他。然而，这一切的一切，在文章中丝毫没有流露和炫耀，而是在抚今忆惜中深感内疚，责备自己为官时期的懒惰，满屋的书都不去看，致使遭了书虫，蒙上了灰尘蛛丝。这种沉痛的内疚、严厉的自责，怎能不使人敬仰钦佩呢？

其三，抓住了带有普遍性的问题。对书对物，自己没有时就拼命追求，有了又视之若无。皇帝、富贵人这样，一般百姓也莫不如此。可见，这是社会上普遍存在的一种不良现象。对于这种多数人存在的毛病，进行针砭批评，当然就会触动许多人的神经，引起人们的注意，引以为戒。（邓承奇）

【注】 ①随园主人：作者辞官后居于江宁（今江苏南京）小仓山随园，因自称“随园主人”。 ②七略：汉成帝命刘向校录皇家藏书，刘向列举书目，概述旨意，奏给皇帝。刘向死后，汉哀帝派刘向的儿子刘歆继续完成刘向的事业。刘歆遂总括群篇，撮其旨要，著为《七略》，即辑略、六艺略、诸子略、诗赋略、兵书略、术数略、方技略。四库：唐玄宗开元间收罗图书，分藏于西都长安、东都洛阳，以甲、乙、丙、丁为次，列经、史、子、集四库。后因称四部为“四库”。 ③“非夫”三句：意谓不是自己的东西，而是勉强向人借来的，总怕物主逼着要还，而忧虑不安地抚摩赏玩不止。夫：那个，指示代词。 ④归而形诸梦：回来后（借书之事）出现在梦中。诸：此处是“之于”的合音词。 ⑤通籍：名字登记在国家的官名簿上，意谓开始做官。 ⑥俸去书来：意谓拿俸钱去买书。 ⑦落落大满：多得堆满了。落落：喻多。 ⑧惜：珍惜。 ⑨公书：把书公开，也就是肯借给人书。 ⑩“为一说”二句：作一篇说（指《黄生借书说》），把它和书一块儿交给黄生。

弈 喻

予观弈于友人所①。一客数败②。嗤其失算③，辄欲易置之④；以为不逮己也⑤。顷之，客请与予对局，予颇易之。甫下数子，客已得先手⑥。局将半，予思益苦，而客之智尚有余。竟局数之⑦，客胜予十三子。予赧甚⑧，不能出一言。后有招予观弈者，终日默坐而已。

今之学者，读古人书，多訾古人之失⑨；与今人居，亦乐称人失。人固不能无失。然试易地以处，平心而度之，吾果无一失乎？吾能知人之失，而不能见吾之失；吾能指人之小失，而不能见吾之大失。吾求吾失且不暇，何暇论人哉？

弈之优劣，有定也。一著之失[10]，人皆见之；虽护前者[11]，不能讳也。理之所在，各是其所是，各非其所非。世无孔子，谁能定是非之真？然则人之失者，未必非得也；吾之无失者，未必非大失也；而彼此相嗤，无有已时[12]，曾观弈者之不若已[13]！

世上有相当一部分人很善于发现别人的缺点，却看不到自己的短处。不懂得只有善于学习别人的长处，来补自己的不足，才能进步、成功的道理。钱大昕的这篇文章以观棋为喻，专门讲了这个问题，并指出了解决的办法。文章虽短，但说理非常辩证透彻，颇具启发教育意义。

全文以第一人称的口吻，分三个自然段讲述并论证。

第一段，"我"在朋友家里看下棋，一个客人屡次失败。"我"讥笑他失算，想动手变换他棋子的位置，认为他的棋艺不如"我"。不料，过了一会儿，那客人却邀"我"跟他下棋，"我"以为赢他还不容易？谁知刚下了几个子，他就占了上风。将下到一半时，"我"的思路就很迟钝艰难了，而他的智力技巧还绰绰有余。结束全局一数，他胜了"我"十三个子。"予赧甚，不能出一言。""我"羞愧得红了脸，一句话也说不出来。从此以后凡有人叫"我"看下棋时，"我"就整日坐在那里只是看，再也不多说一句话了。

这一段作者像在那里讲故事，有板有眼，娓娓道来，使读者的感情随着故事情节的起伏而波动，像主人公那样时而忘乎所以，时而着急紧张，时而苦思冥想，时而抑郁难堪。这就使读者的感情同作者的感情融为一体，似乎也亲身经历了这样一场观棋和下棋，饱尝了其间的苦涩滋味，引起更加深刻的思考。

第二段可分三层来理解。"今之学者"五句为一层，指出当今学者存在着爱说别人短处的毛病。"人固不能无失"四句为一层，是讲人本来不可能没有过失，不然试着交换一下位置，平心而论，"我"果真没有一点过失吗？"吾能知人之失"几句为一层，是批评那种能知道别人的过失，而看不到自己的过失，能指出别人的小过失，而看不到自己的大过失的人。并进而追问连检查自己的过失都没有时间，哪还有时间议论别人呢？总起来看，这一段是批评当今学者爱指责别人的过失，缺乏自知之明的毛病，像剥竹笋一般逐层剖析，鞭辟入里。

第三段是总括前文，得出结论。"弈之优劣，有定也"几句，是说各人棋艺的高低是一定的，一个棋子下错了，人们都看得见，即使回护前一步的过失，也是无法掩盖的。"理之所在"几句，紧接"弈之优劣，有定也"，是说就像下棋，客观真理只有一个，各人肯定自认为正确的方面，否定自认为错误的方面，就永远不能确定真正的是非。"然则人之失者"几句，是说一个人有过失，未必不能有所得；自认为自己没有过失的，未必不是最大的损失。而彼此却互相讥笑，没完没了，竟然连看下棋的人都不如了！这是全文的结论，概括出了得失的辩证关系，批评了彼此相互轻视、讥笑的毛病，意义深刻，余音缭绕，具有很大的启发教育作用。（邓承奇）

【注】 ①弈(yì 亦):下棋。 ②数:屡次。 ③嗤:讥笑。 ④辄:就。易置之:变换棋子的位置。 ⑤逮:及。 ⑥得先手:领先。 ⑦竟局:即终局。 ⑧赧(nǎn 难上):羞愧脸红。 ⑨訾(zǐ 紫):诋毁。 ⑩著:同“着”,即下棋落子。 ⑪前:指前此之失。有的本子为“短”字。 ⑫已:止。 ⑬曾(zēng 增):竟。已:同“矣”。

姚鼐

登泰山记

泰山之阳,汶水西流;其阴,济水东流。阳谷皆入汶,阴谷皆入济。当其南北分者,古长城也①。最高日观峰在长城南十五里。

余以乾隆三十九年十二月②,自京师乘风雪,历齐河、长清,穿泰山西北谷,越长城之限,至于泰安。是月丁未③,与知府朱孝纯子颖由南麓登④。四十五里,道皆砌石为磴⑤,其级七千有余。泰山正南面有三谷。中谷绕泰安城下,郦道元所谓环水也⑥,余始循以入⑦。道少半,越中岭⑧,复循西谷,遂至其巅。古时登山,循东谷入,道有天门。东谷者,古谓之天门谿水,余所不至也。今所经中岭及山巅,崖限当道者⑨,世皆谓之天门云⑩。道中迷雾冰滑,磴几不可登⑪。及既上,苍山负雪,明烛天南⑫。望晚日照城郭,汶水、徂徕如画⑬,而半山居雾若带然。

戊申晦⑭,五鼓,与子颖坐日观亭,待日出。大风扬积雪击面。亭东自足下皆云漫。稍见云中白若樗蒱数十立者⑮,山也。极天云一线异色⑯,须臾成五采⑰。日上,正赤如丹,下有红光,动摇承之,或曰,此东海也。回视日观以西峰,或得日,或否,绛皜驳色⑱,而皆若偻⑲。

亭西有岱祠⑳,又有碧霞元君祠㉑。皇帝行宫在碧霞元君祠东。是日,观道中石刻,自唐显庆以来㉒;其远古刻尽漫失。僻不当道者皆不及往。

山多石,少土。石苍黑色,多平方,少圆。少杂树,多松,生石罅㉓,皆平顶。冰雪,无瀑水,无鸟兽音迹。至日观数里内无树,而雪与人膝齐。桐城姚鼐记。

泰山是我国五岳之首,它虽不具黄山的峻秀、华山的奇险、庐山的隐逸文静,而却雄伟壮丽,以崇高之美吸引着古今中外的游客。

自古以来,关于泰山的赞颂之词、记游文章数不胜数。孔子发出了“登泰山而小天下”的感叹,杜甫写下了“会当凌绝顶,一览众山小”的诗句。除此类外,多写春、夏、秋三季泰山的景色及作者的心情意绪。独姚鼐的《登泰山记》写的是深冬泰山的雪景。文章记叙了他游览泰山的经过,描绘了泰山雪后初晴的瑰丽景色和日出的壮观场面,为读者带来别具风味的审美情趣和精神愉悦。

《登泰山记》全文可分五段。

第一段总写泰山的地理位置和山水形势，用笔巧妙而精练。如同电影艺术中的大远景，帷幕一拉开，观众看到的便是巍巍的泰山，它的南面有汶水潺潺往西流着，北面有济水淙淙地往东淌去。南坡山谷的溪水都汇入汶河，北坡山谷的溪流皆聚进济水。在那南北阻隔分界的地方，横亘着战国时代齐国修筑的长城，在长城南十五里的山巅上矗立着日观峰。全段只有短短的四十几个字，就把泰山的轮廓清晰地勾勒出来了，为下一步写登山做好了准备。特别是着意点出日观峰，为后文描写看日出，设下了伏笔。

第二段主要写登山，重点记路径和到山顶后所见景色。"余以乾隆三十九年十二月"六句为第一层，交代动身的时间，碰上的天气，经过的路程。"乘风雪"三个字用得十分精妙，含义丰富。一方面表明作者不可动摇的决心和游兴的旺盛，另一方面又为下面状摹登山的艰难渲染了气氛，创造了条件。第二层写在丁未那天，他同好友泰安知府朱孝纯从泰山南麓的山脚开始攀登。特意记述了从山脚到顶峰共四十五里，七千多个石阶，用数字显示出峰峦的高险。紧接着叙述泰山的南面有东、中、西三个谷，东谷他没去，中谷环绕着泰安城，就是郦道元所称的"环水"。他俩顺着这条谷进山，走了少半路，翻过中岭，改为沿西谷而上，直到极顶。这一层详细地记述了他们登山的途径。其中用郦道元命名的"环水"为中谷作注，看似平庸无奇，实际上却为泰山增添了古雅的成分，有助于激发游人的情趣。"道中迷雾冰滑，磴几不可登"描绘出途中云雾迷茫，脚下冰雪坚滑，几乎无法攀登的情况。"及既上"六句为第三层，写风停雪住晚晴夕照的山巅奇景。那青色的山峰披着皑皑白雪，通明的银光照耀着南面的天空；回眸鸟瞰，古老的泰城、大汶河、徂徕山恬静地沉浸在夕阳的照射之中，红妆素裹，交相辉映，组成一幅美丽的图画。而半山腰萦绕着的云雾宛如飘带一般，朦朦胧胧，似动非动，别具风采。作者运用拟人化的艺术手法写"苍山负雪"，这一"负"字，选得很好，把山由被动变为主动，赋予它强大的生命力，像巨人一样富有神韵。至于那"明烛天南"，就更加出色地描绘出积雪映照南面天空的夺目光彩了。这些生动形象的语言，把白雪、落日、青山、流水、城郭表现得那么亲切、自然、和谐、优美，吸引着读者去憧憬，去向往，情不自禁地进行审美享受。

第三段写在日观亭看日出的情景，是全篇的重点。"戊申晦，五鼓，与子颍坐日观亭，待日出。""戊申晦"，就是腊月二十九日，这一天常常是一年中最冷的日子。"五鼓"，就是五更，又是一天中最冷的时刻。日观亭坐落在海拔一千五百多米的高山上，更是高处不胜寒。再加上"大风扬积雪击面"，这气候、这环境够恶劣的了，然而作者却毫不畏惧和退缩，怡然自得地坐在日观亭等待日出。这是多么博大的胸怀，怎样不同流俗的坚强意志啊！作者在日观亭这个至高点上，全神贯注地凝视着东方，从脚下往东看去，全是云雾弥漫，依稀望见几十个像白骰子似的东西星星点点地立着，那是远方的山。"极天云一线异色，须臾成五采。日上，正赤如丹，下有红光，动摇承之。"在那极远的天边，云彩呈现出一种奇异的颜色，太阳将要出来了；不一会儿，云变得五彩缤纷，这是太阳正在出现；太阳出来了，红彤彤得像个大火

球，下边有红色的波光，飘摇动荡地承托着，美丽极了。写完日出，作者又随手添了句："或曰，此东海也。"这好像是谁突然发现，惊呼了一声似的。这一惊呼，既对上文的"下有红光，动摇承之"作了解释，又引人对日出的壮观场面进行想象。真是妙笔生花，鬼斧神工！段尾，写回视西峰，有的披上了灿烂的阳光，有的未被太阳照到，红、白二色陆离斑驳，那一个个山峰都像驼背的老人。如此写来，阳光的效果，日出的影响，就更为显著了。

第四段写岱庙、碧霞元君祠和皇帝行宫的位置及作者沿途观看石刻的简况。参观古迹是旅游中一项很有意义的活动，记述古迹也常是游记的必要部分，要使读者增加知识，这是不可忽视的。泰山历史悠久，名胜古迹很多，石碑石刻不计其数。作者随着自己的游踪，顺便作些介绍，有助于表现泰山的个性风貌，增加游记的知识性。

第五段以简洁的笔墨补写泰山三多、三少、三无的特征，使读者一目了然。"无瀑水，无鸟兽音迹"，"雪与人膝齐"，给人一种陡然而来的荒寒之感：大雪封山，冷气逼人，万籁俱寂，仿佛连空气都冻结了。这就不仅从视觉上，还从听觉和心理感受上反映出了大雪的威严，使人自然而然地联想起柳宗元"千山鸟飞绝，万径人踪灭"的诗句。同时也会使人深思，在那鸟兽音迹俱绝的高山深雪之处，竟然还有游人，这是一种何等不同凡响的意志和壮举啊！谁不为之肃然起敬，谁不为之咋舌赞美呢？作者的形象也像泰山那样高大起来了。

姚鼐是清代著名的散文大家，他的这篇游记写得相当成功，匠心独运，别具特色。

首先，线索清楚，脉络分明。文章开头总写泰山的地理位置，给读者以明确的方位感。然后按时间的顺序，交代出发的地点、路上的经过。紧接着就以作者的游踪为线索，记述登山的途径和沿途看到的景致，重点放到观日出上，脉络分明，如同一幅游览图呈现在读者面前。

其次，重点突出，详略得当。二十八日这一天，写作者登山，一路四十五里，沿途美景目不暇接，然而许多景物根本没有着笔，因为作者在这一段的用意是讲明他们登山的途径和遇到的艰难险阻，所以只对晚晴夕照的美景作了点勾画。作者登山的主要目的是看日出，因而浓墨重彩用在了二十九日的观日出上。对作者待日出的精神状态，对日出前、日出中、日出后，风、雪、云、雾和海的淑诡奇异，作了细腻的刻画和生动精彩的描绘。其他能简则简，能略尽略。就全篇来看，略中有详，详中有略，详略得当，重点突出，引人入胜。（邓承奇）

【注】 ①古长城：战国时齐国修筑，为齐鲁两国的分界，本文指齐国长城的遗址。 ②乾隆三十九年：公元 1774 年。 ③丁未：十二月二十八日。 ④知府：一个府的最高长官。这里指泰安知府。朱孝纯：字子颖，号海愚，历城人，姚鼐的好友。 ⑤磴：石阶。 ⑥郦道元：字善长，北魏范阳（今河北涿县）人。著有《水经注》。 ⑦循以入：沿中谷而入山。 ⑧中岭：又名"中溪山"，中溪发源于此。 ⑨崖限：像户限一样的山崖。 ⑩天门：今所称"南天门"之处。 ⑪几不可登：几乎无法攀登。 ⑫明烛天南：雪光通明，照耀着南面天空。 ⑬徂徕（cú lái 殂

来)：山名。在泰安东南四十里。 ⑭戊申：十二月二十九日。晦：阴历每月的最后一天。⑮樗蒱(chū pú 初葡)：古代赌博游戏的用具，共有五子，以木制成，故又称“五木”。像后来的骰子。 ⑯极天：天边。 ⑰须臾：一会儿。 ⑱绛皜驳色：绛色和白色相杂。绛：大红。皜：白。驳：杂。 ⑲若偻：像弯腰屈背的样子。日观峰以西诸山峰，都比日观峰低，故有此景象。⑳岱祠：祭祀东岳大帝的庙。 ㉑碧霞元君：女神，传说是东岳大帝之女。 ㉒显庆：唐高宗年号，公元656～661年。 ㉓罅：石裂缝处。

龚自珍

病梅馆记

江宁之龙蟠，苏州之邓尉，杭州之西谿，皆产梅。或曰：梅以曲为美，直则无姿；以欹为美[1]，正则无景；梅以疏为美，密则无态。固也。此文人画士心知其意，未可明诏大号[2]，以绳天下之梅也；又不可以使天下之民斫直、删密、锄正，以夭梅[3]、病梅为业以求钱也。梅之欹、之疏、之曲，又非蠢蠢求钱之民能以其智力为也。有以文人画士孤癖之隐[4]，明告鬻梅者[5]，斫其正，养其旁条；删其密，夭其稚枝；锄其直，遏其生气，以求重价，而江浙之梅皆病。文人画士之祸之烈至此哉！

予购三百盆，皆病者，无一完者。既泣之三日，乃誓疗之，纵之，顺之，毁其盆，悉埋于地，解其棕缚[6]。以五年为期，必复之、全之。予本非文人画士，甘受诟厉[7]，辟病梅之馆以贮之。呜呼，安得使予多暇日，又多闲田，以广贮江宁、杭州、苏州之病梅，穷予生之光阴以疗梅也哉？

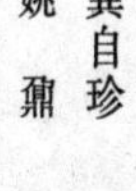

古代咏梅诗文不胜枚举，大都是赞其傲霜凌雪的高洁品格。而龚自珍这篇散文却独辟蹊径，别具匠心。他以“病梅”为中心，塑造了使梅“病者”与使梅“疗者”的对立形象，以达到以梅喻人、借梅议政的目的。本来，散文难于以塑造形象取胜；而要在这样一篇只有二百七十余字的短文中，使形象宛然目前，更非易事。然而，这位首开近代文学新风的作者正是避易就难愈见功力的。

他开篇便紧扣题目从梅说起，指出龙蟠、邓尉、杭州三地“皆产梅”。不过，“病梅”者和“疗梅”者的对立不在于梅之有无，而在于对梅的美丑标准不同，因而态度做法迥异。故而继以“或曰”领起，指出“病梅”者的审美谬说。连用三个分句排比，使梅之直、之正、之密这种茁壮成长的自然之美与梅之曲、之欹、之疏这种遭受摧残的畸形病态构成鲜明对比，以显示其是非颠倒，美丑混淆。而且又以“固也”即“本来就应该是这样”小结，把那种自鸣得意、振振有词的顽固神态亦尽皆画出。然而，这种“病梅”谬论的制造者还有为之助纣为虐的帮凶，即“文人画士”。他们“心知其意”，对那些谬论制造者残梅害梅的意图心领神会，不便于“明诏大号”，公开宣扬，以那些谬论约束天下之梅；又不能强迫天下人砍伐梅之直枝，删削茂密枝叶，芟除端正枝条，以制造病梅作为职业赚钱营利。而且，单靠那些愚民的智力，也不可能使梅变欹、变疏、变曲，成为畸形病梅。作者以“未可”、“又不可以”、“又非”三个否定句排比下来，既揭示了文人画士卑劣伪善的用心，又暗示了他们继续玩弄阴险手段的必然。果然，“有以文人画士孤癖之隐，明告鬻梅者，斫其正，养其旁条；删其密，夭其稚枝；锄其直，遏其生气，以求重价”。文人画士难以明言的恶劣嗜好，被他们的爪牙喽啰明目张胆地说给了只顾谋利图钱的卖梅者，于是他们便砍伐正枝，养其斜条，删去茂密枝叶，摧残柔嫩枝条，锄去端正枝叶，遏止梅之生机，终于造成严重后果：“江浙之梅皆病。”这里，作者为三种“病梅”者依次画像，但手法不同，态度有别。对制造“病梅”谬论者，是叙其言论，描其神态，平静叙述中暗寓抨击之意；对助纣为虐的文人画士，则揭其卑鄙用心，剖其险恶之意，愤懑之情已溢于言表；对爪牙喽啰，则只是揭露其行为。作者看来，在这三种“病梅”者中，文人画士既是“病梅”论的追随者，又是暗地传播这种谬论的宣扬者，起了承上启下的恶劣作用，他们尤为可恶可厌，故而一腔愤慨喷薄而出：“文人画士之祸之烈至此哉！”

作者为什么对“病梅”一事如此愤慨？因为这篇短文写于道光十九年(1839)，正是封建社会总崩溃的前夜，也是半封建半殖民地社会的开端。腐朽的清王朝已是“将萎之花，枯于槁木”，封建“衰世”面临“颓波难挽”的危机。龚自珍深知要想革新政治，富国强兵，必须重视人才。而当时，“沉沉心事北南东，一睨人材海内空”(《夜坐》)，“左无才相，右无才史，阃无才将，庠序无才士”(《乙丙之际箸议第九》)，犹如“江浙之梅皆病”。而之所以如此，乃是因为统治阶级及其帮凶帮闲肆意摧残人才，“当彼其世，而才士与才民出，则百不才督之缚之，以至于戮之”。“文以戮之，名亦戮之，声音笑貌亦戮之。”“戮其心，戮其能忧心，能愤心，能思虑心，能作为心，能有廉耻心，能无渣滓心。”(同上文)扼杀之法无奇不有，主要是扼杀其是非之心和正直品质，犹如病梅者“斫直、删密、锄正”。而目的则是“去人之廉以快号令，去人之耻心以嵩其身，一人为刚，万夫为柔”(《古氏钩沉论》)，为其培养驯顺奴才，亦如把梅之生机勃勃变为欹、疏、曲的畸形一样。因此，造成了“万马齐喑”、“人才一空”的严重局面。龚自珍本人何尝不是被这样扼杀的人才呢！他出身于“书香门第”之家，青年时期就是知识渊博的学者，但多次应试落第，直到三十八岁之后才在“闲曹冷署”任七品小官，四十八岁便不得不辞官归乡。但他革除时弊之志始终未衰，南归路上还写诗疾呼“九州生气恃风雷，万马齐喑究可哀。我劝天公重抖擞，不拘一格降人材！”因此，他在与此诗同时所写的这篇散文中，又生动地塑造了“疗梅”者的自我形象，表达了反对封建专制统治、革新政治、培育人才的崇高理想和强烈愿望。

“予购三百盆”，言其爱梅即喜爱人才之甚。但所购“皆病者”，足见摧残人才之严重。因而“泣之三日”，显然对黑暗现实悲痛之极。这位“疗梅”者的可贵处尤在于，不但指出了封建末世病入膏肓的社会痼疾，而且开出了改革社会的医案并着手医治，那就是“誓疗之，纵之，顺之，毁其盆，悉埋于地，解其棕缚”，将那些遭受封建枷锁桎梏成畸形病态的人才彻底解放，精心培养，使其健康成长。其间自己虽然会遭受斥骂，个人“暇日”不多，精力有限，“闲田”不多，物力不足，但仍要“穷予生之光阴”以疗“江浙病梅”。既看到了彻底打破封建牢笼、解放人才的艰巨性和长期性，也表达了不怕牺牲、愿献毕生精力奋斗到底的坚强决心。这同其间所写诗句“落红不是无情物,化作春泥更护花”都是自我形象的真实写照。其勇于牺牲、无私奉献的可贵品质和无所畏惧、追求解放的斗争精神,令人鼓舞,无怪乎梁启超赞曰:“晚清思想之解放,自珍确与有功焉!”(《清代学术概论》)然而,不真正推翻封建制度,单凭其个人奋斗,龚氏所向往的“美人如玉剑如虹”的美景不会成为现实,所辟疗梅馆也难以“救得人间薄命花”。

(徐振贵)

【注】 ①欹(qī 凄):倾斜。 ②明诏大号:公开告示,大加号召。 ③夭梅:摧残梅树,使其夭折。 ④孤癖之隐:不好明言的独特嗜好。 ⑤鬻(yù 郁):卖。 ⑥棕缚:棕绳的束缚。 ⑦诟(gòu 够)厉:斥骂。

观巴黎油画记

光绪十六年春闰二月甲子①,余游巴黎蜡人馆,见所制蜡人,悉仿生人②,形体态度,发肤颜色,长短丰瘠,无不毕肖③。自王公卿相以至工艺杂流④,凡有名者,往往留像于馆:或立,或坐,或俯,或笑,或哭,或饮,或博⑤;骤视之,无不惊为生人者。余亟叹其技之奇妙⑥。

译者称:“西人绝技,尤莫逾油画,盍驰往油画院,一观《普法交战图》乎⑦?”

其法为一大圜室⑧,以巨幅悬之四壁,由屋顶放光明入室。人在室中,极目四望,则见城堡冈峦,溪涧树林,森然布列。两军人马杂遝⑨,驰者,伏者,奔者,追者,开枪者,燃炮者,搴大旗者⑩,挽炮车者,络绎相属⑪。每一巨弹堕地,则火光迸裂,烟焰迷漫;其被轰击者,则断壁危楼,或黔其庐⑫,或赭其垣⑬。而军士之折臂断足,血流殷地,偃仰僵仆者,令人目不忍睹。仰视天,则明月斜挂,云霞掩映;俯视地,则绿草如茵,川原无际;几自疑身外即战场,而忘其在一室中者。迨以手扪之⑭,始知其为壁也,画也,皆幻也。

余闻法人好胜,何以自绘败状,令人气丧若此?译者曰:“所以昭炯戒⑮,激众愤,图报复也。”则其意深长矣!

薛福成,字叔耘,号庸庵,江苏省无锡市人。光绪间,入曾国藩、李鸿章幕府。后擢大理寺卿,出使英、法、比、意四国。归国后升任右副都御史。是由洋务派转为改良派的政论家。一生长期办理外交事务,对西方资本主义国家的政治、经济有所考察。

光绪十六年(1890)二月二十四日,他参观巴黎蜡人馆和油画院,而作《观巴黎油画记》。当时，清廷“总理各国事务衙门”规定，外出使臣都要记载“有关系交涉事件及各国风土人情”（《庸庵全集·恣文》），意在“备遗忘，资考证”（《西轺日知录序》）。不过，薛福成为文“务求戛戛独造，不拾前人牙慧”（《庸庵笔记凡例》），能够突破早年所受桐城派古文的影响，故这篇观画记非同一般游记、日记，其突出特点就是立意深长。他以观画为记，旨在激发国人的爱国热情，使他们不忘国耻，发愤图强。

起首一段，先以简洁语言概述观巴黎蜡人馆所制蜡人特点。一是逼真：形体态度，发肤颜色，长短肥瘦，与生人“无不毕肖”。二是生动：各色人等所留蜡像，都是摄取行动中的某一生动镜头，坐、立、俯、仰、哭、笑、饮、博等，“无不惊为生人者”。自然得出西人技艺“奇妙”的结论。两个“无不”排比以及“亟叹”的语气，加重了读者这一印象。

然而“译者”却认为“西人绝技”并非蜡人而是油画，并劝其往观油画《普法交战图》。这就势必激起读者的强烈兴趣，由写蜡人转入写油画。这正是中国古代文学中欲称关羽英雄先道华雄骁勇、欲赞红花美妍先写绿叶娇艳一样的正衬之法，从而自然巧妙地把主要笔墨引向了全文的描写重点。

历史上如此闻名的一场大战，描画这场大战的如此“巨幅”油画，作者写来，不过百字，却仍是扣住生动、逼真两个特点。先写森然布列的城堡冈峦、溪涧树林，大处落笔，以展现战场的广阔背景。重点则是写错综纷乱的两军交战，依然是摄取行动中的镜头——驰、伏、奔、追、开枪、燃炮、搴旗、拖炮，两军激战、人马杂遝的紧张动人情景直令读者目不暇接。而又能突出巨弹堕地、法军遭受轰击的特写镜头，其中墙倒楼塌，尤其是败兵“折臂断足”、僵卧在地的惨景，简直令观者“目不忍睹”。而妙在作者还能忙中偷闲，趁此又写天上明月云霞，地上绿草川原，以幽静之景越发衬出战场的悲壮苍凉气氛，也加强了观者置身战场的真实感。而“以手扪”壁的行动使人回到了画室，并进而衬托了所见激战的真切感人情景。

至此，读者自会信服译者“西人绝技，尤莫逾油画”之言。但是，作者此记却绝非仅限于此，而是别有深意。因此，又以法人“何以自绘败状”的疑问，逗出了译者之言：“所以昭炯戒，激众愤，图报复也。”这正是全文的点睛之笔：法人自绘惨战，是作为明显警戒，激发群众义愤，以求报仇雪恨，确实“其意深长”。西人蜡像逼真生动，堪称“妙技”；西人油画生动逼真，可谓“绝技”。这固然令人惊叹，而这种不忘国耻，能够以前车之鉴激励斗志、奋发图强的爱国精神，不是更为发人深省吗？

从鸦片战争到作者写作此文的光绪末年，清帝国与欧美等资本主义国家“屡战屡败”，对外割地赔款，尤甚于普法战争时的法国反动政府。作者认识到“中国欲图自强，必自精研洋务始”（《出使日记》），要向西方学习。而所学内容绝不仅限于技艺，也包括誓雪国耻、自强不息的精神。本文的写作目的和现实意义正在于此。但作者此意始终未曾直接点出，而是由蜡人引出油画，由油画引出观画之疑，再引出译者回答、作者感慨，由感慨启发读者深思。确实立意深长，耐人寻味。再加上那些对偶、排比、短句的运用，错落参差中见整齐和谐，更增加了文章的气势和魅力。

当然，作为一个由洋务派转变成的改良主义者，文中流露出一些对“西人”的崇拜之意，对普法战争的性质缺乏更深刻的把握，也有其局限性。不过，作者只是借此发挥主题以发人深省，也就不必苛求了。（徐振贵）

【注】①光绪十六年：即公元1890年。闰二月甲子：农历闰二月二十四日。②生人：活人。③毕肖：完全相像。④杂流：各行各业的人。⑤博：赌博。⑥亟（qì气）：屡次，接连。⑦《普法交战图》：巴黎油画院著名作品。普法战争发生于1870年，结果法国被普鲁士打败，皇帝拿破仑三世投降，向普鲁士割地赔款。⑧圜：同“圆”。⑨杂遝（tā踏）：纷乱。⑩搴（qiān牵）：拔取。⑪络绎相属（zhǔ主）：接连不断。⑫黔其庐：房屋被熏黑。黔：黑色。此处用为动词。⑬赭（zhě者）其垣（yuán元）：墙壁被烧成赤褐色。赭：赤褐色。此处用为动词。垣：短墙。⑭迨（dài带）：等到。扪（mén门）：触摸。⑮昭炯戒：以明白的警戒昭示大众。昭：昭示。炯：明显。

徐珂

冯婉贞

咸丰庚申[1]，英、法联军自海入侵[2]，京洛骚然[3]。距圆明园十里[4]，有村曰谢庄，环村居者皆猎户。中有鲁人冯三保者，精技击[5]。女婉贞，年十九，姿容妙曼，自幼好武术，习无不精。是年，谢庄办团[6]，以三保勇而多艺，推为长。筑石砦土堡于要隘，树帜曰“谢庄团练冯”。

一日晌午，谍报敌骑至。旋见一白酋督印度卒约百人[7]，英将也，驰而前。三保戒团众装药实弹，毋妄发，曰：“此劲敌也，度不中而轻发，徒糜弹药[8]，无益吾事。慎之！”

时敌军已近砦，枪声隆然，砦中人蜷伏不少动[9]。既而敌行益迩[10]，三保见敌势可乘，急挥帜，曰：“开火！”开火者，军中发枪之号也。于是众枪齐发，敌人纷堕如落叶。及敌枪再击，寨中人又鸷伏矣[11]。盖借砦墙为蔽也。攻一时，敌退，三保亦自喜。婉贞独戚然曰：“小敌去，大敌来矣。设以炮至，吾村不齑粉乎[12]？”三保瞿然曰[13]：“何以为计？”婉贞曰：“西人长火器而短技击，火器利袭远，技击利巷战。吾村十里皆平原，而与之竞火器，其何能胜？莫如以吾所长，攻敌所短，操刀挟盾，猱进鸷击[14]，徼天之幸[15]，或能免乎？”三保曰：“悉吾村之众，精技击者不过百人。以区区百人，投身大敌，与之扑斗，何异以孤羊投群狼？小女子毋多谈！”婉贞微叹曰：“吾村亡无日矣！吾必尽吾力以拯吾村！拯吾村，即以卫吾父。”于是集谢庄少年之精技击者而诏之曰：“与其坐而待亡，孰若起而拯之？诸君无意则已，诸君而有意，瞻予马首可也[16]。”众皆感奋。

婉贞于是率诸少年结束而出，皆玄衣白刃，剽疾如猿猴[17]。去村四里有森

林，阴翳蔽日[18]，伏焉。未几，敌兵果舁炮至[19]，盖五六百人也。拔刃奋起，率众袭之。敌出不意，大惊扰，以枪上刺刀相搏击，而便捷猛鸷终弗逮[20]。婉贞挥刀奋斫，所当无不披靡，敌乃纷退。婉贞大呼曰："诸君！敌人远吾，欲以火器困吾也。急逐弗失！"于是众人竭力挠之，彼此错杂，纷纭拿斗[21]，敌枪终不能发。日暮，所击杀者无虑百十人。敌弃炮仓皇遁。谢庄遂安。

鸦片战争之后，帝国主义列强加紧了侵略中国的步伐。咸丰十年(1860)，英法联军由海路攻占天津，侵入北京。他们所到之处，烧杀劫掠，无恶不作。不但将圆明园的珍宝抢掠一空，还将这所文化艺术宝库纵火焚烧殆尽。侵略者的野蛮罪行，激起了全国各地特别是京郊地区人民的英勇斗争。冯婉贞就是其间涌现出来的抗敌爱国的巾帼英雄。其斗争精神和高度智慧是作者运用正衬和反衬手法，通过生动记述她保卫家乡谢庄的斗争事实表现出来的。

作者开门见山、扼要记述了英法联军入侵的时间、地点及其危急形势，暗示了冯婉贞斗争的正义性质之后，并没有接着叙述其抗敌斗争，而是先写其父冯三保率领全村办团自卫的英雄事迹。这位山东好汉，"精技击"，"勇而多艺"，具备团练首领的主观条件。敌兵未至，他已率领全村于要隘之处修筑"石砦土堡"，严阵以待，并派人侦察敌情，保持着高度警觉。当敌人骑兵到来之际，他又告诫团众装好弹药，不许妄发，极为谨慎。在敌军逼近村寨、枪声隆然时，他令村民蜷伏不动，待机而行，颇为沉着；而一旦有机可乘，便挥旗下令，痛击敌寇。既能当机立断，又能避实就虚，借砦墙掩护，出其不意地袭击敌人，使敌兵"纷堕如落叶"，取得了保存自己、击退敌军的胜利。通过这些生动描写，已使读者信服冯三保不愧为英勇善战的首领。

就内容而言，三保的却敌胜利是后来敌军卷土重来的前因；就艺术构思而言，先写三保初胜，是用以衬托冯婉贞的远见卓识更胜其父一筹。作者将冯氏父女在初胜之后如何对待敌人的表现，作了鲜明对比：三保只是"自喜"，沉浸在眼前的胜利之中；婉贞却独自"戚然"，已在初胜之际，预见到"小敌去，大敌来矣"，指出敌军若携炮来攻，谢庄将变为粉末。三保的"瞿然"吃惊，并问计于女，足见婉贞的预言颇能服人，而且自然引出了她的一番精辟论述："西洋人火器优越而不擅长武术，火器便于袭击远处，武术利于巷战。我们村周围十里都是平原，而与他们较量火器，怎么能取胜呢？不如以我们的长处，攻击敌人的短处，拿起刀剑盾牌，像猿猴似的敏捷前进，像鸷鸟那样勇猛攻击。"这种以己之长攻敌之短的战斗方案，是建立在知己知彼的基础上提出来的，又与许多军事家的精当确论所见相同，充分显示了这位乡村少女的非凡见识。

而尤为可贵之处，还在于当其父以精通武术者少难以取胜为由断然拒绝之后，她"尽吾力以拯吾村"的决心并没有动摇，而是挺身而出，毅然召集"谢庄少年之精技击者"，晓之以理，鼓其斗志，"众皆感奋"，组成了保卫家乡的武术队，斗志昂扬地奔赴战场。

通过上述描写，读者对冯三保的指挥有方，自然是由衷喜悦；对其拒绝女儿的建议，则不免感到惋惜遗憾；而对冯婉贞的远见卓识和斗争精神则油然而生敬意。而这种艺术效果正是正衬手法妙用的结果。但是，冯婉贞的远见卓识和斗争精神能否变成夺取胜利的现实，还得靠实践来检验。因此，最后一段，作者集中笔墨，直接描写婉贞率众击敌的战斗情景，将敌我表现构成鲜明对比，用反衬手法突出她的英雄形象。婉贞一行"玄衣白刃，剽疾如猿猴"，虽"不过百人"，但斗志昂扬；敌军前来报复，抬有大炮，五六百人，气势汹汹。一场恶战势不可免。但婉贞一行预先埋伏森林之中，出敌不意，敌兵一旦被袭，势必"惊扰"；婉贞一行是手持白刃，"便捷猛鸷"，敌兵是枪上刺刀，不便搏击；敌兵是纷纷败退，婉贞是挥刀奋斫，所向披靡。充分表现了婉贞的骁勇。而在整个战斗中，婉贞始终保持着以己之长克敌之短的优势，所以她及时发出了"急逐弗失"防止敌兵远去以"火器困吾"的呼喊，终于使敌人有枪不能发，有炮不得用，取得了最后胜利。这位有勇有谋的巾帼英雄形象更为光彩照人。

的确，半封建半殖民地旧中国的科学技术远远落后于帝国主义列强。因此，有人把"大刀长矛"斗不过"洋枪洋炮"作为近代史上中国反帝斗争屡战屡败的唯一原因。而冯婉贞斗争的胜利却有力说明，只要具有坚定不移的誓死保家卫国的斗争精神，又有智谋才能，掌握斗争艺术，扬长避短，变劣势为优势，那么以少胜多战胜强敌也是可能的。因此，这篇短文不仅能鼓舞人民的斗志，同时在斗争方式方法上也给人以启迪，具有重要的现实意义。（徐振贵）

【注】 ①咸丰庚申：指咸丰十年(1860)。咸丰：清文宗爱新觉罗奕詝的年号。 ②自海入侵：1860 年英法联军由海路从天津侵入北京。 ③京洛：古代洛阳曾为数代京都，这里用以借指北京。 ④圆明园：在北京西郊。初建于康熙四十八年(1709)，是清统治者游览胜地，建筑精巧绝伦，文物珍宝陈设甚多。 ⑤技击：武术。 ⑥团：当时的地方武装组织。 ⑦白酋：白种人头目。 ⑧縻：消耗。 ⑨蜷伏：弯曲身体伏着。 ⑩迩（ěr 耳）：近。 ⑪鹜（wù 物）：鸭子。 ⑫齑（jī 基）粉：粉末。齑：碎。 ⑬瞿然：吃惊的样子。 ⑭猱（náo 挠）：猿的一种。鸷：凶猛的鹰、隼一类的鸟。 ⑮徼天之幸：说不定还能得到上天保佑而侥幸成功。 ⑯瞻予马首：看我的马头所向。意谓听我指挥，跟着我行动。 ⑰剽疾：轻捷，矫健。 ⑱阴翳（yì 义）：阴影。 ⑲舁（yú 于）：抬。 ⑳弗逮：不及。 ㉑拿斗：搏斗。

章炳麟

革命军序

蜀邹容为《革命军》方二万言，示余曰："欲以立懦夫，定民志，故辞多恣肆，无所回避，然得无恶其不文耶？"余曰：凡事之败，在有其唱者而莫与为和，其攻击者且千百辈，故仇敌之空言，足以堕吾实事。

夫中国吞噬于逆胡二百六十年矣，宰割之酷，诈暴之工，人人所身受，当无不昌言革命。然自乾隆以往,尚有吕留良、曾静、齐周华等[①],持正义以振聋俗,自尔遂寂泊无所闻。吾观洪氏之举义师,起而与为敌者,曾、李则柔煦小人[②],左宗棠喜功名、乐战事[③],徒欲为人策使,顾勿问其韪非枉直,斯固无足论者。乃如罗、彭、邵、刘之伦[④],皆笃行有道士也。其所操持,不洛、闽而金谿、余姚。衡阳之《黄书》[⑤],日在几阁,孝弟之行,华戎之辨,仇国之痛,作乱犯上之戒,宜一切习闻之,卒其行事,乃相谬戾如彼:材者张其角牙以复宗国;其次即以身家殉满洲;乐文采者则相与鼓吹之。无它,悖德逆伦,并为一谈,牢不可破。故虽有衡阳之书,而视之若无见也。然则洪氏之败,不尽由计划失所,正以空言足与为难耳。

今者风俗臭味少变更矣,然其痛心疾首,恳恳必以逐满为职志者,虑不数人。数人者,文墨议论,又往往务为蕴藉,不欲以跳踉搏跃言之,虽余亦不免是也。嗟乎!世皆嚣昧而不知话言,主文讽切,勿为动容;不震以雷霆之声,其能化者几何?异时义师再举,其必堕于众口之不俚,既可知矣。今容为是书,一以叫咷恣言,发其惭恚,虽嚣昧若罗、彭诸子,诵之犹当流汗祗悔。以是为义师先声,庶几民无异志,而材士亦知所返乎!若夫屠沽负贩之徒,利其径直易知,而能恢发知识,则其所化远矣。藉非不文,何以致是也?

抑吾闻之,同族相代,谓之革命;异族攘窃,谓之灭亡。改制同族,谓之革命;驱除异族,谓之光复。今中国既灭亡于逆胡,所当谋者,光复也,非革命云尔。容之署斯名,何哉?谅以其所规画,不仅驱除异族而已,虽政教、学术、礼俗、材性,犹有当革者焉,故大言之曰“革命”也。

共和二千七百四十四年四月[⑥]。余杭章炳麟序。

本文是章炳麟为《革命军》一书作的序。《革命军》为中国早期资产阶级革命家邹容所著。据章炳麟《赠大将军邹容墓表》说,邹容于 1903 年上半年写完宣传反清革命的《革命军》后,“自念语过泄露,就炳麟求修饰”,章炳麟看后觉得“感恒民当如是”(《赠大将军邹容墓表》),于是写了这篇序文。20 世纪初,鼓吹反清的革命诗文很多,但如鲁迅所说:“倘说影响,则别的千言万语,大概都抵不过浅近直截的‘革命军马前卒’所做的《革命军》。”在短短的六七年里,这本书竟翻印二十余次,成为辛亥革命前最受群众欢迎的通俗的革命读物。一个十九岁的青年作者,一本仅二万字的小书,何以具有如此的魅力?何以产生若大的影响?在章炳麟所写的序文中即已昭然。

这篇序言盛赞了邹容敢于以“径直易知”的“雷霆之声”向整个封建社会宣战的革命精神,深刻地揭示了清朝统治阶级以封建思想为桎梏、以反革命的两面派为武器扼杀革命的一贯伎俩。“萧萧悲壮士”、“忧国心如焚”的浩然正气充溢全文;“魑魅羞争焰”、“浮名是锁缰”的义愤之情跃然纸上。

文章第一段交代了邹容写《革命军》的目的在于使怯懦的人树立起胜利的信心,使百姓坚定意志,指出《革命军》语言激烈,旗帜鲜明,具有不加雕饰、通俗明了的特点。从而引出议论，即历来革命的失败多在于起而响应的人太少，因为大凡革命者的对面往往有劲敌“千百辈”，反动舆论的猖獗足以败坏我们倡导革命的“实事”。作者告诫人们对反革命在舆论方面的进攻，不可等闲视之。

第二段，综观清朝统治中国以来二百六十年的历史，总结了革命者失败的教训，指出盘根错节的封建思想与统治阶级的残酷镇压，造成了“万马齐喑”的沉寂局面，造就了一批封建统治者的鹰犬。这一段可以分为两层：第一层写乾隆以后倡导革命的人很少。尽管人们对于清朝统治者残酷宰割的暴力手段与软硬兼施的狡诈伎俩都有切身的体会，应当赞成革命；但事实上，乾隆以前还有吕留良、曾静、齐周华等人敢于反清犯上，可是从那以后便无声无息了。第二层写洪秀全失败的原因。洪秀全举兵起义，“起而与为敌者”，有曾国藩、李鸿章、左宗棠之辈。这些人奴颜婢膝，一心甘为统治者的走狗，作者对他们表示了极大的蔑视，认为他们根本不值一论。还有一种人，如罗、彭、邵、刘之类，作者认为他们是品行忠厚、有道德的读书人。他们不是崇尚程朱理学，就是信奉陆王心学，也常常把杰出的思想家王夫之的《黄书》放在书桌上诵读。可是他们对于孝悌之行、满汉之别、仇国之痛、作乱犯上的告诫徒然熟知。或张牙舞爪颠覆同民族的太平天国，或以自己的身家为清朝殉葬，或写文章制造反革命舆论。实际上，这些人都在封建思想毒害下丧失了民族气节。由此可见，洪秀全的失败，不仅因为谋划不周，也与反革命舆论息息相关。反革命舆论迷惑了很多人，不但曾国藩、李鸿章扼杀洪秀全起义，一些才士也疯狂地反对它。

第三段，论述进行革命宣传应采取的形式。首先，作者指出真正立志革命的人少，在倡导革命时说话写文章又追求温和含蓄，难以感动人们，这正是当时革命宣传中的弱点。其次，作者感叹“世皆嚚昧而不知话言”。“嚚昧”，愚昧。“话言”，善言，比较深刻的道理。因而必“震以雷霆之声”，才能唤醒世人。再次，热情赞扬《革命军》敢于大声疾呼、毫不吞吐的风格，它能激发人们的羞惭与愤怒之情，连罗、彭等人读了也会流汗、痛悔。它使百姓团结一致，使有才干的人有所觉悟，使下层人民也能径直明白，正是文字通俗，不讲究文采的缘故。

第四段，通过解释《革命军》的书名，说明《革命军》所倡导的不仅是推翻清朝，实现“光复”，而且也倡导反封建的民主革命。

鲁迅先生这样评价章炳麟：“战斗的文章，乃是先生一生中最大最久的业绩。”此评非常中肯。这篇序文内容翔实，扬考证之长，回顾了反抗清朝的历史，号召人们起来打倒清朝，它是资产阶级革命派进军的号角，它是一面高张“逐满”、“革命”的旗帜，它与邹容的《革命军》都是“义师先声”，在当时起到了推动资产阶级革命的作用。邹容写成《革命军》后，怕章炳麟嫌他的文章“不文”，说“欲以立懦夫，定民志，故辞多恣肆，无所回避，然得无恶其不文耶?”而章炳麟却作了自我批评，提倡邹容的文风。以为此书虽写得“不文”，却是“叫咷恣言”，能够“恢发知识”的作品。提出要用“跳踉搏跃”的文字，才能达到宣传革命的目的。所以这篇序言本身也写得精练、通俗、明白，与章炳麟其他论学的文章迥然不同。

章炳麟在文章中对下层人民有不敬之词，如说他们“嚚昧”等等，但他认识到

革命需要广大群众参加，因而主张宣传革命的文字要激直通俗，要使包括"屠沽负贩之徒"在内的人都能理解，这是非常正确的。由于当时改良派的严复、林纾及后来的"国粹派"等，仍用古奥的文字进行写作宣传，所以他的主张，从散文发展来说具有解放的意义，对于革命宣传更有现实的作用。可惜，他虽然批评了自己"亦不免"，但他的散文绝大多数仍是古奥"蕴藉"，大大限制了其教育宣传作用。而且在后来，他连这一主张也放弃，完全走向了复古。

这篇序明显的不足之处，一是作者常用污蔑的字眼詈骂满族，如"逆胡"等等，表现了狭隘的民族主义，反映了当时革命派的共同弱点；二是作者一面批判曾国藩等镇压太平天国的刽子手，一面又称颂一些反太平天国的急先锋，如说"罗、彭、邵、刘之伦"为"笃行有道之士"，把他们的立场的反动说成是"悖德逆伦，并为一谈"，表现了认识上的模糊。此外，片面谴责左宗棠"乐战事"，看不到他收复新疆，反对英、法、俄等侵略者的爱国的一面，也是其不足之处。（邱淑健）

【注】 ①吕留良：字庄生，号晚村，清浙江石门（今浙江嘉兴）人。明亡后拒不出仕，被荐应博学鸿词科，誓死不受，出家为僧。他的著作多具有民族意识。死后，因曾静案，被毁墓戮尸，所著《晚村文集》亦被毁。曾静：清湖南郴州（今湖南郴县）人。受吕留良著作的影响，写《知新录》，宣传抗清。雍正时，派其学生张熙劝川陕总督岳钟琪起兵反清，被岳告发。吕留良遭戮尸，曾、张二人当时虽未处死，但最后被乾隆帝所杀。清政府曾将曾静的口供及雍正颁布的上谕合编为《大义觉迷录》，用以加强思想统治。齐周华：字巨山，清浙江天台人，雍正时的秀才，因保吕留良被杀。 ②曾：指曾国藩，字涤生，清湖南湘乡人。咸丰时，在湖南督办团练，编成湘军，以镇压太平军起义，官至直隶总督、两江总督等职。李：指李鸿章，字少荃，清合肥人。曾任直隶总督、北洋大臣等职，是洋务派的首领。也曾参与镇压太平天国运动。 ③左宗棠：字季高，湖南省湘阴人。历任总督、军机大臣等职。咸丰时曾参与镇压太平天国运动。光绪时以钦差大臣督办新疆军务，左宗棠的西征消灭了反动的阿古柏政权，打乱了英国、俄国侵略中国西北地区并在这一地区分割中国领土的阴谋。 ④罗：指罗泽南，号罗山，清湖南湘乡人，咸丰时组织地主武装与太平军对抗，后被太平军击毙。一生提倡理学，著有《周易附说》、《姚氏学辨》等。彭：指彭玉麟，字雪琴，号退省庵主人，清衡阳人。曾追随曾国藩治水师。善为诗，尤善画梅。邵：指邵懿臣，字位西，清浙江仁和人。曾任刑部员外郎。文章宗方苞，义理之学宗李光地。是曾国藩的亲信之一。太平军攻杭州时，与巡抚王有龄固守，城破而死。著有《礼经通论》等，精目录学，编《四库简明目录校注》。刘：指刘蓉，字孟容，号霞仙，清湖南湘乡人，曾国藩的亲信之一。曾随曾国藩镇压太平天国运动，官至陕西巡抚。后来又参加镇压回族和捻军的活动。同时又是一个古文家，著有《养晦堂诗文集》。 ⑤衡阳：指王夫之，字而农，号薑斋，湖南衡阳人。明末爱国学者，杰出的思想家。《黄书》：是王夫之的著作，内容以宣传抗清思想为主旨，颇受章太炎的推崇。但书内强调增强地方实力的主张，也曾被曾国藩等当作向清朝廷乞讨权力的依据。 ⑥共和：指周公、召公共同执政的年代，公元前841年为共和元年。共和二千七百四十四年：即公元1903年。

梁启超

少年中国说

日本人之称我中国也，一则曰老大帝国，再则曰老大帝国。是语也，盖袭译欧西人之言也[1]。呜呼！我中国其果老大矣乎？梁启超曰：恶[2]，是何言！是何言！吾心目中有一少年中国在。

欲言国之老少，请先言人之老少[3]。老年人常思既往，少年人常思将来。惟思既往也，故生留恋心；惟思将来也，故生希望心。惟留恋也故保守，惟希望也故进取。惟保守也故永旧，惟进取也故日新。惟思既往也，事事皆其所已经者，故惟知照例；惟思将来也，事事皆其所未经者，故常敢破格。老年人常多忧虑，少年人常好行乐。惟多忧也，故灰心；惟行乐也，故盛气。惟灰心也，故怯懦；惟盛气也，故豪壮。惟怯懦也，故苟且；惟豪壮也，故冒险。惟苟且也，故能灭世界；惟冒险也，故能造世界。老年人常厌事，少年人常喜事。惟厌事也，故常觉一切事无可为者；惟好事也，故常觉一切事无不可为者。老年人如夕照，少年人如朝阳。老年人如瘠牛[4]，少年人如乳虎。老年人如僧，少年人如侠。老年人如字典，少年人如戏文。老年人如鸦片烟，少年人如泼兰地酒[5]。老年人如别行星之陨石，少年人如大洋海之珊瑚岛。老年人如埃及沙漠之金字塔，少年人如西伯利亚之铁路。老年人如秋后之柳，少年人如春前之草。老年人如死海之潴为泽[6]，少年人如长江之初发源。此老年与少年性格不同之大略也。梁启超曰：人固有之，国亦宜然。

梁启超曰：伤哉，老大也！浔阳江头琵琶妇，当明月绕船，枫叶瑟瑟，衾寒于铁，似梦非梦之时，追想洛阳尘中春花秋月之佳趣[7]。西宫南内，白发宫娥，一灯如穗，三五对坐，谈开元天宝间遗事，谱霓裳羽衣曲[8]。青门种瓜人，左对孺人，顾弄孺子，忆侯门似海、珠履杂遝之盛事[9]。拿破仑之流于厄蔑[10]，阿剌飞之幽于锡兰[11]，与三两监守吏，或过访之好事者，道当年短刀匹马驰骋中原，席卷欧洲，血战海楼，一声叱咤，万国震恐之丰功伟烈，初而拍案，继而抚髀[12]，终而揽镜。呜呼！面皴齿尽[13]，白发盈把，颓然老矣！若是者，舍幽郁之外无心事，舍悲惨之外无天地，舍颓唐之外无日月，舍叹息之外无音声，舍待死之外无事业。美人豪杰且然，而况于寻常碌碌者耶？生平亲友，皆在墟墓[14]，起居饮食，待命于人。今日且过，遑知他日[15]？今年且过，遑恤明年？普天下灰心短气之事，未有甚于老大者。于此人也，而欲望以拏云之手段[16]，回天之事功[17]，挟山超海之意气[18]，能乎不能？

呜呼！我中国其果老大矣乎？立乎今日以指畴昔[19]，唐虞三代，若何之郅治[20]；秦皇汉武，若何之雄杰；汉唐来之文学，若何之隆盛；康乾间之武功，若何

之烜赫[21]。历史家所铺叙，词章家所讴歌，何一非我国民少年时代、良辰美景赏心乐事之陈迹哉！而今颓然老矣！昨天割五城，明日割十城，处处雀鼠尽，夜夜鸡犬惊。十八省之土地财产[22]，已为人怀中之肉；四百兆之父兄子弟[23]，已为人注籍之奴[24]。岂所谓"老大嫁作商人妇"者耶[25]？呜呼！凭君莫话当年事，憔悴韶光不忍看！楚囚相对[26]，岌岌顾影，人命危浅，朝不虑夕。国为待死之国，一国之民为待死之民。万事付之奈何，一切凭人作弄，亦何足怪！

梁启超曰：我中国其果老大矣乎？是今日全地球之一大问题也。如其老大也，则是中国为过去之国，即地球上昔本有此国，而今渐澌灭[27]，他日之命运殆将尽也。如其非老大也，则是中国为未来之国，即地球上昔未现此国，而今渐发达，他日之前程且方长也。欲断今日之中国为老大耶？为少年耶？则不可不先明国字之意义。夫国也者，何物也？有土地，有人民，以居于其土地之人民，而治其所居之土地之事，自制法律而自守之，有主权，有服从，人人皆主权者，人人皆服从者。夫如是斯谓之完全成立之国。地球上之有完全成立之国也，自百年以来也。完全成立者，壮年之事也。未能完全成立而渐进于完全成立者，少年之事也。故吾得一言以断之曰：欧洲列邦在今日为壮年国，而我中国在今日为少年国。

夫古昔之中国者，虽有国之名，而未成国之形也。或为家族之国[28]，或为酋长之国[29]，或为诸侯封建之国[30]，或为一王专制之国。虽种类不一，要之，其于国家之体质也，有其一部而缺其一部。正如婴儿自胚胎以迄成童，其身体之一二官支[31]，先行长成，此外则全体虽粗具，然未能得其用也。故其唐虞以前为胚胎时代，殷商之际为乳哺时代，由孔子而来至于今为童子时代。逐渐发达，而今乃始将入成童以上少年之界焉。其长成所以若是之迟者，则历代之民贼有窒其生机者也。譬犹童年多病，转类老态。或且疑其死期之将至焉，而不知皆由未完全未成立也；非过去之谓，而未来之谓也。

且我中国畴昔，岂尝有国家哉！不过有朝廷耳。我黄帝子孙，聚族而居，立于此地球之上者既数千年，而问其国之何名，则无有也。夫所谓唐、虞、夏、商、周、秦、汉、魏、晋、宋、齐、梁、陈、隋、唐、宋、元、明、清者，则皆朝名耳。朝也者，一家之私产也。国也者，人民之公产也。朝有朝之老少，国有国之老少。朝与国既异物，则不能以朝之老少而指为国之老少明矣。文、武、成、康[32]，周朝之少年时代也。幽、厉、桓、赧[33]，则其老年时代也。高、文、景、武[34]，汉朝之少年时代也。元、平、桓、灵[35]，则其老年时代也。自余历朝，莫不有之。凡此者谓为一朝廷之老也则可，谓为一国之老也则不可。一朝廷之老且死，犹一人之老且死也。于吾所谓中国者何与焉。然则，吾中国者，前此尚未出现于世界，而今乃始萌芽云尔。天地大矣，前途辽矣，美哉我少年中国乎！

玛志尼者[36]，意大利三杰之魁也。以国事被罪，逃窜异邦。乃创立一会，名曰"少年意大利"，举国志士，云涌雾集以应之。卒乃光复旧物，使意大利为欧洲之一雄邦。夫意大利者，欧洲第一之老大国也。自罗马亡后，土地隶于教皇，政权归于奥国[37]，殆所谓老而濒于死者矣。而得一玛志尼，且能举全国而少年之，况我中国之实为少年时代者耶？堂堂四百余州之国土，凛凛四百余兆之国民，岂遂无一玛志尼其人者！

龚自珍氏之集有诗一章[38]，题曰《能令公少年行》。吾尝爱读之，而有味乎其用意之所存。我国民而自谓其国之老大也，斯果老大矣。我国民而自知其国之少年也，斯乃少年矣。西谚有之曰："有三岁之翁，有百岁之童。"然则，国之老少，又无定形，而实随国民之心力以为消长者也。吾见乎玛志尼之能令国少年也，吾又见乎我国之官吏士民能令国老大也。吾为此惧。夫以如此壮丽浓郁翩翩绝世之少年中国，而使欧西日本人谓我老大者何也？则以握国权者皆老朽之人也。非哦几十年八股，非写几十年白摺[39]，非当几十年差，非捱几十年俸，非递几十年手本[40]，非唱几十年喏[41]，非磕几十年头，非请几十年安，则必不能得一官，进一职。其内任卿贰以上[42]，外任监司以上者[43]，百人之中，其五官不备者，殆九十六七人也。非眼盲，则耳聋；非手颤，则足跛；否则半身不遂也。彼其一身饮食步履视听言语，尚且不能自了，须三四人在左右扶之捉之，乃能度日，于此而乃欲责之以国事，是何异立无数木偶而使之治天下也！且彼辈者，自其少壮之时既已不知亚细、欧罗巴为何处地方，汉祖、唐宗是那朝皇帝，犹嫌其顽钝腐败未臻其极，又必搓磨之[44]，陶冶之，待其脑髓已涸，血管已塞，气息奄奄，与鬼为邻之时，然后将我二万里江山[45]，四万万人命，一举而畀于其手[46]。呜呼！老大帝国，诚哉其老大也！而彼辈者，积其数十年之八股、白摺、当差、捱俸、手本、唱喏、磕头、请安，千辛万苦，千苦万辛，乃始得此红顶花翎之服色[47]，中堂大人之名号[48]，乃出其全副精神，竭其毕生力量，以保持之。如彼乞儿拾金一锭，虽轰雷盘旋其顶上，而两手犹紧抱其荷包，他事非所顾也，非所知也，非所闻也。于此而告之以亡国也，瓜分也，彼乌从而听之[49]，乌从而信之！即使果亡矣，果分矣，而吾今年既七十矣、八十矣，但求其一两年内，洋人不来，强盗不起，我已快活过了一世矣；若不得已，则割三头两省之土地[50]，奉申贺敬，以换我几个衙门，卖三几百万之人民作仆为奴，以赎我一条老命，有何不可？有何难办？呜呼！今以所谓老后老臣老将老吏者，其修身齐家治国平天下之手段[51]，皆具于是矣。西风一夜催人老，凋尽朱颜白尽头。使走无常当医生[52]，携催命符以祝寿，嗟乎痛哉！以此为国，是安得不老且死，且吾恐其未及岁而殇也。

梁启超曰：造成今日之老大中国者，则中国老朽之冤业也。制出将来之少年中国者，则中国少年之责任也。彼老朽者何足道？彼与此世界作别之日不远矣，而我少年乃新来而与世界为缘。如僦屋者然[53]，彼明日将迁居他方，而我今日始入此室处。将迁居者，不爱护其窗栊[54]，不洁治其庭庑，俗人恒情，亦何足怪？若我少年者，前程浩浩，后顾茫茫，中国而为牛为马为奴为隶，则烹脔鞭棰之惨酷[55]，惟我少年当之；中国如称霸宇内，主盟地球，则指挥顾盼之尊荣，惟我少年享之。于彼气息奄奄与鬼为邻者何与焉！彼而漠然置之，犹可言也；我而漠然置之，不可言也。使举国之少年而果为少年也，则吾中国为未来之国，其进步未可量也。使举国之少年而亦为老大也，则吾中国为过去之国，其澌亡可翘足而待也。故今日之责任，不在他人，而全在我少年。少年智则国智，少年富则国富，少年强则国强，少年独立则国独立，少年自由则国自由，少年进步则国进步，少年胜于欧洲，则国胜于欧洲，少年雄于地球，则国雄于地球。红日初升，其道大光[56]；河出伏流[57]，一泻汪洋；潜龙腾渊，鳞爪飞扬；乳虎啸谷，百兽震惶；鹰隼试翼，风尘吸张；奇花初胎，矞矞皇皇[58]；干将发硎[59]，有作其芒[60]；天戴其苍，地履其黄[61]；纵有千古，横有八荒[62]；前途似海，来日方长。美哉我少年中国，与天不老！壮哉我中国少年，与国无疆！

“三十功名尘与土，八千里路云和月。莫等闲、白了少年头，空悲切。”此岳武穆《满江红》词句也[63]。作者自六岁时即口受记忆，至今喜诵之不衰。自今以往，弃“哀时客”之名，更自名曰：“少年中国之少年。”作者附识。

本文是我国近代著名资产阶级启蒙思想家、宣传家和学者梁启超的代表作。梁启超早年积极鼓吹变法维新，与康有为齐名，是戊戌维新运动的主要人物。戊戌变法失败后，亡命日本，创办《清议报》、《新民丛报》等，鼓吹君主立宪。辛亥革命后，一度任司法总长，曾参与倒袁运动。晚年从事著述和讲学。在文学方面，倡导“诗界革命”和“小说界革命”。在创作实践上，以散文成就最高，影响最大。所作文章，平易畅达，气势奔放，感染力很强，当时学者竞相效法，被称作“新文体”。

本文作于清德宗光绪二十六年(1900)。当时正值甲午战败和戊戌变法流产之后，黑暗腐败的清朝统治摇摇欲坠，中国正面临着被帝国主义列强瓜分吞并的境地，国家命运岌岌可危。作者一方面对清廷的腐败和列强的侵略感到无比的愤慨，一方面又对祖国的未来寄予极大的希望。他坚信，只要“中国之少年”能够以天下为己任，敢于冒险，勇于创造，就一定能够拯救民族危亡，建立起独立富强的国家，使中国“称霸宇内，主盟地球”。文章表现的正是作者这种要求祖国繁荣昌盛的强烈愿望和乐观进取的积极精神。

开篇第一段，作者针对帝国主义者污蔑中国是“老大帝国”的陈词滥调，斩钉截铁地指出：“吾心目中有一少年中国在。”一语千钧，也为全篇立下了鲜明的主题。

第二段，作者将国比人，通过对老年人与少年人性格上差异的分析，说明国之老少的区别。开头两句，语调稍缓。然而，作者毕竟是因感愤而发，感情的闸门一旦打开，便如决江河，一发而不可收。所以，在用了一连串层层递进的排比句，从逻辑上阐明了人之老少的不同以后，仍嫌不足，紧接着又一口气用了十八个两两相对的比喻，通过一个个鲜明生动的形象，进一步比较老年人与少年人的差别。使人在深感痛快淋漓之余，又不能不叹服其论之凿凿。

第三段，论老年人的可悲。这里，作者没有一般地发议论，而是通过列举中外美人豪杰“老大伤悲”的几个典型例证，说明人至老年，只有灰心短气，不可能再有所作为的道理。作者用典，或中或西，上下千年，无不信手拈来；其引诗入句，不留痕迹，天衣无缝。

第四段，通过古今对照，说明中国作为过去意义上的“国”，确实已经是老大沦落，岌岌可危。需注意的是，作者此时所说的“中国”，只是“过去之国”，与下文“少年”之中国，显然是不同的概念。作者说中国“而今颓然老矣”，似乎在承认“老大帝国”的说法。其实，这正是为下文从根本上彻底推翻“老大帝国”的说法留下悬念，作下铺衬，是欲扬先抑的妙笔。本段中，作者对清王朝腐败无能和丧权辱国的行径给予了无情的谴责，对人民百姓生活在水深火热中的状况表示了极大的同情。其忧国忧民的悲愤之情，尽注笔端。

第五、六、七三段，分别从不同的角度，说明中国正处在少年时代。如果说前几段还只是为论说“少年中国”这一主题作准备、作铺垫的话，那么，现在则进入正题，开始为少年中国说立论。首先，作者从阐释“国”字的含义入手，说明世界上有完全成立意义上的国家，只是近百年以来的事情。作为完全成立之国的欧洲列邦当今可视为壮年，尚未完全成立而渐进于完全成立之国的中国，则是少年国(第五段)。其次，作者又从历史发展过程的角度，进一步说明中国虽然历史长久，但一直发展缓慢。长期以来，虽有国名，并无国形。唐虞以前仅为胚胎，殷商之际不过乳婴，孔子以来方为幼童。所以，发展到今天，才刚刚长成少年(第六段)。接着，作者再从“国”与“朝”的区别上进一步分析：中国过去实际上只有作为“一家之私产”的朝廷，而并无国家存在，作为“人民之公产”的国家，在中国才开始萌芽。因此说，今日之中国是少年之中国(第七段)。

这三段从不同的角度，说明了同一个意思：今日之中国正是“天地大矣，前途辽矣”的“美哉少年”！这就从根本上否定了“老大帝国”的说法，对帝国主义者的污蔑给予了强有力的回答。这三段充分表达了作者对于“国家”的认识和理想。其中，虽然有进化论的观点和资产阶级改良主义的幻想，但由于说理明晰，推论严密，比喻精妙，其论说仍使读者深感信服。而且，作者关于中国“长成所以若是之迟者，则历代之民贼有窒其生机者也”以及“朝也者，一家之私产也”等论断，确乎一语中的，尖锐而深刻。这就更增加了文章的说服力。

第八段，以玛志尼振兴意大利为例，说明正处少年时代的中国也必能振兴而成为世界之一雄邦，表达了作者以天下为己任的雄心壮志。

第九段，一针见血地指出，中国之所以被人讥为“老大”，根子就在于“握国权者皆老朽之人”。对清朝统治者的腐败昏庸，给予了痛快淋漓的揭露和斥詈，对其老朽的丑恶嘴脸，给予了入木三分的刻画，嬉笑怒骂，极尽讽刺挖苦之能事。这一切，都明白无误地表现出一种革故鼎新的强烈要求。

第十段，是点睛之笔，是全文的结论所在。作者再次通过少年人与老年人的对比，得出论断：振兴少年中国的责任，“不在他人，而全在我少年”。作者以诗的语言，描绘出少年中国光辉灿烂的美好前程：“红日初升，其道大光；河出伏流，一泻汪洋；潜龙腾渊，鳞爪飞扬……前途似海，来日方长。”多么瑰丽，多么壮观！作者情不自禁地引吭高歌："美哉我少年中国，与天不老！壮哉我中国少年，与国无疆！"至此，好似一部气势恢宏的交响曲奏出了最强音，金鼓齐鸣，使整个乐章达到高潮。

然而，作者仍感意犹未尽，又文后附识，以岳飞词自励，再明其革新图强之志。

通读全文，仿佛不是在读一般的论说文，而是在读一篇声讨中外反动统治者的战斗檄文，是读号召仁人志士起而斗争的宣言书。凡稍有爱国之心的人，读后无不会热血沸腾，奋然而起。正如黄遵宪所称颂的那样："惊心动魄，一字千金"，"虽铁石人亦应感动"。文章之所以有如此强烈的感召力，除其内在鲜明的思想性之外，则全在于其文字上所表现出来的那种撼人的艺术魄力。作者以饱含情感之笔，或说理，或喻事，或状物，往往不厌其烦地反复强调，务求淋漓尽致。如第二段论说人之老少的区别，第九段描绘握权者其顽钝腐败的老朽丑态，第十段强调中国少年的历史责任和歌颂少年中国的美好未来，等等。有时虽然语言重叠似嫌累赘，但正因为如此，才充分表达出作者强烈的爱憎和火一样的感情，才给人以摄魂动魄的感染。作者运用语言又非常自由，或文或白，或奇或偶；或引诗为文，或化骈入散，时而用一二个外语洋词，时而用三两句俚语方言。其遣词造句，从不受任何束缚，力求表达得明白无碍。这种平易畅达的文风，一反当时古文的艰涩古奥，给读者以春风拂面的新鲜明快之感，就更增添了文章的艺术感染力。梁启超的学生吴其昌曾评价梁的文章说："以饱带情感之笔，写流利畅达之文，洋洋万言，雅俗共赏，读时则摄魂忘疲，读竟或怒发冲冠，或热泪湿纸。"（转引自孟祥才《梁启超》，第 28 页）这是颇为中肯的。

（史遵衡）

【注】 ①袭译：袭用翻译。欧西：指欧美西方世界。 ②恶（wū 乌）：叹词，犹"哎"。驳斥声。 ③请先言：旧行文常用语，即请先让我说。 ④瘠牛：瘦弱的牛。 ⑤泼兰地：今译白兰地。酒名。 ⑥死海：西南亚著名的咸水湖，在约旦、以色列和巴勒斯坦间。湖水盐度高，鱼类不生，故名。潴（zhū 诸）：水停聚。泽：聚水处。 ⑦"浔阳"以下六句：用白居易《琵琶行》所写的故事。琵琶妇本是名歌女，老大嫁作商人妇，商人每每经商离去，她独守空船，回想往事，不胜孤寂。浔阳：今江西省九江市。长江流经九江市的一段，古称"浔阳江"。 ⑧"西宫"以下六句：用白居易《长恨歌》所写故事及元稹《行宫》诗意。唐玄宗李隆基宠爱杨贵妃。"安史之乱"中，杨贵妃被迫缢死马嵬坡。乱后，肃宗执政，李隆基闲居西宫南内，只见"白头宫女在，闲坐说玄宗"（元稹《行宫》），触景生情，不胜凄凉。西宫：唐太极宫。南内：唐兴庆宫。霓裳羽衣曲：唐代宫廷乐舞。传原为印度《婆罗门曲》，后经玄宗润色并制歌词，改称此名。 ⑨"青门"以下四句：用汉初邵平的故事。邵平本为秦东陵侯，秦亡后，沦为布衣，种瓜于青门外，回想往日富贵，颇为伤感。青门：汉长安东门。孺人：妻子。侯门：贵族之家。珠履：镶缀着珍珠的鞋。杂遝（tà 踏）：众多杂乱貌。 ⑩拿破仑：即拿破仑一世（1769～1821），法国资产阶级政治家、军事家。曾称霸欧洲，1804 年为法国皇帝。1814 年反法联军攻破巴黎，被流放于厄尔巴岛。厄蔑：即厄尔巴岛旧译名，在意大利半岛和科西嘉岛之间。 ⑪阿剌飞：即阿拉比（约 1839～1911），埃及民族解放运动领袖，曾领导军队发动政变，推翻英法殖民统治。1882 年，领导人民抗击英军进攻，战败被流放到锡兰。 ⑫抚髀（bì 婢）：感叹英雄无用武之地。《三国志・蜀书・先主纪》注引《九州春秋》："备曰：'吾尝身不离鞍，髀肉皆消，今不复骑，髀里肉生，日月若驰，老将至矣，而功业不建，是以悲耳！'"髀：大腿。 ⑬皴（cūn 村）：皮肤干裂。 ⑭墟墓：坟墓。 ⑮遑知：无暇

知道。遑:暇。　⑯拏云:上干云霄之意。比喻雄心大志。李贺《致酒行》:“少年心事当拏(拿)云。”　⑰回天:使天地倒转。比喻能回转形势。　⑱挟山超海:比喻极豪壮之举。《孟子·梁惠王上》:“挟泰山以超北海。”　⑲畴昔:往昔。　⑳郅(zhì 志)治:极乎治,犹言盛世。郅:极,大。　㉑烜赫:声势盛大。　㉒十八省:清初全国划为十八省。光绪末年已增为二十三省,这里沿用旧称。　㉓四百兆:即四亿。百万为一兆。这是当时中国总人口数。　㉔注籍之奴:注入户籍的奴隶,比喻已失去独立性。　㉕老大嫁作商人妇:白居易《琵琶行》中诗句。在此比喻清政府已成帝国列强的附庸。　㉖楚囚相对:比喻受制于强敌,窘迫无计。楚囚:原指春秋时楚国的俘囚。《左传·成公九年》:“郑人所献楚囚也。”后也喻处境窘迫之人。《世说新语·言语》载:东晋时,诸名士相邀新亭饮宴。周顗叹曰:“风景不殊,正自有山河之异!”众皆相视流泪。唯王导愀然变色曰:“当共戮力王室,克复神州,何至作楚囚相对!”　㉗澌(sī 斯)灭:灭亡。澌:尽。　㉘家族之国:指原始氏族社会形式。　㉙酋长之国:指奴隶制的部落。　㉚诸侯封建之国:指商周时分封诸侯所建之国。　㉛官支:器官、肢体。支:通“肢”。　㉜文、武、成、康:周朝初年几代帝王。周文王奠定灭商基础,周武王灭商建西周王朝,成王、康王继承文、武遗业,国家强盛,史称“成康之治”。故被喻为周朝少年时代。　㉝幽、厉、桓、赧(nǎn 蝻):周幽王宠褒姒,废申后,申侯联合犬戎攻周,幽王被杀,西周灭亡。周厉王暴虐无道,被流于彘(今山西霍县)。周桓王时,王室衰败。周赧王死后不久,周被秦灭。故将他们喻为西周、东周的老年时代。　㉞高、文、景、武:指汉初四代皇帝。汉高祖建汉王朝,文帝、景帝时国家富庶,史称“文景之治”,武帝时国力强盛,故被喻为汉朝少年时代。　㉟元、平、桓、灵:汉元帝时,西汉开始衰弱。汉平帝死后不久,王莽篡国。桓帝、灵帝为东汉末年两代帝王,其时朝政腐败,故他们被喻为两汉的老年时代。　㊱玛志尼(1805～1872):意大利爱国者。罗马帝国灭亡后,意大利受奥地利帝国奴役。玛志尼创立“少年意大利党”,发动资产阶级革命,完成意大利独立统一事业。他与同时的加里波的、哈富尔并称“意大利三杰”。　㊲“自罗马”以下三句:罗马帝国分裂为西、东二国后,分别在公元5世纪和15世纪灭亡。此后意大利半岛长期处于分裂状态,成为几个邦国,其中罗马教皇国势力甚大,拥有大量土地,而又都受到奥地利帝国的控制。　㊳龚自珍(1792～1841):清思想家、文学家。下句所说《能令公少年行》,是龚自珍抒怀之作,借幻想手法表示蔑视权贵、不慕功名的精神。这里取其能永葆青春之意。　㊴白摺:清代科举应试书的一种。殿试取中进士后,还要进行朝考。殿试用“大卷”,朝考用“白摺”,即用工整的楷书写在白纸制的摺子上。　㊵手本:明清官场中下级晋见上级时用的名帖。　㊶唱喏(rě 惹):古时对人打躬作揖,口中出声,叫“唱喏”。　㊷卿贰:卿是朝廷各部的长官。卿贰是副职。贰:副。　㊸监司:清代通称各省布政使、按察使及各道道员为监司。　㊹搓磨:犹磋磨,切磋琢磨。　㊺二万里:指纵横各万里。　㊻畀(bì 必):交给。　㊼红顶花翎:清代二品官以上的冠饰。清制,文武官一二品都是红顶。红顶:帽顶上的顶珠,用宝石、珊瑚等制成。花翎:清官在帽顶缀以孔雀翎为饰。五品以上戴花翎,六品以下只能戴蓝翎。　㊽中堂大人:明清时对大学士的称呼。　㊾乌:何,哪里。　㊿三头两省:即二三省。闽粤方言。　51修身齐家治国平天下:语出《礼记·大学》,讲的是进德修业治理国家的几个步骤,自宋以后被封建士大夫奉为行动准则。　52走无常:迷信说法,专管摄人生魂的鬼差。　53僦(jiù 旧):租赁。　54窗栊(lóng 龙):窗棂。　55脔(luán 栾):切成小块的肉。这里用作动词,宰割意。箠:“棰”的异体字。这里作动词,捶打意。　56其道大光:光焰万丈的样子。　57伏流:地下水流。《水经注·河水》:“河出昆仑,伏流地中万三千里。”　58矞(yù 玉)矞皇皇:形容艳丽。《太玄经·交》:“物登明堂,矞矞皇皇。"司马光集注引陆绩曰："禽皇，休美貌。" ㊾干将：古宝剑名。发硎：刃新磨。硎：磨刀石。 ㊿有作其芒：发出光芒。 [61]"天戴"二句：意思是少年中国如苍天之大，如地之广阔。苍黄是天、地的颜色。 [62]八荒：八方荒远之地。《说苑·辨物》："八荒之内有四海，四海之内有九州。" [63]岳武穆：岳飞，谥武穆。

林觉民

与妻书

意映卿卿如晤[①]：吾今以此书与汝永别矣！吾作此书时，尚是世中一人；汝看此书时，吾已成阴间一鬼。吾作此书，泪珠和笔墨齐下，不能竟书而搁笔，又恐汝不察吾衷，谓吾忍舍汝而死，谓吾不知汝之不欲吾死也，故遂忍悲为汝言之。

吾至爱汝，即此爱汝一念，使吾勇于就死也。吾自遇汝以来，常愿天下有情人都成眷属[②]；然遍地腥云，满街狼犬[③]，称心快意，几家能够？司马青衫[④]，吾不能学太上之忘情也[⑤]。语云：仁者"老吾老以及人之老，幼吾幼以及人之幼"[⑥]，吾充吾爱汝之心，助天下人爱其所爱，所以敢先汝而死，不顾汝也。汝体吾此心[⑦]，于啼泣之余，亦以天下人为念，当亦乐牺牲吾身与汝身之福利，为天下人谋永福也。汝其勿悲！

汝忆否？四五年前某夕，吾尝语曰："与使吾先死也，无宁汝先吾而死。"汝初闻言而怒，后经吾婉解，虽不谓吾言为是，而亦无词相答。吾之意，盖谓以汝之弱，必不能禁失吾之悲[⑧]，吾先死留苦于汝，吾心不忍，故宁请汝先死，吾担悲也。嗟夫！谁知吾卒先汝而死乎？吾真真不能忘汝也！回忆后街之屋，入门穿廊，过前后厅，又三四折，有小厅，厅旁一屋，为吾与汝双栖之所。初婚三四月，适冬之望日前后[⑨]，窗外疏梅筛月影，依稀掩映，吾与（汝）并肩携手，低低切切，何事不语？何情不诉？及今思之，空余泪痕。又回忆六七年前，吾之逃家复归也[⑩]，汝泣告我："望今后有远行，必以告妾。妾愿随君行。"吾亦既许汝矣。前十余日回家，即欲乘便以此行之事语汝，及与汝相对，又不能启口。且以汝之有身也[⑪]，更恐不胜悲，故惟日日呼酒买醉。嗟夫！当时余之心悲，盖不能以寸管形容之[⑫]。

吾诚愿与汝相守以死，第以今日事势观之，天灾可以死，盗贼可以死，瓜分之日可以死，奸官污吏虐民可以死，吾辈处今日之中国，国中无地无时不可以死。到那时使吾眼睁睁看汝死，或使汝眼睁睁看我死，吾能之乎？抑汝能之乎？即可不死，而离散不相见，徒使两地眼成穿而骨化石[⑬]，试问古来几曾见破镜能重圆[⑭]？则较死为苦也，将奈之何？今日吾与汝幸双健，天下人不当死而死者与不愿离而离者，不可数计。钟情如我辈者，能忍之乎？此吾所以敢率性就死不顾汝也。吾今死无余憾，国事成不成自有同志者在。依新已五岁[15]，转眼成人，汝其善抚之，使之肖我。汝腹中之物，吾疑其女也，女必象汝，吾心甚慰；或又是男，则亦教其以父志为志，则我死后尚有二意洞在也。甚幸，甚幸！吾家后日当甚贫，贫无所苦，清静过日而已。

吾今与汝无言矣。吾居九泉之下遥闻汝哭声，当哭相和也。吾平日不信有鬼，今则又望其真有。今人又言心电感应有道[16]，吾亦望其言是实。则吾之死，吾灵尚依依旁汝也，汝不必以无侣悲。

吾平生未尝以吾志语汝，是吾不是处；然语之又恐汝日日为吾担忧。吾牺牲百死而不辞，而使汝担忧，的的非吾所忍[17]。吾爱汝至，所以为汝谋者惟恐不尽。汝幸而偶我[18]，又何不幸而生今日之中国！吾幸而得汝，又何不幸而生今日之中国！卒不忍独善其生。嗟夫！巾短情长[19]，所未尽者，尚有万千，汝可以模拟得之[20]。吾今不能见汝矣！汝不能舍吾，其时时于梦中得我乎？一恸！

辛未三月念六夜四鼓[21]，意洞手书。

家中诸母皆通文[22]，有不解处，望请其指教，当尽吾意为幸。

《与妻书》是书信体散文。书信是我国古代散文的重要文体，内容广泛，形式活泼。《文心雕龙·书记》指出，书信乃"心声之献酬"，因而"本在尽言"。书信体散文特别讲究对象性，如《出师表》有庙堂应对之庄重，《与山巨源绝交书》有指斥奸佞之犀利，因前者乃丞相呈皇帝，后者为高士致政客。书信体散文抒情性强，往往情、理、事熔于一炉。黄花岗七十二烈士之一的林觉民的《与妻书》为中国古代书信散文之翘楚。

《与妻书》是林觉民在广州起义前夕，于辛亥（宣统三年）阴历三月二十六日，即1911年阳历4月24日写给妻子的信。这封信是林觉民留给妻子的最后遗言，是伟大民主主义先驱者高风亮节的生动写照，也是林觉民夫妇生死不渝爱情的工笔写真。这封信将国事、家事熔于一炉，豪迈的报国情和缠绵的夫妇爱融为一体，读之使人潸然泪下。

"吾至爱汝"，"吾爱汝至"，"吾真真不能忘汝"，火辣辣的语言道出了林觉民对妻子海一般的深情。在他生命的最后日子里，与妻子双栖的后街之屋历历在目，那些厅房回廊像电影一样从脑海中映过，他多么珍爱自己温暖的家！与妻子在疏梅月影下窃窃私语的回忆，令他心动神移，"空余泪痕"，妻子对他的痴爱和"妾愿随君行"的话语，更是刻骨铭心，因为两情相悦，他更祈天下有情人终成眷属。这是最纯洁、最完美、最动人的夫妇之爱，是相濡以沫的温情，是比翼连理的深情，是沁人心脾的挚恋！

爱益深而别益悲。林觉民至爱其妻，却不能不硬下心肠"以此书与汝永别"，不能不"忍舍汝而死"，因为，广袤的中华大地已经安放不下一个温暖的家！清朝统治者的血腥统治使人民处于水深火热之中，天灾肆虐，盗贼横行，贪官渔夺，列强侵

逼，如此社会，黎民百姓何以为生！覆巢之下，焉有完卵？在风雨如磐的时代，有几家能称心快意？志士们不能不为“大我”而舍“小我”，不能不奋起与祸国殃民的腐朽政府斗争，林觉民和他的同志们为国家富强，为人民幸福，为民主自由，“为天下人谋永福”，立志抛头颅，洒热血，万死不辞，宁愿牺牲个人家庭幸福，换取神州民众开颜。个人牺牲了，“自有同志者在”，自身捐躯后，寄望于儿子，前仆后继，百折不挠，这是何等悲壮的献身精神！为国家为革命慷慨赴死是《与妻书》的中心，是民主主义者林觉民生命光辉之所在，也是这封信震撼亿万读者心灵的原因。

《与妻书》乃诀别书，也是作者与爱妻以纸笔代喉舌的最后的窃窃私语。然而，这封信不是两窗剪烛，也不是月下谈情，而是要用不长的篇幅，让“不欲吾死”的妻子明白自己舍家报国的苦衷。让本来不甚明了民主革命艰巨性的闺中人，对革命的必要性能够理解，对自己为革命抛撇妻儿能够体谅。作者在正面叙说“遍地腥云，满街狼犬”，不能不奋起斗争，而斗争难免牺牲后，又退后一步，设想如果两人“相守以死”是否行得通？他一一列举豺狼之世祸及黎民的种种危险，说明当时整个中国，荆棘遍地，黑暗如磐，“无地无时不可以死”！民如蝼蚁，朝不保夕！如果自己不去革封建朝廷的命，就要成为黑暗社会的砧上鱼肉，随时会遭吞噬。夫妇之间不唯不能长相厮守，还要眼睁睁看着所爱的人或凄惨地死去，或离散失所，生不如死。为了千千万万人民，为了千千万万不该分离的夫妇摆脱不幸，“吾所以敢率性就死不顾汝也”。……经过这样一番入情入理、推心置腹的剖论，林觉民相信能说动爱妻体谅他的苦心，乐于牺牲自身的幸福，“为天下人谋永福”。《与妻书》说理周密而亲切，娓娓而谈却鞭辟入里，做到了情与理的高度统一。

作者是个铁骨铮铮的革命志士，他对妻子的爱至真至善至美，《与妻书》写尽至情，令人不忍卒读。这位在枪林弹雨中不皱眉，酷刑拷打下不变色的硬汉子，搦笔为文，“泪珠和笔墨齐下”，回忆与妻子的小窗呢喃，柔情脉脉。这位胸怀大志的革命家爱妻之心细如发，他深知妻子柔弱，不肯让斗争征途的险恶增加爱妻的思想负担，不忍心“有身”之妻担惊受怕，宁可自己承受心理重压。他很想把革命大计告诉妻子，但又恐她日日为己担忧。自己可以毫不畏惧地献出生命，妻子的担忧却使之摧折心肝！因为对妻子的无微不至的深情至爱，所以对她设想“惟恐未尽”，谆谆嘱咐，周到细密。尤为令人回肠荡气的是：作者设想身居九泉之下，如果听到妻子的哭声，当哭以相和，他平日不信有鬼，今则又望其有。如果幽冥感应果真是事实，他将对妻子依依相伴，永不分离。一个唯物主义者为了安慰、留恋妻子，宁可相信有鬼，有灵魂，这是多么恻人肺腑的爱！多么细腻的爱！多么深沉的爱！然而，为了更博大的爱，更崇高的爱，对祖国对人民的爱，以鲜血献我中华的烈士林觉民毅然“率性就死不顾汝”，林觉民是有博大仁爱襟怀的真正英豪！

《与妻书》是革命义士与爱妻生离死别时心灵撞击迸发出的璀璨光辉，作者淋漓尽致地抒发了对国家、对民族、对妻子的爱，火山样炽烈，冰雪般晶莹，钻石般坚贞。《与妻书》表露了林觉民烈士为国家前途、人民幸福毅然牺牲家庭幸福、儿女私情的崇高情怀，激情满纸，感人至深。全信用浅显文言写成，亲切流畅，挥洒自如，似一气呵成，却又跌宕有致，有很强的艺术感染力。（马瑞芳）

【注】 ①意映:林觉民的妻子陈意映。卿卿:旧时丈夫对妻子的爱称。林觉民,号抖飞,福州人。十四岁入福建高等学堂。1907年赴日本留学,加入同盟会。1911年春,得知黄兴将发动广州起义,即由日本归国,参加筹备活动。同年4月27日参加广州起义,率众攻击总督衙门,负伤被捕。在督署受刑讯时,大义凛然,慷慨陈词,痛斥腐朽清廷,宣传革命思想。后从容就义,年仅二十五岁。《与妻书》是林觉民参加广州起义前夕写给他的妻子意映的。 ②愿天下有情人都成眷属:语出《西厢记》第五本第四折[清江引]:"愿普天下有情的都成了眷属。" ③遍地腥云,满街狼犬:指清政府的血腥残暴统治,到处是朝廷爪牙。 ④司马青衫:唐代诗人白居易被贬为江州司马,心情苦闷,适送客远行,在浔阳江头听一妓女弹琵琶感叹身世,感而赋《琵琶行》,长诗中有语:"座中泣下谁最多?江州司马青衫湿。" ⑤太上之忘情:圣人忘情,道德高尚而情怀淡泊者对世俗人情无动于衷。《世说新语·伤逝》:"圣人忘情,最下不及情,情之所钟,正在我辈。" ⑥"老吾老"二句:语出《孟子·梁惠王上》。 ⑦体:体谅。 ⑧禁:经得起。 ⑨望日:阴历每月的十五日。 ⑩逃家复归:指作者瞒着家人外出参加革命活动后归来。 ⑪有身:怀孕。 ⑫寸管:毛笔。 ⑬眼成穿:望眼欲穿。骨化石:古代传说,有一人外出久不归,其妻每日登山远望,久而化为石,人称"望夫石"。"眼成穿而骨化石"喻夫妻两地分离悬念之苦。 ⑭破镜重圆:比喻夫妻长久分离后重新团圆。据唐代孟棨《本事诗》,南朝陈太子舍人徐德言娶乐昌公主为妻,因社会动乱,徐预料夫妻难以长相守,遂破镜与妻各执一半,约定正月十五卖镜于都市。陈亡,乐昌公主为杨素所获。公主派老仆卖半镜于市,徐德言题诗于镜,公主揽镜而悲泣不食,杨素遂令二人团圆。 ⑮依新:作者长子。 ⑯心电感应:近代有人认为,亲人之间可通过心电传导互相感知,人死后灵魂仍能同亲人相感应。 ⑰的的:的确。 ⑱偶我:嫁给我,以我为配偶。 ⑲巾短情长:即纸短情长。林觉民的信写在一方白布方巾上。 ⑳模拟:琢磨,揣想。 ㉑辛未:应为"辛亥",系作者笔误。辛亥为宣统三年(1911)。三月念六:三月二十六日。四鼓:四更。 ㉒诸母:伯母、婶母。

再版后记

《中国文学名篇鉴赏辞典》出版十余年来，一直深受广大读者的欢迎，广大文学爱好者更是获益匪浅。为适应时代的发展要求，满足新一代读者多样化的审美需求，我们对此书进行了修订，并更名为《中国文学名篇鉴赏》。

全书精选先秦至近代作家的代表性名作六百余篇，按诗卷、文卷、词赋卷三大板块分为三册。每类作品的编排，大致以作家年代为序；同一作家作品的排列，一般依编年顺序，无法编年者依照通行本目次排列。每篇内容由原文、鉴赏、注释三部分组成，诗词的注释尽量融化在鉴赏文字之中，文、赋等长篇作品，掌故难句较多，则须另行出注。原文一般依照通行本录入，某些必须校改之处，于鉴赏或注释中简要说明。全书使用简化字，特殊情况下酌用繁体或异体字。删去一些过于陈旧的词语及一些过时的提法。但为保持作者语言风格的统一性，个别情况下仍用原有说法。

本书约请了知名学者二百八十余人撰稿，其中不乏蜚声海内外的学术大师，可谓群贤毕至，妙笔呈辉，许多鉴赏文章本身就是经典名作。此次修订，由刘乃昌先生主持，先生不辞年高体弱，亲自补写词类鉴赏，并审读了全书。值此修订之际，谨向原书全体作者并刘乃昌先生致以深深的敬意。

山东大学出版社
2007年10月